后宫如月传

陶方宣——著

河南文艺出版社
·郑州·

目 录

第一章　不祥之兆

　　南归的大雁像乌云似的一片连着一片从头顶上掠过的时候,浩浩荡荡的秋风正在穿越燕山深处那高高低低的山梁。在大雁焦虑又恐慌的啼鸣声中,我想起前半生在后宫度过的那些莽莽苍苍的日子,心境也如同头顶上一阵紧似一阵的秋风一样悲怆又苍凉。现在回过头来眺望,金碧辉煌的紫禁城其实就如同一只巨大的马蜂巢,无数密密麻麻的宫女嫔妃就如同马蜂一样围绕着蜂王在蠕动。它其实也是一个硕大的蚂蚁穴,无数灰衣黑衫的太监宦官就像蚂蚁一样围绕着蚁后在转悠。我曾经是其中的一只马蜂或者蚂蚁,但我不像马蜂或蚂蚁那样嗡嗡嘤嘤、浑浑噩噩,与之相反,我在宫中的日子步步惊心、步步惊魂。时隔多年以后在燕山深处这块名叫桃花坡的山梁上我还是难以置信,我这个看上去柔弱羞怯的小女子,当年是以怎样的胆略和勇气在后宫奶子府度过了口蜜腹剑、你死我活的十载时光? 我其实并非花容月貌步步莲花的嫔妃,我只是奶子府普通的奶妈。虽然我也明眸皓齿、笑靥如花,但我就是一名奶妈。多年以后我才发现,在我身后其实有一个精心设置的骗局,包括我的身世也隐藏着一个不可告人的惊天秘密! 对不起,我现在还不能告诉你,让我慢慢回忆吧——这冗长紊乱的回忆应该从何处说起? 还是从恩宗三年开始吧,我就是在那年秋天入宫的,那一天正是遍地菊花、大雁南飞的九月初九。

　　我记得非常清楚,入宫的那年是明恩宗三年,也是这样一个芒草吐絮冷风飒飒的秋天,浩浩荡荡的秋风正在穿越燕山深处那道道山梁。后来听奶子府的稳婆说,那年立秋之后宫中怪事连连:先是杆子房里那根供奉了几百年的木杆子突然倒塌,砸死了一个正准备往杆子上挂鲜肉的小太监,据说死了半天竟然无人知道,被等着吃肉的猫头鹰活活啄掉两只眼珠子。这里要特地说一说杆子房这根紫槐木制成的高高的杆子:传说先祖刚刚起兵不久,某日率兵穿过一处山坡,突然发现山坡下正有一支元军在搜山,先祖无处躲藏只好率兵闪进坡上一处茂密的槐树林。林子里静悄悄的,一地槐花飘落如雪。此时元军正滚滚而来,刚要接近槐树林时树林中却惊飞起无数猫头鹰,一声声怪叫着离去,鹰粪像雨点一样落下来,落在元军头上脸上。元军小头目抬头看了看天空密密麻麻的猫头鹰,说:"是被我们惊飞而起,看来林子里没有人。从这里兵分两路一前一后给我继续搜山,一只山鸡一只野兔也不要放过。"

看着元军像洪水一样顺着山坡漫去,先祖马上命令部下跪地向天空盘旋的猫头鹰焚香磕头。这猫头鹰太过神奇,他率兵进入槐树林子时它们一动不动安安静静,元军刚一接近树林它们就群飞而起鹰粪如雨,驱走了元军。在他看来这里的槐树是神树,猫头鹰是神鸟,是它们救了他一命。后来先祖果然坐了龙廷,他将猫头鹰当作神鸟供奉起来,特地派人来到这片槐树林,砍伐了一棵大槐树制成槐树杆子供奉在宫中,每天派太监在杆子上供上鲜肉让猫头鹰来吃,这成了后世紫禁城一项传统沿袭至今。现在,供奉了几百年的神木竟然倒塌还砸死了一个太监,此事实在诡异。宫中阴阳师张天师在宝钞司后面的灵台看了天象,认为有妖孽现身,是不祥之兆。宫女们一时吓得花容失色,往日灯火通明游人如织的太液池青天白日也是空无一人,连个鬼影子也看不见。

张天师的预言终于在三天之后应验,五岁的小皇上朱春山突然拒绝吃奶,口吐白沫奄奄一息,这可把奶子府负责的大奶妈大金子吓得手脚冰凉。这里要详细说一说紫禁城里的奶子府。在宫中除了八局十二监之外,还有数不清的司、房、厂、库等机关,什么宝钞司、惜薪司、钟鼓司、鹰房司、鸽子房、西花房、弹子房等,这奶子府和内务府一样也是服务后宫的机关之一。我入宫以后才知道,奶子府里有一百二十多个乳房饱满奶水充盈的奶妈,哺育着宫中数不胜数的皇子龙孙。除了奶子府里一百二十多个奶妈外,在东安门外裱画廊还有一个偌大的后备部门:奶子房。奶子房里住着更多的奶妈,她们是奶子府的替补队员。一旦奶子府奶妈不够,她们马上就替补上场进入奶子府。就如同宫中的皇子龙孙要分出等级序列一样,奶子府奶子房的奶妈们也分成不同等级,服务不同等级的皇家贵族。这名叫大金子的奶妈奶水特别出色,浓纯如脂白净似雪,所以奶子府大总管钱大妈妈就安排她哺育小皇上,一直以来平安无事,进入秋天却出了意外。这天大金子跟着钱大妈妈准时出现在乾清宫时,刚刚起床的小皇上却昏昏欲睡,面对大金子雪白丰腴的乳房看也不看一眼。大金子昨晚饱食一顿莲藕炖猪蹄,还添加了大量发奶的六叶草,乳房乳汁多得像个装满了水的皮囊,憋得她十分难受。在钱大妈妈的帮助下将碧玉奶嘴缓缓放入朱春山嘴里，小皇上病猫似的叫了一声，声音暗哑似啼似哭，然后他扭开头嗡嗡嘤嘤地哭起来，小脸蜡黄如纸，双眼微眯，似乎即将停止呼吸。

当时敬事房大总管韦忠贤正在钦安殿练书法，这是他每天必修的功课。他听到小太监春明的禀报后马上扔下毛笔赶到乾清宫，此时宫内宫外已经黑压压地站满了人，王爷大臣嫔妃宫娥们人人面色惶恐。娘娘早已泣不成声，没人敢上前劝慰她。人群中突然闪开一条道来，七八位宫女扶着太后进来。娘娘看到太后突然大放悲声，正在把脉的太医翁万春站起来挥挥手让众人离开，然后与太后、娘娘、王爷言如鼎、首辅王不欢等人悄悄私语起来。一向经验丰富老到的太医此时吞吞吐吐词不达意，他无法确定小皇上到底患上什么病。他把住的脉象气息衰弱又诡异多变，他开出药方让太监去药房火速取药，然后建议马上淘汰掉奶子府、奶子房所有老奶妈，一个不能留，防止有人暗中投毒，重新广选新奶妈入宫，彻底更换宫中奶水。

小皇上服药后并无好转迹象，宫中却再出诡异之事：太后回归仁寿宫经过冷宫外的一段小胡同，坐更的小太监吓得尖着嗓子叫起来，原来他一跤滑倒才发现胡同里浸满了血水，源源不断的血水正从不远处冷宫旁的贵妃井中汩汩流出，当时抬轿的八个太监双腿发软差点扔下轿子。时值秋凉如水时节，老太后幽居深宫一向怕冷，宫中凉轿早换成了暖轿，四周垂挂着厚厚的丝绵帘子，太后看不到外面情况。后来还是被经过此地的稳婆范桂枝看到，她入宫多年见多识广，吆喝着让太监重新抬好暖轿将太后送回仁寿宫。回到奶子府的范稳婆则面颊黑红双眼炯炯发光，胡言乱语说有厉鬼追赶，最后披头散发逃出了奶子府。七八个奶妈在后面追赶，她一眨眼就不见了踪影。钱大妈妈派人找了半夜也没有找到，结果却听说范稳婆投了贵妃井，被锦衣卫的金事李连城所救捡回一条老命。醒来后范稳婆什么也不记得，只说有青面獠牙的厉鬼追赶，她无路可逃只好跳了井。问她为何从奶子府一直逃到宫中的贵妃井，她摇头只说不记得。

冷宫其实并不叫冷宫，原来的名字叫慈宁宫，是专门为安置年老色衰的嫔妃修建的宫殿，后来也把因为种种原因被废的皇妃安置到这里，这就是民间所说的打入冷宫。慈宁宫的名字被人遗忘，冷宫却叫出了名。因为名字不好听，所以老嫔妃最后也不愿与被废的皇妃比邻而居，她们搬到了东六宫养心殿那里去。冷宫就更加冷清，从成安宫到仁智殿这一大片全是冷宫，宫门深锁落叶满地，一入夜寒风呼啸漆黑一团，偶尔从某个旧殿里传出一两声弃妃怨娥凄凉的哭喊，真把人魂魄都要吓掉。范稳婆是怎么从奶子府跑到这里，她是如何穿过玄武门、顺贞门、钦安殿,再穿越东六宫与乾清宫夹出的长长甬道,然后出现在冷宫外的贵妃井,没有人知晓。多年前曾经有老皇上朱孝进宠爱的丽贵妃在此投井自溺,宫中又传出谣言说是丽贵妃在寻找替死鬼替代她,她要转世投胎。而且她不是找一个替死鬼就一了百了,她要寻找二九一十八个,宫中一时又风声鹤唳。张天师再上灵台占卜,确定将有大难降临。此言一出宫中杯弓蛇影草木皆兵,三天后的午夜好端端的天空突然电闪雷鸣大雨倾盆,马鞭子一样的大雨一连下了九天,这也是百年不遇的奇事。时令早已过了秋分,怎么可能又出现如此漫长的梅雨?雨水一直下了九天九夜,最后一夜再度雷电交加,竟然生生将太液池中琼华岛上一座文峰塔给劈倒了,塔中惊现赤龟,正好被看水的韦忠贤看到,他在龟背上发现四个篆体字:玉碎宫倾。

　　张天师看了这四个字吓得脸色苍白,首辅王不欢和王爷言如鼎、京军都督府大都督李敬堂等冒着大雨齐齐赶到乾清宫,安排锦衣卫都指挥使白升安、金事李连城、同知韦德贤带领随从朱六指、小德子等加强宫中警卫,寻找神秘赤龟。那个大雨倾盆的夜晚对于紫禁城来说注定是一个不眠之夜,李连城后来亲口告诉我,那天晚上他一身石青色实地纱彩绣片金单朝服,踩着齐膝深的积水从延禧宫搜查到诰敕房,又从观心殿查到兵仗局。他发现太液池白浪滔天,钓鱼台像个孤岛,滔滔洪水直接淹没到寿明殿外的兔儿山。他越想越觉得范稳婆赤脚打掌跑到贵妃井跳井疑窦丛生,决定从范稳婆身上打开突破口。他与脑满肠肥的上司白升安一向不合,他向他的心腹随从朱六指透露了这个想法。他们还没来得及实施,大雨就悄然停歇,琼华岛方向的天空出现一道七彩霓虹。那时候已是黎明时分,彩虹的出现并不是什么好兆头,小皇上虽然睁开了双眼却仍然不吃不喝。太后和娘娘决定采用太医翁万春的建议,废弃奶子府、奶子房所有当季或替补的奶妈,火速去顺天府外的宛平县神乳山寻找新奶妈——这时候就轮到我颜如月出场。神乳山就是我的老家靠山庄后山,那里也是奶子府大总管钱大妈妈的老家。那座高高挺拔的神乳山就像女人饱满的乳房,乳房顶部还有一粒圆圆的乳头,惟妙惟肖。奶子府的稳婆们还没有到达神乳山时,我们神乳山下的靠山庄就轰动起来,因为小太监早就到钱大妈妈家报了信,消息在半天之内就从背山庄传到我们靠山庄,然后就传遍了整个神乳山。那次我算是大开眼界,花团锦簇的奶子府奶妈稳婆队伍在神乳山下出现时,整个神乳山都沸腾了。钱大妈妈坐着车舆,后面跟着八抬官轿。她和大太监韦忠贤前呼后拥地出现在神乳山下,那场面好不威风。据说她穿的是秋香色冬板貂鼠昭君套,车舆里铺着金心绿闪锦缎大坐褥,所有的奶妈一律石榴红绲翠绿边撒花锦绣霓裳,稳婆则穿天水碧镶紫边缎绣襟衫,她们的衣裳在秋阳下灿烂夺目。

我当时对奶子府并不了解,据说奶子府权力最高的是钱大妈妈,她入宫多年,即将晋升为奉贤夫人。我还隐隐听靠山庄的人说,她和敬事房太监大总管韦忠贤是夫妻。庄里人在背地里说这些时总是露出一脸诡异的笑容,他们不明白太监怎么可能娶老婆。后来进入奶子府我才明白,韦忠贤与钱大妈妈其实并非夫妻,他们虽然在一起吃饭睡觉,但是他们的关系在宫中被称为"对食"。很多太监与奶妈都有"对食"关系,有夫妻之名而无夫妻之实,只不过是奶妈与太监图个心理上的安慰。想和在宫中手眼通天的大人物韦忠贤"对食"的奶妈多的是,但是钱大妈妈像母老虎一样严防死守,小奶妈们谁也不敢轻举妄动。钱大妈妈有韦忠贤撑腰,在奶子府绝对是一号人物,在整个后宫也是举足轻重的,她这次归乡排场极大,如同皇后出行。当时民间有谚语:青县出太监,宛平出奶妈。青县是韦忠贤的老家,他们那里清一色出太监,韦忠贤在入宫做太监前也成过亲,还生下一儿一女,儿子就是韦德贤。而宛平县是钱大妈妈的老家,这里世世代代都有大批奶妈被选入奶子府,据说好风水就是背山庄、靠山庄背靠的这座神乳山。神乳山上流下的神乳泉像乳汁一样长流不枯,住在神乳山下喝神乳泉长大的女人肯定有一对饱满丰盈的大乳房。一旦被选入奶子府,苦命的女人马上身价百倍,不但吃得好穿得好,还有丰厚的俸银,这可是前世修来的福分。靠山庄的女人谁不想进入奶子府做奶妈?但是奶子府挑选的标准实在苛刻:女人要处在哺乳期,不但孩子要白胖可爱,本人要无病无灾,祖宗三代也要查个明明白白。所有这一切只是初选,入选后对乳房大小、奶水厚薄甚至有无不良癖好与恶习统统要由经验丰富老到的稳婆们查个水落石出。那几天偏偏我娘刘氏疯病复发时好时坏,我男人马后生莫名其妙离家出走一去经年生死不知,听说他在杨柳青以贩卖年画为生,我决定带女儿马银环去杨柳青找他。这时候闺蜜杨白桃找到我,她人高马大像头横冲直撞的大马三步两步跨进我家门:"奶子府要来挑选奶妈你知道吗?就是神乳山山那边背山庄钱大妈妈来挑选,你要去应选我也要去应选,最好我们两个好姐妹一同选上。只要能入宫,那你我姐妹就出人头地有条活路了。你不知道,钱大妈妈家银子多得用不完,听说她家库房里全是银子,十几年不用早长满了乌花。"杨白桃的一番话说得我心动如水,我推迟了出门寻夫,翻箱倒柜找出最漂亮的罗裙,准备过几天去钱大妈妈那里报名应选时穿戴。但是衣服放在箱笼上一夜过后就不见了,后来才知道原来是被我娘刘氏收起来,她不发痴时就是一个神神道道面容枯槁的老女人,她坐下来语重心长地对我说:"奶子府就在后宫,宫中一向是个人不人、鬼不鬼的地方,人面兽心笑里藏刀的事是家常便饭,那里绝对不是你去的地方,你去那里只能送死!送死!"

老娘一番冷入骨髓的分析让我不寒而栗,那个长长的白昼我束手无策。最后我在太阳即将落山时到玉米地里采收玉米,站在暮色苍茫的玉米地里掰着玉米棒子,那是最后一茬秋玉米。听到玉米地深处传来细微声响,我好奇地踩着田垄走入玉米地深处,突然就看到另一位村女张三姐在大手大脚地掰我家玉米。她看到我突然出现只是愣了一下,然后大摇大摆地背起地上装满玉米的筐子转身就要离开。她不慌不忙的行为激怒了我,但是要我像泼妇一样与她揪打对骂我做不到。我并非一个强悍的女人,虽然生活在乡下但是我与乡下姑娘不同,我娘教我读书识字,还送我到私塾里读《三字经》《素女经》之类,唐诗、宋词也读过不少,我完全不会骂人打架。可能张三姐吃准我不敢把她怎么样,她背着玉米一直走到我面前,嚣张地说:"让开!"我的脸唰地一下红了,我是为她的偷盗行为而脸红。我满脸通红地对她说:"张三姐,放下玉米!"她倒是轻轻放下玉米,可转身却像母老虎一样扑来,揪扯着我的头发将我压在她的身下……

第二章　步步惊心

　　发生在玉米地里的揪打直接导致了我和张三姐反目,最后她的哥哥张二愣点火焚烧了我们家玉米地,还连带着烧掉我男人的弟弟马背生的一块玉米地。那天半夜时分他推着独轮车从县城卖玉米回来,看到靠山庄上空火光冲天,他扔下独轮车一路狂奔赶回靠山庄,才发现是玉米地被人纵火烧毁。他瘫坐在门槛上眼圈红红地看着我和银环,他那令人心疼的模样让我忍不住泪水滑落。他是一个与众不同的男人,他的与众不同是会流泪。靠山庄的男人一个个五大三粗,开口闭口全是粗俗不堪的脏话。这好像也不能怪罪他们,他们就生活在一个贫穷而且粗鄙的环境里。他们只会用脏话骂女人,用拳头殴打女人,根本不会流泪。即便亲生父母去世,他们也只是干号几声做做样子。他们一向瞧不起会流泪的马背生,嘲笑他像个女人。靠山庄包括神乳山乃至整个宛平县,可能只有马背生一个男人会流泪,他是一个内心柔软、心地善良的男人。他一动不动坐在门槛上等眼里噙着的泪水慢慢风干,才站起来摸摸银环的头:"叔叔割了肉给你包白菜猪肉饺子吃。"他又抬头望着我,"你也别难过,别跟那个女人纠缠,算我们倒霉吧!不耽误种土豆,我来帮你种。"

　　当天晚上我向马背生描述了我在前面看到的那一幕:宫中奶子府长长的花团锦簇的队伍缓缓行走在神乳山下。后来我才知道,他们最先是决定到钱大妈老家背山庄。钱大妈妈每隔两年都要威风凛凛地回乡省亲,她就是要让乡里乡亲看一看她作为女人的成功与骄傲。她对背山庄村民恩威并举,每次归来会让哥哥钱五福给每家每户送上宫中的食品,有时是豌豆馂馂、太后五仁饼,有时是松子百合酥、蜜汁蜂巢糕,遇上孤寡老人她会丢上一点散碎银子。背山庄村民对她充满感激,在他们口耳相传中钱大妈妈是一个传说中的人物,她自然也成为宛平县所有育龄妇女心心念念的一个榜样。她每次归乡都会在四乡八庄产生轰动效应,只是这一次公私兼顾的回乡之旅并不像从前那么顺利,先是进山的路口发生断路,最后过神乳山下的神乳河时又发生桥塌。在范稳婆的带领下他们只好先来到靠山庄,投宿到陶县令老家那个无人居住的深宅大院。这里顺便交代一下,宛平县陶县令老家就在我们靠山庄,他一家人多年前就搬到宛平县城定居,靠山庄这处深宅大院空无一人,只好让本家侄子帮忙照看。奶子府就安排人手将闲置的宅院打扫干净,上百号人马入住还显得很宽敞。我记得第二天我是第一批进入县令家的老宅子,我前面是张三姐后面是杨白桃。当然,我前前后后还有三四十号哺乳期女人,我们是第一批,老宅子外还有第二批、第三批、第四批、第五批。成百上千穿红着绿、插花戴朵的女人来自神乳山下的四乡八庄,她们有些憧憬有些期待当然也有些恐惧和紧张,不知道幸运会不会降临到她们头上。我就是其中的一个,完全不知道等待我的将会是什么样的命运,只能将一切交给老天。站在棉帘外等待稳婆们召唤的时候,那种紧张的心情我至今还记得。我还听到里面隐隐发出一阵惊呼,这是稳婆们看到张三姐乳房时所发出的惊呼。后来在奶子府我亲眼见过张三姐的乳房,我不得不嫉妒地说那是我见过的最美的乳房,像两只景德镇官窑烧制的白骨瓷小碗倒扣在胸脯上,好像这个比喻还不太准确,因为白骨瓷碗可能有点硬。张三姐的乳房比它还要稍稍大一点,微微有点下垂有点晃动,加一分过于硬挺,减一分又过于松软,它们就如同两个小甜瓜似的吊在她丰腴白净的胸脯上方,令人忍不住要伸手抚摸。张三姐的入选理所当然,她的风流成性似乎也是理所当然,她背着她男人木匠陶金宝和山前山后粗野男人们偷情似乎也是理所当然,谁让她长有两只人见人爱的乳房呢?我敢打赌,神乳山下的男人们除了马背生,谁不渴望抚摸甚至吮吸她胸前那对美轮美奂的大乳房?最后她因偷情被捉,遭到陶金宝的遗弃似乎也是理所当然。说句心里话,作为女人我妒忌她那对乳房。与她相比我的乳房实在毫不起眼,它像两只小莲蓬瘦瘦小小地扣在我胸口,显得干瘪和皱巴。挺起胸来还好看点,要是平躺下来它几乎没有。我对入选奶子府丝毫没有信心,首先我对自己的乳房就没有信心。我平时所见的女人,露出的奶子几乎都比我的大,她们还都是最最普通的女人。奶子府是什么地方?是我大明王朝乳房最肥美最漂亮的女人聚集的地方,是一个凭奶子吃饭的地方。我长着这样毫不起眼的小乳房像还没有发育好的小女孩似的,我怎么可能被选入奶子府?杨白桃看出我的心思,她伏在我后背上悄悄说:"好歹报了名,总得要试一试。每一个报名的女人不管结果怎么样都可以从稳婆手里领到一瓢麦子、一段丝纱。你不看别的,就看这瓢麦子、这段丝纱,也得进去点个卯。"我就怀着忐忑不安的心情等候着，一直等到那个脸黄得像草纸的范稳婆掀开棉帘子报出我的名字，杨白桃才从背后用力一推将我推进棉帘子里。这是第一关：初选，由范稳婆把关。她一言不发，手脚麻利脱去我的上衣，一直到露出我娘逼我穿上的那件印有石榴多籽图案的红兜肚时，她的浑浊的眼睛停滞了一下，然后环腰抱着我的手眨眼之间就解开了红兜肚后面的蝴蝶扣。这一幕恰好被从里间出来的张三姐看到，她的眼光就落在那件绣有石榴多籽图案的红兜肚上，她脸上毫无顾忌地显露出无比惊讶的表情。而范稳婆则神色大变，呵斥了一声将我推到角落里不再理我。我完全不明白怎么回事，多年之后我才得知这是范稳婆对我的保护。我当时只是眼睁睁地看着眼前一个又一个漂亮或不漂亮的女人露出她们或大或小的乳房依次走过，走到里面房间。等到她们重新出现时，脸上挂着或悲或喜的表情，我看一眼就知道她们今天的结局。好在房间里有小太监准备的一盆炭火，我一点也不觉得寒冷，只是一直不明白范稳婆为何要冷落我。一直等到钱大妈妈和韦忠贤累了，需要休息一下用一用点心，范稳婆才扣下我的红兜肚打发我离开。我刚刚走出陶家大院后门外的巷子口，就被两个闪身而出的奶子府稳婆和敬事房太监抓住。钱大妈妈冷笑着上来，将一张宽大的脸朝上一抬，命令说："脱下她的衣服，全脱下来。"钱大妈妈摆了摆身上那件卷草如意绣凤妆花紫披风，显得高贵而又冷漠。两个稳婆搋住我的胳臂，两个太监力气那样大，三下五除二就扒了我的上衣。他们好像是冲着那件红兜肚而来，没有发现红兜肚他们显然很失望，在钱大妈妈指挥下直奔陶家大院，终于在范稳婆身后从宫中带来的大红金线蟒靠背下发现了那只红兜肚，那上面的石榴多籽图案仍然鲜艳夺目，好像昨天才新绣而成，两只硕大的带着碧绿叶子的石榴咧开嘴，露出里面晶莹如红宝石的籽粒。众人目光全落在瘦小枯干的范稳婆身上，她表情冷漠地在收拾面前杂乱的物品。钱大妈妈拿起红兜肚冲我说："是从你身上脱下来的吗？"我不敢说话，钱大妈妈继续说："这是皇上的恩物，是皇上赐给娘娘和贵妃的恩物，你一介草民怎么有这个东西？你从哪里偷来的？"范稳婆穿一件绛红色撒花点翠丝绵夹袄，上前说："给我，是我的。"众人大吃一惊，钱大妈妈根本不信："怎么会是你的？不是穿在颜如月身上吗？"范稳婆说："还是从前丽贵妃送我的，因为是皇上的恩物不能随便丢弃，我一直带在身上。昨天我晾晒在她家篱笆上，风吹落了被她捡去。乡下女子也不知道这是皇上的恩物就穿在身上，被我刚刚发现扒了下来。"我心里暗自吃惊，这分明是我娘让我穿上的红兜肚，怎么到了范稳婆嘴里，被她讲故事似的说得滴水不漏？我当然也不是糊涂女人，从范稳婆眼神里窥探到一丝不易察觉的暗示。我不发一言，装作羞愧似的低下了头。

这件事就这样悄然过去,当然在我心里永远不会轻易过去,它成了一块心病,一块压在我心上的石头:原来这条红兜肚竟然是皇上的恩物,搞不好将有杀头之罪。这事太诡异了,我娘从哪里得到这条皇上恩物?真的就是像范稳婆所说的故事那样?肯定不可能,它分明一直就被我娘收藏在箱底秘不示人。令我吃惊的是,范稳婆为何要欺骗钱大妈妈?又是谁向钱大妈妈密报了这一切?目击者只有张三姐,难道是她向钱大妈妈告了密?我心乱如麻,被钱大妈妈反复审问后仓皇地离开了陶家大院。当然我没有被选入奶子府,张三姐、杨白桃幸运入选。杨白桃只是作为替补,她向我介绍了奶子府那些奇奇怪怪的检查工具,比如祖母绿玉制成的奶罩,扣在乳头上不大不小正合适的方为合格,而无论大一分或小一丝都为不合格。比如像鞋拔子或铜勺子那样的乳夹,纯铜打造饰有胖娃娃或肥鲤鱼,两只乳夹在乳头上那么轻轻一夹,奶水马上就涌泉似的汩汩而出,滴落到白玉瓷盘中,由稳婆们拿到太阳底下晾晒,一直要晒三天三夜。据说身体有疾的奶水一天后就开始发黑,而发黑的程度与主人病的轻重正好成正比。如果奶水既黑且臭,则表明奶妈的身体已经出现绝症。只要奶水发黑者无论颜色深浅一律除名,即使合格者如杨白桃,虽然成了替补,也并不表明她一定能进入奶子府。因为渴望进入奶子府的奶妈实在太多,行贿就成为许多奶妈暗中竞争时必不可缺的手段。那几天钱大妈妈家人声鼎沸,各色人等川流不息。钱五福甚至索贿成瘾,没有行贿的奶妈他分别记下姓名,据说这些奶妈奶水再好也将永远不可能进入奶子府。行贿成风加上谣言满天飞让入选的奶妈们坐立不安,也包括张三姐这样出色的奶妈。据说张三姐家一无所有,她哥哥张二愣背着她嫂子将家中仅有的五只羊偷偷牵到钱五福家羊圈。张二嫂发现后又哭又闹,张二愣对她的态度是既吓又哄:"你这个傻瓜女人,俺们家三姐肯定能入宫。只要俺们家三姐入宫你就等着屙金尿银吧,几只羊羔子算个屁呀?"张二嫂反驳他:"既然俺家三姐入宫是三个指头捡田螺十拿九稳,那还要送什么礼?"张二愣狠狠瞪了女人一眼:"真是头发长见识短,我就是要板上钉钉万无一失,你懂不懂?你这个蠢婆娘。"

那几天靠山庄被奶子府的稳婆们闹得沸反盈天,我亲眼看到大太监韦忠贤成天就在陶家大院里练书法。陶家大院后门外的坡地上扔满了宫中那些花花绿绿的垃圾,那是跟我们靠山庄完全不一样的垃圾,其中还夹杂着白纸黑字的书法,被小太监宋玉扔在坡地上,让秋风吹得到处都是,有的就挂在树枝上,像清明时节烧给祖先的纸钱。我还在庄外见到匆匆赶来的木匠陶金宝。陶金宝想和张三姐破镜重圆,就守在庄口老槐树下,他终于等到了陪嫂子进城归来的张三姐,一夜之间小木匠陶金宝要和张三姐重续旧情的消息就在女人间不胫而走。靠山庄的女人们还来不及嚼舌根,却发现庄口的官道上出现一匹枣红色的骏马,马上那个威武英俊的身穿海棠红实地纱彩绣片金单宫服的少年人就是李连城,后来他成为我生命里最最重要的一个男人。我认定这是天意,老天不会让我们第一次相遇平平淡淡,如果是这样那也太不像一个传奇故事。而我的一生从出生那一刻起注定就是一个传奇,传奇女人的一生没有一个传奇男人陪伴那是无法想象的。那天李连城骑着骏马从神乳山下官道上疾驰而过,转过山嘴时马匹突然受惊。这是一匹在宫中传递中书房信函、题本的马,平时就生活在宫中,顶多在里草栏场或内校场吃吃草,跑一跑。它很少到乡间来,正好那天靠山庄出殡,因为有皇家奶子府在,陶县令不许出殡队伍走官道,丧家只好沿山脚转过山嘴来到坟场。但是那长长的披麻戴孝的送葬队伍还有哭哭啼啼的孝子贤孙与纸人纸马,以及飘扬的纸幡、吹吹打打的唢呐还是让这匹马受到惊吓,它受惊了,在官道上一路狂奔,竟然将惯于马上征战的锦衣卫佥事李连城颠下马来。李连城一个倒栽葱被拖挂在马胯之下,他竭尽全力想翻身上马,但是马疯了似的一路狂奔,马蹄铁在石块上溅出火花,李连城无法用得上力气,眼看就要坠落在地。当时银环和几个孩子就站在山道上看出殡,而这匹马就朝着这几个孩子直冲过去,人群顿时骚动起来。我看到这一幕如同冰凉的井水当头浇下,发疯似的向孩子们狂奔过去。李连城在马上几经颠簸终于挣扎着翻身上了马背,在我冲上前护住那几个孩子的同时,他拼尽全力猛提缰绳,他胯下的烈马眨眼之间变成飞马从我们头顶上呼啸而过,重重地落在十几步开外的地方。李连城就地一滚站了起来,喘着粗气与我对望,从他那炯炯有神的大眼睛里迸发出的光芒令我今生今世再不能忘。

李连城此次是从宫中一路狂奔而来,小皇上已经水米不进,情况万分危急,娘娘希望新当选的奶妈们火速入宫哺乳。小皇上一向喜新厌旧、恋乳成痴,新当选的奶妈总会诱发他的胃口,这是奶子府人尽皆知的。只有一个人在此时心怀窃喜,她就是早已虎视眈眈的如妃。在几位在世的妃子中,珍妃远离纷争吃斋念佛,从不过问宫中之事。玉妃已被打入冷宫多年,纵然一万个不甘心却没有一点办法。只有如妃至今仍然住在宫中,她盼着小皇上朱春山马上就驾崩,然后轮到她的儿子四皇子朱春龙继位。毕竟在先皇五位皇子中,她的家族、权势与娘娘不相上下。而她的弟弟、兵部左侍郎赵明德早已忍耐不住,暗地里伺机发动兵变。那时候我对紫禁城的一切一无所知,我只是羡慕地看着张三姐和新当选的奶妈们随奶子府长长的队伍离开了靠山庄。还有包括钱如意、如花等一批奶子府新当选女仆杂役也同时入宫,如花的小妹秀琴抱着姐姐哭得花容失色。我当时也不会想到这一对漂亮的姐妹最后会成为搅乱后宫的红颜祸水。望着奶子府花团锦簇的大队人马经过靠山庄村口的老槐树消失在遮天蔽日的黄尘之中,我对未来充满不可名状的忧伤。我根本不知道离别之际范稳婆给银环留下的三罐羊奶其实是一个伏笔,这个伏笔让后面的故事有了惊天逆转。

第三章　皇上恩物

　　其实在奶子府的人马从视野中消失之后，我就开始追问我娘。她好像也在暗中一直观察奶子府在靠山庄的一举一动。几乎与奶子府稳婆们在靠山庄消失同时，她就如同幽灵一样出现在后门外黄土垒成的院墙下。那里有一棵柿子树，现在正是秋天，树上零零散散挂着几只小灯笼似的红柿子。这棵柿子树每年都是硕果累累，今年不知怎么回事果实很少。我娘深深地看了我一眼，然后安安静静地走进来，从怀里慢慢掏出那条绣有石榴多籽图案的红兜肚。我大吃一惊劈手就夺了过来问她："怎么又到了你手里？原来这是皇上恩物，你从哪里得到皇上的恩物？你告诉我！"我娘像要瞌睡一样低下了头。我盯着她的脚看，她脚上是一双手工布鞋，鞋尖上满是黄土。我不想放过她，因为这件事对我实在重要，我在她面前蹲下来，摇晃着她的膝盖："娘，你说啊！你要告诉我。"我娘单薄的身子颤抖了一下，然后又颤抖了一下，接着发出哭号前的呻吟，她的疯痴病又犯了，站起来大叫一声朝院外狂奔而去。我追上去攥住她的胳臂怕她挣脱，流着泪叫她："娘，娘啊！"我紧紧抱着她，她身上有一种古怪的味道。杨白桃就在这时候出现在院门外，她吃惊地跑上来与我一起联手将我娘安顿到炕上。天气并不太冷，冬天正在遥远的北方，还没有发力，炕洞里其实并没有烧火。我娘在炕上似乎睡着了，她流着口水发出轻微的鼾声。我松手从怀中将红兜肚取出来，杨白桃劈手抢过来："你想作死呀？这东西差点要了你的命，你怎么心心念念就想穿它？"我说："不是，不是这样，这是我娘不知从哪里弄来的。"杨白桃完全不信："不可能，它不是被钱大妈妈收走了吗？"我说："是呀，我明明看见钱大妈妈收走了。可是，奶子府人马一走，我就看到我娘拿着它给我看。"杨白桃将红兜肚拿在手里看了又看："真是怪事，难不成你娘会变出红兜肚？还变出一条又一条？"杨白桃忽然将红兜肚往我怀里一塞："你知道这石榴多籽红兜肚代表什么吗？"我说："就是皇上送给爱妃的呀？"杨白桃说："不是每个妃子都有，一定要是皇上最爱的妃子。不是贵妃更不是贵人，是皇贵妃，而且是皇上跟她第一次。皇上最爱她，想让她多多生下皇子，最好像石榴那样多籽。皇上要从中挑出一位皇子接班做皇上，你明白吗？皇上就是要让这个女人不但要做皇妃，还要做皇后、皇太后！"我吓得大气不敢出。杨白桃说："赶快找个地方藏起来，免得被人发现告了官府又是一桩罪。"我说："藏哪儿呢？放家里肯定不行。"杨白桃看了看外面渐渐黑下来的天色，然后说："跟我来。"

我记得很清楚，那天晚上下弦月像一根鹅毛轻飘飘地浮在半空。天空一片乌蓝，有鸟儿时不时恐怖地啼鸣一声，令人汗毛倒竖。我和杨白桃来到庄后土地庙，小小的庙基前面有几个庞大的麦草垛。杨白桃从腰间取下一只葫芦瓢——老葫芦挖空了内瓤晒干，是装菜种用的。她打开葫芦蒂，将红兜肚叠成卷儿插进去，然后果断地说："你来还是我来，我力气比你大。"她猫下腰用力将葫芦塞进草垛深处，不放心又蹲下来使劲往里摁了摁："好了没事了，记好，土地庙旁第二个草垛。"我们怕夜长梦多就马上转身悄悄离开，可没等我们转过土地庙就听到草垛那边发出一阵响动，同时伴随着一个人跌倒时发出的一声惨叫。杨白桃马上追过去，等我冲到草垛前，她大叫一声："葫芦被人偷了。"她当即顺着声音的方向追过去，那一带我们都很熟，跳下坡坎一路狂追，终于发现了杨白桃的男人黑娃，他脱了裤子在一旁解手。杨白桃上前喝道："黑娃，你不是进城卖麦子吗？黑灯瞎火的怎么在这儿？"黑娃挥挥手说："快走，我拉肚子，拉完了和你说。"仿佛应了黑娃的话，他稀里哗啦拉出一大摊污物臭气熏天。我和杨白桃捂着鼻子跑得远远的，等到臭气消散才发现黑娃不见了。杨白桃一声惨叫，然后突然笑了起来："不着急，明天红兜肚一定物归原主。"

后来发生的事确实出乎我的意料，原来那天隔墙有耳，我和杨白桃关于红兜肚的一番对话全被黑娃听到。穷疯了的黑娃突然想到偷皇上的恩物拿去售卖，所以一路尾随到草垛后面。我们前脚离开他后脚就窃走了红兜肚，失足跌下坡坎才被杨白桃发现。杨白桃知道打不过黑娃，她有她的手段，她施展床上功夫勾引黑娃。黑娃欲仙欲死一做就是三次，等他像死猪一样沉沉睡去时杨白桃却找不到那条红兜肚。奇怪的是黑娃上床从来都是脱得精光，而这次竟然史无前例地穿了件布褂，杨白桃扯下他的布褂子赫然发现他竟然将红兜肚穿在身上，他五大三粗的身子裹着那条小小的红兜肚显得滑稽又可笑。她刚想伸手脱下那条红兜肚，李连城带着锦衣卫的兵卒破门而入。黑娃根本来不及起床，李连城动作神速,一个箭步冲到黑娃面前,闪电般扯下红兜肚:"果然不出所料,胆敢偷窃皇上的恩物,黑娃,你活得不耐烦了是不是?"黑娃吞吞吐吐说不出一句完整话来:"这个,这个,是我在路上捡来玩的。"朱六指喝道:"捡来玩的? 再捡一条给我看看! 死到临头不知悔——走!"兵卒们一拥而上手脚麻利地将黑娃五花大绑押出门外,门外站着马背生,他手中举着一支葵花盘做成的火把,火把哔剥燃烧发出炒葵花子的香气。朱六指厉声喝道:"何人挡道?"马背生微微一笑:"错了,你们完全弄错了,那条红兜肚是我仿制了哄我婶娘的。"李连城大眼一瞪:"这可是欺君之罪杀头之罪,是你能开的玩笑吗?"马背生说:"我说的并非玩笑。我婶娘是个疯婆子,她胡言乱语说她就是皇上的爱妃,皇上肯定要来接她入宫,红兜肚是皇上赐给她的爱物。我用纱布做了给她哄她说是皇上派宫女送来的,她就笑了,不疯了。"李连城匪夷所思地看了看手中的红兜肚:"你说这是纱布做的?"马背生说:"是,是我做了哄我婶娘被人当成真的了,闹出一场笑话。"马背生接过红兜肚,绷紧了用大拇指一顶,果然就轻巧巧戳出个大洞,围观者一声惊呼。马背生又从口袋里掏出四五条一模一样的红兜肚:"你们看看,全是我用纱布做了哄我婶娘玩的。"

马背生变魔术一样的手段让整个事件峰回路转,李连城发现每一条红兜肚千真万确都是用纱布做的,他狠狠斥责了马背生一通,然后全部没收带回宫中,同时他也释放了黑娃。少年老成的李连城穿一身玫瑰紫二色金银鼠比肩褂,英俊得令人痴迷。回宫的当天晚上,他向锦衣卫都指挥使白升安禀报后出了锦衣卫回字形长廊,在光禄寺那边偶然遇到了间谍,而且他认定还是大金间谍,他是从间谍身上浓重的牛羊腥膻味上判断出来的。金人多食牛羊肉,身上的气味与吃麦面或稻米的中原人是不同的。他与朱六指一路跟踪到里草栏场与象房相隔的牛羊圈,最终一无所获。刚想离开,却又在象房后面的木栅栏上看到一只飞镖。飞镖是刚刚飞过来的,射在木栅栏上发出一声沉闷的声响。飞镖上插着一张字条:速至重华宫。朱六指用嘴咬着多出来的那根小指头:"你我暗中追赶间谍——"李连城接口道:"殊不知间谍也在暗中跟踪我们,走,我倒想会会他们。紫禁城是我们锦衣卫的天下,我还反过来怕他不成?"

李连城带着朱六指一路赶到重华宫,重华宫是放置老皇上朱孝进少年物品的地方。李连城和朱六指不急于现身,先在暗处观察一番,还没等他们喘口气,突然从琉璃瓦上跳下两位蒙面人举剑便刺。李连城与朱六指身手了得挥刀便挡,刀光剑影交织在一起发出金属碰撞的声响。朱六指被一脚踹倒,李连城孤军奋战,突然两把利剑齐刷刷地抵在他胸口。就在他一愣神之际,蒙面人贴在他耳畔低声说道:"三日内有人在御膳房投毒!"一股浓烈的牛羊肉腥膻味再次扑面而来,眨眼之间两把利剑连同两位蒙面人便消逝无踪。李连城好生奇怪,他在宫中见多识广,却无法理解发生在身边的这种非常奇怪、完全不合常理的诡异之事。他认定这是一个局,只是身在局中目前还没有找到出局的路径。他与朱六指各执一把银勺子守在御膳房门外,朱六指更多的时候守在西苑门外的甜食房。拿银勺测毒是锦衣卫保护皇上的秘密手段之一,还不能让御膳房宫厨和太监知道,因为御膳房也有专门测毒的太监,叫尝膳,就是御膳在宫中布置好之后,有太监在皇上用膳之前先尝上一口看看是否有毒。但是即便如此也不能保证食品无毒,有尝膳太监被收买,他事先服下解毒药物,这样即便有毒对他却没有任何伤害。李连城瞒着韦忠贤严防死守,终于在三天后太后与娘娘最后一道菜品仙鹤烩熊掌里发现了毒。那天的晚膳八十八道菜肴早已摆齐,最后十道已经测试过的热菜并没有放到膳桌上,而是放到一旁的红漆食盒里,食盒外包裹着一层锦套保温。等到传膳太监传太后进膳时才能将这些菜肴端上膳桌,当着太后的面打开。检查结束的李连城已经离开了太后进膳的仁寿宫,这是他刻意而为,为的就是要突然杀个回马枪,抢在太后即将进膳时再试。当他的银勺缓缓放进一道叫仙鹤烩熊掌的宫中名菜时,怪事发生了:刚刚还锃光瓦亮的银勺缓缓变黑。一只宫中最普通的银勺子会测出毒来?我没有进宫时绝对不相信会有这样的神奇之事。后来我专门询问过李连城,他告诉我,投毒者大都投的是砒霜。砒霜里含有大量的汞,银勺上的银与汞一接触就会导致银勺子颜色大变。当天看到李连城举着发黑的银勺时,传膳太监脸色苍白双膝发软扑通一下就跪在地上。就在这时候宫女们簇拥着太后有说有笑地从抄手游廊上走进进膳厅,太后一身葱黄绫锦晚装,头戴丝嵌宝紫金冠,足蹬石青金钱蟒厚底鞋,华贵典雅。李连城上前一跪:"太后请速速离开,待微臣处理后再禀告太后。"宫女们看到李连城手中举着的那只乌黑的银勺吓得花容失色,惊慌失措地扶着太后退出。就在这片刻工夫,那位瘫坐在地上的传膳太监突然站起来,抢过那道仙鹤烩熊掌用手当筷一通狂吃。李连城和一帮小太监大太监围着他目瞪口呆。只见他刚吞下三五口,突然当啷一声,手中的瓷盘掉在地上摔得粉碎,而他自己也接着轰然倒地口吐一摊乌紫腥臭的血,一命呜呼。

李连城救了太后一命在宫中引起轰动,宫中自然奖赏,这让锦衣卫当家人白升安十分不爽。白升安因为工作乏力受到太后与王不欢的斥责,白升安将满腔怒火迁到李连城身上,据说某次早朝后他与李连城一言不合大打出手,白升安显然不是李连城的对手。李连城着一袭玫瑰紫二色金银鼠比肩褂,显得英俊洒脱,他只是被动出招还击,在制伏了白升安之后迅速逃到太和殿外的一个偏殿,锦衣卫两大帮派誓不两立的传言很快在宫中流传。那时候我没有入宫,我不知道那个草民眼中金碧辉煌的天堂一样的地方原来是人间最凶险、最肮脏、最黑暗的地方。那时候我不知道虽然我没有被选入奶子府,但是我一生的传奇已经翻开了第一页,只是谁也不会想到它后面的跌宕起伏与惊天逆转。我也不知道我正在命运的苦海中挣扎几乎灭顶,奶子府的人马前脚刚刚离开,张二愣就被陶县令请进县衙当差,而张二愣也通过陶县令没收了我男人马后生开垦的那片山地。那是我一家活命的一片山地,我没有办法活下去。那天晚上我坐在被地保打了石桩的山地旁泪流满面,后来北风呼啸、大雪扑面。那一年的雪来得特别早,秋天就开始下雪被认为是不祥之兆。我在山地旁只坐了一会儿,地上就积了一层厚厚的白雪几乎把我冻僵。我起身往家走,这时候雪越下越大,白茫茫一片大地在我脚下铺展,神乳山下的靠山庄全被白雪覆盖。我东一脚西一脚摸索着往山脚下走,一脚踏空扎进一个深不见底的废井。等我醒来时才发现躺在家中温暖的火炕上,那应该是这一年第一次烧炕。杨白桃就守在我身旁,一直等我完全恢复后她才告诉我:是马背生救了我,否则我一定就在那个废弃的旱井里冻死了。马背生寻找我一直找到后半夜,在那片坡地上发现一个雪窝,又在雪窝旁发现冻硬的鼻涕,断定我坐在那里鼻涕一把眼泪一把哭了很久,然后顺着雪地隐隐的脚印一直往山下走,最后脚印消失的地方是一处废井。他断定我失足掉了下去,叫来了五六个壮汉,让大家用绳子吊着他放他下井,才将已经昏死的我救了出来。他在我面前只字不提,只是等我差不多恢复之后才在一个阴风四起的午后将一条红兜肚塞到我手里:"你看看,你好好看看,这才是皇上赐给爱妃的恩物。"我拿在手里就知道这条才是真的,就是我曾经穿过后来又被钱大妈妈没收的那一条。我警觉地问他:"哪里弄来的?"马背生说:"从你娘那里用假的替换了那条真的,后来又用假的故意搅乱视线让他们不辨真假,这条红兜肚千真万确就是皇上的恩物。我一直怀疑,奶子府的稳婆,就是送你几罐羊奶的那个范稳婆,她和你娘好像有某种非同寻常的关系。你娘有这条红兜肚太奇怪了,你不觉得吗?另外我还要告诉你,有天晚上,就是银环发高烧的那天晚上,我去请乡医赵半仙,突然在土地庙旁的麦草垛下看到你娘。"我大吃一惊:"我娘?她半夜三更在那干什么?"马背生说:"我说了你别不高兴,我说的是实话,你娘正和一个男人在接头。那个老男人消失之后,你娘神神道道地念着奇怪的暗语……"我追问他:"什么暗语?"他说:"《水浒传》不输《西游记》,明朝人最爱《金瓶梅》。"我听了心头一怔,然后情不自禁重复一遍:"《水浒传》不输《西游记》,明朝人最爱《金瓶梅》。"

第四章　弥天大谎

　　多年以后范稳婆告诉我，钱大妈妈率领着钱如意、张三姐、银铃、碧桃、翠柳、如花等六十位穿红着绿的女子浩浩荡荡地进入了奶子府。而杨白桃等另外六十位候季奶妈则在两个月之后才被传唤进宫，并且她们也没有进宫，而是在东安门外奶子房安置下来，那里有一大片房舍供宫中成千上万的杂役居住。候季奶妈在宫中并不比杂役地位高，所以她们就住在奶子房等候替补。而当选的奶妈们则在此稍作停留，由奶子府的稳婆率领从东安门进入宫中：从东安里门、东上中门拐上河边直房，再沿内宫城墙下的护城河穿过印绶监、御马监、都知监，最后抵达奶子府。入选的奶妈虽然进入宫中，但是等待她们的却是又一轮近乎苛刻的筛选：催奶。所谓催奶就是一连五日每日餐餐顿顿就是两道汤——白水猪蹄汤和无盐鲫鱼汤，每位奶妈每餐必食两大青花瓷碗。不放盐不搁醋的白水炖猪蹄和无盐鲫鱼汤汤色乳白腥气扑鼻，在家过惯了苦日子的奶妈们头一餐都可以吃下去，第二餐闭上眼憋口气也可以吃完。一连数日后再面对难以下咽的催奶汤奶妈们捧上汤碗就开始呕吐，每到饭点奶子府一片呕吐之声。

　　钱大妈妈是个心狠手辣的强悍女人，据说每到饭点她手持一双以细银链连在一起的长银筷子——那是宫中银作局精心打造的银筷子——像只母老虎似的围着长长的桌案不停地绕圈子。她穿着一身鸭蛋青色立蟒白狐腋箭袖长袍，那袭长袍把她衬托得十分高贵。跟在她身后的侄女钱如意则是一件五彩蝴蝶鸾绦羽衣，苏州锦缎织成的羽衣在秋风中微微拂动，有一种楚楚动人的风韵。四张长长的桌案上围着六十位新入选的奶妈，人人手捧一瓷碗白水炖猪蹄或无盐鲫鱼汤，稀里呼噜稀里哗啦像猪吃食似的吃得一片山响，奶妈们人人汗出如浆。碧桃和翠柳等一帮女仆杂役将一桶又一桶腥气扑鼻的食物抬来，全是热气腾腾的猪蹄与鲫鱼，这是民间和宫中最好的发奶物。钱如意的目光在席间巡视,发现有奶妈吃完她迅速补上一勺。而一旦有人偷奸耍滑或稍稍慢了半拍,钱大妈妈马上黑下脸用银筷子狠狠敲在奶妈额头上破口大骂:"贱蹄子,别不知足,猪蹄鲫鱼都吃不下想吃龙肉吗?想吃龙肉上天去!"被敲打脑门的奶妈既羞又疼,实在忍不住就伏在桌案上哇的一声吐出来,刚刚吃下去还没来得及消化的猪蹄与鲫鱼肉和着胃液喷涌而出。她带了一个坏头,忍无可忍的奶妈们放开喉咙大吐特吐,直吐得污物横飞遍地狼藉,钱大妈妈和一帮稳婆杂役被呕吐物追赶着一逃而空。等奶妈们吐够了吐空了,钱大妈妈才出现在门口:"吐完了吧?吐好了吗?很好,每人三碗接着再吃,不吃干净不许睡觉。"奶妈们闻听齐声惊呼,钱大妈妈举起银筷子朝带头回嘴的那个奶妈狠狠打去。在所有奶妈中只有张三姐是个例外,她只是象征性地吐了几口然后就坐那里看奶妈们狂吐,这时候她站出来说:"不吃哪里有奶水?只有吃得好奶水才会好,奶水好皇子龙孙才会长得好。你们以为挑我们来宫中是拿个龛子当菩萨供起来?不是,是为了让我们给皇子龙孙来喂奶,别不知好歹。大家抬起头来,统统抬起头来,吐上十回百回就好了,我知道奶子府每一位好奶妈都是从呕吐开始!"钱大妈妈听了她的话频频点头:"张三姐,挑你进宫真是没有挑错人,没想到你奶水好嘴巴也好。"

　　我不得不一次又一次提到张三姐,她后来在后宫成为我强有力的竞争对手几度置我于死地。尽管我几次差点死于她手,但我不得不佩服这样野心勃勃的女人,为了改变命运使尽浑身解数敢打敢拼。更重要的是她充满生存智慧,她要是生在上流社会,凭她这样的强悍与心机做皇后也并非不可能,她后来确实也登上了宫中的权力巅峰。初入奶子府对她来说只是人生起步阶段,为了她早就谋划好的辉煌人生她什么苦都能吃得下,当然什么事也都能做得出,没有底线也没有标尺,所有的目标就是成为钱大妈妈那样在奶子府一言九鼎、在靠山庄万众瞩目的女人。不,她其实比钱大妈妈野心还要大,她内心最大的目标就是要成为娘娘,成为垂帘听政、名垂青史的太后。当然,一开始她与初入宫中的奶妈没有什么不同,只是稍稍出挑一些。比如,她会与每个奶妈、稳婆、太监和杂役亲密交往,钱大妈妈和韦忠贤更是她钻山打洞要接近的对象。在任何场合她不忘表现自己,她确实是一个有想法有主见的奶妈。不得不承认她更是一位出色的奶妈,她们这一批奶妈最终有三十位留在奶子府,根据奶水成色三十位又分成三六九等,分别派到太后、娘娘、王爷、皇妃各处宫殿侍候皇子龙女。作为第一个被钱大妈妈钦点的奶妈,张三姐被派遣到乾清宫侍候小皇上。当时的小皇上瘦得像一只病猫,张三姐饱食了五天猪蹄与鲫鱼汤之后,乳房丰满坚挺像神乳山一样耸立在胸前,我能想象到温暖的乳汁那种喷薄欲出的感觉。范稳婆、金稳婆、宋稳婆、马稳婆等十来个稳婆和碧桃、翠柳等十来个女仆杂役围绕着她忙碌了一个早上,又是玉槌按摩又是艾草熏澡,最后还要换上奶妈们统一的襟衫才入宫喂奶。我听说碧桃看了看张三姐那白皙丰满的身子忍不住扑哧一声笑起来,钱大妈妈目光如炬地盯着她:"你笑什么?你笑什么?"碧桃低下头一言不发。钱大妈妈走上前捻起她的耳朵尖:"你笑什么?笑什么?"碧桃小声嗫嚅着:"我想起了我们乡下过年杀年猪,煺了毛就是,就是……"她的话还没说完,钱如意就在边上撮圆了嘴巴一口痰朝碧桃脸上啐过来。可能是她力气太小也可能是没有控制好,那口痰啐到了翠柳手背上。碧桃又孩子似的大笑起来,而翠柳却大气沉稳地从衣袖中掏出丝绢一言不发地擦去了痰迹。她知道所有奶妈的目光齐刷刷地盯着她,但是她看也不看众人。这是一个大气沉稳的姑娘,她的大气与沉稳甚至孤傲后来给她带来一场接一场灾祸。碧桃是个与她完全不同的女孩子,她就是一个天真的爱笑的小女孩。她其实完全不适合生活在宫中这样一个人面兽心的地方,但是她偏偏出现在宫中,这都是命中注定。命中注定的一切无法更改,只能任由命运推动往前走,这是我现在在燕山深处桃花坡才悟到的人生真谛。

张三姐头一回进入乾清宫喂奶是糟糕透顶的一次经历,小皇上拒绝吃奶让经验丰富老到的稳婆们束手无策。那次钱大妈妈指定的是宋稳婆带队,马稳婆、范稳婆、金稳婆在一旁辅助。因为事关皇上性命,除了直接喂奶的奶妈和太监外,无关人员不能单独直接进入乾清宫接触皇上,当然也包括稳婆。稳婆们谁也不能单独随便地进入乾清宫接触皇上,必须在皇上奶妈同意下与其他稳婆同时进入侍候奶妈和皇上。宋稳婆是一个瘦高的老稳婆,她与三个稳婆联手托起小皇上,半是哄劝半是强迫地将张三姐光洁温暖的乳房送到小皇上嘴边。小皇上摇头拒绝,哭声暗哑,像深秋的蝉鸣。宋稳婆急了,将套着碧玉奶嘴的乳头强行塞进小皇上嘴里。小皇上突然发怒狠狠咬住张三姐乳头几乎要咬掉。张三姐那杀猪一样的惨叫让站在屏风外窃听的娘娘、王不欢、如妃、韦忠贤和钱大妈妈等一大片宫中要人冷汗淋漓。娘娘不顾一切直冲进去,小皇上浑身直挺挺的像一根木头,一泡尿从他裆间喷射而出,溅了宋稳婆一头一脸。

发生在小皇上身上的诡异之事一夜之间传遍宫中,钱大妈妈捧着一罐张三姐挤出的乳汁拿到宫中给太后和娘娘过目,雪白如银的乳汁还有隐隐的奶香,让贵妃们赞不绝口。钱大妈妈说:"我从入宫做奶妈起大半生就在奶子府,过手的奶妈何止成千上万?不说半句瞎话,张三姐的奶水是我见过的奶妈中最好的奶水。"这样出色的奶水也不被小皇上接受,从娘娘到钱大妈妈都感到巨大的恐慌。住在东宫钟粹宫的如妃暗自高兴,她派出身边最得力的宫女凤仙找到张三姐,请张三姐进入钟粹宫做奶妈,哺乳如妃的儿子四皇子朱春龙。西六宫体和殿的珍妃也想为自己的儿子五皇子朱春阳争取一个好奶妈,后来自知不是如妃的对手只好放弃。

那时候我正在靠山庄面对那条绣有石榴多籽图案的红兜肚百思不得其解,一个又一个秋风呼啸的夜晚,我面对那条来历不明的红兜肚心头升起一个又一个问号:我娘到底是什么人?她从哪里得到这条红兜肚?她明明是一个疯女人怎么会有人暗中来和她幽会?还有马背生偶然听到的接头暗语,为什么要死死牢记接头暗语?谁来和她接头?谁会来和一个疯女人接头?这一切都是真的,还是只是一个疯老婆子的痴言谵语?我发现我对我娘一无所知,因为从小到大她在我眼里就是一个疯女人,时好时坏,时坏时好,我对她的过往一无所知,我陷入一片混沌之中。而马背生又发现一桩离奇之事,范稳婆好心留给银环的三罐羊奶隐隐泛绿并有一股诡异的香气。马背生说:"这种香味我从来没有闻到过,你肯定也没有闻到过,你不要喝了,不要再给银环喝,这不是什么好东西,这里面一定掺了一味药,肯定是一味药。"我嘴上支支吾吾应付他,实际上却没有听从他的劝告。因为我从母亲细心的角度观察,事情分明和马背生所说的刚好相反,银环自从喝光第一罐羊奶后很快白了一些也胖了一些,小手伸出来肥嘟嘟的,两只眼睛既大又亮,眉毛忽上忽下像要飞起来一样,她变成了一个人见人爱的女孩子。她发疯似的要喝羊奶,喝完了舔着嘴唇继续盯着炕上剩余的两罐。而且我喝了之后也明显感到不同,不但胃口大开而且神清气爽脚步轻快,乳房也饱满起来,时不时有心花怒放的感觉。马背生忧心忡忡,认定范稳婆是个深不可测的老女人,鼓动我带着红兜肚到顺天府找范稳婆问个水落石出。他知道她肯定不会说实话,但是也能从她嘴里套出一些话来。这个想法正合我的心意,我一直对我娘拥有皇上的恩物百思不解,而范稳婆对我这个平凡的乡间女子出手相助更是匪夷所思。我决定前往顺天府,任何人也没有说,包括闺蜜杨白桃。我在半夜三更将银环塞进娘的热被窝,只是跟她说我去宛平县城贩皮毛,这是我们靠山庄村民秋冬天一项挣钱的活计。我和马背生走了一天一夜,在第二天黎明时分抵达顺天府,那是我第一次来到顺天府,穿过城门洞的那一刻初升的太阳刚刚升起来,照耀着金碧辉煌的紫禁城,那一刻我像个傻瓜似的面对着金光灿灿的皇宫说不出一句话来。我跟着马背生一路打听着来到东安门外的奶子房,谎称我是靠山庄一个候选奶妈,我们问明了范稳婆出现在奶子房的时间,然后就在东安门外的夹弄里等候。天擦黑时分终于堵到了范稳婆。当时范稳婆身后跟着四五个奶子府的杂役,杂役后面还有一帮挑着担子的太监,其中有一个鹰鼻、兔嘴的老太监耿谦和,身穿一件湖蓝羽缎对襟褂子,后面我会讲到他,他是一个非常独特的太监。男人们谈起太监都不屑一顾,认为他们男不男女不女的不算男人。但是我后来在奶子府遇到的耿谦和却是个例外,太多的男人其实远远不如这个太监,关于他的故事还是留到后面去说。范稳婆其实远远地就认出了我,她将我扯到一边:"你跑到顺天府来干啥?"马背生利用她的身子作遮挡将那条红兜肚掏出来给她看:"这到底是怎么回事?你说——"范稳婆勃然大怒,抬手就噼里啪啦连扇了我好几个耳光,边扇边骂:"叫你这个现世宝出来丢人,叫你这个现世宝出来丢人!"太监和杂役们惊呆了,马背生上前捉住她的手:"好好的为什么要打人?"范稳婆在拉扯中冲他丢了个眼色,我心中升起更大的疑问。范稳婆却转身离去,边走边说:"给脸不要脸的乡下贩子,胆敢找奶子府的麻烦,眼珠子让雪老鸹啄啦?"她带着一队人马进入了不远处的裱画廊胡同,把我和马背生丢在原地。马背生和我正商量着下一步该怎么办,范稳婆突然又出现,伸手在我脸上抚摸了一下,满脸歉意:"实在对不起,我打你只为了诓骗他们,这里人多嘴杂。你们俩马上离开这里,太危险了,马上就走。不出半个月,我就去靠山庄接你进宫。你一定要进宫,有天大的秘密等着你。好,你们可以走了。"她说完转身就匆匆离开,走了几步又转过身来:"相信我,我范稳婆一定不会骗你。"

范稳婆的话马背生根本不信,他认定范稳婆就是故弄玄虚撒下一个弥天大谎,然后用一个又一个谎言来掩盖。她就是一个包藏祸心的女人,虽然现在还不明白她到底出于何种目的,但是她精心策划的骗局昭然若揭。那时候小皇上依然不吃不喝,钱大妈妈又根据马稳婆的推荐面试了一个小个子奶妈酸枣。面黄肌瘦的酸枣后来与我有过颇多的交往,这是一个心机很深的女人,也是一个心怀鬼胎的女人。她外表看上去那么平凡普通甚至有几分可怜,但是你无法想象她的乳房却像雨后森林里的大蘑菇一样鲜美、滋润而丰挺。更神奇的是她的奶水远远胜过张三姐,但是最终的结果是她的奶水同样被小皇上拒绝。这时候奶子府对小皇上拒绝食奶完全束手无策,娘娘将她最宠信的两个人韦忠贤与钱大妈妈叫到坤宁宫骂得狗血喷头。钱大妈妈一回到奶子府就扔掉仆役撑在她头上的曲柄七凤黄金伞,砸了桌上碧桃送上来的黄芪红花美颜汤。范稳婆就站在一旁,她一言不发地捡起摔成碎瓣的瓷碗片:"大妈妈您也别急,我倒是有个法子。老身在奶子府做奴才几十年,过手的奶妈何止成千上万?以我一生对奶妈的经验,好奶有时候也和人中尖子一样貌不惊人,那种看上去完美无缺的奶子却往往华而不实。"钱大妈妈翻了翻眼睛:"既然貌不惊人,你又从何判断她的奶子是好奶?"范稳婆说:"唐朝的《乳谱》老身倒背如流,开篇第一句便是:梅花落乳奶是药,气得郎中要上吊。我不得不说,靠山庄颜如月的奶子才是天下独一无二的好奶,颜如月就生着一双天下罕见的梅花乳。"钱大妈妈说:"《乳谱》?我怎么从来不曾听说过?"范稳婆从衣袖中取出一册翻烂了的《乳谱》出示:"就是家族祖传的民间杂记,登不了大雅之堂却极有用处。我家族之所以能成为宫中奶子府的催奶世家,就靠这本秘不示人的《乳谱》。现在小皇上有恙,奴才也管不了家族古训,出示此书只为对皇上有点益处,哪怕只有一点点用处,奴才此生也心满意足。"钱大妈妈打开霉味扑鼻的书,嘴里忍不住噢了一声,她抬头看一眼范稳婆,显得高贵而又亲和。

范稳婆短短的几句话对我一生起着至关重要的作用,这个寒露凝结、菊香幽幽的秋天对我来说其实是一个非常重要的季节,我的人生传奇就是从漫天飘飞的芒草絮中开始的。

第五章　草木皆兵

　　我和马背生回到靠山庄的当天晚上范稳婆也随后赶来，她出示了三贴膏药让我一日一次贴乳三天，三天后她会率奶子府人马将我接进宫中，然后让我成为奶子府当家大稳婆。马背生对她更加怀疑，也许是时间来不及，也许是不屑与他争辩，范稳婆在我乳房上一番演示后和悄然出现一样再度悄然离去。我闻了闻乳房上膏药浓郁扑鼻的草药香味，毫无来由地相信这个女人。我一定要进宫，一定能进宫，只有进入宫中才可能改变家族命运改变银环的命运，这是当时我最朴素的想法。三天之后在靠山庄那个铺满落叶的官道上果然又出现了奶子府浩浩荡荡的人马，这一次韦忠贤没有出现，只有钱大妈妈带着几个老稳婆入住陶家大院，当然还有那个围绕着钱大妈妈寸步不离的新入选奶妈张三姐。不得不说张三姐真会打扮，一件大红羽纱面白狐皮里的鹤氅配上脚上一双掐金挖云红香羊皮小靴，让靠山庄的人眼前一亮，这还是从前庄里那个掰玉米的张三姐吗？据说这一身行头是如妃送给她的。当时钱大妈妈着一件石青色缂丝灰鼠披风，而钱如意则着一件大红洋绉银鼠皮裙与姑姑遥相呼应。三个女人带着宫中大气与尊贵从靠山庄村头老槐树下经过，令人望而生畏。当银环被范稳婆领着出现在宫中来客面前时着实引发一阵骚动，张三姐大惊失色。作为靠山庄长大的女人她对银环相当熟悉，银环前后巨大反差让她非常吃惊。现在的银环与半月前的银环判若两人，当然也包括我。钱大妈妈拿起银环雪白丰盈的小胖手时，稳婆们一拥而上认定其母奶水了得。而范稳婆恰到好处地让我解开上身那件月白色印花夏布衫子，小巧却玲珑的两只乳房上两朵若隐若现的五瓣梅花让稳婆们再一次惊呼。范稳婆说："看看，看看，这就是传说中的梅花乳。"她当即背诵《乳谱》："阴与乳生命之源矣！一为生之门，一为命之源，皆为天地精气所凝之……"钱大妈妈感到不可思议，安排范稳婆重新将我引进厢房，将乳房上两朵神奇的若隐若现的梅花印摸了又摸，然后一言不发地起身离开。范稳婆在钱大妈妈面前扑通下跪："大妈妈，请相信老身眼光。吾皇龙体欠安，老身绝不敢儿戏，老身可以打包票，举世罕见的梅花乳必定能为皇上除疾解恶，使龙体无病无灾长生不老。"钱大妈妈冷冷地说："你就是奶子府一介稳婆，面对皇上龙体你拿什么打包票？"范稳婆说："万一无效老身愿自溺谢罪。"钱大妈妈沉默了半天，自言自语："也是怪事——但是，皇上龙体我怎敢大意？"

　　就在奶子府大总管钱大妈妈举棋不定的时候，紫禁城中再次风声鹤唳。当然，作为天朝上国的紫禁城也从来不曾太平过，奶妈们抵达靠山庄的第二天宫中又出大事。那日李连城鸡叫头遍才离开锦衣卫，回到裱画廊李府。奇怪的是天空布满了鸽子，他抬头看了一眼发现全是宫中鸽子房的鸽子。无数鸽子拍打着翅膀发出拍书一样的声音，把李府一带的居民都吵醒了。李连城并不在意，以为是鸽子房太监疏于管理让鸽子倾巢而出。但是很快朱六指派人来报告，锦衣卫都指挥使被人暗杀。李连城翻身上马快马加鞭穿过太液池上昭和殿，从灵台、社稷坛、太庙间的端门横穿而过眨眼之间就赶到了锦衣卫，白升安被人残忍地割头——脑袋像个葫芦似的被扔在光禄寺后面草丛中，颈部血肉模糊。

　　李连城完全没有头绪，韦忠贤更是麻木不仁，作为住在紫禁城内唯一一名大太监，他入住的就是皇后坤宁宫前面的钦安殿。据说那里从前是太后居住之所，因为靠近顺贞门，太后经常在宫女陪伴下去护城河畔看风景。但是韦忠贤不知怎么说服了娘娘，娘娘安排太后住进了东六宫的仁寿宫，把钦安殿让给了韦忠贤，你由此可以想象到韦忠贤在宫中的位高权重。从玄武门、安贞门一入宫中，抬头看到的第一座宫殿就是钦安殿，钦安殿与皇后居住的坤宁宫以及皇上的乾清宫、建极殿、中极殿、太和殿全都在紫禁城中轴线上，也就是在顺天府的中轴线上。韦忠贤被人呼为九千岁，比万岁爷只少一千岁的九千岁，一人之下万人之上的九千岁，在宫中、在我朝肯定是权倾一方的霸主。依我后来在奶子府的耳闻目睹，连娘娘好像都惧怕他三分，包括娘娘的哥哥王不欢，那个权力大得没有边界的男人。我对韦忠贤与娘娘的关系充满好奇，也对他与钱大妈妈的关系充满好奇。他从表面上看上去就是一个索然无味、神情寡淡的老太监，实际上他的内心深不可测、野心勃勃，我在后面会用大量篇幅来讲述关于他的故事，这源于我与他之间有了更多的恩怨交集。这时候的我当然没有力量与他抗衡，我也没有别的想法，只有一个心思：在范稳婆步步惊心的策划下进入宫中。而马背生始终站在我背后把这一切看得一清二楚，认定当初范稳婆留下的羊奶里投放了药，她以膏药帮我弄出的什么梅花乳是非常扯淡的玩意儿，甚至那本破烂不堪的祖传《乳谱》不过就是她精心策划的伎俩。她安排我入宫肯定出于她不可告人的目的,拿我当替死鬼。谁也没有想到疯子娘听到我们的对话,在马背生离开后她沉默着出现在我面前。那时候秋风停歇了几天,深秋已经来临,天气寒冷而干燥,风吹过院门旁的柿子树发出细碎的声响。而神乳山在灰黄的天空下始终保持着泰然自若的模样,山上的树叶子红红黄黄,缤纷色彩给群山披上一层灿烂的秋装。我娘就在这时候慢慢挪进来,她看上去似乎比前些天平静了许多。我对她有点害怕,她似乎有话想跟我说,我等待着她开口。她随手将一只小凳子拿过去坐下,将两只没有一点皱纹的手从大襟衫腋下取出来,搓了搓又插进腋下,然后说:"背生红口白牙在胡讲,别听他的,别听他的。"我娘的清醒与理智对我来说并不陌生,只要她疯病不发作她就是一个理智又清醒的人,只是话很少,说话的声音也异常小,你不侧耳细听根本不知道她在说什么。但是这回她的声音很大,她一字一顿地说:"你一定要到宫里去,到奶子府里去,会有人和你接头……"我大吃一惊,我对娘的反复无常感到不可思议,我紧接着问了一句:"什么接头暗语?"她迟疑着从怀中掏出一张黄表纸,被折成了田字草模样。我接过纸头轻轻打开,上面有两行隶书:

《水浒传》不输《西游记》,明朝人最爱《金瓶梅》。

我娘说:"如果有人当你面无意中说'《水浒传》不输《西游记》',那就是与你接头的人,你也悄悄回一句'明朝人最爱《金瓶梅》'。你记好了,记住了,然后将纸烧掉。"她并不看我,只是双眼紧盯地面。几只鸡正缩头缩脑准备进笼,邻家羊群轰隆隆从院墙外走过去,灰尘一路飘到院子里来,浓重的土腥气让我打了个喷嚏。我娘站起来说:"你一定要去宫中,会有人来与你接头,他会念一句接头暗语,他念上一句你答下一句。记好了,你要准备里应外合。我们不想多要也不能少要,少一分一毫也不行。属于我们的东西,我们要一分不少全拿回来。"

娘的话莫名其妙,我一时浑身起满鸡皮疙瘩。我以为她在说疯话,她有时候发疯也并非胡言乱语而是有条有理。我抬头看着她,她的眼光是散漫的,她看也不看我,这一刻我认定她是个复仇女神,我甚至认定她的脑子是被仇恨之火烧坏的。我相信她的疯言疯语并非空穴来风,比如让我进入宫中,一定有人来与我接头并念出接头暗语。这会是个什么人?他或者她与我接头干什么?里应外合是什么意思?我们不想多要也不能少要,少一分一毫也不行。属于我们的东西,我们要一分不少全拿回来……这是什么意思?她到底要跟我说什么?她这些藏头露尾的话到底要向我表达什么?我脑子里升起无数个问号,对于即将进入的后宫奶子府既兴奋又恐惧。而此时的李连城正带领一帮兵卒在加紧侦破白升安被杀案,朱六指在距锦衣卫不远的弹子房后与光禄寺相连的墙根下发现一把油滑光亮的剔骨刀。刀是青铜锻造,握手处有紫檀木刀柄,笔直的刀身不过七寸,正可以完整插入皮靴内,方便携带并且人鬼不知。刀就落在墙根下,光禄寺深红色的墙壁下无人行走荒草萋萋,枯草中还有一层厚厚的浓霜没有融化,那把刀落在那里特别显眼,朱六指一眼就看到。李连城接过刀,发现刀上有一层羊油的油脂,散发出一股浓重的腥膻味,他一眼认出这是把剔骨刀,应该来自里草栏场的牛羊圈,肯定是屠夫所留。李连城派朱六指伪装成羊贩混入羊圈,默默宰羊三四天之后,突然出示那把剔骨刀诈那位在屠宰场洗下水的红脸屠夫:"你的剔骨刀怎么丢了啊?幸亏让我捡到。"红脸屠夫拿在手里看了一眼:"这是斡出的。"红脸屠夫朝那边正在大开杀戒的男人努了一下嘴,然后代他叫道:"斡出,斡出——"斡出正在给倒吊在梯子上的一只肥羊扒皮,一整张羊皮扒下来,与肉连得太紧的地方他就用刀剔一下,如同给羊脱一件皮衣,他朝这边看了一眼并没有走过来。朱六指拿着刀走过去,将那把剔骨刀递给他:"你的刀掉了你不知道吗?"斡出不说话也不接,只是忙着手里的活,忙里偷闲地看了朱六指一眼。

李连城得到报告马上拿下斡出,审讯结果证明他就是大金间谍,现场证据也证明是他杀害了白升安,幕后指使斡出死活不肯说。李连城侦破此案再次受到太后与娘娘的封赏,娘娘准备让他接替白升安做锦衣卫都指挥使,封赏仪式因小皇上龙体欠安而改日举行。当天晚上李连城在太和殿与娘娘、王不欢交谈到夜半更深,一直到钟鼓司鼓敲三更时才一个人出了午门准备在锦衣卫留宿。走到午门外尚宝司后面弄堂,从一棵巨大无比的古槐树上跳下三个黑衣人,一把寒光闪闪的利剑封住了他的喉咙。漆黑的深夜李连城什么也看不见,就一动不动等待着他们发话,谁知黑衣人一言不发将李连城擒拿。李连城认定他们是大金间谍,本来他们一个个人高马大,长年食用牛羊肉比中原人就更加彪悍一些。三个人将李连城拖到六科直房墙壁下才松了手,但是那把利剑一直戳在李连城喉结处,所谓一剑封喉应该就是如此。李连城渐渐冷静下来,黑暗中有人开了口:"恭喜呀都指挥使,如此年轻就连升两级,前程当不可限量。"李连城微微一笑:"听声音你我年纪相仿,有话好好说有事好商量,何必大动干戈?在宫中这么做真不是上上之选。"另一个人此时接了口:"给你一个棒槌你还当针

(真)啦？你最近接二连三破案立功受赏得封,你还真以为你李连城有天大的本事啊?"李连城说:"兄弟您好像话里有话啊?"黑衣人说:"当然,你好歹也是个明白人,你没听明白吗?"李连城似乎听明白了,但是他装作没明白:"我还是不明白您的意思。"那人说:"好,竖起耳朵听好了,是我们给了你立功受封的机会,明白了吗? 就是我们故意做了案子让你轻轻巧巧就破了,故意给你制造立功受赏的机会,否则,哪里会这么轻而易举就让你破了一个又一个案子。换句话说,你这个都指挥使职位就是我们给你的。你是聪明绝顶的人,不会不明白我的弦外之音。"李连城说:"我不明白你们为什么要这样做,又想达到什么目的?"黑衣人微微一笑,另一个人接口说:"答应做我们的间谍——以我们对你的了解,你不可能一口答应。所以,给你三天时间,三天后给我们一个答复。"李连城说:"那我现在就答复你们呢?"那人说:"现在马上答复也不可信,我们需要你深思熟虑之后的一个答复。"李连城突然陷入了沉默,他想拖延时间等待坐更的太监巡视宫中时能出现在这里。但是他只听见钟鼓司的鼓在敲,却不见小太监出现,内心一时心急如焚。黑衣人手中的剑始终封在他喉结处:"听好了,三天内给我们一个答复。其实你的任务很简单,你的代号白龟,我是赤龟,你只负责与我单线联系,顺手牵羊提供宫中情报,这对你有好处——想幽会你从前的老相好田小娥吗?"李连城大吃一惊,嘴里却说:"田小娥? 田小娥是谁?"黑衣人手中的剑使了力,划破了李连城的喉头,鲜血流了出来:"你还跟我们装? 不想活啦? 小娥你不认识吗? 那可是先皇宠爱的妃子,你从前不是像个发情的狗一样在冷宫与她夜夜偷情吗? 睡了皇上的女人,宫中怎么处置李大人应该比我清楚。不过,现在不是谈论田小娥的时候,你现在先考虑做我们的间谍。你可以拒绝,但我告诉你,我们在紫禁城在顺天府的眼线无处不在,别怪我们到时翻脸无情,到时候白升安的下场就是你李连城的下场!"李连城还没来得及反应,另一个黑衣人就在后面用宫中遍地都是的那种又大又厚的铺地砖在他后脑勺上只轻轻一拍,他立马眼前一黑就昏死过去。朱六指找遍了宫中之后,才在灵台那些苍郁的古柏下发现了他,还是猫头鹰鬼哭狼嚎的啼鸣声引来了朱六指。

那时候奶子府的人马就要从靠山庄班师回朝,因为小皇上危在旦夕。我当然也信心满满,对于马背生的忧心忡忡完全视而不见。银环显然还不能明白我入宫对她来说意味着什么,她手里拿着一串范稳婆送给她的糖葫芦在门前台阶上跳上跳下十分开心。那串糖葫芦引得左邻右舍的小孩子都很眼馋,而银环也不舍得吃,半天舔上一口隔半天再舔上一口。我的眼光只要一瞄上银环就要流泪,我没有想到这时候张三姐也瞄上了我,她虽然一直待在娘家,但是她的心思一直就在我身上。从她归乡时意外发现从前黑瘦的银环现在却变得白胖如面团开始,就认定有人做了手脚。她盘查杨白桃遭到拒绝,与范稳婆密议测试我奶水真假也遭到阻拦。最后她无计可施主动到我家来看望我,送来一盒宫中豌豆饽饽给银环却被范稳婆及时赶来替我谢绝。两人拉扯中豌豆饽饽落地,一只狗抢食之后一声惨叫逃出门去,随即口吐白沫倒地而死。

第六章　处处陷阱

　　死的应该是陶县令家那只看家护院的狗,我在靠山庄石板道上多次与它迎面相遇,它趾高气扬不可一世的样子令人害怕。你如果停住脚步与它对峙,它马上就发出天边滚雷般的低吼,然后抬起头来突然爆发一阵狮子式的狂吠,加上它那狮子式的卷毛与身架,足可以吓得你倒退一步。而一旦你准备逃跑,它马上就会冲上来咬住你的衣裳让你魂飞魄散。我和马背生追着这只声名远播的狗还没有抵达村头老槐树下,它突然昏了头似的在地上飞速转圈,双腿伸得笔直并且急速颤动,然后吐出一地不明液体怒睁狗眼死去,舌头露出口腔外像一段红绸子。

　　马背生翻着眼睛对我说:“看好了颜如月,你人还没进宫你死我活的战争就开始了,瞎子也看得见有人要置你于死地,这条狗是替你而死!”马背生二话不说找了根绳子拴住狗脖子将它拖回陶家大院,奶妈们一阵大呼小叫。马背生把死狗往院子里一扔,张三姐上来就是一声尖叫:“天哪,你好残忍!就为一块豌豆饽饽你竟然把陶县令家的狗勒死了?打狗还得看主人哪——”马背生一点也不客气:“你搞清楚了再胡诌好不好?谁勒死了狗?你亲眼看见了吗?是有人投毒毒死了它,你倒是学会了猪八戒倒打一把,你的豌豆饽饽里有毒。”陶家大院突然就安静下来,奶妈们正在以奶子府特有的方法在后院阳光下晾晒我的奶水,大家密密麻麻站在后院一言不发。张三姐突然发怒:“马背生,你红口白牙胡诌是明目张胆往我身上泼脏水吗?这不是在讲我人面兽心公开投毒害人吗?我就是胆子比天大又怎么敢在送给银环的豌豆饽饽里投毒?这是我亲手送给银环的,我傻到这种地步要自己害自己?”马背生黑了脸:“我没说是你投毒,但是你的豌豆饽饽里确实有毒,而且狗就是吃了豌豆饽饽才死的。”张三姐不依不饶掉转头到后院厨房端出一匾箩豌豆饽饽,稳婆们来不及劝阻,她就拿起一个豌豆饽饽塞进嘴里。现场发出一阵惊呼,张三姐翻着白眼将豌豆饽饽吞下去,然后在紫檀木椅子上坐下来,两行泪水悄悄流下来:"要死就死吧,该死的人躲在铁柜里也得死。"

张三姐并没有死,奶妈稳婆们一个接一个吃了豌豆饽饽都没有死,这就给投毒事件蒙上一层诡异色彩。这个长长的白天稳婆们都在惶恐不安中度过,离奇之事到下午再一次发生。范稳婆当日怕出意外亲自看守着我那三份晾晒的乳汁,这也是宫中奶子府最古老的规矩:乳汁一定要在白玉瓷盘中晾晒三天三夜。好的乳汁晾晒了多日仍然雪白如银,闻起来有一股浓郁的奶香并且绝无奶渣。范稳婆严防死守以为万无一失,结果就在她回屋换布鞋当口,不知是谁往乳汁里洒上了臭墨汁。墨汁又臭又黑顷刻间乳汁颜色大变,明明知道有人陷害而此时几乎没有任何办法改变。眼看着稳婆们走来走去即将发现这一幕,范稳婆突然看到正蜷缩在墙角晒太阳的一只狸花猫。她悄悄抱了狸花猫来到二楼,暗中用力在猫肚子上狠狠掐了一把。狸花猫一声惨叫拼命挣扎,范稳婆一扬手就将它从窗口扔到放置在木架上的竹匾上。竹匾里放着的三只白玉瓷盘里正是我早上挤出的新鲜乳汁,木架子和竹匾承受不了狸花猫的闪转腾挪立马倾翻,白玉瓷盘掉到青砖地上摔得粉碎,乳汁自然也泼洒了一地。范稳婆故意大呼小叫:"这发瘟病的猫,这该死的猫啊!"她挪动小脚赶过去,却一不留神重重摔倒在地。稳婆与太监齐齐赶过来,目瞪口呆地注视着这一混乱场面。

时隔多年我回忆前尘往事不得不佩服范稳婆心思缜密,她天衣无缝地做成了这桩神不知鬼不觉的手脚,轻轻巧巧就颠覆了不知躲在哪个阴暗角落的对手所精心设置的局,然后便是理所当然地安排我重新挤奶。她和奶子府其他稳婆一样换了一身天水碧色镶紫边的宽袖大氅,苍老的脸上竟然显出几分秀美。第二次机会对我来说是万无一失,不但范稳婆死守在一旁,奶子府的奶妈们也目不转睛地盯着。而李连城也接到小太监春明的报信,带领朱六指策马来到靠山庄侦破这起性质恶劣的投毒案,李连城没费多少事就在狗的肠胃中发现了砒霜。后来我如愿以偿进入宫中,与李连城过从甚密,他才向我透露,当初从狗尸上发现砒霜曾经让钱大妈妈大惊失色,因为豌豆饽饽正是她送给张三姐的。她在连夜离开靠山庄的那天晚上特地找到李连城,她的笑容令人捉摸不透。后来我也发现她脸上出现的笑容总是令人捉摸不透,在宫中生活久了的女人脸上总会挂着令人捉摸不透的笑容。她在李连城对面坐下来,微微一笑:"都指挥使,你每次来靠山庄总忙得脚不沾地。"李连城说:"没有办法,宫中出了这样的事是塌了天的大事。"钱大妈妈说:"你知道吗?张三姐的豌豆饽饽其实是我送给她的,你总不会怀疑是我钱大妈妈投毒吧?"李连城说:"所以我更要查个水落石出,也好还大妈妈清白。"钱大妈妈又露出那种令人捉摸不透的笑容:"对,一定要查个水落石出——只是,有一样东西放在我这里让我一直忐忑不安,想来想去还是物归旧主最好。"李连城说:"什么东西?"钱大妈妈说:"是你的东西,你肯定认识。"钱大妈妈朝钱如意使个眼色,钱如意马上从桑子红锦缎袍中取出一方丝绢。打开丝绢便露出一把胡桃木桃花梳子,那把小巧玲珑的梳子呈月牙形,弯弯如眉又似月的梳子上饰有一排木雕的桃花。钱大妈妈将梳子递给了李连城:"田小娥托一个相好的奶妈捎进宫中还给你,她说是你送给她的定情物。那个奶妈胆小怕事,就将这把桃花梳子交给了我处置。我怎么处置?宫中的事你李大人比我清楚,搞不好让娘娘知道了就是杀头之罪。你都指挥使是人中龙凤将帅之才,我又怎么忍心看你横遭不测之祸,就按下此事一直不表。现在,我以为是物归原主的时候了。"钱大妈妈将桃花梳子放到桌上,推到李连城面前。李连城在灯笼下显得风平浪静,他说:"一定是田小娥记错了,或者是她自作多情,我好像从来不曾送过什么定情物给她。旁人不知道,大妈妈应该清楚,我在宫中最有女人缘,连我们锦衣卫的死鬼白升安都吃我的醋,说我老少通吃。而且,我家里妻妾成群,我忙不过来的,哪还有心思对弃妃田小娥动花花肠子。"钱大妈妈笑了,这次她的笑容是发自肺腑的开心:"你要这样说我也没办法,此事只是天知地知你知我知。我当你是自家子侄辈分,李大人反倒拿我当外人。大妈妈别的本事没有,眼睛倒是一看一个准。在大妈妈面前就别躲躲闪闪的,谁还不是打年轻过来的?后宫的女人守活寡也难免在春天动个春心,你收着吧,好歹也是个念想。就算你没那个意思,有女人惦记着你,总归是好。"她推了一下,将梳子重又推到李连城面前。李连城拿起来,笑一笑:"哈哈,好,我收下。不过可不是什么定情物,就算是一个证据,小娥的事不止一个人提了,我也打算顺藤摸瓜……"

钱大妈妈走后不久范稳婆进来,与钱大妈妈的话里有话完全不同,她是不动声色地远兜近转旁敲侧击,然后回到主题上来。其实与钱大妈妈目的完全一致,就是敲打敲打李连城。后来李连城告诉我,那天晚上在回宫的路上他和锦衣卫四个兵卒担任警卫,他彻夜无眠不敢有丝毫懈怠。但是鬼使神差他竟然在我睡的马车旁睡着了,就在马车轱辘下还做了一个神奇的梦,梦见前世我们在宫中见过,我是一个入选宫中的妃子,是那种等级比较低的贵人,我下面只有常在和答应两个等级。而他,是四王爷家的世子,他在太液池西苑划船时与我偶然相遇,他认为我是那一拨入选妃子中最漂亮的一个,比贵妃好看,比皇贵妃更好看,甚至比皇后娘娘还要好看。他晚上牵了一匹马过来就守在西苑昭和殿外的青草地上,一直守到妃子们回宫。他趁着夜色截住了我,一身芷草绿镶黄边的束腰朝服衬得他俊美而洒脱,他带我骑上马沿太液池一路狂奔,他说我因为害怕一直在他怀中颤抖,如同一只小鸟。

我怀疑李连城就是我娘所说的那个神秘的潜伏者,我一厢情愿地认定他就是那个默念着暗语与我在宫中里应外合的男人,我现在不知道在宫中有多少凶险等待我去闯关,又有多少迷局等待我去破解。我非常好奇也非常期待,而且我也认为作为家中唯一的儿女,我有这个责任与义务。但是我入宫的路注定漫长而曲折,虽然我的奶水最终得到钱大妈妈认可,同意我入宫试用。但是我娘却出现反复,她总是出尔反尔让我对她的疯痴产生发自内心的烦躁,甚至认定她所说的潜伏者和接头暗语全都是她疯病发作后的痴心妄想。我只好不再搭理她,一走了之后她对我也就鞭长莫及。但是我显然低估了她的能耐,这一次她似乎决心已定,说什么也不让我出门,甚至到了以死相逼的地步。她狠狠插上我们家那个烂木头做的有裂隙的门闩,两只眼睛布满血丝,那模样真有几分令人恐惧。最后还是马背生替我解了围,我娘放心地把我交给马背生,只是马背生比我娘还要坚决地反对我入宫。他手里抱着银环,银环手里捧着一捧核桃,他很善于用山果吃物来取悦我女儿。天下所有小孩全是吃货,银环当然也不例外,她与这位叔叔相当亲密,亲密到我作为母亲都要吃醋的程度。马背生把我引进他的家轻轻放下银环:"你听我一句话,就听我一句话,宫中你千万不能去。"我已经不想再和他多说什么,转身就想离开他家。他一个箭步赶上将我拉得一个趔趄,他停顿了片刻然后说:"入宫对你来说太危险,银环爹不知去了哪里,不能再让银环成为没有妈的孩子。就守着靠山庄守着你的女儿过与世无争的日子,不好吗?你不想做不做也可以,我来养活你们母女,有我马背生吃的就绝不会少了你们娘俩一口。"我一言不发心乱如麻,马背生又补上一句:"宫中是什么地方?就是你死我活人面兽心的地方,为了抢到皇位千百年来弟杀兄、子杀父的事不知发生多少。你不想想为什么有人不遗余力、拼尽全力要帮你入宫?这背后一定有一个不可告人的惊天阴谋。我再告诉你一个诡异的事情,昨天晚上你去陶家大院还没回来,与婶娘接头的那个神秘男人又出现了。这回我可是看清楚了,那是一个老和尚,对,我看得很清楚就是一个老和尚,他在土地庙那里与婶娘碰了头。"我突然想起这些年来一位化缘的老和尚偶然也会在靠山庄出现,我说:"就是经常来化缘的那个老和尚吗?"马背生几乎跳起来:"不是,绝对不是,你见过化缘的老和尚半夜三更来会一个疯婆子?"我狠狠瞪了马背生一眼:"我知道你一直神不知鬼不觉跟踪我娘,当然也包括我。"马背生马上黑了脸:"颜如月,你别瞎猜,我是怕你们出意外。我哥不在家,我有责任保护你们孤儿寡母。我还听张二嫂说是他们家风水好,是他们家张三姐命好才给靠山庄带来好运气,让宫中人马隔三岔五就出现在靠山庄。就是这个张二嫂说,本来那天奶子府是安排好了去神乳山另一面的背山庄,那是钱大妈妈老家。可是,鬼使神差,途中诡异地出现了路断桥塌,你相信好好的会路断桥塌?"马背生眼睛炯炯发亮地盯着我,我对此完全一无所知。马背生继续说:"我告诉你吧,据张二嫂透露,路断桥塌全是奶子府某个稳婆所为。这个稳婆我不说你也你应该知道是谁!"他看着我,然后意味深长地一笑。我说:"你骗我过来就为了说这些?你好像说过一百遍了。"他温和地笑了,他笑的样子非常好看。他将炕席用扫帚扫了一遍搬上小炕桌:"先吃个饭吧。"

那是我最难忘的一餐饭,他早就准备好了,土灶上搁着高粱秆子编结的锅盖,锅盖上一排排摆满了小老鼠一样的饺子。他笑着说:"你最爱吃的酸菜粉皮猪肉饺子。"我一下就叫了起来:"天哪,你真是舍得,我过年也没吃过这么好的饺子。"他仍然意味深长地笑着:"应该的,谁让你是我嫂子呢?"他马上坐到大土灶下点着了柴火,银环快活地和他一起拉起了风箱。我就站在灶台上帮他下饺子,蒙蒙雾气中我用笊篱推着一锅白白胖胖的大胖饺子,看到灶火映红了他和银环的脸庞,那一刻我心里温暖如春。我一口气吃了三大碗,我没有想到他在我喝的饺子汤里放了酸枣仁与灯芯草,那是催眠的。我吃饱喝足后就呼呼大睡,直睡得昏天黑地。他把我安顿好以后就告诉杨白桃,我知道杨白桃一直死心塌地爱着他,从少女一直爱到少妇。他知道他和杨白桃不会有任何结果,所以在她面前一直不曾有任何承诺,他坦然地接受她的爱却又明确告诉她不会有任何希望。这天晚上是他主动去找杨白桃,他们黑灯瞎火地坐在场院里没来得及说几句话就被黑娃撞到,黑娃与马背生大打出手差点闹出人命。这时候庄上的大狗小狗一起狂吠起来,此起彼伏的狗吠声中奶子府的稳婆们准备带我上路,这时候她们才发现我已经离奇失踪!

第七章　一步登天

　　当时也不知道我昏睡在哪里，后来才知道在我失踪的那几天里，范稳婆找到我娘刘氏要人，两个女人大吵一场。我并没有找范稳婆核对，即便追问她也不会告诉我事发经过和细枝末节。后来在奶子府朝夕相处才蓦然发现，她是一个与我既亲近又疏远的人，她事无巨细都关照我。但是说到底，我与她之间隔着一条巨大的鸿沟。怎么说她才好？还是留到最后再慢慢揭晓吧。杨白桃后来对我说的版本更接近事实一些，她说两个女人在靠山庄收获过土豆的空地上揪扯得难解难分，奶子府的奶妈和稳婆们拉也拉不开。最后两个女人扯头发、揪耳朵像泼妇一样打滚放赖实在不像话，连靠山庄那些在土里刨食的粗俗妇人都看不下去。怕把宫中的颜面丢尽，钱大妈妈才匆匆赶来呵斥范稳婆。但是谁也不会想到我娘刘氏跳到田路上随手抓起一块新鲜的牛屎朝范稳婆扔过去，牛屎啪的一声在她脸上炸开了花。范稳婆一声惨叫扑上来抓起牛屎糊了我娘一头一脸，一时间牛屎横飞。正准备接近的钱大妈妈生怕牛屎飞溅到她的身上吓得掉头就跑，围观的众人也一哄而散。我娘疯病发作且歌且哭、既歌又哭地离开了靠山庄，消失在神乳泉汩汩涌出的那条山谷里。李连城随后将靠山庄几乎翻了个底朝天却一无所获。钱大妈妈在范稳婆洗净身体之后将她骂了个狗血喷头，范稳婆一言不发地坐在深秋的残阳下，她心甘情愿地接受着钱大妈妈责骂。范稳婆在漆黑的夜晚打着灯笼沿神乳泉而上，不知道她是怎么在伸手不见五指的夜晚在哪片山林里哪个山坡上找到了我的疯娘，带她去了一个叫清风寺的深山古寺烧香拜佛。一切其实全不是我刚才描述的那样，或者说这一切全是表面现象，全都是背后高人精心策划做戏给别人看，其实这里面全是局：我入宫是局，马背生后来紧随我入宫也是局，局套局局中局都是为了抵达那个深藏不露、秘不示人的目标。我当时所知道的表象是，马背生又一路跟踪范稳婆抵达清风寺，他在清风寺遇到十几位仙风道骨的老和尚，至于谁是那天晚上与疯子娘幽会的那一个他根本搞不清，我甚至怀疑他看到的那个人不是老和尚而是一个上山打猎的人。但是清风寺从此成为我生命中一个重要节点，我后来也多次出现在这个远近闻名的荒山古寺，这些都是后话。疯子娘的清风寺之行让她的疯病好了一些，她突然改变了主意将我从红薯窖中释放出来。鬼才知道她是如何知道马背生用药草将我催眠之后藏身在红薯窖里，我从深深的红薯窖中像只冬眠的熊瞎子一样笨拙地爬到地面时，李连城和朱六指等一帮锦衣卫兵卒正守在麦草垛下，他们将我押上马车，披星戴月往宫中赶去。

　　小皇上不吃不喝奄奄一息，太医翁万春仍然束手无策。但是生人生奶不能马上入宫哺乳，这是奶子府奶妈稳婆们人人皆知的规矩。进入宫中的那天晚上范稳婆将我引到奶子府最偏僻的后院，在曲里拐弯的弄堂深处有一个密室，七八个下宽上窄的木桶立在屋子中央，那是我从来不曾见过的木桶。范稳婆说："新入府的奶妈必定要沐浴更衣，这是奶子府年复一年的老规矩——这就是奶妈们洗澡的站桶，只是小皇上已经等不及，你一定要快，快。"说话时六位太监抬了三盆炭火进来，那炭火装在火盆里，火盆又盛放在竹编的篮子里。炭火没有一丝烟，只有微红的火光，屋子里很快温暖如春。太监们拿着抬杠出去又抬着三桶水进来，那些滚烫的水像淘米水一样乳白，也散发着淘米水那样的气味。跟在后面的是一个端庄沉稳的女仆，后来我才知道她叫翠柳。翠柳是弱不禁风的树木，春天的时候它们总是最先在河边池塘畔泛出绿芽，然后在丝绸一样软滑的春风中摇曳着长长的柳丝，在水面撩拨出一圈又一圈涟漪。但是这个叫翠柳的姑娘完全和翠柳不沾边，她始终冷冰冰的，对我这个千挑万选才入宫的奶妈也是冷眼相待，甚至都没有拿正眼看过我。她领着太监进来时只是对范稳婆说了一声："范稳婆，备好了。"范稳婆点了点头，翠柳就随手拿过墙壁上挂着的一只长柄大木勺，和我们靠山庄浇菜用的粪勺差不多。她从木桶中一勺一勺往站桶里舀着热水，等舀了小半桶她才提起木桶另一只手托着桶底对准站桶就那么轻轻一歪，大半桶热水哗啦一声倾进站桶里，滴水不漏。范稳婆看着翠柳领着太监们退出去，就招呼我宽衣解带入桶洗浴。后来我才知道，紫禁城有专门给人洗浴的地方，叫混堂司，就在南上房与北上房之间——那是宫中男人们洗浴的地方。但是太监和奶妈绝不会去那里洗，皇上也不会去。皇上有皇上洗浴的地方，就在乾清宫的偏殿里，每次沐浴有七八个太监侍浴，皇上沐浴是敬事房每日一桩大事。我那日在站桶中洗浴之后又换了一个站桶在艾草水中再度洗浴一遍。范稳婆不许我穿衣，只能用一块莲青色的布包裹着我的身体，然后被翠柳引领着进入隔壁一间更小的屋子,屋子里照例有两盆炭火。我躺在一张棕绷床上,两个侍立在一旁的女仆手持像擀面杖似的和田玉滚子,那是我从未见过的宫中宝物。天水碧色的和田玉透出隐隐的花纹,虽然外观看上去与擀面杖类似,但是女仆用手一拨却发现玉滚子原来是像算盘珠子似的可以转动。七八个可以转动的玉镯,两端是可以手握的玉握。两个奶子府女仆轻轻上来,揭开我裹着的青布将玉滚子往我乳房上轻轻一压,然后将我的乳房当成了面团就如同在案板用擀面杖擀面那样一下一下擀着我的乳房。玉滚子想必在滚水中泡过带着微微的暖意,从乳房上无声地滚过去引发我周身一阵阵战栗。随着时间的推移那种隐隐的战栗越来越强烈,乳房也渐渐变得饱胀,我有一种隐隐的渴望,渴望哺乳的那种欲望像轻细的波浪一波一波从心头潮涌而过。周身也一遍又一遍酥麻,像无数蚂蚁在蠕动。我突然无法忍受想坐起来,在一旁的范稳婆却轻手按住了我。两位汗水湿透的女仆躬身退去,换了两位手持玉碗的女仆上场。她们将玉碗倒扣在我乳房上时,我才发现玉碗有柄,长长的柄就握在女仆手中。玉碗其实像杂耍艺人手中的空竹,两个女仆也不是抖空竹而是双手搓动玉柄,玉碗扣紧我的乳房左半圈右半圈转动,给我的乳房难以想象的刺激,让我欲仙欲死。最后我周身发热内心滚烫又被投入站桶中浸了个热水澡,直浸得我内外汗出如浆、身轻如燕,重新换上奶子府奶妈另一套统一的石榴红绲绿边的大襟衫,然后在两位手持红宫灯的宫女引领下姗姗进入乾清宫。

这时候天空一片湖蓝,隐隐可见天边橘红色的霞光,那霞光像宫妃们点染的胭脂一点一滴地皴染开来。我从奶子府后面长长的廊道走向紫禁城,一重重庄严威仪的门楼在晚照中次第铺排,我前面是范稳婆和金稳婆、宋稳婆、马稳婆引路,后面是翠柳、碧桃、如花等女仆簇拥。和我行走在一起的是奶子府的奶妈们,包括钱大妈妈、张三姐、银铃等长长一队石榴红襟衫的奶妈。最出挑的是钱大妈妈,她一身晚霞红猩猩毡与羽毛缎斗篷,我内心惊讶她如此敢穿。其次是张三姐,她一身青金闪绿双环四合如意绦,范稳婆也穿了件青哆罗呢对襟褂子。我有点紧张也有点不安,沿着护城河边长长的堤岸一直走到东华门然后才进入内宫。穿过皇上读经书的文华殿、文昭阁再擦着皇极殿、中极殿、建极殿一路来到乾清宫,我发现乾清宫内密密麻麻站满了文武百官。我紧张得浑身微颤冷汗淋漓,到这时才知道我这次入宫哺乳已经引发万众瞩目。我甚至在乾清宫大殿看到了太后、娘娘及王爷言如鼎、首辅王不欢等一大群朝中重臣。范稳婆领着奶妈齐齐跪下,然后在几位小太监引领下我进入小皇上的寝殿。我的耳畔顿时安静下来,奶妈、稳婆、太监与宫女全在这里停止了脚步。钱大妈妈和我进入那扇饰有九条龙的屏风后面，我就看到了那张传说中雕有五十五条龙的沉香龙床。龙实在太多了我根本看不过来，我只看到八根立柱上饰有八条龙，龙头就在立柱的上方高高昂起来守护着宽大的小房子一样的龙床。明黄色的锦被中小皇上朱春山就安静地卧在那里，床头则垂立着太医翁万春和大太监韦忠贤，而娘娘也在宫女陪伴下缓缓走进来。钱大妈妈和我一同在龙床前跪下来，韦忠贤嘴里念念有词："奴才拜见皇上——"他的话音刚落，一直闭眼昏睡的小皇上突然发出细微的咿呀的哭声，仿佛夏蝉试了一下嗓子，然后一声洪亮的啼哭接踵而至。翁万春与韦忠贤已经很久没有听到小皇上如此响亮的哭声，脸上露出且惊且喜的表情。钱大妈妈上前想揭开锦被，突然小皇上自己一脚蹬开被子，眼睛睁开急切地瞪了钱大妈妈一眼，然后目光越过她直接投到我身上。他似乎等待不及突然仰面大哭一声，然后用乌黑发亮的眼睛盯着我，似哭似喜地尖叫了一声竟然一骨碌爬起来。娘娘与翁万春同时发出惊叫，韦忠贤一个箭步上前托起瘦弱不堪的小皇上。小皇上歪歪斜斜的小脚越过高低不平的锦被，我赶紧张开怀抱迎上去，他隔着一段距离就直接扑到我怀中，嘴里发出贪吃的奶娃常见的吧唧嘴巴的声音，十分急迫万分饥渴。钱大妈妈与我齐心协力解开襟衫上的布纽襻，我的奶子露了出来，我掏出包在丝绢里的碧玉乳嘴刚刚戴在乳头上，就被他一口含住风卷残云一样狂吮猛吸。钱大妈妈看了我一眼，苍黄的脸庞上滑下两滴浑浊的老泪，而我的泪水则情不自禁滚滚而下。娘娘双手合十默默祈祷，然后转身步出屏风，我看到她脸上挂着一片亮晶晶的泪水，我听到屏风外一阵欢呼，接着传来文武百官一大片膝盖跪地的声音，那声音像天边隐隐的滚雷。我低头看了一眼怀中吮吸的小皇上，一滴泪滴落到他脸上，又滑到他嘴边，最后全被他吸进去。

　　永远不会忘记我生命中最重要的一天——恩宗三年的九月初九，那天是重阳登高日，宫中到处都是菊花的香气，我出了乾清宫就成了这片金光灿烂的紫禁城中最红最红的大红人。记得我回到了奶子府，太后和娘娘赏赐的金银珠宝不断地由太监送来，包括四位侍候我的宫女。只是我没有想到，对于李连城来说那是他最难挨的一天，他被迫做了大金间谍。我当时对他的情人、先皇的妃子田小娥一无所知，也不知道李连城被迫成为间谍，也许他只是表面上答应内心却采取不合作的态度。但是大金潜伏在宫中的赤龟自有他的办法，他暗中送给了李连城一只罕见的白龟，瓷白色的龟像是用白色陶瓷做的。韦忠贤之子、锦衣卫校尉韦德贤长期派手下小德子盯梢李连城，因为他明白他在锦衣卫最大的对手就是李连城。在相当长的一段时间内，他的主要工作不是锦衣卫校尉的分内工作而是扳倒李连城,这是他们父子达成的共识。在俗称紫围子的紫禁城内,李连城是拦在他前面的最大障碍。据说李连城被收买的那天晚上韦忠贤非常兴奋,铺开纸练习书法,他的唯一爱好就是书法。他没事时就在钦安殿偏殿里写他的毛笔字,许多翰林院老先生都说他的书法已进入化境。我不懂这些,我也看不出什么好。但是后来李连城告诉我,那天晚上韦忠贤写完了四刀四尺净皮宣纸,而且韦忠贤父子俩认定,白龟将是扳倒李连城的一个突破口。

秋风一阵紧似一阵从头顶上刮过,冬天即将来临。小皇上吃了我的奶后一天比一天好起来,太后和娘娘分外高兴,在冬至那日特地请御膳房做了十八桌宫廷宴犒赏稳婆奶妈们,连东门外奶子房候补奶妈也一一请来入席。娘娘左边坐着钱大妈妈右边坐着我,我接受着酸枣、如花她们投过来的艳羡的眼光,表面上不动声色内心却十分骄傲。我故意将头高高仰起,我知道张三姐就坐在斜对面那一桌,她妒火中烧的眼光我看得一清二楚。我不是高调的人,但是在她面前我一点不能示弱,就是要高调就是要跋扈,否则在奶子府肯定要被她吃掉,她一向是个吃人不吐骨头的女人。只是范稳婆一直没有出现,等到她出现时奶子府人声鼎沸的宴席突然出现冷场,原来范稳婆经过贵妃井时意外在井台上发现乌龟。寒冬腊月乌龟现身这本身就是一桩奇事,更奇的是龟背上有卜辞:宫生难,边将乱。而恰恰此时边关大将周达十万火急书简通过快马驿站传到宫中,大金正集结兵力伺机入侵,紫禁城这个庞大的马蜂巢或巨大的蚂蚁穴被来自边关的一绢尺素捅翻了,马蜂或蚂蚁倾巢而出,谣言四起。王不欢心神不宁,娘娘脸色煞白,她定定地坐在乾清宫一筹莫展。王不欢说:"大金对大明虎视眈眈多年,这一次显然是有备而来。"娘娘说:"养兵千日,用兵一时。"王爷言如鼎沉默许久才喃喃地说:"加强边关兵力得知人善用,让将帅有为国而战、视死如归的豪情,我那一辈人全都是在刀光剑影里建功立业。"王不欢点点头:"是啊,我相信重赏之下必有勇夫。所以,用人不疑,疑人不用,我提议立马任命周达为我朝兵部右侍郎、第一总兵,全权负责北方九边战事。"兵部左侍郎赵明德沉默已久,此时突然发话:"无论如何这话微臣一定要说,俗话说功高盖世功高盖主,我以为周达年纪轻轻却已身居要职大权在握,这已破了先皇之例,现在又要任命他为兵部右侍郎、第一总兵,负责九边战事,如此大权集中于一人之手,将来恐出大事。"赵明德突然出示一份信函:"这是部下偶然得到的尺素,声明周达有谋反之心,虽然未经证实,但微臣内查外调过,真实无疑。所以微臣提醒千万不能掉以轻心,微臣思忖良久决定予以上交。"

赵明德拱手将尺素送到王不欢面前,在场官吏面面相觑,无不心惊胆战。

第八章　暗流涌动

那封来历不明的尺素多年之后被证明是如妃的伪造之作,当然它随后也就成为锦衣卫的悬案不了了之。经李连城明察暗访最后虎头蛇尾草草收场的悬案在紫禁城不胜枚举,李连城后来也趋于麻木。这时候我在奶子府一夜崛起成为仅次于钱大妈妈的奶妈——不,应该说我比钱大妈妈还要尊贵还要显赫。钱大妈妈虽然贵为奶子府的大管家,深受娘娘、太后宠幸,但她也只有两个仆人照顾她的饮食起居。而我,除了四个宫女贴身照顾外还有酸枣、翠柳、碧桃与如花四个奶子府的奶妈或仆人陪伴,包括范稳婆、金稳婆也几乎全职为我服务。如此隆重与夸张让我十分不习惯,每天早上一睁开眼四个贴身宫女就一拥而上穿衣的穿衣、穿鞋的穿鞋、梳头的梳头、绞面的绞面,每一个人都手脚麻利生怕怠慢了我被人在娘娘那里说她的坏话。随后我发现包括钱大妈妈和韦忠贤对我也是小心翼翼,其他奶子府的奶妈们更不用说了,与我说话尽力用巴结、讨好的口气,这让我十分难受。我打心眼里不喜欢被他们如此隆重地侍候,我希望大家平等相处、自然谈笑,但是我努力了很长时间实在没有办法做到。在奶子府,在宫中任何场合,大家本来有说有笑玩得好好的,只要我一出现所有的人马上以我为中心,毫无来由地将话题转到我身上转到小皇上身上,包括张三姐也是这样。她就有这种本事,将与我过去在靠山庄发生的种种不快一笔勾销,立马和我亲如姐妹,那种发自内心的真诚与亲热差点让我相信,我和她就如同我和杨白桃一样从来都是无话不谈的好姐妹。从内心里来说,我其实愿意和她如此相处,毕竟来自同一山庄,过去的恩怨一笔勾销最好。但是张三姐根本不是这样的人,她是一个有明确方向和目标的人,别说我和她是同行,就算我们是性别不同的人,只要在她目力所及的范围之内,她一定要干掉所有对手哪怕你不是她的对手,因为她想的只是老娘天下第一,她不可能接受任何一个人坐得比她高、过得比她好。她在内心深处是一个高高在上的人，只允许别人抬头仰望她。我那时候根本不知道我在奶子府、在紫禁城引发的轰动效应让她恨得咬牙切齿，她甚至根本不相信我的奶水会比她好会让小皇上如痴如醉地迷恋。她肯定要对我下手，虽然她没有办法更进一步接触到我，这一点根本难不倒她，她与如妃密商之后收买了我身边的奶妈酸枣，而我和范稳婆完全蒙在鼓里。一直到我第一次在奶子府弄出塌天大事之后我才发现，金碧辉煌、庄严雄伟的紫禁城表面上风平浪静、一派祥和，实际却是暗流涌动、波涛汹涌。

　　出事的那天我记得很清楚，是元宵节，元宵节看灯是顺天府一大习俗。宫中虽然也有灯但是远不及民间红火热闹，何况宫中一向对香烟火烛特别小心。宫里人看灯都到东安门外去，那里有条街就叫花灯街。那里的店铺、摊贩做的全是宫里妃子、太监、奶妈、宫女、杂役的生意。宫里元宵节除元宵外，御膳房还准备了一种只有元宵节才吃得上的美味：望灯鸡。先在腊月底孵出雏鸡养半个月到元宵节，早上宰了雏鸡，腹内塞满猪肉馅，用线缝起来让小鸡恢复成整只，先煨后烤，外香里嫩鲜美无比，这种鸡被称为望灯鸡。元宵节这日由娘娘派人送到宫中各处，凡宫里下人从太监、奶妈到宫女、杂役每人可得两只。那日范稳婆新穿了一身豆壳青大襟衫，那是太后无事在宫中设蚕丝局织成的绸缎制作的，我照例在宫女与奶妈前呼后拥下从乾清宫哺乳出来，小皇上越来越白胖让我十分开心。那日我穿的是一件娘娘送我的莲青斗纹锦上添花洋线番丝的鹤氅，刚刚从乾清宫廊檐下走过来，等候着与钱大妈妈说话的范稳婆，奶妈们看我要和范稳婆说话马上就散了。这时候酸枣从坤宁宫后面一棵柏树下闪身而出，现在回忆起来她一定在那里守候了很久很久，看到我一个人出现在乾清宫之外她像影子一样飘过来："奴家我替姊姊你领了望灯鸡，放姊姊衣袋里，哺乳回来可以当夜宵吃。"她将两只麻雀似的包着锡箔的望灯鸡往我衣袋中放，可是手却在我腰带上迅速抚摸了一遍，最后落在系于腰间的那只小葫芦上，她死死攥住小葫芦大喊大叫："呀，你们看，你们快来看呀，如月腰带上拴着什么宝贝？给我看给我看看。"她这么突如其来的一通喊叫吓了我一大跳，我这才知道所谓送我望灯鸡是假，搜我身才是她真正的目的。我拼尽力气推开她，站起来转身想走，早就站在不远处墙角的张三姐突然现身堵住了我的去路，她的声音很大："往哪走？什么宝贝看一下有什么要紧。"她突然出手来搜我的腰身，我快速转身想摆脱她，酸枣却从另一头堵住了我，而钱大妈妈与钱如意后面跟着大批奶妈与女仆眨眼间将我围得水泄不通。钱大妈妈没有好脸色："嚷嚷什么呀？"酸枣说："她腰间挂着宝贝不许我们看，就在衣服下面。"张三姐接过话头："什么东西如此见不得人！去给皇上哺乳莫非事先还得做一番手脚?"她这么一说气氛骤然紧张起来,汗水马上湿透了我的后背。而范稳婆却迟迟不肯出现,我感到头顶的青天当啷一声碎掉了一大块,然后稀里哗啦掉下来全砸在我身上。钱大妈妈一步一步逼近了我,在我一步之遥的地方停下来:"什么宝贝拿出来给大家看看。"我本能地后退了一步,钱大妈妈与钱如意交换了一下眼色。钱如意心领神会,一个箭步上前揪住范稳婆系在我腰间的那只小得像鼻烟壶的葫芦。钱大妈妈接过来看了看:"这是什么?"我一言不发,钱大妈妈大声呵斥:"范稳婆,范稳婆!"范稳婆不知什么时候出现在人群后,脚步零乱地走上前来:"实在对不起,我今天一早上闹了三次肚子,让金稳婆代替我一下。"众目睽睽之下她从钱大妈妈手里接过那只缠着红丝线的小葫芦,轻轻一拧葫芦蒂就掉下——那是一个盖子,她将盖子打开,将葫芦在众人鼻子前扫了一圈:"别草木皆兵,老实人只做老实事,爱挑事的主儿应该多闻会儿。"她将葫芦放在张三姐鼻前:"你好好闻闻,我知道你是幕后策划的主。闻到了是什么吗? 闻到了没有?"张三姐一个接一个打起喷嚏来,范稳婆说:"就是薄荷水,给皇上退火用的,绑在身上只为保温。"

事情其实远非范稳婆所说的那样轻描淡写,这都是多年之后我才明白的秘密。其实范稳婆早就猜测到有人在我身边布下眼线,她假装偷偷在我腰上系上神秘的葫芦其实只为引蛇出洞,果然引出一条蛇。她其实也没有闹什么肚子,只是故意躲着不出来让这边事件彻底发酵到最高潮,最后她才现身揭开老底,算是当着钱大妈妈面狠狠收拾了一下对手张三姐,也算当面敲打了钱大妈妈一下。只是钱大妈妈身为奶子府的大总管,她无法理解我神奇的奶水,对所谓的梅花乳她也将信将疑,在她看来这是不可能发生的事。虽然范稳婆巧妙地帮我化险为夷,但是我依然感到身边危机四伏。在奶子府暂时确立了自己无可取代的地位,我还是无暇顾及与我接头的那个人,或者说等待他主动找上门来。我只感到我的地位岌岌可危,随时可能被人掀下台来打翻在地再踏上一只脚。我分明感到有无数双眼睛正在背后盯着我的一举一动,张三姐是出手最快的一个,她入宫时间比我早不了几天,但是她现在无论在奶子府还是在东西宫都如鱼得水、声名鹊起。她说服碧桃、如花等少女用口涎润泽如妃头发,这是她推荐给如妃的独家秘方,就是一大早叫醒睡意蒙眬的少女往一只青花瓷碗里不停吐口水,她坚持认定少女早晨的口水带有香气。她用梳子蘸着口水帮助如妃润发,半个月后如妃枯涩开叉的头发果然乌黑油亮如锦缎。这让如妃欣喜不已,她自然归功于张三姐,她也喜欢上活泼好动的碧桃,甚至赏她糖豆吃。但是每天早上碧桃和如花要赶到东六宫的钟粹宫吐口水让我非常不爽,因为如花和碧桃是娘娘安排了侍候我的,本来她借用一下也没什么,但是她这种连招呼也不打的做法让我不太能接受。她与我一会儿像春天般温暖一会儿又像冬天般寒冷,我知道她有目的,只看她下一张牌怎么打。那几天我偏偏在银铃侍候沐浴时被烫伤,银铃这个奶妈是新派到我身边的,笨手笨脚,做事毛毛糙糙。我在站桶里洗浴认为水有点凉唤她加点热水,她取来一桶滚烫的水全部倾倒而入,烫得我几乎跳了起来。身处站桶自然无法跳起,我大声尖叫着攀在站桶沿上狼狈至极,我甚至怀疑她是受人指使有意为之。几天后如妃让张三姐协助她操办四皇子朱春龙的五周岁生日宴,我只让银铃、碧桃、如花去应个景,然后马上回来。她们倒是听从了我的话,张三姐却恼羞成怒。晚上回到奶子府来睡觉偏偏又看到一大帮奶妈和女仆在侍候我如同众星捧月,这是她无论如何也无法接受的。第二天晚上她彻底发飙,或者说她要给我一个下马威。那天晚上其实我不在奶子府,我被朱六指请到了锦衣卫。在宫中,男人与女人其实根本不能随便接触,被发现后轻则掌嘴、笞杖、窝脚心,重则剥皮、凌迟。笞杖我想很多人都知道,就是脱光衣服露出屁股、后背,让刑罚太监用小荆条和竹枝子狠命抽打,直打得皮开肉绽。另一种窝脚心虽然不是酷刑却也让人生不如死,就是将受刑者脱光了衣服绑在长板上,叫来秉笔太监用毛笔蘸水在光脚底上写字。脚底板上长的是痒痒肉,毛笔轻轻划过让受刑者痒得要死却无法挣脱。刚想开口求饶却因为脚底板太痒忍不住又哈哈哈大笑起来,直笑得最后岔了气或断了气,秉笔太监依然不依不饶继续在脚底上写字,那真是活受罪,据说有受刑者就活活笑死。我和李连城的接触不受宫中规矩限制,作为皇上恩准的特务机构负责人,李连城的身份十分特殊。而作为在宫中受到特别保护的我来说,我得到他的特别保护更在情理之中。但是我明显感觉到李连城在冰冷之外的一份警惕、一份知心,甚至一份暗示,我甚至认定他肯定就是我娘嘴里那个念着暗语与我接头然后告诉我惊天秘密的人!但是我又想,即便他是的话也不会如此蓦然和草率地与我接头。他一定在观望在迂回在等待,在确定万无一失之后才会与我接触。我怀着复杂的心情第一次进入锦衣卫,那也是我第一次与他正面接触。他意味深长地朝我笑了笑,然后说:"太后和娘娘的旨意,对颜姊妹的保护列为锦衣卫头等大事,一日十二个时辰都不敢怠慢,每日出行须由锦衣卫安排并派随员同行。"他看到我的反应英俊的脸上绽放出灿烂的笑容,"一切由我来安排,颜姊妹请放心。"他一口一个姊妹让我心生温暖,我也随口回复了一句客气话:"又是太后和娘娘的安排,又是李大人精心调度,奴家心里只有满满的欢喜与感激。"李连城马上制止:"别别别,颜姊妹,你这样说就让我食不甘味坐卧不安。姊妹入宫对紫禁城来说是福运当头、福星高照，我皇有今日之幸全拜颜姊妹福与德啊。我第一眼见到颜姊妹就生出前世今生似曾相识之感，保护颜姊妹是我义不容辞之责。"我笑着说："你本该叫我嬷嬷，却开口叫我姊妹？"他微微一笑："我本来想着叫嬷嬷的，一开口却不知怎么就叫成了姊妹，我愿意有你这样的姊妹。"他取出早就备好的一罐黑乎乎的油脂说："我知道你烫伤了，这是江南江宁道进贡的江猪油，专治烫伤。"我谢过了他，他似乎有意要替我在胳臂上涂抹，我吓得收回了手，也就在这时候范稳婆赶过来接我，告诉我张三姐刚刚大闹了奶子府。

张三姐其实并不算无理取闹，她首先拿一向待她冷漠的翠柳开刀。翠柳在奶子府绝对是个异类，她不但不和张三姐亲近，她对奶子府任何人都不冷不热，包括钱大妈妈和钱如意，当然也包括范稳婆和各个稳婆。张三姐虽然在东六宫如妃那里得宠，在奶子府钱大妈妈这里也被高看，但她终究还是奶子府在册的一名奶妈，忙完了一天活还是要回到奶子府和奶妈们住在一起。翠柳的床铺和她斜对面，也不知是无意还是有意，她发现翠柳将一双青布鞋搁在床下的红漆踏板上，鞋尖正对着张三姐。按顺天府民间说法，将鞋尖对准某人就是将晦气带给某人将天灾人祸带给某人。张三姐怒火中烧，赤脚跳下床来揪住翠柳发鬏将她脸朝上仰起来劈头盖脸就是几个耳光。翠柳不喊也不叫，随手拿起窗台上楦鞋子用的鞋楦往脑后接二连三扔过去，硬得像石头的鞋楦砸得张三姐龇牙咧嘴。张三姐手刚一松开，翠柳转身就与她揪打在一起，两个人既不哭喊也不号叫就在地上滚来滚去。等我赶到奶子府时事情已经平息，张三姐和翠柳都得到处罚，都被罚到浣衣局浣衣十天。又怕翠柳与张三姐在浣衣局再度揪打，最后改派翠柳到篦头房给娘娘嫔妃们梳头绞面。这样的处罚张三姐自然不能接受，没隔一会儿如妃就来奶子府找钱大妈妈的麻烦。她穿一件鹅黄色挖云镶金里大红猩猩毡昭君套，显得华丽而高贵。她倒不是大吵大闹，但是脸上明显不快，她认为张三姐是她的人，打狗还得看主人。可是钱大妈妈自始至终也没有好脸色待她，她只说了一句话："一切按宫中规矩来，没有规矩不成方圆，这是太后娘娘挂在嘴边上的话，如妃娘娘自然比我清楚。"钱大妈妈那天穿的是一件貂鼠面子大毛黑灰鼠里子里外起毛的大裳，显得不卑不亢。我一直奇怪钱大妈妈的不卑不亢和目中无人，除了太后和娘娘，一般的贵妃她根本不放在眼里。也真是诡异，很多时候娘娘在她面前也要忍气吞声让她三分，这要不是亲眼所见我根本就不相信。按说她也就是奶子府的大总管，她怎么有那么大的胆略和气魄让皇后在她面前也矮上三分？那日如妃一直说到天黑才离开奶子府，我往我独居的奶子府厢房走已是深更半夜，一路上范稳婆都在安慰我，因为如妃许多恶言恶语分明是指桑骂槐冲着我来的。人红是非多，这个道理我老早就懂，但是受到这种无中生有的攻击我还是难以忍受，一路上我愤愤不平。此时走在前面的碧桃帮我打开厢房门外那把黄铜锁，她倒吸一口凉气掉头就逃，一股恶臭扑面而来，众人大吃一惊。范稳婆进入厢房点上蜡烛四处寻找，终于在床下发现一个死婴。死婴口中含着一块符咒，上刻六个字：妖入宫，皇将崩！

第九章　风云突变

一夜之间宫中风云突变,第二天一大早没人叫我起床,我听到杆子房那边传来猫头鹰沙哑凄厉的啼鸣声,一大早听到这样的凄厉之音自然是不祥之音,尽管宫中一向把猫头鹰当神鸟看待,我还是顽固地保留着民间的习惯认识,猫头鹰的出现是凶兆。

这时候春天已经来到紫禁城中,虽然在宫中的表现并不明显,但是我明显从风中从阳光中感受到越来越浓的春天气息,风软了,你张开手掌会发现春风像丝绸一样从手指间拂过。阳光不再是冬天那样苍凉淡泊,它变得浓稠了,照在人身上有融融的暖意。棉衣穿不住了,我换上月白色镶蓝边的夹衣。我朝如花和酸枣走去,她们远远地避开我,翠柳则一如既往那样冷冷淡淡地打量着我,只有碧桃冲我一嘟嘴大概想调皮地做个鬼脸,最后却还是放弃。范稳婆这时出现了,她面如死灰对我说:"张天师要给你做法术……"

对我来说那是漫长的一天,奶子府所有的奶妈如蜂似蚁般倾巢而出。张天师带着四个不知道打哪里来的眉清目秀的小法师做驱妖法术,那一套套奇奇怪怪的法术与咒语让人眼花缭乱目不暇接。法术持续了整整一天,我和一群奶妈被张天师驱赶着迈过一堆又一堆燃烧的枯麦秸,跨过一簇又一簇燃烧的黄表纸,每个人鞋壳内还塞满了符咒。后来人马就在一群密集的锣鼓中疯狂转圈,正转得昏天黑地之时锣鼓声突然停止。夜半时分我昏头昏脑地回到奶子府,我记得是从灵台和如花一同往奶子府走。如花要去东安门外奶子房看老乡,我只好一个人沿护城河往前走。走过了东华门就影影绰绰地看见一个人背对我站在护城河边,快走到她面前时我说:"请让一让好不好,你挡着路了。"她说:"你回奶子府怎么走到西华门来了?"我不相信:"这里是西华门吗?"她仍然背对着我说:"这还用问吗?你睁大眼睛好好看看,前面就是西苑门,西苑门外就是太液池,这么大的一片太液池有五个紫禁城加起来那么大,你会看不见?"我回头一看就看到她转过脸来,青面獠牙的鬼脸把我吓得魂不附体。她爆发出一阵刺耳的狂笑,然后轻轻一推我就轰然跌入太液池中。

我在太液池离奇失踪成了宫中一桩奇事,这自然又成了李连城分内的事。后来李连城告诉我,他那时候其实已经在顺天府灯市口接生婆那里查到了死婴是她向一个男子提供。据她的描述,此人与张二愣长相极其相似。而查东安门看守宫门的太监记录,张二愣入宫与张三姐相会过。碧桃也证实,张二愣在奶子府我的卧室出现过。李连城没有声张,在李敬堂指点下追查张二愣幕后黑手。在他看来,这个黑手其实不是张三姐而是如妃。我在太液池离奇失踪以及神秘符咒一时又让宫中草木皆兵,小皇上再度绝食。皇上一绝食宫中就人心惶惶,据说就在这时候韦忠贤、韦德贤秘密拉拢党羽,九千岁的称号人尽皆知。即便是瞎子也能看得出来,老谋深算深居简出的韦忠贤其实是想变成万岁爷。他和钱大妈妈在奶子府的表现一模一样,对娘娘和王不欢既仰视又蔑视,既把他们当成菩萨供奉在堂又将他们当成小人不屑一顾。这种矛盾心理让我困惑不已,一直到多年以后我才幡然大悟,其实韦忠贤控制娘娘的迹象我早就心知肚明,李连城说在我失踪后他加快行动却遭到韦德贤的竭力阻拦。白升安死后锦衣卫的工作一直没有任何起色,李连城的行动受到诸多限制,而韦德贤身为李连城的下属遇事则阳奉阴违,处处与李连城对着干。关于谁接替白升安的都指挥使一职宫中各派也针锋相对互不相让。据说太后与娘娘为此也起了争执,事情的起因是韦忠贤特地去找了娘娘,翻出当年他刚入宫做背妃太监时多次将娘娘背上先皇朱由明龙床的事实。当时的娘娘当然不是娘娘,她只是一位来自江南宣州府的贵人,名叫王来喜,因选秀入宫成为朱由明无数宫妃之一。当时的六宫宫制是这样:皇后一人,皇贵妃一人,贵妃两人,妃子四人,嫔六人,共十四人,分住东西六宫。嫔以下还有三级:贵人、常在、答应,一律住在六宫外的偏殿。一般情况下贵人、常在、答应根本得不到皇上宠幸,就在宫中寂寞孤独一辈子最后郁郁而终。现在后宫仍有许多前朝皇上的宫妃,白发如雪却仍然守在宫中,虽然活着却也像个死人。王来喜当然不想这样过一辈子,她也不想像其他宫妃那样逆来顺受毫无保留地接受命运无情的捉弄。她不甘心不情愿,她将目光瞄准了地位不高却权力不小的背妃太监,刚刚入宫不久的韦忠贤就进入她的视野。韦忠贤的老家在河北青县——宫里的太监大都来自青县,河北青县是有名的出太监的地方。据说韦忠贤本名李进才,自幼家贫如洗,为了活命他小小年纪便由父亲领着走村串乡杂耍卖艺。说是卖艺也没什么真本领,与乞讨无异,无论走到哪里都会受到奚落。但是走村串乡见多了世面，韦忠贤也练就了三寸不烂之舌。再加上他人高马大长得也是一表人才，颇受小富人家喜欢，曾有多位地主家千金与其眉来眼去以身相许。韦忠贤认为他们多为土财主小富即安帮不了他多大忙，而他的野心很大，他要干一番大事业，这些土财主家的千金小姐显然引不起他的兴趣。一来二去他年纪也有点大了，失望之余就择一位小富之家千金草草结下秦晋之好，很快就有了一儿一女。青县这个地方因为出了太多太监，太监比一般人有钱，拿回老家的银子当然不会少，青县市面上吃喝成风嫖赌成风，韦忠贤渐渐染上赌瘾欠下巨债，最后追债的上门他只好卖女还债。眼看着在青县待不下去，往后的日子怎么过？开创大业的梦想在心头仍然没死，痛定思痛，他决定入宫做太监——民间传说到了这里有了两种版本：一种是他老婆恨铁不成钢之余趁他入睡用剪刀剪去他的男根，逼他入宫做太监。另一种就是他老爹一番苦劝之后将刀磨得雪亮，然后父子俩分喝下两碗苞谷烧烈酒，最后老爹眼一闭将醉得不省人事的韦忠贤拖上床，脱了他的裤子刀片一闪如同削胡萝卜似的就削下他的男根。据说昏睡的韦忠贤突然跳了起来发出杀猪般的号叫，老爹叫来了几个人将他重新按在床上，在那个肉窟窿里涂上白蜡、香油和花椒粉。他一动不动躺了三个月伤口才慢慢好转，后来更名改姓，花银子托青县的太监带他入宫。因为人高马大又是刚入宫，他理所当然地成为背妃太监，这是最低等级的太监，一般都由刚入宫的没有任何人脉的太监来做。韦忠贤也没有太多想法，只是每天晚上按时捧一竹筒写有嫔妃名字的木牌请皇上撂牌子。皇上会一连几个晚上抽出他喜欢的爱妃牌子，但是为了平衡宫中各方势力让皇恩雨露均沾，东六宫撂了三次牌子，西六宫必定也要撂三次牌子。皇后娘娘当然也少不得要宠幸，否则让皇后脸上无光怎么能镇得住三宫六院？皇上当然也不会总是冷静而理智，他有时候会心情不好就随便扬一扬手："一桌菜吃厌了不知道吃哪碗好，你就替朕代劳一下吧。"背妃太监知道是皇上让他随便抽一个，到他这里他当然不会随便。他看似随便抽一个其实就是抽了对他有赏或有情的那一个，他多半抽的是王来喜。王来喜的牌子从不与其他牌子混在一起，每次都插在最显眼处方便皇上发现、抽取。据说王来喜与韦忠贤维持过多年关系，也有传说王来喜每被皇上临幸一次就送他一样宝贝。传说仅仅是传说，其实对背妃太监来说每一个嫔妃都渴望巴结他，因为某些时候自己能否得到皇上宠幸怀上龙子，完全取决于背妃太监。王来喜多次根据自己月经规律算出怀孕的最佳时机，让韦忠贤安排她接受皇上宠幸，她能由普通的贵人一步登天成为娘娘，与韦忠贤的绝妙安排密不可分。当她洗得干干净净紧紧贴在韦忠贤宽大厚背上被他背上龙床时,她能感受到韦忠贤的细心、体贴与温柔。韦忠贤揭开皇上脚边的锦被将她放到皇上被窝时,他的手是轻柔的、呵护的。她像只猫一样顺着皇上的腿钻进被窝,然后伏在那具温暖的庄重的身体旁一动不动,等待着疾风暴雨、地动山摇的那一刻来临。这时候在窗外静候的韦忠贤与她的心也是相通的,韦忠贤会贴心地给她安排更多的侍寝时间,让她尽可能多地得到雨露之恩,而不会像对其他妃子那样,时间一到他就会在窗外蓦然发话:"皇上,保护龙体安康造福子民,该歇歇了。"只要轮到她王来喜侍寝,韦忠贤永远不会说出这样的话,他穿着他的茄色丝罗呢狐皮袄子站在宫窗前听到龙床上有节奏的声响长久一言不发。皇上像水牛耕田耙地一样累得苦不堪言,窗外的他总是一片沉默。皇上临幸的时间全在他掌握之中,皇上会忍不住发话:"过去这么久了,时间还没到吗?"韦忠贤在窗外答话:"早着呢,皇上,性急吃不得热豆腐,不急不急。"也许是他与王来喜配合得天衣无缝,也许是皇上与王来喜配合得天衣无缝,后来王来喜果然生了太子做了娘娘,韦忠贤就成了大总管成了九千岁。成了九千岁的韦忠贤还没有满足,围绕着锦衣卫的都指挥使一职他和李敬堂展开了争夺,他的野心大得无边。其实都指挥使不算很大的官却有实权,而且妙就妙在它由皇室直接掌控,凡事由皇上点头就好,除皇上外无人敢插手,可以随时随地侦查、抓捕、监禁、暗杀——这正是韦忠贤打击对手强有力的手段。他在娘娘面前几次若有若无地提到背妃太监时的细节,娘娘自然心知肚明。有一次早朝结束后,太后、娘娘、王不欢、韦忠贤就在乾清宫中又议起都指挥使的事。据说那一次韦忠贤发了怒,当然他再狂也不敢当着太后的面骂娘,他只是脸色铁青地跪在拜垫上一言不发。突然他养的哈巴狗跑进来,小太监安小平在后面追赶,哈巴狗脖子上拴着铃铛一路叮叮当当响着。韦忠贤回身向太后磕了个头,抱起他的哈巴狗就出了乾清宫。这种有违宫中礼仪的举动让王不欢愣了一下,娘娘对安小平说:"传韦大总管进来回话。"安小平答应着追出去,韦忠贤早坐上马车去了鸡毛掸子胡同,那里有他一座宽大的四合院,被人称为千岁宫,还有几房妻妾和下人。韦忠贤一走,娘娘就对太后说:"老祖宗看出来了吧,韦公公今日极不开心。"王不欢略显不悦地说:"他要是日日开心我们就不开心,我知道他想要什么,我只能说人心不足蛇吞象。"太后在龙椅上微微欠了一下身子:"我知道他是一人之下、万人之上的人物,我知道他是紫禁城数一数二的大人物,他连我太后的面子也不看了。但是都指挥使这个职位一定要给李家,人要讲良心,更何况是哀家。"太后站起来,一身酒红色宫袍,缀满琉璃珠子的下摆轻轻垂地,红袍上绣着大朵大朵的牡丹,丝线勾出精致的轮廓,显得雍容华贵,她缓缓地说:"你们口口声声老祖宗老祖宗,那你们就听一回老祖宗的话,当年九边中的三边失守都认定是李敬堂之兄李敬尧与大金里应外合的变节所为,事实上是有人诬告,宫中偏听偏信才误杀了他,这叫哀家想起来痛心不已。更何况李连城对哀家还有救命之恩,应当说此次都指挥使非李连城莫属。"娘娘因为宫中有点热,由太监帮着脱去外套,露出蝴蝶结子长穗五色宫绦,她与王不欢对望了一眼。娘娘说:"是不是要由王爷来拍板呢?"太后说:"不必了,我发话还不行吗?"娘娘低下头拨弄着葱指上的金色护甲:"过分信任锦衣卫也是宫中大忌。"王不欢说:"其实我一直有一个设想,再设立东缉事厂作为对锦衣卫的补充和掣肘,并且绕开一切官制只对皇上一人负责,让我们获知更多官僚详情,对巩固统治会大有益处。"太后回身对王不欢说:"此事韦公公多次提起过,早朝上这个奏议暂时不必再提,待时机成熟吧。"

多年之后李连城向我描述了回到鸡毛掸子胡同的韦忠贤的行为,他对宫中的一切了如指掌。长期执掌锦衣卫,手下与眼线遍布宫中各个角落,当然也同时遍布我朝各个角落。作为核心机构,顺天府中密布着锦衣卫爪牙,韦忠贤的一举一动想逃避李连城的眼线肯定无法做到,就如同李连城要逃过韦忠贤的眼线也无法做到一样。韦忠贤在鸡毛掸子胡同只是不停地临帖,他生气或兴奋了就临帖,写了撕撕了写,他的房间里到处是揉成一团一团的白纸。春明让宋玉进去捡,宋玉让春明进去捡,两个怕挨打都不愿进去,最后王不欢就来了。王不欢经常到鸡毛掸子胡同来,他有很多问题需要与韦忠贤商量。换句话,他们在宫中其实离不开韦忠贤,离开韦忠贤他们活不下去。韦忠贤经过几十年的经营已经把整个紫禁城变成他一人的天下,紫禁城里皇上想对天下发号施令必得通过韦忠贤安排,天下各地王公贵族包括紫禁城文武百官,他们要晋见皇上也非得经过韦忠贤恩准。谁也不知道这样的局面是如何形成的,谁也不知道该如何破解这个局面,这个局面就这样一天一天固定下来、维持下来。王不欢对此心知肚明,韦忠贤当然更心知肚明。但他毕竟不是皇上也不是尚书,他在本质上就是一个太监,再大的太监也就是一个太监,他和宫里的关系永远是猫与老鼠的关系。宫里可以让他尽情地闹,让他闹来闹去闹个够。但是他们双方都知道这个闹也是有尺度的有底线的,如果韦忠贤真的闹到不可收拾的地步让宫中真的动了大怒,最后绝不会有他好果子吃。而如果他真的被逐出宫中,他将一无所有什么都不是,这一点韦忠贤内心也很清楚。但是这一次韦忠贤似乎拿定主意要对宫中出手,他连台阶也不给王不欢下。在王不欢进入他的房间时他马上离开,领着几个小太监到远郊杨柳青去踏青。他从来不曾真正与宫中撕破脸皮,真正撕破脸皮的结局什么样,宫中不知道他也不知道,他好像下定决心要撕破一回脸皮看看。

第十章　神秘高人

投毒事件没有任何线索,符咒事件也没有任何结果,我从失踪到在顺天府一个叫五棵松的小胡同离奇现身,根本没有引起李连城的任何反应。事实上我就是在去东安门外奶子房的路上被马背生劫持的,他的目的就是让我明白我入宫是做替死鬼。宫中潜伏者一直没有与我接头,我也无法向他证明。他将我放在给宫中呈送贡品的马车中带出了顺天府,我怀疑马背生有这么大的本事,马背生果然承认是范稳婆找他帮忙。因为符咒之事发生后我在宫中成了不祥之兆,范稳婆怕我成为张天师祭坛上的祭品先让我活下去再说。但她毕竟是妇道人家,哪里知道李连城的锦衣卫到处布下天罗地网,我还没有逃出顺天府就被锦衣卫捕获,如何处置我就成为李连城最为头痛的难题。宫中潜伏者一直没有现身,我时刻感到危机四伏。如果范稳婆不主动与李连城联系,李连城仅凭对马背生的审问暂时还不能将线索引向范稳婆。在他眼里范稳婆就是个老实巴交略有点狡猾的老稳婆,大多时候菩萨心肠,有时候使点小坏贪点小便宜,更多的时候显得可怜又窝囊。当范稳婆在锦衣卫后面夹道里与他迎面相逢时,李连城才蓦然发现这是她精心的安排。她见到他就会意一笑,她的笑从来都是苦笑,她说:"李大人,颜嬷嬷的失踪案别查了,查来查去查出结果来对谁都不好。"李连城心里一惊,觉得她来者不善。他微微一笑单刀直入:"范稳婆,您好像话里有话啊?"范稳婆说:"到底是锦衣卫的人,真的是听话听音听锣听声啊。我也算是看着李大人长大的,一眨眼工夫弱冠少年郎就成了顶天立地的大丈夫。"李连城摸不透她的底细,仅凭这几句对话就彻底颠覆了范稳婆留给他的老稳婆印象,他装作不相信的样子:"范稳婆早年见过我?"范稳婆说:"您也算是宫里生宫里长的,我怎么没见过? 我在奶子府最后一年做嬷嬷的时候,您已经不在玉熙宫的圣学堂念书了。不然,我每回都在灵星门那里碰到你。"李连城确实想不起来他与范稳婆相遇的那一幕。灵星门他当然记得，宫中的太学生每日都坐着轿子从灵星门进进出出，他真的没有注意到奶子府的一个稳婆。范稳婆看到他脸上淡淡的羞怯，补充了一句："我在玉妃那里做嬷嬷的时候，还见过你和她在一起——田小娥，大人不会忘记她吧？"李连城头皮一阵阵发麻，到这时他才猛然发现范稳婆千真万确是有备而来，而且是奔着明确的目标而来，似乎每个奶子府的老女人都知道田小娥是他的软肋，钱大妈妈如此，范稳婆也是。李连城明亮的眼睛朝窗外看了看，范稳婆的目光像刀子一样在他脸上划了一道又一道伤痕："你应该还不会忘记，我相信李大人不会是个无情无义的人。"李连城内心波澜起伏表面上仍然不动声色："和田小娥在一起那是我的工作，范稳婆应该也知道锦衣卫有权力查证任何一个人，这是皇上赋予的权力。"范稳婆说："当然知道，但是李大人与小娥在一起是不同的。"李连城紧接着问了一句："那你看到我们在一起做过什么？"范稳婆说："你和田小娥做过什么你心里最清楚，李大人是聪明人不需要我饶舌点拨。"到此时李连城脸色苍白如纸，原来坚硬如石的人也会有脆弱不堪的时候。他抬起头来看着紫禁城一层层金碧辉煌的宫殿，范稳婆仍然不依不饶："很多事李大人别往心里去，我不会多嘴多舌。也望李大人高抬贵手放颜嬷嬷一把，我也看得出来，李大人是喜欢颜嬷嬷的。我范稳婆一生没别的本事，就是心里软得像块豆腐，我同情颜嬷嬷家里还有一个疯子娘活着真不容易。娘娘要是追问起就说她意外落水被人所救，我只是想让她重回奶子府，她的命太惨了，将她退回靠山庄就只有一死。"

　　我不知道当时的李连城是不是真的相信了范稳婆的话，但是我确实重新回到了奶子府，再度给小皇上开始哺乳。其实我内心更加恐慌，因为我感到重新接纳也许是一个更大的圈套。那时候春光正好，明媚的春光里紫禁城各处奇花异草都争相吐露芬芳，兔儿山上红的桃花白的梨花如锦似霞。太液池西苑悦心楼那里，牡丹花漫山遍野全部吐蕊。崇智殿后的蕉园，芭蕉抽出长长的飘逸的绿叶，像宫女们长长飘摇的绿裙子。最美的是紫光阁玉兰花，光秃秃的枝干就是一根根枯树枝子，但是千朵万朵雪白的玉兰花却齐齐绽放，像突然从天降下一群白鸽子栖落在枝头。那天太后就在紫光阁前看戏，那天是她的生日，看了戏又到仁寿宫祝寿。宫中人手不够，临时从奶子府叫来了几位，银铃和如花也过来帮忙。银铃一向笨手笨脚，帮太后篦发髻时不小心将供着大寿烛的一只景德镇进贡的大寿碗弄掉到地上，当啷一声摔成八瓣，一支小孩手臂粗的主寿烛也被打灭。众人大吃一惊，太后当即叫了一声一下子晕了过去。生日宴上发生这样的事让太后如何不失态？按民间说法此事表明老寿星活不过今年。现场一片大乱,宋玉飞也似的叫来了太医翁万春,他上前托着太后掐了几下人中太后才醒过来,宫中嫔妃跪了黑压压的一片。太后却哇的一声咳出一口痰来,吐在绿绫弹墨宫服上。娘娘气急败坏地指着银铃:"你,你,你这个小灾星呀。"银铃早跪在太后面前瑟瑟发抖,一下一下扇着耳光:"老祖宗,老祖宗,奴才其实没有碰到寿碗寿烛呀?"钱大妈妈喝道:"大胆的奴才,你瞎了眼睛当别人也看不见?你没碰寿碗寿烛它自动往地上跳啊?"银铃磕头如捣蒜:"老祖宗饶命,老祖宗饶命。"韦忠贤这时候缓缓发话了:"拖出去笞杖侍候。"春明和耿谦和将银铃拖了出去,听到银铃在仁寿宫外一声声惨叫,太后于心不忍,摇了摇头冲韦忠贤喃喃地说:"罢罢罢,适可而止——也许,是哀家到了寿终正寝的时候了。"太后面前立马跪下一大片:"太后吉祥,寿比南山,福如东海——"

这个银铃就是笨,你让她上个茶她会不小心打翻了茶盏,你让她上个汤她会将汤水泼到你身上。她是一个倒霉的人,倒霉的事似乎总发生在她身上,实际上还是她笨手笨脚所致。人虽然笨拙些奶水倒是不错,大概也是因为奶水十分出色奶子府才一直将她留在宫中。只是她永远不长记性,总是不停地出错,竟在太后生日宴上出如此塌了天的大错。我以为会将她打得皮开肉绽,可到了晚上才发现也就是脸上多了几道擦痕而已,我怀疑这是太监耿谦和心软所致。在我看来,耿谦和是宫中最好的太监,我也不知道宫中会有如此心地善良的太监。我还听说他是为了给唯一的妹妹治病,又怕母亲、弟弟、老婆、孩子活活饿死,不声不响地跑到顺天府小刀刘剞夫那里剜了男根,来到宫中做太监。我之所以想到他,是因为那天轮到他在六宫坐更。坐更就是到宫里守夜,背妃太监背着妃子将她送上龙床时,坐更的太监要做好登记,否则将来万一这个嫔妃怀上孩子哪晓得是不是皇上的龙种?当然,坐更的太监还要记录东六宫西六宫所有嫔妃的月经期,他们私下称之为月例。来了月例的嫔妃当然不能送上龙床,这是宫里最起码的规矩。现在小皇上才五六岁,坐更的太监少了许多麻烦,更多的时候无所事事。或者小皇上怕打雷,每当暴雨天天上打雷时,他们十几人便在乾清宫前齐声吆喝盖过雷声,使小皇上不再害怕。那日天擦黑时分我从乾清宫哺乳回来,在坤宁宫后面迎面遇上耿谦和,我知道他是去坐更。他远远地看见我就立住,非常客气地和我打了个招呼。我和他分开不久就看到一道黑影毫无防备地出现在我面前,是一个人高马大的蒙面人,突然从他嘴里蹦出我盼望已久的那八个字:"《水浒传》不输《西游记》。"我听了心头一怔,马上脱口而出在我心头翻腾了千百遍的八个字:"明朝人最爱《金瓶梅》。"我们刚刚接上头李连城就从天而降,他们两个你来我往在漆黑的夹弄内打斗起来,两人身手不相上下打得难解难分,朱六指带着几位锦衣卫兵卒前来助阵。蒙面人寡不敌众边打边退一直退到宫墙根下,在墙头上早埋伏好的锦衣卫兵卒突然出手揪起他蒙面的黑布往上一提,蒙面人的面孔暴露出来。朱六指上前与他贴身搏击,李连城却发出一声惨叫倒地不起。锦衣卫的兵卒都以为李连城发生意外一拥而上围住李连城,李连城腹痛如绞满地打滚。就在他们一愣神的时候,那位蒙面人早已消失在夜幕中。

李连城的腹痛来得真不是时候,而且眼睁睁看着蒙面人从一群锦衣卫手上逃脱,这种不可思议的失职出现在李连城身上简直让人难以置信。后来我才知道其实所谓的腹痛只是李连城的诡计,他就是要神不知鬼不觉地放走那个蒙面人。因为就在蒙面黑布揭开的一刹那,尽管周遭一片黑暗,李连城还是借着宫中隐约的灯光认出了那个人,那是一个他很熟的人,他就是韦德贤。他不想抓住他再审问,他故意放掉他然后再暗中派人跟踪,这样会发现更多的隐秘。更何况他已经知道了接头的暗号,接下来他要做的就是一心一意接近我,当然通过我他也接近小皇上朱春山。他的特殊身份让他自由出入宫中没有任何人怀疑,我们之间的关系几乎没有任何铺垫就自然而然地变得异常亲密,这种亲密无间的情谊似乎是前生注定。本来我们第一次相见就有默契,有时候不需要多说什么只需要相视一笑就知道对方要说什么。他花样百出地讨好小皇上,亲手给他制作九连环或孔明锁玩具。九连环让小皇上痴迷不已,李连城带着朱春山趴在地上拆解到差不多大功告成就剩下最后两步时,故意拍拍脑袋说:"头晕,头晕,哎哟,头好晕。"小皇上拿着九连环不声不响地拨弄几下,李连城在无意中提示他一下,朱春山豁然开朗使出了漂亮的最后一招最终解开了九连环。他兴奋得又叫又跳,而李连城对他的奖励就是像老牛一样趴在地上哞哞叫着。小皇上哈哈大笑跃到他的背上要骑牛,手里还挥着想象中的鞭子抽一下:"驾!"李连城昂首长啸一声,然后驮着小皇上绕一圈。我注意到他在与我私人接触时不再穿锦衣卫的飞鱼服,而是穿海龙皮鹰膀裰或者是玉色红青酡三色缎子织的水田小夹裳。他甚至送我一套银纹绣百蝶度花裙和水红撒花夹裤。他竭力取悦我,用的办法是欲擒故纵。比如我说过喜欢宫中的薄荷糕和芸豆卷,第二天他就会送上门来。他并非刻意送来,而是经过奶子府门外时很随意地放下锦盒说:"你的薄荷糕和芸豆卷。"而我什么时候说过早已忘记,我知道我一入宫就会和他发生故事,也知道他一直对我有情有意,很少有女人会拒绝一位有权有势又相当漂亮的男人的追求。但是我吃不准他是那个要与我接头的潜伏者,还是一个单纯的对我情深意切的男人。我吃不准他摸不透他看不清他——我来宫中时间太短,对一切都不太熟悉,我还需要时间,需要慢慢看清紫禁城,看清紫禁城里各色各样的人。

就在上次蒙面人消失之后不久,蒙面人再一次出现在李连城面前。李连城却认定这个蒙面人并非上次那个蒙面人,是上上一次那个来自大金的间谍。他认为李连城同意做了大金间谍是骗人的谎言,因为李连城到目前为止没有任何作为。他这次使出的撒手锏是李连城与后宫皇妃田小娥私通证据:白绢上的处女血。与田小娥那一晚的经历李连城当然印象深刻,那是他的第一次也是田小娥的第一次,白绢是小娥掖在袖中临时取出来垫在身子底下。后来,那上面就染上了一朵殷红的花,像梅花又似桃花,是梅花又是桃花,也如同初夏时节盛开的凤仙花。李连城一眼认出来就是那条白绢就是那朵红花,因为那一晚留给他的印象无法磨灭,他不可能认错。只是很多年过去了,白绢有点发灰,红花也变成褐色,他接过白绢在手中仔仔细细看了一遍,还是认定没有错。蒙面人说:"田小娥没有死,她还活得好好的。"李连城顿时汗毛根根直竖:"她活着?她还活着?"蒙面人说:"对,她活着。"李连城说:"那让我见见她可以吗?"蒙面人说:"当然可以,只是时候没到。这已是我们第二次来找你,你做我们的间谍,代号白龟——我是赤龟。当务之急就是拿下颜如月,并获取大明宫中绝密档案《九边军镇图》。只要完成了这两桩事你随时可以见到田小娥。"李连城把白绢还给蒙面人,他眼前浮现起小娥在后宫幽怨哀伤的样子,他一字一顿地说:"好,我现在答应你们,一言为定!请你们不要食言!"

第十一章　惨遭暗算

　　小皇上朱春山在我乳汁哺育下一天比一天白胖,他就如同我的孩子吃饱喝足后再也不愿离开我,小手总是自然而然地捂在我的胸前,那柔软的地方就是他迷恋的乳房,他的这个习惯动作似乎在暗示他人:这对神奇的乳房是属于他的。他变得非常自私,不允许我离开他也不允许我离开乾清宫,一觉醒来后只要睁开眼发现我不见了马上就号啕大哭。当然有时候是装模作样地哭泣,尽管他的干号一声比一声大,但是只打雷不下雨,眼睛里没有一滴眼泪。他对乳母这份本能的依恋让我感动,也隐隐让我担惊受怕。因为他并非一般普通人家的奶娃子,他是万众景仰的天子,是皇上。宫里的人谁都想得到皇上的宠幸,宫娥宫妃更是为了皇上的宠幸而活着,也可以说所有的宫斗全都是围绕着皇上展开。我曾经说过的,紫禁城一向被人称为紫围子,它就如同一个巨大的马蜂巢,无数密密麻麻的宫女嫔妃就如同马蜂一样围绕着蜂王在蠕动。它其实也是一个庞大的蚂蚁穴,无数灰衣黑衫的太监宦官就像蚂蚁一样围绕着蚁后在转悠。即便是宫里的人,很多人终其一生也无法见到皇上一面,他们要接近皇上几乎不可能。接近皇上身边的人就成了他们的目标,比如我——我就这样成为宫中要人,围绕着我的一系列阴谋正在实施,这都是后来李连城告诉我的。我哪里知道那个被娘娘安排照顾我的酸枣,竟然是如妃的卧底,她要实施的就是如妃的毒招:在我的奶水中投毒,毒杀朱春山,好让如妃的儿子朱春龙继承皇位一步登天。我很少能见到如妃,更不知道她的心思。自从我在宫中得宠之后张三姐把我列为她最大的对手,我知道她心怀鬼胎,李连城也让我提防着她,但我不能和她保持距离,我把对她的排斥放在心里,表面与她仍是一团和气的老乡。

　　那时候天气已经入夏,太液池上荷花开得正好。我有时候也很奇怪,太液池本来就是一个面积很大的湖泊,分西苑和东苑两个部分,绕着湖走上一圈也得从早走到晚吧，站在兔儿山上看起来太液池就是一片烟波浩渺的大水，不知道为什么不称湖偏要称它为池。我在奶子府提出过我的疑问，一向沉默寡言的翠柳淡淡地说："可能是从金陵迁都北上时，太上皇初建紫禁城学的是唐朝皇帝吧，长安大明宫里就建有太液池。"我认为翠柳的说法是对的，这个成天一言不发的女仆有时候真的让人刮目相看，她与宫里那些宫女是那么不同，她的人生经历当然也和她们完全不同，后来的结局当然就更加不同。其实奶子府的女人从奶妈到稳婆命运全都各不相同。每个人有每个人的出身，每个人有每个人的际遇，人生和命运怎么可能相同？很多人不甘心，明争暗斗就成为人与人之间的常态。宫中是天下臣民向往之地，成与败的差别就是天与地的差别。成则成为名垂青史的人物一人得道鸡犬升天，败则成为遗臭万年的人物，满门抄斩株连九族，所以宫斗起来才是你死我活、昏天黑地。也就是这年夏天，我们在西苑钓鱼台那里采了许多荷花蕊要做胭脂，范稳婆领着我们去冷宫里采凤仙花，据说整个紫禁城就是冷宫中凤仙花开得最好。我第一次进入冷宫，发现大部分荒凉的宫殿空无一人，门窗上结满蛛网，琉璃瓦沟里积满落叶，无数凤仙花正在庭院里绽放。我们摘了一布兜，酸枣提着一只布兜凑到我跟前看了看："你采的凤仙好像少了点。"她尖酸刻薄的脸上挂着似笑非笑的笑容。我说："我采的可是地地道道的鲜花啊？哪像你们贪图快，就在地上扫一些落花，花落了就干了，做胭脂还是要鲜花好。你看，我采的凤仙花还全是复瓣的，你们在地上扫的单瓣居多。"酸枣伸手挑了一朵看了看，大声说："啊，真是的，颜嬷嬷的凤仙花就是好。"她这么一说，其他的奶妈和女仆全围拥过来，酸枣一直挤在我身后："只能看不许摸。"碧桃突然出手抓了一大把花放到自己布兜里，酸枣火了："碧桃，你干吗要抢人家的？"碧桃弯腰咪咪地掩嘴笑着跑远了。酸枣不声不响地走上来，突然出手又从碧桃布兜里抢回那捧凤仙花。碧桃真的生气了，追上来，酸枣躲避她，两人追来追去。酸枣眼看着逃不脱，只好从一个宫殿拐角穿过去，碧桃也追过去，两人在里面发出一声尖叫：原来那里面才是冷宫核心部分，四个偏僻的宫殿围成一个四合院。应该是六月初六晒霉季节，院子里搭满了竹竿子，左一道右一道，无数五彩缤纷色彩斑斓的霓裳正在晾晒，在这个荒凉冷寂的后宫显得那么突兀和不真实。我伸出手来细细抚摸，衣服虽然暴露在太阳下，手感却是一片冰凉。这时候我才发现身后有冰冷的眼光射过来，后背一阵阵发凉。扭头一看，就发现左侧宫殿廊檐下坐着一排鬓发雪白的老宫女，也许是打入冷宫的妃子，头发全白了，像雪那样白，让我想起小时候疯子娘在不疯时教我背诵的唐诗：

寥落古行宫，
宫花寂寞红。
白头宫女在，
闲坐说玄宗。

　　唐诗中描写的场面与我在冷宫中看到的场景一模一样，只是我眼前这些老宫女没有诗中那份气定神闲，她们注视我们的眼光显得诡异而警惕，甚至饱含着仇恨，怪不得我的后背一阵阵发凉像浇上了冰凉的井水一样。碧桃悄悄附在我耳边说："那个头发花白的就叫玉妃，是老皇上最宠爱的妃子。"我看了她一眼，她正在刺绣，好像有点忐忑不安。这时候一个年轻的宫妃从宫殿里出来，我在如妃的钟粹宫里见过她，她是如妃的妹妹如梦令，曾经是先皇最小的妃子。据说她从来没有得到过皇上的宠幸，一直就住在这里，她们永远就住在这里。住在这里的还有许多宫女，老皇上在世时她们都没有机会见到皇上，而现在老皇上驾崩多年，她们会一直在这偏僻的冷宫中孤独地苟活，这种暗无天日的日子漫长绝望。我看到玉妃的眼光有点瘆人，就决定离开。这时候玉妃突然神色紧张地起身走过来，走到晾晒的衣裳边，用手抚摸着大概是属于她的衣裳，突然手像被蛇咬了一样尖声号叫起来。我吓了一跳，就看到白头宫女们一拥而上围住了她，七嘴八舌地说着什么。然后玉妃又号叫了一声追上了我们，更多的白头宫女围住了我们。其中一个年纪大的说："是谁坏到这种程度，撒泼撒野撒到我们冷宫来了，连我们冷宫也不放过？"玉妃甩着手号叫着，她的手指和胳膊已经肿了起来。酸枣不明就里："怎么回事？什么事赖上我们？"玉妃说："你们一肚子坏水，撒上鬼见愁到我们晒霉的衣裳上。"如梦令站在一棵芙蓉树下说："也许是风吹来的，也说不定。"几位白头宫女果然取了玉妃的衣裳给众人看，锦衣上布满了蓖麻子大小的鬼见愁，那是一种草本植物结出的小果实，无数个肉眼看不见的粉状针刺散落到衣服上，碰上肉又刺又痒，钻心地痒过之后用手挠破便流出血水，发炎化脓，确实是鬼见了也要发愁的东西。酸枣这时候一反常态显出泼辣来，双手叉腰："嘿，欺负我们是奶子府老妈子，栽赃栽到我们头上了？谁看见我们撒鬼见愁了？"一个宫女说："是没人看见，但是只要采了鬼见愁就跑不掉，即便戴了手套也会不小心沾到衣服上，我们要搜身。"酸枣说："好，好，搜，搜，我们让她来搜。"酸枣第一个上前任她搜身，老宫妃上上下下搜遍了全身，没有发现蛛丝马迹。轮到我的时候三四个老宫女围上来，其中一位手刚插进我斜褶襟布袋内，突然失声惊叫起来："啊，就是她！"她的手从我布袋内掏出来，手指上布满了鬼见愁，她呼天抢地地大哭大叫起来，所有的宫女脸色全都陡然大变。玉妃怒不可遏抬手就给了我一巴掌，更多的老宫女围着我揪打起来，扇耳光的扇耳光扯头发的扯头发，恨不能把我撕吃了。碧桃上前叫了一声："别打啦，要出人命的。"玉妃和另一个老宫女将手中的鬼见愁往我衣领上撒，有人趁机扯开我的上衣将鬼见愁塞进我的衣服内。慌乱中我支持不住轰然跌倒在地上，玉妃好像找到了发泄对象，一边揪打着我一边大叫："打死她，打死她。"我在地上翻滚着，只听见一声："住手。"旁边一处闲置的废殿内突然传出声音，一扇积着落叶与灰尘的宫门从里面推开，出来一个男人，是李敬堂，李连城的爹爹李敬堂。众人大吃一惊，都停住了手，也吓傻了，谁也不会想到一向沉默威严的李敬堂会在冷宫一座废弃多年的宫殿里现身。他看也不看众人，直奔到我身边托起我往宫外一路飞奔。我知道是李大人，我垂下两只手不敢碰他，怕我身上的鬼见愁沾到他身上。我知道他托着我直奔太医那里，我非常感动，完全忘掉全身钻心的刺痒，眼泪奔涌而出直流到耳朵眼里。

这次陷害让我在床上躺了半个月，遭受到如此奇耻大辱李连城也无法帮上我的忙，他只能做出如下推断：我们去采凤仙花以及后来误入冷宫所见所闻，完全是背后某个人的精心策划，我口袋中突然出现的鬼见愁其实是早就有人投放好了。而且她一定事先戴好了手套，毫无疑问这个人应该就是我身边的某个人，我怀疑就是酸枣——如花自始至终没有接近我，碧桃就是个没心没肺贪玩的孩子。我认定是酸枣，好几次她分明在我身边挤来挤去。并且也是她带头领着大家进入后宫禁地。我把我的怀疑告诉了李连城，李连城一一记录在案，然后对我说："这其实并不是一桩孤立的事件，应该与毒饽饽、婴尸案还有你的落水案全都是一系列的行动。不出意料的话，后面应该还有更匪夷所思的事件发生，你要提前做好心理准备，并且随时提防身家性命。我当然时刻都在保护你，但是恐难做到万无一失。"我说："这次要不是尊公李大人及时出现，我可能当日就走不出冷宫。我也不知道那些手无缚鸡之力的深宫弃妃，一旦发作起来会那么疯狂！"李连城说："心头有怨气呀！事情越来越复杂，我担心你……"他说出这句话时目光一直落在我身上，我也看着他，我又想起那个与我接头的蒙面人，他念出的那句接头暗号。他会是谁呢？他怎么就轻而易举从李连城的手里逃脱了？更诡异的是李敬堂大人怎么会出现在荒凉冷僻的冷宫？这太不可思议，我相信李连城比我的疑问更多。或许他与他的父亲一起联手，这对我来说就更加复杂。现在看来,宫中不是像我早先想象的那样是一个蜂巢或一个蚁穴,它是一口深不可测的陷阱。那些看上去富丽堂皇的宫门和厅堂,其实更像一个个张开的血盆大口,随时准备生吞活剥一条条鲜活的生命。我漫无目的地胡思乱想着,与李连城的目光再度碰在一起。李连城突然对我说:"我建议你从今往后足不出户。"我摇头拒绝:"那我怎么去宫里给皇上哺乳?"李连城说:"全程坐轿,由锦衣卫派人陪同。"他还想往下说点什么,范稳婆突然匆匆跑来,脸上一片惊慌。看到李连城在,她一言不发,我知道有事就开口问她:"范稳婆,有什么事?"她吞吞吐吐,然后才说:"好生奇怪,碧玉奶嘴不见了。"

我一听就知道此事非同小可,碧玉奶嘴是奶子府常年必备的用品,莲蓬似的半圆形,顶尖上有个孔洞,可以让乳头自然露出。每个奶妈在哺乳前必须将开水煮过的碧玉奶嘴佩戴好,每个奶妈也有众多碧玉奶嘴。奶子府的奶嘴全由范稳婆管理,她每日最后一项工作就是领着七八个女仆小心清洗、整理碧玉奶嘴。她明明记得将我的奶嘴放在檀木匣子里,现在却突然不见了。李连城没有声张,悄悄叫来锦衣卫兵卒封锁了奶子府。而且他使用了一种从没有采取过的方法,每一位奶妈、稳婆、女仆各自站在原地不许挪动半步,兵卒像篦子一样将奶子府细细篦了一遍,没有任何发现。李连城要求扩大范围,最后在奶子府靠近钟鼓司夹道草丛里发现了我的碧玉奶嘴。李连城不动声色,守在门前安排奶妈和稳婆一个一个离开,要求她们出门时张开手指给他查看一下。李连城只是有一眼无一眼地看着,很晚才回到锦衣卫。他在开门的时候就听到白龟弄出的水花声响,白龟发现了他,昂起头来冲着他,它的嘴里咬着一团蜜蜡纸。他接过蜡纸,发现上面刻着几个字。他还没有来得及细细辨认,从身后伸出一只手来以迅雷不及掩耳的速度拿走他手中的纸。李连城一拳将身后的人打倒在地,却发现是父亲李敬堂。父子俩在地上对视了片刻然后各自起身,拍拍身上的灰尘之后父子俩有了一次针尖对麦芒的交锋,这次交锋让两个人都撕去了伪装,还原成两个真实的血性男人。

第十二章　阴阳圈套

　　李敬堂推心置腹的谈话换来李连城的阳奉阴违,父子俩最终的不欢而散与我的想象不谋而合。李连城就坐在李敬堂对面,他的眼光表明他是作为锦衣卫都指挥使而非儿子坐在李敬堂面前。李敬堂眼睛不看他,目光落在一本线装的《孙子兵法》上,他用眼睛的余光扫了李连城一眼:"没事时还是练练你的剑法,我看你的功夫远远不到家。"李连城英俊的脸上浓眉紧锁:"爹,这事孩儿搁在心里好几天了,不知道当问不当问。"李敬堂阴沉着一张脸:"我知道你想要问什么,你小子翅膀硬了管七管八管天管地管到你爹头上来了?不该问就别问,特别是你爹的事,什么时候轮得到你操心?"李连城站起来:"爹,宫中的规矩你比我懂,冷宫是什么地方?你出现在那里,锦衣卫按规矩是要做记录的。"李敬堂随手将《孙子兵法》抓起来砸到李连城的身上,厉声斥责道:"规矩?你记,你记!在宫里你是都指挥使,在李府就是个乖儿子、龟孙子。"李敬堂气呼呼地转身就离开李府,《孙子兵法》就落在李连城怀中,散开的纸页竟然全是男女交配的裸体春宫图。李连城大吃一惊,在宫中多年他也曾多次看过春宫画,但是像这样男女器官暴露交接在一起的春宫图他还是第一次看到。他相信画画的是个惯于风月情场的老手,绘画功夫好生了得,那流动线条纤毫毕现地展现出男欢女爱细微局部,让他春心萌动,想起与田小娥欢度的那些恩爱缱绻的美好时光,忍不住一页页往下看,看到最后他合上书,不可抑制地想念田小娥,想念那个爱穿藕丝挑线琵琶襟上裳和云霏妆花缎织彩百花飞蝶锦衣的皇上妃子,还有那把他替她梳过头发的桃花梳子,幽会田小娥此时此刻成为他最迫切的愿望。他突然冒出一个念头:是不是爹爹李敬堂在冷宫与弃妃偷情?因为打入冷宫的嫔妃基本上一辈子就是废人,不可能外出,当然也不可能再见到皇上,男女之爱对她们来说就成为无法满足的欲望,所以她们活在后宫其实就是守着活寡。而打入冷宫的她们基本上都是正处于人生花季妙龄，正是如花似玉渴望爱情滋润的时候。宫中某个男人在后宫出现，极容易成为她们争风吃醋的对象。冷宫淫乱时有所闻，甚至传闻有才入宫的小太监因眉目清秀被冷宫弃妃不断骚扰。李连城决定前往冷宫一探虚实，走出门时突然省悟：为什么李敬堂要将这本淫秽的春宫图故意让他看到？难道，是在暗示自己？李连城站在生满绿苔的青砖地上举棋不定，朱六指突然匆匆赶来，李连城迎上去："什么情况？"朱六指一言不发转身就走，他们回到锦衣卫，朱六指关上门："在羊圈有了重大发现——一个很奇怪的人昨天晚上进入里草栏场的屠宰场，早上离开一会儿很快就回来，然后再度离开。"李连城说："男人还是女人？"朱六指说："男人。"李连城思考了一会儿，决定马上着手侦查。在蜜蜡纸上刻上字，利用白龟来传递，这是大金间谍教给他的方法，他希望能和大金间谍见面，具体交流一下《九边军镇图》情况。其实说心里话，他对于接受大金间谍一职根本就是虚与委蛇，他的真实目的就是查清大金潜伏在宫中的间谍到底是谁。那张蜜蜡纸在白龟嘴中衔了三天就得到回复，通知他在当天晚上进入象房后面的里草栏场。那里靠近外宫墙，有好大的一片青草地，宰牛杀羊的屠宰场就在那里，宫中的牛羊肉就是那里供应的。里草栏场离御膳房也很近，宫里的厨子与屠宰场的屠夫天天打交道，关系相当要好。李连城就是跟在御厨赵五儿后面进入屠宰场，一帮正在宰羊的屠夫围上来。赵五儿取出御膳房的筹牌说："羊肉三十片，猪肉三十片，牛肉二十片……"屠夫接过筹牌看了看，然后请赵五儿、李连城和御膳房七八个厨子进来，牛羊肉早已备好，一整只羊一分两半就是两片，三十片羊肉其实就是十五只整羊，够他们忙活上一阵子。李连城此时夸张地解袍子，明确告诉那些屠夫他要找地方方便。他找了半天，就来到里草栏场唯一一处房舍正门口，解开袍子哗哗哗方便起来。他憋得太久了，尿声非常响亮，吸引了一个光头屠夫探头出来张望，发现一个陌生男子当门小便，他气得火冒三丈："你眼睛瞎了，也不看看这里是什么地方？偷鸡摸狗杂种，竟然跑到这里来撒野。"李连城口中喷着酒气，装作站立不稳的样子，东倒西歪地走到他面前："谁吃了豹子胆敢管老子？想找死啊，是不是？"他摇摇晃晃地上前，弯下腰近距离朝光头屠夫瞅了瞅，然后猛然出手一拳砸过去，正砸在光头屠夫的鼻梁上，鲜血喷涌而出。光头屠夫一声惨叫，奔进屋内要操杀猪刀，舍内屠夫纷纷冲出来，要看看这位狠人是何方神圣。早准备好的朱六指和后面七八位锦衣卫兵卒冲进去与屠夫展开搏斗。屠夫根本不是锦衣卫的对手，三下五除二便被锦衣卫的人揍得满地找牙。朱六指掩护着李连城冲上二楼，就见一个诡异的长发女人背对着他正在推窗。李连城冲上去想拉住她，她却一使力推开窗户跳了下去。李连城认准她是个举止神秘的人，紧接着也跳了下去，朱六指和其他几位兵卒接二连三跳下，看着那位女人飘飘荡荡进入了后面偏殿。李连城一扭头，众人包围了偏殿。李连城侧耳在门外听了听，然后正要一脚踹开紫红色木门，却见一位短打装扮的男人气定神闲地缓缓步出，一眼认出了李连城："哎呀，李大人，幸会幸会。难得李大人能光临屠宰场，蓬荜生辉，三生有幸啊。"李连城认出了他是羊圈著名的屠夫杨十斤，马上拱手作揖："幸会幸会，杨老倌，虽然同在宫中供职，却是难得一见。"杨十斤哈哈一笑："可不是嘛，今儿可不许走，我去割一副猪脚、半副猪下水，再加半边猪头，和兄弟们一醉方休。"朱六指却没有听他的，领着四个随从进屋巡视一圈，几乎翻了个底朝天也不见人影。在杨十斤热情过头留茶留酒声中，李连城对朱六指眨巴了几下眼，意思是就在此吃肉喝酒吧，倒是想看看那个离奇消失的女人是不是插翅而飞了。

后来李连城回想起来，这件事从头到尾是他中了杨十斤的圈套，其实杨十斤就是那个神秘现身的女人，这一点容我在后面揭秘。原来这个家伙表面是个咋咋呼呼杀猪的，内心里却是个十足的老谋深算的家伙，他是个十足的会表演的戏子，他的酒就是他的绝招之一。李连城其实是能喝酒的，最高的酒量是多少他不知道，因为从来没有喝醉过。可是在兄弟俩商量好围堵杨十斤之前，他和杨十斤只喝了三杯就醉得不省人事。他其实本来是想装醉的，却不用装就醉得像头猪。等他醒来时只剩下朱六指独自一人守在他身边，李连城大吃一惊，坐起来："我怎么醉成这样？杨十斤走啦？"朱六指说："他没进来，不过，在白龟嘴里发现了情报。"朱六指将那张指头宽的蜜蜡纸递到李连城手上，上面是一行针刺出的字："明晚子时，钟鼓楼、社稷坛、承天门、奶子府等十处有金人纵火。"李连城脖子上一时青筋暴露："塌了天的大事怎么不提前叫醒我？"朱六指说："你睡得像死人一样能叫得醒吗？再说是明晚子时，来得及。"

李连城一骨碌爬起来，和王不欢密商后一声令下，锦衣卫数百名兵卒悉数集合，布防到顺天府所有要害部门。偏偏那天晚上风雨大作电闪雷鸣，王不欢连眼睛也没有合一下，在乾清宫和娘娘一道静候锦衣卫的通报。李连城没有休息，与朱六指指挥的锦衣卫马队彻夜不停地在各防御点穿行。最后来到钟鼓楼时狂风暴雨开始收敛，承天门高高挑起的檐角上雨水渐渐变得淅沥。这是李连城兵力把守最紧要的地方，承天门也是整个紫禁城最重要的一道门。朱六指的飞鱼服湿透，冷冷地看着李连城："平安无事，没有任何发现。"李连城盯了他一眼一言不发，然后在门楼上绕了一圈，背起双手遥望着前面不远处的第一道城门大明门,似乎若有所思。雨水在此时变成斜斜飘洒的细雨,朱六指缓缓走到他身后,李连城目睹渐渐初现的晓色突然转身:"去乾清宫。"

赶到乾清宫时天色已大亮,一夜未眠的娘娘看到李连城进来劈头盖脸一顿斥骂:"不知道从哪里得到的情报,如此糊涂如此荒唐,这不是开玩笑吗? 宫中警卫岂是儿戏? 李大人你是不是拿皇上寻开心? 让宫里宫外一干文武百官陪你玩游戏,你很开心是不是?"李连城一下跪在拜垫上:"娘娘息怒,宫中大事微臣从来都当成天大的事来办,不敢有丝毫马虎。这次并非情报有误,极有可能是走漏风声让对手改变了主意。"王不欢静坐不语,沉吟了半晌然后说:"今晚平安无事并非意味着明晚也是平安无事,宫中防守当常抓不懈,各地布防暂时不撤。"

李连城郁郁寡欢地回到了锦衣卫偏殿,直扑龟池,在白龟口中果然发现密信:略施小计上当,别玩花招,记住教训。

李连城没有想到他很快遭到报复,大金间谍的公开报复:所谓的顺天府十处纵火全是骗局,就是以此认定宫中是否有预防,宫中若有预防就是李连城泄露的消息,以此证明李连城做大金间谍只是口是心非而已。李连城此时悔青了肠子,当初怎么就没有往深处再想一想。后来又觉得往深里想没有任何作用,万一宫中出事那才是塌了天的大事。但是他自信隐蔽工作做得太好,应该不会被间谍如此快得知,他突然感到白龟口中的密信也许是间谍的讹诈。想到这一层他眼前一亮,通过白龟传出情报假装极度愤怒,将大金间谍怒斥一通,无限委屈地告诉他们,顺天府布防纯粹是杯弓蛇影、草木皆兵,是宫中例行公事。

李连城发出这封密信之后再没有人与他联系,他成天就守在乾清宫与我和小皇上在一起。那时候钱如意开始在奶子府崭露头角,并且半年之后就升为稳婆,头戴织锦皮毛荷叶斗篷,配一条紫绡翠纹碧纱裙,与范稳婆、金稳婆、宋稳婆、马稳婆平起平坐。她喜欢恩威并重赏罚分明,还惯于打击一派拉拢一派。同样面对奶妈她的态度截然不同,对于酸枣之类她向来不会有好脸色,对于张三姐之类她既有女人的热络又有主子的冷淡。虽然有她的姑姑钱大妈妈悉心照顾,但我也不得不承认这个才十几岁的小丫头天生就是一块做宫妃的料,她惯于察言观色又喜欢浑水摸鱼,外表和善内心阴冷,她可以在两种情绪之间自由穿梭,让我叹为观止。比如,她正在怒斥奶子府一群奶妈脸上冷得能刮下一层霜,但是看到我从一旁经过,她的脸色在瞬间转怒为喜,冲我笑了笑然后又马上翻脸。小小年纪就可以灵活自如地控制自己的情绪,你不能不佩服她的处世之道,她应该是比她的姑姑钱大妈妈还要厉害的角色,她将来肯定要接钱大妈妈的班。但是她显然志不在此，一个小小的奶子府肯定容不下她，她的心早飞到东宫西宫那边，在东宫西宫寻找自己的位置，像娘娘那样落户坤宁宫，那才是她人生最理想的归宿。她为此付出了超出常人的努力：那天我从宫中哺乳回来已经过了子时，她仍然在奶子府等候我。奶子府的奶妈全睡了，她就守在一盏灯笼下打瞌睡，桌上放着菱角、莲蓬和花香藕，那是江南苏州府送来的贡品，是送给钱大妈妈的，她带了一些给我尝尝。我很感动，她离开时我送了她。就在我回来的夹弄里，又是一个人影跳出来，依然蒙着面，与上次脱逃的那个人一模一样。他一言不发地对我露出一个微笑，雪白的牙齿在黑夜里看上去分外洁白，他念出了我们接头的暗号："《水浒传》不输《西游记》。"我喜出望外，当即回答了他："明朝人最爱《金瓶梅》。"他并没有多说什么，左右看了看，摘下面罩说："我叫大德子，是锦衣卫小德子之兄，今后我负责与你联系，我们只是单线联系。今晚只是接头，有任务再向你传达，让你知道的你会知道，暂时不让你知道的你也别多问。"我正想和他多说几句，夹弄尽头出现一盏灯笼，而大德子只一闪就蹿上墙头消失得无影无踪。

我以前不曾见过大德子，在很长一段时间内他不来与我联系，我也无法主动和他联系，我甚至在宫中根本没有机会见到他。我对他充满了好奇，一如我对未来的命运充满好奇一样。这时候朱春山对我的感情越来越深，就如同儿子对待母亲一样。不，应该超越这个感情，他对他的母亲远远没有这样的感情，他甚至不愿意见他的母亲娘娘，在宫中见到娘娘就像见到鬼一样，他甚至提出要我在乾清宫寝殿龙床上陪他睡觉，晚上不抚摸我的乳房或者闻不到我身上散发的奶香他会号啕大哭。但是奶妈陪皇上睡觉这是宫中闻所未闻的事，奶子府根本不敢做主，朱春山就哭闹不休。太后、娘娘与王爷最后做出折中的安排，让我待小皇上入睡后再离开。可是小皇上明明睡熟了，我轻轻起身离开他马上惊醒，拉住我像生离死别那样号啕大哭。娘娘恼羞成怒将气撒在我身上，我在宫中无所适从，在小皇上凄惨的哭声中走也不是不走也不是。李连城见我犹豫不决，突然出手拉着我出了乾清宫。男女拉手在宫中是大忌，我使劲甩着他的手，他攥得太紧我根本甩不脱，我的手心一片汗水。也就是这次突然拉手让李连城有了惊奇的发现：我手上的指纹竟然与他完全一致。

第十三章　离奇劫杀

那其实是第二天的午后，我侍候好小皇上午睡出来，几个女仆正在偏殿里整理皇上的衣被，耿谦和带着春明、宋玉等几个太监在大殿里照应，我着一身碧霞云纹联珠对孔雀纹锦衣出得寝殿，坐在有穿堂风的廊檐下小憩一下。深宫中的穿堂风实在凉爽，将睡未睡之际突然感到手被人轻轻拿起。我睁开眼发现不知什么时候李连城坐在我身边，我想抽回手他却将我掌心朝上，扳起我的大拇指惊叫了一声："你看看，你这只手上的指纹四只斗，中间一只是簸箕。我和你的指纹一模一样，你看，你看，好蹊跷啊？"他亮出手指给我看，我也感到不可思议。李连城喃喃地念叨："我从小就知道，一斗穷，二斗富，三斗四斗卖豆腐，五斗六斗开当铺，七斗八斗坐着走，九斗十斗享清福。"李连城沉浸在震惊之中一时回不过神来，我知道他说的斗是指纹的一种，我从小就知道这句民谚。我看到耿谦和从前面偏殿里出来，马上用力抽回手站起来。耿谦和是个非常好的太监，他大概怕我难堪，马上又退了回去。

那天晚上我心不在焉，总是感到将有大事发生。我怕李连城会在路上堵住我，我害怕看到他含情脉脉的眼光，刻意和小皇上多玩了一会儿，最后一直到他昏昏欲睡的时候才交给耿谦和。回到奶子府时已近午夜子时，酸枣和碧桃照顾我洗浴后抱走我的衣服。我在铺设好的床铺上略略坐了坐，忽然吧嗒一声，从窗外投进个纸团来。纸团拧得很紧，我心口马上就狂跳起来。来不及多想就关上窗扇小心翼翼地剥开纸条，上面有一行字：明朝午时，花津桥头。

我猜测应该是大德子，只能是大德子，他果然对我的行动轨迹了如指掌。明天是奶子房候补奶妈换季时节，我和奶子府一帮稳婆要去奶子房挑选奶妈，而花津桥就在离奶子房不远的地方，我只需要找个借口随便走走就可以来到花津桥，我暗自赞叹大德子的细心周到。第二天我早早就到了奶子房，我现在在宫中享有特殊地位,在奶子府虽然不是一言九鼎也是个说一不二的人,享有相当的自由。这天因为奶子府的琐事耽搁了一些时间,等一行人到了奶子房时,已经到了大德子与我约定的时间。我心里有点急,拉了拉范稳婆的衣襟:"你们先去奶子房吧,我去买块鞋面布,顺便买点针头线脑。"范稳婆说:"买这个做啥,回奶子府我帮你到尚衣监讨要点。"我说:"不必麻烦,我不想看她们的脸色。"我甩了范稳婆,心情平静地朝花津桥走去。绕过两个街角,前面一条并不宽的河流,河上就是驼背的拱桥,桥头石碑上刻着三个字:花津桥。关于这个桥我听太监说过,过去这里没有桥,但是有个渡。河对岸有个专门种花的村庄,每天都有采花女提着一篮一篮鲜花过渡到宫里来卖花。后来修了这道桥,就取名花津桥。这里因为靠近宫中,专门做宫中生意。而宫中都是有钱的主,即便是太监、奶妈、宫女、杂役也比一般的平民百姓富裕些,所以花津桥的生意永远兴隆,每日都是市声若潮、灯火不熄。我那天夹杂在攒动的人流中走向花津桥,一眼就看到站在桥头的大德子。他一身青布长袍,戴着礼帽,手里还拿着一把折扇,像个斯文的书生。我缓步朝他走去,他一眼就从人群中发现了我,示意我跟上他。我加快了步伐想赶上他,桥上的人群忽然大乱。在熙来攘往的人流中,前后左右突然冒出几个年轻男子将大德子团团围住。大德子抽身想逃,一个男子突然从怀中拔出尖刀只是轻轻那么一挥,大德子突然停住,脑袋像个西瓜一样从肩膀上掉落下来,沿着花津桥上的台阶跳跃着滚下去。人群发出一声声尖叫,刚才还是人流滚滚的桥面突然空无一人,只剩下没有脑袋的大德子耸立在那里,一股血水从脖颈处喷涌而出,大德子的身子也慢慢变得歪斜,最终轰然倒地。

大德子死于暗杀让我恐慌了很久,是谁杀了他我不知道,我也不知道那个谋杀者是不是在花津桥现场发现了我,我有可能已经被列入他们的黑名单,我感到危机四伏的宫中处处充满杀机。李连城似乎也嗅到了不祥的气息,决定离开紫禁城随同都督府天雄军到北方边关去。他的想法遭到李敬堂的强烈反对,他们那次争吵就在乾清宫的偏殿里。我就在离李敬堂不远的地方,他深深地打量了我一眼,没有和我说话,我毫无来由地认定他对我有好感。后来李连城告诉我,那天晚上回到李府他和父亲再度发生争吵,李敬堂就是不肯放他出宫。父子俩吵得难解难分时,派往靠山庄外查的朱六指出现了。职业本能让李连城住了嘴,这是他在锦衣卫多年养成的良好习惯。他跟着朱六指走出去,朱六指在李府荷花池畔坐下说:"马背生不肯来锦衣卫,但是大丈夫一人做事一人当,他倒是很爽快,马上交代是他绑架了颜嬷嬷。"李连城问:"因何动机?"朱六指说:"他说受范稳婆指使——他开口闭口认定颜嬷嬷入宫是惊天阴谋,他多方规劝颜嬷嬷就是不听。"李连城黑了脸:"颜姊妹不听,他就跑到顺天府来绑架? 这是公开向锦衣卫叫板,必须严惩。"李连城当天晚上就审问范稳婆,范稳婆正在奶子府后院用石碾子碾草药,院子里弥漫着一股清凉的草药味。看到李连城和朱六指进来,她脸上挂着淡淡的笑:"是去锦衣卫还是就在奶子府?"看到她很有城府的样子,李连城倒显得有点气虚:"就在这里。"范稳婆坐下来推动石碾子,长长的石槽被草汁染得一片青绿,她嘴里不紧不慢地说:"我在宫里待了大半生,我的心就牵挂在皇上身上。她颜嬷嬷就是皇上命根子所在,她可不能有个三长两短。宫中那几日接二连三出事,而且全冲着颜嬷嬷来,我能不急吗? 她是我接进宫的,我得对她的身家性命负责,我得对皇上负责,小皇上能离得了她吗?"范稳婆仰起脸来看着李连城,她的脸上皱纹密布,像一朵菊花。

李连城在范稳婆那里碰了软钉子,他思前想后分析了好几天,侦破没有一点进展,张三姐那边却出大事了。张三姐对我的神奇奶水一直不信,上次在我碧玉奶嘴里发现的草药她派酸枣偷了一撮,她一眼认出这种草叫六叶草,神乳山神乳泉边就长满了这样的青草,靠山庄的人称它为铜钱草。春天来临时无数草芽在溪水边萌生,紫红的芽嘴很快就戴上了一串串小紫花,紫花从春到夏永远不凋不谢。等到溪水渐渐变得清浅时,紫花抽出长长的穗子。张三姐看到庄上的媳妇们采摘过它,只是不知道它有何用。她叫了几个杂役陪同回了一趟靠山庄,从嫂子那里得到的结果有点令人失望,六叶草是民间的催奶偏方,有通奶之效,除此之外张二嫂再也无法向张三姐提供更多的线索。张三姐心生失望,但是她衣锦还乡还是在靠山庄引起极大的轰动,陶县令亲自来接她去县衙,甚至在村口用松枝、红叶搭了吉祥门迎接她。她在嫂子和宫女陪伴下身着古烟纹碧霞罗衣和散花如意云烟裙穿过吉祥门时,一眼就看到了我那个疯子娘。疯子娘被陶县令请来坐在吉祥门下,她脸上的表情迟钝,她翻起眼睛看了张三姐一眼,然后似笑非笑地点点头又摇摇头。张二嫂盯着我娘看了半天,突然俯身在张三姐耳畔悄悄耳语:"疯子娘是一个疯子,我突然想起来了,我很小的时候看到颜如月被疯狗咬过,三姐,颜如月不会将疯狗病传给小皇上吧?"张三姐闻听大喜过望,她不顾一切握紧了张二嫂的手:"你说颜如月被疯狗咬过?"张二嫂说:"是的,是我嫁进来那年,我亲眼看到她被疯狗狂追,咬过……"

心花怒放的张三姐表面上不动声色,等到陶县令在吉祥门下的欢迎仪式结束后,她和张二嫂搀扶着我娘进入我家,她在我娘身边坐下,笑容可掬:"婶娘,如月托我捎话回来给您,她在宫里好得很,我们也互相照应,您在家放心好了。"我娘点点头,张三姐又说:"如月这些年过得也不容易,马后生不知所终,她一人带着银环过得很苦,在山上跌倒过,被蛇咬过,还被疯狗咬过,是吧?"我娘不经意地说:"是的,是被狗咬过,我担心了好久,怕染上疯狗病,这么多年过去了,应该没事了。"张三姐听清疯子娘口齿不清的几句话脸色骤然大变,突然站起来撒腿就跑,与刚刚从外面回来的马背生撞了个满怀。她狠狠盯了马背生一眼,嘴角露出嘲讽和不屑。马背生快步回到家:"出什么事啦?你告诉我,婶娘?告诉我,张三姐来有什么事?"疯子娘突然掩面号啕大哭:"不得了哟,我这张臭嘴,我这张臭嘴哟,可把我如月害惨了,害惨了。"马背生眼睛瞪得眼珠子都要掉下来:"婶娘,她来打听啥?啊,你说啊?"疯子娘哭得泣不成声:"她说如月被疯狗咬过,我也没往心里去,就随口说了,我说的是疯话。"马背生转身就冲出屋子,从庄道上一冲而过。张三姐已经坐上马车出发了,她大概是急于回宫中邀功请赏。马背生看了看消失在官道尽头遮天蔽日的黄尘,心凉了半截。杨白桃正从地里摘棉花回来,遇上焦急不安的马背生忙上来问:"什么事急成这样?"马背生一头一脸的汗:"我要骑马追上张三姐。"杨白桃比他更急:"这时候上哪儿借马呀?"马背生看到隔壁人家马棚里正有一匹老马在吃草,他也不跟人家打招呼,骑上马背就冲出了靠山庄。他知道后山有条近道,快马加鞭朝山上一路狂奔。那条道是条古道,是伐木工和猎人用脚踩出来的,行走的人很少,到处布满棘刺。老马沿着狭窄的山道跑了两个弯道,最后在一处险峻的崖畔被一块生满苔藓的石头绊倒,带着马背生一起坠下万丈深渊。

命中注定杨白桃要有恩于他,命中注定的事情无法更改,注定了他这一生就是要这样走。老马驮着他坠下悬崖那一刻被庄子里采药草的药农看到,他回家就告诉了杨白桃。这个自小就暗恋着马背生的女人也没有和任何人说,就沿着山道一路寻找,最终找到马背生坠崖处。面对令人头晕目眩的悬崖绝壁她心急如焚,小心地攀住树根慢慢往下挪,一脚踏空也坠了下去。她被野藤挂了一下然后才坠下悬崖,这让她捡了一条命,而马背生则昏死在那个雾气袅袅的谷底。此时杨白桃活着也像死去一样,她只能像鸟雀那样长出一双翅膀才可以飞出这四面绝壁。她和马背生能九死一生活着出来,让我第一次相信天意,老天要这样安排必定有它的用意,它是要为我注定成为传奇的一生在这里埋下一个伏笔,否则的话这一对我生命中最重要的男女不可能活着走出这片绝地。那时候我对发生在靠山庄的一切一无所知,碧桃陪着我到钓鱼台后面的崇智殿烧香。那里供奉着据说有三万多尊来自天竺的佛像,密密麻麻的佛像遍布每一个蜂集似的佛龛,让人顿起神圣之心。碧桃本来就是一个人见人爱的女孩子,爱玩爱笑爱哭爱闹,虽然不知道多少次被钱大妈妈呵斥,但是她就是改不掉少女天性,因为她本来就是天真烂漫的女孩子,她怎么能改掉孩子的本性? 我点名要她陪我出来,钱大妈妈也不便说什么。跟着我出来她很开心,追蝴蝶抓蜻蜓一路大呼小叫,结果被崇智殿小和尚小明子呵斥,两人都像个孩子你来我往地打嘴仗。灾祸就在这平静安详的时候突然降临:张三姐风尘仆仆地赶到宫中,其实她迎面遇上了我。当时我被奶妈和稳婆簇拥着入宫哺乳,但是她横眉立眼看也不看我,径直向娘娘居住的坤宁宫赶去,她绘声绘色地向娘娘报告我被疯狗咬过,和我疯子娘一样有狂犬病。宫中顷刻大乱,李连城被王不欢喝令带着十几个锦衣卫兵卒冲进乾清宫来抓捕我,以检查身体为名将我浑身剥光,却没有发现任何伤痕。娘娘召张三姐严加拷打,认定她在说谎。张三姐无法解释,被太监用笞杖打得鼻青脸肿,最终张三姐装死才逃过一劫。那一段时间我停止哺乳被李连城监视,而李连城在某个伸手不见五指的深夜又被人反监视,那个人在黑暗中声明自己是赤龟,警告他如果再不提供《九边军镇图》将大开杀戒。也就在那个晚上王不欢与赵明德来边关视察,同时任命兵部右侍郎周达为副总兵,任命宣布的当夜王不欢差点被乱刀砍死,惊慌失措中他被十几位随从护卫着星夜出逃……

第十四章　一箭之仇

　　现在我无法揣度当时副总兵周达的心理状态,但是据说赵明德在整个视察过程中始终对周达没有好脸色。周达是那种帅气的、能担当大事的将领,那种未来有无限可能的大将,王不欢多次破格提拔他绝对没有看走眼,他是打心眼里喜欢副总兵周达。进入他这个兵部尚书眼里的将领其实很少,大部分是吃喝嫖赌的无能之辈,周达是少有的能文能武才貌双全的一个。那天的巡视宾主尽欢,在边关茫茫戈壁、浩浩长风中,王不欢就住在兵营里。午夜时分迷迷糊糊中忽听得帐篷外刀刃搏击发出的金属之声,伴随着一声惊呼:"大人快逃!"王不欢听出了是赵明德的声音,三四把利剑突然刺破帐篷直插进来,刺客只是因为帐篷的阻隔而没能及时进入。王不欢就地一滚匍匐在地往帐篷边缘爬动,而几个刺客已经杀进帐篷,利剑在耳畔呼呼生风。可能是刺客一时没看见王不欢在何处藏身,只是一味地挥剑乱刺乱砍,兵刃有好几次擦着王不欢的脑袋掠过。王不欢以脚蹬地从帐篷与地面间的隙缝逃出去,骑上一匹战马狂奔而去。

　　这是一个惊心动魄的边关之夜,王不欢后来只要想起这个夜晚就心惊胆战,他认为他死里逃生是命运对他的垂青。其实后来证明刺客从四面八方对他进行围追堵截之时,是周达率骑兵与刺客进行殊死搏斗才使他顺利逃生。周达后来专程到紫禁城向他负荆请罪,但是宫中对此次蹊跷的刺杀议论纷纷,一说是大金得到了王不欢在边关巡视的情报,派出刺客行刺。一说是周达与赵明德密谋联手上演双簧,谋杀王不欢让赵明德上位,周达入京接替王不欢之位,结果失手让王不欢意外出逃,慌了手脚的周达只好假装带兵追杀刺客以图圆谎。两种谣言最后都偃旗息鼓,因为谁也拿不出铁证来佐证自己的说法。王不欢回宫后大病一场,重伤后的赵明德也回到宫中,他的胳膊被刺客重重砍了一刀差点斩断。太医翁万春向王不欢描述赵明德的伤情时,王不欢一言不发地听着。事后据说他铁青的脸上露出令人捉摸不透的微笑,这微笑刺痛了如妃。如妃是个眼里揉不进沙子的女人,她将听来的传说向赵明德一番诉说后,突然冷下脸来:"这口气不能不出,这段时间听大姊一句话,绝不要去尚书府,给我在家称病不出。知道吗?称病不出,任由大姊我在宫中替你周旋。"赵明德点点头:"我倒是想到个好主意。"如妃说:"什么主意说出来给大姊听听。"赵明德压低了声音:"联手韦忠贤——你不知道,韦忠贤人称九千岁,势力无边。各地州府巡抚想见皇上、首辅,都得求他从中调停安排。你别看王不欢贵为首辅,骨子里就是草包一个。各州府道更看中韦忠贤,他才是一人之下万人之上的二皇上。"如妃着一袭凤穿牡丹薄水烟透迤拖地长裙,内衬一件白玉兰散花纱衣,她冷冷地打量着赵明德:"这个人不好惹,这个人真的不好惹。大姊入宫这么多年,韦忠贤是宫中第一难对付的人,心狠手辣深不可测。而且大姊告诉你,紫禁城是什么地方?你和他一接头,别人不知道李连城马上就知道了。李连城一知道李敬堂就知道了,王不欢也就知道了。"赵明德点点头:"我要的就是这个目的,我就是明摆着让他们全知道,我就是借此敲打敲打王不欢,否则的话他就是把我当软柿子捏。"如妃突然阴阴地笑了起来:"我小弟真的长大成大丈夫了——千万记住这一条:无毒不丈夫。"

赵明德后来主动向韦忠贤示好却碰到一个软钉子,韦忠贤的不冷不热让赵明德一时吃不透他。韦忠贤那时候其实极少过问奶子府的事,奶子府一摊子琐事全由钱大妈妈来打理。韦忠贤的心思全耗在宫中,他的千岁宫里各地要员日夜川流不息。一方诸侯很多时候进京竟然不入宫,直奔韦忠贤的千岁宫,据说千岁宫周边竟然冒出了五家古董字画店。各地要员都知道韦忠贤喜欢收藏名家字画各类古董,便投其所好。韦忠贤来者不拒,几十年下来家中古董堆积如山,便对外出售。古董店主知道他家古物甚多,就将店铺开到他家房前屋后,方便收购。而那些想贿赂他的地方官员也都将行情摸得透透的,在进入千岁宫前就地在他家附近店铺购买古董字画。那些文物字画在韦忠贤手中转了一圈,最后又被古董店收购,再被官员高价购买又作为礼品送到他韦忠贤手中。凡此种种李敬堂时有所闻,实地考察了一番后联合十几位宫中要员在早朝上向娘娘作了禀报。李敬堂知道娘娘一向偏袒韦忠贤,特地选在太后在场对韦忠贤进行指责:"乱党谋反是哪朝哪代皇亲国戚都无法容忍的,请太后、娘娘明鉴,但愿微臣的担心纯属多余。"娘娘会意一笑,太后频频颔首:"李大人的耿耿忠心日月可鉴——"娘娘接过太后的话头:"李大人的意思宫中不识人,用了个乱臣贼子?"李敬堂一愣:"娘娘误会了我的意思。"娘娘说:"李大人一生由江湖入深宫,相信对人世与世人都比娘娘看得深透。李大人应该清楚，小有小的不易，大有大的难处，宫中有宫中的考量与权衡。凡事可以忍可以等，但是切忌操之过急。"娘娘话一说完，在座的宫中重臣包括太后、王不欢与言如鼎等都频频点头。王不欢过来打圆场："李大人，晚上到建极殿来喝一杯，就这个话题我们好好谈一谈。"太后点点头："你虽然贵为首辅，但是李大人值得你学的地方实在太多太多。"王不欢说："那是，那是。我向李大人请教，相信大人不会拒绝。"李敬堂只好附和着说："哪里哪里，首辅大人客气了。"

这番密谈被宫中太监安小平听得一清二楚。安小平虽然是与春明、宋玉一样的太监，但是他从小就沉默寡言，入宫后从不乱说乱动，用韦忠贤的话说就是嘴很紧。韦忠贤提拔他，将他安排到乾清宫。本来乾清宫的首领是耿谦和，但是耿谦和过于耿直，对韦忠贤阳奉阴违或者是明里服从暗中对抗，这让韦忠贤无计可施，最后借口让耿谦和多休息，强行安插安小平进入宫中成为卧底。这样一来，宫中任何人事安排、重大决策都别想逃得过韦忠贤耳目。李敬堂这一番陈辞马上被屏风外侍候的安小平密告到韦忠贤那里，这天韦忠贤和韦德贤同在宫中，安小平一副讨好献媚的奴才相："主子，这种背后捅刀的行为就是明目张胆地要杀人，是可忍孰不可忍。"韦忠贤似乎根本没有听见，他正伏在桌案上写字，写完了后退一步看了看，嘴中嘀咕着："不行，不行。"他将宣纸揪起来扔到屋角，换上一张纸重写，这次一本正经地写下四个字：天道酬勤。他再次后退看了看，似乎比较满意，然后说："安首领，你的心意我领了。嘴长在人家身上，我总不能封住他的嘴。天要下雨娘要嫁人，随它去吧。"他收起了笔墨一抬手，四五个仆人上来，收墨的收墨捶腿的捶腿敲背的敲背，韦忠贤舒舒服服地躺在太师椅上闭上眼睛。

韦忠贤在三个月之后才报了他的一箭之仇，谁也不知道他使用了什么法子，在三个月后的一天早朝上，封疆大吏于文第联手六七个大臣突然上奏，指出李敬堂暗中联系他们成立东林党，准备谋杀小皇上一步登天，而且证据确凿。李敬堂百口莫辩瞠目结舌之际，娘娘面对满朝文武大臣表态她会慎重处置，谁也不知道这背后的黑手是谁在操纵。三天后的一个夜晚，乌蓝的天空挂着一轮皎洁的月亮，月光如水照着顺天府的万家灯火，人间在这一刻显得温暖安宁，韦德贤却领着一队人马来到李府捉拿李敬堂。半夜三更巨大的敲门声引起家丁的警觉，李敬堂听到家丁的报告来到前院屏息谛听了一会儿，从杂沓的脚步声判断外面有大批人马，他命令家丁用木杠和硕大的荷花缸顶住大门。撞门声越来越响，四五个兵卒合力抱着原木撞向大门，紫檀木大门岌岌可危。在隔壁的太师王爷言如鼎突然在院子里破口大骂："趁着月黑风高公开打劫，这还是堂堂正正的大明天下吗？这分明是蛇鼠一窝的强盗老巢。"这是王爷在宫外的另一个家。王爷此言一出，外面撞门声突然间就安静下来，韦德贤用沙哑的嗓子回答言如鼎："王爷，这不是您操心的事，我们奉娘娘之命来捉拿乱党头目。"王爷府的大门突然打开，言如鼎一步跨出来："乱党头目？什么乱党头目？串通几个奸臣贼子到处诬告陷害忠良，你们这是胆大包天啊？你们眼里还有没有王法？你看看大明皇宫都被你们弄成什么样子？有本事你们来抓我，把我抓到娘娘那里邀功请赏。"言如鼎一顿臭骂让韦德贤偃旗息鼓，言如鼎在第二天的早朝上上奏，声明阉党祸乱朝纲，非整顿不可。安小平再次将情况密报给韦忠贤，韦忠贤仍然在一笔一画地写字，他淡淡地应了一句："这个老家伙，别说他一个太师王爷，就是十个王爷也不可能扳倒我。"他把字写好后退一步欣赏了一下，然后对韦德贤说："东林党不是吃素的，李敬堂就是我们的死对头，有他没我有我没他，做好准备杀人灭口。无毒不丈夫，否则今后在紫禁城没有我们的好日子过。"

　　这都是后来李连城在我面前的回忆，他铁下心来要做大金间谍也就是从这时候开始，与大金联手就是替父报仇，这股恶气不出他都不配做男儿。那时候我因为疯狗事件被停止给小皇上哺乳，被李连城严密监视。朱六指率领锦衣卫另一队人马赶往靠山庄，调查我被疯狗咬的经过。那几天我心里七上八下，追问过李连城："小皇上三四天没有哺乳，恐怕又瘦了一圈。"李连城答非所问："这不是你操心的事。"我说："我到底又犯了什么罪？对我的惩罚是欲加之罪，何患无辞。"李连城说："那也不是你操心的事。"我拿手上的指纹暗示他："我们指纹都是一样的，你为什么要瞒着我？告诉我我要被关到何时？"李连城抓住我的手，那一刻我没有挣脱，一任他紧紧攥着我的手用目光交流，有一种心心相印、息息相通的感觉。那时候我在奶子府重新陷入孤立无援的境况，范稳婆不愿和我多说话，先前照顾我的奶妈与女仆一个个又疏远了我，把我当成瘟神，即便在路上碰到也远远地避开。奶子府正在计划给小皇上断奶，他已经五岁，也到了该断奶的时候。这时候我的心是悲凉的，我想我最后的结局可能就是在浣衣局与张三姐一同洗衣浆裳。当然，我可以出宫，但是我实在不甘心煞费苦心进入宫中，一事无成就灰溜溜地离开，太不甘心了。大德子死了，我认为线索没有断，我相信还会有人来和我接头，把我神秘的家世向我公开，让我的命运陡然翻转。我在奶子府足不出户，每日就站在窗口眺望外面忙碌的奶妈们。偶尔，她们无意中看到我，马上将目光迅速转移，生怕我连累到他们。只有碧桃是个例外，她正在往奶子府搬运萝卜，那是从宫中南房运来的。她提着重重一篮萝卜非常吃力，看到我马上笑瘫在地，篮子也压坏了，萝卜滚落了一地，她一脚踩在萝卜上笑得越发厉害。我忍不住也笑起来，对她说："给我几个萝卜。"她装作没有听到，但是天黑之后她来到了我的屋子，从怀中掏出四五个雪白的大萝卜递给我："你的萝卜。"那几个水分充足的萝卜甜得像梨一样，我吃得很开心。这一幕却被酸枣发现，她探头进来说："吃萝卜呀？"后来酸枣打小报告，碧桃被几个太监打得皮开肉绽。这让我心里愧疚不已，我想通过李连城给碧桃一些补偿，那几天李连城把我交给朱六指就再不肯露面。为了笼络大金间谍他必须在近期内盗得《九边军镇图》。《九边军镇图》都说在乾清宫，但是李连城从来没有看到过，他把所有的时间全耗在朱春山身上，哄着他玩，一会儿放风筝一会儿抓蟋蟀，只是宫中有安小平和耿谦和看家，他永远得不到下手的机会。

现在我要把目光从宫中转向靠山庄，昏死过去的马背生被杨白桃所救离奇生还。他对疯子娘反复无常的行为感到不可思议，但是杨白桃却不以为意，对他说："她本来就是疯子娘呀，这有啥不正常？反复无常才最为正常。"马背生一时无话可说。那天天没亮他听到我家的院门响了一下，感到不对劲，就起身过来查看，果然发现疯子娘头面清爽地提着花布包袱往外走。马背生说："婶娘大清早要去哪里？"疯子娘不说话，经过他身边时才低低地说："我去清风寺烧香，你不知道吗？今天是九月初一。"马背生拖着刚刚病愈的身体一路跟踪，意外在清风寺不远处发现她与范稳婆会合，然后消失在清风寺后院。而他在回来的路上意外又发现了张三姐，穿暗花细丝褶缎裙的张三姐仍然高调示人。为了洗刷"冤屈"，张三姐在如妃安排下偷偷回到靠山庄径直找到杨白桃，要带她入宫，杨白桃一口应下。张三姐淡淡地说："颜嬷嬷现在处境不好，你要出面做证为她说话。她虽然被疯狗咬过，但是她并没有染上疯狗病。"张三姐表情虽然是淡淡的，却是经过深思熟虑才说出这样的话，她的目的就是要通过杨白桃坐实这件事。可怜的杨白桃就是个傻大姐，她还以为是替我排忧解难，她哪里知道她的出面实际上是将我重新推入火坑。

第十五章　咸鱼翻身

　　杨白桃出现在紫禁城我完全不知道,李连城受王不欢之命和杨白桃进行了一番交谈。后来李连城告诉我,他和杨白桃进行面对面的交流其实就是审问。他怕吓着了杨白桃,在奶子府一间偏屋里和她东扯西拉地谈了一上午,远兜近转不着边际,杨白桃也听得一头雾水。最后李连城渐渐向主题靠拢:"你们靠山庄真是一块风水宝地,我去过两三次,一去就喜欢上那个地方。"杨白桃迟疑地说:"是的,我好像见过你。"李连城说:"怎么是好像? 我们明明是见过的,你忘了? 你那天在神乳泉旁洗红薯,红薯一个个胖胖的红红的我好想吃,你看我眼馋就送了我两个。"杨白桃面露惊讶:"是吗? 我怎么一点不记得了?"李连城哈哈一笑:"开玩笑!"杨白桃在玩笑中放松下来,李连城说:"这几日你暂时见不着颜嬷嬷,她被疯狗咬过正在接受太医治疗。"杨白桃马上接口说:"李大人,我入宫就是来证明颜如月没事,疯狗只咬到她脚后跟,不注意查根本查不到。再说已经过去七八年了,从来也没有犯过病,全是她疯子娘在胡说。"

　　这一番话把钱如意与范稳婆吓出一身冷汗,杨白桃被张三姐带进奶子府范稳婆就认定有大事要发生。李连城与杨白桃的交流全程被她窃听,当然也被钱如意窃听,因为钱大妈妈也要掌握杨白桃为什么被张三姐带入宫,为什么李连城要与她单独面谈。他们的谈话还没有结束,钱大妈妈马上对前因后果了解得一清二楚。我是从范稳婆嘴里知道的,她一路小跑着来到我独居的屋子,平息着内心的慌张,那是我第一次从她苍老的眼神中看到慌张。她略略站立了片刻然后一言不发地掀开被子扳起我的脚底板,在脚后跟上发现几个狗牙咬过的痕迹,她的脸色苍白如纸:"这就是疯狗咬的?"我没有想到她会突然开口问我,我一时不知道是点头还是摇头。范稳婆突然说:"宫中全知道了,这是犯了欺君之罪。快,我陪你去向钱大妈妈请罪。"我被范稳婆拖下床,我们刚刚穿过奶子府内一条林荫道出现在巷道中，李连城在钱大妈妈、钱如意和一大群太监奶妈陪同下匆匆往这边赶，锦衣卫十几个身着飞鱼服的兵卒紧随其后，他们年轻有力的腿脚在奶子府内踩踏出一片整齐有力的脚步声。范稳婆推了我一下，我双膝一软就跪在地上，范稳婆也紧跟着我跪下面无人色："李大人、钱大妈妈，我和颜嬷嬷正准备去向大妈妈负荆请罪。"张三姐不知道从哪里闪身出来，她穿一件荸荠红蝶戏水仙凤舞祥云裙衫，下配一件古纹双蝶云形千水裙，莲步轻移一步三摇地走上前："负荆请罪？范稳婆，你说得比唱得还好听。你和颜如月里外配合蒙混入宫，分明是早有预谋，你们就是想谋害皇上。幸亏宫中有人火眼金睛，否则让你们阴谋得逞，整个大明王朝丰功伟业将毁于一旦，这怎么得了？李大人、钱大妈妈，我张三姐个人受点委屈不算什么。就是送上我这条不值钱的命也无所谓，但是皇上是真龙天子，万一有个不测。呸，我这臭嘴巴，我皇万岁与日月同辉，贱人的阴谋怎么可能得逞？"李连城对朱六指一扬手："抓起来送入水牢。"朱六指和几个兵卒取出木枷，将我和范稳婆双手反剪起来铐上木枷。

张三姐当天中午即被平反昭雪，钱大妈妈亲自带着钱如意、宋稳婆、金稳婆、马稳婆以及碧桃、如花、酸枣、翠柳、银铃等一众奶妈和女仆到浣衣局来接张三姐回如妃的钟粹宫。张三姐并不配合，她阴沉着脸一直就在那里洗衣，她用沾满皂角沫的手擦了擦额头上的汗水："钱大妈妈，就让我在浣衣局浣衣吧，我喜欢洗衣。既然你们把我安排到浣衣局想必是经过深思熟虑的，今天下令明朝又改，这是打我的脸还是打你的脸？"钱大妈妈说："张三姐，是宫里冤枉了你，你对皇上对宫中耿耿忠心现在娘娘心知肚明，娘娘要给你平反昭雪。"张三姐只顾埋头洗衣："钱大妈妈，娘娘怎么做我管不到，我三姐是不明不白进来的，我要出去也不能不明不白地出去。"钱大妈妈心领神会："那好，我请娘娘给你下一道圣旨为你平反昭雪，请三姐暂时离开浣衣局回到奶子府，等候娘娘的圣旨。你不回府，我不好向娘娘那边交代。"钱如意向奶妈们一使眼色，酸枣心领神会，带头跪了下来。一见酸枣跪下，如花、碧桃、银铃和几个稳婆也齐齐跪下，只有翠柳单膝着地。酸枣眼珠子左右一转，脸上堆满了惨淡的笑容："姐姐，娘娘的面子就是天子的面子。奴才虽然微不足道，但是奴才恳请张嬷嬷——"酸枣的话还没有说完，张三姐突然出手左右开弓扇起了酸枣的耳光。银铃、如花与碧桃刚想劝一劝，张三姐站起来连着她们三个一起开打，边打边骂："你们现在来讨好姐姐了？告诉你们这帮臭不要脸的婊子，姐姐不买这个账。不就是臭不要脸的婊子吗？墙头一根草，风吹两面倒，前天不都还躲着姐姐吗？见着姐姐像见着鬼一样。现在一个个姐姐长姐姐短了？哼，姐姐要当稳婆当夫人，将来姐姐要害死你们这帮臭婊子。"钱大妈妈一言不发地看着张三姐在面前撒泼,宋稳婆、马稳婆也看着张三姐撒泼放赖。张三姐重新回到浣衣池畔,将搓衣板放好,然后手一挥:"钱大妈妈,你们都走开,张三姐要洗衣了。也别怪三姐伤心,张三姐是被你们一帮人伤透了心,见人讲人话见鬼说鬼话,奶子府里敬事房里哪有一个人像人哪?分明就是一群鬼。鬼,鬼,鬼!"

三天后在奶子府举行了隆重的稳婆晋升仪式,实际上这就是一个变相的为张三姐平反昭雪仪式,娘娘和如妃全都出席,包括韦忠贤。据说这个晋升仪式是如妃通过赵明德向宫中提出的,而张三姐也在如妃面前哭了好几次。那天张三姐身着一件由各色碎锦布块拼凑缝合而成的衣裳,因为像一块块水田而得名水田衣。当时后宫正风行水田衣,都是宫中贵妃们在穿,张三姐算是奶子府里穿水田衣第一人。娘娘看着跪在拜垫上的张三姐,喃喃地说:"张嬷嬷,免礼平身,宫中对嬷嬷的舍身护主不胜感激!"张三姐马上磕头如捣蒜:"皇后娘娘待奴才恩重如山,区区小事何足挂齿?别说只是受了点皮肉之苦,就算为了娘娘和皇上肝脑涂地粉身碎骨,奴才也是心甘情愿的。"

就在这次仪式上钱大妈妈宣布张三姐晋升为稳婆,与范稳婆、金稳婆、宋稳婆、马稳婆平起平坐。这一刻稳婆们穿得有几分花俏,乌金云绣衫或散花百褶裙。当天晚上新晋升的张稳婆和稳婆们一起进入娘娘的坤宁宫,娘娘设宴款待她们。宫中二皇子朱春空、五皇子朱春阳包括三皇子小皇上朱春山全被太监和奴才簇拥着来到坤宁宫见过奶子府的稳婆们。他们不但是吃稳婆的奶水长大,也是稳婆们用双手将他们从母腹中迎接到人世。只有四皇子如妃之子朱春龙称病没有出现,这让太后很不开心,太后端坐在花梨木麒麟椅上,眼角细密的皱纹如绽开的菊花:"听闻贤孙春龙得你的乳汁哺育长得白胖喜人,哀家深感喜悦,好乳可以延年益寿——"张三姐马上跪下叩拜:"只要太后能长命百岁,奴才愿为太后贡献一切。"太后抬抬手:"免礼免礼,哀家倒不想长命百岁,只想试试人乳功效。"王不欢马上盼咐:"这好办,就有劳张稳婆待会儿去一趟仁寿宫,也好让太后见识见识。"

张三姐在仪式结束后没有马上回到钟粹宫,而是在钱大妈妈陪同下去了太后的仁寿宫。太后其实长期食用人乳,虽然年逾八十,但是手与脸至今仍然白嫩如少女。她有她自己专备的奶嘴套在张三姐乳头之后就非常熟练地吮吸起来。张三姐一动不动地坐着,低首垂目注视着太后花白的头颅在她怀中缓缓拱动,她突然流下泪水。泪水滴落到太后额头上,太后松开乳头坐直了身子,张三姐发现咫尺之遥的太后那么不真实,好像是假的。她一直不能接受这是真实的太后，真实的太后怎么可能伏在她怀中吃奶？当天晚上回到钟粹宫她就受到了如妃的冷落，如妃一连好几天不再搭理她。那天晚上如妃盛装打扮要去看戏，去看名角万里红的戏是她多年不变的爱好。后来才知道原来如妃是去和万里红幽会的，宫中要人全在李连城的锦衣卫掌控之中，也在韦忠贤、韦德贤父子的掌控之中。那次如妃与万里红幽会落下一块蝴蝶丝帕被韦忠贤得到，他大喜过望呈给娘娘，希望娘娘下圣旨让韦德贤出任东厂督主，越过锦衣卫直接对娘娘负责。娘娘认为东厂是紫禁城准备新设的机关，人事安排要等待机会，切莫操之过急让人抓住把柄。

奶子府发生的一切我一无所知，那段时间我和范稳婆一起被关押在锦衣卫诏狱里接受审讯。好像是敬事房的某个太监反映我和李连城关系亲密非同一般，大概怕李连城偷偷放我出狱，行刑由韦德贤执行。韦德贤很想当上东厂督主，处处表现得积极而卖命，用诏狱里各种稀奇古怪的刑具把我折磨得死去活来，一定要我交代受谁的指使来到宫中卧底谋害皇上。我实在无法回答这个问题，因为我从来不曾有谋害皇上之心。但是我好像真实无疑又是一个卧底，我确实是潜伏在宫中与另一个卧底的人接头。只是现在这个接头人已经被人暗杀，线索断了，我对这个惊天秘密也是一无所知。韦德贤果然心狠手辣，他的审讯是置我于死地的方法，终于在一次行刑时失手，我惨叫一声昏死过去。这时候奶子府所有奶妈的日子也并不好过，她们全部集中在东华门外的玉芝宫内接受审问，重点是刚刚入宫的杨白桃。张三姐以同乡身份对她威逼利诱，杨白桃举棋不定。张三姐请小太监宋玉将黑娃接到了奶子府，那时候杨白桃还在东安门外的奶子房候补。张三姐先从黑娃那里寻找突破口，黑娃不明就里，怯生生地来到了奶子府。黑娃在靠山庄虽然比不上张二愣，但也算一个狠人。但是到了宫中他就像变了一个人，连手和脚都无处安放。张三姐招呼仆人上了几样点心，芸豆黄、肉末烧饼、鸭丁冬菜包，然后招呼着黑娃："黑娃，先来点点心垫垫肚子，等会儿让我哥带你去吃大菜。来，尝尝宫里的手艺，鸭丁冬菜包。"黑娃肚子也确实饿了，伸手拿了只冬菜包吃着："啊，宫里的包子这么好吃？"他两口就吃光了包子，张三姐将碟子往他面前推了推："想吃就多吃几个，宫里有的是。黑娃，你可不要客气啊，我和白桃就像姐妹一样，你和我哥二愣也是亲如兄弟。我把白桃带进宫里，她老说想家——"黑娃说："这不是傻吗？宫里是什么地方？是皇上娘娘待的地方，这世上还有比宫中更好的地方吗？没有。"张三姐说："就是呀！都是靠山庄里的人，从小在一起长大，我不过是念着一份情，都是一个庄子里的人嘛,在宫里也好有个照应。黑娃,你也留在宫中,和我哥一起找点事做做。"黑娃说:"那好啊! 三姐,承蒙您多照应。"张三姐说:"那还不是应该的嘛! 亲帮亲邻帮邻嘛。你要劝劝白桃,你留下来,我托人把宫里采买的差事替你接下来。"黑娃一听眼睛一下子亮了:"宫里的采买,那可是大进大出啊!"张二愣说:"那可不,只要你做上三五年,就比咱们宛平县那个陶县令还有钱。"张三姐不屑一顾:"二愣,陶县令也算有钱? 告诉你,宫里随便一个扫地太监、浣衣女仆的银子都比他多。"

张三姐后来成功地拉拢了杨白桃。杨白桃明明是我的闺蜜却因为黑娃被收编和我的入狱,最后情不自禁倒向张三姐。奶子府的奶妈基本上全成为张三姐的拥趸,只有翠柳是个例外,她对张三姐一如既往地不冷不热。张三姐当作没有看见,半年之后才找到一个报复的机会,从西北战场归来的总兵疗伤,要奶子府派一个奶妈去哺乳,张三姐二话不说就派了翠柳。结果那些个从战场上捡了条命回来的总兵和一帮兄弟像饿狼一样,几乎要吃了翠柳。据说翠柳跪在青砖地上磕破了额头才保住了一条命。

第十六章　冥界来信

　　多年以后我发现这是我人生一大劫难,张三姐巴不得我马上死去,我在宫中得宠让她寝食不安,我的光彩熠熠让她浑身不自在,她是一个做梦都想出人头地的女人。我在前面说过,她能接受的只是她自己的成功,她身边的任何一个人都不能比她好,比她强。更何况我和她之间还有仇恨,置我于死地是她现阶段的主要目标。其时如妃和她的兄弟赵明德正在与娘娘明争暗斗,两方表面和气内里紧张,一度处于撕破脸皮的状态。如妃他们其实都巴不得我早点死去,我一死小皇上必定好不了,小皇上有个三长两短,朱春龙继位是十拿九稳。朱春龙成为新皇上,如妃就会取代娘娘,赵明德就会取代王不欢,这是板上钉钉的事。本来还有娘娘和王不欢一大帮大人希望我能守在宫中陪伴小皇上平安成长,但是现在我对宫中隐瞒被疯狗咬过,欺君之罪罪不容诛,判我死罪已不足泄愤,千刀万剐才是对我最好的惩罚。也可能是急于抢救小皇上,我暂时被关在诏狱等待发落。翁万春和一帮太医研究了半天,才开出一道药方。李连城后来告诉我,那是从古代著名医家孙思邈所著的《千金要方》中得到的,为了防止小皇上患上癔症,特地还给他加服了一方,计有生龙骨、生牡蛎、浮大麦、红枣、甘草、党参、桂枝、首乌。

　　朱春山自我离开后又开始处于绝食状态,饭都不想吃更别说吃药了,半个月内又恢复了从前黄皮寡瘦的模样。据说翁太医熬好中药送到他面前时,他哇的一声大哭起来,挥手就打掉了那只景德镇青花药罐,溅起来的药汁又将他的脚烫起了一片水泡。乾清宫中一片混乱,众人七手八脚将小皇上抱起来放到龙床上。小皇上又蹬又踢又哭又叫,最后挥舞着一只银钗将娘娘和韦忠贤的脸戳伤。众人大吃一惊,拼命从他手里夺过那个银钗,小皇上死不撒手,杀猪般的号叫中大家只好停下手。后来有人发现那只银钗是我使用的,一直被朱春山攥在手心里。他是通过银钗表达对我的思念,这让娘娘妒火中烧。娘娘的失态既有对我的痛恨又有对我的嫉妒,因为朱春山长这么大从来也没对她有过如此温情脉脉的举动,嫉妒的烈火烧灼着她,除掉我这个心腹之患就成为她马上要采取的行动。她就在小皇上拒绝吃药的当天晚上通过王不欢下令立即处决颜如月,并且交由李连城来亲自执行,她的要求是将我浸猪笼。

其实在浸猪笼前我已经经过韦德贤的残酷惩罚,诏狱的刑具我从前在靠山庄就有所耳闻。我一入诏狱就被吊了双头钗,这才明白宫中酷刑的惨无人道。双头钗就是将人吊在诏狱木梁上,只有脚尖可以着地,一根皮带将一支闪闪发亮的双头钗绑在我的脖子上。双头钗就是两头都有尖,一头抵住下巴颏一头抵住脖颈。瞌睡时只要头一垂,钗尖便插进体内。而且人悬空只有脚尖沾一点地,瞌睡得要死却不能睡,那滋味真是生不如死。与双头钗相比,开花梨和木靴子更加惨烈。开花梨可以炸开,根据受刑者是女还是男分别插入阴部或肛门,然后摇动木轴让木梨在体内炸开,受刑者痛苦万端。大概是为了让我彻底瘫痪,韦德贤为我选择了木靴子——用两块厚木板夹住我的双腿以麻绳绑死,然后用锤子在木板间加一只木楔。只需要在木楔上轻轻一敲,我的脚骨就会马上断裂。如果再加一个木楔,腿骨则完全裂成碎片。这时候拆开夹板就会发现,双腿就如同一只皮囊,里面包裹着一团碎骨头。对于开花梨和木靴子的恐怖我其实一点也不知道,当韦德贤为我穿上木靴子时我并不知道害怕。他面目狰狞用锤子为我加上木楔时怪事出现了,每一只木楔都是朽烂的。他找遍了整个诏狱刑具房,竟然没有找到一只有用的木楔。而诏狱的规矩就是用刑只能一次,一次不残就是受刑者命大,只能等待最终处死。韦德贤找不到一只有用的木楔并不失望,他只是对我咕哝了一句:"让你多活一天,也就一天。"

我在第二天就要被执行死刑浸猪笼,那天晚上正是霜降之夜,一阵阵秋风从紫禁城上空呼啸而过,就如同多年以后我在燕山深处桃花坡听到的秋风一模一样。秋风一阵比一阵猛烈,杆子房那边传来猫头鹰一阵阵凄惨的啼鸣。后来李连城告诉我,他就在那天晚上接到了王不欢处死我的命令。他回到锦衣卫准备刑具却发现赤龟也向他传达密令,要他不惜一切代价救下颜如月。因为我是一个相当重要的人物,我身上其实担负着重大的使命。如果我死了,将会让布局多年的一个计划毁于一旦,至于这个计划是真是假我这个当事人一直被蒙在鼓里。李连城的焦急在于他个人虽然身为锦衣卫都指挥使,但他一切听命于朝廷,根本没有办法救下我。后来的事实证明此次赤龟的命令只是李敬堂冒充赤龟所为。李连城得到信息后马上通过家中那只白龟留下蜜蜡纸字条求见赤龟,当天晚上赤龟就在约定地点东华门外护城河边与他见面。那里有棵大槐树，代号赤龟的那个神秘人就端坐在槐树后面的黑暗处一直不曾露面。李连城茫然四顾时，赤龟的声音从槐树后面传出来："记好，我们从来不曾给你发过密令让你救颜如月，尽管我们很想让你救她。告诉你，前面的密令全为假冒。"李连城大吃一惊："密令为假？那就是说我和你们的秘密联络已经被人发现。"赤龟说："对，突然约见缺乏准备，就到此为止，希望你根据实情决定救还是不救。颜如月对我方有用，如果能让她免于一死那是最好的结局。但是首先应该保证你自己安全，这才是第一位。留得青山在，不怕没柴烧，任何时候都要这样做。"

赤龟身子一晃就消失了，李连城怀疑是赤龟故意给他下了一道假命令，或者他暗中破坏了韦德贤用刑的木楔子，已经被赤龟发现。李连城决定使用第二套方案：蝎子缸。诏狱是锦衣卫的下属部门，对于诏狱他实在太过熟悉，他知道诏狱每一处刑房、押房的布局。蝎子缸就在水牢隔壁，房间里有一个巨大无比的陶缸，里面饲养着成千上万的蝎子，专门用来处置通奸的宫妃。如果发现宫中妃子与男人私通，就将她剥得精光由四位太监抬着扔到蝎子缸里。乌黑发亮的蝎子很快蜂拥而上，眨眼之间就将宫妃吃得只剩下一堆骷髅。李连城事先在牢饭里给我投放了解药，即便我被蝎子蜇到也不会死，然后那天午夜时分他命令朱六指派人悄悄用竹竿推开蝎子缸上的盖子，成千上万的蝎子倾巢而出，诏狱顿时成为蝎子的天下，守狱的兵卒吓得一哄而散。服了解药的李连城潜伏在诏狱中，趁着看守四散而逃的时机来到行刑房救下我。我就平躺在阴湿的青砖地上，李连城手忙脚乱解开我脖颈上的双头钗，然后平静地说："马上跟我走。"我瘫在地上根本没有一点力气，无数蝎子从门缝中爬进来，我想站起来但是两条腿根本不听使唤，它们软得像面条一样。李连城飞快地用脚踏死十几只蝎子，二话不说背起我就往外冲。也许是我太沉了，也许是他过于慌张，他跑到诏狱最里间被什么绊倒重重跌倒在地，将我扔出去很远。我情不自禁地发出一声痛苦的惨叫，我们抬起头看到了韦德贤那双秃鹫一样的眼睛在黑暗中闪着幽光。他手里握着一根木棒，他刚才就是用木棒绊倒了李连城。小德子在一旁点起了灯笼，韦德贤一眼就认出了我，冷冷地笑着，得意于自己的神机妙算当场抓住了李连城。李连城坐在地上还没来得及回过神来，我后来猜测他那短暂的呆愣其实是在迅速思考对策。谁也没有想到李敬堂大人和七八个随从举着火把进来，用火把炙烤着墙壁上的蝎子，李敬堂冲李连城高喊："你动作快点啊，快！囚犯被蝎子蜇死了好些个。"李连城一跃而起与随从们联手架起我就往门口冲去，韦德贤一时莫名其妙："哎，哎，你们干什么？"李敬堂以官大一级压死人的架势回头冲他一声断喝："你总不能让蝎子蜇死她吧？我来审她。"

　　我就这样被转移到诏狱另一个押房,后来我知道范稳婆也被李连城密令朱六指所救。这时候蝎子的逃生之路被火把封锁在后院,一头雾水的韦德贤并没有放松警惕,他一路紧追不舍跟踪到押房,发现李敬堂正在审问我,他就一直在附近游荡。那个行刑前的夜晚对我来说是一个混乱的夜晚,也是一个漫长的夜晚。李敬堂面对面审讯我的时候韦德贤寸步不离地守在一旁,三个男人鹰一样的目光死死盯在我的胸口。我低头一看才发现自己衣衫不整、鬓发凌乱,两只乳房半遮半掩。我的镂金百蝶穿花云锦衣和翡翠撒花洋绉裙早就扯破,我掩了半天也无法掩住乳房,李敬堂色眯眯的眼睛就一直落在我赤裸裸的乳房上。他站起来似乎烦躁不安地踱了几步,然后回到原地坐下。李连城表情复杂地看了李敬堂一眼,这一切自然没有逃过韦德贤的眼睛。李敬堂又站了起来对李连城和韦德贤说:"你们出去一下,我单独来审一审颜嬷嬷。"李敬堂和李连城交换了一下眼色,李连城心事重重地退到门外,韦德贤也跟着他出来。李敬堂以极快的速度关上门,然后像饿虎扑食一样扑到我身上,这是我没有料到的。他突然出手抚摸我的乳房:"都说这是大明宫中最神奇的奶子,是皇上专用的奶子。反正你的命只有一天了,就让我吮一口就让我吸一口。"他一口含住我的奶,用唾沫湿润了一下马上吐掉,然后发疯似的吮吸我的奶,一边吮吸一边手还抚摸着我的另一只奶,孩子似的发出幸福的呢喃。门就在这时候被李连城一脚踹开,他挥舞着一把剑刺向李敬堂,李敬堂闪身躲过,也从腰间拔出剑来与他对打,这时候锦衣卫外面已被王不欢带来的卫兵围得水泄不通。小德子慌慌张张地跑进来报告:"韦大人,王首辅来了。"韦德贤还没来得及前往,王不欢已经在一帮太监簇拥下进入诏狱,韦德贤、李连城和李敬堂连忙跪下。王不欢四下看了看:"你们锦衣卫都是饭桶啊,连几只蝎子也关不住还想关人?"韦德贤在旁平静地说:"大人息怒,大人息怒。"王不欢追问一句:"行刑的事都准备好了吗?"韦德贤说:"浸猪笼早准备好了,就待明日午时三刻行刑。"王不欢点点头,在一群随从簇拥下缓缓离开。

　　我当时并不知道会以浸猪笼的方式处决我,浸猪笼我在锦衣卫的诏狱亲眼看见过,受刑的人关在猪笼里,猪笼浸入水中,受刑的人在水牢中逃不脱而活活淹死。我说过那是漫长的一夜,漫长的一夜发生太多匪夷所思的事情让我头昏脑涨。我听说一夜之间李敬堂色迷心窍的传闻传遍了宫中每一个角落,连同他意外躲在冷宫中的事也被人揭发,传说他曾经多次在那个废弃的冷宫神不知鬼不觉地与玉妃偷情,还传说玉妃早在入宫前就是他的情人。宫中传得有鼻子有眼,似乎并非空穴来风,因为那震惊的一幕毕竟是我亲眼所见,当然也被韦德贤全盘掌握。据说在那个漫长的夜晚小皇上彻夜啼哭,哭声让太后和娘娘心乱如麻。他似乎知道我将不久于人世,抱着我那只银钗哭得上气不接下气,还一口一声"奶娘"地叫唤,赤着脚在乾清宫到处跑动,不让人们靠近他,宫中乱成一团。就在天快要亮的时候,钟鼓司那边传来嘭嘭的五更鼓声,低沉的鼓声在紫禁城回旋。小皇上仍在大声哭喊着,突然哇了一声吐出一大口痰液来,差点窒息。娘娘扑上前试图抱住他,却让翁万春抢先一步抱起小皇上,他和几个稳婆、奶妈抱起小皇上在他后背轻轻拍打。小皇上再次连连呕吐,接二连三吐出痰液。娘娘要从钱大妈妈手中接过小皇上,皇上的呕吐物弄脏了娘娘的牡丹凤凰纹浣花锦霓裳和金丝白纹昙花雨丝锦。突然一只猫头鹰不知打哪儿飞进宫内发出凄厉的叫声,众人目光追随着它在宫内绕了一圈又一圈。韦忠贤和耿谦和爬高上低想捉住它,它突然不见了,一会儿又从龙床顶上飞出来,嘴里还叼着一封尺素。它飞临到众人头上,翅膀发出拍书一样的啪啪声。韦忠贤跳起来想捉住它,它突然升高又飞走了。它绕了一圈又俯冲下来飞临到众人头顶,丢下那封尺素,飞到高高的大红柱梁上歇息,居高临下地审视着下面一群人。韦德贤跳起来抢到尺素,转身送到娘娘面前。娘娘并不接,青着一张脸说:"你读——"韦忠贤接过来一目十行地扫了一遍,吓得双膝一软跪在地上,拱手将尺素交给娘娘声音颤抖地说:"娘娘,奴——奴——奴才不敢念,还是请娘娘过目。"

娘娘接过尺素,在众人屏息沉默中扫了一眼,然后脸色苍白往后倒下。当天晚上宫中就到处在传,猫头鹰叼来的尺素其实是"冥界来信",声称小皇上并非姓朱而是姓李,它是李家早夭的孩子,阴间冥界要收他回家。

第十七章　死期将至

　　娘娘直挺挺地躺在地上气息全无,翁万春汗流浃背地伏在她面前把脉后沉着冷静地开了药方,派小太监宋玉去文华殿旁的药房取药。药房离乾清宫并不远,几味药紫雪丹、至宝丹、安宫牛黄丸、苏合香丸也不需要熬制,只要用温水化开即可。翁万春撬开娘娘嘴巴,用棉签蘸药点在她发白的舌头上均匀涂布。待药厚厚铺到舌上时,再用温开水点到药上,化薄后继续上药。如此重复三次之后娘娘终于醒来,被几位太监架到坤宁宫。那时候天光大亮,紫禁城上湖蓝色的天空明净高远,那应该是昔日皇上被嫔妃簇拥秋游狩猎的大好时光,而此时的宫中却诡异频发、惊恐连连。娘娘回到坤宁宫久久不能平静,王不欢一直守在坤宁宫偏殿。娘娘面如死灰,韦忠贤跪下拜见,断然说:"娘娘,此事发生在宫中闻所未闻,但是娘娘千万莫急,奴才早有防备。"娘娘朝他翻了一下眼睛,喃喃地想说点什么却没有力气开口。王不欢在一旁接口:"有何防备?"韦忠贤说:"虽说东厂只是娘娘和大人草草所想,但是奴才早就在宫中遍布耳目,有很多重大发现。"娘娘有气无力地说:"有何发现,说说听听。"韦忠贤说:"所有一切均由韦德贤操办,娘娘,害人之心不可有,防人之心不可无啊!我早就提醒过娘娘和大人,锦衣卫不可信,必须在宫中另设东厂,直接听命于娘娘和大人,又可以制衡锦衣卫和宫中各司监。"王不欢面色一沉:"韦总管,这都什么时候啦,还扯冬瓜捏葫芦?"韦忠贤忙不迭地对侍立在一旁的耿谦和说:"传韦德贤进殿。"耿谦和随即一声吆喝:"有请韦德贤大人进殿。"

　　韦德贤进入坤宁宫时显得不卑不亢、有礼有节,不得不承认这是一个气宇轩昂、相貌堂堂的年轻人,而且是那种能做大事的男人。他一番抽丝剥茧的分析将一年来发生在宫中的诡异之事和盘托出,所有的线索最后都归到李连城身上。而这一次尺素上提到的小皇上是李家孩子,也是指向李连城,这起惊天事件与前面多起事件的指向其实是一脉相承：与李连城有关。他的目的显而易见，就是篡夺皇位。但是现在尚没有铁证，而要取得铁证，必须马上设立东厂，由宫中授权彻查锦衣卫与李连城，防患于未然。

披着碧霞云纹霞帔的娘娘听得频频点头，王不欢却面无表情："李敬堂此人我了解，也听你汇报过，就是好色成瘾，连冷宫那些废弃宫女也不放过，着实可恨。"娘娘说："东厂的事我一直放在心头，当务之急是彻查尺素来源。"韦德贤单膝跪地向娘娘行礼，王不欢忽然沉下脸："午时三刻要给颜嬷嬷浸猪笼，都准备妥当了吧？"韦德贤躬身点头："早准备妥当，只等娘娘、大人一声令下。"王不欢点了点头。

我那时候正在和范稳婆吃辞阳饭。所谓辞阳饭就是民间说的断头饭，就是死刑犯的最后一餐，据说为了让死刑犯最后一餐能吃得好一点，宫里给每位死刑犯特地拨款五贯钱。但是不知道是传说有误还是层层克扣，我吃到的断头饭其实就是比平常好一点：两斤大饼，一只酱肘子。那位送饭来的狱卒端着盘子进来对我说："大妹子恭喜你，官司今儿定了，吃饱喝足好上路。"我以为这个脸上有个发亮大疤的狱卒在跟我开玩笑，却听到范稳婆声嘶力竭的哭声。我知道范稳婆与我一样关押在诏狱，但是不知道她关在哪个押房。现在我知道她原来就关在我后面那间，木头笼子一样的押房被原木栅栏一一隔开，范稳婆的哭号像苍老的鸭子一样沙哑。从我与她一年的交往来看，她是个可怜、谨慎却又胆怯的老妇人。当然也有些狡猾与奸诈，但全是老妇人的小伎俩小计谋。她大概做梦也没有想到会关进诏狱被浸猪笼，她的绝望可以想象。她突然大喊大叫："我要见娘娘，我要见娘娘，让我见娘娘一面，我要问娘娘一句话。颜嬷嬷我们不能死，不能死啊！颜嬷嬷，颜嬷嬷！"她撕心裂肺的呼喊让我感到死亡的恐怖，我根本吃不下任何东西。送牢饭的狱卒说："大姐，人死碗大的疤，是个人早晚总得一死，你把酱肘子吃了，吃饱饭好上路。"他端起碗送到我面前，却已经来不及，诏狱的铁门一层层哗啷啷打开，一队手持盾牌的兵勇冲了进来。我当时以为是行刑的人马来到，双膝一软瘫倒在地，汗水很快浸湿了我的全身。韦德贤张开嘴巴和我说话我一句也没听进去，一直到范稳婆从押房被几位兵勇扶出来进入我所在的押房，我才突然明白情况有变，因为我分明看到范稳婆嘴角上露出难以觉察的笑容，而一向不可一世的韦德贤冲我说话时分明以礼相待。我被带往奶子府，由宋稳婆与金稳婆帮我清洗后被韦德贤再度带往宫中。在乾清宫前面的奉元殿，我看到李连城站在宫道一旁心事重重。我进入乾清宫的故事后来整个宫中都知道了，原来并非娘娘开恩要我活命，而是苍天有眼让我幸免一死。谁也不知道就在我和范稳婆即将被行刑前，小皇上朱春山再度又哭又闹，他哭闹了半个时辰仍然无人理睬突然就没有声息。当时是耿谦和坐更，他走到皇上面前一探究竟，就听到钱大妈妈哭着说："皇上，小皇上——"钱大妈妈嘴边积着白沫不敢往下说，耿谦和马上叫来了太医。翁万春这几天一直守在乾清宫，他眨眼之间就出现在皇上身边，跪在龙床下把脉片刻就确认是饥饿所致，唯一的办法就是马上进食，而小皇上只食我乳是宫中众所皆知的事实。此时太后、娘娘、王不欢齐齐赶到，当务之急是救命。我和范稳婆出现在乾清宫，第一个迎上来的就是翁万春，他从随身携带的宝葫芦里抽出宫中银作局为他特制的银针，二话不说就解开外衣袒露我的乳房，以银针在我奶头上比画着突然扎入。就好像蚊子叮了一口，我完全没有疼痛感，只有微微的一点刺痒。他拔出银针奶头上马上沁出一粒血珠，通红的血珠宛若珠宝。翁万春看了又看，对娘娘说："没有毒，请娘娘下令准备给小皇上哺乳。"娘娘无可奈何地点点头："好，让她试试，快。"我被钱大妈妈与耿谦和扶到龙床前，耿谦和退出去。钱大妈妈来不及为我清洗就套上那只碧玉奶嘴，将奄奄一息的小皇上抱到我怀中。神奇之事再一次发生，刚刚还软得像面条似的小皇上朱春山马上睁开双眼，发现他在我怀中便发出开心的笑声。围观的众人大吃一惊，而小皇上则像饿急了的小狗一样一头扎进我的怀中，一口含住我的乳头贪婪地吮吸起来。他的吮吮之力实在太大，让我的乳房微微疼痛。但是听到我温暖的乳汁咕咚咕咚地奔涌着流进小皇上的喉咙，我的眼泪滚滚而下。那一刻我知道我死不了，我知道我凭着这对无与伦比的乳房又一次闯过一道生死难关。

谁知道事后发生的一切表明我的想法太傻太天真，围绕杀不杀我和范稳婆，宫中再度陷入矛盾之中。娘娘让张天师将我押上灵台以占卜决定我的生与死，灵台占卜的方式非常奇特，我是被一层油纸蒙着眼睛绑在木棒上由祭司抬上灵台，我感到一阵阵热浪向我扑来，有如一团烈火就在我身旁熊熊燃烧。后来范稳婆告诉我，当时在灵台上置有火盆，烧着一盆旺火。张天师围绕着那盆旺火念念有词，神秘的符咒我当然一句也听不懂。他后来以神秘的舞蹈结束了他漫长的占卜，将一根梅花鹿的大腿骨放入火盆里。最后我听到一声爆裂，鹿骨上爆裂的纹理就是占卜的吉凶之兆。结果这一次占卜竟然是凶兆，也就是说我是非死不可！当天的占卜还没有结束忽然狂风大作，大雨倾盆，慌乱之后我被李连城重新带回了奶子府，然后再没人过问。原来当日周达派人从边关给宫中送来十万火急的军情，金兵大举入侵，王不欢和李敬堂率都督府天雄军火速增援。那一场大战后来就写进了明朝历史，被历史学家反复提及。真正在前线指挥杀敌的是周达和他身边的副将耿春年,但是两位心心相印、足智多谋的大将统领的十几万兵卒在大金骑兵铁蹄下很快溃不成军。在广袤的北方荒漠地带,深居内陆的步兵根本不是大金骑兵的对手,骑手就像一阵狂飙一样从地平线尽头席卷而起,身穿铠甲、手举长矛弯刀的骑士冲进明军阵营如入无人之境,有时候甚至不需要他举刀刺杀,只需要提起缰绳让马蹄践踏就会让明军丢盔弃甲、望风而逃。更何况他们在马上来去一阵风,一夜之间可以奔袭千里,而对于马背上的骑手来说,无论长矛或弯刀都是杀人利器,只需轻轻一捅或者一挥刀,一颗颗人头就如同削萝卜一样滚落在地。这一场后来被写入明史的战争让大金侵吞明朝七座城池,周达的布防后退了三百里。

但是对我来说这是一场性命攸关的战争,你无法想象一个人的命运有多么诡异,我做梦也不会想到边关两军的厮杀会帮我解了围,或者说暂时顾不上对我追究,再说小皇上总不能眼睁睁看着他驾崩。我暂时仍旧负责给小皇上哺乳,我的生活似乎又回到了刚入宫时那一段风平浪静的时光。我没有想到的是即便在边关大乱、国破家亡的危急时刻,钟粹宫却仍然不肯太平。赵明德没有随王不欢赴边,守卫顺天府的差事在他看来就是将他废黜,他将顺天府一摊子事全丢给韦德贤,他知道韦德贤巴不得拥有兵权然后去各处神气活现地巡察,他就守在钟粹宫与如妃密谋。宫中所有的谋划逃不脱韦忠贤的眼睛,尽管他深居简出埋头书法似乎百事不问,但是一有风吹草动第一个知道的就是韦忠贤,比如小皇上中毒。那是边关战败后,王不欢回到宫中怒气冲冲,王爷言如鼎、李敬堂和文武百官纷纷商谈对策,有人主战,有人主和,有人建议模仿前朝和亲之策,在宫中选数位王爷之女远嫁大金将领,得边关一时安宁。但是种种方法均被言如鼎否决,言如鼎作为王爷一向在宫中一言九鼎,他提出的策略是主战,将大金揍得服服帖帖才能换得边关永久安宁,此次战败可以乘机诱敌深入,然后在边关兵分两路合围瓮中捉鳖。而偏偏就在这时候小皇上再度昏迷不醒,那是我和范稳婆回到奶子府的第三天上午,我照常进宫去给小皇上哺乳。一路上穿曳地水袖百褶凤尾裙的钱如意代替钱大妈妈专程陪同,钱如意告诉我,宫中决定给小皇上断奶,断奶计划正由钱大妈妈和娘娘协商。我们从东华门快入宫时,耿谦和慌慌张张地跑来:"不得了啦,皇上又发晕症,人事不省!"他经过我们身边时并没停下,一路跑着去药房取药。我们赶到乾清宫中,娘娘和太监、奶妈早把小皇上围得里三层外三层,翁万春正在给皇上把脉,然后他松开手低低地说:"这一次与以往不同,应该是食物中毒!"娘娘大惊失色,因为皇上这几天就是食人乳,连御膳房做的鸡茸鸭舌汤都没有进食。翁万春急得跳脚,混乱之际张三姐突然出现,她着一袭盘金彩绣浣花丝纱锦绣服在娘娘面前长跪不起,她彻底封锁了奶子府让韦德贤去查证,最后果然发现惊天证据药渣,就是专为我烹制饮食的汤罐里发现乌香,这是从天竺购买的催人上瘾的发物。娘娘突然明白,原来我拥有的所谓神奇之奶全是范稳婆精心安排的上瘾之水,我的死期再次来临。

小皇上服下翁万春的药丸之后如期醒来,这似乎是在张三姐意料之中,而公开上瘾之水的结果也在她的意料之中。后来我才突然发现,出任稳婆之后一直低调行事的张三姐原来是老谋深算。她处心积虑、暗中布局,最终踢爆这个惊天隐秘,成为她新官上任之后的第一把火。这把火冲天而起,连韦忠贤、钱大妈妈也不免吃惊,他们真的小看了这个年纪其实并不大的女人。凭她这样的年纪,凭她一出手在宫中引发的巨大震荡,凭她现在所深居的后宫,她未来的前途当不可限量,甚至不会像钱大妈妈这样一辈子只能在奶子府施展手脚。她当然也是这样想的,她极度自信,做人当然也大方,一出手将我清除出局置于绝地之后,她以采购一职和三匹香水锦缎成功收买了黑娃与杨白桃,我在一夜之间垮台让闺蜜杨白桃更快地投身到张三姐阵营。张三姐会做人的一面在奶子府展露出来,她毒起来像蝎子亲起来如姐妹,她的恩威并重让奶妈们想起来心惊胆战。除了酸枣外她笼络奶子府每一个奶妈和女仆,韦忠贤、钱大妈妈、钱如意当然更是她取悦的对象。如妃那边是她的老东家她更不能忘记,包括像碧桃这样的女仆她也不会怠慢,人手一块绸缎让女仆杂役们心花怒放。碧桃就穿着绿绸缎裙衫去崇智殿找小明子,她带了一袋宫中赏的板栗剥给小明子吃。两个人坐在树下像两个孩子,碧桃剥好板栗让小明子张开口直接丢进他嘴里。她丢得很准,她自己也很得意,像孩子一样咻咻咻笑起来。他们就是两个两小无猜的孩子,根本不应该出现在步步惊心的后宫,却偏偏出现在后宫。

第十八章　绝处逢生

　　这一次我彻底绝望，我想我是必死无疑。重回诏狱之后我不吃不喝一心赴死，后来我才知道就在那人心惶惶的一天一夜，宫中又接二连三发生诡异事件，这些事件全与马贵妃有关。先是落满枯叶而且已经被封死的贵妃井半夜三更出现白衣幽灵，据说那就是马贵妃。马贵妃坐在井台上痛哭，幽幽哭泣声让后宫人人心惊胆战。贵妃井现在白天都无人光临，别说半夜三更。但是坐更的太监认定那哭声就是马贵妃的，老太监侍候过马贵妃，知道她的一些习性与癖好，比如爱哭，比如喜欢穿白衣。后来马贵妃的哭声由近而远，有太监亲眼看到紫禁城幽蓝的夜空下马贵妃一袭纯白色立式水纹八宝立水裙，外加挑丝双窠云雁装，如同白色幽灵一路飘飘荡荡来到坤宁宫，后来坤宁宫守夜的太监就听到娘娘一声凄厉的惨叫。耿谦和在巡更时发现后第一时间冲进去，看到坤宁宫窗帏洞开，娘娘吓得龟缩一团面无人色，指着窗户大喊大叫："马贵妃，马贵妃……"耿谦和和安小平、春明、宋玉联手架着娘娘离开坤宁宫来到偏殿，娘娘瘫在床榻上像一团没有整理的绸布胡乱堆在那里。安小平小心安慰她，然后在坤宁宫搜寻一圈一无所获。他知道会一无所获，因为当时他就守在坤宁宫主殿外的廊道上，根本没有看见有什么马贵妃。但是宫里许多太监和女仆都说看到过马贵妃，面目模糊衣袂飘飘。谁也没有想到当天晚上范稳婆也离奇发疯，说她就是马贵妃，没有人相信她，但是她手舞足蹈的样子包括一刹那的神态与马贵妃一模一样。耿谦和侍候过马贵妃，马贵妃得意时的表情与范稳婆刚才的模仿如出一辙。她肯定不是模仿，她就是马贵妃附身，她就是马贵妃，她站起身来一举手一投足十足就是一个马贵妃。耿谦和突然发现她脚上的鞋子是一双尖足凤头高跟鞋，粉色的缎面细细缠裹，鞋尖设计成凤凰头模样，两只鞋子看上去就是两只凤凰。耿谦和看得有点发痴，因为当年马贵妃的粉色凤头鞋都是他跪在木榻上替她仔细穿好，几乎每天都是如此。当然她有很多鞋子，仅仅是尖足凤头高跟鞋就有很多双，各种颜色都有，她独独喜欢这双浅粉色。范稳婆脚上也是这样的凤头鞋，她挪动着这双浅粉色凤头鞋缓缓往前走，一大群仆人太监跟在她后面，她走进东华门时夜色像一坛墨汁浓得化不开。她说她要去贵妃井，钱大妈妈马上阻止了她。她站立了片刻然后外衣突然滑落在地，当她转过头来时，与马贵妃神情酷似的表情再度出现。众人这才发现，范稳婆的外套里面那件长长飘逸的深青色朝袍就是死去多年的马贵妃的，亚纹领子，袖口衣边用红罗为饰，上下绣着折枝小葵花，以金线围圈，就是马贵妃平时最爱穿的那一件。

娘娘一开始根本不相信会有这样的奇事发生，但是传得有鼻子有眼她不能视而不见，她在耿谦和的引领下来到了锦衣卫见到了范稳婆。范稳婆脸上的表情与身上的衣着让她心往下一沉，如同沉入了深深的井底。往事一点一滴地在眼前浮现，那表情就是马贵妃的，那衣裳也是马贵妃的。曾经她和马贵妃朝夕相处，对马贵妃一点一滴的细节都相当熟悉，此刻的范稳婆在她眼里就是年老的马贵妃。范稳婆看见了娘娘，既不下跪也不叩拜，而是直呼了一句她的真名："王来喜，害死了我你活得就风光了。"娘娘脸色陡然一变，耿谦和一看不好，怒斥范稳婆："你胡扯。"站在一旁的韦德贤扑上来左一下右一下扇着她的耳光："你这个疯婆子，你这个疯婆子，你疯了吗？你怎敢对娘娘胡言乱语？"韦德贤几巴掌将范稳婆打倒在地就要踏上一只脚，被耿谦和阻拦："哎哟，要出人命的。"这时候娘娘已经离开押房，娘娘对气喘吁吁赶上来的韦德贤说："不管她是真疯假疯，也不问是马贵妃还是范稳婆，都给我杀！和颜嬷嬷一块杀，绝不留下活口！"

我在诏狱当然不可能知道娘娘发布的命令，半夜三更押房门哗啷啷打开，那个脸上有着大疤的狱卒再度出现，他脸上那个大疤在暗淡的光线下闪闪发亮，他手里端着的辞阳饭和上次一模一样：两斤大饼，一只酱肘子。狱卒就站在我面前，对我还是说的那句老话："大妹子，恭喜你，官司今儿定了，吃饱喝足好上路。"我一时喘不过气来，没有回答他的话。他接着又说了一句："我在狱里做牢饭十几年，辞阳饭断头饭不知送了多少，像你这样一人吃两回断头饭的平生只遇到这一次。"他把大饼和酱肘子搁下，两个狱卒给我解下了套在脖子上的沉重木枷。我没有一点胃口，更吃不下这硬得像石头一样的酱肘子。狱卒转身离去，铁门在他们身后再度哗啷啷关上。现在回想起来那是一个滴水成冰的夜晚，呼啸的寒风从头顶上一阵紧似一阵刮过，我在惊恐绝望中度过这漫长的一夜，头颅沉重得像石头抬也抬不起来，昏昏沉沉中睡去又在噩梦连连中醒来。

不知道到了什么时辰,重重禁闭之中的押房似乎也透进了一阵阴风,油灯忽地熄灭。也就在油灯熄灭的同时,我感到脚下的青砖打滑,我用力想坐稳也坐不住。阴风就从脚下吹出来,青砖还在滑动,后来我整个人就缓缓塌陷下去。这时候我才发现,原来是我脚下的地砖裂开了隙缝,我从巨大的隙缝中滑进了一条潮湿而幽暗的隧道。我耳畔传来男人呼哧呼哧的喘息声,他用一双大手牵着我磕磕碰碰地从伸手不见五指的隧道中穿过。不知道走了多久,后来我一路往上走,终于呼吸到凛冽而清寒的空气,我才知道我来到了接近地面的地方,我被他安顿在那里。他悄悄对我说:"你不要动也不要离开,我会来接你。包袱里有大饼和酱肘子,你饿了就自己吃点。"他的脚步声传远了,又转回来:"记好了,千万不要离开,想活下去就不要离开。我能帮你逃出诏狱,我就能帮你活下去。你要相信我,我会再来接你。"

我就在这个漆黑一团的隧道里不知道待了多久,那时候时辰对于我来说是混乱的。后来听李连城说,那天王不欢让他执行我与范稳婆的死刑浸猪笼。而且不能有一时一刻的延缓,就在午时三刻马上执行。李连城还想拖延一下,谁知韦德贤翻着眼睛对他说:"你难道不知道吗?午时三刻是送人上路的最佳时刻。这是一日中阳气最旺的时候,人被杀死之后阴气马上被日光冲散,变成孤魂野鬼跑进阴间。"王不欢对韦德贤的解释非常满意,点点头:"快!"李连城在诏狱中不知道对我如何下手,韦德贤看不下去推开他要对我下毒手浸猪笼。他解开我身上的木枷,我以迅雷不及掩耳之势朝石墙上撞去。李连城一声号叫,发现我的面孔被撞得血肉模糊在地上挣扎着发出杀猪般的号叫。李连城正是从这个杀猪般的号叫中听出这个女人根本不是我,他对我不是一般的了解,说认定我不可能发出那样的声音,而且那女人的方言也根本不是靠山庄的方言。他从种种迹象上判断我已经被调包,被谁调包他一无所知,他必须查个水落石出。他对诏狱建筑结构了如指掌,因为诏狱就是锦衣卫关人杀人的地方,他几次负责翻修诏狱,那个根本不为外人所知的地下通道就是他的得意之作,这成为他暗查的重点。他其实不用查,从兔儿山怪石下通道出口进入,在蜜蜡灯下他一眼发现最近有人出没过这条通道,清晰的脚印零乱而杂沓。没走多远他一眼就发现了我,或者说我一眼就发现了他。我就在这个月黑风高的夜晚在他掩护下成功地进入了李府,到这时我才知道,是李都督李大人的副官黄楚九救了我,其实也就是李敬堂大人救了我。他是根据李连城翻修诏狱时一张秘不示人的草图救了我,所以也可以说还是李连城救了我。父子俩都是心思缜密的人,平时不爱说话也很少交流。现在围绕着我的秘密营救和诏狱地下那条暗道,他们内心有多少隐秘要向对方公开？但是他们没来得及坐下来说话，王不欢、韦德贤就率兵包围了李府。破门而入的那一刻李府灯火全灭，而我也就在那一刻被一股神秘的力量托浮着腾空而起。我在半空中俯瞰整个李府和半个顺天府，以下全是我亲眼所见：黄楚九将沉重的钉着硕大铜钉的木门缓缓打开，王不欢的人马已经将李府里三层外三层围了个水泄不通。黄楚九所看到的是大门前的胡同里密密麻麻站满了韦德贤的兵卒，一张张武士的脸在火把映照下如同雕塑一样神圣不可侵犯，而他们身上的铠甲闪着金属幽暗的光泽，令人胆战心寒。黄楚九脸上堆满了笑容："不知首辅大人大驾光临，有失远迎！"韦德贤看也不看他一眼，就领着一队人马鱼贯而入。王不欢被一队人马簇拥着仍然停留在原处，李敬堂和李连城从各自的卧室中出来，李连城冷冷地说："韦大人，你夜半更深，私闯民宅——"韦德贤亮出手中兵部手谕："奉兵部手谕来李府搜查诏狱逃犯。"手持兵刃的兵卒眨眼之间已分散在宅院各处，翻箱倒柜掘地三尺把李府查了个底朝天，结果一无所获。韦德贤碎步匆匆跑过来，脸上有一种捉摸不透的表情："报告大人，奉旨查遍李府内外没有任何发现。"王不欢闭了一下眼睛，定定地说："确定如此？"韦德贤低下头："小人确定。"王不欢抬起头盯着前方，面无表情地吐出一个字："撤。"韦德贤也转身在身边副将面前重复了这个字："撤。"李连城此时却在王不欢面前长跪不起："大人，本将无才，但是对皇上耿耿忠心日月可鉴。不知听得何方奸臣贼子胡言乱语，派重兵来我府胡作非为再扬长而去。请大人百忙之中查明真相，给世人一个交代，我李家可不能背这个黑锅。"王不欢淡淡一笑："李大人，这应该是你本分工作，今日由韦大人替代不过是例行公事。诏狱失踪了重要逃犯，顺天府城内例行搜查无一例外，请李大人也别多心。"李连城说："诏狱是我职责范围我了如指掌，刚刚还从诏狱过来，并未发生重要逃犯失踪。不信大人可以随微臣去诏狱，有请首辅大人。"

　　李连城领着王不欢及其随从从李府出发一路浩浩荡荡由承天门进入宫中，朱六指早已打开诏狱静候王不欢一行。李连城径直领着他们来到关押着我的押房，那个面部血肉模糊的女人其实是我的替身，她已经躺在青砖地上昏死过去。李连城怒气冲冲地揪起她的头发，将那张恐怖的脸转向王不欢等一群人，他面目狰狞地说："颜如月。"我那个替身低低地呻吟了一声，李连城说："颜如月，死到临头你还有什么话要说？"她的空洞的嘴唇微微张了张已经发不出声音。王不欢转身面对韦德贤目露凶光："你不是说颜如月逃出诏狱，正在李府得到保护吗？"韦德贤马上跪下："首辅大人，小人一时失察偏听偏信……"王不欢大怒："拉出去，笞杖伺候。"四个随从一拥而上控制住韦德贤，韦德贤一声高叫：

"大人饶命。"王不欢似乎又动了恻隐之心,停住脚步改口道:"拉到番经厂,令其抄经书闭门思过。"他转身面对李连城说:"马上处决颜如月、范稳婆,马上!"

我永远忘不了那个夜晚,我像长了翅膀一样从呼啸而过的寒风中飞越了李府重重叠叠的饰有铜兽的屋顶,无数大雁像乌云似的一片连着一片从头顶上飞过,遮蔽了半圆的月亮。李连城在众目睽睽之下细心准备好了猪笼,当他将我的替身和范稳婆从押房拖出来准备装笼时,范稳婆拼命挣扎。但是她的挣扎是徒劳的,她被人高马大的兵卒像捉小鸡似的丢进猪笼里,在杆子房猫头鹰一声接一声的惨叫声中,猪笼缓缓浸入诏狱中央硕大的深井似的水池中。这时候令人惊奇的一幕出现了,小皇上着一件黄袍被一只看不见的巨手拎在半空,他挣扎着以微弱的声音在半空哭爹叫娘,还掉下一只鞋。紫禁城所有的人全被这惊心动魄的一幕惊呆了,包括浸在猪笼中的范稳婆。准备行刑的狱卒双手开始颤抖,握不住拴牢猪笼的麻绳。范稳婆冷冷地说:"人造了多少孽,人不知道天知道!人在做,天在看!"范稳婆双眼冒出炯炯的光芒,透露出一种歇斯底里的绝望。

第十九章　凤仙花落

　　朱春山的离奇失踪导致紫禁城陷入混乱,我在前面说过,金碧辉煌的紫禁城其实就如同一个巨大的马蜂巢,无数密密麻麻的宫女嫔妃就如同马蜂一样围绕着蜂王在蠕动。它其实也像一个庞大的蚂蚁穴,无数灰衣黑衫的太监宦官就像蚂蚁一样围绕着蚁后在转悠。现在,这个蜂巢或蚁穴失去了蜂王或蚁后,群龙无首它就变得混乱不堪。其实小皇上朱春山还是个爱哭爱闹爱尿床的孩子,但他的存在就是个象征。现在,这个象征没有了,娘娘在太后面前面无人色,自古到今,哪朝哪代出现过如此离奇之事?太后慌乱起来,虽然身穿亮闪闪的苏绣月华锦彩裳,披着苏织锦镶羽毛斗篷,却也就是个失了方寸的老女人,在言如鼎安排下请张天师到灵台占卜。这是宫中的老规矩,张天师也是宫中占卜大师,每一次他的吉祥之兆都会让宫中如释重负。但是这一次占卜的结果却让娘娘心里压着一块沉重的石头,甚至连张天师本人也不敢告诉娘娘和太后。最后在王不欢一再追问下,他才吐出八个字:滥杀无辜,有违天道。

　　娘娘完全瘫倒在床榻上不能下地,只要想到小皇上从此一去不归她的心就如同被人剜掉了一样。当她从王不欢嘴里听到他转述的这八个字时,如同遭到雷劈一样昏死过去。自从朱春山失踪之后她就处于一种昏死状态,有一种末日临头的恐惧,排山倒海的绝望与恐惧把她彻底打垮,她糊里糊涂昏头昏脑不知白天黑夜,看着站在面前的王不欢嘴巴在轻轻翕动,却听不到他说出的任何词句。王不欢也处于大难临头的惊恐之中,他停了停将他说过的话又重复一遍。娘娘似乎听明白了,然后用干裂的嘴唇吐出一句话。那是一句什么话王不欢没有听清,他相信娘娘自己也不知道说了什么。

　　李连城后来告诉我范稳婆和我的替身都没有浸猪笼,我的替身早已死亡而范稳婆却活了下来。李连城把这个情报报告给了李敬堂,李敬堂正在打坐。这是他的养生之道,每天都要抽出两个时辰盘腿打坐。这时候的他出气如吹尘吸气如嗅花,并且牙关紧咬双手交握眉目低垂,对身边发生的一切充耳不闻。李连城就站在李敬堂身边,一字一顿地说:"李大人,我是以都指挥使而不是你儿子的身份在和你说话,你是唯一一个看过我的诏狱建造图的人,你跟我说实话,到底是谁帮助了颜如月从地下通道出逃?又是谁让颜如月以假乱真最终又飞天而去?你几次离奇地出现在诏狱出现在冷宫,你真的好色成瘾吗?你身边的女人多得成把抓,为什么要舍近求远,这是兔子不吃窝边草还是你的策略?"李敬堂始终不发一言,李连城盯着他看了一会儿,离开了李府回到锦衣卫。朱六指神色冷峻地迎上了他,白龟一看到他到来就活泼泼地游动起来,弄出哗啦啦一片水响,水花也泼溅到了龟池之外。朱六指在白龟嘴里又发现了蜜蜡纸,上面通知李连城去兔儿山五爪槐下密会。李连城颓然坐在椅榻上半天不想动,面对错综复杂步步惊心的宫中争斗他无力解脱,就坐在锦衣卫庭院深处一直到半夜鸡啼。这时候朱六指走过来对他说:"你如果实在不愿见赤龟,我替你去。"李连城长长叹了一口气,站起身来说:"我去。"他只身一人出了锦衣卫,沿东华门外护城河一路前行,经过午门从银作局那里穿过太液池西苑。这里是昭和殿区域,他突然对漆黑一团的深宫感到恐怖,眼前的层层宫殿就如同一个巨大的墓穴散发出死亡的气息,令人厌倦,他想出走又感到无处可去。此刻他想到了田小娥,想到了那年春天,那个春天真是个繁花似锦、柔情蜜意的春天,他就在冷宫一片凤仙花海中偶遇小娥。那时候他是刚刚长成的青涩少年,初入锦衣卫做事。田小娥一袭芙蓉色四喜如意云纹锦缎宫服,外罩一件蜜合色软毛织锦披风,站在太液池畔,湖水碧波荡漾,那一双水汪汪的大眼睛也碧波荡漾,令少年心旌摇荡。少年在那一刻就化身为一条鱼儿潜入那水草丰美、深不可测的湖底。后来,这一场景总是在少年梦中出现。终于在一个凤仙花凋落一地的黄昏,他在花丛中拥抱住小娥。惊魂未定的小娥在他怀中像一只受惊的小鸟,他感受到她剧烈的心跳。她雪白诱人的身体散发出一种奇异的芬芳,让他有过短暂的眩晕。那种带着战栗的眩晕后来就成为他对小娥最美好的记忆。他后来成为风月场老手,但是他对小娥是真的动了情。他永远不会忘记和田小娥最后的离别,最后的凤仙花已经凋零,在地上铺了厚厚的一层。秋风一阵阵吹过紫禁城高高低低金碧辉煌的屋顶,将凤仙花吹得到处都是。他和田小娥就依偎在凤仙花丛中,小娥的头发被秋风吹得凌乱,他就用小娥那把胡桃木桃花梳子给小娥梳头发。然后两个人身体如同藤蔓一样缠绵在一起,包括两双红润的嘴唇仿佛被饴糖粘在一起。黄昏就如同凤仙花瓣一片一片落下来,李连城牵起田小娥的纤纤玉手,那双葱白似的手指上点点嫣红就是他刚刚用凤仙花染过的指甲,他将她的小手噙在嘴里吮吸着。小娥在少年滚烫的怀中发出幸福的呻吟,他像贪吃不够的孩子将脸埋在她雪白如玉的胸脯上。幽蓝的天幕上新月如钩、星光灿烂,月光下他疯狂地吻着小娥,在小娥幽深幽深湖泊似的眼眸里他看到了一钩新月与满天星光,这是他与田小娥的最后一次也是最后一面。

李连城一想到那个落花满地的夜晚就激情难耐,他一定要见到小娥,一定要和小娥在一起。他娶有几房妾,但是一直不曾立正妻,是不是潜意识里一直在思念着田小娥?这个空缺的位置一直想留给田小娥?虽然他从来不曾考虑这个问题,但是在潜意识里小娥一直在他心里占据着一个重要的位置,一个不容替代的正妻的位置。多少次在梦里回到凤仙花凋零的那个夜晚,田小娥从花丛深处跑出来,脸上带着盈盈的笑意。他一直认定她没有死也不可能死,老天是有眼的,不会让倾心相爱的男女阴阳相隔。

李连城漫无边际地沉浸在冗长的回忆中,他来到兔儿山上时赤龟已经静候他多时了。赤龟背对着他站在一块高大丑陋的巨石旁,一道飞泉从丑石的孔洞中汩汩涌出,在阒寂无人的夜晚,泉水发出的声音更衬托出周遭的幽静,只是偶尔从山下吹来一阵微风,怪石旁的五爪槐发出窸窸窣窣的声响。赤龟眺望着山下灯火辉煌的紫禁城:"看来,你对我们的指令一直当耳旁风啊,所以,这就怪不得我心狠手辣,来人——"树上马上跳下三条大汉,三把带钩的弯刀架在了李连城的脖子上,他甚至嗅得出刀上金属的杀气。他情不自禁地吞咽了一口唾沫,蹿动的喉结碰上了锋利的刀刃,刺痛中血流出来。他喘息着,喉咙里发出呼噜呼噜的声响。赤龟说:"白龟,怨不得我们,我赤龟早就给你安排了幸福的生活,你一直当耳旁风。我们也并不想强人所难,对你来说,我们安排的一切全都是举手之劳。你要知道,你能成为都指挥使我们也立下了汗马功劳。也别说投桃报李了,就是江湖上起码的规矩李大人也得讲一讲吧?你还年轻,要不然将来还怎么在江湖上混?"

李连城多年之后告诉我,他当天晚上被弯刀深深割进了咽喉深处,也许是刀封住了伤口,刀插在喉咙里竟然没有流出血,这是他平生第一次遇到的奇事,而且就发生在自己身上。他举起了手,这时候他想说话却说不出来。赤龟挥了一下手叫停,三个大汉马上拔出刀,迅速给他喉结处上药。那白粉状的药是一种神奇的药,撒到伤口上血马上停止。赤龟自始至终没有转身,他丢下一句话:"我赤龟不会轻易杀人,更何况是李大人这样对我们来说相当重要的线人。我再次给你一个警告,请在半月之内将《九边军镇图》弄到手,要知道金兵已如同一把尖刀插进大明,大明灭亡只是时间迟早而已。"赤龟和几个大汉消失在兔儿山怪石丛林中,李连城挪动沉重的脚步从崎岖小路下山,在半路上遇到赶来的朱六指。朱六指匆忙迎上来:"大人,大人,你没事吧?"李连城抚摸了一下喉结处,那里已经结了一层血痂。他没有说话,只是脚步有点蹒跚。朱六指和两位随从马上上前扶住他,朱六指架着他匆匆赶到锦衣卫才告诉他,他们通过白龟嘴上的蜜蜡纸意外得到他在兔儿山上受伤的消息。朱六指又公开他的惊人发现,我那个替身其实是黄楚九手下花重金买来的死囚犯,然后安排她如何说。反正是死囚,家里人得了银子也没有多说什么。李连城从黄楚九追查到父亲李敬堂,父亲的面目在他记忆中变得越来越模糊越来越缥缈,他对父亲产生了深深的陌生感,他甚至觉得父子这么多年,他现在完全不了解父亲。

　　朱春山离奇失踪之后娘娘就陷入一种谵妄状态。虽然乾清宫对外封锁了消息,但是小皇上着一件玉涡色皇袍,被一只看不见的巨手搂在半空渐渐消失在夜空的一幕,不但把紫禁城也把顺天府的人惊呆了。几天下来顺天府谣言四起,甚至连张天师占卜得到的结果"滥杀无辜,有违天道"也无人不知无人不晓。赵明德拖着沉重的脚步来到钟粹宫,如妃则眉飞色舞,她一天一夜时间积累了一肚子话要对兄弟说。赵明德放低了声音:"宫里是密不透风,太后、娘娘一连多日都没有露面,甚至连王不欢也不知去了哪里。"如妃兴奋得满脸通红:"我想要听到什么,风自会往我如妃耳朵里灌,告诉你,顺天府的人都在传,宫里作孽实在太多,老天开眼要收忤逆贼臣——你知道这叫什么? 这叫自作孽不可活。风水轮流转,等到我钟粹宫出头这一天了,等到我儿朱春龙登基这一天了,老天绝不会看走眼! 现在是轮到你出手的时候了——你不是一直盼着这一天吗? 其实用不着发兵哗变,也不用宫廷政变。论资排辈排也要排到我儿朱春龙,是不是? 后面只有一个朱春阳,他更小,暂时还轮不到他。至于大皇子朱春旺、二皇子朱春空,谁不害怕你的淫威? 他们恐怕连这个念头都不敢有。"赵明德点点头:"姐,好事不在忙中取,你兄弟我料事如神,此时就是天助我赵家。姐做了娘娘,兄弟我也得过一把首辅瘾。"如妃兴奋得得意忘形:"首辅不是你的是谁的? 兄弟啊,你可得咬口生姜喝口醋,你姐这些年在娘娘手下过日子,别说是宫中皇妃的日子,连普通草民贱民的日子也不如啊!"赵明德贴近了如妃:"姐再忍一忍,就忍一下下,你我的苦日子就熬到头了。"如妃用丝帕拭了拭眼里沁出的泪水:"我以为韦忠贤是一个要争取的人物,这个人是宫里内当家,一人之下万人之上,更主要的是他对宫中事无巨细了如指掌,在各府州势力也强大,我们要成事定要拿下他。而且不用姐说你该明白，我们的对手不仅仅是娘娘和王不欢。"赵明德说："小皇上驾崩娘娘就会不攻自破，我们最大的对手其实是李敬堂父子。"如妃几乎失声惊叫起来："还是我兄弟站得高。"赵明德说："韦忠贤也是难对付的老狐狸，他阴一套阳一套。而且姐不知道，他和李连城、大金国全都在暗中联系。未必他就出于真心实意，我猜测他不过就是留条后路。"如妃说："是是是，他真正的后台就是娘娘。"赵明德说："娘娘一直是他最大的后台，他当然清楚，他的一切全是娘娘给的。但是他和娘娘也绝不会同心同德，绝不会。宫中杀出来的人全都是孤家寡人，韦忠贤真实的想法并非做大太监，他是想让韦德贤成为皇上。"如妃长长出了一口气："是的是的，人心不足蛇吞象。"

　　如妃的行动从局部和细节开始，在奶子府走红的张三姐成为她的心腹，全方位投靠张三姐的杨白桃也进入如妃的坤宁宫，与张三姐一起轮换哺育朱春龙，并且在奶子府连升两级成为稳婆，这让黑娃欣喜若狂。黑娃负责宫中采购经常外出，时时衣锦归乡，与张二愣、钱五福打成一片，而马背生则痛不欲生——刘氏夜半发疯在暴雨中走失。从黑娃嘴里得知颜如月失踪，马背生十分焦急，带着马银环来到宫外，却只见到杨白桃。杨白桃此时唯恐连累自己不肯多说。范稳婆也没有被释放，但是李连城现在完全顾不到她。在刀伤彻底痊愈之前，他在脖子上扎着一条白毛巾在锦衣卫深居简出。他预感到宫中近期将有塌天的大事发生，而且绝对是玉碎宫倾的大事。这时候东厂在娘娘默许下已经在暗中设立，只是厂督暂时没有任命，李连城决定与朱六指一起出逃。但是朱六指反馈的消息是东厂人马已将宫中内外层层包围，唯有西安门太监是他的内线可以通融。可是太液池周边岗哨林立，朱六指提议沿锦衣卫地下通道逃往兔儿山，然后沿兔儿山密林下山，在惜薪司与大光明殿夹出的林带内直抵鸽子房边上的西安门，那一带地处偏僻人迹罕至，很难被发现。李连城认同这一方案，果然一路畅通无阻。可是在即将走出惜薪司后的密林时，黄楚九手下的人马截住了他。李连城上前嘿嘿一笑："黄阁下，难得在宫中与你狭路相逢，大路通天，各走一边。"黄楚九说："李大人，并非微臣有意和你过不去，是都督府李大人让我在此截你。"李连城大吃一惊："我爹？"黄楚九定定地说："你的一举一动全在李大人眼皮底下，他其实早就给你定下了远大目标。都指挥使你不能走，更不能离开宫中。微臣言轻位卑，但是我奉告大人一句老话：天将降大任于是人也。"

第二十章　不眠之夜

　　那段时间宫中最得意最兴奋的无疑就是如妃，也只能是如妃。她为人处世一向高调，这可能与她在先皇面前长期得宠有关。那段时间她穿一条撒花纯面百褶裙，身披捻金银丝线滑丝锦披，像只花蝴蝶穿行在宫殿与红墙之间。一会儿借口看望妹妹如梦令进入冷宫实则去看望玉妃，在布满落叶的深宫中引发一阵阵骚动；一会儿又去永和宫看望吃斋念佛的珍妃，无非是想从东宫西宫贵妃嘴里套出一些话来，然后从中看出一些蛛丝马迹。她甚至还一反常态给太后和娘娘送羊羹，是赵明德从里草栏场弄来的羊羹，来自北边坝上草原的羊羹，每一块都像凝结的玉石一样晶莹剔透。那两天正好顺天府开始下雪了，这年的雪也是很怪，下得不但早还特别大，一朵一朵的雪花像白色的蝴蝶那样张开翅膀从天上降落下来。紫禁城宫殿和门楼上落了一层白雪，更显得庄严肃穆，整个顺天府在大雪笼罩中好像空无一人。偶尔有几个黑衣太监和青衫奶妈无声地从雪地上走过，留下两行深深浅浅的脚印。只有杆子房那里还有点动静，几只猫头鹰落在雪地上偶尔发出一两声凄惨的叫声，更显得深宫的空旷和寥落。如妃穿着烟霞色纯羊毛立领大氅出现在东六宫外时，他们嘈杂的一队人马显得那么突兀。他们先派太监报了同在东六宫的太后，太后的仁寿宫显得空空荡荡，雪地的光线有点刺眼，守门的老太监有点不太高兴，将他们引进大殿后通报了里面。太后过了很久才穿着笨重的皮袍在几个宫女的簇拥下出来见如妃，大殿四角摆着四个大火盆，散尽烟尘之后的炭火像红宝石一样，大殿里很快温暖如春。太后铅灰色的脸上有些浮肿，面无表情地看了如妃一眼，然后就打发她离开。如妃随后来到乾清宫却吃了闭门羹，老太监耿谦和看到如妃和太监手里抬的羊羹马上收下对如妃说："奴才深感歉意，贵妃有所不知，娘娘这几日身体欠安，改日康复之后当会回访贵妃以表心意。"如妃听到耿谦和一番话心里也明白了八九分,与随从一起踏雪而归。赵明德已在钟粹宫静候多时,见到如妃时眉头微皱,如妃依旧兴高采烈:"只见着太后匆匆一瞥,娘娘连面也没见着。不是娘娘不懂礼,只是听奴才说娘娘早就病倒卧床不起,不能见人。兄弟,千载难逢的大好时机。"赵明德的眉头此时已皱成一团黑疙瘩,他朝身后努了努嘴,如妃朝身后的太监和宫女甩了一下手:"你们别寸步不离地跟着我,回避一下。"下人四散开来,赵明德重重地坐下:"姐,你这样在宫中到处走动很轻狂很不妥当。"如妃笑了笑:"兄弟呀,姐着急呀,再说我是送羊羹去的。"赵明德说:"姐呀,你想没想过,这个时候宫中已是天翻地覆,谁还有心思吃冻羊羹?"如妃嫣然一笑:"那你就不知道,有人就想吃冻羊羹,还想就着冻羊羹痛痛快快地干一杯,最好喝个酩酊大醉,兄弟知道这人是谁吗?"赵明德会意一笑:"我已通过邹达开与韦德贤接上头,两手准备,另一手这样安排……"赵明德与如妃一同进入内室。宫殿外的风雪一阵紧似一阵,紧的时候鬼哭狼嚎似的,松的时候又似有气无力的叹息。

现在回想起来,我在密室度过一个又一个风雪之夜时,在紫禁城,无数宫殿里无数男男女女也和我一样在煎熬中度过一个又一个不眠之夜。就在宫中草木皆兵、风声鹤唳的时刻,作为朝中红人的韦忠贤也承受着巨大的压力。但是这份压力也给他提供了大显身手的绝佳时机,他与韦德贤共同认定,这也是东厂胜过锦衣卫的大好机会,他们一定要借此机会打败锦衣卫让东厂崛起。在短暂而仓促的时间里,他不可能拿出铁证证明宫中一系列诡异全是李连城所为——但是他和韦德贤认定这一切全是李敬堂、李连城所为。将宫中老臣大将细细捋上一遍,能成为他父子俩对手的也只有李敬堂父子,就是说李氏父子是他们通向权力巅峰最大的障碍。他们想当然地认定宫中一系列的诡异全是李氏父子所为,只有归罪于李氏父子他们韦氏父子才有动力才有信心才有希望。韦忠贤在焦躁不安中度过了两天两夜之后对韦德贤说:"量小非君子,无毒不丈夫。我们不查了,也许几辈子也查不出,那就黑他一次。"韦德贤说:"你是说要伪造证据?"韦忠贤点点头。韦德贤说:"让娘娘知道了那可是杀头之罪。"韦忠贤往太师椅上一坐:"即使娘娘发现马脚对我也无可奈何,当年为了将她背上皇上龙床,那个叫王来喜的妃子偷偷塞给我多少金银财宝,她心里不清楚吗?后宫妃子成千上万,为何就她一个人做了娘娘成为皇后?她最美貌最有才,或者她最淑惠?统统不是,唯一的一点就是她待我好。虽然我只是个初进宫的背妃太监,但是在后宫嫔妃眼里,我可是个手眼通天的人物。皇上有时候不知道选谁好就让我摆牌子,我就选王来喜。有时候皇上选了别的妃子我也胆大包天就背她王来喜上龙床,反正妃子们都是从皇上脚旁钻进被子,又从脚头退出被窝。

皇上闭着眼睛临幸施恩，他也搞不清身子底下的妃子是不是他要的那个，女人脱光了衣服，还不是一个样子。再说了，娘娘、太后她们干的坏事还少吗？别人不清楚我还不清楚？"韦德贤听得目瞪口呆："皇上要是睁开眼看到了，那你可是欺君之罪、罪该万死呀。"韦忠贤老奸巨猾地一笑："这一点难不倒背妃太监，如果真的被皇上发现，就说那位妃子月例来了，不能临幸。临时起意就帮皇上挑了最钟爱的一位妃子，皇上一听哈哈一笑事情就过去了。你别看皇上大权在握，但是敬事房太监们要是联手捉弄起皇上，皇上可就只能束手待毙。所以，皇上在太监面前也很可怜，他甚至让着太监几分，因为他也不太敢得罪太监。"韦德贤似笑非笑地问："那你说此次如何行动？"韦忠贤抬了抬眼皮："很简单，找两个目击者做伪证，证实是李连城谋害了皇上。"韦德贤说："李连城此举目的何在？"韦忠贤不屑一顾："别想那么多，先拿下李连城的职务，再拿下李敬堂，紫禁城就是你我的天下，一切就由我们说了算，然后再伺机行事。记住：笋子要一节一节剥，饭要一口一口吃，走一步看一步。瞻前顾后畏首畏尾，永远成不了事。想成事，做了再说。"

　　韦忠贤的计划还没有来得及付诸行动娘娘已经像没事人一样出现在坤宁宫的晚餐桌上，据说她结结实实地喝了一大碗乌鸡笋丝汤。那是头一批从江南徽州进贡的冬笋，小得像板栗一样。娘娘的平静如水让宫里人大吃一惊，如此塌了天的大事娘娘能波澜不惊地度过，没有人不感到震惊。敬事房的太监们甚至认定娘娘脑子坏掉了，变成了痴傻的女人。后来李连城告诉我，娘娘的绝处逢生完全是因为范稳婆的意外出现。李连城知道所有底细，这是李连城锦衣卫的职业决定的，甚至范稳婆能从锦衣卫诏狱外出也与李连城紧密相关。我和小皇上以离奇的方式失踪让宫中陷入混乱与惊恐之中，诏狱里还关着个范稳婆已经无人顾及。李连城在巡查时看到范稳婆带着劫后余生的憔悴和虚弱瘫卧在草包上，浑身上下散发出难闻的气味。她耷拉着眼皮的模样看上去比平常更苍老一些，她缓缓地说："李大人，以我一生在宫中的经历和经验，我可以担保让小皇上活着回来。"李连城听到这淡淡的几句话如遭雷击，他死死盯着范稳婆，这一刻他对苍老的范稳婆充满了同情，却认定她是胡话连篇。范稳婆突然坐直了身子，她的花白的发鬓上垂下一根稻草，她说："我一生就活在宫中，生是宫里人死是宫里鬼，宫里事很少瞒得过我。我知道你和小娥好，你也爱颜如月，我也知道田小娥被掠往大金，更多小娥知道你不知道的事我现在不能告诉你，你见到田小娥自然会全知道……"李连城说："你不全部和我讲起码也得向我透露一二，好让我相信你。"范稳婆脱口而出："你有孩子，小娥生下你的孩子，如果你不相信,我现在就掌嘴。"她的几句话对李连城来说无异于石破天惊,范稳婆举起手掌要掌嘴突然又垂下手:"我现在将嘴巴打烂也没有用,李大人,将来会证明我说的话,时辰并不需要太久,你能看得到的,我肯定也能看得到。"李连城汗毛根根直竖:"你说我该怎么帮你?"范稳婆恢复了一开始那淡淡的表情:"报告娘娘,让我去见她一面,我会告诉她只要听我的话,小皇上就会活蹦乱跳重回乾清宫,紫禁城也将重现太平盛世。"

　　李连城出现在东华门宫墙外时整个紫禁城仿佛被大雪掩埋,扑面而来的雪花大片大片如同扯棉絮一样坠落下来,完全丧失了雪的轻盈和柔和。我现在可以想象太后和娘娘得知范稳婆那一番话的惊恐和怀疑,而范稳婆也坚持认定她是从梦中得到这样的消息。其实那时候王不欢把怀疑的目光盯向钟粹宫的如妃,只有如妃才会对小皇上生出深仇大恨。甚至他没有花费太多的周折就搞定了张三姐,让她卧底钟粹宫刺探情报,张三姐自然是一口应下。张三姐与王不欢交谈的地点并不在乾清宫,而是选在人迹罕至的太庙偏殿,那里供奉着列祖列宗神像,平时只有几个老太监出没。两人会面还没结束,赵明德就从安小平那里得到张三姐与王不欢密会的消息。张三姐知道宫中遍布耳目,面对如妃痛斥和扇耳光她始终沉着而冷静,坦然承认王不欢向她了解情况,但是拒绝承认她亲口答应王不欢的密令,她一口咬定以她在宫中的地位不可能拒绝去见王不欢,望如妃理解。她也一口咬定她只是表面上应和王不欢,这是她在宫中为人处世的策略。此时如妃对张三姐确实捉摸不透,她甚至怀疑起张三姐对她的忠诚度,她这样安慰自己:在宫中有谁能清澈见底一览无余? 捉摸不透是宫中常态。随后她又恩威并举,让张三姐使计反骗娘娘和王不欢。张三姐是个聪明过人的女人,她知道自己现在的对手不像奶子府的碧桃与酸枣那么简单而愚直,而是强大到捻死她就如同大象踩死一只蚂蚁。她不得不收敛起来,小心翼翼如履薄冰,却引起了韦忠贤的高度关注。韦忠贤一直密切关注张三姐,原因不外乎她实在太惹人注目实在过于出人头地,他认定她肯定会成为奶子府钱大妈妈继任者,她的天生素质决定她肯定会超过钱大妈妈成为宫中红人。他一直不想对她轻举妄动搞什么对食,像对待奶子府任何一个他看中的奶妈一样,他不想因为一个奶妈引起不必要的麻烦,尤其在这样一个危机四伏的时刻。他在观望也在等待,等待性急的人先出手,这是他在宫中蛰伏多年积累的经验和教训。过了不久他果然接到神秘来信,开门见山就请他放过李连城,否则将对他不客气。而韦德贤在风雪中循着神秘人一行深深浅浅的脚印竟然发现她是戏子万里红,万里红频繁出入如妃钟粹宫,他将这一重要情报密报给韦忠贤。韦忠贤又在桌案上写字,他的桌案非常宽大,他用的四尺净皮宣纸铺在桌上显得有点小。他耳朵听着,嘴里有一声无一声应着,手并不停,一笔一画在纸上写下四个大字:天意难违。写完了后退两步左右看看,面露得意之色:"我的字火候到了,越来越有境界了。"

韦忠贤处乱不惊的本事在这个风雪之夜发挥得淋漓尽致,命中注定那个风雪之夜又是宫中一个混乱之夜。那时候雪已经停了,厚厚的大雪像一床棉被将紫禁城严严实实地盖起来。小太监春明和宋玉从坐更的乾清宫出来竟然迷了路,那些完全被雪覆盖的宫殿看上去那么陌生。他们凭借感觉走着闻到了浓烈的腥气,一条长长的红色的血水在厚厚的雪地上融出一条红色的溪流,他们吓了一跳。沿着血水溯流而上,发现源头竟然是冷宫旁的贵妃井,而井台上竟然卧着一只巨大的赤龟,龟背上卦辞"儿皇寻乳,奶娘呼引"引起了张天师的高度关注,从龟辞上判断原来颜如月不是被疯狗咬了,而是天狗附体,只有她才能呼引出小皇上朱春山。后来的经过就成为宫中有目共睹的仪式,月黑风高的雪霁之夜,张天师在灵台一番法术之后突然发出谶言:"皇在太庙!皇在太庙!"现场一阵混乱,太后、娘娘和宫中文武百官一起赶往太庙。张天师在太庙大殿上一番焚香祭拜之后,一匹白马突然从天而降,我就端坐在那匹白马之上怀中抱着小皇上朱春山。白马载着我和小皇上跃过太庙层层叠叠、高高耸立的屋顶轻盈地落在庙前高高的台阶上,一片黑压压的文武百官惊呆了,齐齐跪下,山呼万岁。

第二十一章　红极一时

　　三天后的一个早晨，那是我最为难忘的一个早晨，那是我此生度过的最美好的一个早晨。蓝得像绵竹布的天空清澈如洗，一轮红红的太阳挂在万里无云的碧空中，温暖的阳光洒下来照耀着顺天府密密麻麻、灰头土脸的四合院，当然也照耀着金碧辉煌的紫禁城。积雪像山一样堆满了紫禁城，宫前殿后，梅花幽幽地绽放，清冽的芬芳让人情不自禁对冬天生出喜悦之情。昭和殿和紫光阁那里，红梅与绿梅开成了一片香雪海。我身着莲青色乱针刺绣妆花绵裙坐在布满阳光的窗前，闻着或浓或淡的花香竟然生出一种心满意足的喜悦。小皇上朱春山就睡在龙床上，他吃饱喝足躺在阳光中像只酣睡的小猫一样发出细微的鼾声。仅仅由我哺乳了三天他就明显白胖了一圈，露在锦被外的胳膊肥嘟嘟的，像刚出水的嫩藕。他的眼睛眯缝着，带着满足的静谧的笑容，似乎随时发出开怀大笑，从那份笑容里你就可以感受到他的健康和快乐。我就那么懒散地坐在一旁注视着朱春山，碧桃和银铃等几人笑眯眯地进来，碧桃手里拿着一束梅花，那是一束正在盛开的梅花，金黄的花蕊微微下垂。碧桃不便直接进入乾清宫，她举着梅花将脸掩在花束后面，然后远远地向我挥了挥："你的花。"我向耿谦和叮嘱了几句就走出来，碧桃身边站着酸枣、翠柳和银铃，她们是娘娘重新安排在我身边的女仆。碧桃说："我就知道你喜爱梅花，顺手给你采了几枝。"我领着酸枣、翠柳她们走进偏殿，现在这里是我长期居住的地方，任何奶妈、稳婆、太监也不能随便进入。偏殿前停着一辆马车，车上满载着娘娘赐给我的礼物，一件荸荠紫色的百宝箱被安小平缓缓打开，他用略带童音的沙哑嗓子向我报出宝物名字："太后和娘娘赐稳婆颜如月秋葵纹玉带一对、鹦鹉水晶环两尊、石榴红金链琥珀坠一副、嵌宝石双龙纹金镯一双、佛像形和田玉玉握两只。"另有各色天南海北进贡而来的奇花异果、美味佳肴。看着太监们一趟趟往我所住的偏殿里拿东西我的心其实是七上八下、五味杂陈，因为我知道在宫中一旦得宠一旦走红，肯定会有许多嫉妒乃至仇恨的目光盯上你，那么灾祸也就离你不远了。太后和娘娘所赐的金银珠宝和山珍海味早就在宫中传得尽人皆知，我控制不了局面，我不可能拒绝太后和娘娘的一番好意，不管她们是出于何种目的，我作为奶子府一介奶妈不可能拒绝，我只能感激涕零地接受，包括接受碧桃、酸枣、翠柳和银铃按照娘娘的旨意为我提供服务。我又回到了初入宫时的那种状态，我在奶子府一夜之间又成为仅次于钱大妈妈的人。我每天早上一睁开眼，四个贴身宫女就一拥而上，穿衣的穿衣、穿鞋的穿鞋，梳头的梳头、绞面的绞面。我打心眼里不喜欢被她们如此隆重地侍候，我已经在这上面栽过一个大跟头，几乎是死里逃生。我不要这样的大起大落，我害怕它再来一次，再来一次我肯定逃不过这一劫。但是我有什么办法？太后和娘娘几乎隔日就要来看我一次，她们出现的时候都是前呼后拥，场面浩大。看着小皇上活宝似的在乾清宫满地乱跑，太后和娘娘开心得合不拢嘴，任命我为奶子府新晋奉贤夫人，风头一下子超过了资格最老的钱大妈妈。我清楚地记得那个在奶子府举行的晋升仪式，太后和深居简出、一言九鼎的王爷言如鼎都出席了，娘娘和王不欢更是早早就来到了奶子府，包括小皇上朱春山。朱春山被老太监耿谦和抱在怀里，他成为仪式现场最引人注目的一位。我也看到了韦忠贤、李敬堂，当然也看到了李连城与韦德贤。我甚至还看到了如妃、赵明德和张三姐。他们和现场所有来宾一样兴高采烈，看不出任何异常举动，但是我能想象到他们的不甘和妒忌。我听说那天晚上如妃与赵明德爆发了激烈的争吵，对他们姐弟来说这是极其罕见的一次。事情的起因是如妃的妹妹如梦令在冷宫被玉妃扇了耳光，这事要说起前因后果就一言难尽。在宫中像如妃和如梦令这样同胞姐妹双双成为六宫嫔妃的其实并不多见，如妃当年和娘娘、玉妃一样也就是个再普通不过的嫔妃而已。她们虽然经过层层选拔最终留在宫中，但是后宫嫔妃多得像蜜蜂像蝴蝶，她终其一生可能连皇上的面也见不到一次，更别说沾上雨露之恩。娘娘在宫中崛起，从一位名不见经传的妃子一跃成为皇后，她的手段和谋略启发了如妃，终于让她通过贿赂背妃太监沾上了皇上的雨露之恩，从而怀上皇子朱春龙，让她脱颖而出入住钟粹宫。据说那晚本来皇上点的是玉妃，而玉妃恰好快要来月例，正是千载难逢的怀皇子的机会。如妃大把大把的银子没有白花，她横插一杠子的结果就是她替代玉妃上了龙床怀上了朱春龙，而玉妃在皇上驾崩后被打入冷宫，两位皇妃间的梁子就这么结下。老天给了玉妃一个出气的机会，如妃的妹妹如梦令也和她一样被打入冷宫，隔三岔五两个女人就会恶战一场，都是鸡毛蒜皮小得不能再小的琐事,比如你晾的恭桶正对着我的门头,或者你迎面走来却不肯侧身让过,两个女人从春吵到夏,从秋骂到冬,但是撕破脸来动手揿腮帮扯头发这却是第一回。如妃让赵明德去替妹妹出口恶气,赵明德不方便与女人面对面交锋,派出了部下邹达开。邹达开回复的信息吓了他一跳:"我们听到冷宫的嬷嬷警告,说玉妃如此猖狂是因为有李敬堂撑腰——玉妃原来是李敬堂的人。"

邹达开的发现最终促成了如妃与韦忠贤的合作,这是如妃与韦忠贤无数次分分合合中的一次。他们从来不会从人情出发,他们只会从利益出发,这就注定这次合作不会是最后一次,当然也注定了这次合作不可能长久。对他们来说,朋友间的合作是暂时的妥协,而敌人间的挑战才是他们不变的常态,道理很简单,因为一山难容二虎。他们这次合作是为了瓦解共同的对手李敬堂,从我身上、从玉妃身上打开突破口是比较容易做到的,因为当时引发李敬堂关注并出手相救的女人只有我和玉妃。玉妃身处冷宫,如梦令可以盯紧。而我现在住进了乾清宫偏殿,韦忠贤与钱大妈妈也鞭长莫及。张三姐虽然多次向我示好,但是我对她一向有防范之心,我们不可能做到亲密无间。如妃想到了杨白桃——杨白桃虽然倒向了张三姐令我难过,但是我为人仁慈,只要杨白桃诚恳劝说,我必定还会敞开胸怀接纳她。为了让杨白桃打动我,他们还使出一招苦肉计。我记得那是个早春的日子,好像是二月二龙抬头那天,出了几天很大的太阳,小南风一吹,太阳晒在人身上就软绵绵的,光线里有一点耀眼的金黄,海棠花红红的花蕊也一簇簇绽放,这时候你就会感觉到,又一年的春天姗姗而来。如妃不知出于什么原因决定第二日到内校场放风筝,顺便请奶子府的奶妈们到太液池边上的五龙亭吃荠菜春饼。内校场就是皇家练兵场,沿宫墙一路往北走过了北安门,那一大片看上去很辽阔的草地就是内校场,宫里的锦衣卫经常在此骑马练兵。从内校场往太液池这边走,近水的一处楼台就是五龙亭,本来是宫中钓鱼、赏月、看焰火的好地方,在这里尝春饼应该也是一桩让人开心的乐事。我和范稳婆都接到了钟粹宫的邀请,钱大妈妈当然也接到了邀请。宫里有头有脸的人物常常也会发慈悲之心,邀请下人们一起张罗一些别开生面的趣事拉近感情,也有拉拢下人、展示亲民爱民之意。往往这样的事在几个贵妃之间比赛般进行,也有暗中较劲的意思。级别太低的妃子则没有资格主持大规模的宫中活动,当然她们也不会丢人现眼。这样的事一般只在太后、娘娘、如妃、玉妃、珍妃之间轮番举行。如妃也是很多年没有出面主持,那天的内校场上春风扑面阳光明媚,花团锦簇的宫女和嫔妃们三五成群有说有笑地在放风筝。无数风筝布满了天空,有的是蜻蜓有的是蜈蚣更多的是蝴蝶和大雁,它们在天空出现引来了很多真的大雁，大雁追逐着大雁风筝并且紧追不舍，引起放风筝的宫女们大呼小叫。我放了一会儿风筝就和碧桃、酸枣一起去内校场草地上挖荠菜。荠菜还没到开花的时候，没有开花的荠菜是最嫩的荠菜，细瘦的身影夹在草丛中不易被人发现。但是这难不倒我，我在靠山庄年年开春都要挖荠菜包荠菜饺子，我眼尖得很，很快就和碧桃、酸枣剜上小半篮子荠菜。我们拿着荠菜到了五龙亭，我看到了如妃、张三姐她们都在包荠菜春饼。跟在我们身后出现的是杨白桃，她乍一看到我微微一愣，我向她微微一笑，她脸上露出一丝羞怯。她已经完全不是靠山庄那个村女，她穿一身湖碧色烟云千朵蝴蝶裙，显得很有风情的样子，她略略低下头就和我侧身而过。我不知道她们是如何发生争执的，等我听到一声刺耳的尖叫之后，五龙亭那里已经吵成一团。当时我正在太液池畔清洗荠菜，碧桃慌慌张张地跑过来告诉我："杨白桃出事了，主子打了她。"我赶到五龙亭时张三姐正在用脚踢打杨白桃，她的脸色铁青，拿着杨白桃择净的荠菜说："你们大家看看，她的心有多毒？竟然把断肠草混进荠菜中，这不是成心要毒死我主子吗？这良心让狗吃了，主子对你的大恩大德你全都忘了吗？你这个狼心狗肺的贱货。"杨白桃痛哭流涕、跪地求饶："荠菜是一棵一棵剜的，怎么可能混进断肠草？我是一棵一棵剜来的。"张三姐举着那根断肠草横眉立目："铁证如山你还抵赖？"如妃怒不可遏："让公公拖出去笞杖伺候。"如妃说着就起身去看放风筝，几个穿枯叶色薄罗长袍的太监拿着笞杖过来拖起杨白桃从我身边经过往内校场一侧走去，杨白桃一路惨叫着冤枉。我的心里一阵阵抽痛，眼泪止不住往下滴落。在靠山庄，我和杨白桃从小就是闺蜜，虽然入宫后她做了有违姐妹之情的事深深伤害了我，但是我总感到情有可原。而且我一直深信，在适当的时候我一定要找机会和她深谈一次，我们肯定会冰释前嫌。想到此我马上以奉贤夫人身份从太监手上救下遍体鳞伤的杨白桃，她在偏殿里向我哭诉自己的冤枉，我能理解她和黑娃一起入宫为了出人头地那种无可奈何的心态，当时我不也是和现在的她一模一样吗？我们重新和好如初，我安排她取代酸枣来到我身边，奶子府当然不会有异议。现在我可以在奶子府当一半的家，韦忠贤、钱大妈妈也不会说半个不字。从现在的局面来看，我是肯定要接替钱大妈妈做奶子府的大管家，连一向在奶子府说一不二的钱如意也对我恭敬有加，将钱大妈妈最近得到的几个发奶秘方送给我。奶子府的上级、锦衣卫都指挥使李连城也托周达从蒙古弄来羊羔犒赏我，连宫中德高望重的王爷言如鼎和大都督李敬堂也纷纷向我送上杭州绸缎、金陵织锦。娘娘亲自安排耿谦和去靠山庄接来了我女儿马银环，是马背生陪同她来的。她的个子长高了一点，乍一见到我有点陌生，不肯依偎到我怀里，却和马背生亲密无间，自然而然地靠在他的大腿上吃着娘娘送来的吉祥玉带糕。马背生忧心忡忡地看着我什么话也不说，我们就在沉默中相处了一个时辰。我当然没有办法陪他们，韦忠贤安排了安小平和宋玉两个太监陪同他们到太液池西苑划船，去象房看大象，也去了钓鱼台那里的熊园看熊瞎子。我一直到晚上一更时分才从乾清宫出来，我知道马背生带着银环住在东安门外的奶子房，我让耿谦和给我安排了马车送我出宫。马背生已经哄睡了银环在等我，他幽幽地看着我没头没脑地来了一句："即便我住在宫外也感到隔墙有耳，到处都是探子跟踪。"我不以为然地回了他一句："虽然在宫外也是在顺天府啊——我只来看一下银环，二更时辰就要走。"马背生站起身来："我也要走，连夜走，带银环走。如月，你也要走，借口回家看生病的老娘。这深宫大殿处处陷阱步步惊心，根本不是你我草民能待的地方。"我看着他没有说话，马背生急切起来："上次就是范稳婆找到我，这次我入宫她肯定不会放过我。我必须马上带银环离开，你不走我走。"马背生突然打开门，范稳婆就站在门外，她看了我一眼，瘦小的身体闪进了屋内，反身熟门熟路关上了门，定定地对我说："千万不要走，哪儿也不要去，我将你安排入宫并不是让你一辈子就做一个奶妈。"我和马背生都不理解她这话是什么意思，她离开了门走到桌前，一口气吹灭了灯盏："你们家本来就是在紫禁城，你颜如月本来就是皇家贵族！"

第二十二章　魔幻之术

　　我无法想象范稳婆那一番话给我带来的震撼，马背生的震撼应该也和我一模一样。我不敢追问范稳婆，沉默着离开了奶子房。我每日作息都由敬事房的耿谦和记录在案，就和后宫嫔妃一模一样。我知道范稳婆会向我交代事情的来龙去脉，这也印证了我对她的印象：这个外表毫不起眼的老稳婆，内心可能隐藏着巨大的秘密。但是自从那天晚上她离奇现身之后就再也没有单独与我相处，她在有意回避着我。马背生第二天不辞而别，他带走了银环，只是留下一封尺素，上面只有一行字：从此一刀两断。我拿着那封由耿谦和传递到我手上的尺素哭了很久，有一种撕心裂肺的痛楚。我抬起头，发现范稳婆就在不远处默默注视着我，她对我说："你要哭就好好地哭上一场，流泪总好过流血。"她停了停，又说，"明天是你的生日，我知道你是宫里的奉贤夫人，自有官家为你做寿。但是你若看得起我一个老稳婆，我来为你做一次寿，也没别人，就我们俩。"我对做寿没有一点兴趣，我其实更在意我的身世，想到这一点我突然浑身发麻，抓住她的手："范稳婆，你告诉我，为什么你说我家本来就在紫禁城，我颜如月本来就是宫中皇族？请你告诉我。"范稳婆一动不动任我死死攥着她麻秆似的胳膊，然后笑了起来："想听吗？我知道你想听，我也想告诉你。明天晚上这个时候，就在东安门外的奶子房，我给你过生日，到时我会告诉你。"

　　我信以为真，在当天奶子府为我举办了盛大的生日宴之后，我从乾清宫哺乳出来范稳婆就在宫外等我，我们又去奶子房过了一个只有我们两人参加的生日宴。范稳婆用她老家的方式给我过生日，她守口如瓶，对我的提问只字不答。我很不开心："你不是说今晚告诉我吗？现在又没有外人。"范稳婆说："你现在身份不同，你是奉贤夫人，你必须答应做我的女儿。否则，到时你在娘娘面前说我的坏话要我的命，那是小菜一碟。"这一次我真的非常生气，站起身来准备扬长而去,她脸上堆满谦卑的笑容:"如月,我也是冒着杀头之罪将你接到宫中,你一定不要自轻自贱。你就是宫中皇族,紫禁城就是你的家,你一定要心字头上一把刀,忍!对不起,很多事我现在不能说,时候没到。你相信我,相信你的干娘,我高攀了你。"她固执地让我做她的干女儿,并且为我准备了干娘应该准备的礼物:葱绿色白玉兰散花纱衣、古烟纹碧霞罗衣,还有一双厚底绣花大红鞋,而且一定逼着我在当晚就穿。我知道今后会和一直默默关心我、帮助我的范稳婆发生许多故事,我不想违逆她的一片仁慈之心,我穿上白玉兰散花纱衣,也穿上那双厚底大红鞋,鞋帮子上绣着的合欢花更让我欢喜不已。范稳婆前前后后帮我着装,然后满意地点点头:"你就是一个皇子龙女的坯子,你做奶妈实在可惜。"她又说,"以后每逢生日干娘都要送干女儿一套衣裳,干娘喜欢干女儿穿得像嫔妃一样好看。"我说:"我不要稳婆花钱。"范稳婆瞪了我一眼:"干娘为干女儿花钱是应该的,干娘不为干女儿花钱为谁花钱?我又没个一儿半女,你就是我最贴心的女儿。在奶子府在后宫你是奉贤夫人,在我眼里你就是个乖巧懂事的好女儿。"说心里话,就在这个晚上我对她开始有了一丝依恋,那是一种女儿对母亲的依恋,隐约的淡淡的,但是它确实在我心里升起。也就是在这个夜晚我才再次发现,我和她始终生活在严密的间谍控制之下,是外面一阵打斗和呵斥惊醒了我,原来在范稳婆帮助我试穿衣服的时候,一直守在我身边的碧桃偷偷溜出奶子房玩去了。她永远是个贪玩的小女孩,爱玩爱笑又爱闹,我有时候对她也是睁一只眼闭一只眼,把她当成我不懂事的小妹妹。可是我没有想到她已经和崇智殿的小和尚小明子打得火热。那天小明子借着买香来看碧桃,两个人竟然称兄道妹,一同跑到附近夜市上玩。就是上次大德子与我接头的花津桥上,那里一入夜各处都点起了红灯笼,达官贵人平民百姓川流不息。碧桃和小明子玩疯了,一个忘记了奶子府女仆身份,一个忘记了崇智殿小和尚身份,成为一对青梅竹马两小无猜的小女孩小男孩,最后竟然手牵着手。小明子买了串冰糖葫芦给碧桃,一路送她回到了奶子房。他们俩就站在合欢树下你一口我一口吃着冰糖葫芦,被钱如意逮个正着。钱如意一直在室外窃听,发现碧桃与小明子你喂我我喂你吃着一串冰糖葫芦惊得大叫一声,就是传到我耳中的那声惊天动地的尖叫,奶子房像被惊动的蜂巢,候补的奶妈们如同受惊的马蜂一样滚滚而出围观被捉住的碧桃与小明子,几个太监在钱如意授意下拿来麻绳将碧桃与小明子捆绑起来。我和范稳婆在里面听了一会儿,明白了事情的来龙去脉,这时候我走出了奶子房,对钱如意说:"对不起,是我疏于管教,碧桃是我带来帮忙拿东西的,小明子是我远房姨娘的侄子,过来看我的,冰糖葫芦是我送给他的,大概看碧桃眼馋让她吃了几颗。"我转脸问小明子:"是不是?"小明子非常机灵,马上接上话头:"我看碧桃馋得直流口水,我怎么吃得下去? 就让她吃了两颗,谁知道就让她看到了,她在黑暗中一声惊叫吓了我一跳。"我会意一笑:"半夜三更你在檐头窗下像壁虎似的趴着做什么呢,不怕吓着人家?"钱如意一时面红耳赤,支支吾吾地说:"我,我是来看望奉贤夫人,带了两颗合浦珍珠一不小心掉落到地上,我就是满地找、摸。"我心照不宣地看了看众人,然后摇摇头:"又不是夜明珠,这外面漆黑一片你上哪里找去?"我打了个马虎眼就把这事糊弄过去。我相信了钱如意的话? 不会,我根本不相信谎话连篇的钱如意,无论是紫禁城还是奶子府,包括敬事房和锦衣卫,我其实一个也不相信,但是这个时候我不能让钱如意下不了台。让钱如意下不了台就是让钱大妈妈下不了台,让钱大妈妈下不了台就是让韦忠贤下不了台,让韦忠贤下不了台也就是让我自己下不了台。我断定是钱大妈妈安排了钱如意暗中跟踪窥探我和范稳婆的一举一动,钱如意肯定就在窗外窃听,发现碧桃与小明子男女私情不过是她的意外收获。而无论钱如意或钱大妈妈,她们的后台老板应该是韦忠贤无疑。想到自己的一举一动都在别人虎视眈眈之下,我后背感到冷飕飕的,有过一刹那不切实际的幻想:也许我入宫是个天大的错误,也许在靠山庄做个清贫的农妇更适合我,给老人送终,把女儿养大,种十亩麦子和棉花,秋天来了就背着背篓和马背生一边说着话一边摘着无穷无尽的棉花,这样的日子现在想起来也没那么苦,甚至还有点甜蜜。

　　宫中短暂的风平浪静之后,新一轮内斗重新开始。其实要细说起来宫中从来没有风平浪静的时候,不过就是两起内斗之间有一段相对平静的间隔。这次内斗的起因仍然是韦忠贤,他多次暗示娘娘提拔韦德贤为东厂督主,而娘娘因为难以平衡宫中各方势力一直拖延不办。韦忠贤忍无可忍与娘娘对着干,几乎是公开卖官鬻爵,娘娘也是充耳不闻。李敬堂等老臣在早朝上的奏议引发强烈反响,但是奇怪的是如此板上钉钉的事实娘娘却并不重视,最后压下题本。娘娘的态度引发宫中各种各样的猜测,包括太后和言如鼎,也包括李敬堂和赵明德。韦忠贤审时度势后决定适可而止,他是分寸把握得特别好的人,他知道娘娘的忍耐也有限,而且他很清楚娘娘的底线在哪里。他知道娘娘此时此刻不会有心情召见他,他有他的办法。他回避娘娘和王不欢,在宫中完全不作为,甚至一连多日流连在千岁宫,让娘娘和王不欢的愤怒达到极点。即便到了此时他仍然不肯出面,只派宫中的大太监安小平直接给娘娘呈上一封尺素,上面只有八个字:吾皇飞天,源于幻术。所谓的幻术就是魔幻之术,大明宫中也有来自西域的艺人表演过吞刀吐火、大变活人的幻术,令人啧啧称奇。他做梦也没有想到原来宫中发生的惊天奇事仅仅只是魔幻之术,他可以想象到太后、娘娘、王不欢得到消息之后的震惊。这一招就是他的撒手锏,其实他早就和韦德贤查清了幻术的经过,但是他不告诉宫中,而是先作弄他们,将他们在股掌之间玩弄一番,那是他永不厌倦的猫捉老鼠的游戏。在最后的关头或者说在最紧要的关头,他才将掌握的惊天隐秘公开,让他们吃惊地发现,韦忠贤真是个高人,是宫中独一无二的高人,没有人能比得上他。他们虽然贵为太后、娘娘和首辅,却根本比不上他,也根本离不开他。

娘娘的指令很快传来,请韦忠贤速速入宫,所有的经过与他想象的一模一样,他身着烟罗紫金丝银线织锦宫礼朝服坐着八抬大轿来到乾清宫,娘娘和王不欢早就恭候多时。韦忠贤以礼叩拜,娘娘忙说:"大公公免礼平身。"韦忠贤缓缓起身,左右环视一下,发现偌大的乾清宫就他们三人。王不欢会意一笑,代娘娘发问:"大公公的魔幻之术从何说起?"韦忠贤不疾不徐地端坐下来,脸上一如既往地平静如水:"娘娘、首辅莫急,待我细细道来。千真万确这是一场高手表演的幻术,而且与一个人密切相关。"娘娘皱起了眉,王不欢说:"大公公,此等塌天大事分明就是株连九族之罪,绝非儿戏之言。"韦忠贤说:"娘娘、首辅,我大公公入宫三四十年,何曾有过儿戏之言?此等瞒天过海幻术只有他能做到。"娘娘问:"谁?"韦忠贤说:"李连城。"王不欢吃了一惊:"李连城?"韦忠贤说:"对,与他密切相关。他养龟当玩物早被东厂掌握,但是娘娘、首辅有所不知,李连城养龟从来不当玩物,只为传递情报。东厂虽然没有公开设立,但我手下早就开始秘密追查,得知李连城养的是母龟,而春月正是龟鳖发情季节,韦德贤利用公龟引诱出母龟交配,终于在龟嘴蜜蜡纸上得到情报,小皇上与颜如月失踪就是人为设计的魔幻之术,他们将大变活人戏法搬到宫中,而幕后的指使者正是李氏父子。"娘娘说:"口说无凭,证据呢?"韦忠贤早有准备,传上心腹安小平,将那张用丝绢包裹的蜜蜡纸呈上。后来的事情就顺理成章,王不欢与娘娘当着韦忠贤的面承诺,就在近期公开设立东厂。同时认定,宫中从假情报、小皇上失踪到神秘龟辞,一连串诡异之事有可能全是锦衣卫李连城所为,而李连城背后的主谋就是李敬堂。

第二十三章　云谲波诡

　　朱春山失踪归来之后对我更加依恋,有时候他伏在我怀中眯上眼睛咕噜咕噜吃奶,会突然将眼睛朝上翻起看看我是不是还在,确认我还在他身边并且紧紧搂着他,他才放心地重新眯上眼睛咕噜咕噜吃奶。吃饱之后他并不从我怀中离开,而是习惯赖在我身上一直到入睡。虽然入睡了还是很警醒,只要我停止哄拍将他抱到龙床上,他马上惊醒发出不安的哭声,甚至假装哭泣,因为那分明是干号,并没有眼泪。他所有努力就是不让我离开他,让我在龙床上陪他睡觉,这让耿谦和急得不知如何是好。我在龙床上用半个身子依偎着朱春山,用身体的温暖和暄软告诉他我没有离开,我就在他身边一直陪伴着他。其实他已经睡着,可是只要我抽身离开哪怕动作轻得不能再轻他马上就会惊醒,发出声嘶力竭的哭号。当他再一次沉沉睡去时,耿谦和站在龙床边轻轻说:"这次小皇上是彻底睡着了,这次小皇上是彻底睡着了。"我知道耿谦和的意思,再一次将他搭在我乳房上的小手轻轻拿下,他马上就醒来,眼睛也不睁开,发出不安的哭泣,像小孩子被人夺去玩具或让蚊子叮了一口那样哭泣。我只好又依偎着他睡下来,他在我的怀抱中很快安静下来,这让我非常奇怪又吃惊,他好像即便睡着了也睁着一双眼睛一眨不眨地注视着我的一举一动,只要我试图离开他总会马上醒来。可是我作为奶妈和小皇上同床共枕大逆不道,我困惑地看着耿谦和,他说:"我去找娘娘。"安小平站在一旁说:"还是去叫大公公。"

　　王不欢和娘娘前后脚赶到,他俩虽然急得团团直转却束手无策,韦忠贤迟迟没有露面,只有钱大妈妈和钱如意匆匆赶来,但是一老一小两个女人也毫无办法。最后安小平带来的消息是韦忠贤有病无法前来,这让娘娘怒火中烧,她脱口而出:"好端端的有何病? 天花? 肺痨? 怪不得顺天府的人都呼他九千岁了,九千岁倒逼万岁爷呀!"娘娘知道韦忠贤摆架子就是要拿捏她,就是不把她和王不欢放在眼里,对他们不肯公开提拔韦德贤为东厂督主心怀不满。但是韦忠贤是个有分寸的人,他知道他的一切全是娘娘恩赐,没有娘娘他什么也不是。他已经向娘娘传达了他的不满,然后给她一个台阶。在耿谦和出现在他面前之后,还是见好就收,马上装作病歪歪的样子来见娘娘和王不欢,他的主意就是绝不让我上龙床陪睡,这是绝对不可能发生的事。皇上龙床只有皇后娘娘和嫔妃承受皇恩雨露才能上,怎么可能让奶子府奶妈登上龙床?当务之急就是除掉我颜如月,哪怕任小皇上哭死。而且他还咬着牙认定,哭绝对哭不死人,就让小皇上哭得昏天黑地好了,让他哭过七天带八夜看他还哭不哭。娘娘听了韦忠贤的一番话连连点头,她就是喜欢韦忠贤的杀伐和决断。虽然他只是一个公公,但他很多时候真的有男子气概,特别是他的毒辣和残忍,你从表面上根本看不出来,他外表总是给人一种斯文、儒雅的印象,喜欢书法与古董。后来从李连城口中得知,韦忠贤其实在这个时候与韦德贤密谋决定迅速除掉我,所有细节全被锦衣卫掌握,就如同李连城的一切被韦德贤掌握一样,他们在宫中的关系永远是明争暗斗、你死我活。他要暗杀我现在回头想起来完全合情合理,这取决于他和娘娘的关系。如果娘娘睁一只眼闭一只眼,放任他在宫里宫外做九千岁,让韦德贤步步高升大权在握,那么他是愿意与娘娘愉快合作,背靠这棵大树。如果娘娘和王不欢总是想方设法限制他的权力,对他的一些要求置之不理,他当然不会善罢甘休,会考虑换个靠山或者干脆借助大金势力让韦德贤上位,这才是他最终的目标。这是一个远大的目标,对于有远大理想的韦忠贤来说一点也不着急,他步步为营稳扎稳打,在静候了一个月娘娘那边仍然没有任命韦德贤的消息之后,韦忠贤决定开始动手给娘娘一个下马威:先除掉我——之所以先除掉我并不是表明他们对我有多么仇恨,只是碰巧我是小皇上的奶妈,而且是小皇上须臾不可或缺的奶妈。我如果走了,小皇上性命将岌岌可危。另外一点就是他们早就发现我是某种势力安插在小皇上身边的卧底,我的潜伏给他们接近小皇上带来很多麻烦和障碍,很多时候他们难以对小皇上直接下手,除掉我是对娘娘也是对我身后势力的一个警告,如果他们仍然执迷不悟,那么下一个就除掉小皇上,他和韦德贤秘密商量了行动方案。也就在那天晚上,李连城的白龟竟然出现在钦安殿门外,被太监春明发现送到韦忠贤写书法的长桌案上,人们对钦安殿出现一只乌龟感到十分惊奇。而韦德贤一眼就发现乌龟嘴里的蜜蜡纸,纸上有字:杀人者必偿命!韦德贤立马将字条拿给韦忠贤看,韦忠贤看了又看,然后问:"你以为是谁干的?"韦德贤说:"李连城?我们也派人去锦衣卫查了,李连城的白龟离奇失踪。"韦德贤说:"这么明显的失误倒是进一步证明,此事并非李连城所为。一向做事缜密的李连城不可能出现如此重大的低级失误,这是有人故意将视线引向他,恰恰说明不是他干的。"韦德贤说:"那依九千岁的意思……"韦忠贤说:"将白龟放归原处,暂时不急于动手,静候事态发展。"韦德贤说:"今晚坤宁宫请来万里红唱戏,遍邀宫中嫔妃看戏。"韦忠贤点点头:"多多布下耳目,以防万一。任何时候任何情况下你要死死记牢,你的对手是锦衣卫。输给任何人都可以,绝不可以输给锦衣卫。"

　　那天晚上宫中戏场波澜无惊,所有的嫔妃无不被万里红妖娆妩媚的扮相和温婉动人的唱腔所打动,纷纷往戏台上扔赏钱。那天晚上我没有去如妃的钟粹宫,凡是如妃那边发生的事我绝对不会去掺和,这是范稳婆给我下达的密令,因为如妃与娘娘是一对冤家,得罪了如妃我还可以留在宫中,得罪了娘娘我只有死路一条。那天晚上我留守在乾清宫,无意中我碰到了送点心的银铃被往宫中送菜的邹老五调戏。银铃就是个傻瓜似的女人,邹老五在胸前摸一把屁股上掐一把,她非但不生气反而很享受似的发出难听的呻吟。那呻吟像冷宫里夜猫子发出的号叫让人寒毛一根根倒竖起来,我不安地发出重重的咳嗽声,提醒这一对不要脸的男女注意这是在宫中,别不顾一切随时随地苟且起来。第二天我狠狠斥责了银铃,银铃跪在我面前自扇嘴巴:"夫人不记小人过,小人是一时糊涂,被那个臭男人强逼受到惊吓,竟然一时没有想起来拒绝,也是怕他隔三岔五往宫中送菜,又怕我一个孤女在外遭到他的报复。"明明我听见她那肉麻的呻吟声,却反过来说受到邹老五的逼迫,我一时气不打一处来,再度狠狠斥责她。她一时伏在地上磕头如捣蒜,痛哭流涕,又让我于心不忍。她走后不久李连城进来,这是小皇上朱春山失而复得之后我第一次见到他,他身着一件宝蓝色缂丝泥金银如意云纹缎裳,仍然那么年轻而帅气,让宫里的女人怦然心动。因为田小娥突然有了消息他对我似乎不再像从前那样充满激情,这让我有些醋意。他明显感受到我的冷淡,我白了他一眼:"去找你的田小娥吧。"他突然板起脸:"刚才银铃为什么哭着离开?"我停了一会儿才回答他:"这些奶妈一个一个不像话,给她三分颜色就能开染坊,竟然公开和送菜的老男人勾勾搭搭,越来越不像话,把宫中当什么地方了?"李连城会意一笑:"你是少见多怪,我是见怪不怪。宫中是什么地方? 宫中在民间看来是天子住的地方,是神圣不可侵犯的地方。但是宫里住着的也是人,皇上是人贵妃也是人,奶妈是人太监也是人,所以一到晚上你就看吧,各个角落里男人女人苟且的苟且、爬灰的爬灰。"他自知失口,马上闭上嘴与我交换着目光,那深情的目光向我透露出信任,还有亲切和关爱,正是这份信任和关爱让我一直与他保持频繁的联系,甚至是亲密的交往。他看着我,然后以不容置疑的口气说："把手交给我。"我本来手平摊在膝盖上,听到他这样一说反而缩回了手。在宫中,别说男女拉手,就是无事面对面坐在一起也不允许,被发现了按宫里的规矩脱光衣服露出屁股笞杖侍候。他见我不同意,突然抓住我的手将手掌朝上翻起来："到底是怎么回事啊,我们的指纹斗和簸箕一模一样,我一直想不明白。"他将手指肚上的指纹给我看,像水面上涟漪的纹路称为斗,另一种中心有斜纹的称为簸箕。他将我的手和他的手并拢在一起,然后看着我:"真是太神奇了,我看看你另一只手。"这只手我藏在身后再不肯让他看,他直视着我的眼睛:"我从小到大阅人无数,从来没有遇到与我指纹一模一样的人。你知道吗?我们都是富贵之人,我会唱一首童谣……"就在这时候,朱六指在窗外一声招呼,我趁机抽回手,李连城转身快步出去,我听到他们交流的惊天消息是正在宽衣解带的神秘男人被堵在如妃床上。

那是一个后来在宫中引起轰动的场面,据说那个男人和如妃正在床上颠鸾倒凤,如妃那件莲青色宫缎素雪绢裙就扔在地上。而如妃的钟粹宫早被女仆和太监层层把守,别说大活人,恐怕连一只鸟也飞不进去。朱六指守在房顶上三天三夜才偷窥到千载难逢的一幕,他后来在李连城的安排下破窗而入进入钟粹宫,活生生地将如妃捉奸在床。也就在同一时刻钟粹宫灯火齐灭一片混乱,守宫的太监与锦衣卫兵卒在黑暗中打成一团。太监们哪里是锦衣卫兵卒的对手?锦衣卫人人在内校场练得身手矫健,像猛虎下山一样将太监一个个扑倒在地。灯笼很快重新照亮了钟粹宫,朱六指一脚就踢烂了如妃寝殿那扇雕刻着凤穿牡丹的精致木门,灯笼照着如妃苍白的脸,她拼尽了力气一声断喝:"给我滚出去。"半个房间黑压压站满了锦衣卫的兵卒,朱六指说:"贵妃娘娘息怒,奴才奉命前来搜查,实在没有办法,请娘娘息怒,奴才相信事实会还娘娘清白。"朱六指回头示意了一下,提着灯笼的兵卒马上在宫中各处寻找,很快将哆哆嗦嗦的神秘男子从床榻下拖出来。这男人缓缓站起来,揭开头上包着的衣服,原来竟然是个女的,正是那位在顺天府红透半边天的万里红。如妃马上跳下床又哭又闹:"睁开你们的狗眼看清了吧?看清了吧?说我如妃偷人?她是女人,我也是女人,女人跟女人如何偷人?你告诉我,你来教教我。我不过就是犯了戏瘾,跟万里红换上戏装唱唱戏而已。你们就是狗眼看人低,诬陷好人——"她突然扑上来拉起李连城的手:"走,我们找太后、娘娘评理去。"李连城冷冷一笑,从口袋里掏出一条蝴蝶丝帕:"这是如妃和哪位有情人的定情物?如妃千针万线亲手所绣,想必刻骨铭心不会忘了吧?"李连城展开丝帕,上面有一行手绣而成的字:山有木兮木有枝,心悦君兮君不知。如妃大惊:"你这捏造的证据从何而来?"李连城说:"娘娘,到太后面前我会给你带来证人。"

　　这个证人就是酸枣,上午就要带证人酸枣前往宫中,没想到当天大清早酸枣被人割去舌尖。李连城发现酸枣时,酸枣昏死在奶子府与番经厂一墙之隔的巷道中。此举更加大了娘娘对如妃的怀疑,娘娘早就想除掉如妃这个心腹大患,向太后告状怀疑朱春龙并非先皇朱由明之子。太后端坐在大殿上似乎昏昏欲睡,也许是在苦思冥想这件事该如何处置。王不欢说:"其实,滴血认亲是最后的办法。"言如鼎摆摆手:"使不得,使不得。先皇驾崩五周年,要在社稷坛举办三个月国祭。举国之祭之时给皇子龙孙滴血认亲,此等有辱先皇之事岂不让世人斥骂?要做,也等得国祭结束之后。"言如鼎的决定让娘娘有几分窃喜,待太后和言如鼎走后她对王不欢说:"我想悄悄给朱春山、朱春龙做一次滴血认亲,如果他们是亲兄弟我们就不再公开,以后也要坚决阻止给朱春龙滴血认亲。如果不是,那正好趁机除掉如妃。"王不欢说:"我明白皇姐的意思,这个主意实在是高。"谁也没有想到就在这天晚上,韦忠贤向娘娘报告赵明德密谋宫廷政变,娘娘和王不欢当即安排抓捕了赵明德、如妃。

第二十四章　恋恋不舍

　　这时候季节已经进入了初夏,宫中巨大的槐树下出现一个个圆溜溜的泥洞,蝉就从那些泥洞中爬出来,一直爬到高高的树上,蜕去了一层淡黄色的壳然后发出知了知了的嘶鸣。每年第一次听到蝉声我的心好像被一只巨大的手用力一握,一阵钻心的痛弥散开来。我就在一阵蝉声中看到了朱春龙,我是去崇智殿寻找碧桃,她一定到这里来找小明子了。我还没到崇智殿就在巷弄人群里发现了碧桃,碧桃和一帮宫里的太监、奶妈和女仆在看稀罕。顺着他们的目光看过去我吓了一跳,那个往下扯着衣裳随处乱走的男孩原来是朱春龙。朱春龙要哭哭不出来的样子,他扯着衣裳似乎很难受,肯定是尿湿衣服或者就是屎拉在内衣里了,人们皱着鼻子,分明闻到一股淡淡的臭味,却谁也不肯去帮忙。朱春龙回过头来眼泪汪汪终于哭了起来,但是从奶妈到女仆无一人敢接近他。这样的场面让我吃惊,我知道宫里人一个个世故又残忍,从来只会锦上添花,没有人会雪中送炭。眼看着如妃一夜之间失势,现在身份难料的朱春龙成了瘟神,无人敢沾惹他,就怕沾上晦气。我或多或少肯定也有这样的习性,但是看到昔日皇子一夜之间沦为人人嫌弃、无人过问的贱民还是于心不忍。我走上去想抱住他,他突然大哭大叫起来,扬起手来要打我,他哭得眼泪一把鼻涕一把几乎透不过气来。我一路小跑回到奶子府,与钱大妈妈匆匆商量了一下,钱大妈妈似有难言之隐,表现在脸上的态度就是不置可否。我一人做主安排我身边的碧桃专门照顾他,但是碧桃后来在乾清宫等到了我,我刚刚给朱春山哺乳完毕,碧桃哭丧着脸说:"大妈妈,四皇子又哭又闹还打人,你看你看——"她扭过脸来将一道道手抓痕迹指给我看,然后又撩起裙子下摆让我看她腿上的青瘀:"全是他踢的,大妈妈你换人吧,我实在侍候不了他。"我说:"奶子府人手紧,你说我换谁呢? 我实在看不下去,钱大妈妈、韦公公装作没看见,我只好从我身边找人,你算帮我一个忙，就当他是你小弟好了。"碧桃一听就笑了起来，笑起来的一刹那又重新回到孩子的模样："我愿意做他姐，但他不愿意做我弟呀。大妈妈，你不知道他又打又骂还往我脸上吐唾沫。"碧桃的话让我吃了一惊，碧桃说："真的，大妈妈，你想不出他闹起来有多凶。三皇子恋的是大妈妈你，四皇子恋的是张三姐，他哭的时候一口一声三姐姐、三姐姐，张三姐侍候他最合适。"我不知道如何回答碧桃，张三姐一直照顾朱春龙，奶子府再没有比她更适合照顾朱春龙的奶妈。她虽然是个八面玲珑、巧舌如簧的人，见人说人话见鬼说鬼话，但是她的交际手段还停留在狡猾的村女层次上，即便有时候有些奸诈也是村女的奸诈。当然，我不否认她天生有手腕与谋略，她知道在宫中谁是好的靠山，谁是她可以依靠的大树。但是她毕竟从小到大没有宫中生活经验，不知道宫中的人际交往与乡下完全不同。虽然她无师自通天生拥有应变能力，并且有本事想结交谁就结交谁，但是她屡次出现判断失误，如妃和赵明德突然入狱让她一时晕头转向，钱大妈妈安排她暂时照管朱春龙又让她一筹莫展。她在黄昏时分出现在朱春龙面前时，朱春龙一声惨叫如同在异地他乡看到亲人出现。他不接近她，反而推开她伸过来的手。当然他不是真的要推开她，他是真的生了她的气，怨恨她为什么这么长时间不出现。她一言不发地抱起了朱春龙，看着他脸上脏污的鼻涕和泪水，情不自禁地也流下了泪水。远远看着她的太监与奶妈也都跟着落了泪，他们怕泪水被不怀好意的人看到，一个个急急地扭头离开。你说他们都同情朱春龙和他母亲如妃的不幸？也未必，只是一种人性的正常流露。毕竟，朱春龙昨天还贵为皇子，今天就被一记闷棍打落凡尘，明天怎样谁能说得清？也许连凡尘也待不住就被打入阴间。这就是宫中游戏规则，一不留神就从天堂打入地狱，完全没有道理可讲。

那天晚上张三姐带着朱春龙入住偏殿最破最烂的一间房舍，那是钟粹宫靠里边的一间房舍，从前连奴仆也不住，是堆放换季用品的地方，壁虎和蜘蛛爬得到处都是，一股扑鼻而来的霉味让朱春龙再度痛哭。他在张三姐肩头挣扎着，哭声中透露出恐惧与不安。那天晚上被重兵看守的张三姐和朱春龙只得到了春明送来的冷馒头、棒子粥和熬白菜。其实新鲜的熬白菜张三姐喜欢吃，更何况那熬白菜里还加了点虾皮。但是她端在手里的熬白菜熬得像糨糊一样，她突然想起来这肯定不是晚上刚熬的白菜，一定是中午别人吃剩下的熬白菜重新回锅再熬了一遍。朱春龙吃惯了山珍海味哪里肯吃这个熬白菜和冷馒头，他一眼看到就哭闹起来，扬起小手一阵乱打，将馒头碟子打翻，馒头滚在地上。又接着打翻了滚烫的熬白菜，泼到他自己手上，他一声惨叫，手上就烫起了几个大泡。

可是这个房间一无所有,隔着一扇铁门才是前面守卫兵士居住的地方,张三姐抱着朱春龙来到铁门前猛拍,无人应答。她只好重回杂物间,从发鬏上取下银簪,放在嘴里以唾沫消毒,然后挑破水泡。朱春龙发出杀猪般的惨号,一直到半夜哭累了才沉沉睡去。宫中就是如此势利而残酷,如妃被拘押的事马上传到各处大殿,冷宫也不例外,如梦令得到消息后暗自啜泣了一夜,到鸡叫头遍还在抽泣,睡在她隔壁的玉妃突然就满脸恼怒地冲过来:"哎,你有完没完? 你闹腾了一夜还让不让人睡觉? 号丧号丧,现在房也没烧人也没死,你这是号的哪门子丧?"如梦令以前在冷宫也是说一不二的人,想到姐姐哥哥押进大牢还没过夜,这欺善怕恶的人就一个个冒出来对付她,不禁悲从中来痛哭失声。几个平时与玉妃一个鼻孔出气的嫔妃挤在一起冷嘲热讽:"眼泪留着点,最好装在洗脚盆里好留到将来到姐姐坟上去哭。坏事做多了,总要遭报应。"另一个弃妃站出来阴阳怪气地说:"还能等到将来吗? 还有那个寿命吗? 以我看株连九族、满门抄斩也说不定呢。让她哭个够吧,人家也怕的。"如梦令狠狠擦去眼泪,抄起鞋子朝她们扔过去。几个嫔妃新仇旧恨涌上心头,一拥而上将她压在床上一阵殴打,并且扯烂了她那身藕荷色琵琶牡丹斜领襟上衣,任她白条条的身子在床上翻来滚去,而玉妃始终抱着胳膊站在一旁冷笑。

夏天随着悠远的蝉声姗姗而来,洋槐花一夜之间开遍了宫前殿后,盛开的槐花像雪一样压在青绿的槐树枝上,危机四伏的宫中因为雪白的槐花而充满了祥和和安宁。这份祥和与安宁肯定是短暂的,但是正因为短暂才显得可贵。碧桃送衣裳去浣衣局回来告诉我:"姐姐,你猜我见到谁了?"我说:"见到谁了?"她又和我耍起了小孩子脾气:"好好猜,这个人你认识,你们从前好得穿一件衣裳。"我直起了腰:"是杨白桃,她怎么到浣衣局去了?"碧桃冲我眨巴眨巴眼:"你问我我问谁去?"这一晚我坐立不安,虽然杨白桃入宫后与我渐行渐远,但是我和她的关系非同一般,我能理解她的难处,我更不能坐视不管。是我将她留在奶子府,只想着等风头过去之后重新安排。没想到钱大妈妈不经我同意将她派到了浣衣局,那个脏衣污裳堆积如山并且永远洗不完的地方,也是一个苦海无边甚至比冷宫更让人绝望的地方。宫中许多被打入浣衣局的宫女洗衣裳时,洗着洗着就一头栽进水井里淹死了,这一幕我亲眼见过。一想到杨白桃整日生活在那样的地方我就揪心,我选择一个阒寂无人的午后来到了浣衣局。杨白桃和一排浣衣女围绕着湿漉漉的井台在洗衣,每人面前一只年深日久的腰子盆,盆里装满了后宫五彩缤纷的锦衣,衣裳上横着一块宽大的搓衣板。我的目光在浣衣女中间搜寻,大家都奇怪地看着我,脸上露出谦卑、讨好的微笑。一个浣衣女突然低下了头,我停在她的洗衣盆前,发现她正是杨白桃。杨白桃停下手默默垂泪,大颗大颗泪水滴在盆中的锦衣上。我一言不发,从旁边拖过一只小得不能再小的凳子坐下来,帮她搓洗盆中衣裳。她哭得更凶了,一旁的浣衣女们莫名其妙。她一时停不住哭泣起身离开,我就帮她洗完了满满一盆衣裳。后来,我们又恢复了从前亲密无间的友谊。当然,对于她突然被贬到浣衣局我从不打听,宫中的翻云覆雨我一向习以为常。杨白桃回到我身边时正是小皇上过六岁生日。万岁爷生日是宫中一桩大事,我身边一帮奶妈、女仆成天忙得团团转,人手短缺,钱大妈妈安排奶子府女仆如花来到我身边。如花入宫后在篦头房给娘娘嫔妃梳头做头发做了很长时间,偶尔一次侍候钱大妈妈被她相中,便长期留在奶子府专门为她梳头盘发。有道是女大十八变,如花一夜之间从一个青涩小女孩变成如花似玉、人见人爱的大美女。都说她来到奶子府是来错了地方,她这样的美貌应该去后宫做妃子。只是已经多少年没有选妃了,皇上还是个小男娃怎么选妃?钱大妈妈就将她留在身边,这次因为我这边杂事缠身,钱大妈妈临时将她安排过来,我也没有想到她一来就闹出大事。朱春山突然想起他的玩具木马,找遍了宫中也无法找到。我记起某次朱春龙来宫中玩过那件可以奔跑的小木马,便派如花去奶子府向张三姐打听。漂亮的如花被守卫的兵卒调戏,如花性情刚烈,不管不顾就冲进去见张三姐。张三姐嫌她说话太冲,也不把她放在眼里,两人一言不合就厮打起来,兵卒拉也拉不开,揪打中竟然将朱春龙摔倒在地弄成了骨折。我一直怀疑骨折是张三姐刻意所为,她后来就借机带着朱春龙入住太医所在的东上中门给朱春龙疗伤。那时候朱春山的生日庆典正紧锣密鼓,而朱春山与我形影不离。这么大的一个孩子,只要一出乾清宫他就不肯走路。当然,他身为皇上也不用走路,几十位随从前呼后拥,只要他愿意任何一位太监都可以抱着他。但是他只要我抱,即便坐在九龙沉香辇里他也让我抱着他。他对我恋恋不舍让娘娘非常看不惯,在他向我张开胳膊要求我抱着他时娘娘会在一旁狠狠瞪着他。他也会看眼色,就不让娘娘站在他近旁,发展到后来他只要看到娘娘进入乾清宫就哭着要她离开。娘娘火冒三丈,把所有的怒气都发泄在我身上:"颜嬷嬷,你给我滚,滚出乾清宫。你看看你将小皇上教成什么样子了?他还是我的皇上吗?他连娘都不认了。"她一番唾沫横飞的话劈头盖脸砸过来,仿佛一桶井水兜头浇下来,直浇得我哆哆嗦嗦。我跪在她面前还没来得及申辩,她的话又如同连珠炮打过来:"你颜如月不过就是靠山庄一介草民,你的乳汁哺育了皇上,我们皇宫待你并不薄。你入奶子府才几个时辰,我们就封你为奉贤夫人,你还要宫中如何待你?"我望着高高在上的娘娘,娘娘却始终不肯给我申辩的机会,这让我万念俱灰。我只不过就是尽心尽力给皇上哺乳,他对我的依恋就是儿子对奶娘的依恋。他这么小的一个幼童,虽然贵为皇上但实质上就是一个懵懂的孩子,我又怎么可能挑唆他不近亲母只亲奶娘?朱春山看到我伏案痛哭,也过来拉着我痛哭,这让娘娘越发怒火中烧。耿谦和匆匆赶来拉起小皇上的手交到娘娘手心里,但是小皇上又哭又叫不许娘娘靠近他。耿谦和再次上来试图抱起朱春山,朱春山躲闪着对娘娘大叫:"走,走,我不要,不要再看见她。让她走开,她是吃人喝血的黄袍老妖。"娘娘痛哭起来,悲伤过度差点摔倒。耿谦和和安小平扶着她一路踉踉跄跄离开了乾清宫。小皇上抱着泪流满面的我悲伤哭叫:"阿娘,阿娘,带我回家,带我回家。"他踮起双脚向我伸出手,这是他求抱时的习惯动作,我抱起他用手轻轻拍着他的后背,哄着他:"有阿娘在不哭,有阿娘在不哭,你是小皇上,哪有皇上哭鼻子呀?"他不知道皇上为何物,但是有我哄他渐渐停止了哭泣。韦忠贤被娘娘叫来,钱大妈妈也随同过来。紧接着太后、言如鼎、王不欢一个个赶来,但是任何人想从我手中夺走小皇上也不可能,他像只小壁虎似的紧贴在我怀中,他的小小脑袋就软软地垂在我肩膀上。他双手死死搂住我的脖子,这时候他不哭也不闹,不搭理任何人,只是沉浸在他自己的世界,时不时地趁我不注意,腾出一只手抚摸着我温暖而柔软的乳房,抚摸我身上那件绛紫色绲青缎边的金雀云雁细花绸锦衣。这时候他的表情是满足的愉快的,他的表情告诉我,他认定我的乳房是他的领地,就如同这紫禁城这顺天府这大明江山全是他的领地一样。他的明目张胆、无所顾忌最终给我和他招来一场祸端,也让娘娘痛下杀手,不惜一切代价将我赶出紫禁城。

第二十五章　螳螂捕蝉

　　事情就发生在小皇上生日那天清晨,那天称为万寿节。天刚蒙蒙亮紫禁城承天门外就出现了几百位童子,人人穿锦服、戴玉冠,个个手中执锦杖、捧宝盘,来宫中庆贺皇上生日,这是普天同庆天下大赦的节日。跟在几百位童子后面的是文武百官和各国使节,他们的随从手中捧着如意、盆景、钟表、插屏、漆器、织锦等举世无双的工艺品作为寿礼敬献皇上。盛大寿宴当然少不了,皇家的金龙大宴是有规矩的,各类菜肴共有一百零九道。同时在宫中和顺天府各处用彩画、彩锦装饰拜坛,主要道路都设有香案供民众敬拜。韦忠贤与钱大妈妈忙得不可开交,我和耿谦和就专门负责照顾小皇上,另有几十个太监和宫女在宫外侍候。本来范稳婆也有重要安排,但是自从上次在诏狱得罪了娘娘之后,她一直在奶子府得不到重用。她本来就是个边缘人物,现在就更加边缘,只是在小皇上不肯穿那件绣有十二条飞龙的缂丝龙袍时,范稳婆才被允许上前帮一下忙。娘娘和皇上一同去接受文武百官的朝拜,小皇上一眼发现了娘娘和王不欢马上皱起眉头不愿一同前往,甚至不顾我的劝阻要脱下龙袍。耿谦和慌忙阻止,小皇上怒气冲冲地踢了耿谦和一脚。娘娘气得满脸通红,她不管什么皇上不皇上,上前狠狠扯过他的手就要拖上九龙沉香辇,因为时间已经来不及。不远处的承天门鼓乐声声、鞭炮齐鸣,可谓万事俱备只欠皇上大驾光临。小皇上一看又是娘娘,用另外一只手掐着娘娘手背希望她放过他。娘娘用力扯得小皇上一个趔趄差点摔倒,我担心地说:"娘娘,慢点。"小皇上却往地上一瘫撒泼耍赖,哭得上气不接下气。众人一看都慌了,不知道如何劝慰皇上。娘娘上来抱起他,他却趴在娘娘肩膀上狠狠咬了一口。娘娘一声惨叫,在场的太监、宫女脸都吓白了。耿谦和冲上来想抱住小皇上,小皇上似乎发疯了,来者不拒见人就咬。耿谦和不怕咬,紧紧抱住小皇上,他的肩头被小皇上咬出血来。他痛得龇牙咧嘴,却将小皇上抱起来。小皇上乱蹬乱踢,大哭不止。我在人墙外面挤不进去,突然大叫:"春山,春山——"小皇上在如此嘈杂的哭喊声中仍然听到我发出的呼唤,他发出生离死别般的哭叫:"娘,我娘,奶娘啊,救我——"他绝望的哭号催人泪下,耿谦和也禁不住一任泪水滴落下来,他和太监闪开一条路让我进去。小皇上扑上来紧紧抱住我,我也不顾一切抱住他,我们额头和额头紧紧抵在一起哭作一团,泪水打湿了我刚穿上身那件五彩银丝缎绣氅衣。

我与小皇上抱头痛哭的这一幕长久刺激着娘娘,娘娘在皇上寿宴结束后马上下令让我离开紫禁城,而且一刻不能耽误。王不欢则命令韦德贤,就在送我出宫回靠山庄的路上将我除掉,永绝后患。这样的密令让我一夜之间从座上宾沦为阶下囚——不,我连阶下囚也不如,阶下囚好歹还留着一条命,我是连命也保不住,我完全不明白娘娘为何如此狠心毒辣要置我于死地。就算我与小皇上感情深厚一点,你是他的生母,你有太多的办法可以让我和他分离,为什么非得将我除掉而后快?多年之后我才明白娘娘当时复杂而又仇恨的心理,她的真实心态应该是恐慌——恐惧而惊慌。因为怕小皇上再出现绝食状况,钱大妈妈指挥范稳婆用六叶草、藕节炖猪蹄与鲫鱼汤,当晚逼迫我连喝五大碗。下半夜开始我的乳汁如喷泉一样汩汩涌出,奶子府收集了整整三罐,足够小皇上吃上三五天。因为乳房肿胀得太厉害,结果乳腺发炎了,奶子府称为害奶。害奶是奶子府奶妈的常见病与多发病,有轻重之分。轻的只是乳房发生红肿,两三天后就恢复。而我的害奶非常严重,当晚就发起了高烧,直烧得胡话连篇。范稳婆发现我浑身滚烫,马上招呼碧桃和银铃扶我去弹子房那边请郎中。我们宫中奶妈和太监是不能请太医看病的,给我们看病的是那位不爱说话的胡郎中,当时韦德贤的随从小德子带着两个兵卒在远远的地方跟踪。就在即将抵达弹子房时,我突然隔窗发现李敬堂正在接受胡郎中的推拿。在这里与李敬堂不期而遇令我吃惊,我停住了脚步,脑子里迅速设想了一下可能出现的情况。小德子马上赶上将我往回一拉,几个兵卒架着我迅速离开弹子房。原来他们也发现了李敬堂正在接受按摩,不知是内部某种密令还是他们警惕性过高,他们出手强行将我带回了奶子府。这时候王不欢的命令来了,要求我马上离开紫禁城。后来因为考虑到小皇上的许多事宜需要交接,允许我推迟一天,顶多就是一天。第二天早晨我早早和范稳婆来到乾清宫,进门时发现李连城脸色冷峻地站在宫门外,我认定他是为了我而来。想到我马上就要离开宫中,而我入宫的任务却没有一点眉目并且糊里糊涂、没有头绪,我希望他能帮助我留下来。我泪眼蒙眬地瞅着他,他完全视而不见,就那么公事公办地守在门口。我和范稳婆、如花交接小皇上用品，范稳婆冲如花说："如花，你将皇上的龙鞋送到尚衣监晒晒。"如花答应了一声，拿着几双龙鞋走出去，范稳婆突然悄悄发话："你绝不能离开宫中，绝不能。"我急得不行："我不想走，范稳婆，快帮我出出主意。"范稳婆说："李连城是最好的人选，你求他。"范稳婆突然拿起刀抓过我的手，我吓了一大跳："你干什么？"范稳婆屏住呼吸，说："如月，干娘没办法，你要原谅我。"她突然手起刀落在我手指上划了个口子，鲜血一下子涌出。范稳婆拿着我的手用嘴吮吸了一下，将喷涌的血吐掉："我去给你拿药，你求求李连城，他有办法救你。"她转身慌慌张张地跑出去，我突然想到将我划伤正是她的计谋。果然她前脚离开，李连城后脚就赶来，他怒目圆睁："怎么回事？"我将手举在半空，压低了声音对他说："李大人，我马上就要被赶出宫，我不想离开不能离开，你帮帮我，只有你才能帮我，你一定要帮帮我。"李连城任血在我手指上涌流，一直流到胳膊肘上，地上也很快有了一大片殷红。他平静地说："可以，完全可以。但是，你必须答应我一件事。"他不等我回答继续说，"告诉我，为什么我们的指纹一模一样？为什么小皇上的指纹也和我们一模一样？这是不可能发生的事，为什么会发生在我们三人身上？"我又气又急："小皇上？这个我哪里知道？你问我这个我哪里知道？我也不知道啊！"他不依不饶："你真的不知道？"我急了："我真不知道啊。"外面传来杂沓的脚步声，大批人马滚滚而来淹没了李连城，那个英俊得令人怦然心动的男子。我目睹面前那些个个凶神恶煞的兵丁，他们是即将设立的东厂兵卒，是韦忠贤亲自挑选的，我的眼前突然一片漆黑。

我一直忘不掉我离开紫禁城那个初秋的夜晚，那个夜晚清凉如水，我被五花大绑着坐在马车上离开皇宫，而且是韦德贤亲自押送。我被小德子押出奶子府时，奶子府门口聚集了黑压压一片奶妈，我清晰地听到碧桃忍不住哇的一声哭出来，引发了奶妈们一片嘤嘤嘤嘤的哭泣之声。翠柳带头走过来，奶妈们呼啦一下全拥到马车边向我告别，哭泣声让韦德贤心烦意乱，强行隔开她们，匆匆将我推到车上。马车在顺天府青石板路上摇摇晃晃，车帘时不时被风吹开，让我看到暗蓝的天幕那些银钉似的星星。因为发着高烧我在车内昏昏欲睡，不知道是几时出的顺天府。我实在支持不住最后就滑倒在车中，等我昏头昏脑地醒来时天色已近黄昏，透过晃动的车帘我一眼就看到苍茫的群山，那些锯齿状的群山排在灰暗的天边如同一道屏障。我对这些高高低低的群山非常熟悉，它们和我们靠山庄那座高高的神乳山连在一起。我似乎听到一阵阵秋风正在翻越一道道山梁，吹得山上的青檀、板栗、榄树叶子哗啦啦响。要不了多长时间所有树叶都会由青转黄变红，漫山遍野会变得五彩缤纷。这个时候也是靠山庄最忙碌的时刻,大人小孩一起上山捡栗子,或者带着大竹箩子去搂树叶。这些活都是我重复过千百遍的农活,看来我又要在靠山庄重复这样的农活。我茫然无措又漫无边际地设想了一下未来,暮色如同大幕就在我苦思冥想中慢慢合拢,秋风仍然一阵紧似一阵地吹拂,我的肚腹突然剧痛无比如同刀绞。我拼命忍耐了一下但是不行,汗水马上浸湿了身体,整个人像从水里捞上来一样,四肢绵软无力,腹泻如同喷射,马车上很快臭气熏天。我有气无力地叫了几声,小德子叫停了马车,撩开车帘刚要呵斥突然被一阵臭气熏倒,倒抽一口气跳到一旁。我最终被他们拖到路旁野草丛中方便,几个随从掩鼻站在远远的上风口。我又遭遇了一次和上次一模一样的魔术,只是这次我几乎虚脱,只记得被两位从草丛中闪身出来的大汉抬起来,眨眼之间就消失在山坡下丛林深处。

后来李连城告诉我,就在我被遣送返乡前的那个晚上,他与父亲李敬堂彻底和解。事情的起因是一直在暗中跟踪李敬堂的他终于将李敬堂堵在李府一间密室。李敬堂当时赤身裸体在床上与两位奶妈躺在一起,他轮换着吃两位奶妈丰腴的乳房。那雪白的乳房在灯笼下白得异常耀眼,如同熟透了的两只挂在藤蔓上的甜瓜。李连城给足了李敬堂面子,在他穿衣戴帽之后在客厅进行了一番长谈。李连城说:"她们应该不是奶子府的奶妈。"李敬堂说:"但是你应该知道,奶子府的颜如月比她们都要好。"李敬堂说完看着李连城,李连城第一次发现李敬堂与众不同的癖好。李敬堂咂巴着嘴巴,流露出色眯眯的下流表情,那种表情为李连城所不齿。李敬堂说:"你别坏掉我的好事,你也别跟踪我,你我最好井水不犯河水。你知道我朝有句俗语吗?"他这样问李连城。李连城说:"什么俗语?我朝的俗语实在太多,我知道你说的是哪一句?"李敬堂说:"螳螂捕蝉,黄雀在后。"李连城大吃一惊:"你是在说我吗?"李敬堂说:"不说你说谁?今晚你别睡觉了,我背下九边边塞重镇兵力布防再配上图,你拿去交差吧——他们不是一直要你盗得《九边军镇图》吗?要不然,你绝对活不过中秋。"他说着眼睛看着别处,显得漫不经心。但是李连城却觉得后背冷风飕飕,原来他的一言一行全在李敬堂的掌控之中,这让他更加惊恐不安。

李连城后来就带着根据李敬堂口述画出来的《九边军镇图》与赤龟见面,依然是在伸手不见五指的深夜,依然是在兔儿山上那棵槐树下。现在槐树的叶子差不多掉光了,树枝上垂下许多被宫女称为"吊死鬼"的虫茧,赤龟依然背对着李连城,沉默得像一块太湖石。李连城将手绘的《九边军镇图》递给他,他淡淡地说:"感谢你,你的用心我们都看得见,请静候我的密令。"赤龟起身要离开此地,李连城突然拦住他:"既然神不知鬼不觉掳走小皇上,为何又放他回来?这是出于何种目的?"赤龟依然淡淡地说:"我们从来不曾用魔术方式掳走小皇上,后来也从未给你发过密令。看来,白龟传令已经被人利用,请将乌龟放生,我们再另想高招。"赤龟站起来向前迈了一步,突然从山道上拥上一拨东厂人马将李连城抓个正着,而赤龟却在眨眼之间消失得无影无踪。李连城正暗自吃惊于大金间谍的身手了得,却发现后山又拥上来一群吵吵嚷嚷的人,为首的正是韦德贤。他面前那位双手反剪到身后的男人,正是刚才与李连城接头的大金间谍。李连城在黑暗中与他对视了一眼,却什么话也没有说。韦德贤看着双手被绑在身后的李连城,向前走近了一步,笑眯眯地说:"李大人,你该知道什么叫聪明反被聪明误。你不会想到吧,你的诏狱今晚成了关押你的牢房!"

后来发生的戏剧性的一幕让李连城匪夷所思,他和代号赤龟的大金间谍朵颜三被关入诏狱三天无人过问,第四天出面审问他的依然还是韦德贤。李连城闭上眼睛拒不回答任何问题,韦德贤脸上依然挂着他那招牌式的笑容:"我就知道李大人会如此抗拒,不见棺材不掉泪呀李大人,人家大金间谍朵颜三可是全招了,你说不说其实都是一样的。"他一声令下,小德子送上朵颜三的皮袍和剔骨刀:"看见了吧? 密件就在剔骨刀柄里,这就是你提供的《九边军镇图》,我不知道面对铁证李大人还有什么话要说?"李连城只看了一眼,然后就闭上眼睛死不开口。也就是在那天晚上,他在晚饭的馒头里发现蜜蜡字条:朵颜三、翰出实为同一人,他已服毒身亡。朵颜三的死亡令人意外,他的皮袍扣子上浸满蛇毒,他是舔毒身亡。七窍流血那一幕李连城自然没有看到,但是他从馒头中得到消息。五天后王不欢公开提审李连城时,李连城开始绝地反击,咬定自己是假装成线人接头,目的是获得情报,这是锦衣卫的分内工作,他完全是遭人陷害。他出示的《九边军镇图》是假的,提出要与朵颜三当面对质。

第二十六章　出尔反尔

　　奶子府的生活后来全由范稳婆向我一一还原,事实上随着我被东厂怀疑,范稳婆在奶子府不被重用,她现在就是一个可有可无的老稳婆,地位甚至比不上宋稳婆和金稳婆。她似乎并不计较,当然也无从计较,她只是唯唯诺诺地做着自己分内的活。她的背本来有点驼现在就显得越发佝偻,她沉默寡言地在奶子府进进出出,她的身边除了碧桃还有酸枣。自从酸枣舌头被割之后在奶子房待了一阵子,又重新回到奶子府,这是她自己的意思。虽然她不能说出完整的话,但是可以发出短促的音节,时间一长大部分奶妈还是可以明白她的意思,后来不知什么原因又将她改派到御膳房、洗衣局和尚衣监做活。她成了一个默默无闻的哑巴,没有任何人关注她,她在宫中是个可有可无的人,谁也不会想到复仇之火一直在她心头燃烧,只是从她脸上丝毫看不出来。

　　我的离去就是小皇上灾难的开始,他以永不停止的哭泣表达他的不满和愤怒。钱大妈妈心里有底,我临出宫时留存的那些奶水足够小皇上吃一段时间,而从娘娘到钱大妈妈也都打定主意给小皇上断奶。小皇上还是以老习惯拒食,这是大家都可以想到的,也没有人觉得大惊小怪。娘娘黄昏时分来看过,对陪同的钱大妈妈和钱如意说:"哭就让他哭个够,饿就让他饿个够,他总不会活活饿死,饿急了他会抢着吃。"娘娘想起了什么又补充一句:"看他哭到猴年马月。"钱如意得意地说:"是。"她一身缎地绣花百蝶裙,显得风情万种。

　　但是谁也没有想到小皇上在失去我之后意志那么坚定,横竖就是哭,没日没夜地哭。实在哭累了才停一会儿,双眼一睁开又接着哭。五天之后他就恢复了从前皮包骨的样子,如同一只奄奄一息的病猫。钱大妈妈看不下去报告了娘娘,娘娘与王不欢商量后认定切不可有半点同情心,正好利用这个机会断奶。只有狠下心来让他断奶,才可以一劳永逸地解决小皇上对一个奶妈的诡异迷恋。大家齐心协力要帮助小皇上度过断奶这一关,却没有想到当天晚上紫禁城鼓敲三更之时,耿谦和听到小皇上一声惨叫之后突然驾崩。

　　小皇上驾崩这塌了天的大事被娘娘严密封锁消息,连奶子府的钱大妈妈和韦忠贤也不知道。那几天韦忠贤与钱大妈妈被留在宫中,只说要陪娘娘到皇家猎场打猎,奶子府就完全交给钱如意打理。钱如意为人一向强势,仗着钱大妈妈撑腰和韦德贤的默许在奶子府称霸一方,奶妈们被她管得服服帖帖、碧桃、银铃、如花等女仆也都看她眼色行事。当然,她也有两个不敢含糊的对手:一个是我颜如月,一个就是大红人张三姐。钱如意的本领在于能无师自通掌握一套察言观色见风使舵的本领,一般才十几岁的小女孩都涉世不深,少女本性的单纯天真会不时流露。而她却完全没有,她似乎天生就是个老谋深算、心机重重的毒辣女人,而且天生适合你死我活的宫廷内斗。这是钱大妈妈的言传身教,更多的却是她天生的无师自通。我完全不是她的对手,我们也不是一个级别的,她和张三姐倒是半斤对八两。她们后来在奶子府掀起一场又一场纷争完全是命中注定的结果,随着我的离宫和张三姐的落势,钱如意开始在奶子府崭露头角,她与张三姐第一个回合的交手也由此开始。如妃的垮台使张三姐的地位急转直下,她的长处是范稳婆教导过我的:心字头上一把刀——忍。她对一切冷遇和羞辱完全视而不见,对吃糠咽菜的非人待遇也平静接受。困顿的生活反而让她与朱春龙产生相依为命的情感。我后来又听说她能做下这一切是因为一场奇遇,那日她在去奶子房的路上巧遇一个肮脏的算命瞎子,算命瞎子看到她竟然一笑,说看她心事重重,要帮她算命。她正好想算命便同意了。瞎子帮她算了一卦,竟然算出她身边的小主不久的将来会成为紫禁城的真龙天子,连连恭喜她,不但不收她算命的银子反而送了她两锭银锭。那个瞎子只是让她记下他的尊姓大名,他日若她服侍的小主真的成为真龙天子,他一定进宫去恭喜她。张三姐得到算命瞎子的指点如醍醐灌顶,她赶回奶子府将朱春龙当菩萨供着。朱春龙也是可怜,先是面对粗茶淡饭哼哼唧唧地哭着拒绝食用,忽而又口口声声呼叫昔日一道道美食名字然后号啕大哭。哭够了睡一觉,醒来更加饥饿,看着桌上的粗粝饭食只好挑挑拣拣地吃一点,边吃边哭,最后总算将它们吃完。他就这样一天天习惯了下等人的粗食,有时还要讨张三姐欢心故意很响地吧嗒着嘴:"嗯嗯嗯,好吃,真好吃。"张三姐随手整理一下他的衣领:"好吃吧,春龙听奶娘的话多吃,吃得饱饱的,长得高高的。"朱春龙接过她的话说:"吃得饱饱的,奶娘带龙龙回家。"张三姐点点头:"春龙说得真好,吃得饱饱的,阿娘带龙龙回家。"朱春龙眨巴着黑漆明亮的大眼睛,懂事又乖巧地说:"阿娘带龙龙回家。"这一段时间他们一直居住在奶子府这间杂乱的厢房,也不能外出。生活巨大的落差反而逼迫他做出很大改变,当然也是很长一段时间哭闹之后无可奈何的妥协,这份妥协让他在不经意间舍弃了龙太子的娇宠,变得像平常人家孩子一样,有时候起床看到张三姐忧心忡忡地坐在床旁发愣,他就悄无声息地起床,自己不吵不闹穿上衣裳。常常将衣裳穿反了,或者将布纽襻扣得七零八落,让张三姐禁不住抱紧他潸然泪下。他一任张三姐搂着他发出低低的抽泣,用丝帕帮她擦去鼻涕与眼泪,这让张三姐更加伤心欲绝。她后来哭得有点累了,疲倦地靠在床上看着朱春龙,低低地说:"你要听话啊,小主,你可要听话啊!"朱春龙眨巴着眼睛听懂了,但他依旧一言不发。她又说了一句:"小主,你要好好的,你要好好的,你将来会有好运到来,不要忘了阿娘我,你可不能昧良心忘了阿娘。"她在絮絮叨叨地向朱春龙诉说的时候,天空开始出现一抹隐约的桃红色,像画笔在天空缓缓勾勒。那一抹迷人的桃红色慢慢皴染,最后红透了半个天空,紫禁城层层叠叠的宫殿在祥云缭绕下如同人间仙境。张三姐就在这天早上吃到了马齿苋饽饽——这是宫中人人喜爱的素饽饽,馅以马齿苋为主,也有笋干、香菇。她记得宫中一般都是大年初一吃煮饽饽,不论皇上还是太监每人分十个,满满一大碗。不年不节吃煮饽饽,而且还是格外施恩让她和朱春龙也吃上了素饽饽,她觉得这是一桩非常微妙的事,是一桩只可意会不可言传的事。果然,午餐时又给他们加了一道冬瓜猪肺汤。那是朱春龙出生以来喝过的最鲜美的汤,他捧着青花瓷碗咕咚咕咚一口气喝了个底朝天,他舔着嘴唇吸溜着鼻子眼睛骨碌碌直转,那神态明显在询问张三姐:"还有吗?我还没有喝够。"张三姐笑眯眯地看着他贪吃不够的样子,她估计他们的命运有可能会在这几天发生惊天逆转,韦忠贤的到来更加确认了她的猜测。

韦忠贤在小德子和两名东厂随从陪同下出现在这间昏暗的厢房,他一进来就皱着眉头说:"哎哟,这间房子太阴暗了,要换要换。"他并没有和张三姐过多说话,也没有向她暗示什么,但是他能出现在这间杂乱的厢房本身就是一种暗示。张三姐是个精明的女人,审时度势是她的强项,她敏锐地发现从来都是在暗中角逐的宫中又要出现某种变数,肯定是变数,而且一定对她有利。否则,你就是八抬大轿也请不来韦忠贤。后来的事实证明张三姐的判断完全没错,当天晚上她其实已经得出结论:小皇上出事了——而且不是一般的事,是大事。这一点韦忠贤也早就发现蛛丝马迹,他从宫中小皇上龙衣上得到判断。每天敬事房最后一道雷打不动的工作程序就是到浣衣局检查为小皇上清洗过的龙衣,每一个褶子、每一个纽襻他都不肯放过,在晾晒的竹架上细细摸捏,生怕发现银针或铜钉等非同寻常之物。可是这一天他从浣衣妇那里得知,乾清宫没有送来小皇上的换洗衣物。他彻夜守在乾清宫外,只听说小皇上病得不轻,却连他这个大总管也不允许进入,他的判断是小皇上并非得了什么病,而是很有可能驾崩。他匆匆回到敬事房时,韦德贤过来找他,告诉他千岁宫早被重兵把守,而且全是都督府的天雄兵。看来宫中到了一个危急关头,而在这个危急时刻娘娘和王不欢最不放心的一个人恰恰就是他们平时看似最放心的一个人:韦忠贤。韦忠贤不禁悲从中来,他对韦德贤说:"小皇上肯定出事了。"韦德贤说:"众说纷纭,关键时刻娘娘最不放心的就是九千岁。"韦忠贤说:"也不奇怪,九千岁再加一千岁就是万岁爷呀,娘娘能不怕?"韦德贤说:"我说件事你别吃惊——赵明德离奇越狱。"

　　宫中波诡云谲的时刻我现身在顺天府通往宛平县山道旁的千年古寺清风寺。是马背生救了我,多年之后我才从马背生口中得知,是范稳婆派奶子府无人注意的小奴仆来到靠山庄向马背生透露我的行踪。马背生在离清风寺十里路的山口埋伏,等到了我们。其实他们根本不是真的要送我返回靠山庄,早就设计好的方案就是在一段古道上人为地让我失足摔下悬崖,造成意外惨死的假象,然后宫中补偿我疯子娘刘氏一笔钱快快了断这起阴谋。马背生身边有三四位他请来的靠山庄山民,他们也带着砍柴刀,但是显然不是东厂人马的对手。他们一路尾随着在东厂人马身后不远处,却一直没得到下手机会。我的腹泻给了马背生千载难逢的机会,他悄悄埋伏在茅草丛中匍匐着接近我,以迅雷不及掩耳的速度伸出双手握住我的双腿用力一拉。那里是一个长满茅草的山坡,茅草叶子很滑,他紧紧抱着我一同顺着山坡上的茅草坠到坡底。东厂人马根本不熟悉地形,等他们绕过山嘴赶到坡底,我们早在十里外的清风寺废弃的佛龛吃地瓜了。后来我和马背生在这座废弃的佛龛里生活了半个月,我敢打保票,连清风寺的和尚也没有发现我们。白天马背生翻过残缺的墙头到山坡上挖地瓜,晚上我们两个人就蜷缩在佛龛后面蒲团上,十几个被香客跪软跪烂了的草蒲团拼成了两张最柔软的床。半个月的时间里我们就靠地瓜果腹,而清风寺的和尚竟然完全不知情,这实在是一件匪夷所思的事。后来的事实证明其实一切并非如此,只是我们被蒙在鼓里。我先是昏睡了三天三夜才醒来,半夜醒来后恍惚的月光如水一样流泻在佛龛上,菩萨的脸半明半暗显得阴森恐怖。我身上盖着马背生的粗布衣裳,而他则光着膀子就睡在我面前,一双幽幽的黑眼睛直视着我,像宝石一样放射出光芒。他在黑暗中微笑着,他的眼睛带着静静的笑意,他对我说:"我说什么你都不会听,你看看,要不是我拼死相救,你一百个颜如月都粉身碎骨了。说你你不相信,这个世界除了我马背生,不会再有第二个人这样待你。"我失神地望着半圆的月亮,想象着在奶子府度过的那些难以言说的日子,对未来充满惆怅。他悄悄贴过身子,我闻到一阵阵男人身上散发出来的浓烈汗味,他开口说:"我们可不能回到靠山庄,靠山庄现在肯定被宫里的人围得里三层外三层。我们也不能回宫中,回宫里就是送死。我早就劝你逃出宫,只有逃出宫我们才有活路。"我不知道该和他说点什么,我还在失魂落魄的逃亡中没有回过神来。马背生突然附在我耳旁说:"菩萨给我们指了一条路,我们到口外谋生吧!"他的话我其实一句也没有听入耳,他又补充说:"你要是不愿意,我们就留在清风寺也可以,只要你愿意,你做尼姑我做和尚也可以,只要和你在一起,我做什么都愿意。"他的话让我心头一酸,眼泪大颗大颗滴落下来,滴落到草蒲团上。马背生伸出粗糙的大手拭去我脸上的泪水:"如月。"我突然推开他的手:"告诉我,跟我说真话,到底是谁在背后指使你?"马背生坐起来说:"你说得对,有人指使我,她今天晚上一定要见你,一定要你跟她走,再不要去宫中送死。"我问他:"是谁?"他一言不发,攥紧我的手越过清风寺残砖断瓦的后院,托着我跳过矮墙,进入荒凉的山野。我们越过一处馒头包似的坟头,终于发现枫香树下坐着个头发花白的老女人,是我的疯子娘。她转身看到我,压抑着哭泣起来:"我女儿,跟娘回家,回家,再不要去奶子府。"我坐在坟地上半天没有动弹,我对她说:"娘,是你安排我去宫中,还教我背上暗语,信誓旦旦地说会有人与我接头,现在你又哭着要我回家。娘,你出尔反尔、一日三变,好起来是个正常人,疯起来是个吃大便的疯子娘。娘,你到底唱的是哪一出?"

第二十七章　匪夷所思

　　后来紫禁城发生的惊天逆转我在靠山庄自然一无所知,小皇上驾崩被宫中严密封锁消息,娘娘和王不欢在短暂的悲恸欲绝之后开始商议对策。王不欢的胡子与眉毛在一夜之间变得花白,可以想见他所承受的煎熬。他沉默了许久才开口,一开口就是一锤定音:"封锁不可能长久,如果让太后和王爷知道,朱春龙登基就是板上钉钉。"娘娘的嗓子完全哭哑,咬紧牙齿从牙缝中蹦出几个字:"朱春龙登基,如妃取代我成为母后,那你说我还能活得成吗? 我身为娘娘算是最仁慈的娘娘,她比宫中任何一位皇妃都活得逍遥自在。如果我和她互换位置,你说我能活得成吗? 我肯定就是死路一条,你也是,赵明德的阴毒你不是不知道。"王不欢说:"皇姐说得对,绝不能让朱春龙登基,如妃、赵明德掌权,宫中哪里还有你我的活路? 但是小皇上驾崩也绝不能再拖,我想好了一个绝招。"娘娘面容悲伤,仿佛没有听到。王不欢说:"是这样皇姐,说赵明德宫变查无实据,现在如在狱中直接杀掉赵明德肯定人心不服。但是一定要让他有罪,有罪杀掉他同时可以杀掉如妃。我这样安排,我在今夜派人押送赵明德出宫接受审查,途中假装突发事故让其出逃,然后在追逃中将他杀掉,再伪造他叛国投敌证据,皇姐你随即下令满门抄斩,如妃也活不成,到时再查证朱春龙非皇上所生。除掉了心腹之患,在宫中我们不就一家独大了吗?"娘娘说:"那现在皇上到底谁来做?"王不欢说:"绝不让皇位落到大皇子朱春旺和二皇子朱春空手里,我们就安排珍妃之子五皇子朱春阳。珍妃就是个吃斋念佛、忠厚无用的女人,皇姐你闭着眼睛也能对付她。朱春阳还小,皇姐你垂帘听政。如果珍妃不同意,那除掉朱春阳就如同除掉一只蚂蚁。"娘娘说:"这恐非长久之计。"王不欢说:"长久之计是皇姐的侄子、我儿子王无忌,等他长大,让他成王。大明王朝落到皇姐手里,就是落到我老王家手里,怎么可能转手送人? 先让朱家能做皇上的人都做一遍,每一个人都不可能做得长久。等到朱家没人了,皇权还是要交到我王家手中。"娘娘一下子忘记悲痛,吃惊地瞪着王不欢:"是不是你早就布下了这盘棋?是不是朱春山也是你的心头之患,早就想除之?"王不欢马上摆手:"皇姐红口白牙可不能冤枉人,朱春山是皇姐的儿子,我能下得了手吗?"娘娘喃喃地说:"可是,王无忌太小了,他还不会走路。"

这时候乾清宫密室外传来杂沓的脚步声,那一串耿谦和留下的零乱脚步成为宫中又一个惊天逆转的开始。事情的起因也是因为耿谦和,老实厚道的耿谦和深得娘娘器重,一直让他守在乾清宫不许离开半步。小皇上在龙床上悄无声息地躺了两天,就到了这个清风扑面的早晨,耿谦和听到小皇上发出一声轻微的像蚊子叮到后发出的那种烦躁的呻吟,这微弱的呻吟转瞬即逝。耿谦和以为是自己的幻觉,但是紧接着小皇上又发出一声短促的呻吟。这次耿谦和听得真真切切,他第一个反应就是浑身发麻,汗毛根根直竖起来。紧接着就看到皇上身子动了一下,锦缎上的反光明确无误地证明了这一点,耿谦和马上想到"诈尸"。他注视着龙床上的小皇上,发现他确实在动,他转身就冲出乾清宫,因为实在太急太慌过门槛时还摔了一跤。他狗吃屎的样子正好被王不欢看到,听到消息娘娘差点从龙椅上滚落下来。耿谦和和王不欢好不容易将她扶起来,她却没有办法挪动脚步。而翁万春已经赶到乾清宫,把脉后认定小皇上是犯了民间所说的"墓胡",就是假死,还有一口微弱之气吊在胸中,这口气像空中飞过的游丝一样随时就可能被树枝挂断。翁万春在古方上见过此病,便开出药方:人乳炖温。温是长白山天池中生长的绿藻,而乳,则是小皇上最酷爱的乳汁,只能是我的乳汁,所以翁万春毫不犹豫开出的是颜如月奶水。但是我在通往靠山庄的山路上失踪,谁也不知道我去了哪里,派兵在靠山庄搜查了一天一夜一无所获。这时候就轮到了李连城出场,李连城出场是天意,人生的每一步朝这个方向走而不是朝那个方向走,全都是各种取舍之后最合理最必然的结果,也就是天意。老天的意志左右着一个人的命运,这是个人无能为力的事。韦德贤的种种背后动作让娘娘极不放心,李连城便重新进入娘娘的视野,王不欢将他从囚禁之地请进了乾清宫。李连城脱下了锦衣卫的飞鱼服,身穿一身柠檬黄绣缂丝瑞草云雁广袖双丝绫鸾衣,仍是那么英俊洒脱。李连城说:"首辅,啥也别说了,我说了您也不会相信,就让我与大金间谍当面对质。"王不欢沉吟不语,李连城将上次当王不欢面说过的话又说了一遍:"我是锦衣卫,我的职责就是获取情报。只要能获取情报,什么样的手段都得采用是不是?我就是假装成线人接头,这是锦衣卫的分内之事。《九边军镇图》是假的,您好好看看那份《九边军镇图》。"王不欢说:"今日我们不谈这个,你知道颜如月在哪里?"李连城说:"颜如月不是在奶子府吗?"王不欢说:"在遣送靠山庄的路上被人劫走了。"李连城心领神会,说:"好,我只问在哪里劫的道?"王不欢说:"在离清风寺还有十里地的茅草坡。"李连城重重地点点头:"好,我知道了。"王不欢说:"小皇上急需颜如月乳汁救命。"李连城马上说:"准备好车马带上小皇上,马上出发!"

　　就在宫中车队车辚辚、马萧萧驶向靠山庄时,我被马背生藏在地窖中,就睡在红薯堆上,我完全不知道奄奄一息的小皇上会躺在马拉的九龙沉香辇上正在向靠山庄匆匆赶来。一路上小皇上仍然保持着昏睡不醒的模样,眼睛微微眯起,瞳仁居中却从不转动,嘴唇略略有点干裂。娘娘、李连城、韦忠贤、钱大妈妈一路跟在车前车后不敢有半点马虎,而坐在小皇上身边的翁万春则不时地凑到小皇上脸前谛听他微弱的呼吸或者看一看他偶尔转动的眼珠。娘娘坐在小皇上身后的一辆车上,像个菩萨似的沉默不语。韦忠贤隔一会儿过来向她报告一下:"禀告娘娘,皇上一切如常。"娘娘点点头,她撩开车帘往外看,外面是无边无际的山峦。山峦有高有低,树木的叶子正是五彩缤纷的时候,有层林尽染之意。路边玉米棒子已经成熟,枝叶间可以看到饱满的玉米。车过清风寺时,所有的人都听到了小皇上似喜似惊的叫声。车队马上停下来,众人围住了小皇上的车辇,轻手轻脚站在车篷外。翁万春发现小皇上的眼睛睁开了一点,眼珠也变得生动起来。翁万春喜出望外,马上撩开车帘。李连城一个箭步冲上前,翁万春说:"皇上好像醒来了。"大家兴奋地交头接耳:"皇上醒来了。""皇上醒来了。"娘娘的车帘突然被撩开,韦忠贤大声说:"娘娘,皇上醒来了,皇上醒来了。"小皇上又发出一连串似喜似惊的叫声,娘娘几乎从车上滚跌下来,李连城一把抱住她。她扑到小皇上车辇上,伏下身子与小皇上脸贴着脸:"皇儿,皇儿,娘叫你呢,皇儿你应一下呀,皇儿你应一下呀。"令人失望的是,小皇上没有一点反应,眼睑慢慢重新合上,眼珠上的亮光也随之渐渐暗淡。娘娘的脸色一点一滴变得阴暗,翁万春突然说:"娘娘,事不宜迟,越快越好。"

　　车队继续向前,黄尘蔽天彩旌翻飞。车队穿山越岭驶过密密匝匝的庄稼地,前方遥遥在望的就是靠山庄,村头那棵老槐树在翁万春看来像一朵缓缓移动的黑云。"黑云"越来越近,最终从整个宫中车队上空移过去。如此富丽堂皇的车队让靠山庄的鸡和狗都发出不安的鸣叫,与平常的鸡飞狗跳是那么不同。一些村民从土墙后面探出脑袋来,发现是宫中车队也如同受惊的鸡和狗一样把脑袋缩回去。

　　惊人的一幕就在此时出现了,车辇里突然又发出一声似喜似惊的惊叫。车队再度停了下来,众人围住了小皇上的车。翁万春发现小皇上的眼睛睁开了一点,眼珠开始转动起来。翁万春惊喜地说:"皇上好像醒来了,皇上真的醒来了。"车帘被钱大妈妈高高挑起来,众人探头进去一看,小皇上的眼睛完全睁开,忽闪忽闪的。他蹬开身上的锦被踢踏着两只脚,向娘娘急切地伸出两只手。娘娘拉了他一下,他起身到车边就双手撑起来跳了下去。旁边的奶妈和兵卒跪倒一片,山呼:"吾皇万岁,万岁,万万岁!"小皇上理也没理,仿佛对靠山庄再熟悉不过,熟门熟路往我家小院跑来。李连城似乎想阻止他,在他旁边弯下腰来打算抱住他。他狠狠推揉了李连城一下,然后得意地笑了一下。宫里的人杂乱无序地像一群鸭子跟在他身后,万分惊恐地看着他。他跳过一堆玉米秸又绕过一捆柴火垛,对直不打弯地进入我家,来到后院那只碾盘上,面对着碾盘突然声嘶力竭高喊一声:"奶娘啊,奶娘!"那一声呼喊穿透地表乱七八糟堆放的柴捆和草垛,清晰地抵达红薯窖进入我的耳中。我浑身像中了箭似的被一阵钻心的疼痛贯穿,本能地答应了一声:"皇儿。"小皇上的声音越来越响,最后就停留在我的头顶上方:"奶娘啊,奶娘。"我知道他一定是小皇上,他来到靠山庄我家中,他就在我家后院碾盘上,他就在我的头顶上,我仰起头来一声声呼应:"皇儿,皇儿,我的皇儿。"小皇上急迫地叫道:"奶娘,奶娘。"我比他更加急迫:"皇儿,皇儿。"我扶起被放倒的木梯,因为太慌乱没踏几步就一头栽倒在红薯堆上。这时候堆放在红薯窖上的柴草被移开,我看到小皇上一双眼睛在急迫地寻找。我三步两步攀上木梯推开随意钉成的盖板,小皇上惊呼一声:"奶娘。"我紧紧抱住他:"皇儿。"我们像离别多年的母子终于相见,他扑在我的怀中开怀大笑。我被众人簇拥着坐在碾盘上,我看到一张苍白失血的脸隐现在杂乱的面孔后面,那是娘娘的脸,娘娘的脸那一刻像死人脸一样恐怖。她一个人静静地走出了我家院子,走向宫中车队。而翁万春带着钱大妈妈和范稳婆过来,我们一同进了我家。李连城将多余的人支开,钱大妈妈还是像在奶子府一样解开我上衣给我戴上碧玉乳嘴,动手挤乳。我的乳房饱满奶水充盈,钱大妈妈手法老到,经过她一番按摩之后,我的乳汁汩汩而出,喷泉一般射进一只小小的陶罐里,很快注满了一罐,翁万春拿去炖长白山天池绿藻。而小皇上早就忍耐不住,他嗷嗷叫着扑上来一口噙住了我的乳头,贪婪地猛吸起来。

现在我回想起来,"温"是一味神奇的草药,与长白山天池相关的东西全都是神秘离奇的东西。娘娘和钱大妈妈、范稳婆七手八脚捧着一碗人乳炖温喂小皇上喝。从来不肯好好喝汤水的小皇上虽然吃饱喝足,但是嘴贴到碗边就喝得头也不抬,直喝得一滴不剩,看着空碗他突然大哭起来。他的口味精准,只要是我的奶水他一尝即知。娘娘上前试图哄劝，他突然像见着鬼似的一声尖叫躲开。娘娘一忍再忍，微笑着向他伸出手来要抱他，脸上的笑比哭还难看。小皇上仍然不给她面子，一声尖叫身子挺直，像一根木棒，不肯让娘娘再碰他。无意中他眼光越过一片阿谀奉承的笑脸，看到刻意站在人群后面的我，马上又是一声尖叫："奶娘，奶娘。"他双手向我张开乞求我来拥抱他。我再不能由着他的性子来，虽然他是皇上，但是毕竟是娘娘在垂帘听政，我必须要顾及娘娘——她才是大明王朝真正的皇上。小皇上见我不肯抱他，再度号啕大哭，我狠下心转身离开，他就在我身后大声哭泣。

后来发生在靠山庄的事就传遍天下，为了让小皇上尽快恢复健康，娘娘下令在靠山庄修建了一处行宫，并且放任我和女儿银环自由出入。这时候季节上虽然已是深秋，天气却破天荒似的温暖如春，每天都是阳光灿烂，山野里野菊花遍地盛开。小皇上和银环放风筝、骑竹马，很快就吸引来一大群乡下孩子，他们带着小皇上去山坡放羊，并且安排小皇上骑在一只长着弯角的老山羊身上。老山羊被小皇上惹火了撒腿就跑，将小皇上摔一个屁股墩。小皇上坐在地上哭了，一大群大人围着他。他大概想到刚才的模样有点滑稽，又放声大笑起来。回宫半个月的娘娘在王不欢陪同下再次回到靠山庄，出现在她面前的小皇上完全没有皇上的样子，就是一个到处疯玩的野孩子。娘娘站在远远的槐树下看着正在玩跳花房的小皇上，说："哪里还有一点皇上的样子。"韦忠贤讨好地说："娘娘，还要什么皇上不皇上的样子？只要身体好，平安地活着，一切就有了。禀告娘娘，钱大妈妈在颜夫人乳房上涂抹了鱼胆汁，皇上吃奶就苦得很，恋奶成痴的皇上现在已经成功断奶。"娘娘说："这可是一桩好事，韦公公立了大功。但是皇上终归是皇上，不能让他变成乡下野孩子，绝不可以。"小皇上乐不思蜀，只要一提回宫就失声痛哭，娘娘和王不欢还在犹豫之中，李连城却意外在行宫外发现毒箭符咒。不用说这毒箭符咒是冲着小皇上来的，娘娘怕出意外，坚持要带皇上回宫，而小皇上则抱紧我再度哭得昏天黑地。左右为难之际，朱六指侦查到的信息是毒箭符咒为范稳婆投放。李连城正面与范稳婆交锋，范稳婆不慌不忙意味深长地说："别查我，千万别查我，我其实是你李连城的大恩人，你李大人再无情无义也不能恩将仇报。"

第二十八章　重返深宫

　　在朱春山苦苦恳求下娘娘最后总算开恩,让我暂时带着银环与朱春山一同回到宫中。娘娘目睹了一次又一次朱春山和我的生离死别,不知道是被我和他之间超越母子的亲情所打动还是另有所图,爽快地同意我带着银环重返后宫。娘娘和王不欢包括太后明显对我客气了很多,小皇上对我如此深情,对娘娘却又如此薄情寡义,可能也促使他们不得不往深处想一想:为什么小皇上会如此待我,这背后肯定另有原因。小皇上实际上只是小孩子,他不会想得那么复杂那么深,我和他都是凭着真情交往。其实在我内心深处,从来不曾把他当成什么皇上。当然,在重大节庆典礼时我也尊称他为皇上,但是我其实一直把他当成小孩子,当成我的儿子。当他含住我的乳头咕咚咕咚吮吸奶水时,一种母子连心的甜蜜填满了我的内心,我体会到做母亲的幸福和满足。他应该也是如此,他会一边吮吸我的乳汁一边腾出另一只手抚摸我的乳房,吃到一定阶段会换一只再吃。吃饱喝足了他也会赖在我的怀中,他习惯了我的怀抱和奶香。我想,可能就是在这样点点滴滴肌肤接触交融中他慢慢爱上了我,就如同我爱上他一样。而娘娘作为他的生母从来不曾给他喂奶,他们之间没有亲密的肌肤接触,很难在情感上产生母子那样的亲情。更何况后来我才知道,娘娘根本就不是小皇上的生母,只是当时我们完全不知道这背后隐藏的惊天秘密。现在回忆起来蓦然心惊,小孩的第一感觉是对的。我当时也是非常奇怪,因为从来没有见过小孩会那样排斥母亲讨厌母亲。我重返宫中后还和李连城说过一次,那次李连城又到乾清宫来找朱春山玩。他总是来找朱春山玩,来了也不怎么说话,就坐在乾清宫前大片空地上远远看着朱春山和银环放风筝。

　　那时候正是南风悠悠的春天,李连城先帮着小皇上将风筝放飞到天上,那次是一只蝴蝶风筝和一只蜻蜓风筝。两只风筝在瓦蓝的天上一飘一飘,引得无数麻雀好奇地追逐。李连城将风筝线交到朱春山和银环手中，然后他就在大块大块青石板铺成的地面上坐下来。无数朵蒲公英就在石头缝中盛开，成为紫禁城春天特有的风景。蓝天白云下是金碧辉煌的宫殿群，宫殿与宫殿之间的空地上开满了蒲公英，远远地看就像是一条花毯子。李连城远远地看着正在放风筝的朱春山和银环，我在他身边坐下来，我那天一袭天青色十二破留仙长裙，他一身橘黄色紧身弹花暗纹锦服。我坐着不看他，他一张帅气的脸朝我压下来，用力握住了我的手想扳过来看指纹，我拒绝了他。自从他和小娥的事传出后我就有意冷落他，他似乎备受折磨，逮着这个机会问我："为什么躲着我？"我狠狠瞪了他一眼："我没有。"我想了想又补了一句："你家中妻妾成群，还有一个爱得死去活来的田小娥……"他捂住了我的嘴："你和她们不一样。"我不屑一顾地摇摇头，表示不相信他的话，我避开他灼灼的目光岔开话题："为什么小皇上和娘娘总是不亲？我是打心眼里希望他们亲一点再亲一点，让我少受一些来自娘娘的压力。"李连城斜视了我一眼："你操心这个干什么？这是你能操心的吗？"他嘴角闪过一缕狡猾的微笑，摘下一朵蒲公英在手里捻动着，突然出手握住我的手："你告诉我，为什么手上的指纹和我的一模一样？"他翻过我的手掌心，试图掰直我的五根弯曲的手指，我努力保持着手指的弯曲。他的力气实在太大，眼看着我的手指就要被他掰直，我用力推开他站了起来。他突然规规矩矩站起来，叫了一声："父亲。"我回头才发现李敬堂大人就站在离我们不远的地方，他身后跟着一队随从。我慌忙下跪行礼："李大人吉祥。"李敬堂上前扶起了我，脸上的微笑始终如一："颜夫人，恭喜你再次入宫，颜夫人真是有福之人。"我连连合掌作揖："谢谢李大人，多谢李大人美意。"李敬堂仍然站着不走，李连城知道这对父亲来说是破天荒的行为。李敬堂说："颜夫人满脸福相，必定是有福之人。能给吾皇带来好运，也能给大明带来好运。"我对李敬堂千恩万谢，李敬堂突然向我露出一个色眯眯的微笑，投向我的眼神话里有话、意味深长，并且直勾勾地盯着我胸前那对饱满的乳房，恋恋不舍。银环突然传来一声尖叫，我趁机说："对不起李大人，皇上那边有事，失礼了。"李敬堂的笑容仍然挂在脸上："颜夫人不介意，改日再去拜会夫人。"我和李连城快步向小皇上那边奔过去，一路上遍地蒲公英让我眼花缭乱。原来是银环和小皇上的风筝绳子纠缠在一起，李连城解了半天解不开。站在很远地方的耿谦和跑过来，帮忙解了绳子，然后帮小皇上牵着风筝，冲李连城说："皇上要吃腰台了。"李连城说："去吧。"腰台就是点心，我看到耿谦和和安小平牵着小皇上往宫里走，小皇上不肯走，伸出手来："银环，奶妹。"银环知道那不是她可以吃的点心，就站在原地不动。李连城鼓励她说："去吧,去陪皇上吃腰台。"银环得到了允许才快乐地跑到小皇上身边,牵起他的手。小皇上很开心,松开耿谦和的手与银环手牵手朝宫中跑过去,就像两个放牛娃奔跑在开满蒲公英的田野上。我看了很开心,对李连城说:"为什么不让耿谦和他们跟着小皇上。"李连城说:"我想和你说说话,怕他们听着。宫里这些太监可坏了,什么事你别想瞒着他们。"我问他:"到底有什么事瞒着他们?"李连城意味深长地说:"你告诉我,我们手指上的指纹怎么回事?"我摇摇头:"我不知道,我真的不知道。"他突然眼睛发亮:"范稳婆知道吗? 连她也没有告诉你?"他炯炯有神的目光盯着我。

多年以后李连城告诉我,当天晚上回到李府他与父亲爆发一场激烈的争吵,他认定父亲为老不尊、好色成瘾地勾引我。李敬堂怒发冲冠与李连城几乎要大打出手,这件事后来在宫中尽人皆知,说李氏父子争相宠我,就是为了吃我那对神奇的乳房。李敬堂肯定也听到风言风语,但他并不收敛,不管不顾派出手下副官黄楚九来请我。我也不得不说,他真是一个老色鬼。每次和他见面他总用色眯眯的眼光盯着我的乳房完全不避下人,有时候会动手动脚,这让我非常难堪。作为奶子府的奶妈我无法拒绝李敬堂这样的宫中大臣,但是他好像完全失去了分寸,也根本不顾及他的身份。这让范稳婆很不开心,她几次提醒我。我表面上答应了背地里却根本不当一回事,继续保持和李敬堂的来往,也是想以此报复她一直吊着我的胃口,不肯公开她所谓的"惊天秘密"。这么做当然也有我的小算盘:奶子府的人和敬事房的人一模一样,其实不管宫里人还是宫外人,也全和奶子府、敬事房的人一模一样,你如果没有靠山手中又无职无权,没有人把你当回事,受气受辱就是家常便饭。而一旦你有了靠山手中又大权在握,所有的人就钻山打洞与你结交,他们从来都是有奶便是娘的角色,对他们的了解就如同我对我自己的了解。我虽然是奉贤夫人,但是我一定要攀上一个宫中要人做靠山。否则以我一介女流之辈,想在宫中立足站稳脚跟成就一番大业,也是比登天还难。所以我从来不拒绝李敬堂,引起嫉妒是必然的。在宫中,不管你如何选择总会有人指摘你的不是,我就和范稳婆说了这句话。范稳婆在着手清理奶妈们的哺乳用具,突然停下手:"颜夫人,我范稳婆并非指摘你的不是,李敬堂接触你非同一般,你一定要时刻保持警惕,而且一定要远离他,越远越好。"她把一块洗碗用的老丝瓜筋往案板上重重一扔,"你必须离开他。"我对她的态度视而不见,心里也想报复她一次:"不,我在宫中受尽了欺辱,李大人送上门来做我的靠山我求之不得。"范稳婆冲到我面前,布满皱纹的脸渐渐变得扭曲起来:"你怎么不明白,我把你接到宫中是为了执行任务,你身负重任你知不知道?"我微微抬起头:"我不知道什么任务什么重任,你跟我说呀!"范稳婆对我翻了翻眼睛,然后点点头:"好,我会跟你说,我会把我所了解到的一切全告诉你。我要请示一下,你等着。"范稳婆说着就转身离开乾清宫,我愣了一下,分明看到李敬堂李大人正在朝我这边走来,穿着一身流彩飞花蹙金翠翟袆衣,他是一个大权在握的统领京军的大都督。

我和李敬堂的来往在宫中成了公开的秘密,李敬堂对外的解释是他离不开我的奶水。他其实浑身上下全是病,但是自从吃了我的奶水之后身体奇迹般地好转。这当然只是他的一家之言,宫里人也是似信非信。但是他每天晚上必定要吃新鲜奶水却成了习惯,我每晚从宫中结束一日的繁忙之后去李府也成了每日的习惯。小皇上已经断奶,我的奶水已经不是他每日的必需。尽管有时候他想起来还会依在我膝上,用手拍拍我的乳房或者掀开外衣看一看。这时候我多半会白他一眼,他会很乖地说:"皇上只是看看在不在,我又不吃。"我将他抱紧了:"你不是小孩子了,你已经是男子汉是皇上了,哪有男子汉吃奶的?"他很得意地点点头:"男子汉再不会吃奶了。"然后他心满意足地从我怀中挣脱,和银环去玩。一大群太监跟在他身后让他心烦意乱,他挥着手说:"走开,你们走,你们不要再跟着我。"太监们只好停下脚步站在原地,远远地看着他。他痴迷地玩耍给了我充分的自由,李府就成了我宫中之外主要居住地。李敬堂公开和我打情骂俏几乎不避下人,我也不回避奶子府的奶妈们。我记得有一天我穿着李敬堂送我的杭州丝绸做成的青金闪绿双环四合如意绦出现在奶子府,被奶妈们围得水泄不通。碧桃看到我眼睛一亮,惊惊乍乍地说:"我的天啊,我以为娘娘来了,我以为太后来了。"我狠狠地瞪了她一眼,银铃看着我嘿嘿笑道:"一看就是有钱的财主婆。"翠柳一向是不说话的,她本来站在人群外面,听到银铃这样的话忍不住摇头,接口说:"什么财神婆财主婆?难听得要死,你们看看颜夫人哪里像什么财神婆财主婆?就是个风情万种的夫人呀!"翠柳这样一说众人点头同意,如花搂住我的肩膀得意扬扬地冲我一眨眼:"美人和美人总是惺惺相惜。"奶妈和女仆们爆发出一阵哄笑,碧桃嘲讽她:"别显摆了,敬事房谁不知道你如花长得如花似玉?"碧桃特地提到敬事房,就是刻薄地把如花损了一下。如花恼了,要追打碧桃,碧桃猴子似的一跃就逃得远远的。如花指着她骂道:"小蹄子,哪天让姐姐捉住揭你的皮。"众奶妈热闹了一阵就散了,我独自进了奶子府,发现了缩头缩脑的碧桃,她冲着我一吐舌头。我伸手在她腮帮子上捏了一捏:"就是个吃货,夸个人都不会。你把我当成太后和娘娘,这是夸我还是损我?我有那么老吗?"她红着脸把舌头吐得老长,然后突然不说话了,转身匆匆走开。这时候就看到张三姐快步从我身边经过,她看不出有什么变化,会意一笑和我打了个招呼:"夫人吉祥。"不管她是出于真情还是假意我都不得不佩服她,能在如此朝不保夕、糟糕透顶的情况下依然面不改色、沉着冷静地面对一切,不要说女人,就是一般的男人也做不到。其实那时候宫中暗地里早就议论纷纷,老皇上忌日已过,但是娘娘迟迟不肯让朱春龙过来和朱春山滴血认亲,很多人认定娘娘心里有鬼,小皇上并非娘娘所生的传闻又甚嚣尘上。偏偏此时朱春龙染上天花,张三姐难以招架来请求我帮忙。朱春龙的事不属于奶子府,我确实无权过问。但是我还是去看了,那天朱春龙高烧不退已经处于昏睡状态,两块腮帮子上像贴了两块红纸,小小的嘴巴也在不停地翕动。我看情况有点危急就报告了李连城。李连城那一段时间就守在乾清宫,他借口是保护小皇上,但是我知道他是对我和他手上的指纹充满巨大的疑惑。我只好对他的到来视而不见,他却不管不顾缠上了我,甚至对我动手动脚。最出格的一次就是他带我去李府看兰花,李府的兰花闻名顺天府,专门有一个兰园,植有从各地搜罗来的名贵兰花一百多盆。我也不知道那天竟然是李敬堂的生日,李大人也没有告诉我,那天晚上京军各路高官大将都来为他祝贺,李府大门外挂着一盏盏红灯笼,到处张灯结彩。他带着我从兰园出来时家中生日宴会即将开始,达官贵人纷至沓来。我和他从兰园一出现即被李敬堂看到,李敬堂怒目而视。李连城有点心虚低头想躲过去,李敬堂却叫住了他。李敬堂上前扬手就打了他一耳光,那一记耳光非常响亮,所有的来宾都听到了。李连城当众受辱当然不肯善罢甘休,他上前揪住李敬堂。李敬堂怒骂他一句:"你这个畜生!"父子俩揪打成一团,现场顷刻间大乱。我实在看不下去,内心也充满着对这对父子的不屑,匆匆离开李府。流言蜚语在宫中像蒲公英的花絮一样飞得满天都是。我在前面说过,宫中之间的石板地上,所有的石缝里全都长满蒲公英,青砖地上蒲公英更多。蒲公英花谢之后,无数花絮如同雪花一样漫天飘飞,就如同宫中长年不断的流言蜚语。流言说李连城和李敬堂为了争抢颜如月这个宫中第一奶妈当众大打出手,所有的人都津津乐道,只有韦忠贤不信。多年以后李连城告诉我,他们锦衣卫得到的情报证实,韦忠贤根本不相信李氏父子为了我这个奶子府的大奶妈如此下作,而且还当着高官重臣的面揪打起来,那就更加不可能。他对韦德贤说:"怎么可能闹出这样的事?怎么可能发生这样的事?不可能,完全不可能。最大的可能就是李氏父子精心布置了局中局,宫里人都上当了。"

第二十九章　山雨欲来

这起丑闻在宫中持续发酵，我一时成了奶子府的红颜祸水。那天范稳婆在奶子府逮着一个没有外人的机会狠狠斥责我一顿，她苍老的面孔上泛起一阵阵苍白："我说的你偏偏不听，你看看你现在在顺天府、在紫禁城多有名，千万人嘴里念着你的名字。好，真好！颜如月，我真的要恭喜你，你真是个了不起的女人，李氏父子为你大打出手……"我被她的挖苦和嘲讽搞得脸上红一阵白一阵，嘴里却嗫嚅着："其实全都是乱讲，别人不知道你范稳婆还不知道，我颜如月是什么人？"范稳婆眼睛一翻："我不知道，我哪知道你颜如月是什么人。我只是想告诉你，你也许上了那父子俩的当，他们不过就是拿你当棋局中一粒棋子。"听到她这样一说我顿时怒火中烧："宫里人全都是坏蛋，都是做局全在设局，你不是也在做局吗？我不是也是你手中一粒棋子吗？"范稳婆顿时哑口无言，我还想步步紧逼的时候，匆匆跑来的碧桃冲我使了个眼色，我接着就看到了她身后的钱大妈妈和钱如意。一般在奶子府，钱大妈妈和钱如意总是同时出现。奶子府的奶妈们全都在一起吃饭，只有钱大妈妈和钱如意是例外，她们吃小灶，而且是由银铃和碧桃送到钱大妈妈房间去。一般她们出现在奶子府都在每天的一早一晚，像现在这样在雷打不动的午睡时间来到奶子府，对钱大妈妈来说是有急事或大事要处理。事情果然和我猜想的一模一样，钱大妈妈扫了我和范稳婆一眼，然后对范稳婆说："你过来一下。"

那是我第一次听到范稳婆和钱大妈妈吵架，而且也是我第一次发现一向唯唯诺诺、低眉顺眼的范稳婆也有着霸道的凛然不可侵犯的一面。她哑着苍老的嗓子与钱大妈妈针锋相对，互不相让。钱大妈妈说："你别以为我不知道，告诉你你不是孤老，你那段时间告病还乡其实不是生病，是回老家生孩子去了，你还生了一个儿子。你告诉我，你的儿子呢？你那独生儿子呢？他到底是宫中谁的儿子?"范稳婆不屑地一笑:"你从来没有问过,我总不能主动跟你说呀。我生有一子奶子府的稳婆们都知道,不信你去问宋稳婆、金稳婆或者马稳婆。我的儿子早病死了,奶子府的奶妈们也都知道。"钱大妈妈愤愤地说:"死了? 好蹊跷!得什么病死的? 埋在哪里?"范稳婆突然泪水潸然而下:"钱大妈妈,独子早夭让我伤心欲绝,你这是拿针往我心尖上戳啊。"钱大妈妈冷冷一笑:"哼,范稳婆,别以为天下就你聪明,你做的事别人都不知道?"范稳婆也怒了:"大妈妈,这样说就没意思了。有气也别在我身上出,告诉你我不是你的出气筒。"钱大妈妈倒抽一口气,好像噎住了。范稳婆的不依不饶让我惊讶不已。这个貌不惊人、苍老衰弱的老稳婆偶然暴露出性格中强悍的一面,让我刮目相看。原来她并非我想象中那么懦弱与无能,原来她也并非孤家寡人——她甚至还有一个独子,那她肯定也有过刻骨铭心的男人,她原来并非心如枯井,她曾经也是个怀揣美梦与爱情的热辣辣的女人啊。其实奶子府的每一位奶妈和稳婆都是这样,当然也包括毫不引人注意的宋稳婆、金稳婆和马稳婆。后来我才知道,范稳婆说的其实并没有错,钱大妈妈确实是在娘娘那里受了气。那时候宫中正值山雨欲来风满楼,赵明德出逃生死不明,而韦忠贤的阉党正变本加厉,李连城也蠢蠢欲动。只是奶子府和后宫的女人们并不知道,她们仍然一如既往争风吃醋。也有超然物外的,比如翠柳,比如碧桃,比如酸枣。碧桃在那次争吵后和我深谈了一次,她的神情像个小大人。我也将我的苦楚向她透露一点点,她还是个孩子,我怕吓着她。但是孩子有孩子的想法,她的举动就是帮我到崇智殿烧香。她大老远穿过整个紫禁城从奶子府跑到崇智殿,就是为了见一见小明子。她告诉我崇智殿供奉着无数尊来自天竺的佛像,求佛很灵。她烧香烧得很虔诚,合掌在拜垫上磕了一个又一个头,求菩萨保佑我和银环在宫中平平安安。她不会对我说谎,她总是像孩子似的天真、单纯。但她还是没有完全对我说真话,她其实是去约会小明子。她提早就和小明子约好,她跪在拜垫求佛的时候,小明子就悄悄地溜进来,蹑手蹑脚从背后捂住她的双眼。她知道是小明子却故意发嗲:"谁呀?你是谁呀? 是谁呀?"小明子学了一声猫叫:"喵呜。"碧桃故意说:"你是猫呀?这猫爪子怎么这么大呢?"小明子又学了一声狗叫:"汪汪。"碧桃又发嗲:"这狗爪子怎么这么厚呢?"小明子扳过碧桃的身子和她来了个脸对脸:"碧桃,你的嘴巴好毒。"碧桃说:"我就知道是你,骂你猫猫狗狗是喜欢你,我其实好想骂你猪猪。"小明子明亮的眼睛忽闪忽闪的:"可不能在菩萨面前闹,菩萨要惩罚我的,跟我走。"小明子拉紧碧桃的手,来到一片槐花掩映的青草地。草地就在崇智殿后面,一圈儿槐树围绕,草丛里落满了雪白的槐花,点点野花点缀在青草中间。

小明子和碧桃就在草地上躺下来，小明子说："这里是师傅们晚上打坐的地方，白天根本没人来。这里好不好？"碧桃伏在草地上，用手托住下巴："好。"小明子也学着她用手托住下巴："和你在一起，真好。"碧桃狠狠剜了他一眼："真的还是假的？"小明子说："当然是真的。"碧桃说："那你愿意和我一辈子都在一起，到老到死，你愿意吗？"小明子说："当然愿意。"碧桃说："那好，那你对天赌咒发誓。"小明子眨巴眨巴眼睛懵懂地看着碧桃，似乎没有明白过来。碧桃突然伸手掐住他的耳朵："你不愿意是不是？"她暗暗用力掐疼了小明子，小明子一下子像孩子似的满脸通红："我愿意，我愿意的，我只是不知道怎么赌咒发誓。"碧桃说："好，那我来教你。"碧桃举起了手，抬头看着天："我对天发誓，如果这辈子对碧桃不好，要遭天打雷劈！"小明子也模仿碧桃举起了手对天发誓："我对天发誓，如果这辈子对碧桃不好，要遭天打雷劈！"碧桃突然在草地上打起滚来，她滚了几滚又滚到小明子身边，背对着他伸出手来："给我一个戒指，一定要送戒指的。"小明子说："可是，我上哪儿找戒指呀？"碧桃说："什么戒指都行，只要是你的一份真心真意。"小明子突然明白了："好嘞，你等着啊。"小明子跪在草地上摘了几根巴根草，然后像小时候在乡下那样精心编织起草戒指，不一会儿，就编出一只像模像样的草戒指。他挑起一朵紫色的小花编在戒指中心，当作戒指上的宝石，然后轻轻捧起碧桃的手："把眼睛闭上。"碧桃闭上眼睛，小明子将草戒指轻轻地戴在碧桃的手指上。碧桃睁开眼睛看到手指上的草戒指，像只青蛙似的一跃而起，举着手又唱又跳："啦啦啦，啦啦啦——"然后又跳到小明子面前："你可不许抵赖呀。"小明子郑重其事地说："不会的，相信我，碧桃。"

　　碧桃和小明子的青梅竹马、儿女情长其实不适合发生在宫中，宫中发生的事总是与奸臣当道、后宫争斗有关。大明皇宫当然也不例外，甚至有过之而无不及，比如老谋深算的韦忠贤。此时韦忠贤的肆无忌惮已令李敬堂和言如鼎忍无可忍，联名重臣、老臣再上题本弹劾韦忠贤。那天早朝有关韦忠贤的题本娘娘接到五六封。王爷忍无可忍，最后声音颤抖地说："娘娘、首辅，哪朝哪代宦官当道都不少见，但是宦官当政、混乱朝纲到了为所欲为的程度，着实罕见。娘娘即便听不到天下黎民百姓痛骂，难道也——"娘娘突然发话："王爷别说了，并非娘娘坐视不管，实则我朝烽烟四起腹背受敌，我和首辅原本想缓一缓再处理。现在既然到了忍无可忍的关头，王爷您就看着办吧。"每一次早朝韦忠贤从来不会参加，但是他总是很快就对早朝内容知道得一清二楚，安小平总是及时将宫中秘密转告他。韦忠贤仍然一如既往地伏案写字，他以不动声色回应安小平。

其实在内心深处他的怒火越烧越旺,当着文武百官的面答应要惩罚韦忠贤对于九千岁来说这是莫大的耻辱,他无法接受这样的事实,后来的事实证明他还娘娘以颜色也是从这次早朝后开始。偏偏那几日宫中大事小事不断,连奶子府也没有消停,转派到尚衣监的酸枣沉默寡言,却因为溜进御膳房偷食驴肉引发腹泻差点致死。春明一直想与翠柳结成"对食"夫妻,不断的骚扰让翠柳忍无可忍最后挥刀相向,将春明戳成重伤。邹老五送菜再度来找银铃,银铃与他在兔儿山苟且被马稳婆发现,马稳婆原本要狠狠敲银铃的竹杠,没想到邹老五恶人先告状,反诬马稳婆在奶子府蔬菜采购上多年涉贪。钱大妈妈与韦忠贤一个鼻孔出气,那几日也学韦忠贤称病不出,钱如意也甩手不管。只剩下我在奶子府勉力苦撑,连范稳婆也不配合。而我虽然身为夫人,因为来奶子府的时间并不长,许多稳婆和奶妈资格都比我老,甚至很多女仆在奶子府供职时间也比我长得多,所以我在奶子府威信并不高,说什么她们都左耳进右耳出。我也只好睁一眼闭一眼,安抚了马稳婆再安慰翠柳,斥责了春明之后再痛骂邹老五。那几日奶子府充斥着不安的气氛,紫禁城也笼罩着不祥的气氛。后来我才知道,原来边关周达副将耿春年的随从李甲捉到大金探子,杀死后曝尸喂狼引发大金报复。王不欢率部来到北方边关,布防兵力。周达机智应战,使计大败敌军。王不欢对周达赞赏有加,提拔他为九边第一总兵。

我现在仍然记得王不欢班师回朝的场面,那是我第一次在宫中亲眼得见如此威武雄壮的王者之师。瓦蓝瓦蓝的天空点缀着肥大而松软的白云,它们就如同一团团雪白的棉花在轻轻擦拭着那块蓝琉璃,最终将琉璃擦拭得一尘不染。无数条猎猎旌旗迎风招展,浑身铠甲的兵士踏着整齐有力的步伐进入内校场,空旷的内校场发出整齐得令人震撼的脚步声。宫中的文武百官包括东厂和锦衣卫全部出动迎接班师回朝的得胜之军,当然少不了小皇上,小皇上一身黄袍出现在观礼台上。那天朱春山有点坐立不安,时令已经入秋,他迫不及待地和李连城约好要去打猎,这是每年秋天皇宫雷打不动要做的事。只是今年小皇上玩心顿起,进山时间略略提早了半个月,还点名要我和银环陪同。皇上进山打猎可不是那么随便,跟着小皇上进山的有一百多号人马。而且也不是随随便便哪儿都去,去的是皇家猎场,是长年有人看守的猎场,围猎的那些山猪、野兔、梅花鹿什么的,全都是皇家派出专人饲养,甚至围猎时无数人将山林中的动物驱赶到一处空地上任由射杀。皇上才七岁不到,他也不会狩猎,他更多的就是图个热闹而已。李连城也安排朱六指托着火枪让小皇上扣动扳机放几枪,当然每枪都可以打到山鸡或野兔,小皇上开心不已,在营地燃起篝火烧烤猎杀的野物。

营地篝火晚餐是每年狩猎的高潮,宫中御膳房派来御厨协助,奶子府的女仆也来了几十位。我在其中竟然发现了范稳婆,按理说她根本不应该出现在这样的场合,而且御膳房的一切杂务也与她无关,即便要临时从奶子府抽调人手帮忙,怎么着也排不上几个年迈的老稳婆。我看她和几个女仆合力给一只野山猪去毛,就没有过去打招呼。一直到天黑时分点燃了林中空地上那堆巨大的篝火时,她才稍稍闲了点。众人在一阵阵肉香中开怀痛饮,暗蓝的天幕下那堆熊熊燃烧的篝火越发显得红火。我在人群中找到银环,想带她到一个安静的地方叮嘱几句,范稳婆此时突然上来拉住银环的手,将一只野兔的后腿递给她:"这是留给你的。"我和范稳婆还没顾得上说几句话,就看到碧桃跑过来说:"皇上要见夫人和银环。"我带着银环匆匆赶到人声鼎沸的篝火旁,小皇上从人群中溜出来正在东张西望,发现了银环他开心地一笑,然后就拉住银环的手两人一阵怪叫。我微笑着看着他们,突然发现黑暗中一个个头矮小的男人出现在我身边。篝火完全被人群挡住,他的面孔在我视线中一片模糊,我只是隐约看到隐隐火光在他脸上晃动。我正疑惑他的举动时,他却突然背诵出我永远铭记在心的接头暗语:"《水浒传》不输《西游记》……"他的话让我怦然心动,我不动声色地看着他,他眼睛向远离人群的树林旁扫了扫,然后抬起脚向那边走去。我心里突然忐忑不安,没有马上跟上去。他停住脚步回头示意了我一下,我快步走过去,我分明看到松林边的那块巨大的岩石上坐着一个人,这时候我的心狂跳不止。

第三十章　风声鹤唳

　　李连城像一只猛虎一样跳出来把我吓了一大跳,他一言不发地看着我,我一下子呆住了。他在黑暗中冲我摇摇头示意我不能去,我朝他身后的那块岩石上张望了一眼,那个人影正在起身离去。我突然推开李连城:"别挡我的路。"李连城像扎根很深的松树一样纹丝不动,他握住我的手像铁钳似的让我动弹不得:"不能去接头,听我的话马上离开。"我狠狠推了他一下:"你胡说什么呀,我听不懂。"事已至此我没有办法,只想装糊涂混过去:"他帮我从宫中带了东西。"李连城死死攥紧我的手:"《水浒传》不输《西游记》。"一听到这句接头暗语从李连城嘴里蹦出来我如同五雷轰顶,李连城用力拖着我把我带回营地,然后他就坐在一边喘着粗气。篝火旁野味烧烤的肉香一阵阵扑过来,李连城并不看我,偏过头去冷冷地说:"与你接头的就是东厂韦德贤的人,他们设下此局只为查证你的身份。你的房舍多次被东厂的人翻查过,你记录在纸上的接头暗语早被他们发现。"李连城站起来,"别再蒙骗我,告诉你我是锦衣卫的都指挥使,紫禁城对我来说没有秘密。我现在只问你一句,你来接头是代表你自己还是范稳婆?"我突然清醒过来,我作为奶子府的奉贤夫人其实不能在他面前呈现出懦弱无能的状态,我转身往外走,李连城的话在我身后铿锵有力地砸过来:"你不必马上回答我,但是我请你好好想想,然后将真实情况告诉我。我要对皇上负责,更要对你负责!"我承认他这句话确实是发自肺腑,但是我有我自己的想法和目标,我不会被李连城所左右。我以为李连城会缠着我将接头之事弄个水落石出,因为如此惊天隐秘于公于私他都不可能放过我。但是他对我的追查最后虎头蛇尾,在那晚盛大的篝火野宴之后就不了了之,李连城于第二天一早就和锦衣卫人马保护着小皇上匆匆离开。多年以后李连城才告诉我,那个夜晚对他来说真的是一个不眠之夜,午夜时分他在皇上营地外巡查时竟然接到了赤龟要求见面的密令,赤龟一路追到皇家猎场让他很不痛快。但是赤龟告诉他这是一次极其重要的会见,而且要见一个李连城日思夜想的人。李连城担心中了圈套,特地做了一手防备,这样的防备也是他们锦衣卫日常工作之一。他没有想到这次见面大金间谍现出真容,没有套上每次必戴的黑色头套。李连城的笑容僵硬在脸上,他发现出现在面前的这个人就是御厨房的杨十斤,他保持着僵硬的笑容等待着杨十斤先开口。杨十斤说:"我想你已经猜到了,我们其实已经是老朋友了,不需要再多说什么。"李连城应了一声,杨十斤说:"那好,跟我来,我带你去见一个人,我看你这个人是不见棺材不掉泪——都指挥使,我也是拿你没有办法。"李连城跟在他后面保持着足够的警惕,他们来到的地方仍然是李连城上半夜来过的地方。松林边缘那块突起的巨大岩石上坐着一个人,从瘦弱而单薄的身影上来判断似乎是一个女人。仿佛只有到这时候李连城才注意到岩畔狂风呼啸、林涛声声,他后来发现岩石其实面临着一处悬崖,而崖上石缝间到处生长着松树,在夜晚它们看上去黑乎乎的。杨十斤在岩石前停下来,对李连城说:"李大人,只能给你一袋烟的时辰。我知道李大人不会轻举妄动,这样才会你好我好大家好。我也不希望小主在大金多少年活得好好的,结果死在你手里。你要知道,松林里到处都是我们的人。"杨十斤说完慢慢后退,渐渐隐没在黑暗中。李连城转身朝岩石上那个女人慢慢走过去,一直走到跟前他才伸出手抚摸她的脸:"你,你是谁?"女人一言不发,他抚摸到一手的眼泪,他摸到了女人眉心上的美人痣,突然托起女人的脸:"小娥,是你!"田小娥一下子瘫软在他怀里:"连城,连城!"李连城抱紧了小娥:"小娥,真的是你吗? 小娥,小娥,快告诉我,这些年你都在哪里? 小娥,小娥——"小娥在他怀里只是哭。李连城紧紧抱住她,摇晃着她:"小娥,你真是小娥?"田小娥根本说不出话来,只是泣不成声地哭着,两条胳膊软软地搭在李连城肩头上,一身樱桃红八答晕春秋锦长衣冰凉如水。李连城将小娥紧紧抱在怀里,一阵心酸涌上心头,眼里沁出酸楚的泪水,欲滴未滴地挂在眼眶边。田小娥渐渐停止哭泣,李连城坐在岩石上,将小娥抱在怀中和她脸贴脸,仔仔细细看着她:"小娥,你怎么不来找我? 这几年你在哪里?"田小娥说:"我在大金,我一直就在大金,你叫我怎么和你联系?"李连城吃了一惊:"大金? 你真的一直在大金? 我不相信。"田小娥点点头,她还要说点什么,松树上跳下来几条黑影。一个头目说:"好,到此为止。李大人,放开田小娥,你走吧。"李连城并不放开小娥,冷冷地说:"不可能,要走开的是你们。"杨十斤突然出现在李连城的视线之内:"李大人,我理解你对小主的恩情,将小主从遥远的大金带到顺天府我只是想告诉李大人一个事实:小主在大金活得很好。李大人想和小主在一起并不难,只要按照我先前下达的指令去做,和小主相会的日子指日可待。再说一遍,我理解李大人的心情,也望李大人理解我们的心情。大家都不容易,识时务者方为俊杰,以李大人的聪明想必不会让我等愚蠢之徒枉费口舌——带走!"李连城早有防备,沉默中暗暗发力然后饿虎扑食扑向杨十斤。杨十斤他们也早有防备,其中一人转身向李连城掷来一团白粉,白粉正中李连城的面颊。一阵奇异的芬芳飘散之后,李连城突然瘫倒在地昏昏而睡,就在这片松林中直睡到天光大亮、秋霜满身。他带着一身浓重的秋霜迎着从大山后面冒出来的熹微晨光回到了营地,谁也不知道李连城在这个难眠的秋夜经历过什么,他自己脑中一片空白,感觉好像经历了一场梦境。

李连城从此成为里草栏场的常客,但是赤龟从此之后既不见他也不与他联系。三天之后的一个黄昏,他得到里草栏场一个放羊娃送来的情报,是杨十斤向他出示铁证,我颜如月才是潜伏入宫的最大特工,背景深不可测,她的接头暗语是"《水浒传》不输《西游记》,明朝人最爱《金瓶梅》",发展颜如月为下线后,即安排他来大金与田小娥幽会。李连城吃惊的是此次联系并不通过白龟,而朱六指此时已向他报告,白龟被人投毒毒死!他回到锦衣卫住处果然看到乌龟池里肚子朝天的白龟,李连城惊奇地发现龟池里又出现一只铁锈红色的赤龟。他有了不祥之感,那天晚上他回到李府准备向父亲求助,却在卧室里发现了我和李敬堂令人难堪的一幕。这两年因为小皇上朱春山对我的专宠,在紫禁城,在顺天府,甚至在整个大明天下,我在民间成为一个传奇女人,民间传说我的乳汁有神奇功效并且包治百病。也不知是谁带头,我有了一个绰号:天下第一奶!据说有幸吃到我颜如月的天下第一奶不但百病尽消,而且还会返老还童,让步履蹒跚的老妪变成天真烂漫的少女、胡须飘拂的老翁变成青春冲动的少年。我知道宫中文武百官对我的乳汁垂涎欲滴,但我从来不屑一顾,我是属于皇上的必须忠于皇上。皇上断奶之后太多的皇亲国戚想与我结交好得到我的乳汁,我一概拒之门外。当然,太后与娘娘我不可能拒绝,还有就是李府的李敬堂大人。此时我才得知,李大人自我一入宫就开始关注我,继而喜欢上我,他从来不曾隐瞒自己,他对我的偏爱在紫禁城是完全公开的,以他的身份喜欢一个奶子府的奶妈其实根本不需要偷偷摸摸,哪怕宫中盛传他和儿子李连城为了争夺我大打出手他也无所谓。那天是他让副官黄楚九来请我,那是难得的一段悠闲时光。皇上朱春山随王不欢巡视内校场练兵,而且晚上要犒赏京军。我在宫中可以很罕见地休息一天,李敬堂派黄楚九来接我去宫外的花津桥。黄楚九是李敬堂的心腹，我们乘坐的马车一路从东安门出宫，然后到了我上次与大德子见面的花津桥头。桥头永远都是人头攒动、熙熙攘攘，我们马车的出现并没有引起路人注意。

这里临近紫禁城，每日驶过的豪华马车何止百乘千辆？皇上的车辇也时时由此经过，市井百姓早已见怪不怪，他们只顾做着自己的小买卖。马车最后停在一处叫玉堂春的园林，就在花津桥左首。李敬堂坐在临河的美人靠上手拈飘飘美髯等我，他的脸上含着暧昧不明的微笑。他揽着我并肩坐在美人靠上，临河人家在屋檐上挂起一串串红灯笼，红灯笼的红光倒映在水中，随着波纹荡漾起来，一河的浮光掠影如梦似幻。不知何时一轮明月从对岸人家高高低低的屋檐上升起来，皎洁的月亮湿漉漉的，花津桥上依然人声鼎沸。李敬堂与我在美人靠上对视了许久，最后他握住了我的手将脸埋在我的怀里。这一幕第二日就在宫中到处流传，说我成了李敬堂的女人，李敬堂掀开我的襟衫直接就在乳房上吃奶。李连城第二日和耿谦和联手给小皇上沐浴更衣之后，向我追问过发生在玉堂春的细枝末节。我拒绝回答他，因为我知道他的眼线会向他汇报一切，他当面向我打听不过是确证一下。我的拒绝让他无言以对，他那天来宫中是为了配合耿谦和给小皇上沐浴更衣，那是小皇上亲口和他约定的。后来李连城和我在燕山深处的桃花坡回忆前尘往事时，他说他那次给小皇上沐浴不过就是进一步确认他的手指指纹与我们俩一模一样。他说他第一次发现小皇上的指纹与他的一模一样，他浑身上下一阵阵发麻，不知道我们三人诡异相同的指纹意味着什么。他跑去向占卜大师张天师询问过，张天师对风水、天象造诣深厚，但是对于指纹只是一知半解。几天之后他大概参考了几本相关的古籍，对李连城说："指纹同祖，血脉相依，你们远祖或近亲出于同一支，而且相当近，近乎血亲。"张天师的话让李连城大吃一惊，他后来一有机会就避开众人拿起小皇上的手指细细揣摩。时间一长小皇上也恼了，会趁他不注意随手给他一记耳光。当然，那记耳光很轻，带有玩笑性质。然后小皇上就势扑到李连城怀中，孩子气地打滚疯闹，李连城一任他胡作非为。某天他们又在嬉闹的时候，杆子房那边传来猫头鹰惊天动地的哀鸣，那种不祥之音是骤然间响起的，然后像一条黑色的孝布在紫禁城上空久久飘荡。我们在宫中听得一清二楚，宫里的奶妈和太监放下手头的活不安地朝门外张望，每个人都显得恐惧不安。到了天擦黑的时候，果然有一个不祥的消息在宫中不胫而走：在无风无雪的情况下杆子房的杆子再次无缘无故倒塌，正倒在一个准备去太庙做祭事的小太监身上，当场将太监脑袋砸开花。而那天正好又是老皇上的生日，宫中出了这样的祸乱绝对是一个凶兆。娘娘吓得束手无策,她没有想到就在一夜之后的第二天早朝上,惊天大事终于再次发生。那时候时令已经进入深秋,太监通知文武百官早朝的时间是寅时,就是天将亮未亮,黎明前最黑暗的时候。皇上早朝就是娘娘早朝,娘娘早朝的时间一向不定,全都是由着自己性子来。寅时早朝,文武百官丑时就要从床上爬起来穿戴打扮妥当,坐车赶到宫中,一边赶路一边呵欠连天。一大帮子太监、侍卫、女仆半夜三更就得起床,手忙脚乱地准备。文武百官好不容易从各自府第赶到宫中,乾清宫一时还不能进去,大家在黑暗中按文左武右的规矩排队静候。虽然黑压压、密麻麻的一片人挤满了乾清宫前的场地,却听不到一点人声,大家习惯了在黎明前的紫禁城里等待早朝。但是今天的情况略略有点不同,首先是杆子房那边仍然不时地传来猫头鹰的鸣叫,一声一声在紫禁城中传开来令人不寒而栗。紧接着乾清宫金碧辉煌的屋顶上突然闪现一团火光,那团火光一闪一闪,把等候入宫早朝的文武百官的目光全吸引过去。就在众人恍惚呆愣间火光全熄,黑漆漆的乾清宫殿之上突然发出一连串恶毒的咒语:"小娥之子抢来为皇,冒充母后丧心病狂。替天行道杀后掳王,大明王朝始得平安。"文武百官一阵骚动,因为那个声音熟悉得很,甚至可以说耳熟能详,他们猜到了这声音是从谁的喉咙里发出来的。

第三十一章　监守自盗

　　后来的事实证明赵明德投奔在陕北起义的周迎祥红巾军其实是板上钉钉的事实，他其实是在顺天府郊外被小德子安排手下故意放走，而且是一支冒充的天雄军劫走了赵明德。背后的主谋当然是韦忠贤，韦忠贤有两个打算：一是赵明德出逃，娘娘必定生气，正好借刀除掉朱春龙以绝后患，他同时也认定孤身出逃的赵明德在江湖上绝对成不了多大气候。另一个计划就是栽赃李敬堂的天雄军，将屎盆子扣在李敬堂头上，可谓一箭双雕。韦德贤安排犯事的手下在娘娘面前做证然后逼其自杀谢罪，最终此事就成为无头案死无对证。而这起发生在乾清宫上的诡异咒语也是韦忠贤买通顺天府街头杂耍艺人模仿赵明德声音所为，真正的目的不言而喻，就是要让宫中文武百官知道娘娘和皇上的底细，将一直在宫中风传的谣言坐实。短短几句话在紫禁城引发的震动令人心惊胆战，本来就人心惶惶的紫禁城更加风吹草动、谣言四起。更大的一个谣言是韦忠贤已经与赵明德暗中联手，赵明德所掌握的内幕其实全是韦德贤的东厂提供。而赵明德之所以能够在重重看押之下脱逃，其实就是韦德贤故意释放了他。谣言总是来无影去无踪，韦忠贤也是充耳不闻，仿佛一切与己无关，每天照例到敬事房、奶子府巡视一番，然后与钱大妈妈对食，之后就在千岁宫写字。他以从容淡定来对抗娘娘对他的无视，他的出手总是出其不意，对准娘娘的命门致命一击，然后等待着宫中作出反应。而宫中的反应他几乎可以想象出来，这是他之所以身处风暴中心却仍然从容淡定的原因。这时候宫中最急不可耐的一个人就是李连城，他如同急火攻心般要和田小娥在一起。现在宫中到处都在传小皇上是娘娘抢夺的小娥之子，那么就是说田小娥才是朱春山的生母，这背后到底有何惊天阴谋？他身为锦衣卫都指挥使也不知道，他迫切想从小娥那里获得全部真相，他比任何时候都想见到田小娥。这时候他日夜泡在乾清宫，他和小皇上亲如父子，他对我也纠缠不休，希望在短时间内与我结成情人关系。他甚至劝我陪他到里草栏场那边走一圈，扮成情人模样做戏给人看："帮我一次，就这一次，我一定要见到小娥，你应该知道我对你的感情。"我始终不明白他要见到田小娥跟我有什么关系，他欲言又止的神态让我于心不忍。我对他感情很深，我可以在他面前撒泼或耍赖，甚至坐在他大腿上不走。我把他当成我的哥，是小妹对哥哥那种亲情。但是李连城不这样看，他把我的亲情当成了爱情，变本加厉与我亲近，这引起了钱大妈妈的强烈不满。其实那段时间宫中走向不明人人自危，钱大妈妈对奶子府的事也睁一只眼闭一只眼，钱如意也不那么积极，她甚至很少出现在宫中。沉寂了许久的张三姐不知道得到什么信息又开始在奶子府招摇起来，她花枝招展地领着朱春龙和另一个一向深居简出的珍妃，我知道她的示威是有很深的用意。紫禁城里的人不会比我傻，他们其实也知道，只是不知道张三姐怎么会那么大胆，又是谁暗示了她让她如此大胆？这一切都是一个谜。与张三姐跃跃欲试相呼应，杨白桃也蠢蠢欲动。我对杨白桃的心思一直有点捉摸不透，虽然我们表面上和好如初，但是想像过去那样无话不谈还有待时间，我那时候一片忙乱，很少有工夫坐下来与她长谈。我只是一厢情愿地这样认定，反正都在奶子府，以后还有很长的日子要在一起过，所有的疙瘩都会一一解开，时间会证明一切。但是杨白桃似乎等不及，我一直认为是黑娃的指使。黑娃一向是个不甘寂寞的男人，而且还是一个没有底线的男人。在宫中做采购让他有足够的机会接近韦忠贤讨好韦忠贤，最终的结果是他将杨白桃送上韦忠贤的床。我不知道这一切是如何悄悄在奶子府发生的，等到张三姐再一次明目张胆抛头露面的时候，杨白桃已经半公开地与韦忠贤结成对食关系。碧桃绘声绘色地告诉我，是钱如意最先发现这一秘密。据说那天事情就是发生在宫中的钦安殿，这更加加深钱大妈妈对杨白桃的仇恨。而我却再一次认定这是黑娃的主意，以我对杨白桃的了解她根本不具备这样的野心，因为她根本不是钱大妈妈的对手。而黑娃自从留在宫中做采购之后，大概初步尝到了甜头野心膨胀，觉察到韦忠贤对杨白桃的垂涎之心，就顺水推舟安排杨白桃从了韦忠贤。事情不知在暗中进行了多久，公开爆发的那天是九月初九的重阳登高。那年的季节就是奇怪，先是夏天奇冷三伏天睡在床上要盖棉被，夏天结束老天却开始燥热起来，并且一连十几天日日暴雨如注，同时伴随着电闪雷鸣。小皇上和银环都怕打雷，每到雷雨天只要天空闪电一闪，耿谦和和一帮太监就大声吆喝以掩盖雷声，这在宫中是沿袭多年的老习惯。我也用棉花堵塞住小皇上的耳朵，尽量让他听不到雷声。碧桃跑来告诉我的时候奶子府已经乱作一团，是钱如意将杨白桃从韦忠贤床榻上拖下来，据说当时杨白桃和韦忠贤都赤身裸体，而韦忠贤竟然披头散发，他就直接跪伏在杨白桃身上呱唧呱唧吃着奶，那贪婪疯狂的模样把奶子府的奶妈们吓了一跳。杨白桃被钱如意揪着头发拖下床时，韦忠贤脸色苍白瘫在床上没有任何反应，就如同一个垂死挣扎的病人。钱大妈妈的行为也大为失态，大概是杨白桃半公开的行为发生在奶子府实在让她丢尽颜面，她几乎发了疯，与钱如意联手扯烂了杨白桃身上那件月季黄霞彩百色桃花锦丝裙，将她打得鼻青脸肿，而杨白桃就裸着身子在地上翻来滚去。

杨白桃在我的眼皮底下将撕破的衣服重新整理好，然后擦净了鼻血站起来，我随手拿过碧桃手上的蓝布围裙递给她，她并不领情用手推开，她愠怒的脸色大概嫌我多此一举。她步伐坚定地从奶妈和女仆惊讶的目光中走过，走回自己的房舍，这一幕让我大为震惊。我知道从今以后她不必依靠任何人就可以在宫中顽强地活着，因为脸皮厚是奶妈和宫女们在宫中立足的必备条件，杨白桃从此多了一份彪悍与无畏。奶子府的奶妈们暗中兴高采烈，她们认定黑娃回来必定又要在奶子府掀起一场风暴，和钱大妈妈对决这种精彩好戏多少年不曾在奶子府出现过。可是黑娃回宫却破天荒采取息事宁人的态度，这背后是韦忠贤不动声色的安排，让黑娃专门垄断小皇上的饮食采购。将这块肥肉从御膳房单列出来专门让黑娃吃独食，从奶子府的奶妈到御膳房的御厨个个都恨得咬牙切齿。但是韦忠贤不为所动，他有他的算盘，一是钱大妈妈围殴杨白桃是他本人直接引起，他不想将风波扩大。二是事情既然已经捅破他就有恃无恐，正好可以光明正大地公开与杨白桃对食。钱大妈妈暗地里其实早就和韦忠贤没有了对食关系，韦忠贤也只是三两个月才到她这里来吃一次饭，也仅仅就是吃饭而已，只是韦忠贤公开和杨白桃在一起对食让她在面子上受不了。在她看来，杨白桃一无所长，她既不像张三姐那样风骚也不像我颜如月这样传奇。以韦忠贤的阅历，奶子府这些年来来去去成千上万的奶妈，明的暗的韦忠贤不知道吃过多少，他怎么可能迷恋杨白桃到了如此痴迷的程度。

钱大妈妈对韦忠贤百思不得其解，两人第一次发生了被奶妈们人人知晓的龃龉。韦忠贤的无情无义就表现在不肯给钱大妈妈一个台阶下，他认定她的所言所行冒犯了他的尊严。而钱大妈妈的恼羞成怒在于她和侄女钱如意一下子在奶子府面临墙倒众人推的局面，包括一向在她面前唯唯诺诺、忠心耿耿的范稳婆。那段时间从奶子府到宫中谣言四起，一说是李连城极有可能是范稳婆谎称死亡的儿子，一说是朱春山给银环送了一对鸽血红镯子，并公开对外宣称将来他要钦定银环为皇后，原来我带银环入宫的目的就是让女儿成为皇上宠妃。

所有的迹象表明谣言并非空穴来风,因为李连城分明遭到跟踪,而且这次跟踪并非来自东厂,而是直接受控于王不欢的御林军。李连城得到的消息说收留了赵明德的红巾军正在强渡黄河,种种迹象表明他们的目标是顺天府。王不欢开始坐立不安,王爷言如鼎给他的主意是命周达部将向顺天府周边集结,必要时可随时驻守顺天府以防万一,然而命令没到周达的边防却出了大事。

后来李连城向我讲述边防驻军总是一笔带过,这让我很不满足。我虽然身处钩心斗角、你死我活的后宫,但是边关只要有一点风吹草动宫里人就惊恐不安,历朝历代玉碎宫倾的悲剧实在让宫中人痛心疾首,边关的事总是牵动宫中人心,因为国破总是从边关开始。我后来得到的消息是,在这一年的冬至那天,顺天府虽然艳阳高照而边关却已是大雪纷飞。第一总兵周达前晚和几位部将分析九边形势,早上睡到日上三竿时还没有起床。部下李甲突然来报,马厩里的马匹无一例外悉数死亡。周达和耿春年赶到马厩时被眼前的景象震惊,一千匹战马全都倒伏在地,有的跪卧昂首有的四脚朝天,有的只是略略歪斜,所有死亡的马匹无一例外保持着昂首的姿态。朔风在马厩外呼啸而过,周达抬头望天,大朵大朵雪花无声飘落下来。就在这一刻他决定对宫中封锁消息,并派出五名心腹暗中守卫营地外逃路口,然后开始着手彻查。他的方法就是单独审讯每一位部将,公开指证说有人举报就是你投的毒,请好好反省老实交代。一级查一级的结果是整个兵营从部将到兵卒无一遗漏,确保真正投毒者也无一遗漏。而一旦被审查者发现自己的行为已经暴露,出逃就成为唯一的选择。果然当天午夜时分,禀告者李甲和两名马夫出逃时在山口被逮个正着,周达下达惩处的命令是将李甲斩手、斩足丢入旱井。当天处罚当着军中将士的面举行,李甲被斩手、斩足后发出凄厉的哀号,周达却饶了两个马夫的命。待众人散去之后,他缓缓踱到马夫面前:"你们告诉我,李甲为何要毒死马匹?"马夫支支吾吾了一阵,结结巴巴地说:"大人还需要问奴才吗?军中军饷半年没有拿到,军中人心不定,想造反、想投敌的多了去。大人您下去问问,军心全散了。"

周达听完之后一言不发,他最后放了两个马夫,他突然决定没必要向宫中隐瞒这件塌天大事。非但没必要隐瞒,他还决定主动向王不欢汇报,并且亲自入宫汇报。李连城也没有料到边关毒马事件最后竟然促使他进入大金,那时候他已经和小皇上建立了父子般的情感。不能说他对小皇上完全是虚情假意,情感的成分肯定有,我自己的亲身经历也证明李连城是个重感情的人。但是李连城太急于见到情人田小娥,田小娥身上隐藏着惊天秘密让李连城一刻也不能等待,他要确认。后来李连城告诉我,他在一种疯狂状态下开始铤而走险,监守自盗就发生在这几天。他的目标很明确，就是《九边军镇图》。那日是周达入宫的日子，娘娘和王不欢选在乾清宫召见，担任警卫的李连城几乎寸步不能离开。他们的会谈从中午开始，一直到午夜仍然没有结束的迹象，李连城每隔一个时辰就在宫中巡视一番，巡视到乾清宫时他见前后无人就与朱六指稍稍分开，闪身进入了乾清宫，直奔屏风后面的密室。他早就清楚《九边军镇图》就在这个房间里。他轻而易举就骗过了守宫太监："小皇上让我来取题本。"空白题本全在这里，他在之前早已做足了功课，以小皇上练习批题本为名来此取过三次题本供小皇上练习，以此麻痹太监。开箱的钥匙他早就利用一块御膳房的老豆腐进行了拓印，然后根据这个拓印倒模，在铁匠铺子用铁水铸出一把钥匙。为了顺利挟带他特地换上了一袭蟹壳青色捻金银丝线滑丝云锦长袍，宽袍大袖让他越发显得神采飘逸。太监果然并不在意，开了房门让他进去。李连城直奔一排玛瑙红沉香五龙箱，翻出那件绢制的《九边军镇图》，嘴里还在和门外的太监大声说着话："稍微等候一下，好了好了，好了好了。"他将《九边军镇图》拿在手中看了看，微微一笑，将丝绢卷成小小的一团握在手心里，然后系了一下宽大的腰带，转身又拿起一沓空白题本准备离开。箱笼后面突然冒出来四个人，韦德贤也在其中，他冷冷一笑："借拿空白题本之名盗窃绝密《九边军镇图》，李连城哪李连城，你这是聪明反被聪明误啊。"李连城一声断喝："你血口喷人！"韦德贤上前一步："《九边军镇图》盗窃得手，还说血口喷人——交出来吧。"韦德贤领着随从一步步紧逼，李连城假装惊慌失措："你们想干什么？你们想干什么？"韦德贤恶狠狠地说："想干什么？把《九边军镇图》交出来。"四个人一拥而上，李连城拔刀而上，刀光剑影中一个随从身中数刀，鲜血喷涌而出。其他两人扑上来踢掉李连城手中的刀，死死将他压在地上。韦德贤说："把《九边军镇图》交出来。"李连城说："什么《九边军镇图》？我是替小皇上来拿空白题本的，我根本不知道什么《九边军镇图》，不信我让你们搜。"韦德贤示意随从们松开手脚让李连城站起来。李连城手脚麻利地一件一件脱光了身上所有的衣服，最后光着屁股站在韦德贤面前："你搜吧——"韦德贤和随从仔仔细细搜了李连城的衣服，最终一无所获。看着光着屁股一直站在他们面前的李连城，韦德贤不知所措。

韦德贤最后只得释放了李连城，李连城认定宫中对他不信任，一怒之下向王不欢提出辞职。回到锦衣卫后他才取出那幅绢制的《九边军镇图》，谁也不知道他将这幅图搓揉成短短的一截，最后插入自己的肛门内。

第三十二章　狼烟四起

　　李连城盗得《九边军镇图》尚未来得及联系大金，大金的间谍却已经找上门来，李连城没有想到取图竟然在戏曲演出时。他不敢将《九边军镇图》放在家中，放在任何地方都不放心，他就一直带在身上。那日接到邀请去钓鱼台，原来是很少抛头露面的珍妃之子、五皇子朱春阳生日，据说是张三姐为其操办，请来了万里红唱戏。那是万里红在宫中最后一次出现，她真是卖力气，那天她唱的是《龙上天》，临到收尾时以幻术收场。万里红将尺素在手中变戏法似的折了又折搓了又搓，然后在众人眼前亮了一圈往空中一抛，尺素就离奇消失。众人目瞪口呆之际，她却准确无误地来到李连城身边，说："它飞到哪里去了？在这里，在这里呢。"万里红从李连城胸口拿出卷成卷的尺素，正是《九边军镇图》。李连城目瞪口呆而且一点不敢声张，他眼睁睁地看着万里红在众目睽睽之下取走了《九边军镇图》。自此之后，他就焦急万分地等待大金方面的安排。但是半个月过去了他什么也没有等到，奶子府却后院起火。钱大妈妈怀疑李连城是范稳婆之子，范稳婆所谓的儿子早夭完全是骗人的谎言。这时候她还想挽回与韦忠贤的对食关系，离开了韦忠贤的帮衬她在奶子府开始寸步难行，似乎也颜面尽失。她的威胁其实不只来自张三姐，而且还有后起之秀如花。

　　如花像雨后的芙蓉花一天比一天鲜艳明媚起来，她的美貌别说在奶子府，就算在后宫也能排得上前三名，像她这样的美女在奶子府做女仆确实可惜，走到哪里都是光彩照人的美女怎么能做女仆呢？奶子府的奶妈们背后都替她惋惜，她也从不把自己当成女仆，人人都认为她不过是暂时在奶子府落脚，她还小，她在宫中的前程肯定不可限量。张三姐时时笼络她，钱如意甚至主动出面讨好她，包括钱大妈妈对如花也从不慢待，总要高看一眼。敬事房安小平、春明那样的太监也时不时来讨好如花，包括锦衣卫的兵士，只是如花始终不肯给任何人机会，只有一个人是例外，这个人就是钱大妈妈。钱大妈妈有心将如花和钱如意打造成她的左膀右臂，钱如意现在差不多能独当一面，但是她对如花的栽培才刚刚开始。一个好的苗头是为人高傲的如花虽然年龄很小，却非常懂事，在钱大妈妈面前一向把自己放得很低，这让她感到一丝欣慰。她那次就是带着如花和钱如意一同跟随范稳婆来到离清风寺不远的荒郊野外。范稳婆坐在马车上在前面走走停停，也不知道出于什么原因，钱大妈妈和如花坐着的马车始终跟不上范稳婆。范稳婆也知道绝不会只有钱大妈妈和如花跟在后面，她知道东厂或锦衣卫的人马一定在暗中盯梢。她知道他们对她的怀疑由来已久，她也不太计较。在宫中讨生活的人要想不被人怀疑几乎不可能，范稳婆知道对自己的怀疑也不是一天两天了，甚至也不是这一件事两件事，她都麻木了。或者她要通过这件事来证明自己确实无辜，所以她决定带他们来看看儿子的坟墓。她对清风寺这一带相当熟悉，每年清明时节她都要买来白纸剪好纸钱再去顺天府郊外的池塘边折下一束杨柳，然后就步行到清风寺。她一个人过来总是步行，要走上整整一天，晚上就投宿到清风寺，第二日赶早上完儿子的坟再步行返宫。不管宫中日子再忙再累，清明她一定要雷打不动请两天假。

马车在范稳婆的吆喝下停在清风寺前，范稳婆下了马车，她的身上积了厚厚一层尘土，她拍了拍尘土等候钱大妈妈。钱大妈妈和如花下了马车走上来，后面跟着太监耿谦和。钱大妈妈也不说话，只是深深地看了范稳婆一眼。范稳婆也不多话，默默地走在前面。她穿过一条长满杂草的排水沟，排水沟就在清风寺后面，野藤覆盖了偌大一块坡地。经过坡地再绕过清风寺和尚种的一块块零散的菜地，几个坟包出现在众人眼前。那些稍大一些的坟包是老和尚的，另外一个被山茅草覆盖的小坟包就是范稳婆儿子的坟地。范稳婆停住了脚，指给钱大妈妈看："这就是我家小死鬼的坟。"钱大妈妈点点头，在宫中老一辈人的习惯里，称去世的亲人为死鬼表达的是一种亲昵。她拨开坟前野草，露出一块墓碑，上面有两行已经模糊的字。范稳婆说："是我儿子马子玉的名字。"钱大妈妈似信非信，耿谦和提着瓦罐去清风寺讨到一罐水浇淋在墓碑上，果然看到两行字：

　　吾儿马子玉之墓　慈母范桂枝　立

钱大妈妈一时无话可说，正待她转身想离开，范稳婆却突然在墓前跪下来像唱山歌一样哭号起来："我的玉儿啊，我的玉儿哎，你死得好惨哪！你死了这么多年还是有人不依不饶哪。我的玉儿哎,我的玉儿啊,你死了这么年在地下还不能安生为娘我有多伤心啊!"范稳婆哭得悲伤欲绝,鼻涕眼泪流了一脸,如花和耿谦和的眼泪也跟着流出来。耿谦和上前试图扶起她:"范稳婆,你不要这样,不要这样。"范稳婆一下子窒息过去,整个身体软软地瘫下来。耿谦和掐着她的人中,掐了半天她才呜哇一声哭出来。钱大妈妈于心不忍,走回来弯下腰来说:"我知道你的心思,我知道也只有我知道。起来吧,你也莫要怪我。"范稳婆渐渐停止哭泣,怔怔地瘫坐在坟前一言不发。

就在钱大妈妈回宫的那个晚上边关狼烟四起,大金三千轻骑兵分三路进犯我朝三个边关重镇:宣府镇、蓟州镇、辽东镇。当时周达正驻守在辽东镇,刚刚平息了边关一场内乱,并且斩首了李甲和后来查出的几名共谋者,得到王不欢的奖掖,宫中又增拨了银两犒赏守边的官兵,一时皆大欢喜。周达心情大好,但是想到毒死的战马他就揪心。虽然王不欢从西北调来五百匹战马增援,但是数量远远不够。大明的马匹也远远不能和大金草原上的马匹相比。那些矮小的马匹缺乏耐力,根本不能适应长途狂奔,体力也不能和大金马匹相抗衡,在战场上一旦发生冲撞与厮杀,远远不是大金马的对手。看到大金马匹高大又俊美如同浩荡狂风一样从草原上横扫而过时,周达一刻也坐不住,盗马计划就在这时候开始萌生。他一连三次给王不欢发出十万火急的鸡毛信,第三封鸡毛信还在路上时,大金的三千轻骑狂风一样席卷而来,呈扇面状攻破了辽东镇。那是一场惨烈的厮杀,周达率领十几个随从一路拼杀却无法突出重围。目力所及之处到处都是人仰马翻、血流成河,周达部将根本不是大金对手,砍杀中他几次差点跌下马来。幸好他早就备好一套大金骑士的骑装,让他逃过一劫。他死里逃生出了辽东镇才发现,周边的群山烽火四起,烽火提醒着他蓟州镇、宣府镇肯定也相继失守。他率领残兵败将逃到一个山头,第一件事就是向宫中报告边关三镇失守的消息。王不欢的震惊可想而知,这个靠皇姐上位的首辅其实就是一个平庸无能之辈,既没有带兵打仗的智慧也没有写诗作赋的本领,凡遇大事向王爷言如鼎、李敬堂讨教是他的一大优点。言如鼎和李敬堂分析,此次边关三镇失守与不久前马匹遭毒杀其实是一系列事件中的两个节点。虽然大金驻守三镇的兵力马上撤出,但是财产损失难以计数,更重大的问题是边关另外六镇会不会重蹈覆辙?会不会这次入侵只是一个开始,随后的大金入侵会成为常态,更令人难以理解的是,此次大金是有目的的进犯,而《九边军镇图》的离奇失踪也与这次离奇进犯有直接关系。从大金传来的消息,《九边军镇图》已出现在大金,几乎所有的目光均锁定在李连城身上。当然,这样的核心机密只有娘娘、王不欢、言如鼎等极少几个人知道，李连城像个局外人似的不时来与小皇上玩耍一番，这成为他每天的习惯。我在这时候通过如花得到消息，让我监视李连城与小皇上的一举一动。是如花特地来向我传达的，这在奶子府是前所未有的事，这样的行动意味着又一个女子在奶子府成为重要人物。那天如花打扮得有点花枝招展，一条胭脂红绢纱金丝绣花长裙，外面还套了件丝绸罩衣。鲜艳的色彩让她从奶子府经过时格外引人注目，她停留在我的房舍前，微笑恰到好处。她把情况说完后双手轻轻一拍，她的模样确实楚楚动人。她本来就是一个漂亮的女子，穿上漂亮的衣裳显得更加光彩照人。她交代完就准备离开，我给她倒了杯茶，我非常想和她谈一谈，我说："坐会儿呀，请坐，你在奶子府这么忙呀？"她翘起葱白似的手指说："总是有做不完的活，宫里现在不太平，很不太平，钱大妈妈要你当心一点，特别要当心皇上的吃喝。"我坐在她身边，拿起她的手说："你是怎么保养的？说句开玩笑的话，你这是小姐的身子丫环的命。"如花嫣然一笑抽回手："不，我是丫环的身子丫环的命。"范稳婆突然冒出来，她意味深长地看了如花一眼，然后就一直不肯离开我的房舍。如花很不自在，就借口离去。范稳婆低低地对我说："你是奉贤夫人，按说我作为稳婆不该对你指手画脚，但是我必须提醒你，宫中现在一片混乱，小皇上的饮食你要当心，一定要当心，这是钱大妈妈早上对我的安排。"我想到钱大妈妈也跟我说过类似的话，然后对她说："这一向是我来负责，现在还是我负责，你不用操心。"范稳婆诡异地对我翻了一下眼睛，然后冷笑道："我知道说说是容易的，但是做起来就难，你千万要当心，当心。"她一连说了两遍当心，我当然会当心，入宫侍候小皇上以来我哪天不担惊受怕？我从来不曾马虎过，我已经被说得有点麻木不仁。范稳婆说着转身就往外走，走到门口停住脚步欲言又止，回头看了我一眼，又转身走开。

　　我的灾难就在几天后的一个夜晚降临，那天御膳房给皇上做的是冰糖炖燕窝和鸭子粥，是小皇上点名要吃的。御膳房一天要做成千上万种菜肴供应宫中，让他们每一道菜品都要精心也实在是难为他们。这道冰糖炖燕窝被传膳太监送来之后就随意搁在桌上，他们都知道我要再加工。我在里面搁了点银耳和几颗大枣，然后在火炉上又炖了半个时辰，这时候汤汁越发显得浓稠，发出噗噗声。我用勺子舀了点试试，汤汁牵出长长的明亮的银丝，火候恰到好处。我立即关掉火，然后拿出有三只足的蓝边花碗盛了一小碗放到草扑子里。小皇上正在和银环玩一种斗鸡的游戏，安小平也加入到他们的游戏中，他假装体力不支被两个小人撞倒在地跌了个四仰八叉，小皇上和银环得意地哈哈大笑起来。我正好端着碗出现在他们面前，银环闻到冰糖炖燕窝的香气马上和小皇上一同凑上来。我小声说："银环，你等会吃鸭子粥，这是皇上的。"银环舔舔嘴唇很听话地说："我知道是皇上的，我不吃。"冰糖炖燕窝实在太烫，我吹了吹，另用一把勺子舀了一勺习惯性地送进自己嘴里，这是我的习惯，也是许多太监的习惯，为皇上测毒是他们工作职责之一。我从来没有测到过毒食，这次勺子刚送到嘴中就发现舌头发苦发麻，眨眼之间整个舌头像块木头一样僵硬，我完全说不出话来，在眼前一片漆黑之前我将放在桌案上的那碗冰糖炖燕窝打翻在地，然后眼前就完全漆黑一片，什么也不知道了。

　　两天之后我才在奶子府醒来，守在我面前的是碧桃。碧桃看着我睁开眼睛泪水一下子流出来，她哭得像个孩子："我说你不会死你不会死，他们都说你会死，我说你不会死，你果然没有死。姐姐，你活过来了，你活着就好。"我只是试了试勺子上的冰糖炖燕窝，我若吃进一勺哪怕就一勺也非死不可。我不知道是谁投的毒，我发现宫中无人知道皇上的冰糖炖燕窝被人投毒的事，耿谦和也不回答我的一连串追问。只有碧桃她们知道我昏迷了过去，耿谦和告诉她们我是累昏过去的。我细细想了一下前因后果，最后才认定是耿谦和帮我瞒天过海隐瞒了这起注定要让宫中搅翻天的祸乱。但是耿谦和死活不肯回答我的任何问题，我只好将一切埋在心里。这时候宫中混乱越发加剧，奶子府将要遣散一批老奶妈，包括稳婆和总管。我的心里一团乱麻，一会儿认为出宫好，一会儿又认为还是在宫中与朱春山在一起好。这时我却突然接到李敬堂的帖子，他要认我做他的干女儿。

第三十三章　雨打浮萍

　　赵明德的失踪在宫中引发了轩然大波,有人说他千真万确投奔了红巾军,也有人说他其实在东南沿海某个荒岛隐居。关于小皇上是田小娥之子的传闻也同时尘嚣甚上,而且都是从各地巡抚大人那里传出来的,似乎现在不仅紫禁城、顺天府,整个大明天下都知道娘娘其实是抢走了小娥之子,娘娘和王不欢却一直充耳不闻我行我素。但是越来越离谱的传说最终化成题本送到言如鼎手上,王爷气得浑身发抖,当即将题本交到了太后手中。那天太后正好大病初愈,是罕见的黄疸病。太后的脸色蜡黄,头发白到极致之后也呈现出少有的黄铜那样的光泽。初冬的太阳带着一种苍白与淡薄,她似乎感到自己来日无多,看到跟随在太监后面小碎步走过来的娘娘,她拍了拍面前的题本,有气无力地说:"娘娘,你说说这是怎么回事?"娘娘鼻子一酸突然流下泪水:"太后请为我做主,王爷请为我做主,这种明目张胆的栽赃和陷害也非一日两日,我想太后和王爷早有所闻。"王不欢接口说:"其实我们一直不屑理睬,因为身正不怕影歪,清者自清。但是现在背后的小人变本加厉玩花招、搞事情,相信以太后和王爷的火眼金睛,肯定会明察秋毫。"

　　太后和言如鼎并没有再多说什么,叮嘱娘娘照顾好小皇上就打发了王不欢和娘娘。事实上言如鼎根本不相信王不欢那一套自圆其说,他与太后回忆先皇朱由明与娘娘及田小娥种种情形,有太多不可思议的细节对应不上。后来李连城向我透露,当时娘娘认定是韦忠贤向太后与王爷告的密,王不欢横眉立目地对娘娘说:"如果不是韦忠贤告的密我将脑袋砍下来给你看看,你知道他为人阴险毒辣,为何迟迟不肯任命韦德贤为东厂厂督?"娘娘对王不欢长久的积怨在这一刻突然爆发:"他就是一个太监,就算让他住到钦安殿他也就是一个太监,他凭什么如此嚣张和霸道? 好歹我也是娘娘,我能服? 宫中文武百官谁对他不是怨声载道？我看着也是来火，他胃口大得能吞下天，你能满足得了？你是真的不知道还是装聋作哑，外面早就呼他九千岁了，九千岁你知道吗？差一点就是万岁爷，他的野心就在这里。我不知道你大权在握的一个首辅，怎么就如同软柿子一个？"王不欢气得脸色煞白："我是软柿子，你是硬石头，那你出面和他针锋相对对着干呀？你一个娘娘怕一个太监，翻遍前朝几十代史，有这样的娘娘吗？"娘娘的杀气就在那一刻爆发，太后、王爷逮住她刨根问底，这本身对娘娘来说就是耻辱，已经不将她作为娘娘放在眼里，这是无法接受的。她用强硬的手段来掩饰内心的慌乱，借口赵明德加入叛军将张三姐和朱春龙也打入冷宫，然后与李敬堂密谋让韦德贤重回锦衣卫由李连城统领，甚至计划在半月内解散奶子府，所有的奶妈如果在宫中没有找到出路，全部遣散回家。

　　消息传出来后奶子府里一片慌乱，钱大妈妈与钱如意沉默无声，成天闭门不出也谢绝任何客人。韦忠贤已经很久没有到宫中来了，据说他到娘娘乾清宫去过一次，但是娘娘称病不见，王不欢也不见，他就知趣地回到千岁宫，然后也闭门不出。宫中诡异的气氛越发让奶子府的奶妈们坐立不安，酸枣从尚衣监回来看了一次，虽然不说话但是反应比以前机灵了很多，当银铃将奶子府即将到来的变故告诉她时，她异常冷静，破天荒无声地笑了一下，她的笑比哭还难看。碧桃在旁边看得一清二楚，碧桃后来像孩子似的在夜晚收工后不肯走。我当时正在安排小皇上明天的饭食，我列好了菜单递给一直在等候的太监宋玉，回头就发现了碧桃仍然站在门前，她嘟着小嘴一副小孩子不开心的样子。我拿眼睛问她："有事吗？"她突然又不肯说了。我白了她一眼："有话就说嘛。"她脸上突然飞上一抹红晕："都说奶子府要解散，我不想回家，也不能回家，回家我爹肯定要将我卖掉，我只有死路一条。"她低下头不说话，眼泪扑簌簌掉下来。我撩起她的衣襟替她擦去眼泪："快别哭了，不是还没开始嘛，到时总会有办法。"她像孩子似的眼巴巴地看着我："夫人姐姐帮帮我，我不想回家。如果你不帮我我就出家做尼姑，和小明子在一起。"我听她这么说反倒笑了起来，到底是孩子。我故意取笑她："是不是喜欢那个小和尚哪？"她又羞又恼："谁喜欢小和尚？和尚有什么好？"我继续取笑她："和尚没什么好你为啥有事没事把人家和尚挂在嘴上？夫人姐姐可是要提醒你，和尚和尼姑可不能成亲的。"她羞得满脸通红，举着手装作要打我的样子："我要打人了——不帮忙就不帮忙，还取笑人，不理你，一百年不理你。"她转过身撒腿就跑，我在后面喊："别跑，别跑，给我回来，碧桃。"碧桃站在原地回过头来，眼圈还是红红的。我上前抚着她脑袋上软软的头发："别太难过啊，能帮你夫人姐姐一定会帮你。"她眼睛盯着我，认真地点了点头。我对她说:"那好,你去吧。"她默默朝前走了几步,回头看了我一眼没留心脚下绊倒了,爬起来拍拍身上的土,一路小跑着出了奶子府。

那几天奶子府一片混乱,奶妈和女仆们各显身手各找出路,银铃知道自己在奶子府肯定没有指望,她也无处可去。爹娘早已去世多年,唯一在世的哥哥除了隔三岔五来奶子府找她要零用钱以外就跟她没有别的联系。她也来找过我,但是对于越来越胖似乎也越来越笨的银铃来说,我确实爱莫能助。我其实非常同情她,我同情每一个在奶子府讨生活的女人,也包括我自己。但我确实爱莫能助,我知道没有人对银铃有好感,我也知道第一个淘汰的会是她。她自己当然也会想到这一点,她唯一的希望就是菜贩子邹老五。她后来告诉与她最要好的碧桃,她在御膳房门外堵了一天才堵到邹老五,邹老五正在给宫中卸大白菜。宫中每年从深秋到初冬都要窖几百马车的大白菜,他身上也飘散着一股大白菜的味道。银铃就站在装满大白菜的驴车前,邹老五搬着一包大白菜看见了她:"大清早就到御膳房来啦?今朝奶子府这样闲?"银铃摇摇头:"老五,奶子府不要我了,你不会不要我吧?"邹老五愣了一下,然后笑起来,露出发黄的大板牙:"哪里会,我不会不要你,我肯定会娶你,我肯定会娶你。"银铃一听就愁容满面:"老五,你这话说了千百遍了,我听得耳朵都起茧子了,可是你就是不肯娶我。老五,我能吃苦也不挑剔,我也不要你什么彩礼聘礼,我也不奢望跟着你享福,就是和你搭伴过日子,跟你种地种菜做帮手——"邹老五叹了一口气:"银铃,我知道你的心,我也理解你的苦。但是我邹老五既然娶你总得要对得起你,总得要盖几间好房子,总得要打几样板橱和箱柜,水酒也得要办几桌吧?"银铃几乎要哭了:"那你要挣到什么时辰,到我七十岁能挣够吧?"邹老五继续往窖里搬菜:"不急不急,我总能挣得到的,我也总有娶你的时辰。"

那一段时间奶子府人心涣散如雨打浮萍,很多奶妈与稳婆急得团团转,也包括一些女仆,在我的印象里只有如花和翠柳显得淡定又从容。如花不喜欢与人过从甚密,但是她与我交往颇多。虽然我们不像许多奶妈想象得那样亲密,我亦知道她从内心里对我是尊重的。尊重与尊重是不一样的,她对钱大妈妈和钱如意也是尊重的,但那只是表面上的礼貌,绝对不是发自内心。我知道她是不愁留在宫中的,只要她答应一下,宫里许多人会主动跑来帮她这个忙,其中就有东厂的小德子,还有敬事房的宋玉,宋玉想和如花对食早已不是一年两年。宋玉虽然身为小太监,但是他长得眉清目秀貌美如花,他情不自禁有三分自恋。奶子府有不少女仆或奶妈主动送上门去想与他对食,他都不拿眉梢看人。他一心一意念着如花,他知道像如花这样貌美如花的女人迟早要和别人对食,他的拿手绝招就是时不时与如花同进同出,给别人造成如花是他的人这种假象。但是偏偏有人不吃这一套,这种人实在太多,因为如花太漂亮,他们根本就不在乎,东厂的小德子可能就算一个。小德子和李连城一样高大英俊、漂亮威武,是堂堂正正的男人那种英俊,与宋玉是风格完全不同的两种男人。当然,他也完全不把宋玉放在眼里。他每次都是明目张胆地来找如花,而且直接就进入奶子府如花居住的那个大通铺。那个大通铺小德子不知来过多少次,就是长长的一间房舍,一大排床铺,每个女仆都拥有一张床。床头上有一个长石板,每个人床头部位的长石板就属于床主人,如花就睡其中的一张。小德子每次来找如花就直接带他坐在廊檐下,给他捧上茶水,一口一声叫他大人:"大人您请坐。""大人您请用茶。"过分的客气让小德子颇为自得,他真的像当家做主的大人那样坐下来,然后化宾为主吃起茶来。后来他发现来找如花的男人真不少,而且每一个人如花都以礼相待,与招待他完全如出一辙。他渐渐就不开心,他几次三番找如花如花还是这样一成不变招待他,既不亲近他也不疏远他。如花当然希望他因为生气而离开,最好离她越远越好。如花身边从来不缺男人,只要如花愿意,宫里有的是爱她的愿意留下她的男人,这是如花唯一值得自豪的地方。

翠柳与如花完全不同,就如同翠柳的美貌也与如花完全不同一样,翠柳的美寒气逼人,拒人于千里之外,与如花的娇艳与温柔形成强烈反差。翠柳甚至连我也不亲近,她能在奶子府生存下来我也感到吃惊。据我在暗中观察,她倒不是对我有成见刻意要与我保持一定的距离,她也并非对奶子府里的人有什么成见,她天生就是那样的郁郁寡欢,她天生就是那么冷冷的,对人对事都提不起兴趣。她在宫中的活做得很好,让人无可挑剔。但是在宫中活做得好的奶妈和女仆多的是,人人都是这样的,这显然不是她留在宫中的理由。我听说钱如意多次当着众人的面要翠柳卷铺盖回老家,但是总被钱大妈妈制止。甚至韦忠贤对钱大妈妈总在他面前嘀咕翠柳的事也很反感,他不允许钱大妈妈开除翠柳。不开除翠柳反而听之任之,其实就是变相保护。听说其实并非韦忠贤在保护翠柳,而是宫里另有大得不得了的大人物在保护翠柳。所以奶子府的人对翠柳都有点捉摸不透,钱大妈妈只好对她也让了三分。

那一段钱大妈妈对谁都礼让三分,奶子府的事全交给韦忠贤。而韦忠贤与杨白桃早已公开对食,杨白桃虽然没有将我放在眼里,但是她尽量不跟我照面。我其实一直想过去劝说一下杨白桃,几次在杨白桃的门口均被黑娃挡驾。黑娃当然也不是过去靠山庄那个黑娃了,他穿着一身鱼肚白熟罗生丝平襟暗纹锦缎褂子,一副宫中阔少的派头。他现在垄断了皇上用品采购,又垄断了宫中的胭脂香粉采购,这么短的时间已经在顺天府置办下房产,据说就在离千岁宫一箭之遥的地方,这让我吃惊不已,我觉得我有必要再去见一见杨白桃。我根本不会想到,这个我在靠山庄的闺蜜连门也不让我进。我好歹还是奉贤夫人,但是黑娃连起码的礼节都没有,他像对待陌生人那样也不看我就丢出一句:"杨稳婆还没起床,不便见客。"我没有马上退出,因为我闻到了一种奇异的芳香,那是一种我既熟悉又陌生的异香,我在范稳婆给我留下的羊奶中闻过,我也在范稳婆身上闻到过。就在这种奇怪的芬芳中我看到春明和安小平就在后院芭蕉树下晃荡,他们太监一般不会轻易出现在奶子府,而且看他们那模样并非在此办事,倒像是在等候什么人。我脑子迅速想到了韦忠贤,应该就是韦忠贤,一定就是韦忠贤。我正进退两难,碧桃叫我马上赶到李府。黑娃看到碧桃就嬉皮笑脸动手动脚,碧桃虽然也躲闪着,但是看得出她并非出自真心,她其实有半推半就的意思。我站在原地喊了一声:"碧桃,你不陪我去呀?"碧桃马上红了脸赶到我身边,我们一同来到李府。李敬堂叫我过来其实没有别的意思,他已经给我备好房间,让我今晚就搬过来。

第三十四章　死里逃生

　　我对李敬堂李大人的做法感到吃惊,那天李连城也在李府,他神情平和淡定,捧着父亲的一本《孙子兵法》看得入迷。他微笑着对我说:"你搬到李府最合适不过,你是李府的人,就不会有人敢赶你出宫。别看你贵为奶子府的夫人,宫里要赶你照样赶你,除非你成为戴圣夫人。但是据我所知,大明王朝奶子府到今天也没有出过一位戴圣夫人。"我听了他的话不做声,他和李大人的关系似乎不像从前那样紧张,我也替他们父子俩松了口气。我知道我无论如何还是要搬到李府来,不为别的就为不被赶出宫也要搬过来。这时候奶子府风吹草动人人自危,传说连钱大妈妈也要被遣散回家,真正定下来的只有一个人:杨白桃。杨白桃成为留宫的榜样我不太相信,奶妈们全被赶出宫那皇子龙女都不吃奶了吗? 但是我怎么说也没有人相信,大家似乎从杨白桃身上学到了一手,就是和大太监结成菜户。只要和太监结成菜户就肯定有机会留在宫中,奶妈们各自施展手段。翠柳的神秘背景终于在奶子府公开了,是王爷。据说王爷言如鼎某次在太液池踏春看到了一湾滩头上青青的芦笋,长长短短的芦笋在浅滩上像毛笔一样长出来。三两枝桃花正在绽放,鸭子浮游在水上。王爷在岸上情不自禁地吟了一句诗:"蒌蒿满地芦芽短——谁能答得出下一句?"他的目光从身旁的女仆脸上一一掠过。一身春水碧白玉兰散花纱衣的翠柳答:"正是河豚欲上时。"王爷惊叫了一声,自此之后言如鼎逢人就说奶子府里有一个叫翠柳的好生了得,唐诗宋词倒背如流。后来在宫里这件事就越传越离奇,把翠柳传成前朝蔡文姬之类举世无双的大才女。实话实说翠柳确实也不错,但是与蔡文姬当然无法比。事实上那次言如鼎也并非只是听了翠柳接上这一句就蓦然给翠柳下定论,他是在翠柳接下他出的四五首诗词之后才对翠柳赞不绝口,他捋着长长的雪白的胡须看着翠柳直点头:"好,好,太好了。"

我从那时候开始入住到李府,我也通知了马背生来接走银环。银环离开紫禁城那天与朱春山生离死别,朱春山一听到银环要离开宫中打滚耍赖不肯放奶妹走,怎么哄劝也不行。他甚至向耿谦和讨了盘缠要跟奶妹一同回靠山庄放羊,耿谦和哄劝他说:"明日,明日公公背皇上去靠山庄,明日公公背皇上去靠山庄陪奶妹割草放羊。"朱春山踢打着耿谦和,揪扯着他的衣服哭得上气不接下气。耿谦和无奈只好将银环重新又接回来,就让她在宫中陪朱春山玩。哭闹了一阵子朱春山又累又困,最终在耿谦和怀中沉沉睡去。耿谦和将他轻轻放在龙床上,马背生这才将银环接走。我一直守在小皇上身边,以防他醒来后失去控制。那是一个残阳如血的黄昏,我一个人在乾清宫后院廊下徘徊。血红的残阳在西天缓缓沉没,宫中一层层的宫殿笼罩在一片晚霞之中。钟鼓楼那边传来一阵阵钟声,鸽子房那边的鸽子和杆子房那边的猫头鹰群飞而起。我被紫禁城的庄严和恢宏震慑,站在廊檐下久久注目这残阳晚照。这时候从背后传来李连城低沉的声音:"《水浒传》不输《西游记》……"我记得这好像是他第二次在我面前默诵这句接头暗语。我只好再一次装作不在意的样子,等待着他继续发话,这也是我对他的试探。李连城上前拉住我,我强行挣脱他:"皇上要醒来了。"李连城说:"你必须回答我的暗语,告诉你,我就是那个与你接头的人。快回答我,我可不想做第二个大德子。"我目不转睛地看了他半天,他不躲不闪坦然地注视着我,又将接头暗语重复一遍,我从他坦然的目光中看到了诚信,脱口而出:"明朝人最爱《金瓶梅》。"我对他是极其放心的,不知道出于什么原因从一入宫就对他没有任何防范,对他的亲近完全出于天性,不管他是试探还是他真的就是那个接头者我都不会吃惊。我转身就离开他,他迅速出手攥紧了我的胳膊,压低了声音说:"听我一句话,听李大人一句话,千万不能离开紫禁城。有李府保护你你怕什么?我告诉你,只有生活在宫中你才是安全的。离开了紫禁城,谁也救不了你。"我近距离拿冷漠的眼光在李连城脸上扫视了一圈:"耽误了这么长时间才与我接头,你对我还没考验够吗?有什么话快说。"李连城愣了一下,然后冷冷地对我说:"想说的话太多,你等着我。我这段日子有公务在身不能陪你,范稳婆会代替我把一切向你公开。我知道你相信我,就像我知道你相信范稳婆一样。我之所以选择在今天与你接头,是想让你放心,我不在宫中的日子里你一样会得到贴身保护。"

我果然于当天晚上在东安门外巧遇范稳婆,范稳婆站在高到天上去的城墙下对我说:"我给你准备了巴豆,你晚上服下去就会拉痢不止,到时候娘娘会准许你休息一日,我借口带你看病陪你出宫,你听明白了吗?"我点点头,那天我穿着宝石蓝云纹双燕穿花千水裙衫,略略有点单薄。她扫了我衣裳一眼,将一包巴豆递给我,回去我就泡水喝了,当晚拉痢不止,身体瘫软得起不来,第一次发现传说中的巴豆如此厉害。后来我步履蹒跚跟着范稳婆走过东安门时,我第一次发现畏畏缩缩、毫不起眼的稳婆范桂枝真是不容小觑的一个人。出了顺天府就有一辆事先准备好的驴车在等着我们,我心里焦急万分,怕今夜若赶不回不好向娘娘和钱大妈妈交代。这一点范稳婆其实早就帮我打点好,她说:"你也别着急,我都和娘娘和钱大妈妈说好了,在顺天府请郎中给你看个病,我们赶早去赶早回。"范稳婆自此之后再不说话,只顾匆匆赶路,中途在一个荒野里歇脚的时候,我看到脚夫牵着毛驴到河边饮水,只有我和范稳婆两人坐在土坎上。看到我欲言又止的样子,范稳婆说:"你也别问了,我知道你入宫这两年心里揣着一万个闷葫芦。我知道你心里急得直冒火,说心里话我心里也急得冒火苗,但是没办法,不到时辰我怎么能向你开口?说了也没有用,只能让你空着急。好了,现在宫中十万火急,也是时候了。"我看着毛驴在溪边塌下后半身在拉屎,那些屎块像滚石子一样滚滚而下,我对范稳婆说:"我一直就蒙在鼓里,大德子你知道的,跟我接头时突然被人杀死,这线索就断了,一直到李连城和我接头。"范稳婆说:"李连城接头是我安排的。"此话从她嘴里一出我就倒抽一口凉气,从前我对范稳婆怀疑过,但是这念头只是一闪就被我自己掐灭,我认为这是不可能的事情,这么一个瘦小干巴的老太婆,她与我想象中飞檐走壁的接头侠客差别太大,看来我确实一直低估了她。她也猜出了我的心思,看到脚夫牵着驴过来,她说:"好在马上就要到清风寺了,不需要我再啰唆什么,布袋和尚会把一切秘密向你揭开,你很快就会明白我转弯抹角、费尽心思将你接到宫中来的目的。我以前为了稳住你也向你透露过一点口风,你颜如月并非凡人,将有重任落在你身上。走吧,我们先去清风寺烧一炷高香,让菩萨保佑!菩萨一定会保佑的,菩萨啊——"范稳婆双手合十,嘴里念念有词。

毛驴饮了水四蹄轻快,很快将我们送达清风寺。在大殿里烧了一炷香之后,很久无人前来支应,连小和尚也不见一个。天上低垂着铅灰色的云,云层一直压到头顶上来,阒寂无人的古寺有一种黄昏降临的寂寥。这时候一位面色苍老的和尚匆匆出现,他是来给佛灯上油的。范稳婆一直盯着他,他上完灯油将灯草重新放回灯盏窝中,经过范稳婆附近才轻轻说:"东厂的人马跟踪而来,这里不安全,你们先去偏殿,我一个时辰就到。"布袋和尚应该是我第一次见到,但是我始终认定我和他多次见过面,在哪里见过面我又想不起来,好像是在靠山庄。后来我才得知他其实多次去过靠山庄,并且频繁出入我家那个黄土小院,但全都是在夜深人静时分,从来没有和我打过照面。他和范稳婆说话时也没有正眼看我一眼,而且他在说话时脚步并没有停顿,他径直经过我们面前的蒲团就走出门去。范稳婆紧随其后,逮住我的手往左边一拽,我们进入了一条漆黑的通道。她熟门熟路往前走,我跟着她一路走过落满灰尘的佛龛,在密布的蛛网之间穿过,最后停留在偏殿里。偏殿和正殿是连在一起的,一圈饰有油彩的菩萨一个个龇牙咧嘴怒目圆睁,四下里没有一点声音,我和范稳婆站在佛龛后面一言不发也如同两尊菩萨。这时候清风寺的钟声响起来,和尚悠扬动听的晚课开始了。因为就在佛龛前进行,声音之大震耳欲聋。我和范稳婆大气不敢出,我怀疑范稳婆甚至已经睡着了。

晚课终于结束了,佛龛前殿一阵乒乒乓乓的响动,和尚们消失得一个不剩。我听得脚步声轻轻传过来,黑暗中一双眼睛像猫眼一样——是布袋和尚。他置身在黑暗中不说一句话,我和范稳婆紧张地盯着他也不说一句话。我听到他的呼吸声,他也听到我的呼吸声,范稳婆缓缓站起来朝他那边摸索着走过去。我就在这时候闻到了一缕焦煳味,一团火光在佛龛后面一闪,仿佛是跳跃着往上一蹿就轰然炸裂。整个大殿眨眼之间就被冲天而起的大火席卷了,火光中我终于看到布袋和尚恐惧而扭曲的脸,他声嘶力竭地喊出两个字:“快跑!”他跑上来拖起我和范稳婆的手迎着烧过来的烈火蹿过去。如果跌倒在地就会被活活烧死,但是我和范稳婆都没有跌倒,原来这里是一个天井,可能因为天井的作用火舌暂时通过天井蹿上屋顶。布袋和尚停留在一块巨大的石板前,拼命扳动石板却因为石板太沉而纹丝不动。大火紧跟着烧了过来,前殿里轰然一声巨响,中梁烧塌垮了下来,一团火光借着天井的空隙直冲过来,将我和范稳婆冲倒在地,烈火中我情不自禁地发出尖叫,与范稳婆死死抱在一起。一个火人冲了进来,我发出一声绝望的号叫,一眼就看到那个火人是李连城。我本能地松开范稳婆扑向李连城,多年以后李连城都为那一刻我本能的行为而感动,说我就如同飞蛾扑火一样扑向他。因为他身上全是大火,我扑向他就是扑向死亡,他认定我即便是死到临头还是要和他死在一起。他想得太多了,我当时其实也没有想那么多,在熊熊燃烧的大火中我怎么可能会冷静地想那么多?我不过就是一刹那的念头:李连城那么年轻,那么身手矫健、强壮有力,他可以带着我飞身而起,从烈火中杀开一条血路逃出去。我没有想到李连城在烈火中面目狰狞地大吼一声,他的双手正和布袋和尚拼尽力气扳开那块青石板,腾出脚来扫了我一腿,我猛然瘫倒在地。他和布袋和尚合力一声断喝掀开了那块石板,然后飞身过来用一只胳膊夹着我另一只胳膊夹着范稳婆,一头栽进了石板下的井中。井其实并不深,我们轰然跌落到井底,身上的火焰马上熄灭,阴凉的冷气包裹着我们,一个横着的通道出现在眼前,原来这是一个隐秘的通道。这时候范稳婆突然发出一声惊叫:"布袋和尚没有跳下来。"她的话音刚落就听得地面上一声巨响,一团火光裹挟着浓烟扑进地道内。我想,一定是清风寺主殿塌了。我们顺着漆黑的通道跌跌撞撞逃了出去,出口就是我在前面提到过的那条长满杂草的水沟。我们一身泥水从洞口爬出来,一个人影正站在黑暗中,目光与我们对峙。李连城飞身扑过去,将猝不及防的人影扑倒在地,两个男人就气喘吁吁地在坡地上搏斗起来。对方根本不是李连城的对手,三下五除二就被李连城制伏压在地上,双手被反剪到身后。他嘴里轻轻喊着:"放开我,放开我,如月,我是马背生,我是马背生。"我和范稳婆大吃一惊,李连城也知道马背生,马上放开手。马背生也不客气,上前攥紧了我的手将我疯狂拖拽到山坡下。这时候清风寺的大火渐渐弱下去,火光映照着马背生的脸庞,一片油红。我问他:"这么巧,你怎么守在这里?"他喃喃地说:"我其实就在顺天府,你的一举一动我都很清楚,特别是范稳婆和布袋和尚,我对他们关注很久了。你们一行进了清风寺,我就知道范稳婆要带你去见布袋和尚,这个和尚很不一般,而且他和范稳婆早就是一对对食夫妻。"我大吃一惊,他拉着我的手说:"这里不是说话的地方,我在顺天府开了一家小铺子卖煎饼果子,银环也在。你别再进宫了,就跟我一起卖煎饼果子吧。"

那天晚上马背生没有带走我,我不可能丢下与我一同逃出地下通道的李连城与范稳婆。李连城马上赶上来强行将我带回了顺天府,让马背生第二天到锦衣卫来找他。那天晚上我和范稳婆就住在东安门外的奶子房,我破天荒第一次与范稳婆抵足而眠。范稳婆坐在床头一口气吹熄了灯,我们在黑暗中静静地坐了许久,然后才说起了悄悄话。她向我公开惊天内幕:"张天师被收买、龟背辞、假冒密件、利用魔术救你和小皇上,其实全是李敬堂策划的——所有这一切,全是为了让你平安守在宫中,包括将你接进李府。但是你绝对不能相信李大人,他有他的鬼算盘,我告诉你你千万记着这一条:这紫禁城,这顺天府,还有这大明天下,不是别人的,它全是你颜如月家的。"一块瓦片掉下檐头,半夜三更发出的巨响让人魂飞魄散。

第三十五章　滴血认亲

　　马背生第二天应约来到锦衣卫见李连城,李连城让他马上出宫,他却暗中通过范稳婆的安排在奶子府见到了我。他坐在奶子府简陋的石凳上,穿着一身青布袄子,露出里面的稻草黄麻布双开襟褂子,比几年前多了一些男人的粗犷英武之气。

　　那是一个干冷干冷的冬日黄昏,地上没有雪也没有冰,但是泥土地冻得像铁板一样坚硬。马背生摇摇头:"在宫中活得太累,每个人都心怀鬼胎,你不觉得累吗? 所有接触你的人都怀有不可告人的目的,我告诉你,我来到顺天府就是为了你。"他这样的话说过很多次,我并不在意,他突然起身说:"我其实安排了你和银环见面,不必去我的煎饼铺子,就在花津桥那边的茶楼,想不想去?"他的话让我怦然心动,和银环分别又有一段时日了。我知道锦衣卫的耳目无处不在,不管去了哪里他们总会像影子似的跟踪而至。马背生攥紧了我的手专拣僻静的小巷走,抵达番经厂和汉经厂后面的金水河,河对岸就是高大的外宫墙。我抽回手,马背生看四周空无一人,缓和了一些:"去看看银环吧,我们不谈宫里事只谈靠山庄。"我说:"不行啊,我现在绝对不能私自出宫,奶子府要大变,宫中也将大变。"马背生说:"所以我才替你担心,你难道不明白?"我内心酸楚差点落下泪来,马背生突然压低了声音:"去吧,我给你带来一个惊喜。"我说:"什么惊喜?"他一脸坏笑:"没有提前告诉你就是想给你一个惊喜,我把婶娘也接来了。"我大吃一惊:"我娘? 我娘来了?"马背生点点头:"对啊,你不知道她是多么想念你。"我没有理由再拒绝他,怕引人注意我们一路沿金水河就近来到北安门出了宫。这里的守门人并不认识我,一出宫门我就叫上马车赶到帽儿胡同,那是马背生煎饼铺子所在地,就一间狭窄的小门脸,后面还有一间小屋,里面堆放着铺盖卷和面粉、簸箕、木桶、葫芦瓢等杂物。银环正和一个做杂活的老妈子的小娃在吃糖葫芦,看到我马上将糖葫芦递给小娃:"娘,我奶哥呢?你怎么不带我奶哥来?"她赌气地拍打着我的大腿,我握紧银环的手:"背生,我娘呢?"马背生脸上又浮起坏坏的笑意,我知道他骗了我,抱起银环转身就要走,他猛地冲上前拦住了门:"对不起,如月,我不会再让你离开这里,我必须要对你负责。"他利索地闩上门,转身对我说:"你已经知道了,宫中将要发生巨变,你在宫中肯定就是死!是婶娘让我骗你出宫,你知道吗?婶娘其实是皇妃——"我惊讶得说不出话来:"我娘是皇妃?"马背生说:"对,是她不疯癫的时候亲口告诉我的——"长期堆积在心头的谜底终于揭开,我又感到害怕和恐慌。马背生轻轻接过银环放到地上:"你明白吗?你其实不是奶妈,你是皇家公主,你其实是和朱春山、朱春龙、朱春阳、朱春空、朱春旺一样的皇子龙孙。"我说:"那为什么我娘一会儿让我入宫一会儿又让我出宫?"马背生说:"婶娘精神失常了糊涂了,就让你入宫,因为宫本来就是你的家。清醒过来了又怕你在宫中遭遇不测,又想着接你出宫。对她来说,你平安无事地活着比什么都重要。"我久久无语,范稳婆也闪烁其词、藏头露尾地向我透露过一些,我无法想象我母亲的离奇经历,她是如何入宫为妃,她在宫中经历过怎样的恶斗和残杀才落到今天这种地步,我作为女儿一无所知。我对母亲的过往对自己的身世一直充满了好奇。我追问过母亲,但她绝口不提,或者只是敷衍我,我只好也就绝口不提。想到母亲几十年来对我保守着一个惊天秘密,我决定马上回到靠山庄,马上见到她。马背生再度拦住了我:"你现在哪儿也不能去,既不能入宫也不能回靠山庄。婶娘看到我十几年对你始终如一,才把这惊天秘密透露给我,我必须对你们娘俩负责,这是我来到顺天府的主要任务。你就给我在煎饼铺子待着,我供你吃供你喝,我来养活你。宫里会来人找你,你说你不做奶妈了他们会拖你走吗?"

马背生将我藏在煎饼铺子里,他其实早就做好了周密的准备。墙角那一堆面粉是中空的,一只高大的木桶隔出一片空间,那就是我的栖身之所。和他设想得一模一样,当晚李敬堂的部下黄楚九就出现在煎饼铺子,但是他最终一无所获。而就在这时候李连城作为间谍出使大金,这是在周达强烈要求下王不欢最终作出的决定:去大金刺探骑兵的装备情报,盗得大金种马。多年之后我才知道,我朝边界之所以屡屡失守战乱频仍,原因在于兵力不足,更在于大金骑兵的所向披靡。成千上万的骏马驮着骑手像一阵又一阵狂风席卷苍茫大地,让大明王朝来自中原农耕地区的兵卒闻风丧胆,这也是自古以来历朝历代与游牧民族战事不断的主要原因。游牧民族骑兵实力超强,他们的汗血宝马一夜可以奔袭千里。那些马上举刀的骑手从小就在马背上长大,三四岁、四五岁的孩子就可以在马背上上蹿下跳，甚至站立于马背上骑射或吊在马肚下偷袭，高超的马上技巧令人眼花缭乱。而中原内陆那些只骑过老水牛、小毛驴的兵卒根本就不是他们的对手，战败就成为家常便饭。关于这次派遣间谍的计划其实早在言如鼎与李敬堂内心谋划，在早朝上李敬堂从我朝地理西高东低说起，胡人均居住在长城以北的高原，长城以南为中原内陆。黄河、长江之间为北方与南方过渡地带，长江以南便为水乡泽国，雨量充沛可以种植水稻，鱼虾可以自由生长，多雨多桥的烟雨南方就成为鱼米之乡。长江以北雨水开始减少，此地只能种麦，小麦、荞麦甚至燕麦。过黄河后随着向北地理进一步升高，南风携带的雨水根本无法进入，这便是金人生活的地区。无雨可降不能种植稻麦，无边的荒原只长青草，草原就这样出现了。草原上的金人要想活下去只能放牧牛羊马匹，而牛羊马匹是流动的，家是流动的蒙古包。他们无法建筑固定的城池，这些骑马的人来去像一阵狂风，特别擅长打仗，骑牛的内陆农耕民族根本不是对手。牧羊人、牧马人逐草而居到处迁徙，生活难以为继时，他们贪婪的目光就盯住富饶的中原、江南。长期食用牛羊肉使得牧马人骨子里有一股野性，好战成为他们的传统，与中原民族厮杀一场就成为他们原始性的冲动，零星的战事从来不断，战事升级就扩大为战争。

李敬堂长长的讲述让太后和娘娘目瞪口呆，在场的文武百官被闻所未闻的新奇怪论所吸引，朝堂鸦雀无声。李敬堂表示从我朝开始一定要结束历史上不断上演、重复上演的边关战争，和亲也好、结盟也好，全都不是从根本上解决问题，唯一可以一劳永逸结束边关战争的，就是将我朝边关守军改变成与金人一样的马上骑士，让金人闻风丧胆不敢再战，在边关守军必须推广"金服骑射"，就是像金人那样人人从小骑马、穿戴便于在马上跃上跳下的紧身服装，训练一支与金人骑兵一模一样的骑军。我朝骑兵强大了，可以让金人胆寒，更可以主动出击去攻打它，然后吞并大金，派出间谍深入大金是一着绝妙好棋。韦忠贤第一次为李敬堂的题本拍案叫好，当即推荐了李连城。后来证明韦忠贤当时是别有用心，他其实在李连城作为使节进入大金之后马上暗中通报了大金，李连城是间谍。他的目的是借金人之手杀掉李连城，这与李敬堂的目的其实大同小异，为了最大利益人性的歹毒在这里彰显无疑。李敬堂此时也愿意让李连城送死，作为父亲为何如此狠心让儿子去死？我在后面会讲到。

李连城离开宫中我一无所知，后来回想那天他在乾清宫做每个夜晚来临前的例行检查时异样的眼神我内心充满了忧伤。我清楚地记得那天他穿一件茄皮紫云锦月华千丝衣,配上一条紧身的月光蓝缎带,显得威风凛凛。那一刻我很想抱住他在他刀削般俊美的脸颊上亲吻一下,我控制住自己,伸手帮他整理一下衣衫,他顺手握住我的手,目光温柔。那应该是他最后一次在宫中检查,朱六指和耿谦和向他汇报完毕后,他走到朱春山面前抿了抿嘴,把落在地上的木制风车捡起来。朱春山玩得非常入迷,并未留意站在身旁的李连城。李连城翻过朱春山的手掌,将木风车塞到他手上,趁机细细捻动他的手指,盯着指纹愣了片刻。朱春山挣扎着,李连城不让他动,将手握得更紧一些。我不忍再看下去,转身离开。他隔着黄昏的薄暮深深看了我一眼,似乎还微笑了一下,然后果断放下朱春山的手快步离去。他当晚就离开顺天府,没有任何人为他送行,那几天赵明德加盟周迎祥红巾军的消息又在宫中议论纷纷。为了将如妃一棍子打死,娘娘以老皇上冥寿结束为由出面让张天师主持滴血认亲。

那是一场不但轰动紫禁城也轰动顺天府的滴血认亲仪式。当然,紫禁城也好顺天府也罢,不可能有人见证这个神秘的滴血认亲。我不可能有这个机会,奶子府、敬事房、锦衣卫或东厂也没有人有这个机会,只有娘娘、王不欢、言如鼎、李敬堂等少数几人在场。如妃一定要在现场确认,最终娘娘破天荒同意了她的恳求。其实传说中的滴血认亲紫禁城从来不曾有人见证,就连专事占卜的张天师也只是在十六岁跟师傅入宫做学徒时亲眼得见过一回。当天由张天师在灵台举行了滴血认亲仪式,多年以后我在一本叫《洗冤集录》的线装书中看到这样的记载:滴血认亲自古以来只有两种方法,一种叫滴骨法,一种是合血法。滴骨法就是将子女的血滴在亡人的骨骸上,看看血滴能否渗入。如果血滴渗入的话那么就是说这子女是亡人的嫡生后代,反之则表示不是其后人。另一种叫合血法,就是将指定两人的血滴到白瓷碗内,看看他们俩的血滴能否融为一体。如果可以融为一体,就说明他们是嫡亲兄弟姐妹关系,反之则可以肯定没有任何血缘关系。先皇的陵墓高耸如青山,任何人都不敢动皇上的遗骨,这就是说滴骨法根本行不通,最后合血法就成为唯一的选项,事实上那天在灵台由张天师主持的就是合血法。合血法其实也来之不易,娘娘不同意任何人从小皇上身上提取血样,也没有人胆敢在皇上身上动刀,这导致滴血认亲推迟了一月又一月。宫中人都知道皇上在冬天起床后好流鼻血,只好一直等待这个机会。最后总算在这个冬天干冷的早晨得到了小皇上鲜红的鼻血,经过张天师的手与朱春龙的血滴到同一只瓷碗内。在十几双饥渴的眼睛注视下两个人的血仿佛油和水一样互不相融,血滴子如同油滴子在对方血水上珍珠般滚过来又滑过去。在一旁眼珠瞪得要掉出来的如妃突然口吐白沫倒在地上,她的脸色一片青紫,她唾沫飞溅地说:"这是完全不可能的,这一定是做了手脚。

太后您比谁都知道,我一选入宫就在东六宫钟粹宫,从来都是寸步不离。太后,太后啊,深宫深宫,宫中水有多深太后您最清楚,我就是蝴蝶长着翅膀也飞不出深宫一道又一道高墙啊!何况这内宫墙外宫墙左一道右一道,我怎么飞得过啊?这朱春龙不是先皇的是谁的?"她突然疯了似的指着围观的人:"你们谁敢说朱春龙不是皇子,我马上叫张三姐投毒毒死他!张三姐,张三姐——"张三姐似乎与如妃早有约定,她和朱春龙就在宫外等候,听到如妃声嘶力竭的叫喊,她拖着朱春龙应声而入。那一刻她就像个风一样的女子,将朱春龙一路拖得趔趔趄趄。过高高的门槛时朱春龙摔了一跤,张三姐也不管不顾拖着他进入大殿。众目睽睽之下朱春龙咳喘不止最后呕吐起来,眼泪滚滚而出。如妃如同母老虎一样扑上来:"既然栽赃他并非皇上之子,那他就是狗崽野种,三姐,给我将他毒死。"张三姐从袖筒中掏出砒霜将呕吐不止的朱春龙按倒在地,掰开朱春龙的嘴强行往里塞砒霜。朱春龙挣扎着,张三姐也被这残忍的一幕所震撼,继而号啕大哭。如妃扑倒在他们身上哭作一团,她要的就是这种当众表演的效果。在场的文武百官轰动起来,嘤嘤嗡嗡的议论声让娘娘坐立不安,太后与言如鼎也脸色大变。王不欢与娘娘交换眼色之后一声断喝:"将如妃和她的野种朱春龙拉出去,斩立决!"东厂兵卒应声而上将如妃和朱春龙拖出去,如妃突然狠狠咬了小德子一口,小德子一声惨叫松了手,如妃满嘴是血:"我有话要说。"娘娘大怒:"拖出去,斩了。"更多的兵卒一拥而上揪住披头散发的如妃,言如鼎突然上前发话:"不管怎么样总得让她把话说完。"兵卒们松开手,如妃脸憋得通红:"首先要说关于赵明德叛国投敌完全是栽赃,既然你们成心要灭掉我,什么样的证据找不到?但是我告诉你们,一报还一报,你们也别高兴得太早。"她指着韦忠贤无所顾忌地痛骂:"你这个狗杂种!朱春龙就是皇上的儿子,我每月月例来红,每次皇上临幸承恩,别人不知道你们敬事房也不知道吗?每次你韦公公不是都记录在册吗?朱春龙就是皇子龙孙。相反,朱春山却不是皇上的儿子,他是田小娥的儿子,是钱大妈妈和韦忠贤帮娘娘造假抢来的儿子……"现场霎时轰动起来,娘娘几乎瘫倒在地:"将这婊子拉出去喂狼。"东厂兵卒一拥而上架住了如妃,言如鼎再度发话:"当着文武百官的面如此出手实在不妥,我再说一遍,让她把话说完再杀不迟。"如妃嗓子有点嘶哑起来:"杀我?我说的全是真话,凭什么杀害一个讲真话的人?你若没有造假陷害,让钱大妈妈和韦忠贤当面和我对质——他们敢跟我对质吗?朱春山就是田小娥之子,而且还不是田小娥与皇上所生之子,是田小娥在外偷情的野种。"忍无可忍的王不欢一声令下,东厂一拥而上将如妃五花大绑起来,这时兵士忽然来报,赵明德率领红巾军已经逼近顺天府郊外的清风寺……

第三十六章　你死我活

　　派出的特使迟迟不归引发宫中担忧,我朝的危亡暂时抵消了对皇上真假的怀疑,传言赵明德有备而来将血洗皇宫。对于屠杀如妃和朱春龙宫中各派意见不一,争吵多日之后最终达成一致:为防赵明德的疯狂报复暂时不杀如妃和朱春龙,将他们抵作人质引诱赵明德和谈。紫禁城人心惶惶,奶妈们惊惶失措,取消奶子府一事也无人提起,奶妈们无心为皇子龙孙服务,就聚在宫前殿后嘀嘀咕咕。碧桃去御膳房取调料经过杆子房,发现杆子房上的猫头鹰飞得一只不剩,就添油加醋告诉范稳婆:"不得了啦,快逃吧,连猫头鹰都逃光了。猫头鹰从来都是通灵之物,它们知道宫中将大难临头了。"碧桃跑到奶子府不管不顾说了一通,正好被钱如意听到,钱如意上前就给了碧桃几耳光。钱如意以前可能打顺手了,她特别会打下人。看到碧桃捂着红肿的腮帮子不敢哭,她越发来气,上前挥手左右开弓打得噼里啪啦响,奶妈和女仆们就站在一旁看着没有人敢上前劝阻。我正好从乾清宫过来看到这一幕,知道碧桃毛手毛脚又弄出乱子来,我有心救她又怕驳了钱如意的面子。钱如意和钱大妈妈收敛了许多天现在她又敢公开出手打人,肯定得到某种默许恢复了从前势力。我上前狠狠在碧桃腮帮子上拧了一把:"成天就知道疯,胡言乱语不知天高地厚。将她交给我,看我如何收拾她。"钱如意大概手也打痛了,看也不看我就走了。我将碧桃带回了后房,一边在她脸上涂抹红花油一边恨铁不成钢地斥责:"你什么时候才能长大呀?你什么时候才不让夫人姐姐替你操心?"我停住了手看着她,她的泪水突然又滚滚而下:"夫人姐姐,我再不会乱说乱动,我再不会乱说乱动了,我不会再给夫人姐姐添麻烦了——你救了我,钱如意不会恨你吧?她不会给你下绊吧?"我看着她乖巧又天真的孩子模样,感到好笑,就摇摇头说:"管不了那么多,我看你被打得眼睛都睁不开,夫人姐姐不管谁来管你?你晚上就陪夫人姐姐睡,没事的。"她仍然不放心:"她们不会来找你麻烦吧?"我安慰她:"不会。好歹姐姐也是夫人,这点面子她们总要给。其实钱大妈妈这段时间一直处于落势,你看她很长时间了在奶子府屁都不敢放一个。这次大概又搞定了靠山,所以就找个机会打人骂人一次,长长她们的威风,你不巧就撞到她们刀口上。"碧桃连连点头:"对对对,夫人姐姐,你好聪明。"我说:"我才不聪明,我很傻的,我就是个傻大姐。只是在宫中生活时间长了,傻大姐也变聪明了。"我给碧桃安排床铺,成为奉贤夫人的好处就是可以住单独房舍,但是床铺仍然只有一张,我让碧桃睡在另一头,我将荞麦枕头拿给她,意外地在枕头下发现一只锦囊,是用各色锦缎缝成的,做工非常精致,握在手里如同一只石榴。我解开收口的红丝线,里面塞满了茉莉花瓣和香草,怪不得如此幽香扑鼻。我在香草中翻了翻,果然就发现一纸素笺,我大吃一惊:那纸粘贴而成的素笺正是我遗失的疯子娘给我的接头暗语,我背诵后将这纸素笺撕碎扔到神乳泉中,不知被谁打捞,然后细心拼贴完整。

　　碧桃在一旁看我发愣,也凑过来看着这张素笺。我连忙将素笺握在手心里,然后将锦囊收好口。碧桃看到了锦囊,说:"这只锦囊真是漂亮,哪儿弄来的?给我玩。"碧桃接过去很开心:"你从哪里弄来的锦囊?好香啊,好香,我还从来没有见过这么香的锦囊。"我让她先上床睡觉,拿着那纸素笺陷入沉思,我不知道是谁拼贴了这纸素笺又偷偷还给我。大德子已死,李连城去了大金,这背后的神秘人到底想干什么?我怀疑是范稳婆所为。我实在没有耐心再等待下去,带着锦囊去找范稳婆。范稳婆穿一身天水碧镶紫边的衣裳在奶子府忙碌,她低眉垂眼的模样并非瞧不起别人而是瞧不起她自己。我进去的时候她正在扫地,这其实并非稳婆的活,但是她一定要抢着做,她永远也不能停下来无所事事。我走到她面前站住,她挥舞着大竹扫帚一扫帚一扫帚扫过来,发现我的绣花鞋子,然后目光往上终于发现了我。我冲她一笑:"歇一歇吧,成天忙个不停。"范稳婆说:"这些天杂役们都以为要回老家了,什么都不管,奶子府脏得不得了,实在看不下去。"我按住她手中的大竹扫帚:"过来,我给你看样东西。"她放下竹扫帚跟我走到松树下,我们就坐在石凳上。石凳实在凉得很,不知谁丢了几个草蒲团放在这里,正好供我们落座。我从口袋里取出锦囊说:"好看吗?"她麻木不仁地看了一眼,我看她没有反应就实话实说:"不知道是谁放在我枕头下,里面有一张素笺,就是我丢掉的接头暗语。"范稳婆从墙角又取过大竹扫帚,她拄着大竹扫帚站在那里,枯涩的头发在脑后梳成一个鬏,插着一支碧玉簪。我补充说:"你也不知道?你不是信誓旦旦告诉我,会有人念着暗语来与我接头吗？可惜，一个叫大德子，死了。一个叫李连城，跑了。我现在怀疑他们都不是真正与我接头的人，他们不过是利用了这个接头暗语。"范稳婆说："上次在清风寺与布袋和尚失联后，一直没有联系上，由他负责告诉你一切，他没有死就会来找你，他会把一切向你公开。"我逼视着她："好像什么都瞒不了你，你知道一切为什么不向我全部公开？为什么要等待布袋和尚？"她脸色铁青沉默以对，这时候我们看到了张三姐进入了奶子府，她不看我们，而是对直不打弯地去找钱大妈妈。我不得不佩服张三姐的强大与强悍，处在这样的人生绝境她内心波涛汹涌我没法看到，起码她表面上波澜不惊。几天前如妃大闹早朝之后在宫中引发的狂涛巨澜马上平息，我不知道娘娘、王不欢和太后、言如鼎如何在角逐，但是宫中没有杀如妃和朱春龙，朱春龙甚至比以往更自由一些，他也会由张三姐带着来乾清宫找朱春山玩。甚至在三月三咬春节上很少现身的皇子们齐齐聚首，大皇子朱春旺回宫，一直在文华殿埋头苦读的二皇子朱春空也破天荒来与兄弟们见面。三皇子朱春山当然是聚会的主角，四皇子朱春龙也由张三姐领来，五皇子朱春阳就抱在珍妃怀里，他似乎有点怯生，始终不肯下地。五位皇子相会的一幕在宫中前所未有，后来我才知道原来如此盛大的聚会是宫中故意做给赵明德看的，也是做给宫中议论纷纷的文武百官看的，更是做给太后和言如鼎看的。如妃似乎看透了娘娘和王不欢的用心，她根本不买账，她的冷脸始终冷得可以刮下一层霜，而且她只是病恹恹地坐了片刻就当着所有人的面起身离去。韦忠贤想阻拦一下，谁知道如妃完全失态，像头发怒的狮子往后一退，然后瞪着韦忠贤："告诉你，还有你，你你你——"她指着娘娘、王不欢："你们别得意忘形，总有一天我会亲手收拾你们。你们犯下的罪孽，人不知道天知道，你们胆敢杀我才是你们的本事。"她的疯狂把所有在场的人吓了一跳，却没有一个人敢阻拦她，众人面面相觑却沉默无言，连太后和言如鼎也仿佛陷入沉思。

这时候代如妃出面的就是张三姐，如妃幽居深宫不发一言，也不再出来见人。张三姐成为朱春龙的保护人和如妃的联系人，奶子府都在传说这一阶段张三姐和如妃亲如姐妹，而她和朱春龙亲如母子。张三姐为人处世的能力在这个危难时刻突飞猛进，我有时候也在想，如果没有张三姐，那如妃和朱春龙会是怎样的一种结局？而张三姐的心机也就在这里，她从赵明德身上看到了朱春龙的一线希望，她也从朱春龙身上看到了自己的一线希望。在宫中除了这一线希望，她张三姐作为奶妈即便是个风情、风骚的奶妈又能有什么回天之术？再风骚的奶妈毕竟也就是个奶妈而已。她也知道我对她的防范心理，我们之间保持着一定的距离，而对绝处逢生的杨白桃她见缝插针、花尽心思。但是杨白桃始终对她冷若冰霜,连我想见杨白桃一面也见不到,杨白桃在奶子府一直是深居简出。从来都是黑娃打发张三姐,就如同黑娃曾经打发我一样。说心里话我其实对杨白桃有太多的好奇,我奇怪那个从前在靠山庄与我无话不谈的闺蜜,也就是个赤脚打掌、裤腿高挽到处乱跑的村女,怎么一入奶子府就成了深居简出的贵妇人呢?她怎么就装得出呢?她心里都想些什么?所有这一切都很让我好奇,我有时候也想请张三姐和杨白桃两个单独在我房舍里吃个饭聊一聊,毕竟我们有一个共同的背景——靠山庄,现在和从前相比早就物是人非,大家坐下来聊一聊,有什么疙瘩解不开?但是张三姐却一连许多天再没有在奶子府出现,而如妃上次大闹一次平安无事之后,知道娘娘和王不欢怕她,更加有恃无恐,终于在一天早上她披头散发地在乾清宫正殿外的松柏下跪地咒骂。当时她没洗脸也没有梳发,她就穿一件羊毛白与鹅绒黑黑白相间的树皮皱云纹纱袍。她面前放置一块案板和菜刀,案板上有三个公鸡头,她挥刀将鸡头剁成肉糜,据说这样诅咒最为灵验。她当时剁一刀咒一句,句句冲着娘娘和朱春山来。耿谦和上前劝慰时,她反身就给了耿谦和一刀。一向谦和的耿谦和发出一声惨叫,看着手臂血流如注,他的震惊比疼痛更汹涌,他捂着胳臂上的伤口,鲜血浸湿了他的手。韦忠贤跌跌撞撞地冲了过来,劈头盖脸一连打了耿谦和七八个耳光,还嫌不过瘾,又冲着他拳打脚踢:"你个蠢货,杀千刀的蠢货!你算什么东西,你也配劝娘娘?蠢货,你也配劝娘娘。"韦忠贤打累了,才慢慢走到如妃面前。如妃不知道韦忠贤葫芦里卖的是什么药,韦忠贤低眉垂手地展露出笑脸:"我知道如妃娘娘心里有气,如果娘娘心头气还没消,就把公公我痛打一顿也无妨。"韦忠贤送上他的老脸贴到如妃手边,半天不见如妃动静。韦忠贤脸上浮起一层深深的皱纹:"我就知道如妃娘娘不舍得打,如妃娘娘心疼每一个奴才。娘娘公开爆料我与钱大妈妈联手将小娥的孩子抢走作为皇上,如妃主子说对了一半,主子还想打听吗?我全部讲给主子听,跟我来。"韦忠贤说完便走,但是如妃并没有随他过来,他转身对如妃说:"我知道如妃主子不相信,也不敢当众跟我走,宫里人眼光毒。那这样好了,如妃主子晚上在西安门外等我,我把我了解到的全部说给主子听。主子,你要扳就一定要扳倒她,否则就是她扳倒你,不是你死就是我活,宫里的事哪一代哪一朝都是一模一样。"如妃迟疑地说:"西安门?你说我还能出宫吗?"韦忠贤说:"能啊。赵大人在围城,宫里人都怕你,他们怕禁闭你弄出个三长两短来,他们更怕赵大人血洗紫禁城。"如妃说:"那我带上两个太监。"韦忠贤说:"好的,我给您派。"

后来发生的事证明韦忠贤此次好言相劝只是诱虎出山,就是引诱如妃出宫然后再用她来引出赵明德,不杀如妃不杀朱春龙就是要将他们作为诱饵诱惑赵明德。这个老谋深算的计划最终如愿以偿,不过如妃也并不那么好骗,她在安小平和春明陪同下来到西安门,临出宫时她犹豫了一下。这时候也由不得她了,韦忠贤朝守门人打了一个手势,几个东厂的兵卒马上冲上来强行拉起如妃,眨眼之间就将她推上了韦忠贤早就准备好的马车。放下黑布车帘,车夫一扬鞭子,马车就在宫门外的青石板道上狂奔。前前后后有四五辆马车护卫着一路出了顺天府,在凉水河边停了下来。那里有一片芦苇荡,无边的芦花正飞絮,风吹起来无数芦花像雪花一样纷纷扬扬。河边凉水亭正是宫中与赵明德约定的谈判地点,但是赵明德的防备在如妃出现的那一刻土崩瓦解,他半信半疑地接近他的皇姐时,由东厂精心安排的包围圈一圈圈缩小,最后收缩,将赵明德和部下包围在这片芦苇荡中。赵明德发现后放弃与如妃的会面率部下奋力突围,但最终成为瓮中之鳖。而努力挣扎的如妃也被韦忠贤强行用镪水泼洒导致眼盲,目的就是不让她看到活捉赵明德那一幕。后来的事情就是我朝人人皆知的事实:所谓的朱春山是田小娥之子全是如妃的编造,如妃被押回紫禁城之后就被软禁。由于诱捕了赵明德立下大功,娘娘在第二天就下旨宣布东厂正式设立并统领锦衣卫,韦德贤为东厂大督主,钱大妈妈也成为梦想中的奉贤夫人。当天宫中举行了盛大的典礼,礼炮炸响,锣鼓喧天,宫中总是这样欢庆与热闹。宫廷之外的人很少知道,这其实只是宫中永不停止的争夺战中又一拨人马暂时胜出而已,你死我活的宫斗不可能有结束的那一天。

第三十七章　虎视眈眈

　　现在回过头来看我才明白,历史故事为什么会成为戏曲永不枯竭的创作题材,就是因为历史本身远远要比戏曲精彩,才高八斗的编剧坐在书斋里苦思冥想编造出来的故事远远没有历史本身精彩,这是我在宫中生活多年的最大感受。就说那次在冷水河芦苇荡发生的一幕,其实也是韦德贤和韦忠贤急于邀功请赏,捕获的赵明德根本不是赵明德,只是伪装成赵明德的一个人。他长得与赵明德有几分相似,化装手段又极其高明,再加上捕获行动发生在月黑风高的深夜,居然骗过了韦忠贤、韦德贤父子。被捕获的赵明德口口声声说本来他是来与王不欢谈判的,现在中了东厂的圈套,与王不欢大吵起来。王不欢本来就是为了诱骗赵明德而来,他对假赵明德不理不睬,马上要押他入宫。就在冷水河畔王不欢一行遭到红巾军的埋伏时,赵明德率着五万大军包围了王不欢的御林军。韦德贤挥刀砍死了假赵明德,护着王不欢一路突围。但是队伍被冲散,王不欢被起义军活捉,送到真正的赵明德面前。这时候王不欢才大吃一惊,认定自己上了赵明德的当,可惜到了此时他已经插翅难逃。

　　王不欢被赵明德擒拿后一连五天没有任何消息,娘娘给东厂下令处死如妃和朱春龙,韦德贤的做法就是将如妃拖到刑房骑木驴。刑房就在东厂后面混堂司的隔壁,混堂司是宫里人洗澡的地方,把刑房设在混堂司后面我不知道有什么讲究,但是骑木驴是从宫中到民间老百姓特别是女人们谈虎色变的酷刑。作为刑具的木驴我入宫后在东厂见过一次,就是一头由整根大圆木雕成的驴,驴头活灵活现和真驴一模一样。木驴没有腿脚只用四只木头轮子替代,驴背上安有一根二寸粗、一尺来长的圆木楔子,与此相呼应的是驴屁股上插着一块木板,如同高高翘起的驴尾巴。如妃骑木驴的细节后来在宫中广为流传,那天是乍暖还寒的季节,瓦蓝瓦蓝的天空万里无云,虽然阳光灿烂但是扑面吹来的风仍然带着丝丝寒意。披头散发的如妃被四个狱卒从刑房内室抬出来时已经昏死过去。狱卒将她雪白如玉的双腿分开，她发出一声惨叫后被四个狱卒高高举起来，一直举到木驴背上，然后将阴部对准驴背上那根又粗又硬的木楔插下去。这时候她已经不能发声，身体被绑在身后那块硬木板上。两个狱卒在前面牵引，两个狱卒在后面推动，木驴下面的轮子缓缓滚动起来，骑在木驴上的如妃摇摇晃晃如同一个鬼。

随着如妃势力得到清剿宫中暂时出现和平的气氛，娘娘取消奶子府的计划遭到各方强烈反对，本来娘娘的安排是各家自主聘请奶妈喂养皇子龙女，银两当然由各家自己支出。面对这份额外的开支皇族十分不满，娘娘原本就没有彻底取消奶子府之意，只是借机放出取缔风声打压韦忠贤势力，最终在各方角逐中娘娘做出让步，取缔奶子府一事就不了了之。如妃当然没有死，朱春龙当然也没有死，他们如果死了就不会有后来发生的玉碎宫倾，也不会有我这本冗长的回忆。就在狱卒推动木驴出了东厂刑房那一刻，一骑骏马狂奔而来，马蹄铁掌在石板道上溅出一路火花。马上的信使直接冲进西安门进入宫中，十万火急的情报是，王不欢被赵明德擒拿，宫中必须拿如妃和朱春龙的命换王不欢的命。为了让如妃相信这只是锦衣卫对她的私人报复，当场杀死三个锦衣卫兵卒做戏给她看。娘娘当然不会真的在意如妃，她只是担心王不欢的性命。朱春山还小得很，太后和言如鼎根本不可信，宫中除了王不欢她就没有可以托付的人。王不欢也如此，在宫中除了娘娘就没有值得信赖的人。说起来在宫中权倾天下、一言九鼎，其实细究起来他们都是孤苦伶仃的孤家寡人，在宫中如果真的遭了难没有一个人肯出面相救。娘娘在李敬堂那里得到的策略就是一方面拖延、一方面派兵攻打，周达的边军与李敬堂的京军里应外合联手合围红巾军。这时候顺天府谣言四起，有说王不欢之所以上了赵明德的当是韦忠贤暗中早就与赵明德密谋好了，而言如鼎下令让周达、李敬堂里外合围正上了赵明德的当，因为周达早就图谋不轨，与赵明德达成幕后协议。其实紫禁城里的人与顺天府的人一模一样，他们幸灾乐祸地等待着娘娘的宫倾殿毁、曲终人散，等待着又一拨居心叵测的人马重新粉墨登场。在宫中我虽非火眼金睛但我看得很清楚，我看到所有人兴奋的目光和心中的窃喜。作为草民的他们受尽欺压与凌辱，知道谁上台都不是好东西、好货色，谁上了台对他们都是一样的压榨和盘剥，谁上了台他们都不会有好日子过，但是他们还是喜欢看别人垮台和灭亡。那段时间顺天府节衣缩食的草民特别舍得吃，据说连马背生那个小得不能再小的煎饼铺子也生意兴隆。马背生几乎从早忙到晚，又请了两个老妈子帮忙。不管怎么说，生意好能在顺天府站住脚他总是高兴的,起码和他在一起的银环天天有糖葫芦吃,每天给银环买糖葫芦是他最爱做的一件事,一手抱着银环一边挑选糖葫芦是他一天最快乐的时候。那些糖葫芦红艳艳的比花还要鲜艳,外面裹着的糖衣闪着寒光,样子十分可爱,他抽出一串举到银环面前:"这串山楂的好不好?"银环说:"好。"他亲了下银环腮帮子,又亲了一下,抬起头就看到不远的地方有一双幽幽的眼睛在注视着他,那双眼睛他很熟悉,那是杨白桃的眼睛。

可能只有我知道从小到大杨白桃多么痴恋马背生,也只有杨白桃知道马背生多么痴迷我颜如月,世上的事就是这么阴差阳错、张冠李戴。现在回想起来从前在靠山庄的苦日子虽然苦了些,但是有滋有味。杨白桃知道马背生喜欢吃山楂果,每到秋天她都叫上我陪同她到山上采摘山楂。山楂树喜欢生长在悬崖绝壁之上,而且树枝间最易垒上蜂巢,采摘山楂果并不容易,但是马背生爱吃她就喜欢采。马背生并不领情,看着她送来的山楂果总是说:"不要再冒险了,我想吃我不会采吗? 万一失足或者让马蜂蜇了,那可是我的罪过。"即便后来与黑娃了婚,她仍然对马背生死心塌地,要说这世上有哪个人能让杨白桃回心转意,那就只有马背生。这其实是她第二次主动来找马背生,她身上穿的是一件红绫袄青缎掐牙外套,秋香色撒花窄腿裤,脚上一双厚底大红鞋,可以看到锦边弹墨袜子。她看到马背生过来就嫣然一笑:"又想吃你的煎饼果子了。"马背生也不说什么,只是默默地往回走,然后说:"好,我回去给你做。"杨白桃将手里提的一盒宫中点心递给银环,她每次来都会带一盒宫中点心。

那个表面看起来温暖甚至有几分暧昧的夜晚后来让马背生恍然大悟,杨白桃使尽浑身解数勾引马背生,她这样的引诱对马背生来说已是家常便饭,煎饼铺子开业以来,她趁黑娃外出采购已来过两次。马背生也不是强行拒绝,只是借着银环作抵挡,在回忆靠山庄往事中让杨白桃最后索然无味回到奶子府。但是这一次杨白桃显然有备而来而且做足了功课,首先玩了一天的银环早已在隔壁熟睡,这让马背生无计可施。最后杨白桃竟然上了他的床,马背生借口洗澡来到后院,他洗澡是极其简单的,只是烧一桶热水提到后院角落以葫芦瓢舀水往身上浇淋。他一边洗一边绞尽脑汁设想接下来该如何面对杨白桃,他想了半天也想不出什么好办法,决定晚上就在后院坐上一夜。他断定杨白桃不敢在他煎饼铺子过夜,宫中的规矩他是知道的。他这样想着就擦净了身子换上衣服,却意外闻到一缕奇异的芳香。那种诱人的香气似有似无,有点像烟叶,他知道这并非烟叶,应该是一种神奇的东西,他从来没有闻到过这种奇香。他以为是自己的幻觉,嗅了嗅鼻子好像没有,但是仔细一闻它又神秘出现了,而且越来浓烈。他循着这缕奇异的芳香进入室内，突然发现杨白桃穿着红兜肚，嘴边噙着一只小鸟似的竹管，那缕奇异的芬芳就是从竹管中飘出来的。而此时的杨白桃双眼微眯眼波流转双腮绯红如落上两朵桃花，朱唇欲开未开如一朵刚刚绽放的月季。马背生在香气中突然浑身燥热，心头滚过一个又一个轻细的波浪，他有点把持不住自己，在床榻旁坐下来。杨白桃一把握住他的手，将她嘴里小鸟似的竹管递到他嘴边，那股浓烈的芬芳像烟一样裹挟着他，像雾一样笼罩着他，他心头的一堆干柴被点燃，烈焰冲天。他发疯似的扑向杨白桃，撕扯着她的衣服。杨白桃眼睛像星星一样闪闪发亮，她配合着马背生的撕扯发出一阵又一阵夸张的呻吟，一对欲火焚身的男女合成一体在床上翻滚起来。多年以后马背生告诉我，是床铺的突然断裂让他清醒过来，看看滚落在地的杨白桃，马背生感到羞耻，而杨白桃却无意间扯下内裤，将身体一览无余地暴露在马背生的目光之下。马背生用脱下的衣服遮盖住她的身体，杨白桃却拨弄他的手。马背生死死按住她的手："告诉我，刚才你抽的是什么烟，怎么那么香？"杨白桃笑了："是黑娃从波斯商人那里弄来的乌香，也叫鸦片。男人一抽，就想女人了，挡都挡不住。女人一抽，就想男人了，挡都挡不住。"马背生说："怪不得韦忠贤单单离不开你了，原来你有撒手铜——还是黑娃有本事。"

马背生第二天就将这桩重要的情报反馈给我，那天我去接银环，是李敬堂让我来接银环，李府要给银环庆祝生日，他准确无误地知道银环就在马背生的煎饼铺子里。但是银环与马背生亲如父女，她不肯离开马叔叔。在纠缠了一阵没有任何结果之后，银环自己下地，然后就从煎饼铺子里消失了。马背生也不去寻找，他看上去胸有成竹一点也不着急。他围着一只脏得已经发灰的白布围裙，当着两位正在和面的老婆子的面将我拉到后院："这个情报对你不知道算不算有用，杨白桃拿下韦忠贤你知道用的是啥计谋？我就奇怪杨白桃怎么有那么大的本事，她姿色平平，三宫六院就别说了，单单就说奶子府，比她有姿色的也多了去，怎么韦忠贤到末了离弃了多年的老情人钱大妈妈，离弃了风情万种的张三姐，死心塌地迷恋她，和她对食？"我问："你说她有啥本事？"马背生说："她用乌香迷住了韦忠贤。乌香你知道不？就是鸦片，从西域进口过来的，是黑娃替她弄的。"

那天的李府张灯结彩，我抱着身穿玛瑙红双鱼如意裙裳的银环进入李府。厨子做了一桌十分丰盛的宴席，我感动得几乎要流下泪来。就为了银环这么个乡间小娃的生日，李敬堂李大人竟然如此隆重地吩咐厨房，连厨房的厨子和仆人们都感到吃惊。这也从侧面证实了他对银环的感情，当然也从侧面证实了他对我的感情。当天晚上送走来宾之后大概是鸡叫头遍,我听到窗外咕咚一声,就知道窗下我巧设的陷阱捕获到了猎物。我知道我入住李府以来一直有人在暗中盯梢,现在银环同时入住跟踪的人会变本加厉,我就突发奇想在窗外巧设陷阱——现挖了一只深坑灌满大粪,表面上用麦草伪装,这一声咕咚表明肯定有人落入陷阱。等我赶到窗外人已不见,但是我循着一缕恶臭追到仆人房外的井台一侧,在桂花树后面发现了一个很少出现的女佣凤仙,几乎没费事就追查到幕后指使者范稳婆。我什么也不说,第二天一大早就在奶子府外空无一人的护经厂边堵到了范稳婆:"一年两年三年五年,为什么至今你仍对我守口如瓶?为什么要安排凤仙死死跟踪我?"范稳婆说:"为你好,为你好,为你好!"我说:"让我一直蒙在鼓里,几次让我死里逃生还口口声声为我好?"范稳婆说:"我不能坏了规矩,一切必须要由布袋和尚向你公开,他自从上次蹊跷大火之后活不见人死不见尸,我正在联系。你现在必须远离李敬堂,他接近你其实是有目的的,你告诉我你和他到底是什么关系?"她暗淡而浑浊的眼睛突然发亮,"颜如月,你告诉我,你们到底是什么关系?他对外说是认你做干女儿,我根本不信。外界盛传你其实是他的小妾,我更不相信……"我故作轻松地说:"你不相信我也没办法。"范稳婆冷冷一笑:"看来,你也愿意让人们相信你确实是他的小妾了。但是你进入李府这么长时间了,你们没有同房一次,这算什么妾?颜如月,你应该从来没有上过李敬堂的床吧?"范稳婆虎视眈眈地盯着我,脸上充满蛮横之气。我突然浑身大汗淋漓,手脚一片冰凉。我说:"怪不得了,原来凤仙是你范稳婆派出的卧底,我事无巨细你全知道。"范稳婆说:"告诉你,紫禁城的事没有我不知道的。我还知道就在我们现在谈话时,杨白桃已经被锦衣卫抓起来了,包括黑娃。谁让他们胆大妄为,私自倒卖乌香。黑娃的房间里全都是乌香,被人举报了。"

第三十八章　养虎遗患

　　杨白桃一夜之间在奶子府走红又一夜之间在奶子府失势,奶妈们兴高采烈。更高兴的还是钱大妈妈和钱如意,她们打压张三姐打压我颜如月,当然也要打压杨白桃,她们不希望任何人在奶子府崛起对她们构成威胁。但是好像再强大再不可一世的女人,最终都没有成为她们的对手。最强大的莫过于张三姐,依靠如妃霸道一时,什么人都不放在眼里。现在怎么样?张三姐这段时间夹着尾巴做人,不敢轻举妄动,连衣着也低调暗淡了许多,成天就是一件玉米黄月桂如意云纹衫。我知道钱大妈妈和钱如意早就将目光瞄准了我,我一直是她们最大的敌人。但是我一直保持低调,也不会轻易露出马脚,所以她们想咬我却一直找不到地方下口。我基本上不和她们套近乎,与她们从来都刻意保持距离。在宫中多年我也知道她们的心态,你越想和她们搞好关系她们越是瞧不起你,到头来该压制你的时候绝不会心慈手软。那一阶段我全部心思用来对付范稳婆,她死活不肯回答我任何疑问,也许她根本无法回答。那时候因为赵明德迟迟没有放归王不欢让娘娘束手无策,又传言赵明德率领重兵正在包围顺天府,对于如何处理如妃和朱春龙娘娘迟迟拿不定主意,只好借口拖延,将第一总兵周达召回紫禁城。那几天周达与言如鼎、李敬堂彻夜在紫禁城密谋。周达进入紫禁城的消息对外全面封锁,娘娘怕走漏风声大金趁机入侵,毕竟周达是第一总兵,是我朝数得着的大将。别说大金,就算紫禁城内也没几个人知道周达入宫。我是从李敬堂嘴里知道的,他是无意中说漏了嘴,但是我感到他是故意说给我听的。我从李府回到乾清宫看到耿谦和带着一个木匠进了宫,我一看就惊呆了,原来是张三姐的前夫陶金宝。

　　陶金宝这个人给我的印象还不错,虽然只是个木匠,但是为人很聪明,更重要的是他做人比较踏实。我和张三姐的关系他应该是知道的,记得有一次他经过我家棉花地，我其实远远地看到他背着一套木匠家伙走过来，他也没有看我一眼就从棉花地头默默无言地走过去。隔了一会儿，我摘了满满一围兜棉花走过来，发现坐在田塍上玩耍的银环手里多了一只小木马，她兴奋异常地拿在手中还没有从惊喜中醒来。我问她："谁给你的？"我其实已经猜到是陶金宝送给她的，她拿着小木马指着远去的陶金宝，此时陶金宝的背影正在棉花地里渐行渐远。陶金宝此时在宫中内务府供应库做木工，他的木匠手艺在顺天府颇为出名，正好小皇上朱春山有个特殊的爱好就是做木匠活，耿谦和就将陶金宝从内务府供应库请到乾清宫来教朱春山。巧合的是他教朱春山做的第一件木器活就是木马，我从朱春山手里接过来对陶金宝说："这和你送给银环的那件一模一样。"陶金宝其实早已忘记了送给银环的小木马，经过我的提示他才恍然大悟："其实那只木马我是准备送给前往做活的东家小少爷的，这是我的习惯，只要东家有孩子，一定要送一只木马做见面礼。谁知那个挂在肩膀上的木马被你女儿看见了，她眼睛睁得大大的一眨不眨，我心疼这孩子就取下来送给了她。"那是一只能缓缓走动的小木马，让朱春山爱不释手，一连好几天他就怀抱着那只小木马睡觉。早上眼睛一睁开就要寻找那只小木马，然后放到桌案上看它缓缓地一步一步挪动。我感动于陶金宝的好心，对他说："三姐现在在奶子府不自由，你想不想见见她？你要想，我可以为你们安排。"陶金宝正在推一块木板，一片片刨花从刨子口翻卷而起，他说："她这个人见了还有意思吗？"我说："随便你，你不想见就算我没说。"他继续推着刨花，过了一会儿又说："她现在也蛮可怜的，既然我也进了宫中，今后恐怕抬头不见低头见。"张三姐在陶金宝去兔儿山伐木头的路上堵住了他。陶金宝不知道是和她偶然相遇还是她刻意安排，站在离她不远的地方似笑非笑地看着她。张三姐不怀好意地瞅了他几眼，然后背朝他一屁股坐在山道上。陶金宝知道她不好惹，就准备绕过去。张三姐却叫住了他："站住！"陶金宝停住了脚，头也没有回转："你有话就说，我还有事呢。"张三姐说："陶金宝，谁让你到宫中来？来看我张三姐的笑话是不是？看我出洋相是不是？"陶金宝皱起眉头："张三姐，你说这话就没意思了。这紫禁城城门左一道右一道，道道都是金碧辉煌，只许你张三姐进就不许我陶金宝来？毕竟夫妻一场，抬头不见低头见，好歹都在宫中，见一面也无妨，但是你别出口伤人。"张三姐狠狠瞪了陶金宝一眼："谁跟你是夫妻？"陶金宝说："哦，皇宫一入你就是皇妃了，我见了你应当三叩九拜了。"张三姐又重复了一遍："谁跟你是夫妻？你做的缺德事无情无义，算什么夫妻？"陶金宝心头怒火一下子就蹿上头顶："张三姐，这可怨不得我无情无义，是你出丑在先。我做木匠走村串乡，我受不了别人在背后指指点点……"张三姐抿紧嘴唇："你就是耳根子软,别人说什么你就信什么。我在这里等你,不过就是想告诉你,我其实没有做对不起你的事。"陶金宝说："捉奸成双你还抵赖,这就没有意思了。不管做没做过,我们已经不是夫妻,不重要了。"陶金宝绕过张三姐往兔儿山上走,走了好远回头看看,发现张三姐也没有跟上来。

　　那天陶金宝和张三姐在兔儿山偶遇被碧桃看得一清二楚,碧桃肚子里装不住话,很快就跑到奶子府把她发现的一幕告诉了我。但是我却感到碧桃撒了一个小小的谎,她明明跟我请假说是到花津桥那里买双麻布鞋,我只准许了她三个时辰假,那应该从东安门外出宫才对,可是她却跑到太液池对面的兔儿山那边去了,从兔儿山那边想出宫只能走西安门啊,那也不是去花津桥的走法。我不满地白了碧桃一眼："讲别人的事露了自己的马脚,你去花津桥怎么跑到兔儿山那边去了? 老实告诉姐姐,又是去崇智殿见小明子了吧?"要说碧桃终归是孩子,一听我戳穿了她的谎言马上脸红得像灯笼。原来她是想让小明子陪她去花津桥那边买鞋子,小明子让她在兔儿山桃花林子里等他。那时候春天刚刚来到紫禁城,兔儿山上桃花开得正是妖娆的时候,一树一树的桃花你不让我我不让你比赛似的开出灿烂的花朵。她盼望小明子早点看到她漂亮的样子,等得心焦力瘁的时候小明子才出现,小明子像个孩子似的不知所措。碧桃很不开心,噘起小嘴说："你怎么才来呀? 我时间都快到了,我买不成鞋子了。"小明子几乎要哭了："对不起,碧桃,我出不去,师傅让我守着香一直要守到鸡叫头遍。碧桃,要不,我俩还俗吧。"小明子伸手捉住碧桃的手,把碧桃吓了一跳。碧桃仰起脸来看着小明子,发现左一枝右一枝桃花映衬得小明子格外清秀好看,她恨不得抱住他亲一口。小明子说："你看着我做什么? 我说的是真的,我不想在宫里做和尚了,我只想和你在一起,我要还俗。"碧桃笑起来。小明子说："我和你说真的,你笑什么?"碧桃说："我想亲你一下,就亲这里。"她用手指在小明子红红的嘴唇上点了一下,小明子握紧了碧桃的手："碧桃,我们还俗吧。"碧桃将手突然抽回来："不,我不想离开宫中,离开宫中我没饭吃就要饿死。"小明子说："有我呀。我会种玉米、种红薯,我还会种萝卜,我来养活你,我要娶你做我老婆,你要给我生五六个小孩子。"碧桃狠狠瞪了小明子一眼："你自己还是个孩子,你能养活五六个孩子?"小明子说："能,我能养活。我还在长,我肯定会长成一个顶天立地的大男人。但是你一定要陪我还俗,我不想做和尚了,我要娶你做我老婆。"碧桃突然捂住小明子的嘴："阿弥陀佛——菩萨在天上,罪过罪过。"小明子拿掉碧桃的手："我真的不想做和尚了,做和尚没意思,跟你在一起才有意思。"

碧桃彻底恼怒了,用手指头掩住耳朵:"我不想听,我不想听。我不理你了,我不理你了。"碧桃兔子一样跳过一道开满金银花的竹篱笆,眨眼就不见了。小明子一看急了,也像一只兔子一样跳过竹篱笆,后来他们就在竹篱笆后面看到了陶金宝和张三姐。

碧桃的小报告很快让我忘得一干二净,因为我分明感到李府气氛紧张,家人和仆佣进进出出不发一言。李敬堂入宫彻夜不归,听他的部下黄楚九说,这样的事发生在李大人身上是唯一的一次。后来天亮时分我在乾清宫见到李敬堂,他形销骨立脸色苍白,仿佛一夜之间瘦了十来斤。多年之后我从李连城的嘴里才得知,就是这漫长的宫中一夜,李敬堂与韦忠贤撕破面子进行了一场殊死决战。长期对李敬堂的不满在这一刻开始总爆发,韦忠贤公开要挟娘娘拿掉言如鼎、李敬堂。娘娘正被王不欢遭绑架弄得焦头烂额,而回到宫中受命的周达以骑兵力量不足为由拒绝与红巾军开战。

娘娘在那个初春的夜晚痛哭失声,这一次不是传说而是我亲眼所见。其实那一晚我一直陪着朱春山在乾清宫,早上娘娘进来的时候双眼红肿如桃,仿佛没有看到我一样,她失魂落魄地走进乾清宫。这一刻娘娘还原成一个有点啰唆、有点婆婆妈妈,也会哭得抬不起头来的普通女人。她一夜没有回坤宁宫,李敬堂刚刚回到李府睡下没有一个时辰,又被耿谦和召回到乾清宫,因为据周达提供的情报,韦忠贤之所以如此猖狂是因为他一直在暗中与赵明德勾结。娘娘惶恐至极,李敬堂认定这种人不斩草除根绝对是养虎遗患。这场没有韦忠贤参加的密会还没散会就被韦忠贤得知,韦忠贤决定自己出手,他的第一个动作却是针对安小平。应该说安小平是他们父子最贴心的心腹,韦忠贤虽然置身在我朝核心圈并且在敬事房和乾清宫大权在握,但是我朝的核心机密娘娘并非全部让他知道,更多的绝密会对他隐瞒。这一点韦忠贤心知肚明,安排贴身大太监安小平在娘娘和王不欢身边卧底就是他的重要举措。安小平知道得太多太多,有时候在韦忠贤面前不免拿捏。那日韦忠贤密召安小平的时候,安小平睡在床上并不起来。安小平在敬事房的级别至今没有超过耿谦和,这让他长久以来一直愤愤不平。韦忠贤早就看出了苗头,就决定亲自上门来看望安小平。安小平从床上坐起来说:"连一间会客室都没有,床沿上您凑合着坐吧。"安小平住的是敬事房通铺,一间住四个太监,这也是他愤愤不平的地方。韦忠贤在室内扫了一眼,其他几位太监借故走开,韦忠贤黑下脸伸手按住他:"你睡,你睡个七七四十九天没人管你。我不是不想着你,银子也没少给你,我不过就是在宫里需要个耳目。你高升了一走,谁能接你的班? 谁能接得了你的班?"安小平脸拉得像鞋底那么长,像患上重病似的点点头又摇摇头,他的冷漠和烦躁把韦忠贤气得七窍生烟,安小平知道越是关键时刻越是要拿捏一番才能得到自己想要的东西。韦忠贤却不买账,最后丢下一句:"啊,你翅膀硬了本事大了不听话了,伸手向我要这要那,还跟我讲价。你不想想,在敬事房在奶子府甚至在紫禁城、顺天府,谁敢跟我韦忠贤讲价? 别人不清楚你安小平还不清楚? 就是娘娘和王不欢都不敢跟我讲价。我现在就不客气地告诉你,跟我讲价你就是昏了头。"韦忠贤转身就离开了敬事房,所有的经过全是范稳婆转告我的,那段时间范稳婆像蛰伏已久的虫子经过漫长的冬眠苏醒了,她和我说这些的时候眼神闪烁不定。我不得不承认她变了,她根本不是平时那个缩手缩脚、毫不起眼的范稳婆。我不无作弄地嘲笑她:"你好像一个包打听,什么事都瞒不过你,宫里的事你全知道。"范稳婆停顿了片刻,然后说:"现在我可以和你摊牌,我就是一个间谍,你也是。你做间谍我做间谍是一样的,我们并非为了别人,是为了夺取属于我们自家的江山。我上次是要告诉你的,结果在清风寺出了那么大的灾祸,庆幸的是布袋和尚没有死,他还活着,我正在联系他,你很快就会见到他。"

第三十九章　雾里看花

　　过了很久很久之后我才得知朱春龙差点死去,他是得了一种奇怪的病高烧不退,而且从前胸到后背生满了烂疮,喉咙肿痛,舌头伸出来也像狗舌头那样鲜红鲜红,并且呕吐不止,睡到半夜还胡言乱语,突然间又停止说话瞪着空洞的大眼睛直视房顶。张三姐向韦忠贤报告了三四次才得到翁万春的诊治,他判断为烂喉痧必须马上治疗,否则的话将会全身溃烂而死。翁万春检查后对眼圈青紫的张三姐说:"烂喉痧,我去转告娘娘然后让公公送药过来。"张三姐急得手足无措,她伸手拦住翁万春:"翁太医,一定要开方送药过来呀,翁太医,烂喉痧死人也就一眨眼时刻。朱春龙好歹也是皇子,皇子的事就是天大的事,翁太医要向宫里报告,否则皇子出了事我这个嬷嬷浑身是嘴也讲不清。"张三姐拉住翁万春的衣袖哭得泪雨滂沱。翁万春走进乾清宫时我也在宫中,那一天宫里宫外异常安静,娘娘穿一件家常的水晶紫菊花纹双环四合如意绦锦上裳出现在乾清宫,少了些专横和跋扈,多了些女人的温柔与安详。我从来没有想到娘娘也有这样女性或者称为母性十足的时候,我远远地冲她仰起了笑脸,她也还我一个舒心的微笑。我这才发现她面前站着如妃,如妃只是简单一款芥末黄百褶如意月裙,这款素净的家居裙服也让如妃少了些嚣张和霸道,多了些女人的妩媚与亲切。两个在宫中一向是死对头的女人破天荒地互相恭维起来,一个夸一个神清气爽,一个夸另一个美貌如花,两个女人言不由衷的赞美把宫中太监和女仆听傻了,搞不清她们是怎么回事,耿谦和甚至久久忘了上前侍候。娘娘瞪了耿谦和一眼,耿谦和很少有这样失态的时候,他赶忙将准备好的东海龙舌茶呈上来。娘娘缓缓落座,向如妃略略欠了欠身子,邀请如妃落座。如妃提了提她的百褶如意月裙,正准备坐上椅子,突然她发出一声凄厉的尖叫然后身体摇晃不停。眼疾手快的春明蹿上去准备揽住她已经来不及,如妃身体一歪就滚倒在地,整个人连滚带爬被耿谦和和春明拖起来,她已经鼻青脸肿。娘娘吃惊地上前问道:"如妃,你怎么了?"如妃面如死灰,手颤抖地指着椅子后面:"那,那是什么东西?好像是一个娃娃。"众人目光随着她的手指移向椅子后背,那里吊着一只娃娃,用麻绳吊着脖子拴在那里,似乎还有一口气,眼睛分明闪闪发亮还一眨一眨的。众人吓得倒退一步,娘娘惊得趔趔趄趄眼看就要摔倒。还是耿谦和从惊慌失措中回过神来,蹑手蹑脚重新回到椅子旁。他这才发现那个娃娃其实只是个布娃娃,裹着一身黄绸缎,头发是真的头发,手脚和鼻子嘴巴活灵活现,眼睛是用算盘珠子做的。他将布娃娃拿在手里迟迟不肯给娘娘看,娘娘在后面催了几句:"什么呀耿公公,给我看看。"耿谦和若无其事地将布娃娃扔到帐幔后面:"娘娘,就一个破布娃娃,你还是别看了吧。"娘娘恼羞成怒:"耿公公,你在宫中搞什么鬼花招——我要看,你拿给我看看。"娘娘脸上孕育着雷霆风暴,春明息事宁人地走到帐幔后面将布娃娃捡起来送到娘娘手中,娘娘突然又是一声尖叫,挥手将布娃娃打落在地。众人大惊失色,这才发现布娃娃手中攥着一张字纸,字纸飘落在地被春明捡起来,上面有小楷字体:尔娃归汝,无释春龙必屠城!

　　上面的意思写得明明白白,就是说你的孩子还给你,你如果不释放朱春龙我将屠杀整个顺天府。字纸上的内容并没有几个人看过,但是一夜之间就传得顺天府尽人皆知。传言说娘娘正是凭着这只布娃娃成功骗过老太后成为娘娘,但是这样的传说让人一头雾水,怎么用布娃娃骗过了宫中老太后没有任何细节佐证。宫里的事总是云山雾罩雾里看花,我那段时间几乎不回奶子府,彻夜守在乾清宫守在小皇上身边。小皇上也敏感地嗅到气氛不对,对我比以往更加依恋。娘娘不放心小皇上,不时出现在乾清宫,强颜欢笑地与小皇上套近乎,摆弄着陶金宝做的木马,故意装作不会,让小皇上兴致勃勃地教她。只要是与木工活相关的事总会让小皇上兴趣大增,他手把手教娘娘如何摆弄木马木车,娘娘装成恍然大悟的样子让小皇上非常开心。据说此时王不欢派密使送信到宫中,说千万不能杀如妃和朱春龙,一杀朱春龙和如妃他命将不保,他正在说服赵明德率兵以降。而且千真万确那是王不欢的笔迹,这一点也得到了言如鼎与李敬堂的认同。娘娘知道如妃和朱春龙在宫中如何生活赵明德其实一清二楚,她通过韦忠贤安排如妃重新回到钟粹宫,张三姐也带着朱春龙和如妃生活在一起。如妃一如既往恢复了每日早晚两次用少女的口涎润濯头发,如妃的头发至今仍然乌黑发亮缎子似的光滑,这完全得益于张三姐提供的好偏方。

　　这时,紫光阁外的樱花开得一片姣好,粉色重瓣的樱花在细雨中垂下重重花瓣,像与有情人第一次单独相处的少女害羞地低下羞赧的红颜。千树万树樱花在一夜之间开遍了紫光阁一带的太液池沿岸,对岸的钓鱼台也是一片樱花似海。隔着一汪清澈的太液池水看过去,钓鱼台的亭台楼阁好似浮在一片祥云之中。蒙蒙细雨若有若无,娘娘她们就坐在紫光阁外的亭台里,四周重重垂樱一直垂拂在她们触手可及的地方,樱花瓣上滴滴雨露如同伤情之泪晶莹欲滴。我也有幸得到邀请出席了娘娘主持的赏樱会,当然小皇上和银环也一同前来。樱花好不好看他们完全没有兴趣,但是对御膳房做的樱花糕小皇上却胃口大开,吃了一块又一块。那天的赏樱会现在回忆起来其实并不圆满,娘娘、太后和如妃各怀心事,甚至像我和张三姐、钱大妈妈这些来自奶子府的女人也心神不宁,只是大家用表面上的一团和气来掩盖。我说的并不圆满是赏樱会结束时出现了一点意外,就是娘娘腰间宫绦上的一块玉猪龙不见了,那是南洋小国进贡给先皇朱由明的稀世宝石。

那天因为只是宫中巡游并非朝中重大集会,娘娘只是梳了个比较一般的金绞丝灯笼髻。平时只要不是宫中盛典,娘娘就在桃尖顶髻、鹅胆心髻或者堕马髻、金玉梅花髻之间选择一个。为了配合普通的发髻,娘娘就穿了件丝绸罩衣,腰间系了条丝带编成的宫绦。宫绦打几个环结然后下垂至地,中间穿上一块珠宝借以压一压裙幅,使其不至散开影响美观。赏樱时娘娘由几位宫女侍候着方便了一下,当时并没有在意宫绦上的那只金水秋山玉猪龙。一直到赏樱会快散场时张三姐发现娘娘宫绦上的玉猪龙不见了,她知道她第一个发现会被人怀疑,就直接去了樱花林采花假装跌倒,然后在那里大喊大叫:“翠柳,翠柳。”那时候翠柳和如花在整个赏樱会期间一直在忙着端茶倒水,而银铃则一直默默地做着手头清洗茶杯茶盘的活计。翠柳呆愣了片刻,一直到张三姐使劲唤她她才来到更衣处,发现七八个女仆在里面整理各自主子的衣物。娘娘的宫绦就放在最显眼处,她一眼就发现那条丝带编成的宫绦上少了金水秋山玉猪龙。她惊叫了一声,女仆纷纷围拢上来,而在此时张三姐恰到好处地出现。得知不见了玉猪龙她立马瞪圆了眼睛:“玉猪龙呢? 宫绦上的玉猪龙呢?”翠柳突然明白了什么一句话不说就冲进了后院,银铃仍然在清洗茶盏,她快步走上前和她脸对脸凝视。银铃抿着嘴一言不发,翠柳突然出手掏摸着她的胳肢窝,银铃猝不及防地笑起来,一张口嘴里就掉出那只拇指大小的玉猪龙。翠柳狠狠瞪了银铃一眼恨不能将她吞吃了:“你这个败家精,宫中什么东西能拿什么东西不能拿你不知道? 本事真大啊,把玉猪龙当糖葫芦来吃。”她痛骂银铃还不解恨,又狠狠在她脚背上踩了一脚,然后迅速从洗碗水中捞出玉猪龙,拿起窗台上烧菜的酒往宝石上倒了一点,嘴里高喊:“三姐,三姐。”张三姐匆匆赶过来狐疑地瞪着翠柳和银铃。翠柳马上和颜悦色地说："吓死我了，真是吓死我了，娘娘的玉猪龙在这里呢。原来是银铃看宝石上长了一层垢，就用酒来擦洗。银铃真是个有心人哪，我们都没有想到，就连三姐也没有想到。"张三姐脸上挂着暧昧不明的笑容："哦，是真的吗？"她接过翠柳递来的玉猪龙，一股浓浓的酒味直冲鼻孔。她在手中握着玉猪龙，人家好心好意她确实也不好再说什么，只是嘀咕着："这怎么镶到娘娘宫绦上去呀？"张三姐一脸狐疑地离开，银铃被翠柳骂了个面如死灰。据说银铃甚至将翠柳拉到樱花林中给她下跪磕了个头，翠柳背过身去并不看银铃。银铃说："翠柳妹子，我记着你的大恩大德，这辈子下辈子我都会给你做牛做马。"翠柳面无表情："你磕你的头跟我无关，你跟我无关。我并不是帮衬你，我只是不想差点解散的奶子府再闹出祸乱，毕竟乱起来对谁都没有好处。"翠柳看也没看银铃一眼就离开了。

　　翠柳也就在这个春天的黄昏与张三姐迎面相逢。虽然翠柳只是奶子府普通的女仆，但是翠柳一向沉稳大气并且还有几分天生的端庄，即便是张三姐也不能小看翠柳，更何况翠柳还有个相亲相爱的男人。看到翠柳迎面走过来，张三姐好像也心虚了几分，她多少有点讨好地对翠柳说："还没回府呢？"翠柳嫣然一笑："没呢。"对于张三姐突然出现在紫光阁翠柳多了个心眼，她停留在樱花深处并没有离开，她终于看到了张三姐与陶金宝的幽会。后来的事实证明是张三姐主动约会陶金宝，张三姐这时候已经得到了赵明德的密信，准备带朱春龙出逃，赵明德派部下到顺天府来接应。对于赵明德来说如妃活不成甚至他自己活不成并不重要，重要的是朱春龙一定要活着。只要朱春龙活着，如妃身后的赵氏家族就会有权倾天下做霸主的那一天。张三姐接到密信后悄无声息地做着出逃准备，她穿着一件秋天蓝百褶如意月裙，这时候举目宫中只有一个可以依靠的人，这个人就是木匠陶金宝，她那天就是到紫光阁来幽会陶金宝。陶金宝临时被派到紫光阁来做箱笼，他悄悄出来与张三姐幽会时身上带着一股紫檀木的清香，袖口上甚至还残留着几卷刨木花。张三姐的笑脸在夜色中看起来不真实，陶金宝说："你的脸色不大好看，你在宫中是不是过得不太顺心？"张三姐笑着说："你看呢？"陶金宝说："我也看不出来，靠山庄都在传你比钱大妈妈过得好，你抱的是一位娘娘的大腿，都说你将来也是要做娘娘的。"张三姐说："靠山庄人说得好，靠山庄人说得对，我将来是要做娘娘的，我就是冲着要做娘娘才来到宫中的。陶金宝，帮我一个忙可不可以？现在我张三姐报答不了你，将来我做了娘娘一定会报答你。"陶金宝将衣袖上的刨花摘下来："我跟你说过一日夫妻百日恩，有什么事你尽管说。"张三姐说："好，朱春龙发高烧太医不给看，我不能让朱春龙死,他就是我的主,就是我的希望和明天。小皇上并非娘娘之子,这个你该听到宫中传言了吧?我负责任地告诉你,将来的皇上就是朱春龙,一定会是朱春龙,我们帮着朱春龙坐了龙庭,他做了皇上不可能忘了你我!"陶金宝装傻充愣:"我不管将来的皇上是哪个,我就是做我的木匠,你直说我能帮你做什么?"张三姐站在樱花树下压低了声音一字一顿地说:"我知道你每隔一段时间和车夫驾驶马车外出进木料,将我和朱春龙藏在马车中夹带出宫去看郎中——然后看过郎中再搭你的车藏身木料中带回宫,神不知鬼不晓。"张三姐情不自禁对陶金宝撒了个谎,她真正的目的是出逃而非看病。只要能藏身在马车中偷跑出宫,一切就由不得陶金宝做主。陶金宝面露难色:"三姐,这要是被娘娘知道,可是杀头之罪啊!"张三姐瞥了陶金宝一眼:"不就是看个病嘛,娘娘知道又有什么大不了的?怎么就是杀头之罪?陶金宝,帮三姐一个忙好不好?就是让娘娘发现我也说是我自己偷偷藏身的,与你毫无关系。"

第四十章　机关密布

　　张三姐一身百褶如意月裙站在樱花树下的样子后来长期停留在陶金宝心中,陶金宝思前想后还是认为这件事如果被发现将是杀头之罪,他回头找张三姐,发现朱春龙不过就是有点发烧,他提议将发烧药带回宫中让朱春龙服用。张三姐的勃然大怒让陶金宝大吃一惊,这更加证实了他心头的疑惑:张三姐在说谎。他掉头就离开了张三姐,他从东华门出了宫有点六神无主,结果就看到了杨白桃。

　　杨白桃不知怎么又神气活现地出现在顺天府,她并没有马上倒下,不倒翁韦忠贤不倒她不可能倒下。她与黑娃坐着宫中的马车在紫禁城外的大街上疾驰而过,车帘并没有放下,黑娃趾高气扬,已经成为顺天府一个传说中的人物。就是这一次出行让黑娃与马背生大打出手。事情的起因是马车经过马背生的煎饼铺子时杨白桃轻轻叫了一声,黑娃不明就里让车夫停下马车,黑娃问杨白桃:"你想说什么?"杨白桃不肯说话,目光在石板道旁边扫了一眼继续让车夫赶车,可此时黑娃已经发现了马背生的煎饼铺子,铺子门旁多了块布幌子,上面写着一行字:靠山庄煎饼铺。黑娃一眼发现了正在摊煎饼的马背生,他突然间明白了,怪不得杨白桃经常莫名其妙地失踪大半天,原来是和她的老相好来此幽会。而且他可以断定他们两人之间一直是藕断丝连,而马背生之所以来到顺天府就是因为与杨白桃来往方便。黑娃跳下马车让杨白桃有点心慌,她紧跟着也跳下了马车,他们一前一后的身影进入了马背生的眼帘。马背生吃惊地发现了黑娃和杨白桃,他愣怔了老半天然后才说:"哎哟,今儿一大早就听到喜鹊叫,贵客真的就到了。"黑娃皮笑肉不笑地踱进店里东看看西望望,然后说:"真能干哪马背生,不愧是马背上生下来的能人,你比黑娃能干多了。"马背生说:"你笑话我——来来来,我亲手给二位老乡做咱们靠山庄的煎饼。"马背生就要上灶台时黑娃拦住了他,这时候黑娃脸色大变,伸出一根手指头死死戳住马背生的心窝:"胆子可真大啊,占了我黑娃的地盘连个招呼都不打连个码头都不拜,真是佩服,佩服!"黑娃转身离开,与杨白桃碰了个脸对脸,黑娃的脸是黑的,杨白桃的脸也是黑的,就如同煎煳了的煎饼。

当天平安无事风平浪静,但是几天后一个燥热的夜晚,靠山庄煎饼铺子被砸了个稀巴烂。半夜三更的马背生甚至连几个五大三粗的砸店人面孔也没有看清,就被命令三天之内必须搬出顺天府。马背生其实猜到就是黑娃干的,但是黑娃早在两天前就到南海去采购宫中三珍。所谓宫中三珍就是指海参、腹鱼和鱼翅,这是宫中太后和王爷的爱物,是御膳房采购的大头。杨白桃也清楚这砸店的幕后指使肯定就是黑娃,她接到马背生的报信后我行我素地来到煎饼铺子,对马背生说:"你是男人,这点小麻烦如果就把你打垮的话那我真要看轻你了。"她提了提今天刚刚换上的那件缕金挑线纱裙,蹲下来就帮马背生收拾。马背生上前捉住她的胳膊:"白桃,你放下——"杨白桃挣脱了他的手:"你放下,肯定是黑娃造的孽,我替你收拾也是应当的。"马背生说:"白桃,你回宫去吧,你现在的身份做这个不合适,我不希望你出现在这里。"杨白桃慢慢放下手中的碎瓷片:"我就是一个奶妈我有什么身份? 马背生,我可以跟你掏心窝子说话,只要你愿意,我马上可以从宫中出来跟你在这开铺子摊煎饼,你信不信? 只要你一句话我今天晚上就不走了。"她目光逼人地看着马背生,"我知道你不肯,你来顺天府是为了颜如月并不是为了我杨白桃。我杨白桃就是贱货呀,明明知道你不喜欢我还是死皮赖脸地喜欢你,这世上打着灯笼也找不到比我还要贱的贱女人。"马背生突然抓住了杨白桃的手:"白桃!"他内心一阵酸楚,眼睛里浮上一层水雾。两个人一时都说不出话来,杨白桃突然抽回了手,平静地说:"能不能将煎饼铺子关几天门,帮我做一件事情。"马背生说:"什么事情? 只要我能做的肯定会帮你做。"杨白桃压低了声音说:"其实不是帮我而是帮如月——后天有和尚化缘到靠山庄执行秘密任务,如月娘被列入重点怀疑对象,你假装回靠山庄帮奶子府采购通奶的六叶草,务必阻止如月娘与化缘和尚相会,千万! 千万!"她喘息着瞪大眼睛直视马背生:"别问我从哪里得来的消息,也别怀疑消息的真假,请务必遵照我的安排去做,以后我再告诉你真相。"马背生点点头。杨白桃说:"我知道你现在是真的嫌弃我了,说心里话我也嫌弃我自己,我现在的身体脏得不成样子。"马背生阻止她:"白桃。"杨白桃转身轻轻啜泣起来,马背生试图靠近她,被她挥手狠狠打了一下。

马背生当天晚上披星戴月紧赶慢赶回到了靠山庄,他为了万无一失特地提早了一天，他没有想到紧赶慢赶还是迟了一步。他选择夜半三更到家，特地经过了草垛后面的土地庙。天空有一轮圆了一半的月亮在云层里若隐若现，月光像雾一样在山野间弥漫。马背生将脚步放得很轻很轻，他意外在草垛后面发现了那个化缘的老和尚和疯子娘刘氏。他一时有一些恍惚，好像穿越到了不久前的某个没有月亮的夜晚，他也是在这里与老和尚和疯子娘刘氏意外相遇。马背生静静地谛听了一会儿，他们却什么也没说，然后站起来似乎就要分手。马背生来不及多想就突然现身，刘氏吓得后退一步。马背生说："婶娘不要怕，我是背生。"嘴里这样说就劈手夺过刘氏手中的绿兜肚，老和尚上前来抢，身手矫健灵活出手生猛凌厉，分明就是个练家子，马背生根本就不是他的对手，但他死死攥紧了绿兜肚不撒手，且战且退最后从坡坎上摔到一旁的山涧。

马背生回到家发现手中那条绿兜肚与先前那条红兜肚一模一样，也显得有些破旧，一看就知道是旧物，只是刺绣图案完全不同。那条是石榴多籽，这一条是游龙飞天——八条小龙围绕着一条大龙。他看了又看最后吹灭灯盏却无法入眠，月光如水一样从破旧的窗洞中泻入，院子里的柿子树开着一树寂寞的花朵。这个夜晚对马背生来说注定是一个不眠之夜。黎明时分带着一身露水归来的刘氏披头散发又哭又闹，一定要吵着进宫接颜如月回来。马背生无法说服她，正束手无策之际，却发现刘氏又失踪了。马背生认定她一定只身前往宫中，果然在离清风寺不远的地方追上了刘氏。他带着刘氏来到他的煎饼铺子，却发现面容憔悴的马后生携带着行李卷儿就坐在他的煎饼铺子门前。

马后生的出现让马背生陷入非常难堪的境地，马后生逼着马背生一同入宫去见我，他的回忆让马背生似信非信：他这些年在张家口外经商失败几近流浪乞讨，感到无颜见江东父老。直到闻听我在奶子府做了奉贤夫人，才决定回顺天府与我破镜重圆。我得到消息尚未与他见面，东厂却早就得到颜如月男人进入顺天府的消息，黑娃在当天天黑之后就出现在马后生面前。我娘与马后生发生激烈争吵，而马后生不知从哪里得到消息认定我早就嫁给了李敬堂大人，他一定要上告朝廷说李敬堂大人强抢民妇，黑娃找人帮马后生写了个状纸将李敬堂告到了衙门。马后生在黑娃的授意下尽显泼皮的本色，在李府门前又哭又闹打滚耍赖找李敬堂要人，他趴在门前的石狮子上哭得声泪俱下："不活了，没脸活了，我没病没灾活得好好的，只是到口外做生意，家里老婆活活被堂堂都督府都督强占了去，这青天在上明君在堂的顺天府紫禁城怎么能发生如此霸占民妇的事情？青天大老爷替我做主啊。"他哭了一早上李府门内没人理他，最后围观的一个光着身子穿棉袄的光头笑话他："有本事你砍掉手，砍掉一只手太疼我估计你不敢砍掉,有种的话砍掉大拇指。"马后生停止了哭泣眼珠滴溜溜乱转了一圈:"有种的才是大爷,你以为大爷不敢啊？谁有刀？"光头男从怀中摸出一把刀子就丢在他面前,刀子在青石上跳了跳。马后生将大拇指跷起贴在青石板上:"李府今朝不管我砍指,明朝不管我砍手,后朝还不管我砍臂,大后朝再不管我砍腰。"他手起刀落正砍在大拇指上,由于用力过猛砍断的大拇指飞起来落在三步开外的地方,伤口马上血流如注。围观的人群轰动起来,东厂的人马马上封锁了现场。碧桃来到宫外给钱如意买红绒花正看到这一幕,她飞奔入宫告诉了我,那天娘娘和小皇上要去昭和殿踏春,娘娘指名让我和钱大妈妈作陪。我对马后生进入顺天府一无所知,碧桃跟随在宫女之中对我不停地使眼色,我终于逮着娘娘在水畔凉亭歇息之时接近了碧桃。碧桃急得脸颊通红:"夫人姐姐,不得了了,你男人马后生在李府前含冤哭诉还斩了手指,说老婆被李府李大人霸占,求官府帮他伸张正义。"碧桃后面还说了些什么我完全听不下去,我眼前已经漆黑一片。其实我能平安度过这一关完全得益于范稳婆,甚至我在娘娘的游春现场昏倒而不被众人注意也完全得益于她。

后来的事实证明其实马后生就是被黑娃当了枪使,所有的策划全是黑娃所为。我在奶子府醒来时一眼就看到马后生,那是我和他离别五年后的第一次见面,他苍老了很多,让我产生一种陌生感。他将我挂在奶子府香堂里的玉牌子拿在手里,那上面写着我的名字:颜如月。平时这玉牌子是挂在奶子府总堂的,从来不会将它取下来拿在手里。奶子府的每一位奶妈都有一块牌子,木牌子当然是指那些级别低的奶妈,玉牌子只有我一位。虽然同为奉贤夫人,但是钱大妈妈比我高一个级别,她是银牌子。最高的戴圣夫人位子现在空缺,那就是奶子府奶妈人人艳羡的金牌子。我当即产生不祥之感,立马起身又发现这个房间我从来不曾入住过,我大声说:"你怎么弄到了我的牌子,这是什么地方,马上放我走。"马后生颇为自得地说:"你是我老婆,你当然得跟我走,我已经雇了马车,马上跟我回靠山庄。"他招呼了一声,马上进来了七八个游手好闲之徒将我五花大绑起来,我没有想到马后生会使出这一手,刚想大喊,嘴巴却已被紧紧捂住并塞进了一团棉花。我乱蹬乱踢丝毫没有用,被他们七手八脚抬到了门外的马车上。众人纷纷跳上马车,车夫就驾驶马车出发了。那一刻我陷入绝望的深渊,听到大车木轮在石板道上飞速滚动发出呜噜呜噜的声响,恨不能将马后生碎尸万段。这时候就听得有人在马车上对车夫大声嚷嚷:"错了错了,你这是往鼓楼,我们是出前门——"车夫却完全不理不睬,几鞭子下去马车几乎要飞起来,震得我头痛欲裂。这时候马车上发生了厮打,几个人在一路狂奔的马车上揪打成一团，马受惊了，在狂奔途中与马车分离，马车上的人像抛杂物一样抛撒一地，一片哭爹叫娘声。我在地上打了几个滚，血流满面躺倒在地，却发现李连城出现在我面前，他将我拦腰抱起来与黄楚九一起迅速将我掳进了李府。

到这时我才发现，原来马后生一出现在顺天府就被黑娃发现，他们密谋在李府门前闹事全在锦衣卫掌控之中，车夫就是李敬堂安排的卧底，目的就是要将我万无一失地接进李府。我这才知道李连城在出使大金的路上被李敬堂派人秘密截获藏进李府，李敬堂认定李连城此番出使大金就是送死。他出尔反尔，这一次又坚决阻止李连城去大金，并告诉他，戏子万里红其实就是杨十斤，他潜伏在紫禁城伺机谋反！李连城也假装服从了父亲的安排，杀死马夫，混入马贩子中重新踏上前往大金之路。后来的事实证明，李敬堂看到李连城去意已决，故意放杨十斤出逃，让他再度带上李连城前往大金。

第四十一章　惊天隐秘

　　李敬堂费尽心思安排李连城出使大金，最后又反悔不想让儿子送死在半道上将他秘密截回，如此反反复复其实都有他的目的，我这里暂且不提，在后面会揭开这个谜底。春天的柳絮如同雪花一样在漫天飞舞，恼人的柳絮尽往人怀中钻头发上落，择也择不完捋也捋不尽。明媚的春光与紫禁城中的恐慌气氛很不协调，太监们私底下窃窃私语，宫里要出大事。但是大事一直没有，小事却出个不停，也许是百花盛开春光实在撩人，让紫禁城的男男女女春心萌动，小德子因为调戏钱如意被斩断一节手指头。小德子也是昏了头，宫里的女孩子多得像花花草草一样，后宫寂寞的宫娥更是比蝴蝶蜜蜂还要多，你调戏什么人不好偏偏要调戏钱如意，不是找死吗？那天钱如意穿了件霞彩千色梅花娇纱裙，从西华门那边银作局打手镯回来，看看时间还早她就由碧桃陪着去西苑看荠菜花。荠菜花还没有到开的时候，钱如意就瘫坐在太液池畔的草地上，让碧桃帮她到前面的甜食房拿几样甜品来吃。碧桃刚刚离开小德子就悄悄靠近了钱如意，小德子其实一直在执行东厂的公务潜伏在太液池畔树林中，钱如意的出现让他深感意外。他私底下一直暗恋钱如意，她入宫后一日日褪去了山乡女孩那种摆脱不掉的村气，宫中的娇贵之气开始浮上颜面，加上宫中华丽霓裳的衬托，竟然将东厂的小德子迷得神魂颠倒。他当然不想错过这千载难逢的机会，他忘了自己正在执行公务，趴在树丫间只顾偷窥，一不小心踩空竟然掉下来差点砸在钱如意身上。钱如意魂都吓掉了，以为小德子刻意藏在树上要对她行不轨，立马跳起来掉头就逃。这时候正好碧桃拿着一盒荔枝羹和薄荷糕从甜食房走过来，钱如意嫌她来迟了，一扬手就将她递上来的荔枝羹和薄荷糕打翻在地，痛斥她："你死哪儿了，疯到现在才来？你是不是故意拖延时辰好让一些浮浪之子来欺负我？"碧桃不明白怎么回事也不敢回嘴，钱如意狠狠揉了她几下掉头就逃。

当天晚上奶子府对碧桃的指责此起彼伏，说什么的都有，最后演变成钱大妈妈对她的斥骂。碧桃百口莫辩，最后的选择是自残，那是她听到小德子睡得好好的被人斩断了一节食指之后，她猜测此事最终可能会波及她。幕后策划者不可能放掉她，最终她也将失去一节手指。每每想到这里她都会泪流满面痛不欲生，她拿出一把刀想在手背上砍一刀。她的想法很简单，就是自己已经砍了一刀，可能会引起幕后策划者的同情，不会再去砍她一根手指头。她的想法也是小女孩的想法，但是她怕痛，举着刀迟迟不敢砍下来。这时候翠柳发现了这一幕，翠柳仍然冷冷地看着也不说话。碧桃发现站在一旁的翠柳吓了一大跳："你在看什么？你走，你走开。"翠柳不屑一顾："哼，我就知道你不敢砍，你会砍吗？"碧桃被气得大哭起来，最后扔下刀伏在桌上哭得像个孩子。翠柳不声不响地捡起刀离开了碧桃，碧桃当天晚上就想和小明子一起逃出紫禁城。她出了奶子府还没有逃到北花房就被钱大妈妈带着太监捉住，幸好是耿谦和，他并没有让碧桃受苦，虽然用皮绳紧紧系住她的手腕，但是很快就在奶子府给她松了绑。

碧桃的经历开始我一无所知，那几天我从乾清宫半夜回来就会回到裱画廊的李府，这里其实与奶子房并不远，我总是借口来奶子房取东西而突然现身李府。当时娘娘已无暇顾及后宫，奶子府和敬事房完全顾不上，但是她给了如妃充分的自由，如妃皇上妃子的待遇也没有降低，娘娘这么做目的很明显，就是为和赵明德谈判增加筹码。张三姐和如妃一起住在钟粹宫，十几个侍候如妃多年的宫女仍然在她身边，包括最得她宠的宫女凤仙。张三姐每日都向如妃请安，但是某天早上她看到如妃化妆的潦草和惊现的老态非常难过，禁不住抽泣起来。就是那一阵低低的抽泣让两个貌合神离的女人心贴到一起，如妃微微一笑："四皇子好吗？"张三姐泪水大颗大颗滴落，她只是拼命点头。如妃微眯着眼睛，也不知道她能不能看到张三姐。张三姐起身到外间走廊上哭得泪雨滂沱，女人柔软的内心世界在这一刻暴露无遗。但是也仅仅在这一刻，事实上后来张三姐得势对如妃所下的毒手与娘娘相比有过之而无不及，而如妃的刻意伪装不但骗了张三姐也骗过了娘娘。她的眼睛从几乎失明到完全失明就是她的计谋之一，她很好地利用了娘娘派人在她的饭菜里所下的毒物海芋，这种多年生的草本植物民间传说可以导致失明，其实她的眼睛只是过多食用海芋汁红肿发炎，她最后向娘娘发出绝地反击就是很好地利用了伪装，而所有伪装其实赵明德一清二楚，他在紫禁城的卧底一直将宫中情况事无巨细悉数向他密报，他当然也不会轻举妄动，他和王不欢手中各有各的王牌。但是他们都没有轻易打出手，他们等待着对方发牌而后发制人，他们的势力以表面上的谈判为掩护呈胶着状态。就在这时候杨白桃出事了,那时候春天柳絮早已散尽,桃花杏花落光了,青青的嫩叶开始生长,树下已经有了一点绿荫。南风一阵阵吹过紫禁城,天空下的紫禁城金碧辉煌,杨白桃一身湖蓝色绉纱绸缎烟水百花裙,在宫女陪伴下入宫哺乳。她即将前往的是仁寿宫,她服务的是老太后,这是韦忠贤帮她选定的主,当然也是与她身份相配的主。她从来不敢怠慢,这一次平常的入宫哺乳她也要耐心准备三个时辰。我不得不赞叹紫禁城的神奇,也就是花谢花飞果熟蒂落一年多时间,她就脱胎换骨地从一个心直口快的柴火婆姨变成了仪态万方的宫中贵妇,实在让人难以想象。宫女看到杨白桃进来,马上迎上去躬身施礼将她带到一旁的暖阁,范稳婆紧贴着杨白桃跟进来,一件一件除去她的衣裳。时令已近初夏,天气暖得让人穿不住衣裳,杨白桃自然也不会例外,脱去了最后一件贴身的荷塘春色夹衫时范稳婆停住了手,她意味深长地看了杨白桃一眼,杨白桃没有看她,只是抱着丰腴的胳臂有点痴恋地看了一下自己。范稳婆一言不发地除去那件荷塘春色夹衫,一条粉红色的兜肚便呈现在范稳婆面前。范稳婆熟门熟路地将系在后背上的蝴蝶结轻轻一抽,杨白桃两只雪白的奶子垂在一片酥胸上,像甜瓜垂在藤蔓上等待收获。范稳婆一眼瞅见乳房旁一粒小红豆,突然发出一声短促的惊叫,当下便黑了脸:"下身肯定也有小红豆——杨嬷嬷,你得病了,你得病了!"杨白桃推了范稳婆一下:"你才得病呢!我杨白桃好好的能吃能睡,怎么就得病了?"范稳婆冷冷地一笑:"要是让太后知道,你杨白桃就是千刀万剐的死罪。不要说我范稳婆红口白牙地咒你——你乳上长的红豆其实是花柳病。不要怪我范稳婆嘴毒,你下身肯定也有。我要是恶毒之人,马上就告到太后或娘娘那里……"杨白桃脸色陡然苍白如纸,这一刻范稳婆在她眼里就如同女神一样。是的,这个又苍老又难看的老太婆其实就是一个无所不知的女人,也不知道怎么回事她将杨白桃的身体摸得一清二楚,她的目光直逼杨白桃:"你其实染病已久,我从浣衣局浣衣女那里得到你的衣物,不是月例之时你照样也会经血不净,这就表明你是有病在身。你与韦公公对食奶子府全知道,我知道他更多时候只能逞一时口舌之快。你的病肯定是黑娃染上的,黑娃为皇宫采购游走天南海北眠花宿柳已是家常便饭……"范稳婆的话如同锋利的刀子刀刀剜割杨白桃的心,她突然失去控制泪流满面:"范稳婆,那你说今日怎么办?"范稳婆说:"不能哺乳,让老太后染上花柳病或杨梅大疮那就是砍头之罪。我给你想好了退路,跟我来……"范稳婆将杨白桃带到殿后抄手走廊上,指着高高的廊檐说:"从这里摔下去,我就说你无意中摔伤了,然后通知奶子府再派一个奶妈过来。"杨白桃在廊檐边看了看,高高的廊檐让她胆怯,她一时没有胆量从这里跳下去,范稳婆果断出手猛推她一下,她一声惊叫就跌下廊檐。

　　杨白桃患上花柳病的事在奶子府被瞒得滴水不漏,但我还是从马背生嘴里得到这个消息,马背生告诉我其实范稳婆早就知道杨白桃患上了花柳病,选择在这个节骨眼上出手一是为了敲打钱大妈妈和韦忠贤那一对老奸巨猾的男女,另一个原因是她意外得知杨白桃给韦忠贤列出了清除奶妈黑名单,里面有张三姐和我,她怕我真的被杨白桃下手清除出宫就果断出手打蛇打七寸,先狠狠杀一杀杨白桃的威风。马背生与范稳婆关系之所以如此亲密我始终认定与我有关,换句话说就是范稳婆相中马背生主要是看在我的面子上。她有许多话不好讲有许多事不好办就通过马背生告诉我,这是她的一个策略。马背生又突然出现在奶子房,他这次不是来找我而是来见范稳婆,意外让碧桃在裱画廊外的小胡同撞到。他似乎猜到碧桃会告诉我,当天晚上就来看望我,并且把银环近期在靠山庄发生的事在我面前如数家珍。多年以后我才知道,其实当时清风寺作为范稳婆与布袋和尚的接头点已被韦德贤掌握,韦德贤甚至认定从我哺育小皇上的神奇乳汁到小皇上被劫持的魔幻之术极有可能全是布袋和尚所为,包括我入宫以后暗中与潜伏者接头的计划全与清风寺和布袋和尚密切相关。我知道马背生与范稳婆一直在暗中联手做手脚,也许是马背生利用了范稳婆,也许是范稳婆利用了马背生,但是马背生这些年对我的深情我全看在眼里记在心里。我当时一心一意就是要弄清家族的来龙去脉,我入宫的全部使命就是要找到我的接头人,就如同李连城进入大金国就是要与田小娥见面一样。我那段时间的心思全在李连城身上,一有空就与他相亲相爱、情意绵绵。他甚至有时会趁我不注意用男人强壮有力的臂膀紧紧箍住了我,让我透不过气来,这个时候我会发疯似的拼命踢打他,有一次甚至狠狠咬了他一口,他惨叫一声松开了手臂。他从此一段时间不再理我,而我又控制不住地去撩拨他,我们就像一对欢喜冤家一样亲亲爱爱又吵吵闹闹,这全是我的有意而为,也是我的小小伎俩。后来李连城在大金的经历宫中尽人皆知:他和杨十斤化装成牛羊贩子沿着无边无际的荒漠和草原进入了大金国,辽阔无边的大金就是古诗中所描述的“天苍苍,野茫茫,风吹草低见牛羊”那样的大草原。他站在草原上抬头四顾,苍天像倒扣的一只大铁锅压在他的头顶上,呼啸的北风吹得他站立不稳。他们在一处废弃的牧人毡房中度过了难挨的两个晚上,果然就有约定的马队来接应他们。他和杨十斤又共同骑一匹大白马穿过起伏不定的山冈,那些并不高大的山冈上布满了白桦树林和浅浅的积雪,他们走了三天三夜终于抵达盛京郊外,在一个漂亮的帐篷前他们停了下来。杨十斤在饱餐一顿美酒和羊肉之后对他说:“这里就是你的居住之所,你放心,我们会安排田小娥来与你幽会,我们煞费苦心地接田小娥到我们大金国来生活这么多年,就是为了等待这一天。不用我爱新觉罗·子龙多说什么,田小娥会将所有的一切全部向你公开。"他的一番话让李连城慢慢沉进深不可测的深海之中,这是李连城出宫前最坏的打算。他想了想开口说:"你们要囚禁我、要杀我我没有任何意见,但是你得告诉我你们的目的。"真名叫爱新觉罗·子龙的杨十斤哈哈一笑,上前拍了拍李连城的后背:"没想到李大人如此贪生怕死!放心吧李大人,我们绝不会杀了你,我们请你过来是为了和你合作,我们合作才可以办成更大的事情。而不是像李大人进入我们大金国所周密计划的那样,就是盗走我们几匹马几只马镫,这样的渺小计划与潜伏未免也太小儿科,完全与你李大人的身份不符。如果李大人真的要回宫交差,我完全可以送李大人马匹和马镫。李大人我实话告诉你,潜伏的日子绝不好过,我是老牌卧底,在紫禁城潜伏了十几年。我们请李大人过来是为了谈合作,为了这次合作,我的一个兄弟爱新觉罗·如是甚至献出他宝贵的生命,李大人不会忘记他吧,当然不是你杀死了他,是他以身殉国,他的另一个名字叫斡出,还有一个名字叫朵颜三,就是杀掉您的老上司也是老对头白升安的那个人。"李连城大吃一惊:"斡出?朵颜三?他是你兄弟?"爱新觉罗·子龙认真地点点头:"是,别看我是屠夫,能自由出入宫中,其实我进进出出全得经过李敬堂李大人同意,这次能放我回大金,也是经过了李大人的恩准。"李连城一时如坠云雾之中,这才发现他真的低估了对手的谋略,他以为对手进入了他的圈套,谁知是他自己中了对手的圈套。他站在帐篷外一时有点束手无策,四五位身着骑装的金兵一拥而上将他请到里边安坐,爱新觉罗·子龙笑眯眯地看了一会儿然后起身扬长而去。李连城就在这个空无一人的帐篷内待了十来天,十来天时间就他一个人住在这里,金兵按时给他送来美酒佳肴。但是再好的美味和美酒也让他食之无味,无边的寂寞包围着他,他也不知道努尔哈赤的弟弟爱新觉罗·子龙葫芦里到底卖的是什么药,他更不知道猴年马月才能见到田小娥,他甚至怀疑小娥到底是不是真的还生活在大金国。就在他糊里糊涂地从月圆过到月缺时,田小娥真的出现在他面前。小娥和春天一起来到大金这片荒凉的土地,春天对于大金来说真的是姗姗来迟。田小娥由八个骑兵陪同骑着高头大马来到帐篷外,她身着一件长长的宝蓝色的束腰长袍,她在骑兵帮助下跳下马时李连城一眼就认出了她。李连城向她奔去时发如乱草愁容满面,他们紧紧抱在一起,两个人都泪雨滂沱。不知道是骑兵的同情心发作还是爱新觉罗·子龙的刻意安排,当天晚上小娥就宿在李连城的帐篷之中。他们根本没有心思亲热,李连城从怀中掏出那把桃花梳子给小娥梳头发。小娥抢过桃花梳子捧在手中再度泪流满面,然后吹灭灯火在黑暗中睁大眼睛告诉他:"连城,我们一定要逃出大金国,逃回宫中,死也要逃回宫中。你知道吗?小皇上朱春山是我的儿子,是我们的儿子!"

第四十二章　插翅难逃

　　田小娥的回忆持续了一天一夜,漫长的回忆将李连城带回到紫禁城那个遍地凤仙花盛开的春天。对李连城和田小娥来说,那是一个令人沉迷陶醉的春天,他们就是在后宫凤仙花丛中偶然相遇。那是春天一个令人昏昏欲睡的午后,后宫安静得能听到花针落地的声音。李连城穿过东六宫到乾清宫去,经过后宫一处开满凤仙花的园子他被吸引住了,无数粉红的凤仙花花开花落花谢花飞,后来他发现那些飞起来的其实不是花朵而是各色各样的蝴蝶,他第一次发现蝴蝶原来就是飞翔的花朵。它们实在太美丽了,他童心大发忽然想捉住一只,追着一只彩蝶绕到园子深处,发现一个凤仙花一样漂亮的宫女正蹲伏在地上采摘凤仙花,两人突然迎面相遇彼此都很惊讶。后来李连城才知道她名叫田小娥,是选秀入宫的一位妃子,在后宫居住多年一直没有得到皇上临幸。不得不说田小娥真是个人见人爱的漂亮妃子,她当时身着荷塘色曳地烟笼凤仙百水裙,上身还松松套了件桃花云雾烟罗裳,白净的脸庞像景德镇白骨瓷那样细腻而充满光泽,弯弯的眉像弯弯的月,闪亮的眼如同闪亮的星,两团胭脂红飞上脸颊如同两朵带露而开的凤仙花。后来李连城才知道,她脸上的两团红晕根本不是胭脂,是用她采下的凤仙花皴染而成。就在这一刻,两人在凤仙花园子里这么互相深深地看了一眼,他爱上了她,她也爱上了他。没有暗示也没有密约,他们却如同约好了似的夜夜来到这片空无一人的凤仙花园子里幽会。正是杨花点点飞的春天,凤仙花在园子里开疯了,宫中那些发情的野猫子也夜夜疯狂号叫,李连城和田小娥就在这片凤仙花丛中吻得死去活来爱得死去活来。他的第一次就发生在这片花丛中,她的第一次当然也是。她就躺在那片粉红的芬芳的凤仙花瓣上面,也许是为了让李连城相信她的贞节,她以一块白绢垫在自己身下,后来白绢上那一抹殷红就成了小娥记忆中最美丽的凤仙花,田小娥就这样神不知鬼不觉地怀上李连城的孩子。孩子总要出生,但是这个名不正言不顺的孩子要想在宫中顺利生下来几乎不可能,小娥谁也不说甚至连李连城她也没说,她决定在实在隐瞒不住时就想办法找借口外出买东西然后逃出紫禁城,逃不出的话就只有投贵妃井。也是苍天有眼,偏偏有一天先皇朱由明厌倦了所有贵妃,让坐更的太监随意帮他撂牌子安排妃子,耿谦和意外给田小娥安排了一次临幸。小娥大喜过望,这样她腹中的孩子就可以名正言顺地对外公开是龙种,是早产的皇子。很快,宫妃田小娥怀上皇子的消息传到钱大妈妈和韦忠贤耳朵里,韦忠贤与钱大妈妈暗中联手,他们没有将此事告诉皇上而是告诉了贵妃王来喜。王来喜当时并没有成为娘娘,她不过就是后宫普通的一名贵妃而已。她当然被皇上临幸过,却一直没有怀孕。这时候她在韦忠贤安排下用一个布做的娃娃塞在腹部假装怀孕,在田小娥生下朱春山之后韦忠贤与钱大妈妈暗中上演了一出狸猫换太子,说朱春山是王来喜生下的龙子。以后发生的事在我朝就是尽人皆知:王来喜生下了龙子朱春山一步登天成为皇后,先皇朱由明驾崩前钦定朱春山继位,王来喜便由最最底层的贵妃一跃而上成为垂帘听政的母后。而被抢走孩子的田小娥则躺在一片血泊之中,后被拉到白狼坡喂狼。但是田小娥命不该绝,她先被乞丐救起,后被大金间谍发现,大金间谍从她嘴里挖出龙子一波三折的离奇故事之后将她带入大金国。确证朱春山是田小娥和李连城的儿子之后,大金间谍在时机成熟之后将李连城骗入大金国与田小娥团聚,然后图谋伺机公开皇室惊天隐秘让我朝内部大乱,或者携田小娥、李连城一起进入顺天府,一举拿下小皇上朱春山让他成为傀儡皇上。这只是大金筹谋多年的计划,下一步棋局如何走不但李连城不知道,爱新觉罗·子龙、爱新觉罗·如是也不知道,可能连他们的兄长努尔哈赤也没有最终确定——因为从后来的历史进程来看,大金本身也面临着太多难以化解的问题,所以在秘密拘押了李连城之后,他们在很长时间内没有采取实质性的行动,而是在等待一个千载难逢的时机。

这一切幕后操作李连城当然被蒙在鼓里,听完了田小娥漫长的回忆之后他平静地躺在羊皮褥子上一动不动,仿佛睡着了一样。小娥和他说了几句话他一点反应也没有,小娥上前推了推他:"连城,连城?"田小娥的声音一声比一声高,仰面平躺着的李连城侧过身去,眼里噙着清亮的泪水,那泪水最后滚落到羊毛里,更多的泪水滚落出来。田小娥一言不发地直起腰来,李连城握紧了拳头仰望帐篷顶,喃喃地说:"皇儿,大明王朝是我们的,大明王朝不是他们朱家的而是我们李家的!皇儿,等着阿爸回去。"小娥屏住呼吸突然扑上前捂住李连城的嘴,有皮靴踏地的声音传过来。帐篷门突然洞开,有兵士手里举着一种涂有蜂蜜的叫庭燎的火把进来查看,田小娥就地一卧与李连城躺在一起装睡。金兵举着庭燎在李连城脸前照了照然后又退了出去,帐篷里弥漫着一种庭燎燃烧后留下的蜂蜜味道。田小娥眼睛并不睁开,只是凑在李连城耳边低低地说:"你已经被大金囚禁了,你就是插上翅膀也飞不出大金辽阔的土地。我在这里被囚禁了这么多年,哪一月哪一日不想逃啊,我逃得了吗?"李连城说:"逃得了。我带你逃,只要你想逃就一定逃得出。小娥,我们一定要逃出去回到我们皇儿身边,看着我们的皇儿成为名垂青史的千古大帝王。我本来是到大金做盗马贼的,准备盗一些种马过去,让我们大明王朝的战士也像金兵一样骑马打仗战无不胜,这样我们大明王朝就不会再害怕大金进攻,几千年的胡汉纷争从此一劳永逸。但是我没有想到,他们将我骗来大金原来另有算盘,而且对我的计划与目的他们早就一清二楚,他们肯定和韦忠贤暗中有联系……"小娥说:"他们打你的主意已经很久很久了……"

爱新觉罗·子龙终于出现了,他恢复了金人的打扮,一身蟹壳青色窄袖曲裾骑袍,通身紧窄。一条腰带系紧腰身,可以自由地在马背上闪转腾挪、张弓射箭。李连城一言不发,爱新觉罗·子龙微微一笑:"不急不急,李大人,大明王朝将来就是你们李家的天下,现在其实已经是你们李家的天下。你李大人如何回去何时回去,需要我兄长努尔哈赤再细细筹谋筹谋。"李连城仍不发话,爱新觉罗·子龙又说:"我知道李大人不会轻易忘掉自己来大金的目的,我们也没有忘记,从明日起我安排李大人和田小娥在大金牧马,我要让你们开一开眼界。"他漫不经心地看了李连城一眼,小娥的脸上呈现出十分惊喜的表情,冲李连城说:"这样的生活不就是大人一直向往的吗?"李连城知道田小娥在附和爱新觉罗·子龙,他拍了拍大腿假装入戏很深的样子:"是啊是啊,还是小娥知道我的心意,谢谢爱新觉罗大人,我现在就去马场看马。"爱新觉罗·子龙一听哈哈大笑:"好好,我这就带你们去,看到大人和夫人如此恩爱,我爱新觉罗·子龙也于心不忍,今晚我回盛京就向我兄长禀告,择良辰佳日为大人与夫人补办婚宴。李大人李夫人就安安心心地待在我们大金吧,等到朱春山长大成人的时候,他一定会来我大金迎接他的父王母后。"

王不欢迟迟不归让娘娘终于失去了耐心,而韦忠贤的沉默寡言也让她寒心。她知道韦忠贤的心思,他一定又在暗中观察然后审时度势再决定他的下一步选择。娘娘从来都知道韦忠贤是靠不住的人,他永远把个人利益放在第一位。她知道他，他更知道她，所以他们之间的关系永远是猫捉老鼠的关系，这种关系每每如同一团乱麻呈现在娘娘面前时总会让她绝望。相比较起来，娘娘对李敬堂更看好一些。她一厢情愿地认为起码李敬堂还保留着做人的底线，这在宫中是非常难得的，她有意放权给李敬堂，甚至称病不出让李敬堂代她商议朝中大事，这在历朝历代也是闻所未闻的事。文武百官睁一只眼闭一只眼，韦忠贤却无法容忍，他认定这是对他的污辱，他终于在一次早朝上爆发了。娘娘不知道如何调停这两位在宫中势均力敌的男人，她左右为难，又因为王不欢的生死叵测而心乱如麻。谁也没有想到韦忠贤显然是有备而来，将我与李敬堂的关系和盘托出。皇上有三宫六院，大臣们娶上十几个几十个妻妾都是家常便饭，拿这个作说辞来扳倒对手手段拙劣得让人耻笑。韦忠贤显然不会如此愚蠢，他一出手就打蛇打在七寸上："这里不提颜夫人与前夫马后生事实上的婚姻，相信马后生大闹李府诸位都记忆犹新。如果颜夫人真的嫌贫爱富嫁给李大人，这也可以理解。问题是李大人与颜夫人同居半年竟然没有同过一次房，这样的奇人奇事如果不是下人亲眼所见，谁又能相信人世会有这样的蹊跷之事？"韦忠贤此语一出就如同滚油锅里泼进一瓢水，立马引发一片喧哗。韦忠贤趁热打铁紧追不舍："东厂的铁证也印证颜夫人入宫是人为精心策划，她来宫中是为执行特殊任务，我甚至可以公开她接头的暗语。"韦忠贤举起手中那张写有接头暗语的纸："你们看到了吗？这不是我的胡言妄语，我这里有字为证。"在场的文武百官顿时鸦雀无声，所有的目光都如同锥子一样刺向李敬堂，也包括娘娘。李敬堂不慌不忙接过纸头看了看，然后交还给韦忠贤，拍拍手淡然一笑："能办得成狸猫换太子的人，办成这样的小事当然是小菜一碟。韦公公，你还嫌宫中不乱吗？你所有的底牌全摊出来吧，我李敬堂见得多了，我早就做好了准备，我哥哥李敬尧怎么死我就准备怎么死。告诉你，我连下葬的棺材早就准备好了。"

　　娘娘这时候其实已经难以掌控局面，宫中文武百官都在等待观望，更多的是王爷言如鼎在幕后操控局面，而言如鼎的手段是坚决阻止内部生乱，所有对韦忠贤和李敬堂的追查目前都无法实现，言如鼎能做到的就是拉拢李敬堂把京军都督府实权操控在手，李敬堂当然也确实尽心尽力配合言如鼎。而且李敬堂与言如鼎也从来不曾发生过争执，他们之间的互信是宫中稳定的基础，尽管那只是表面上的稳定。我也不知道是不是与韦忠贤、李敬堂的韦李相争有关，就在他们鱼死网破拼争的第二天，我反常地被小皇上发圣旨任命为戴圣夫人，成为奶子府比钱大妈妈地位还要高的大奶妈，而且娘娘亲自出席了在奶子府举办的晋升仪式，这让我措手不及，也让韦忠贤束手无策。从不出席这种仪式的韦忠贤意外出席了,他一如既往不动声色。在飘扬的旌旗与喧天的鼓乐声中我表现得异常沉稳,我的沉稳和淡定是李敬堂点拨的,他让我绝不要示弱,你越示弱越呈现善良隐忍的一面在宫中往往适得其反,只会让越来越多的人瞧不起你认定你是烂忠厚无用之人,宫中人际交往规则是服硬不服软。当时我与李敬堂是以夫妻身份示人的,他在李府办了几桌酒算是我们的婚宴,他也想用明媒正娶堵一堵宫中那些人的嘴。他的大太太去世多年,虽然李府妻妾成群而且李敬堂好色成瘾,但我都是以他大太太身份出现。虽然在李府有时我也被资格比我老的妻妾围攻,但是她们无法抵挡李敬堂怒火中烧的一通谩骂,我成了李府的头牌夫人。夫人的名号给了我莫大的荣耀与尊贵,得势的我也像钱大妈妈、张三姐、杨白桃一样目中无人、不可一世。尽管这样做让我内心非常纠结与痛苦,但是我深知宫中的生存法则就是大鱼吃小鱼、小鱼吃虾米、虾米吃草籽。这其实也是人世的生存法则,你不强大终究被人吃掉。你所有的隐忍、温柔、良善、亲和在别人眼里全都是懦弱的代名词,宫中就是弱肉强食的丛林社会,你不强大不威慑不高傲就不会有人把你当回事,你就是成了主子下人也不会把你放在眼里。奶妈、太监、稳婆、女仆等下人们虽然可怜,可他们眼光也是毒辣的,从来都是狗眼看人低。在我看来宫中有两个人是例外,就是碧桃和小明子。不过他们还没有长大,还是两个孩子。孩子可能也有孩子的烦恼,那几日碧桃的烦恼就是她给小明子绣的手帕被宋玉捡到。那天她偷偷去和小明子约会,地点就是旧监库边上的蕉园。碧桃带着一方手帕准备送给小明子,手帕上绣了一朵荷花骨朵,骨朵上歇落着一只钢蓝色的蜻蜓。她随手掖在衣袖中,快到蕉园时她想掏出来看看发现手帕不见了,回头沿太液池一路寻找,发现在甜食房附近被宋玉捡到。宋玉将手帕拿在手里左看右瞧,又放到鼻前闻一闻,就看到碧桃站在眼前。碧桃伸出手:"是我落下的,还给我吧。"宋玉说:"谁说是你的,上面写着你的名字吗?"碧桃说:"是我的就是我的,上面绣着荷花骨朵和蜻蜓。"宋玉忽然涎着脸说:"是送给那个小和尚的吧?小和尚有什么好,不如送给我,我宋玉一直心心念念想着你。"碧桃眼睛眨了眨,忽然说:"真的呀?你喜欢我我怎么不知道呀?你是真喜欢我还是假喜欢我?"宋玉说:"我一直放在心里,还没来得及对你说。"碧桃说:"真的呀?"宋玉说:"当然是真的。"碧桃说:"那我这条手帕就送给你吧!"宋玉说:"真的呀?那我太喜欢了。"碧桃说:"但是这是你捡来的,不合适。你给我,我绣上我和你的名字然后再送给你。"宋玉说:"你可不许抵赖。"碧桃说:"我对天发誓,我若抵赖让我碧桃死了变猪变狗。"宋玉拿出那条手帕迟疑着,碧桃突然出手跳起来抢过那条手帕,往宋玉脚背上狠狠吐了一口:"呸,做梦去吧。"她转身举着那条手帕像举着一面小旗子,心花怒放地跳跃着朝蕉园跑去,宋玉气得脸色铁青却没有办法。

第四十三章　黄雀在后

　　我这辈子唯一一个要感激终生的人就是马背生,也不知道我是从哪里修来的福分让他对我始终无怨无悔。在他眼里他自己是不存在的,他的眼里只有我和马银环。其实他很少对我表白,他只是在不经意间用最脚踏实地的行动暗示我,我都选择视而不见。我名义上是他的嫂子,他是我的小叔子,我无法接受这种有违人伦的关系。退一万步说男女之情对我来说太过奢侈,在靠山庄我全力以赴面对艰难的生存,在宫中我整天面对的是刀光剑影、你死我活的宫斗,我一心一意只想弄清家族秘密。我知道他对我有情,但在我看来不过是未婚男子时刻泛滥成灾的多情罢了,随着我的坚拒和时间的推移,一切会慢慢淡化到无。我知道杨白桃一直暗恋他,即便在成亲后也不改初衷。我其实一直撮合他与杨白桃在一起,但是他始终搪塞。黑娃受到锦衣卫的通缉一夜失踪,我不忍让杨白桃就这么没脸没面地回家,那样靠山庄人的唾沫也会将她活活淹死。我的安排是反正黑娃已经出逃生死不知,不可能重回宫中,杨白桃先在马背生的煎饼铺子避一避风头,风头过去人们慢慢淡忘这件事时我再寻找机会安排她重回宫中。我还没来得及将事情告诉马背生,灾祸却接二连三降临到我和杨白桃身上。

　　杨白桃自杀那天从一大早开始就风狂雨猛,我在乾清宫陪小皇上玩,看到院子里春夏鹃、锦带花、八仙花、金雀花和百枝莲吹得满地都是。日日进出乾清宫不曾记得宫中有这样的花,这些花应该种植在太液池上钓鱼岛或琼华岛上,被风吹到乾清宫里来可见这风有多大。小皇上要打伞去外面玩,雨水漫溢,我拿起油了桐油的钉鞋换上,却发现钉鞋里有一张折成田字草形状的黄表纸。我的心一下子就怦怦跳动起来,久不露面的那个人又浮出水面。我将字条重新放到钉鞋里,牵着小皇上来到乾清宫外,宋玉和耿谦和轮换着在后面撑着华盖。

雨中的一切都让小皇上好奇，他追逐一只翅膀沾了雨水的蝴蝶，又去草地上捉一只七星瓢虫。一行人终于来到建极殿廊檐下，我坐在一旁看小皇上与宋玉在一起打闹，范稳婆不知什么时候出现。稳婆不经批准不能接近皇上，我走到她面前用眼光询问她有什么事。她看到我走来一言不发地脱下我的钉鞋，准确地从鞋里拿出那个田字草形状的字条，展开后突然握在手心里："你不能去，绝对不要和这个人接头，绝对不能去。"她目光炯炯地看着我，那一刻坚定执着的目光完全不是平日里猥琐不堪的范稳婆，也完全不是我印象中的范稳婆，那是一个完全陌生的范稳婆，这个陌生的范稳婆也许才是真实的范稳婆。我不知道她怎么就知道我鞋里有那个纸条，她也不看我，目光越过我头顶投向笼罩在雨雾中的中极殿、皇极殿、皇极门和午门层层叠叠的金顶，对我说："哪儿也不要去，谁也不要见，还睡在你老地方，但是一定要睡在床下，更不要回到李府。听我的话一定要睡在床底下，听我范稳婆的话绝不会有错。"

　　范稳婆果然神机妙算，那天晚上月光如水一样流泻，我因为有事就住在奶子府。我将丝绵袄裤放在被子下面伪装成人的模样，然后在床上呆坐了片刻，抬头看着明瓦上的月亮。乳白色的月亮就像奶子府里奶妈们饱满圆润的乳房一样，流泻的月光在紫禁城弥漫也如同奶妈们的乳汁。后来我在月光中昏昏欲睡，最后一刻我钻到了床底下，这个时候我反倒清醒了没有一点睡意。月亮已经西斜，最后月光完全消失，只剩下一片宝蓝色的天空。房舍里漆黑一片，突然就传来明瓦掉落到棉被上的声音，紧接着床板发出五六声闷闷的声响，是五六支利箭射在床上，甚至有一支箭头穿过床铺直插床底，我要是睡在床上将必死无疑。这时候紫禁城夜深如墨，万籁俱静，远远的地方突然传来一声悠长悠长的鸡啼，更多的鸡啼很快此起彼伏，这些都是御膳房准备宰杀的鸡。我算了算时间认为尚早就悄悄起身离开房舍往范稳婆那边走，刚刚推开门就被人拦住，看他举起了刀我往后倒退了几步一跤摔倒，就见墙头上满满一马桶屎尿当头浇下。操刀人一声惨叫我拔腿就逃，黑暗中有人拉住我的手一路狂奔，那双温暖苍老的手我知道就是范稳婆。后来我才知道杨白桃就在这个月光如水的夜晚服毒自杀，她服下了大量的乌香。杨白桃的起与落与韦忠贤权势的得与失唇齿相依，我现在在燕山深处的桃花坡上回首往事才蓦然明白：宫中其实是没有对与错，你死我活拼争的背后永远只有皇权，皇权在这里就是利益，为了利益仇人可以握手言欢亲人可以举刀相向。扯远了，这时候其实黎明已经来临，我正在奶子府接受东厂的调查，外面悠长嘹亮的鸡啼一声接一声，越来越多的鸡加入这场黎明前的大合唱。那些鸡不知道死期将至，狂欢似的发出一阵高似一阵的歌唱。最终太医将杨白桃救过来,我认定此时她最好的去处就是马背生的煎饼铺子,就亲自将瘫软得像一摊烂泥似的杨白桃送到煎饼铺。马背生已经得知我昨晚的经历,他扫了杨白桃一眼然后说:"我料定的结局就是如此,你如果不想让银环成为孤儿,你就从此留在煎饼铺子里。"我果断地摇摇头,狠下心看也不看他就离开了煎饼铺子。他在后面叫了我一声然后冲上来拉住我,我对他说:"我把杨白桃托付给你,不管她做过什么她都曾经爱过你到今天仍然爱着你。至于我,就是这个命,你让我去完成我的使命。"他大概看我去意已决,就让我离开,然后细心照顾着杨白桃一直到半个月后她渐渐康复。这时候杨白桃何去何从摆在他面前,那是一天的生意结束之后,几个雇工沉沉睡去,一盏细脖油灯挂在屋梁上,灯芯儿吐出豆大的灯焰。杨白桃用手在桌上抚摸着木头纹路,她的脸色在灯下有一层朦胧的光晕。马背生过了许久才开口:"也不知道黑娃逃到哪个天涯海角,也不知道他还回不回来。"杨白桃说:"他不回来就当他死了,他回来也是个死罪,横竖就是一个死,不如死在外头。"马背生说:"这个煎饼铺子只要你愿意你来做。"杨白桃说:"你的煎饼铺子为何要我来做?"其实她心里想的是我们两个联手来做。马背生过了一会儿却这样说:"我还是想进宫去。"杨白桃一惊:"你进宫?你进宫做什么?"她突然间明白了:"哦,你心心念念想着要和颜如月在一起。但是你不想想,你怎么能进宫?"马背生说:"我怎么不能进宫?只要我愿意做太监我随时就能进宫。"杨白桃一时目瞪口呆。杨白桃后来将这件事告诉我时我内心狂飙突起,我对杨白桃说:"随他去,那是他的选择。"那天我身披云丝披风,一身薄荷色柔绢曳地宫裙把我衬托得如同一个贵妇人,我有点不可一世地从奶子府中款款走过,我对自己的形象非常满意,或者说我对自己的人生非常满意。我要换一种活法,要重新开始另外一种人生,我再不要乞求他人,我要将自己的命运掌握在自己手里。

　　几乎与我在奶子府再度崛起同时,李连城在大金过着寄人篱下的生活。表面上看大金国对他以礼相待,爱新觉罗·子龙也不时过来看望和慰问。但是实质上就是囚禁了他,他也成了名副其实的牧马人。他当然可以不必在草原上牧马,只要他愿意他尽可以在划定的活动区域过着养尊处优的生活。但是那种渴望见到皇儿朱春山的急迫与无奈几乎让他疯狂,他每每想到小皇上就会坐立不安。他风餐露宿去草原上牧马,他愿意和成千上万匹骏马一起驰骋在蓝天白云之下,这样他就会忘掉自己身处的境地而获得短暂的宁静。当然他也在潜意识里时刻为自己寻找脱逃的机会,因为再会盯梢的密探面对茫茫大草原也会有百密一疏的时候,这样的机会终于让他等到了。那是一个仲春的日子,南方的夏天对于北方来说正是莺飞草长的春天,草原上的草长有齐膝高,野兔和野鹿几乎遍地都是,李连城迷上了打猎。他长发如虬、面目黧黑,乍一看和草原上牧马人没什么两样,事实上他也成了地地道道的牧马人,可以随意在狂奔的骏马上翻上翻下,蹬紧马镫贴着地面徒手捉住与骏马一同狂奔的野兔,或者骑在奔跑的马背上张弓搭箭射杀野鹿。打猎只是他迷惑大金暗探的手段,他的真实目的是要出逃。他终于在暴雨来临的午后得到了一个千载难逢的机会,乌云密布的草原上阴风四起。暗探在远处观望,李连城正准备将马往回赶,突然平地一声炸雷让马群受惊,受惊的马匹四散奔逃。李连城在马鞭子抽打一样的狂风暴雨中一口气狂奔了三四十里,才发现面前是一片茫茫沼泽。沼泽上遍布着腐烂的马和牧马人的骨架,那是妄图涉过沼泽的牺牲者。他沿着沼泽绕了一圈来到东南方,那里是一片同样无边无际的丛林,他庆幸自己找到一条捷径准备穿越。这时候暴雨停了,一群轻灵的梅花鹿一路采花食草姗姗而来,他突然发现十几只黑熊和熊崽迟缓蠢笨地尾随而至,后面还跟着豹子和猛虎,随时准备对梅花鹿发出致命一击。而在不远的地方,一群狼正在嗥叫着聚集——李连城知道这片无边的丛林凭他单枪匹马根本无法穿越,他选择了另一条路:雪山。他最不想走的就是这条路,他知道翻过这道雪山就是我朝境内的九边一线,穿越它应该可以找到周达。他沿一条涓涓溪流而上,因为刚刚下过一场暴雨溪水陡涨,他手脚并用攀爬至一块巨大的岩石上,赫然发现岩石后面抱胸坐着一个人,那人一身酡红色立领格纹束腰紧身长呢袍,长长的飘逸的呢袍下露出青色骑装短打。只见他双手抱着胳膊嫣然一笑,拍了拍身边的石头:"李大人累了吧? 坐会儿。"他这才发现那个人正是爱新觉罗·子龙。爱新觉罗·子龙仰面在倾斜的岩石上躺下来:"哎呀! 李大人,你就别再煞费苦心了。就算我们不管不问,你看看这高高的雪山,除非你长了翅膀才能飞过去。"李连城瘫坐在岩石上,而从岩石后面,更多的金兵接二连三地冒了出来,像一群饥饿的狼包围着一只等待宰杀的绵羊。李连城当时唯一的希望就寄托在一山之隔的周达身上,他不知道的是周达正在与赵明德投奔的红巾军在离顺天府一百里外的怀庆两军相峙。周达是奉宫中密令火速赶到顺天府郊外与赵明德的红巾军正面相遇的,那一场打了七天七夜的战役最终以生擒赵明德结束。宫中闻听赵明德被活捉欢声雷动,但是找遍了战场就是没有发现王不欢的下落,连夜突审赵明德没有任何结果。娘娘下令将赵明德押送顺天府,周达带着邀功请赏的心情马上出发。谁也没有想到出发不久就遇上了老天爷帮忙,现在看来也就是天意,那场突降的大暴雨下了一天一夜,倾盆大雨将怀庆大片大片即将收割的麦田变成了水乡泽国。而赵明德就是在涉水时突然一个猛子扎进浑黄的水流里像鱼儿一样眼睁睁地从周达眼前脱逃。周达双手空空不敢回宫晋见老太后和娘娘,谣言也同时在宫中传起:原来赵明德早就在暗中与周达联手,他们分明是一个唱红脸一个唱白脸故意做戏给外人看。周达无脸再回宫中准备就地剿灭红巾军将功补过,可是第二天他就被赶来增援的红巾军重重包围,赵明德离奇现身反败为胜活捉周达。现在他终于有了与娘娘谈判的资本,因为他手中有了我朝两员大将:王不欢与周达!

第四十四章　箭在弦上

　　赵明德派出密使向娘娘告知谈判的条件与时间,娘娘表面上对密使以礼相待,内心其实十分慌乱。这时候正值花草繁荣的暮春时节,太液池处处春水荡漾莺飞草长,娘娘六神无主之际韦忠贤便乘虚而入自作主张款待如妃。如妃这时候完全变了一个人,她的眼睛什么也看不见,精气神倒没有涣散,她穿着一身丁香紫团蝶百花烟雾凤尾裙裳,发髻高高挽起来插着几只玳瑁流苏,因为消瘦看上去倒是比从前更年轻了一些。她不忧不怨不气不恼,心平气和地坐在钟粹宫里。这时候就轮到了我和张三姐出场,这当然是娘娘的旨意,我带着小皇上朱春山、张三姐带着朱春龙一起到五龙亭看焰火。

　　宫里其实很少放焰火,过年放一次,还有老太后、娘娘和小皇上逢五逢十的大生日才会在嘉乐殿的五龙亭放上一次,像这样不年不节单为朱春山、朱春龙放焰火可谓破天荒头一遭。我带着小皇上和奶子府的几位奶妈、稳婆、太监早早就来到五龙亭,我们是坐船从承光殿罗锅桥那边过来的,恰好有一只昂首翘尾的龙船从后面赶上来。小皇上一眼发现对面船上坐着的朱春龙马上大叫起来:"四弟,四弟。"朱春龙也同时看到了小皇上,扑到船舷边兴奋地大叫:"三哥,三哥。"张三姐就静静地坐在朱春龙身边用手揽着他,她穿着一条芒果青碎花翠纱露水百合裙衫,单薄的裙衫穿在她身上是那么的合体和别致。船到五龙亭朱春山和朱春龙欢呼雀跃搂抱在一起,兴奋之情难以言表。张三姐满脸微笑对我意味深长地说:"你过得越来越好了。"

　　五龙亭就建在水边上,有一条木栈桥与嘉乐殿相连,亭子里已经派人摆好各类瓜果吃食。我和张三姐刚刚坐下就看到凤仙领着一帮下人簇拥着如妃过来,如妃一身月白缎织彩百花飞蝶纹裳,比上次出现更加光彩照人。她已经很久没有见到朱春龙,她的情绪没有太大的变化,只是握紧了朱春龙的手将他揽到怀中。这时候夜色温柔地落下来，这是一个表面花好月圆、内里刀光剑影的春夜。人们正在兴奋交谈之时，只听见砰的一声，一束五色礼花在空中爆炸，五龙亭内人们爆发出一阵欢呼。朱春山和朱春龙同时发出一声惊叫，如妃也略略抬起脸眯缝起眼睛象征性地看了看。在焰火最高潮时分娘娘出现了，焰火的色彩映衬在娘娘涂着厚厚脂粉的脸上，她在如妃身边款款落座，拉起如妃冰凉的手说："如妃啊，你越来越年轻了，过得可比我好多了，眼睛好些了吗？"如妃脸色骤变，她甩掉娘娘的手站起来："王来喜，你别得意得太早，鹿死谁手还说不定呢，除非你现在把我杀了——我谅你不敢！"

这时候焰火进入最后的高潮，一簇簇焰火此起彼落竞相在太液池上空绽放，天空的礼花和平静的太液池上倒映的礼花交相辉映，此时如妃和娘娘的心则冷如冰窖。焰火结束后众人散去，只有娘娘独坐在一地狼藉的五龙亭内。没有焰火的天空漆黑一片，五龙亭上悬挂的几盏在风中摇晃的红灯笼，更加衬托出娘娘背影的孤独与凄凉。我手牵着小皇上站在五龙亭外的芙蓉花树下，我身后站着几位提着灯笼的太监和女仆，他们和我一起默默地望着五龙亭内端坐的娘娘。我牵着小皇上走过几级台阶一直走进五龙亭内，对娘娘说："娘娘，天不早了，风也很大，娘娘请回宫吧。"娘娘坐着不动，沉浸在自己的世界中，昏暗的光线里她显得那么苍老，像老太后一样。她仿佛就在一夜之间老去，成为一个名副其实的老女人。后来的事实证明，她煞费苦心安排燃放焰火和如妃亲近其实是她与言如鼎、李敬堂安排的缓兵之计，事实也同样证明这样的缓兵之计完全没有任何用处。也就在五龙亭放焰火的当天晚上，李敬堂安排的潜入到红巾军中的御厨赵五儿传来密报：赵明德与周迎祥联手正在率领红巾军北上向九边一线集结，大有可能与金兵形成内外合围之势。娘娘让耿谦和通知韦忠贤火速赶到乾清宫。韦忠贤腹泻不止，韦德贤替父来到乾清宫，出示的证据让娘娘大吃一惊：田小娥仍然活着，李连城此番赴大金国其实是为与田小娥团聚。而且他们早已被大金收买，紫禁城、顺天府乃至大明朝全部兵力布守的绝密《九边军镇图》已全部向大金公开。

韦德贤当着李敬堂的面如此信口开河彻底激怒了他，两人在乾清宫爆发唇枪舌剑，李敬堂出示的铁证是李连城被囚禁，他慢悠悠地从怀中掏出一封羊皮尺素，别在兽骨雕刻而成的骨箭之上，是努尔哈赤发布命令的文书。他将羊皮尺素递到娘娘面前："李连城为娘娘所准许进入大金国，为的是盗得马匹与骑术而最终征服金人，他肩负着社稷江山家国天下的重大使命，他被囚禁令我担惊受怕。但是即便他为国捐躯微臣也认为理所当然，同时也无上荣光，但是微臣不能忍受的是空口无凭的恶意诽谤和造谣中伤。微臣这样说并非空口无凭，我有铁证，一是李连城囚禁之地在九边之外，离总兵周达的驻地仅咫尺之遥，但是就这咫尺之遥由于两军严防死守也是插翅难逾。周达派暗探趁月黑风高潜入大金侦察过，具体详情周达不日将入宫向娘娘禀告。周总兵怕我不信，特地传来这封羊皮尺素，这就是我的第二个铁证，羊皮尺素是周达在一场伏击战中意外缴获，这是大金国大汗努尔哈赤对部下下达的密令。努尔哈赤大汗在密令中要求部下秘密关押我朝特使李连城作为人质，以备将来有朝一日紧要关头要挟我朝，白纸黑字为证，请娘娘过目。"韦德贤淡然一笑："白纸黑字我这也有，我这还是爱新觉罗·子龙向他的兄长努尔哈赤的禀告书，白纸黑字写的就是李连城李大人和田小娥田贵妃成亲后的家居生活。李连城在大金的事我相信李敬堂李大人了如指掌，因为爱新觉罗·子龙正是潜伏在宫中御膳房的杨十斤。杨十斤就是爱新觉罗·子龙，爱新觉罗·子龙就是杨十斤。他能文能武还会唱戏，而且亦男亦女是个阴阳人，我想，李敬堂李大人对万里红应该很熟悉吧？杨十斤其实就是万里红，这个戏子太会表演了，不过也不奇怪，戏子本来就是演戏的。只是不知什么人暗中将其隐藏了许久，又暗中放他出宫。杨十斤还有一个弟弟叫斡出，他就是服毒自杀的间谍朵颜三。"

韦德贤话音刚落现场一片鸦雀无声，所有的人都没有想到原来神秘莫测的戏子万里红竟然就是潜伏在御膳房的羊贩子杨十斤。后来的事实证明韦德贤所言完全没有半点虚构，万里红后来离奇失踪就是被李敬堂藏在了李府。努尔哈赤派出了爱新觉罗·子龙也就是万里红做卧底潜伏在紫禁城就是为了监督李敬堂，为了配合爱新觉罗·子龙的潜伏，努尔哈赤又派出他的另一个兄弟斡出，也就是朵颜三，他最后自杀身亡。所有这一切李敬堂其实心知肚明，后来他悄悄释放了爱新觉罗·子龙并且主动让李连城远赴大金执行所谓的任务，就是让李连城作为人质留在大金，说白了就是让大金相信他的忠诚，为了表达这份忠诚他宁愿儿子赴死。如果大金不相信他杀了李连城他也不会太过悲伤，因为他早就知道朱春山是李连城之子，只要让我颜如月贴身护佐着朱春山平安长大稳坐大明王朝江山，他可以不在意任何个人得失，包括李连城的生命。虽然他曾经良心发现半道上劫持了李连城将他悄悄带回紫禁城，但是对田小娥的思念以及朱春山身份的确认让李连城义无反顾地重新暗中联系杨十斤再度前往大金，虽然后来得知父亲的真实意图李连城曾与李敬堂大吵了一场，但是最终他还是原谅了这个叫李敬堂的男人，并对他感恩戴德，这便是这一对父子的心路历程。这对关系复杂的父子其实远不是旁观者所想象的那样，真实的原因容我在最后一刻揭秘。眼下李敬堂所要应付的就是面对紧逼不舍的韦德贤不能露出丝毫破绽,韦德贤不依不饶步步紧逼:"至于前贵妃田小娥,李大人比我更清楚,包括她如何死而复生去了大金国。李大人,我可不是红口白牙空口无凭呀!据传她还有个儿子在宫中,她有朝一日肯定要寻子而归。"

韦德贤话里有话既是针对李敬堂又在暗中敲打娘娘,娘娘几乎瘫倒在地。小皇上不是她亲生子的传言一直在宫中盛传不息,她既害怕又不怕,因为田小娥已死,死无对证,这是她心里唯一的安慰。但是她做梦也没有想到,主心骨王不欢生死不知,田小娥竟然还活在人间并且和李连城最终结成夫妻,此消息不知真假令她坐立不安。韦忠贤与韦德贤父子肯定靠不住,但是李敬堂的背景也变得越来越复杂。娘娘在这一次漫长的早朝之后精疲力竭像是要死一样,她半躺在龙椅上一动不动,绝望像乌云一样布满心头,她突然间浑身大汗淋漓,而韦忠贤也就在这时候被耿谦和和安小平扶着进来。韦忠贤的病后虚脱伪装得活灵活现,他和儿子韦德贤一个唱红脸一个唱白脸,双簧戏演得栩栩如生,他每一步都精心设计每一招都深思熟虑。他颤颤巍巍地在耿谦和扶持下向娘娘行礼,然后缓缓落座:"娘娘,我知道你心急如焚,我也知道娘娘对我似信非信。但是请娘娘相信,哪一次宫中危机我不是坚定地站在娘娘这一边?我韦忠贤死心塌地侍候娘娘几十年,我是什么人老太后和娘娘心里最清楚。我有时心里可能会打点自己的小算盘,老家也有一干穷亲戚需要照顾,也会讨得娘娘欢心扶携几个旧友为官,以娘娘识世度人的眼光当然早就看得一清二楚,肯定也能理解,人生在世为人做人,很多时候身不由己啊。从首辅意外被囚到小皇上身份暴露,从李连城入金成亲到边关布防泄密,娘娘应该明白内鬼就在宫中,就在娘娘身边。从前我只是怀疑,因为没有证据不能空口无凭乱咬人,现在我完全可以拿出铁证来告诉娘娘,娘娘和皇上的对手其实不仅仅是赵家。赵家可能是公开的对手、最弱的对手,娘娘真正面对的强大高手其实是隐蔽在暗处,他们混淆是非浑水摸鱼,我说的他们是谁娘娘自然心知肚明。娘娘真正的对手并非赵家,更不可能是我韦忠贤,奴才怎么有实力成为娘娘的对手?离开娘娘的恩宠奴才就是死路一条,这一点我韦公公不清楚吗?我的一切全是娘娘给的,娘娘让我是人就是人让我成鬼就成鬼。赵家也不是娘娘的对手,对手就是要半斤对八两,那才叫对手。娘娘真正的对手其实是他李家,娘娘没看出来吗?李家一直在积蓄力量准备重拳出击,他一出手就置娘娘于死地!他们不是一个人,是宫中一股势力!"韦忠贤说罢敲一敲手指头,安小平拿出一个扁木匣子呈上,从里面取出两款锦缎兜肚,一红一绿,一绣石榴多籽一绣游龙飞天。娘娘轻轻拿起来看了又看:"我也有一条游龙飞天。"韦忠贤说:"是,是先皇朱由明让我呈于娘娘,感谢娘娘诞下太子朱春山。"娘娘迟疑地问:"这两条是哪位贵妃的?"韦忠贤说:"这正是东厂明察暗访的结果,这话说来就长了,娘娘也许有所耳闻。在当年老太后还是皇后的时候,宫中曾经有一位后来成为宠妃的丽贵妃,其实她虽然也是选秀入宫,但是她只是一介贫女,叫斡氏女,初进宫时连妃子都不算,就是个常在,注定了在后宫冷宫中寂寞一生。但是生得花容月貌的丽常在在正月十五元宵花灯会上被微服私访的老皇朱孝进一眼相中最终临幸了她,她从此成为得宠的丽贵妃,老皇上还准备将她生下的皇子朱成赤钦定为皇位继承人,这让当时的皇后也就是现在的太后言木香非常嫉恨,她被嫉妒之火烧灼着,陷害丽贵妃……"娘娘紧张得透不过气来:"丽贵妃——她,她怎么啦?"韦忠贤意味深长地一笑,油亮的额头上滴下串串汗珠:"她被言皇后也就是老太后丢到贵妃井里——所以,我知道老太后和王爷近日为了小皇上真假问题正在安排锦衣卫内查外调。李连城潜入大金国,这项追查其实由其父李敬堂在负责。娘娘其实大可不必惶惶不可终日,当年奴才与钱大妈妈鼎力帮助娘娘做了皇后,得到娘娘绵延不断的恩惠,今日奴才当死心塌地再为娘娘效力,因为奴才深知奴才的命与娘娘的命系在一起,一荣俱荣一损俱损。"娘娘脸色苍白如纸:"你到底有什么招啊?孤家已经乱了方寸。"韦忠贤说:"娘娘,圣上可以置老太后于死地,还怕她在后面穷追猛打吗?"娘娘摇摇头:"说了半天,证据在哪?"韦忠贤说:"最近东厂内查外调终于从清风寺布袋和尚身上发现线索,追查到靠山庄的疯老婆子刘氏,她极有可能就是先前宫里那位斡常在,她被当年敬事房太监总管宫心志离奇救起并且一起逃离后宫。奴才当年是刚入宫的小太监,专门侍候宫心志,而且宫心志早已经不是太监,他重新长出了男根。"娘娘一下子兴奋得满脸通红双眼放光:"真的吗?"韦忠贤说:"当然是真的,是奴才亲眼所见。宫心志洗浴泡汤从来不曾与太监一起,总是让我在混堂司放水之前安排他独自盆浴,他的借口是他一定要用净水沐浴,这是他几十年不变的老习惯。奴才深感奇怪,某日我借着添水之际假装滑倒,发现他男根坚挺毛发浓密——罪过罪过,奴才不该在娘娘面前口出污言秽语,掌嘴,掌嘴。"韦忠贤扬起手掌象征性地扇着自己的嘴巴。娘娘完全没有意识到这一点,她沉浸在极度兴奋之中:"他入宫做太监原来是弄虚作假!"韦忠贤继续说:"他一直暗恋斡氏女斡常在,也就是丽贵妃,明里暗里帮着她。最后丽贵妃遭到当今太后陷害,宫心志挺身而出救了丽贵妃母子与他们一同逃出宫,一个去清风寺出家成为布袋和尚,一个改名为刘氏嫁颜老六为妻流落到靠山庄,奶子府的颜如月正是这个疯婆子刘氏和靠山庄的颜老六生下的女儿,那个被偷偷带出宫的皇子朱成赤至今生死不明。"娘娘差点昏倒:"赶紧给我抓住颜如月,先杀了她。"韦忠贤说:"时机未到啊,娘娘,心急吃不得热豆腐。现在时局诡异,牵一发而动全身,有消息证明,李敬尧就是刘氏堂弟,当时是丽常在借宫心志之手安排李敬尧进入兵部为官,后来才有李敬堂和李连城得势。虽然太后认定李敬尧蒙冤给他平反昭雪,但是这一行为让李敬堂东山再起,所以我说这是一股势力。娘娘现在切莫轻举妄动以免内外交困,静待时机成熟然后突然出手置对手于死地,奴才当肝脑涂地效力娘娘!"娘娘心满意足地点点头。

韦忠贤就有这样的本事,他总是恰到好处地把住娘娘的命脉。这一番证据确凿、张弛有度的话让娘娘如醍醐灌顶。此时边关传来重大消息,周达被捕原来是他的诱捕之计,当晚赵明德在转移周达之前与之会谈,会谈地点早被耿春年重兵包围,周达离奇地反捕了赵明德,此举也彻底粉碎了周达与赵明德暗中联手的谣言。消息传到宫中娘娘心花怒放,立马下圣旨重赏周达,晋封其为兵部右侍郎,同时开始了大清洗,决定亲审赵明德之后满门抄斩。而重陷囹圄的李连城忽然得到神秘尺素,尺素是用箭射在帐篷顶上,指示李连城在七月初七前往某地点以便营救,李连城手持尺素半信半疑……

第四十五章　紧锣密鼓

　　娘娘的杀伐与狠毒在这个阳光灿烂的暮春时节暴露无遗,她重新给太后安排了住处——养心殿,她示威似的在太后的殿内进进出出,这个事让太后拿主张那个事又让王爷拿主意。她一点不因为兄弟还在红巾军营地下落不明而有所避讳,身着透迤拖地粉红烟纱裙,手挽妃罗翠软纱一步三摇走过来,风鬓雾鬟上斜插一支七宝珊瑚簪,映得面若芙蓉艳丽无比,一双凤眼媚意天成却又凛然生威。太后看了她一眼又合上眼睛,天气实在太好了,灿烂的阳光让太后睁不开眼睛。其实顺天府很难得有这样阳光灿烂的好天气,宫中角角落落里的花花草草开始蓬勃生长,画眉鸟在翁郁一片的桃林和杏林里飞蹿,毛桃儿和青杏儿开始长大。太液池的春水一夜之间涨满了,淹没了从紫光阁到昭和殿那一道长长的柳堤,杨柳长长的柳丝一直垂拂到水面上,如同揽镜梳妆的少女要梳理长长的秀发。柳絮似雪,千朵万朵从柳丝间飞出来,落到行人的衣服上头发上,择也择不掉捋也捋不尽。这本该是一个抚琴弄箫或谈情说爱的大好时光,宫中却在风声鹤唳中沦陷:玉妃被娘娘第一个清除出宫,和玉妃一同清除出宫的还有二十多个被打入冷宫多年的妃子。她们年老色衰孤苦无依,本来还可以在宫中寂寞终老,现在连这样卑微的梦想也无法实现,她们一个个哭成了泪人儿。有年老的妃子更是哭得呼天抢地,在冷宫外的廊檐下东倒西歪,有的不肯出宫被东厂的兵卒强行拖出来。玉妃也是被拖出来的,看得出来她其实是精心打扮了自己,发髻高绾妆容精致,那身春水碧团锦琢花霓裳却被扯得稀烂,只看到袖口上绣着的橘红色的石榴花,银丝线勾勒出朵朵祥云环绕。她紧紧握住那片仅有的完整的衣袖护住胸口,她的脸色却显出少有的平静。那天晚上宫中随处可见惊慌失措的宫女与弃妃,冷宫中只有如妃的妹妹如梦令是个例外,这个一向与玉妃在冷宫中掐得死去活来的妃子曾与姐姐如妃同时侍寝同一个皇上朱由明,那时候她还未成年。她对玉妃的下场有一种兔死狐悲之感,她预感到自己和姐姐的风平浪静只是暂时的,不会久长。就如同风暴中心地带,外面的世界风狂雨猛而旋涡的中心地带反而平静如水。但是这份寂静只是风暴来临前的平静,她为人处世变得格外小心,一如往常那样在冷宫中深居简出,言谈举止与初入奶子府的我一模一样。只是我现在胆子越来越大,有点胆大包天。我从李敬堂大人那里清楚地知道围绕我和我疯子娘的布局正在紧锣密鼓地进行,但我一点也不害怕,我知道该来到的一定会来到,它并不会因为你的恐惧而推迟。在内心我甚至希望它早日来到,为了这一天我等待了太久也准备了太久。有李敬堂大人在身边指点在背后撑腰我害怕什么?我甚至比从前更加激情地投入到奶子府的繁杂事务中。钱大妈妈破天荒到乾清宫来见我,她身后跟着她的侄女钱如意。宫中是一个黑暗的地方,宫中也是一个神奇的地方,任何一位凡俗女人只要来到宫中生活几年都会有质的飞跃,这一点在我颜如月或张三姐、杨白桃身上表现得很明显,钱如意当然也不会例外。她与几年前相比完全像变了一个人,风情与气场完全不输于宫中任何一位妃子。我其实早就听闻钱大妈妈要带她一同告老还乡,其实也就在两三年前钱大妈妈带她入宫时曾踌躇满志,她的目标当然不是小小的奶子府,与其说她的眼界大得很不如说钱大妈妈眼界大得很,她想让她的侄女最终成为娘娘那样的皇后。她太清楚宫里的规则与秩序,太清楚通往皇后、太后的路怎么走,有时候她认定钱如意一定会成为皇后,她一点也不急躁。但是她没有想到宫中的局势波诡云谲,她犯下的滔天大罪只有她自己心里清楚,她本来指望成为戴圣夫人之后可以安葬在皇陵之侧,现在却害怕最终落得死无葬身之地的结局。这时候她不相信任何人,告老还乡是她唯一的选择,当然她要带走她的侄女钱如意。钱如意则坚决不肯回到那个偏僻的背山庄去,放着锦衣玉食的皇宫不住回到那个破烂不堪的背山庄,她无论如何不能接受。姑姑与侄女爆发了激烈的争吵,这种不调和的态度一直延续到她们坐在我面前那一刻。钱大妈妈面带微笑微微颔首:"不得不赞叹颜夫人能干,我钱大妈妈何德何能与戴圣夫人平起平坐联手共事。我们神乳山真是藏福积德之地,又出了颜夫人这样的贤德能人,钱大妈妈把奶子府交到颜夫人手上,发自肺腑地感到欣慰。"我一听就听出了话里有话,我当然不会点破,笑着对她说:"大妈妈成心要折我阳寿,我这副弱不禁风的肩膀怎能担得起大妈妈肩上的担子?宫中向来无小事,大妈妈切莫拿我开心。"钱大妈妈面色悲伤:"大妈妈哪有心思拿你开心,大妈妈头昏脑涨病体虚弱,咱们神乳山下流传千年的老话是,人老一年,牛老一亩田——就这一年间我感到人老体衰,看到奶子府的活心里着急却看事怕事,身子骨搁在床上根本不想动,也不能动。老成老废物了,还有什么脸面在宫中吃闲饭?也是到了告老还乡的时候了……"我忙不迭地说:"娘娘必定不舍得放大妈妈走,韦公公更不舍得,奶子府哪里能离得了大妈妈呀?九千岁更离不开,下面的奶妈谁舍得让大妈妈走?大家都得到大妈妈恩惠,大妈妈要走,奶妈们稳婆们不知该哭成什么样子。"钱大妈妈听到我说这些话好像动了真情:"哪里会,有人早上骂晚上咒恨不得我早点死了才好,都想烧纸钱送我上阴间。"我脸上带着微笑说:"大妈妈说玩笑话,我是不答应大妈妈离开。有大妈妈在前面护着,我们凡事不操心不烦神,只是一心一意照顾皇上,日子过得舒舒坦坦。大妈妈撂摊子走人,这奶子府一摊子事除了大妈妈谁能担得起?大妈妈,千万别走,娘娘和公公也不会放你走,再说如意也必定不想离开。"钱如意听我这样一说,马上落下泪来。钱大妈妈横眉立目:"我其实就是一棵树,立在那里外表看起来好端端的,其实内里已经被虫蚁蛀空了,只要轻轻用力就可以将它推倒。我这身子骨不久的将来不残即瘫,少了如意的照顾一天一日也活不下去。现在唯一安慰的就是在宫中多年,承蒙娘娘体恤积攒了几个银两,眼下的日子尚且能过得下去。"

　　说够了客气话后我也不再挽留她,第二天我就走马上任做了奶子府的大总管。事实上在钱大妈妈称病不出的这段时间内我一直全权负责奶子府的日常事务,大事小事也全由我定夺。我马上就寻找被娘娘赶出奶子府的翠柳,其实也没有花费多少时间就找到了翠柳。碧桃知道她的下落,她在一个风雨之夜被钱大妈妈赶出了奶子府之后,只身一人在顺天府租房居住,后来在菜场被碧桃撞到。我见到她时她一脸镇定,仍旧保持着一如既往的冷淡。她当时穿一件葱绿色织锦缎的夹袍,衣摆与袖口绣上姜黄色梅花纹饰,用一条白色织锦腰带将细细的腰肢束住,乌黑的秀发绾成如意髻,仅插了一根梅花碧玉簪,虽然简洁却显得清新优雅,脸上竟然薄施粉黛。我对她说:"我知道翠柳你这些日子受了委屈,我也知道你在奶子府这几年受的委屈,你知道我请你过来的目的吗?"她脸上没有一丝一毫受宠若惊的表情,这姑娘的淡定与冷漠让我喜欢,我认定她是奶子府唯一有出息的姑娘。她摇摇头说:"不知道。"我说:"我希望你能重回奶子府做我的助手,我知道你是能干大事的姑娘,我也会让你干大事,你跟着我将来一定能干出大事来,有许多话我现在不好对你明说,我想你是聪明的姑娘,你一定明白我的意思。"她垂下眼眉沉思了片刻然后对我说:"谢谢夫人对我的器重,我完全明白夫人的心思。只是我不但对奶子府心灰意冷,对紫禁城对顺天府对大明朝都心灰意冷。我知道夫人是个好人,我也不瞒着夫人,京军都督府正三品都镇抚冯授同冯将军一直对奴家有意,之所以一直未迎娶奴家,是怕纳奴家为妾委屈奴家。"我一听暗自吃惊,翠柳果然是眼光远大之人,都镇抚冯授同是都督府少见的文武双全的将军,没想到他竟然相中了一直在奶子府为仆的翠柳,可见其眼光独到而精准。美玉虽然混在一片砖瓦堆里,但是美玉总是美玉,它总会遇到识货之人。我对翠柳说:"这可是一桩天大的好事啊,我们奶子府进进出出的奶妈、女仆和稳婆何止成千上万,何曾有过像你翠柳这样出类拔萃的女子? 说句不中听的丑话,如果说奶子府的女子都是草鸡,那你翠柳就是草鸡中的凤凰。不过,据我所知,冯将军的夫人已经过世,你过去做填房虽然说起来不好听,但是正牌夫人的名分不成问题,我也知道王爷言如鼎也是看好姑娘的。"翠柳淡淡地一笑:"谢谢王爷对我的爱护,冯将军一直急着迎娶,想在他赴北边之前与奴家结成百年之好。但是奴家觉得其夫人仙逝才过五七,如此急吼吼成亲败坏了我翠柳名声无所谓,冯将军谦谦君子形象尽毁那才是让奴家伤心透顶的事情。我劝说了冯将军,让他先赶赴边关报效家国。两情若是久长时,又岂在朝朝暮暮? 我翠柳不急,我等得起,我愿意等待冯将军一直等到地老天荒。"

没有想到我们正在谈话时冯授同将军突然出现,英俊逼人、前途无量的京军都督府都镇抚将军的出现让我眼前一亮,他来向翠柳告别。冯将军对翠柳的深情后来就在奶子府传为佳话。翠柳与都镇抚将军相敬如宾让我羡慕,其实我认定最幸福的女人就是像翠柳这样拥有一个令人敬佩的、有远大志向又懂女人心的男子。李连城应该就是这样的男人,但是我命中注定不可能和他在一起,我永远只能将他当哥哥。翠柳无疑是奶子府最幸运的女子,好女子落在哪里都会有好命等着她,这是天经地义的一件事。命运不好的女子就与之相反,我很自然地就想到杨白桃,杨白桃这时候开始吃斋念佛,并将宫中的积蓄全部拿出来送给马背生买了房子和地。有一天我正在和她说话,突然有个宫外的小朝奉来找杨白桃:"我们杨府昨夜抓到一个窃贼,一定要你去保他,而且一定只要你一个人过去保他,请带上八百两银子。"杨白桃隐隐感到这个窃贼可能就是黑娃,随着小朝奉一路赶过去,发现果然是黑娃。原来黑娃逃到河北保定府赌场待了几个月,最后因为做赌局骗人被打得半死赶出保定府,走投无路之际只好偷偷潜回顺天府,白天东躲西藏夜间才出来活动,最终行窃时被人发现打断了一条腿。他说他曾经是宫中采买,老婆现在是奶子府奶妈杨白桃。主人不相信,派出小朝奉跑腿来到奶子府找杨白桃,果然所言的一切真实无疑。

杨白桃一言不发站在黑娃面前,大半年没见黑娃蓬头垢面与过去的飞扬跋扈判若两人。杨白桃转身要走，却被几位家丁拦住："毕竟夫妻一场，何必如此绝情？我们老爷也是有识之士，不会将此事到处张扬弄得顺天府尽人皆知。你身为奶子府受宠的奶妈，顺天府传说你家金山银山，八百两银子不过就是区区一笔小钱。"杨白桃说："你说错了，我现在早已离开宫中早就吃斋念佛看淡了红尘，他与我无关。"杨白桃说着转身即走，谁也没有想到瘫坐在地上的黑娃突然以迅雷不及掩耳之势纵身一跃扑到杨白桃面前，双手死死抱紧了她的双腿："白桃，白桃，你不能眼睁睁看我死在这里，一日夫妻百日恩。"杨白桃拼命踢蹬着腿脚："你现在说一日夫妻百日恩了？晚了，你这是自作自受。"黑娃死不撒手，脸紧紧贴在杨白桃的脚背上哭得眼泪一把鼻涕一把。杨白桃停住脚步，垂下眼帘看着他。

　　这个故事很快在奶子府传得尽人皆知，有人亲眼看见黑娃拄着一根下端开裂的竹棍离开顺天府的情景，我得知消息的当天晚上就赶到煎饼铺子向马背生求证。马背生带我去看杨白桃的房子，这是杨白桃的嫁妆，只要马背生同意她就带着嫁妆下嫁马背生。我当时有点心烦意乱，因为我分明看到外面有可疑的人影在晃动，我在奶子府被人重重监视，一举一动全在监视之中。这样的次数实在太多，我装作没有看见。马背生不放心，一直将我送到东安门，我入了宫沿着内护城河往乾清宫走，前面突然冒出一个花枝招展的贵妃，她娉娉婷婷的背影是那么风情万种那么令人熟悉，可是我一时想不出她是谁。我好奇极了，宫中妃子我基本上都知道，这个妃子在哪里见过？而且她的胆子这么大，黄昏时分也不带个随从就一个人在宫中乱走。我将脚步踏得很响她也不回头，我快步要追上她她也快步跑起来。我们转过几条长长的巷道她突然离奇消失了。正茫然无措间我突然发现自己就站在冷宫外的贵妃井旁，我觉得大事不好想逃却已来不及，一双粗壮有力的大手将我提起来倒栽葱丢进贵妃井中。

第四十六章　深不可测

　　我从此之后就相信了命，每个人经历的一切都是命中注定的，命中注定的灾难或者幸福你躲不过去，你只能坦然接受那份命运带给你的痛苦或甜蜜。没有什么好抱怨的，千百年前芸芸众生就是有人含着金钥匙出生有人命比黄连还苦，千百年以后还会如此。酸甜苦辣各不相同的命运组成了千姿百态千奇百怪的人生，缺了哪一种滋味世界就不是完整的，我颜如月作为芸芸众生中的一位当然不能例外也无法例外。我被人丢进贵妃井的一刹那脑子异常清醒，记得当时唯一的念头就是很遗憾自己的命运最后就这样草草收场。值得庆幸的是，我那天穿了一身士林蓝挑丝双窠云雁的宫装，那是钱大妈妈派钱如意送我的礼物，我很喜欢，第二天就穿在身上。为了与这身衣裳相配，我在发髻上斜簪一朵新摘的白茉莉，破天荒还戴了一支碧玉玲珑簪，垂下细细的银丝串珠流苏。我其实很少这样盛装，但是自从取代钱大妈妈成为奶子府大总管之后，我刻意与奶妈和仆佣保持一定的距离，轻易不与她们交流，我就是要塑造自己大总管威严的形象，在言谈举止上特别讲究，当然包括衣着，穿着这样一身体面的衣裳去死让我稍稍有点安慰。其实这只是一刹那的想法，刹那之间我联想到如此细致的方方面面我也感到很神奇。我一直沉到井底，我撑着井壁重新站起来好端端地在井底等死。我看到了井壁上飘摇的青苔，还有井底的珠宝、金簪和美玉，这都是曾经投井的那个贵妃娘娘丢下的吗？还是别的妃子无意中落下？这时候我快不行了，窒息让我透不过气来，胸口像要撕裂一样难受，我感到我马上就要死了，睁开眼睛最后看一眼井口上方那个遥远的只有碗口那么大的天空，突然一根粗大的麻绳缒下来，一直缒到我怀中，我像做梦一样疯狂地攀着这根结满疙瘩的麻绳没费多大力气就攀到井口。我从井里爬出来一手攀紧了绳子一手攀住井台，大口大口喘着气。范稳婆扑上来握住我的手用力拖着我，我就势一滚就翻过井台和范稳婆一起滚落在地。

多年以后我一直对那根出现在井中救了我一命的麻绳不解，范稳婆也感到匪夷所思。我铁定无疑地认定这根又粗又长的麻绳是范稳婆从井台上放下来的，范稳婆却矢口否认。我在宫中几年她确实处处留心我的动静，当然也会跟踪，一有意外她赶紧出手相救。但是她怎么也不会预先想到我会被投入贵妃井，这根既长又粗的麻绳真的非常沉重，她不可能随身携带。况且这紫禁城内宫殿巍峨、楼台森严，一时半刻又去哪里弄得到这根长长的麻绳？不是弄不到而是根本就没有。可是我又根本想不通，我明明就是亲眼看见一根麻绳缒落在我怀中，而且我千真万确就是攀着麻绳而上冒出井口被急得跳脚的范稳婆发现拉了一把。后来有一天我突然明白，可能那根麻绳确实是不存在的，那只是我绝望之中的幻觉，那是一根幻觉中的麻绳，我其实是面临死亡时绝地求生的本能帮着我拼命划水、踩水蹿出了水面。我当时就瘫在井台外布满苔藓的青砖石板上，月黑风高之时井台上往外冒着一阵阵冷气，空无一人的幽深巷道内阴风习习。此地绝不能久留，范稳婆与我马上来到乾清宫外偏殿内。她要进去帮我寻找干衣服来换，我拦住她，凭她稳婆的身份根本不能随意进入乾清宫。我压低了声音问她："范稳婆，这到底是怎么回事？"范稳婆："我要说我不知道你根本不会相信，但是千真万确我真的不知道。自打你一入宫起我就时刻关注你的生命安危，你遭人陷害我本来以为你必死无疑，只是本能地等他们离开后跑上来看看。一看就看到井水翻着大水花，不停地翻水花，最后你竟然冒出来，我就伸手拉你。你掉入井中竟然能逢凶化吉，必定是菩萨保佑。"我对她说："别说那么多，你告诉我，你为何要处心积虑做下手脚安排我入宫？我知道我的奶水其实很普通，你为什么在暗地里使用非常手段让我变成一位神奇的奶妈？你亲手收藏的石榴多籽、游龙飞天的兜肚我娘到底是从哪里弄来的？你和你娘到底是什么关系？我疯子娘到底是不是贵妃？"范稳婆四下里张望了一下，定定地说："是的，我知道你心头一直疑窦丛生，你不追问我也要告诉你，早就应该向你公开一切隐秘。只是你也知道，总是阴差阳错，时运不济。"她坐下来深深地叹了口气："怎么说呢？从哪里说起呢？我和布袋和尚说好了，由他来向你公开所有的秘密。他这些天给我传过消息，我们马上连夜赶过去。是时候了，如月。"范稳婆目光坚定地看着我，从她的眼神里我看到执着、坚毅，还有些许阴险与狡猾。我在刹那间有一种豁出去的感觉，我来宫中的目的一下变得十分清晰。她对我说："走吧，回乾清宫换上衣服我们就上路，耿谦和会帮忙打点一切。"

耿谦和领着我们穿街过巷绕过顺天府迷宫般的胡同从一片乱葬岗边上出

了城,那时候季节已经接近初夏,雪白的槐花开得像一团一团的雪,落在地上也像雪。晚春的时候北方也如同南方一样,野外蛙声一片,只是北方的蛙鸣低沉,零零落落,不像南方青草池塘里蛙声那样鸣叫起来如同下大雨。天上的星星亮得出奇,我和范稳婆借着满天星光一路沉默无语穿过山林与村野。现在回想起来我和范稳婆真是健步如飞,鸡叫头遍的时候我们就赶到了清风寺。寺庙的主殿还残存一角,被烧毁的后殿杂草丛生遍地狼藉。我们手脚并用爬过一地废墟,果然发现主殿佛龛上亮着一盏油灯,昏暗的光影中布袋和尚背对我们在草蒲团上盘腿打坐。范稳婆轻轻叫了一声:"当家师,我将如月带来了。"我看到布袋和尚动也不动,范稳婆走到近旁叫道:"当家师当家师啊,我将丽贵妃的女儿颜如月带来了。当家师,当家师——"我感到有点不对劲,范稳婆也察觉到了,用手拉了一下布袋和尚,布袋和尚的脑袋轰然滚落下来,原来是一只南瓜,而布袋和尚也轰然倒下,他的脑袋不翼而飞,脖颈处的血早已流干,血肉模糊。我吓得汗毛根根直竖,范稳婆拉起我的手掉头就逃。十来个人忽然从一片废墟中冒出来,呈扇面状包围了我和范稳婆。韦德贤出现在黑暗中,他嘿嘿一笑:"真是想不到啊想不到,想破了脑袋也想不到,我会在这荒山古寺遇到颜夫人和范稳婆。来和布袋和尚碰头吧,颜夫人?可惜啊,看到的只是布袋和尚的尸首。跟我们走吧,范稳婆、颜夫人,我想知道你们披星戴月避人耳目偷偷赶到这里来,不会就是为了给菩萨上炷香吧?"范稳婆淡淡一笑:"对,真是让韦督主猜对了,我们就是来给菩萨烧高香的,清风寺的菩萨一向很灵的,难道韦督主不知道吗?"韦德贤说:"这么说,我是冤枉了两位远道而来的香客?"

　　我和范稳婆被带入宫中时应该是黎明前最黑暗的时候,像我和范稳婆悄悄离开一样,紫禁城仍然在黑暗中沉沉昏睡。看着马车拐进了东厂所在的东上北门,范稳婆毫无来由地突然发飙,大喊大叫:"放我出去,放我出去!我去清风寺是给皇上烧香还愿的——皇上爷龙体安泰造福黎民百姓,就是我和颜夫人烧香求菩萨保佑的。你们没有看出来吗?那个无头男人是不知打哪儿弄来的男尸,骗人说是布袋和尚,其实根本不是布袋和尚,怕人认出,就割下脑袋用南瓜替代,目的就是为了造假骗人。有本事把脑袋拿出来做证,我才相信那是布袋和尚。"范稳婆大喊大叫,我突然明白范稳婆此言是向我暗示要与她保持同一口供,我再次惊讶范稳婆的奸诈狡猾和足智多谋。我和范稳婆在东厂被关押了三天三夜,我们也果然不关在同一个地方。后来范稳婆告诉我,面对韦忠贤审问她坚持那个无头男人是造假骗人,根本不是什么布袋和尚。韦忠贤转而从我这里寻找突破口,我开口就是范稳婆给我的提示,而且我们连台词都一模一样:

"放我出去！我去清风寺是给皇上烧香还愿的——皇上爷龙体安泰造福黎民百姓，就是我和范稳婆烧香求菩萨保佑的。那个无头男人天知道他是谁，骗人说是布袋和尚，骗人！"范稳婆在细节上所做的功课让我认定她根本就不是奶子府一个普通的稳婆，她早在我们出发去清风寺之前就通过尚衣监的太监在皇上的龙履里放上清风寺黄表纸，祈福皇上龙体安康。韦忠贤在乾清宫皇上龙履里果然找到了清风寺的黄表纸签，上面盖有清风寺拓印。那份签放置在龙履夹层里，连照顾皇上日常起居的我也没有发现。韦忠贤一时无话可说，范稳婆当然会体面地给他台阶下："我对九千岁没有意见，九千岁所做的一切全在本职范围内。我对韦督主也没有意见，他在宫里就是做这一行的。但我和颜如月千真万确就是到清风寺替皇上还愿的。"韦忠贤并没有呼应范稳婆的恭维："皇上至高无上，要说烧香礼佛，何至于远道去山乡野庙？紫禁城崇智殿供奉着几万尊来自天竺的佛像……"范稳婆一字一顿地回答："那九千岁有所不知，清风寺虽属乡野小庙，但是许愿极灵。不是我范稳婆自夸，皇上龙体好转多半是我与颜夫人暗中许愿的结果。如早早公开则根本不灵。"韦忠贤面对范稳婆严丝合缝的回答找不到半点破绽，但他就是不肯放人。范稳婆知道我与她落在韦忠贤手里绝对凶多吉少，他们几次唇枪舌剑都有鱼死网破的味道，甚至在被韦忠贤逼急了的情况下范稳婆公开惊天隐秘："韦大总管，得饶人处且饶人，这是我们老祖宗的古训。不妨攀一下高枝，你我在宫里共事也有几十年，不看僧面看佛面。"她意味深长地看了韦忠贤一眼，韦德贤冷冷一笑："范稳婆，就是因为你，我可是既看僧面又看佛面，要不然以你这些年暗中所做下的手脚，可是必死无疑，别以为这世上就你范稳婆最聪明。告诉你，东厂可是直接面对娘娘的，东厂的耳目遍布我朝角角落落。让我韦某人手下留情呀，我问你，靠山庄那个疯老婆子跟你是什么关系？还有清风寺被砍头的布袋和尚跟你又是什么关系？"范稳婆看了韦忠贤一眼，满脸深深的皱纹使她看上去沧桑而寂寞："我相信不用我回答韦公公心里比谁都清楚，我也相信韦公公和钱大妈妈不会忘得这样快，几十年前丽贵妃在清风寺发生的一切我可是历历在目，还有多年以前掳走田小娥之子我也历历在目，这可是韦公公亲手操持的大事。韦公公还年轻着呢，不至于就忘记了这档子事吧？忘记了也不要紧，我可都帮你记在心里。"范稳婆说着翻了韦忠贤一眼，韦忠贤倒抽了一口气。范稳婆又补了一句："就是这些大事分别让太后和娘娘高看你一眼，九千岁不容易啊，真不容易。"韦忠贤说："我不明白范稳婆是什么意思。"范稳婆突然站起来："你要是揣着明白装糊涂那别怪我无情无义，因为你不仁我也不义——还是先放我走吧。"范稳婆推开站在门外的安小平，韦忠贤突然翻脸："范稳婆别给脸不要脸，好歹你也在宫里混一辈子，知道宫里的规矩，我韦公公可不是被人吓大的。你说得对，我韦公公不怕，惹毛了我可是杀人不眨眼。"几个东厂的兵卒冲进来将我与范稳婆押进了篦头房，几位篦头宫女正在帮两位风姿绰约的嫔妃盘弄百花髻。一位嫔妃穿八团喜相逢薄锦镶银鼠皮披风，另一位嫔妃着挑丝双窠云蝶戏水仙裙衫。正是那一天我才知道原来篦头房的篦头女会盘如此多的花样鬈髻：合欢髻，随云髻，朝月髻，惊鹄髻，祥云髻……我也是才知道原来李敬堂那晚率天雄军包围了东厂寻找我和范稳婆。李敬堂刚从锦衣卫查明，一直跟踪追杀我的其实是东厂人马。他无法容忍暗杀成性的东厂，在背后议论了一番，手下一个得力干将就在当夜被人暗杀。李敬堂知道是东厂干的，火大了，公开向娘娘叫板，如果不取消东厂，他作为京军都督府都督将告老还乡。韦忠贤丝毫不见退缩，几乎在同时公开了惊天内幕：失踪的南戏戏子万里红利用亦男亦女的阴阳身份潜伏在宫中，成为李敬堂与大金暗通款曲的线人。他后来一直藏身在李府，换句话说他就是一直得到李敬堂的保护，最终护送李敬堂之子李连城去了大金国，后来又赶回到紫禁城，此时此刻就藏身在李府。

　　韦忠贤在宫中与李敬堂唇枪舌剑，东厂一百来号人马早就将李府包围得水泄不通，黄楚九飞檐走壁逃出李府来宫中向李大人报信的时候，东厂人马已经突破家丁的防守进入了李府大门。王爷言如鼎得到消息前呼后拥地赶到了李府，韦德贤在大门外迎上言如鼎，然后重重往地上一跪："王爷做主，大金间谍万里红千真万确就在李府马槽地下道，我们的人马已经将他堵在里面。"言如鼎手一抬："哎呀呀，都是一家人何必非弄得兵戎相见？我要说你了韦德贤，不看僧面看佛面，犯得着在李大人府上如此兴师动众？"韦德贤仍旧不肯起来："王爷应该比微臣清楚，宫中安危无小事呀！"黄楚九和李敬堂带着兵卒匆匆赶来，王爷转身对李敬堂说："李大人我又要说您了，身正不怕影歪，我也相信韦德贤是无中生有，那么就让他进去查一查，然后我来扇他嘴巴子。"韦德贤一时磕头如捣蒜："好的好的，王爷做主，到时如误会了李大人微臣让王爷连扇十来个嘴巴子。"李敬堂与黄楚九对视了一眼，李敬堂说："进吧进吧。"韦德贤说："对呀，不做亏心事，不怕鬼敲门。"韦德贤胜券在握地带兵强行进入了李府，后来的事实证明李府中两个家丁其实是韦德贤东厂安插的耳目，他们万无一失地守在地道出入口，将刚刚回到紫禁城的万里红封堵在地道中。众目睽睽之下韦德贤率兵搜查，却发现有人正在堆满杂物的通道间偷情。一身红兜肚的女佣双手掩面侧卧一旁，而那个披头散发的男仆则全身赤裸，下身阳具坚挺，看得一干东厂的兵卒哄堂大笑起来。搜遍了地下通道根本不见所谓的万里红，而那个女佣只是哭泣说男人是个花匠，每隔几天就约她偷情，其他的一问三不知。韦德贤胸有成竹地上前扯开那个花匠凌乱的垂面长发，原来他正是万里红也就是杨十斤。韦德贤命手下将杨十斤拖出地下道来到李敬堂面前，韦德贤淡然一笑："李大都督，名传紫禁城的南戏戏子万里红，你不会不认识吧？我说你藏他在府中，没有冤枉你吧？"李敬堂一脸无辜："韦督主，老夫确实不知道啊！黄副官，这是怎么回事？"李敬堂当着众人的面将如炬目光投向黄楚九，黄楚九当众突然跪下："属下罪该万死，戏子万里红亦男亦女可男可女，因戏生淫因淫而名祸乱后宫，连宫妃弃妃也乐意与其暗通款曲，相信大家对如妃与万里红偷情被捉之事记忆犹新，殊不知那位淫男正是万里红化装而成。如妃也根本不是跟万里红学戏，而是偷情。属下罪该万死，与万里红得趣之后淫荡成性欲罢不能，便将她金屋藏娇名花独享。哪晓得万里红淫荡成性，背着属下与人偷情，终被大人发现。"黄楚九跪在地上以膝盖挪步到李敬堂身边："大人，千错万错是属下的错，要打要杀随大人便。"李敬堂不理睬黄楚九，起身站起来："我李府的规矩你黄楚九是很清楚的，你看着办吧。"黄楚九跪了一会儿，慢慢扶膝站了起来，缓缓走到廊檐下，突然一转身拔出腰刀，众人还来不及阻止，他便挥刀自刎。鲜血从脖子上喷涌而出的刹那，他高大的身躯摇晃了几下便轰然倒地，一头栽在廊檐下的青砖阴沟里。

韦德贤眼睁睁看着这一幕一时无话可说，李敬堂说："万里红不过就是犯了淫乱之罪，此事发生在戏子身上也不算什么大事，先交锦衣卫押在诏狱，随后由娘娘发话处置。"几位诏狱狱卒带走了万里红，李敬堂这才发现自己百密一疏，窝藏万里红可能是他最大的疏忽，如此荒唐的疏忽仅仅敷衍几句怎么可能让老奸巨猾的韦忠贤信服？宫中也绝不会相信，连他自己都不相信，他预感自己惹祸上身了。而韦忠贤目睹万里红消失的背影，感到韦德贤在李敬堂面前还是显得嫩了点，一定要他出面才行。他最后的办法就是让他安插在娘娘身边的太监安小平盗出国玺，他要趁李敬堂即将率领京军巡视南疆的机会传假圣旨杀掉李敬堂，窝藏大金间谍万里红就是铁证。安小平绘声绘色地向韦德贤描述他如何机智沉着盗得国玺，然后让韦德贤盖上国印后交由他送了回去，那神态明白无误地告诉韦德贤：他又立了大功，怎么犒赏他你们看着办吧。韦德贤当然明白他的心思，说："马上我在千岁宫请你吃饭。"安小平笑眯了眼睛。

千岁宫那一桌美味佳肴安小平却吃得心不在焉，酒过三巡之后他看到韦忠贤父子仍然不动声色，就开始口无遮拦地向韦忠贤要官，这也是他的老习惯。

韦忠贤早就感到厌烦了,他向韦德贤一使眼色,韦德贤起身给安小平斟满了一杯酒,然后端起酒杯来敬他:"小安公公,家父正在为你筹谋,这需要一点时间啊,心急吃不得热豆腐,你说是不是?"安小平说:"韦督主,只是这话我听得实在太多了,这筹谋让我感激,只是总得有个时辰啊?"韦德贤说:"那我现在可以给你吃颗定心丸,就在下月,不会超过下个月,这下你总该满意了吧?"安小平千恩万谢地喝了酒。一杯酒下肚,忽然腹痛如绞倒地不起,口中吐出紫黑的血来,双目圆睁想说点什么却什么也说不了,最后双腿一蹬死去。韦德贤看了看,像看一条死狗,对韦忠贤说:"我用鸠毛扫过这杯酒,送他上了西天。知道太多底细,留着最终是个祸害。"韦忠贤点点头:"做得不错,你越来越像你老爹了。"韦忠贤一口喝干了杯中酒,然后提提衣袖说:"你也别喝了,误事,找人将他拉出宫去埋了。好了,我去写字了。"

第四十七章　挥刀自宫

　　由于言如鼎、李敬堂的介入，加上没有真凭实据，韦德贤不得不释放了我和范稳婆。东厂密探对我实行昼夜轮班的监视，就从那天清风寺发现蛛丝马迹之后，他们一支人马在靠山庄收网抓捕刘氏，而刘氏却已经离奇走失，下落不明。这队人马并没有被允许返回顺天府，一直就让他们守候在神乳山上那条蜿蜒而下的神乳泉畔茂密丛林中，每夜子时他们准时出现在靠山庄村口老槐树下。但是一连半个月我娘刘氏疯疯癫癫的身影再没有出现过，而关于我疯子娘是装疯的消息也一夜之间传遍了神乳山。乡下人不说她是装疯，只说是"诈脖"。"诈脖"是民间郎中的一种说法，就是故意装疯的意思。消息经过马背生传到我的耳朵里，我仔仔细细回忆与我娘在一起的点点滴滴，她这么多年脑子一直时好时坏，我也不能确定她到底是个疯子娘还是一个正常人。我表面上一如既往地在奶子府处理日常繁杂事务，一人独处时内心不免紧张，好像随时随地在我身上会有突发事件，这个我早有准备。宫中内外交困矛盾处于一触即发状态，李敬堂对韦忠贤依然穷追不舍，坚持要罢免嚣张霸道、目中无人的韦忠贤的职务。李敬堂的题本在一夜之间得到三十多位大臣的呼应，众臣一致以当场辞官来要挟太后和娘娘。太后已经久病在身气息虚弱，但是她和言如鼎还是在养心殿召见了韦忠贤、韦德贤父子，言如鼎代老太后向韦忠贤转达了太后的旨意，既哄且吓地让他们父子暂时收敛一下，起码也得做做样子。我后来从范稳婆那里听说，韦忠贤听了王爷的一番言辞皱皱眉头不屑一顾地说："我反正是九千岁了，我死了无所谓，就怕有人将来要翻过去的老账，太后和王爷毕竟年岁已高，到时候等不及。"王爷面色一片青紫，他几乎要骂出口来，但是王爷的修养让他吸了一口气："韦公公，你这话是什么意思？"话一出口他就矮了三分。韦忠贤说："什么意思？贵人多忘事啊，当年被你们丢进贵妃井里的那个丽贵妃，她如今还活着,她的儿女也还都在人世。"老太后病体虚弱,闻听此言当场昏了过去。天气已经十分暖和了,她仍然穿着桑子红织锦皮毛斗篷,里面是一件缎织掐花对襟宫裳。她就是穿着这样一身宫裳昏过去的,后来宫中盛传她是被韦忠贤活活气昏过去,她亲手做过的那些恶事虽然遥远但是她当然记在心头,她也不认为她做得天衣无缝宫里人就一无所知。她知道世上没有不透风的墙,可能有人道听途说过,可是绝不会有人敢在她面前公开提起那些往事,因为她是太后,紫禁城的一切全都是她和王爷在幕后安排,谁敢反对她就是活得不耐烦了。她没有想到韦忠贤不但当着众人的面提起,而且信誓旦旦板上钉钉地认定了她的罪恶。王爷后来下令拿下韦忠贤的时候,娘娘口头上答应了,而且也将韦忠贤隔离起来。但是她不过是做做样子给王爷看,背地里仍然和韦忠贤频繁接触。从前她是害怕老太后和言如鼎的,现在她掌握了老太后上位的秘密之后便轻松下来,太后不过也就是和自己一样通过不择手段暗杀了得宠的丽贵妃让自己最终成为太后而已。后宫中的妃子哪一个不是这样不择手段上位的?后宫哪有心地单纯、善良美好的妃子?不要说我大明王朝了,古往今来哪一朝、哪一代妃子不是如此?哪一座金碧辉煌的后宫不是这样?娘娘这样想着就坦然起来从容起来,她决定悄悄释放韦忠贤,让韦忠贤感恩。她把韦忠贤当成棋子,韦忠贤把她当成靠山。

夏天的到来并没有给宫中带来吉祥和安宁,随着老太后病情加重,紫禁城已是山雨欲来风满楼。奶子府的奶妈和稳婆们人心涣散开始各谋出路,连御膳房的御厨也不例外,因为连御膳房也开始拖欠送菜送肉的银子,往宫中送菜的菜贩邹老五就守在御膳房要账。御膳房其实分为两处,一处是北膳房,一处是南膳房,中间隔着暖阁厂和混堂司。要债日日无功而返反倒让他和银铃有了更多的接触机会,我也是有心成全银铃与邹老五在一起过男耕女织的日子。否则像银铃这样笨手笨脚的奶妈,她最终有何结局实在难以想象。宫中那些混乱不堪的日子反而成了邹老五和银铃苟且偷欢的好日子。我对银铃的态度是睁一只眼闭一只眼,甚至送了银铃一件绣满芙蓉和海棠花的如意云纹衫。她甚至跟着邹老五在某个燠热的晚上来到邹老五远郊的老家邹各庄,邹老五家三间石头墙麦草顶的房子就在一片青山下,土墙垒叠的农家小院里栀子花东一朵西一朵幽幽绽放。院子后面的坡地就是邹老五亲手开辟的菜园,瓢儿菜黄花菜大白菜茼蒿菜一律长得生机勃勃。邹老五略带羞怯地看着银铃,银铃一惊一乍地说:"邹老五,我没想到你日子过得这么好。"邹老五摸摸脑袋说:"确实对不住人,就是家里是草房子,不好开口跟你提成亲的事。"银铃低下了头:"老五,看得出你对我是真心实意,我喜欢种菜也愿意跟你种菜。一垄菜园三间茅房五只鸡六头羊,春来了我们再种几棵樱桃几亩荞麦。我身体好得很,你身体也像头牛,我们再生个大胖小子,我就是想和你过这样的日子。"银铃搓着双手幽幽看着邹老五,邹老五通红的脸庞上挂满了汗水:"那多对不起你银铃,在这破草房子里成亲哪里对得起你对我的一片心意? 你愿意我也不愿意。起码得起三间高门大户青瓦房才配得上你银铃,你银铃不比庄户女子,你好歹也是从宫里出来的。"邹老五的话说得滴水不漏,把银铃的心熥得热烘烘的。银铃在奶子府多年拿的是薪俸,而且每到年节娘娘都要给一份赏银,银铃手中的银子有多少邹老五大致也可以猜得出。银铃是个倒霉透顶的奶妈,她在宫中是倒茶摔壶煲汤锅裂的倒霉鬼,从目前看她遇到了邹老五好像是找对了人。碧桃就暂时没有这个好命,就在她趁着宫中内乱与小明子再一次偷偷幽会时犯了崇智殿的清规戒律,结果被老和尚发现打得小明子皮开肉绽。那次也是他们胆子太大了,两个人就在崇智殿后面的蕉园里幽会,太液池畔的蒲草丛中蛙鸣阵阵,浮在水面上的青蛙每叫一声腮边便鼓起两只硕大的泡泡,泡泡映照着月光在水面上形成明明灭灭的光亮。小明子心里就痒丝丝的,与碧桃吻着吻着就不安分起来。他亲了碧桃一下,忽然悄悄地在她耳畔说:"我想。"碧桃看到小明子的脸红扑扑的像六月太液池上的荷花,心里就开始疼痛,她明白了他的意思。小明子像小兔子一样跳起来跑到蕉园折来了七八片芭蕉叶铺在草地上,然后他和碧桃就躺在蕉叶上喘着气互相对望。天上有一轮半圆的月亮,月亮就在蕉叶丛中忽隐忽现,月亮映在碧桃的眼眸上被小明子看得清清楚楚,小明子闻着碧桃身上的香气,喘着粗气突然抱紧了她,他紧紧箍住了碧桃的身子。碧桃浑身大汗淋漓使劲掐着他不肯松开手,他们在蕉叶上滚来滚去的时候终于被另一个和尚发现了。等我得到消息赶到崇智殿时,小明子已经被痛打了一顿而且逐出了紫禁城,谁也不知道他的去向。敬事房认为碧桃是个祸害,将她许配给了里草栏场退役的老兵卒。我是听耿谦和说的,我赶到里草栏场碧桃又不知去向,没有人告诉我碧桃去了哪里,他们听也没有听说过这个名字,我决定去向韦忠贤要人。李敬堂告诉我马背生正在与韦忠贤频繁接触,听到这样的说法我极其生气,我坚决拒见马背生。他一连来奶子府找过我五次还是六次,我完全拒绝见他。最后一次他在奶子府内堵到了我,我也装作不认识,我不想给他任何机会就是要让他死心。他跟在我身边疾走嘴里说:"我没有办法,如果你有办法让我进入紫禁城我马上可以远离韦忠贤。"我对奶子府的掌控能力尚不及钱大妈妈,又如何能掌控整个紫禁城? 那时候杨白桃已经在顺天府买好了铺子和房子,一心一意等待马背生。马背生仍然婉拒了她,他也从此不再理我,谁也不会想到在这段时间里他去了顺天府最出名的小刀刘那里,只是在那里买了一把最锋利的刀子。小刀刘嘲笑他说:"你买了干吗呢?想做太监出点银子让我来帮忙呀?宫里的太监哪一个不是我劁的男根。我的手艺可没的说,手快眼快刀快,快得像天上闪电,保证你又不疼痛又剁掉男根,干干净净去宫里做太监。我是顺天府最出名的小刀刘啊!我祖上三代全是做劁夫劁男根的,劁过的太监何止成千上万啊!"马背生迟疑了一下说:"我男人还没做够呢,做太监下辈子吧。"马背生拿着刀回到了家,他喝了三碗酒然后就脱光了衣裳,对准裆间那根软如眠蚕的男根挥起了刀子。

马背生挥刀自宫进入紫禁城的消息像风一样传遍了顺天府,我在敬事房找了好几天根本找不到他,而且所有的太监似乎都在替他打掩护。我不知道一夜之间马背生怎么就拥有了如此能耐,我最后放弃了对他的寻找,既然他已经入宫今后总会碰得到,看他到底有什么颜面来见我。时间转眼就过去了一个月,蝉声嘶鸣的夏天汹涌而至,深宫里只听到太液池那边蝉声此伏彼起,灿烂的阳光似乎带着一种声响从碧蓝的天空中倾泻而下。我终于在坤宁宫与钦安殿之间的夹弄里碰到了马背生。后来才知道这一次邂逅其实是韦忠贤的刻意安排,而马背生之所以能进入敬事房其实也全是他和韦忠贤达成的一笔交易。韦忠贤会相信马背生吗?那是根本不可能的事情。但是他利用马背生对我的感情安排他进入敬事房然后与我暗中联络,从而在我身上获取更多可靠情报,这是他的计划之一,因为他也掌握着马背生身上的惊天秘密。作为新任太监马背生要与我形成暗中对食关系遭到我的强烈拒绝,但是马背生对我的秘密事无巨细全了如指掌。他说:"对食其实没有别的目的,唯一的目的就是为了更好地保护你,这是我进入宫中的唯一目的。我知道你绝不会相信,但是我相信,你总有一天会相信我。"他停了停又补充说,"你在宫中几次与死神擦肩而过,你不会总是那么好命,围绕着你的阴谋正在渐入高潮而你却浑然不知。"我断然对他说:"错,其实不知道的是你。马背生,我可以负责任地对你说,我心里明镜似的清楚,因为我有高人指点。"马背生说:"我知道那个人根本不是什么高人,那可能正是残害你的凶手。并且我知道,你们之间只是互相利用,你和他根本就没有夫妻之实,你们之间不过就是以假夫妻遮人耳目。"马背生的一番话让我哑口无言,他脸色一片铁青:"我要是把我所知道的一切全告诉你,你想死的心都有。"范稳婆就在这时候像鬼一样出现,每到紧要关头范稳婆总会准时出现,我的感觉是范稳婆一双眼睛总是紧盯在我身后。范稳婆的出现让马背生迟疑了片刻,范稳婆说:"马背生入宫是经过我同意的,他入宫是来保护你,我们其实一直在背后保护你。颜如月,我本来想让布袋和尚告诉你,现在他可能已经不在人世了,而你母亲刘氏也凶多吉少。只好由我来告诉你,你娘刘氏其实一直在装疯,她原本是老皇上朱孝进的宠妃丽贵妃,因为过分得宠受到言皇后的嫉妒,当时皇后生有两位皇子朱由明和朱容纳,目睹正得宠的你娘刘氏已产下皇子朱成赤,并且又怀上孩子,这个孩子就是现在的你。言皇后虽然与你娘为同乡,并且一同选秀入宫,但是她为人霸道,她得知皇上指定你娘所生的朱成赤继承皇位,气得手脚冰凉,一狠心将生性懦弱的儿子朱容纳掐死,陷害说是你娘丽贵妃干的。老皇上朱孝进悲恸欲绝,盛怒之下赐死丽贵妃。言皇后就唆使贾公公将你娘丽贵妃打得半死然后丢入贵妃井,这一切全被当时才入宫不久的韦忠贤和我偷偷看到。我当时想找贾公公求证,结果发现几天后贾公公竟被言皇后暗中派人推入太液池活活淹死。但是你娘并没有死,是敬事房大太监宫心志暗中冒险救了你娘,然后偷偷带上你兄长朱成赤一并逃出深宫,改翰氏为刘氏嫁给靠山庄颜老六,为了活命她装成疯女人,不久就生下了你。你哥哥朱成赤后来被宫心志养大送去兵营,并告知他才是真正的皇上,要他发奋成才夺回皇位。你其实是皇上的女儿,而你的哥哥就是现在的第一总兵周达,他本来被老皇上朱孝进钦点继承皇位……"我耳畔似有千军万马呼啸而过,我一时说不出话来,历历往事后面原来隐藏着如此惊天动地的巨大秘密,而无数困惑过我折磨过我的难题就在这一刻豁然开朗,我此时毫无来由地相信了范稳婆。范稳婆走近了我,目光炯炯地说:"听我范稳婆的话,远离李敬堂,与马背生做对食夫妻。一定要听从我范稳婆的话,这是我想尽办法带你入宫然后又绞尽脑汁让你成为奶子府大总管的真实目的,拿回属于你的一切,第一总兵周达大将会安排这一切。"

　　我在几日之内内心久久无法平静,此时红巾军沿黄河一线忽东忽西行踪不定,赵明德与王不欢始终没有确切消息。形势不明朗让紫禁城一直处于一团晦涩之中,宫中也没有任何人对我动手,他们可能有他们的打算,有李敬堂与马背生强有力的保护,宫中人想暗害我也没那么容易。这段时间杨白桃接过了马背生的煎饼铺子,每日起早摸黑做着她的煎饼生意,似乎有洗心革面重新做人的样子,只是谁也不知道她内心的真实想法。张三姐与朱春龙相依为命,朱春龙几乎片刻不能离开张三姐,他们由主仆关系变成姐弟关系。张三姐很清楚,赵明德没有结局,如妃、朱春龙甚至包括如梦令一时难有结果,但是最后的结果肯定不会是好结果。谁也不知道在人多嘴杂、众目睽睽之下她是如何搭上了木匠陶金宝,而陶金宝竟然冒着身家性命危险帮着她与朱春龙躲藏在木匠天天运出宫外的木刨花中,神奇地逃离了紫禁城。等到韦德贤发现奶子府的张三姐和朱春龙离奇失踪时,他们只在陶金宝做木工活的内府供用库找到了他丢下的几把刨子。刨子口上吐出来的刨花一卷一卷的,被宫女们拿回去泡水抹头发,据说刨花水抹头发容易定型。此时,李连城在草原上以射雕麻痹大金,终于将他在大金边关地点的消息通过一只大雁带给近在咫尺的周达,周达也以大雁传书告知他进攻时间。那是一个月黑风高的夜晚,李连城与田小娥假装入眠早早熄灯,周达的三百匹母马诱惑得大金的公马骚动不安,正值发情期的公马被母马的骚味诱惑得性欲暴涨,大金军营的马匹倾巢而出如滚滚洪水奔向周达军营,李连城与田小娥早有准备,骑上一匹马裹挟其中。眼尖的大金哨兵发现情况不妙,无数箭镞暴雨般射向李连城,均被李连城挥剑挡住。两人即将进入周达驻守的边关,金兵在侧翼设下埋伏,无数箭镞飞坠如雨,一支暗箭呼啸着射向李连城。李连城猝不及防,田小娥一声尖叫上前挡住那支射向他的利箭,那是一支抹过鸩毒的毒箭,小娥当场惨死在李连城怀中。几乎就在同一时刻,千里之外的紫禁城养心殿内,卧床不起的老太后也终于咽下最后一口气。

第四十八章　春心萌动

　　不知道是大金国内群雄并起牵扯了努尔哈赤太多精力，还是努尔哈赤认定时候没到，七年时间转眼即逝，努尔哈赤对我朝没有任何发兵迹象。而李连城仍然被囚禁在草原上，他长发虬乱愁容满面，带着一只猎犬奔驰在草原上痴迷射雕。他成了草原上牧民都熟悉的射雕人，那些盘旋在空中的大雕只要发现李连城的身影就惊慌失措发出一声声惨号，从一堆怪石上飞起又栖落到另一处荒滩上，却不知道飞离此地，最终的结果是被李连城张弓搭箭射落让猎犬叼回来。当然，他也会放牧他的羊群，他有一群马和一百多头羊，当他骑着马赶着羊群出现在草原上的时候他觉得自己就是王。七年时间里我能在宫中平安生存下来真是一个奇迹，我发现娘娘、如妃、言如鼎、李敬堂、韦忠贤，甚至张三姐、范稳婆，每一个人能在宫中平安生存下来都是一个奇迹。因为我们每一个人屁股后面都挂着一团屎，每一个都有一大把斑斑劣迹攥在对手手中，而对手也有一大把累累罪孽握在我们手里，我们谁也不揭发谁谁也不检举谁，众人心照不宣地达成一种奇妙的平衡。我知道这种奇妙的平衡迟早会被打破，但我不想主动出手打破这暂时的平衡，我们等待对手出手然后见招拆招。在这七年时间里朱春山已经长成十四岁的美少年，跟着翁万言读书多年，成为有自己主见和目标的皇上。太监宋玉比朱春山大五岁，宋玉眉清目秀齿白唇红也是一个美少年，是朱春山钦点宋玉来侍奉自己。当太液池玉河桥下的锦鲤日日骚动不安翻水花的时候，当钓鱼台畔的碧桃花开得如火似霞的时候，朱春山开始不再像个孩子乖巧温顺听我话了。我看到他突出的喉结和嘴唇上淡淡的胡须，我知道他有了属于成熟男人的心事，他终于不再像孩子那样依赖我，事情是从春天某个鸟声唧啾的早晨开始的。

　　那个早晨晨光明亮桃花似火，耿谦和和宋玉一如既往服侍皇上起床早朝，耿谦和怕皇上着凉将皇上要换的内衣拿出来在炭火炉上烘烤一下，我忽然听到宋玉在龙床畔哧哧哧哧地发出一阵坏笑，然后抱着皇上换下的内衣鬼鬼祟祟送往浣衣局。我一路追踪在宋玉离开浣衣局之后从浣衣女手中接过皇上的内衣细细翻找，结果发现最贴身的内裤亵衣上有一片湿滑发亮的液体。浣衣女看到此处羞红了脸，我叮嘱她不必告诉别人然后离开了浣衣局。我把这件事告诉了韦忠贤，韦忠贤不以为意地说："每一朝皇上都是如此，每一个男子也都是如此，也不必大惊小怪，过了端午节我和娘娘商量要给皇上选妃子了。"我打心里发出一阵冷笑，自从多年前风传小皇上并非娘娘的儿子，她与皇上的关系降到了冰点。小皇上从小就不肯亲近她，只是娘娘硬贴过来。现在娘娘虽然日日也会来到乾清宫，她多半只是过来坐坐，很多时候与朱春山并无交流。而朱春山也是厌恶她的，一般得知她来能躲则躲。有时候明明就在乾清宫却不肯出来面见娘娘，娘娘则不管皇上是什么态度，只是盛装坐在那里，有时候一身云霏妆花缎织彩百花飞蝶锦衣或软银轻罗百合裙，有时候一身金银丝鸾鸟朝凤绣纹朝服或镂金丝纽牡丹花纹蜀锦衣，坐上一会儿也不打招呼就在太监陪同下悄然离去。我虽然劝过朱春山，但是长大了的朱春山根本听不进我的话，他不顶撞我就算态度非常好了，他不开心的时候就会板起一张脸。只有宋玉过来他才会开心笑起来，然后他俩就在一起嘀嘀咕咕没完没了地说些什么。这些话根本不让我听，也从来不会让耿谦和听。现在我终于明白他们嘀咕的是什么，我留心了一下，终于在皇上龙床锦被下发现好几册春宫图。我其实不知道春宫图是什么东西，也从来不曾听说过。春宫图用古玉红色的锦缎做封面，宝蓝色绫罗镶边。打开封面像打开一只匣子，还有一根象牙磨成的插销扣紧。我很好奇，打开来一看就傻掉，赶紧合上，心头一阵怦怦乱跳。那天晚上我久等不见朱春山回宫，一路从皇极殿找到文华殿也没有找到朱春山，太监们说他在此处读书用功是骗人的，我重新回到乾清宫后将春宫图交给了韦忠贤，他派出的春明最后在顺天府胭脂胡同的春花院找到了宋玉和朱春山。

我苦口婆心的劝说根本不起任何作用，朱春山在他逛春花院被发现之后没有半点羞耻感，他干脆无所顾忌屡教不改变本加厉地前往春花院。有时候由于忌惮我宋玉不敢太放肆，但是更多的时候他避开宫中耳目带着胭脂胡同的姑娘们来到文华殿嬉闹，或者趁无人之际溜到五龙亭饮酒狂欢。我不知道朱春山一个单纯少年怎么会有如此强烈的男女之好，这根本不像他从小到大留给我的乖巧听话的印象。最终还是浣衣局的浣衣妇揭开了谜底，她们在拆洗龙床上锦被时发现枕头里有一只锦缎缝制的麒麟香囊。这只麒麟香囊闻起来有一股奇异的香味，我拆开香囊发现里面缝有草药。不知道这种药草叫什么名字，取了一点到太医翁万春那里询问，他接在手心里意味深长地问我从哪里来的。我当然不能告诉他来源，只是说在奶子府一个角落里发现的。他马上大吃一惊，说这是牛角花，另一个名字叫淫羊藿，是可以催发性欲的一种草药。我把麒麟香囊举到朱春山眼前，开门见山地问他："我想问一下皇上，这只香囊是谁放在御枕里的？"朱春山看了一眼立马勃然大怒："谁让你取出这个？朕的东西你竟然随意挪动？你想干什么？"他劈手要夺，我将香囊藏在身后："你想干什么？你为什么要放这个东西在枕头里？是谁给拿来的？谁给你出的这个馊主意？"他气得满脸飞红，转身想走又气急败坏地转过身来："给不给朕？"我狠狠将香囊扔在他脚下，然后转身离开他。这一幕被韦忠贤看得清清楚楚，他弯腰捡起了麒麟香囊递给朱春山，还恭恭敬敬地叫了一声"皇上"。后来的事实证明韦忠贤对朱春山与宋玉进出春花院一事早就一清二楚，他甚至还知道是春明最早从春花院里拿来了这只淫羊藿香囊放在皇上枕头里，包括那些太监和大臣私下悄悄传阅的春宫图。朱春山其实早就是春花院的常客，并且与好几位姑娘藕断丝连欲罢不能，据说有一位与银环相貌酷似，这正是宋玉牵线的结果。我下令禁止春明和宋玉与皇上一同出宫，别说走出紫禁城，就是走出乾清宫也不行。当然宋玉与春明也免不了一顿毒打，就是让新来的太监用笞杖打一百下，他俩的屁股被打得皮开肉绽，半个月不能穿衣起床。娘娘把所有的责任推到我身上，她也把这些年在朱春山身上所受的怨气借机发泄到我身上，那是我自入宫以来与娘娘爆发的最激烈的争吵。也是我了解了宫中太多丑陋之事之后根本不把娘娘放在眼里，旧仇新恨在娘娘心头爆发也在我心头爆发。吵完之后我回到了李府和银环生活在一起，马背生来劝我也没有给他面子。娘娘在当天午后就出现在李府，她到李府是破天荒的头一次，连李敬堂也很吃惊。娘娘是盛装而来的，里面是一件勾勒宝相花纹服，外罩一件海棠红碧霞云纹联珠对孔雀纹衣。我与她四目相对时她微微笑了一下，没等我开口她就让太监送上礼物：大红彩缎礼盒中是各种大小不一的锦匣，一匣一匣当着我的面打开，大太监耿谦和拖长了腔调报着礼单："金陵芙蓉妆抹梭金宝地云锦两匹八十八丈、南海合浦七珍八宝官两葱符珍珠项链六副、长白山簸箕掌沟神草土精独葫芦菊花纹红参九对、南洋蛮夷苏禄苏丹国苏门答腊岛挑盏双翅爪哇金丝血燕窝三十三双……"看着耿谦和一样一样唱念下去似乎无休无止，我心里着实不安，马上下跪："娘娘万福！娘娘大恩大德，如此厚礼让奴家实在担当不起，奴家不知怎么肝脑涂地才对得起娘娘的一片恩情。"娘娘脸上除去了往日的嚣张和跋扈，也不见了近年来的惊慌与不安，她低眉垂眼和蔼可亲地对我说："哀家自始至终对颜夫人都充满感激，这份感激哀家发自肺腑。皇上自恩宗三年得夫人悉心侍奉至今，一帆风顺长大成人，夫人的功德无可计量，哀家一直铭记在心。更多时候哀家面对背后各种势力各种蝇营狗苟常常如履薄冰生不如死，这种心情不做皇后母后之人是无法想象的，很多事情哀家没有做到或者说没有做好，哀家肯定有许多地方得罪了夫人，还望夫人体谅。"娘娘当着我的面说出这番话来让我感动得差点落泪，我赶忙说："娘娘，切不可如此说，奴家承受不起。"娘娘笑容可掬地看着我："夫人是皇家功臣，也是我大明王朝的功臣。我大明王朝千秋大业代代相传薪火不灭，后世历朝历代皇子龙孙都会记着我朝一位叫颜如月的戴圣夫人和她的传奇故事。"娘娘言过其实的言辞说得我心惊胆战，娘娘似乎意犹未尽，突然转过话头："皇儿最近言谈举止确实为皇家所不容，即便是凡俗人家也无法接受如此放浪之举。但是这从另一点提醒了哀家，皇上已经不是弱冠小儿，他早已长大成人要完成人生婚姻大事。哀家这些天一直愁得寝食不安，和韦公公商议为皇上选秀之事。"我说："皇上也到了大婚时候了，选秀可是娘娘要操心的一件大事啊。"娘娘说："我这两天也和皇上交谈过，他也同意。但是夫人想不到，皇上虽然愿意选秀，也同意拥有后宫佳丽，但是你不知道，皇上心里早就有了意中人了。"我假装十分高兴地说："哦，这太好了，这是哪个有福的人家啊？真是前世修来的福分，家里的姑娘让我朝皇上看上了。"娘娘进一步说："还是青梅竹马两小无猜长大的。"我大吃一惊："啊，是哪家小主啊？"娘娘像个乡间大娘那样一拍大腿："就是你家马银环，我要让银环成为皇后，夫人看吧，哀家说到做到。"

娘娘这次拜访真是让我欢喜让我忧，一方面是银环被从小在一起长大的皇上相中，为娘我当然高兴，因为有朝一日我成了皇上的丈母娘，那该享尽人间荣华富贵了吧，这是天下所有有女儿的母亲的期盼。但是我又深知深宫的凶险，它像蚂蚁穴又如同马蜂窝，我怎么舍得把亭亭玉立貌美如花的女儿放进蚂蚁穴和马蜂巢中让她死要面子活受罪？指不定哪天就被放毒害死或丢进了贵妃古井里头毙命，倒不如就让她待在世外桃源靠山庄，嫁一个手艺人，小夫妻俩生儿育女种菜浇园平平安安，这比做什么皇后娘娘贵妃不知好到哪里去。我表面上谢过了娘娘，后来才知道她这次来访是经过精心策划与筹备，她这时候已经从韦忠贤那里知道那个被言太后丢到古井里的丽贵妃可能还活在人世，而且极有可能就是我的疯子娘刘氏。她已经知道我的部分背景和来龙去脉，她现在毕竟处于逆境之中，也不能确定韦忠贤就是她的人。她谁都不能相信，又不能直截了当地说出来当然也不能表现出来，更不能在当下对我采取行动。她只能争取我拉拢我讨好我和我套近乎,其实她的目的就是为了接近朱春山。我当然不相信她所说的话就是她真实的想法,但是她主动在我面前为朱春山和银环牵线还是让我心生温暖,我知道朱春山以后肯定妻妾成群嫔妃无数,但是按娘娘的话来说,银环成为皇后是没有问题的,这样一来更容易让我在大明宫中成就大业。这样的大业比娘娘所说的皇后大业更加宏大,这一点娘娘自然没有想到。让我兴奋的是朱春山第二天就在我面前说想到靠山庄去见银环,我不置可否。这时候杨白桃再度发病,我听说她已入清风寺为尼。钱如意自跟钱大妈妈回到靠山庄后只待了七天就重新回到了顺天府,听说是韦德贤接她回到顺天府。他们也没有入宫而是就在千岁宫里成亲,这让紫禁城的人们大大地吃了一惊。我在奶子府更换了一批奶妈和稳婆,为了充实奶子府我与范稳婆重新回到靠山庄挑选奶妈。那是继钱大妈妈和张三姐之后我作为靠山庄第三位在奶子府取得成功的奶妈重回靠山庄,我选择了像钱大妈妈和张三姐一样衣锦还乡,我甚至比她们二位更加成功,因为我成了我朝奶子府自设立以来独一无二的戴圣夫人,我是唯一一位金牌夫人。看着长长的宫中队伍彩旌翻飞、人声鼎沸,看着我身后奶子府长长的一队穿统一的天水碧或石榴红衣裳的稳婆和奶妈,我站在靠山庄村头老槐树下感慨万千。经过清风寺时我力邀杨白桃回归奶子府,洗心革面重新做人,杨白桃也感激涕零却不肯还俗。我最终带回了如花的妹妹秀琴,银环也正式在宫中做了宫女。秀琴在奶子府以美貌引发轰动,最终引起了皇上的关注成为宫中的红颜祸水,这当然是后话。此时娘娘紧锣密鼓张罗着给皇上选秀,皇上老毛病又犯了,不允许娘娘接近他。几次碰得一鼻子灰让娘娘面子上挂不住,娘娘以前在朱春山面前一味忍耐,我多次劝过朱春山,他对娘娘的态度有了些改变,但是近期却老毛病重犯对娘娘回归冷淡。几次在朱春山这里受到冷遇之后娘娘开始还击,她还是老办法联手韦忠贤,韦忠贤审时度势不肯轻易说话,偶尔说几句也是讳莫如深。娘娘逼急了就到乾清宫当着朱春山的面撒泼,一把鼻涕一把眼泪哭成了个泪人:“皇儿你贵为一国之君,一言九鼎。但是再怎么说你也是母后我十月怀胎生下的龙种啊,你不能对母后我——”朱春山马上打断娘娘的话:“好了,请你不要再说话,多说一句就请你出去,永远不要再进我乾清宫。你还有脸面妄言你是母后?别以为你做得滴水不漏,你真的是我的母亲?”娘娘完全失控,尖叫一声脸色苍白瘫软在地,她伸出颤抖的手指向朱春山:“皇儿,皇儿,你不能听从无良恶人的唆使,你不能这样对待生你养你哺育你的母后——你不能,不能啊。”娘娘发出的惨叫像母狼在嗥叫,她几乎是连滚带爬地扑到人高马大的朱春山脚下抱住他的腿摇晃着。朱春山一阵厌恶,对站在远处围观的耿谦和大叫:"将她拉出去。"耿谦和和几个太监冲上来想拉娘娘又不敢动手,朱春山怒目圆睁:"拉她走啊,你们这帮饭桶!"

我当时就在乾清宫,我做梦也没有想到朱春山和娘娘会突然撕破脸皮。但是回过头来想想也不奇怪,一切的变局早就在双方背后暗中酝酿,随着时间的推移反目成仇是迟早的事情,只是这一切来得这样快这样突然。就在娘娘与皇上发生激烈争吵的三天之后,朱春山做出一件令人震惊的事,他要去寻找失踪已久的张三姐与朱春龙。我发现他真的长大了,他有了自己的想法和主张,没有人能管得住他。

第四十九章　周公之礼

　　关于朱春山如何找到同父异母的弟弟朱春龙后来在宫中流传着多种版本，陶金宝将张三姐和朱春龙藏在木刨花中偷运出宫，然后化装成一对木匠夫妻带着朱春龙在燕山深处那些高高低低的大青山里隐居。陶金宝偶尔会在荒山古寺做一点雕梁画栋的木工手艺活，更多的时候他们就在深山老林里狩猎或采蘑菇为生，陶金宝依靠精湛手艺和取之不竭的林木搭成一间结实又耐用的木头屋子。朱春龙一天天长大，长成一个喉结突出的清秀少年。在一个燠热的春天的夜晚，陶金宝和张三姐在简易的原木床上偷情似的做爱，而在同一个被窝中的朱春龙假装处在深度睡眠中，他的耳朵却在深山浓墨似的黑暗中捕捉着被窝另一端温暖的肉体有节奏的碰撞。他的眼睛忍不住睁开并且睁得大大的，被起身穿衣服的张三姐意外发现——因为从窗外透进的星光在朱春龙黑如点漆的瞳仁上有了晶莹的反光，张三姐在这个伸手不见五指的夜晚突然发现朱春龙长大了，他们一夜无眠。第二天朱春龙一整天都没有开口说话，他看她的眼光不再是一个乳儿看奶妈的眼光，也不是一个孩子看妈妈的眼光，而是一个男人看女人的眼光，并且用一双刚刚成熟的男人的眼光有意无意地落在他曾经吮吸过又抚摸过的松软肥大的乳房上，张三姐第一次在朱春龙面前有了女人在男人面前本能的羞怯。朱春龙从此不再和张三姐说话，他沉默着吃饭沉默着睡觉，他有了无穷无尽的心思，他第一次涌起了离开这个家离开这对男女的念头。他马上开始付诸行动，他几天后收拾了自己简单的衣服并从张三姐那里偷拿了一点银子，借着黎明前淡青色的天光掩护离开了那座低矮的林中小屋，向着遥远的山外奔去。他的一举一动没能逃得过张三姐的眼睛，她在那个遍地露水的清晨追上了他，最后他们对峙在一片桃花缤纷的山坡上，那个山桃花开疯了的山坡就是我后来隐居的桃花坡。张三姐在桃花丛中面对被桃花映红了脸庞的朱春龙突然涌上无限的柔情蜜意："春龙,我的春龙!"她上前捧起朱春龙的脸,朱春龙已经不能接受这样的母爱,他推开她的手拒绝了她。张三姐突然说:"你这是想送死吗?这茫茫山林里到处都是豺狼虎豹,它们随时随地可以吃掉你。离开了老木匠陶金宝你只有死路一条,即便你侥幸逃出了山林,顺天府到处都在通缉你,大明王朝到处都在通缉你,你能逃得出娘娘布下的天罗地网吗?"朱春龙在桃花树下抬起英俊的还带着孩子气的脸看着张三姐,张三姐乳房成熟而饱满,在他的眼里那对他抚摸过千万遍吮吸千万回的乳房像传说中的宝葫芦一样放射出耀眼的光芒,他身上的汗水突然汹涌而出,汗水从他额头和脸上直流下来,他像一个从水里捞出来的人。张三姐将手放在他黑缎子似的头发上,朱春龙呼吸变得急促,他几乎透不过气来,他伸出颤抖的手来贴在张三姐的乳房上,张三姐突然将朱春龙抱起来,由于用力过猛他们同时跌倒在桃树下,朱春龙的身子紧紧压在张三姐的乳房上。张三姐愣了一下,朱春龙也愣了一下,张三姐最后推开了朱春龙,爬起来拍掉身上的桃花瓣。

在朱春龙和张三姐心头留下的男女间朦胧情愫如同涟漪一圈一圈在湖面荡漾,它让朱春龙春心萌动也让张三姐春情泛滥,它当然启发了一向风骚成性、水性杨花的张三姐,让她发现了自己与朱春龙之间的另一番天地。但是这种隐秘的欲念或者称为私情她只是深深地埋在心底,不能告诉他人,当然也不能对朱春龙诉说。她为了照顾朱春龙的情绪开始与陶金宝分床而眠,但是他们的小木屋实在没有办法安排更多的床铺,她只能要求朱春龙与陶金宝合睡一床,这让朱春龙非常意外,也让陶金宝非常意外。在忍耐了半个月之后陶金宝借与张三姐单独到山下的小镇桃花铺子卖木柴的机会对她说:"三姐,你是不是讨厌我了?我们好像已经过不到一块儿了。"当时他们卖完了木柴往桃花坡走,就坐在路边石头上歇息。时令已经进入了晚春,桃花坡的桃花早就已经谢落,青青的毛桃儿开始在茂密的枝叶间生长,浓密的树荫遮住了头顶上五月的阳光。张三姐紧紧依傍着陶金宝坐下:"金宝,要说我张三姐今生今世有对不起的人,只有一个人,就是你陶金宝。千真万确我实在对不起你,你从过去在靠山庄到后来在紫禁城再到现在在桃花坡,你为我付出的实在太多,我来生做牛做马也报答不了你。我张三姐今朝跟你说实话,我从来不甘心做一个木匠的老婆,尽管你在燕山这一带是最出色的木匠,但是我不能接受我这一生就做一个木匠的老婆,在刨子推出的木刨花中了此一生。我把朱春龙看得很重,古往今来皇子被废黜又东山再起的传奇比比皆是,朱春龙肯定就是其中的一个,我把所有的宝全押在他身上。我的一生说白了就是一场赌局,我要先付出或者说我要先投入，我的全部投入最终肯定会得到高额回报。宫中一直以来波诡云谲的风云变幻让我有这个准确的判断和自信。怎么说呢，我现在只能在这场赌局中一直赌下去，我不能离开这个赌局。我只能抓住朱春龙不撒手，我能否成为赢家通吃或者输得血本无归，那就看我的造化，那也是我的命。你应该已经看到，朱春龙长大了，我们再不能像从前那样无所顾忌。我知道你作为男人的心情，你如果要想的话我就在这里满足你一次。但是我要告诉你，这是最后一次。我更要告诉你，你如果成全了我我会千百倍地回报你，你我以后靠着朱春龙可以过像皇上一样的好日子，你陶木匠可能拥有三宫六院，再娶上成百上千的女人。"张三姐说着缓缓站起来，走到桃花树下的草地上，她脱下了衣裳赤裸着身体躺在那里，淡淡地说："上来吧金宝，让我再报答你一次。我要再次告诉你，这是最后一次。"张三姐的布衣裙衩就放在一旁，她赤身仰面躺在青青的草地上，从桃叶间洒下的光影闪闪烁烁像金片一样落在她雪白丰腴的肉体上，那白如凝脂的身体上最显眼的是那一双丰美的微微下垂的乳房，那对宝葫芦似的乳房让陶金宝馋涎欲滴。他以前都是在漆黑一片的被窝里和张三姐偷偷摸摸地做爱，他第一次发现张三姐呈现在阳光下的身体美轮美奂。他苍老的心像小伙子一样强烈地跳动起来，他在张三姐身边跪下来亲吻她抚摸她。张三姐闭上了眼睛一任陶金宝亲吻抚摸，但是一向在床上如狼似虎的陶金宝却第一次在张三姐身上失败了，他的男根软得像一只小小的眠蚕，他羞愧地看着张三姐然后一言不发地从她身上翻下去。

　　张三姐与朱春龙行真正意义上的周公之礼其实是在朱春山找到朱春龙并将他与张三姐接进宫中之后开始的，周公之礼是宫中对男女交媾最文雅的称呼，说白了就是人们口头上所说的房事。那是张三姐与陶金宝在桃花坡上野合后的第二个月，朱春山派锦衣卫凭着蛛丝马迹经过大半年的寻找，终于在燕山深处的桃花坡上找到了张三姐与朱春龙，并将他们接进宫中，住在远离紫禁城的赃罚库。那是专门收藏贪官赃物的地方，在紫禁城最北边，穿过太液池、内校场和清馥殿，紧挨着紫禁城外城墙一片人迹罕至的库房就是赃罚库。这件事宫中除了言如鼎、李敬堂及东厂、锦衣卫极少数几个人之外没有任何人知道，娘娘当然更不知道。后来的事实表明朱春山这么做其实是李敬堂的精心安排，这个时候他的一切完全听从李敬堂的指挥，李敬堂在小皇上心中完全取代了娘娘。朱春山妥善安排朱春龙更多的是看在当年两小无猜的童年玩伴情分上，张三姐仍然是他的贴身奶妈——虽然他早已不再吃奶，奶子府给他配备了两个宫女，其中之一就是当年姐姐如花入选奶子府时，在靠山庄村头哭得泪雨滂沱的小女孩秀琴。这个明眸皓齿楚楚动人的小姑娘一入奶子府就和姐姐如花一起成为万人迷，我不知道靠山庄的神乳泉怎么会有如此魔力，把如花和秀琴这对姊妹花养育得如花似玉明媚照人，她由我送到赃罚库时就被朱春龙一眼相中了。那天秀琴穿着我送她的娇绿芍药百合纹风云行千水裙，上身穿一件桃花锦缎丝罗裳，手里拿一条烟里火回纹缎缀细流苏的白绫汗巾半掩着一张粉脸。当她出现在朱春龙面前时，我看到他的眼眸里宝石般的光晕闪了又闪。这时候朱春龙像一条初次发情的小公狗一样蠢蠢欲动，作为过来人我看得一清二楚，张三姐当然也看得一清二楚。终于到了某个晚上，那也是秀琴入赃罚库第五天的晚上，朱春龙与秀琴暗中相约到赃罚库放满了贪官赃物的库房里幽会。后来发生的事在宫中广为流传：那天晚上朱春龙在太监春明安排下趁张三姐不在赃罚库的天赐良机偷偷摸摸进入了和秀琴暗中约好的库房，他在进入库房之后略略站了片刻适应了里面的黑暗光线，就感到秀琴从背后伸手抱紧了他。他的嘴在秀琴脸上寻找到她的温暖湿滑的舌头，张口咬住就再也不肯松开。秀琴早就准备好了，在地上铺了一层厚厚的丝绵毯子，秀琴仿佛是个老手牵起朱春龙的手抚摸着自己的奶子，然后就和朱春龙一起牵牵绊绊地跌倒在毯子上，两个人手忙脚乱地脱光了衣服。朱春龙只是在秀琴身上胡乱挣扎着摩擦着，没有性经历的少年人大抵上都是如此。秀琴用手轻轻在朱春龙坚硬如棒的男根上轻轻拨弄了一下，朱春龙一下子就滑进了一片温暖而湿润的沼泽地。他情不自禁像疯了似的运动起来，嘴里发出一声惊叫便骤然停止，他已经在惊慌失措中草草结束了他的第一次。秀琴轻轻拍拍他汗湿的后背，轻轻地在他耳畔说："不要紧，下一次会好一些。"朱春龙大吃一惊，秀琴的声音和张三姐如此相像，他这才发现他压在身体下面的原来不是秀琴而是张三姐。

据说朱春龙停止了与张三姐的接触，他无法接受约好的是秀琴而赴约的却是张三姐。而这正是张三姐的精明与阴险之处，她其实早就发现秀琴和朱春龙眉来眼去，朱春龙的细微变化哪里能逃得过张三姐毒辣的眼睛？她一哄二吓三怒斥要报告娘娘，早将秀琴吓坏了，如实交代她与朱春龙将在晚上幽会。张三姐便代替秀琴在黑暗中与朱春龙做成了同房之好，房事结束后她才让朱春龙知道她并非秀琴而是张三姐。朱春龙得知后又惊又吓几天不敢再见张三姐，但是被幽禁的情欲早已被激发，而他身边只有一个女性张三姐。此时的张三姐如同熟透了的桃子甜得发腻，浑身上下散发出风流女人那种诱人的风骚，终于在几天后的一个晚上朱春龙又和她上了床。这一次是真正的锦床，他们不再偷偷摸摸，张三姐风情万种地在床上施展各种妖媚惑人的招式，朱春龙只在朱春山送他的春宫图中见过如此奇异的男女交配招式,现在他与张三姐亲身体验,一夜之间就沉溺于男欢女爱的肉体疯狂之中,欲罢不能。他开始沉迷于张三姐成熟女人的身体,张三姐引领他带动他指引他鼓励他,最终和他一起攀上欢乐的巅峰。他开始离不开张三姐,夜夜都要与她狂欢不止,那种对女人的痴迷是上瘾的,如同小时候对她乳房的迷恋。

奶妈张三姐用乳房哺育了皇子朱春龙最后又用乳房勾引了皇子朱春龙,如此奇特的皇家大奶妈成了后世经久不衰的民间故事主角。我不能痛骂她无耻或荒淫,男女交配毕竟是男女两个人的事,需要男女两情相悦。张三姐能让可以做她儿子的皇子如痴如醉欲罢不能,那是她的本事与魅力,也是命中注定的事。命中注定的事就无法逃避,后来的事实证明也就在张三姐与朱春龙陷入男欢女爱的那天晚上,被大金人认定彻底坏了脑子死了心的李连城终于趁着一个狂风暴雨之夜弄惊马群,带着一百匹战马一路狂奔冲入边关。周达率兵接应将他带回到兵营,李连城担心出事,睡在帐篷外,果然有刺客夜半来到,李连城挥刀杀掉刺客。周达向宫中汇报此事,李连城被李敬堂派来的大将马易初接回顺天府。

现在我还清晰地记得在宫中再次见到李连城的情景,他苍老又憔悴地向满朝鸦雀无声的大臣讲述这些年他在大金国的传奇经历,他的语调很平静,好像在讲述另外一个人的故事。他说完后就站了起来,看着坐在龙椅上的朱春山搓动着双手笑了起来,开口对皇上说:"你成大人了。"朱春山面无表情地看着他,然后令他先回李府休息。他来到锦衣卫自己的住处看了一眼,布满灰尘和蛛网的厢房一片零乱,当然那只乌龟早已不见。一个声音在他背后响起来:"赤龟被我丢到太液池里放生了。你不在宫中,也不需要通过乌龟来传递情报。"说话的是父亲李敬堂,李连城一言不发地听着,李敬堂又说:"我怕他们再通过赤龟给你发号施令,跟我回李府吧。"

宫中人对李连城的话似信非信,韦忠贤则完全不相信,认定他已叛国投敌,带着特殊任务回国。韦德贤严密跟踪,果然发现了惊天隐秘:李连城异乎寻常地接近朱春山。他当天回到李府只和父亲李敬堂说了一下在大金国的大致情况,和在宫中说的一模一样。和父亲吃了一顿家宴之后他就来到了乾清宫,当天晚上他在乾清宫久久不肯离去。我忙完了宫中一切,耿谦和安排太监们坐更他仍然不走,他对耿谦和说:"安排我坐更吧,我和你们一起在宫中守夜。"耿谦和委婉拒绝了他,他似乎并不在意,又像从前那样开始频繁地出入乾清宫,最后干脆住在乾清宫,与小皇上同吃同住。

朱春山并不拒绝他,仍旧和他像小时候那样嬉戏。我对李连城一向就亲如兄妹,他为了接近朱春山理所当然地要讨好我,我和他的关系骤然升温,发展到他有时候赖在我床上不走,或者伸手抚摸我的脸,甚至在被窝里强行抱住了我。我并不拒绝,甚至和他打打闹闹。当然我们只是在宫内,不让外人知道。但还是被范稳婆撞见,某天她在奶子府瞅准一个无人的机会口眼歪斜对我声嘶力竭:"紫禁城到处都在传朱春山是李连城的儿子你知道不知道? 他们其实和娘娘、王不欢的王家一样,巧妙地利用朱春山窃取了我大明王朝。而我已经告诉了你,你是皇姑,你的哥哥是皇太子周达,这大明王朝本来应该是你家的。我费尽周折安排你入宫,让你做到了戴圣夫人位置,就是为了让你与哥哥周达一起里应外合最后得到本来就属于你们家的大明王朝。你现在怎么能忘掉自己的使命,与对手、仇家打得火热?"范稳婆死死盯着我,那苍老的目光宛如刀子左一刀右一刀在我脸上杀戮!

第五十章　疑窦丛生

范稳婆的话我只是怔怔地听着然后面无表情地站在一旁,在宫中多年我见惯了毒辣残忍听惯了谵言妄语,我已经不再相信任何人。我也练就了本领,那是好生了得的本领:我能从别人的言辞中辨别出谁真谁假。范稳婆口若悬河地说着,我只将她的话当成耳旁风,内心狂飙巨澜表面却风平浪静,一如往常一样安排着乾清宫和奶子府的一切烦琐杂务。我那天心情不错,穿一身绣满了海棠花的缂丝泥金银如意云纹缎裳,下摆有一圈细细小小的并蒂莲,紫色的小花令我欢喜。我转身不再听范稳婆唠叨,吩咐春明帮我去叫来了碧桃。范稳婆大概在她心里还是有意无意地把我当成她一手安排进宫的那个时常手足无措的靠山庄乡下女子,但是她没有想到这个小女子在深宫中已经生活了十载时光,她现在已经成为连娘娘也要给三分面子的奶子府大总管、戴圣夫人。范稳婆朝我的背影投来仇恨的、毒辣的目光被我回头无意中看到,她在一秒钟之内换上了让人怜悯的苍老空洞的目光。这种熟悉的目光我根本不相信是她的,她的目光应该就是仇恨的毒辣的,那才真实无疑地反映了她的内心世界。我装作没有看见,然后将一套布满粉色荷花和荷箭的藕丝琵琶衿上裳送给了碧桃。碧桃有点受宠若惊,捧着衣裳不知所措。我对她说:"快穿上快穿上,是我送你的,给你压压惊。"

碧桃几天前的晚上帮我到花灯西街买了两只琵琶扣。找遍了宫中尚衣监各色各样的盘扣一应俱全,有桃心扣、蝴蝶扣、兰花扣、金鱼扣、梅花扣、胭脂扣,就是没有我心心念念的琵琶扣,我派碧桃到花灯西街裁缝铺子去购买,没想到她在归来的路上竟然被一个土豪的家丁伪装成生病的老人诓骗她扶他回家。要不说碧桃就是一个天真单纯的孩子,她真的相信了那个装病的家丁,扶着他一步三摇地来到土豪家。一进门家丁反身闩上门,活蹦乱跳地朝厅堂内大声高喊："老爷,快来看呀,我给你买来了一个小美人。"穿得花团锦簇的老爷踱步出来,一看到碧桃马上露出色眯眯的微笑："啊,我的干女儿,我的心心肉肉,爹爹想死了,想死了。"他满屋满院追逐着碧桃,碧桃满屋满院逃跑。老爷追得气喘吁吁却始终追不上碧桃,家丁有心要帮老爷的忙却被老爷呵斥住:"不准吓了我的干女儿。"最后碧桃误入了一个死巷道被老爷活捉,老爷色眯眯大笑着死不撒手,腾出一只手就要脱碧桃的衣裳。碧桃吓得号啕大哭,又抽不出手,突然倒地打滚耍赖:"放开我呀放开我呀,你不放手我叫我娘啦?娘啊娘哎,娘啊娘哎——"她完全一副孩子做派,在地上滚来滚去乱蹬乱踢把老爷吓住了。碧桃趁机跳起来往外走,一边揉着红肿的眼睛一边哭着:"我告诉我娘去,我告诉我娘去。娘啊娘哎!"老爷和家丁面面相觑,家丁说:"她还是个孩子呀?"老爷眼睛一瞪:"你吃屎啦还是喝尿啦?让你出去帮我买个美人你拐进来一个找娘的小女孩子,小女孩子叫我怎么下得了手?我还得哄她吃饭哄她睡觉,这成什么事呀?还不快开门放她出去。"碧桃逃出老爷家门脚不沾地逃回到宫中,把事情经过一五一十说给我听。我也听得心惊肉跳,心里有一万个对不起想对碧桃说,这一件藕丝琵琶衿上裳当然无法弥补我对碧桃的深深歉意,来日方长,我一辈子都会把碧桃当亲妹妹来对待。我帮碧桃换上我送给她的衣裳,就看到李连城闷闷不乐地坐在乾清宫廊檐下。朱春山这几天身体不适,正在休息。耿谦和婉言阻止李连城进入,李连城略略坐了片刻,还是控制不住进了乾清宫。这时候耿谦和袖着双手过来讪讪地对我说:"想必夫人应该也知道,这宫里的事我们下人也不好多说。但是宫中人多嘴杂,夫人与李大人又走得近,别给他人留下话柄好嚼舌根。夫人应该听到闲杂人言,说此次李大人回宫,其实不是他果断机智使计谋逃出大金国,而是与人家大金暗中达成协议回国,所谓用计脱险就是一个幌子。大金的看守假装追赶然后任他脱逃,不过就是故意演戏给世人看,其实李大人早已叛变投敌,人人都说李大人是个危险人物,夫人心里有数才是。"我向耿谦和躬身致谢,这个沉默寡言的老太监深得我心,他表面的木讷与质朴背后其实心怀善良与悲悯。谁也不知道他多年来一直默默地爱着我,最后在玉碎宫倾的关键时刻竟然救我于水火之中,这份大爱让我在多年以后想起来仍然涕泪交加。当然他数落李连城的不是是刻意撇清自己,其实他是李敬堂的人,安插在乾清宫是为了在我之外再给朱春山多加一层保护。我一向认定人心是黑暗的人性也是黑暗的,紫禁城漆黑一团顺天府当然更是黑暗无边。但是马背生与耿谦和的出现让我在伸手不见五指的暗夜里看到一抹亮色,好像黎明前的熹微晨光。我谢过了他,但是我绝不会和李连城断交,只是叮嘱李连城与我

和朱春山保持一点距离。这对他来说并不困难,他长期在宫中要害部门锦衣卫
负责,他知道自己应该怎么做。让他困惑不安的是,皇上朱春山一直对他若即
若离。自从他从大金国回宫后他的锦衣卫都指挥使一职一直没有恢复,这一职
位由一位从京军调来的提督马易初接任。李连城在大金国被囚禁的这些年里,
锦衣卫都指挥使一直由李敬堂兼任,但是娘娘认为锦衣卫权力过大,她加强对
东厂的统领,指示东厂对锦衣卫严加监督,并有计划在宫中度过这段非常时期
之后,让东厂取代锦衣卫,这一点在朱春山长大成为皇上之后得到进一步确认。
事实上这些年的锦衣卫在李连城离开之后一直处于无为状态,李连城回宫后宫
中对他暂时也没有明确安排,朱春山只是让他休息休息,先养好身体再说。李
连城心急如焚却没有一点办法,他只好日日待在乾清宫接近朱春山。他会拿起
他的手看他手指上的指纹,这一刻他才恍然大悟,原来相同的指纹早就暗示了
他:他和朱春山是一对父子。但是他继而又疑惑起来:他李连城与我颜如月一
模一样的指纹到底是怎么回事?难道他与我有什么血缘上的联系?这个念头
他向我提问过一次,我马上翻脸。他刀削斧砍般的脸仍然令人着迷,我却在心
里叮嘱自己:暂时冷落他,他现在是个危险分子!

　　我从此不让李连城接近朱春山,因为宫中的议论让我不得不采取行动。李
敬堂也配合了我的行动,在李连城从紫禁城闷闷不乐地回到李府的时候,宫中
的圣旨终于下达:李连城调防到海南琼州府崖州出任扬威右营把总。接过圣旨
之后李连城如同坠入古井之中久久没有缓过气来,李敬堂说:"琼州自古以来就
是远离大陆的蛮荒之地,一向也是充军发配之地。而崖州更是大陆的尽头,其
实就是把你充军发配。崖州海盗猖獗,而且天气湿热遍地瘴气,一旦不慎染上
瘴疠离死就不远了。皇上受何人唆使,出此歹毒主意?"李连城一夜沉默无言,
其实他一点办法也没有,但是他总认为第二天会有办法。他当天下午就来宫中
找我,却在半道上遇到前来押送他前往崖州任职的通判,两个通判一拥而上就
要带李连城离开,却被韦忠贤喝退下去。李连城说:"我正要去乾清宫找皇上评
理,请求皇上重新安置微臣。"韦忠贤狡猾一笑:"说什么理?能有什么理说?让
皇上收回圣旨?别人不知道你李连城还不知道,紫禁城向来就不是说理的地
方。要讲说理就是天下哪有这样的理儿,儿皇上发配他爹充军,儿皇上如此作
践残害他爹?"李连城大吃一惊,他没有想到韦忠贤会如此直白地说出他隐藏在
心中的惊天秘密。韦忠贤说:"我没说错吧李大人?大金放你回宫不就是和你
达成这项交易吗?其实也不必隐瞒,宫里人差不多全知道了,这紫禁城向来人
多嘴杂,难道他朱春山就没有听到传说吗?我想他是听到了,只是空口无凭他

不会相信的——将你发配充军就是成心要报复你。"李连城露出恶棍似的表情："要杀要砍由着他，我反正拒绝履命，我什么官职都不要了，我就留在宫中做皇上的贴身奴仆，做公公我也愿意。"

韦忠贤只是以这几句藏头露尾的话引发李连城的感慨，后来一老一少两个男人就在千岁宫开始了一场推心置腹的密谈。要说两个混迹于江湖和宫中的男人会推心置腹地谈话，鬼听见了也会笑出声，但是这两个男人惯于在宫中演戏，起码他们在面子上会伪装出推心置腹的样子。韦忠贤带他来到千岁宫后院天井里坐下，花木扶疏的后院有一只石雕围拥的水池，池水倒映着天井上的蓝天白云。突然池水哗啦响了一下，两只乌龟一赤一白在池水中吞吃一只飞临水面的蛾子，然后又潜入水池深处。韦忠贤说："认出来了吗？你的白龟。我可告诉你并非我偷来的，是它被我的雄龟从太液池里引诱来的，它被人放生了你知道吗？你的白龟其实是个骚龟。哈哈哈，大哥不必嘲笑二哥，你是大金国的卧底，我也是——我想，真人面前不说假话，你其实早就心中有数。"李连城扭头看着他："你想说什么就直说。还是那句老话：栽赃，彻头彻尾的栽赃！无中生有的捏造！"李连城拒绝了韦忠贤，不管他出于好意还是恶意，他对韦忠贤一概采取拒不合作的态度，这一点与朱春山的态度如出一辙。谁也不知道朱春山的重重心事，他现在与我也从来不作任何交流。有时候看到他少年老成心事重重地坐在龙椅上我也会黯然神伤。但是他毕竟还只是个孩子，一会儿工夫他就会把一切不快全抛在脑后，对我说："奶娘，朕想去看看奶妹银环。"我一听连忙劝阻："皇上轻易不可动驾，让外人得知这如何是好？奶妹是奶娘让她回老家的，还是在老家自由自在。"朱春山说："朕想见奶妹，朕有的是法子，只需脱下这身龙袍换上便衣便可。"我坚决反对："使不得使不得，皇上既然贵为一国之君，理当遵守宫中之规，千万不可逾越。圣上向来一言九鼎，哪能随随便便去穷乡陋巷。"朱春山一听就不再坚持。我哪知道他长大之后就开始了无师自通的唯我独尊，他是皇上他是朕，天下所有的皇上与朕都是如此都该如此，否则他怎么可能成为皇上成为朕？在我完全一无所知的情况下，他在宋玉和春明陪伴下只带着马易初等两个贴身侍卫就微服出了宫，一路游山玩水玩了个够，然后直奔靠山庄而来。他们一行人怕过于招人耳目引起不必要的麻烦，就派宋玉悄悄进村叫银环出来。银环其实一直跟着我生活在李府，正值秋收时节她牵挂着家里那一树红灯笼似的甜柿子，那种甜柿子的甜每一个吃过的人都会怀念，当然更是银环的爱物，她从小就吃着这树甜柿子长大，她一定要回家守着它等着它慢慢成熟变成小小的红灯笼挂满了枝丫，然后她亲手摘完带回顺天府,她不想让她的柿子被人偷光被鸟啄光。我也希望她暂时回到靠山庄,那里毕竟比宫中更有安全感。宋玉出现在她面前时她正在摘第一批成熟的柿子,她好奇地跟着宋玉来到村后的神乳泉边,她一眼发现了皇上朱春山,兴奋地尖叫着举着柿子跑过去:"奶哥,奶哥!"她穿着乡下女孩子常穿的印着一朵一朵百合花的云雁花布衫,她当然也没有化妆,两只明亮的大眼睛忽闪忽闪地瞅着朱春山如同两汪秋水。朱春山大步迎上来拉起她的手:"奶妹。"银环只是咻咻地笑着,随从们知趣地退到树丛后面,只留下他俩。银环大惊小怪地说:"奶哥怎么跑到这里来啦? 你可是皇上哎。"朱春山说:"皇上想奶妹呀。"银环羞怯地低下了头,然后亮出手中的柿子说:"吃柿子吧,我们家柿子好甜呢,我带来了几个你尝尝。"朱春山说:"好。"朱春山仰起脸来,示意银环喂他吃。银环说:"别急呀。"银环用小手轻轻撕去柿子上薄薄的一层皮,然后将柿子送到朱春山嘴前:"奶哥,你吃吧。"朱春山听话地张开嘴,一小口一小口地吃着柿子,吃几口看银环一眼。银环说:"奶哥,很甜吧?"朱春山点点头:"真的很甜,和你一样甜,你就是个小甜柿子,我也想吃你一口。"银环听着笑了一下,突然将软糯的红柿子往朱春山脸上一按,红红的汁水和糯糯的柿肉糊了朱春山一脸。银环跳到一旁笑弯了腰:"奶哥,怪不得奶妹,谁让你使坏,给你吃柿子你还想吃我。"朱春山用袖子擦了擦脸,然后说:"好呀,看奶哥怎么报复你。"两个人就在山坡上追逐起来,并且越追越远⋯⋯

这一段两小无猜青梅竹马的初恋情节是我后来根据银环的回忆想象出来的,当时我并不在场,甚至我根本不知道朱春山去了靠山庄。他们经常会悄悄密谋便衣外出,我也不太在意,以为不过就在顺天府里随处走走逛逛。所以那天晚上朱春山和宋玉、春明迟迟没归我并不放在心上,大不了老毛病重犯去了春花院,他带着几个随从呢。耿谦和特地到春花院找了半天,顺天府能去的地方都去了就是没有皇上的蛛丝马迹,宫中这才惊慌失措起来,久不露面的娘娘也板着死人样的脸出现了。宫中根据锦衣卫马易初也同时失踪的疑点猜测可能去了靠山庄,这是耿谦和的推测,他前几日听朱春山无意中提起过。东厂人马抢先马不停蹄赶往靠山庄,黎明前快到清风寺时迎面遇到了朱春山一群人,那时候山里人家鸡开始叫头遍。韦德贤什么也不说便领着朱春山一行匆匆赶回宫中。这时候天光已经大亮,层层叠叠的宫殿之上湖蓝色的天空出现了一抹一抹橘红色的朝霞,紫禁城在天光云影中慢慢呈现出金碧辉煌的皇家风范。娘娘和言如鼎、李敬堂等文武大臣听到马易初快马飞报说皇上平安回到宫中,已到承天门,大家心里一块石头落了地,纷纷拱手作揖互相庆贺,然后一起拥到乾清宫宫门外,静候皇上大驾光临。只是这个时候包括我在内谁也没有想到,回来的皇上朱春山竟然是假的。

第五十一章　以假乱真

　　最先发现朱春山为假的是娘娘,那时候朱春山被宫中大臣包围了,就先在乾清宫外的廊檐下站着。那时候红日初升霞光万道,蓝得像太液池春水一样的天空预示着又是一个好天气。忽然就听得声音渐渐平息下来,老臣们神色怪异地走出来互相咬耳朵窃窃私语,不安之中带着惊恐。我有点奇怪,转过身来就看到娘娘由耿谦和陪在身后急急忙忙走过来。娘娘穿着一身藤花紫挑绣着金丝草的翠鸟广袖金丝银线交织的锦绫鸾衣,其实她来乾清宫多半穿朝服,茶叶青如意缎绣五彩祥云朝服或皇家蓝牡丹天香七色霓虹云锦华袍,在我记忆中着锦绫鸾衣进入乾清宫这是第一次,好像也是唯一的一次。我的理解是她太过于心急慌乱,等不及让宫女为她更衣。她就穿着这件锦绫鸾衣匆匆忙忙来到我面前,站在不远的大臣们看到立马鸦雀无声。娘娘根本没有看站在一旁的大臣,她一脸火烧眉毛的神情:"颜夫人,颜夫人,你快去看看,去看看,皇上怎么像是个假的?"我大吃一惊:"假的? 这——这怎么可能?"我马上冲进乾清宫,娘娘也许惊吓过度双腿发软差点跌倒在地,被几个宫女抢上前扶住。我进入宫中,乍见朱春山我没有发现有什么异样。李连城小心翼翼地守护着他,尽量将他与宫中的文武百官隔离开来,他的脸上冷得能刮下一层霜来。我看了娘娘一眼觉得她莫名其妙,微笑着上前与朱春山说话:"皇上总算平安回宫了,让宫中文武百官虚惊一场。"朱春山还没来得及反应,李连城就抢过话头说:"奶娘颜夫人向皇上请安呢,快谢过奶娘。"朱春山未开口先露出一脸的苦笑,就是那份苦笑把我吓了一大跳,那份苦笑牵动起嘴角又深又长的皱纹,皱纹像菊花瓣一样在整张脸上绽放开来,笑容只在脸上一闪就不见了,他瓮声瓮气地说:"让奶娘忧心了。"闷闷的说话声又让我心里抽动了一下,我从皇上四五岁开始入宫喂奶,十年来几乎日日夜夜守着小皇上,他就在我眼皮底下一天天长大,他的一举一动一颦一笑我都了如指掌,甚至包括他大腿根部隐秘部位的胎记我完全一清二楚。他不笑则已一笑起来就是很开心地笑,他什么时候如此苦笑过?他说话也不会是瓮声瓮气的腔调,这时候我才近距离细细打量了朱春山一眼:虽然与小皇上长得一模一样,但是一眼看上去我对这个朱春山是陌生的,他应该不是皇上朱春山,不是昨天我还帮他梳过头发的皇上。我意味深长地看了娘娘一眼,娘娘也回我意味深长的一眼,我们两个女人在这一刻心灵相通。我用眼神告诉她这个皇上确实不是真的,或者说他不是昨天出宫的那个皇上。她冲我无声地点点头,她用眼神告诉我她明白了。也就在这时候李连城站出来说:"皇上实在太累了,今日早朝就免了,有话明日再说,皇上要休息了。"娘娘翻了翻眼睛:"李大人有什么资格替皇上说话?你还不赶快履任你的崖州扬威右营把总。"李连城大怒:"皇上都真假不明,凭什么我要履任皇上对我的发配?实话实说,在皇上真假确认之前,我是不会履任崖州把总,皇上如果是假的,圣旨还有真吗?"

现在端坐在燕山深处的桃花坡上看云聚云散花谢花飞,想起深宫中那些惊心动魄的陈年往事我已经心静如水,我不知道自己是如何度过那个惊涛骇浪的一天。在我和娘娘交换了眼色之后我们同时退出了乾清宫,几乎在眨眼之间我被韦德贤当场抓了起来,十来个兵卒在韦德贤指挥下将我送往东华门外内护城河边上的东厂。东厂虽然说是在宫外但是它只是在紫禁城内城之外,内城之外还有一圈外城,外城墙下还有一道护城河,那道河叫金水河。其实在外城墙外还有一道城墙,那就是顺天府的城墙,应该说皇上所住的乾清宫和宫妃宫娥所住的东宫西宫包括钦安殿、坤宁宫、乾清宫、建极殿、中极殿、皇极殿、皇极门和午门等等全是宫中之宫城中之城,像坚果板栗或松子的果仁一样,它们被一层层坚硬无比的果壳包裹得密不透风。东厂和锦衣卫就处于内城东华门与外城东安门之间的通道旁,地理位置十分重要。我被几个人高马大的大汉连拖带拉眨眼之间押到了东厂,韦德贤脸色一片青黑:"颜夫人,宫里宫外都心知肚明,皇上被人假冒了这是板上钉钉的事实。"我还在惊魂未定中没有回过神来:"是啊,我也觉得好生奇怪,这皇上我越看越陌生,再看根本就不是我朝皇上朱春山。可是,我也找不出什么原因,衣裳是一模一样的,人也是一模一样的,但是言谈举止根本不是皇上。太奇怪了,这食物有造假,古董造假多得很。可是,这大活人怎么可能造假?你们让我去仔细和皇上说说话,是不是这一夜遇到什么人、发生过什么事让皇上性情大变?"韦德贤说:"你暂时不能离开,你要跟我们去一趟靠山庄,你要老老实实交代为什么要让你女儿银环勾引皇上?还带着皇上在荒山野岭跑来跑去的,你为什么要她这样做? 是不是你早就瞒着宫中设下这个圈套,把皇上掩藏在你们神乳山,然后弄了个假的来糊弄我们?"这时候我浑身上下汗水一层层滚滚而下,心里也好像被掏空了似的:"没有,韦公公,完全没有。我哪有那个胆子? 皇上出宫我都不知道,不信你问问耿谦和和春明、宋玉他们……"韦德贤笑了:"你日日夜夜和皇上在一起,你是我朝与皇上最亲密的一个人,奶妈和稳婆们要想接近皇上都要经过你安排,娘娘有时候要见一见皇上也要通过你,你说你有多大的本事,皇上去你老家你竟然不知道? 颜夫人,你是把我们当小孩玩还是当猴耍? 好,好,算你狠! 颜夫人,我韦德贤甘拜下风,自有狠人收拾你。"他一扭头,几个随从竟然一拥而上把我关进了那间猪笼一样的房间,从此我就再一次失去了自由。此时的宫中开始乱得沸反盈天,就如同捅翻了的马蜂巢和踏扁了的蚂蚁穴,成千上万的马蜂和蚂蚁嗡嗡嘤嘤倾巢出动。韦忠贤看到一无所获的韦德贤后急得要上房揭瓦,娘娘也急得跳脚,口口声声追查却无从查起。这时候只有一个人高兴得手舞足蹈,这个人就是眼睛已经完全看不见的如妃。其实小皇上被人假冒这件事虽然一夜之间在宫中风传,但是没有人告诉如妃。如妃这几年过的就是暗无天日的日子,她虽然仍然居住在东六宫的钟粹宫,可是钟粹宫现在就是另一个冷宫,除了两三个宫女几乎无人光顾,连她昔日最贴心的凤仙也变了心,几次嘀咕着要离开,被她拿金银珠宝才收买回来。虽然现在她在宫中就是一个无人理睬的老瞎子,但是过去过手的无数金银珠宝总还有一些。只要从饭菜上看出凤仙在虐待自己,如妃就拿出一样珠宝送给她,凤仙便会对她好上几天。她眼睛虽然看不见,但是凤仙心怀不满的恶言恶语以及吃到嘴里的粗劣饭菜她内心一清二楚,她心知肚明地感受到奴才对主子的欺压,每一个宫中奴才都是狗眼看人低,每一个宫中主子又何尝不是如此? 以她心中的愤怒很想叫上太监将凤仙丢进贵妃井,但是现在她没有这个能力,也不会有太监服从她的指令,她只好忍气吞声地活着。有一天当她饿得饥肠辘辘的时候才得到凤仙送来的一碗放了红薯的冷粥,她觉得自己有必要再送给凤仙一样宝贝。可是当她将床铺下的箱匣拖出来打开时,发现锁头早已松动扭断,箱匣里空无一物。她发现自己的珠宝被人盗取一空,她的心仿佛也被掏空了,她不知道没有珠宝的诱惑凤仙在她身边还能待上几天,她一个瞎子往后该怎么生活? 幽幽地冒着冷气的贵妃井浮现在她眼前,那里也许是她最后的归宿,她在苍白的阳光下这样想着,两滴浑浊的老泪从失去光明的眼睛里缓缓淌下。

命运就是这样奇特和诡异,它总是在你深陷绝望的谷底时给你一线生的希望。珍妃出现在钟粹宫时是一天中光线最暗淡的黄昏,硕大的夕阳从紫禁城高高低低的琉璃瓦檐上缓缓沉下去,天空一片橘红色的晚照,使金碧辉煌的紫禁城看起来像一个巨大无比的伤口在流血。钟鼓楼的钟声一下一下响起来,回荡在皇天后土之间,古树和深宫间的鸦雀群飞而起。杆子房的猫头鹰也飞起来,发出高一声低一声沙哑的啼鸣,给皇宫残阳抹上了一层伤感的色调。珍妃就坐在如妃对面,她迟疑了一下开口说:"一向忙着吃斋念佛看淡了人事,也没有常来看看姐姐,姐姐近来眼睛可好些?"如妃叹气道:"全瞎了,一个老瞎子看哪里都是伸手不见五指。妹妹呀,难为你还记得姐姐叫着姐姐,你说瞎子能好到哪里去?连凤仙也对我恶声恶气的。不杀我和我儿,就是担心王不欢被杀呢,否则一万个如妃坟头也长青草了。你看看这钟粹宫,也就是冷宫了,落叶也没人清扫,跟荒山古寺差不多。妹妹呀,闲时也带这个无用的姐姐去烧烧香拜拜佛,也好让姐姐有个念头。"珍妃像老婆子似的拖着凳子坐得离如妃近一些:"姐姐难道不知道?宫里闹翻天了,皇上朱春山被人假冒了……"如妃笑了笑:"妹妹从哪里听来的谣传?皇上这大活人如何能造假?不过就是王来喜玩花招蒙骗世人,这是她的老手段了,她想做我朝的则天大帝呢。"珍妃说:"姐姐,绝不是谣传,是真的,传说娘娘也哭得呼天抢地要死要活的,都说皇上被人害了,宫里人都在传姐姐家春龙要继位做皇上了。姐姐命大福大造化大,苦日子恐怕熬出头了,赵大人在哪里,姐姐快去找他吧……"

如妃到底找没找赵明德我不得而知,但是张三姐绝地逢生异军突起我是亲眼得见的。就在宫中被真假皇上闹得人心惶惶时,张三姐在赃罚库与朱春龙开始了夫妻式的共同生活。她的心情肯定像鲜花一样怒放,这从她的衣着上完全可以看得出来,她今天紫红夹墨的曳地长袍,明天一身鹤顶红色紧身云裳,鬓发上要么插一枝月季,要么挂一串茉莉。她娉娉婷婷地出现在奶子府要碧桃或秀琴帮她找这样东西找那样东西,其实我对她的心思摸得透透的,她就是向我示威:老娘我终于熬出头了。她的资本就是她多年来一直陪伴在朱春龙身旁,她更大的资本就是朱春龙是她的人。宫里的人都知道她与朱春龙的关系,如妃更知道,知道了又能如何?谁也不敢把她怎么样。皇上朱春山不是娘娘的亲生子似乎已经坐实,而现在又被人假冒,皇位肯定难保。朱春龙是先皇之子谁也不敢怀疑谁也不能否认,这是板上钉钉的事实。她当时半是无奈半是牵挂地一路跟随着朱春龙,没想到她最终还是走过了黑暗迎来了春天。朱春龙对张三姐也是死心塌地,张三姐是他的第一个女人。张三姐身上确实有一股魔力始终吸引着他,现在他们日日夜夜疯狂做爱如醉如痴。他成了个高手,能在女人身上无师自通地玩出许多高难度的花样,他也会见缝插针地和宫女与弃妃来一场蜻蜓点水式的露水姻缘。张三姐知道朱春龙作为一个皇子不可能只属于她一个女人,她也不能完全让他拒绝别的女人以免引起他的反感,适当让他像馋猫那样偷腥她是可以接受的,但是绝对不可以怀孕,一旦别的女人怀上朱春龙的孩子那就意味她的末日来临。她从敬事房太监那里学到一手绝招:只要发现宫女或弃妃从朱春龙寝室出来,她马上母老虎一样带着太监扑上去,三下五除二剥去女人的衣裳以长长的银针在她们的腰间猛刺一针。女人一声惨号之后下身便流出朱春龙刚才留下的龙液,这样就可以阻止宫女怀上朱春龙的种,如花和秀琴两姐妹都挨过张三姐的银针。张三姐要阻止任何宫女怀上朱春龙的龙子,她只要自己能怀上,果然在不久之后她就真的怀上了朱春龙的龙子。当那个春风吹拂桃花迷眼的午后她突然毫无来由地感到一阵恶心,并伴随着一阵狂呕滥吐想吃酸杏子想得要死时,她突然明白了什么继而号啕大哭起来。她知道自己怀上了朱春龙的孩子,但是没有人分享她的巨大欢乐,宫中又一件令人难以置信的事情发生了:李连城接到赵明德的邀请,孤身一人深入红巾军兵营与赵明德谈判,最终赵明德同意在顺天府郊外与皇上朱春山当面议和,他释放首辅王不欢,娘娘释放如妃和朱春龙。

李连城平安归来在宫中引发轰动,娘娘表面上对李连城感激不尽,恢复了其锦衣卫都指挥使职位,安排马易初做皇上的贴身侍卫长。事实上娘娘对李连城缺乏起码的信任,重新任命他只是权宜之计。她之所以一直善待如妃和朱春龙,一方面怕赵明德杀了其弟王不欢,一方面也怕赵明德借红巾军势力攻打紫禁城,给宫中别的势力可乘之机,多方势力合围她的统治将会土崩瓦解。眼下真假皇上的出现让紫禁城已经开始乱了套,娘娘一时无法回应赵明德,她和所有的文武百官太监奶妈都被真假皇上弄得六神无主。令人奇怪的是朱春山自那日回宫之后再没有任何人见到,包括我和忠心耿耿的大太监耿谦和。李连城一手包办了朱春山对外所有的事务,在娘娘一再要求下他在两天后安排侍候皇上的太监与宫女进入乾清宫。奶子府的奶妈和敬事房的太监都来了,大家也都心知肚明,进入清乾宫的目的就是察看朱春山。大家凭着各自的眼光做出各自的判断,碧桃认定小皇上是真的,因为不但是长相连言谈举止也与皇上一模一样。这一点也让我认同,我找不出任何破绽,我发现他和皇上完全一样,他就是原来那个小皇上,我怀疑是我自己看走眼。翠柳则认定是假的,因为虽然长得和小皇上一模一样,但是神态上还是有细微的差别:从他吃饭时拿银勺舀汤的动作以及他竟然不爱放风筝不喜欢做木工判断他是假的。

而我有一天又有了惊天发现,我无意中发现这个奇怪的小皇上竟然是一个飞檐走壁的江洋大盗!

第五十二章　瞒天过海

　　现在我可以对天发誓,我完全是无意中撞到朱春山飞檐走壁的江洋大盗模样。那段时间宫中一片混乱人人自危,我在东厂关押了七天,后来韦德贤偷偷押送我到靠山庄,从马易初的交代到马银环的口供均没有任何诡异之处,最大的疑点就发生在归来的路上。据马易初回忆,过清风寺之后天色越来越黑最后黑得如同一团浓墨,偏偏在这时候皇上内急要出恭。如果皇上公开出行那还比较好办,自会有太监带着缠有宫锦缎套的檀香木恭桶,看上去像是一个绣花坐墩,供皇上方便如厕。但是此次是便服私访不想让人知道,只好委屈皇上随地大小便。好在朱春山年轻,摆脱了宫中繁文缛节陈规陋习他更加自由痛快,就由马易初领着到几棵杜梨树后面方便。马易初就守在杜梨树下,可能出恭的气味不好闻,马易初皱了皱鼻子远离了几步。朱春山说:"啊呀朕闹肚子,你站远点吧别熏着你。"马易初说:"哪里会,奴才只闻到香风阵阵如瑞脑,香气扑鼻呢。"皇上没有言语,突然发出一声惨叫,马易初吓得魂不附体,绕过杜梨树一看,哪里还有皇上的影子。一抬头却发现坡坎之下传来皇上哎哟哎哟的呻吟声,这时候在外面山道上静候的随从也听到了响动,几个随从蹿下坡坎抬屁股托大腿七手八脚将皇上连拖带拉弄上了坡坎,还替皇上擦好屁股理好衣服。马易初赶紧上前请罪:"奴才该死奴才该死,没伺候好皇上出恭。"朱春山含混地嘟哝一句:"不怪你不怪你,只怪朕一不小心滑下去。快回宫吧,晚上让娘娘知道可不好了。"

　　这一场意外成为韦德贤查明皇上真假的一个突破口,他敏锐地发现皇上出恭是有人刻意而为,朱春山滑下坡坎后马上就被人调了包。他对我进行了一轮又一轮审问,然后就让我重归奶子府。我知道让我出去只是一个借口,我前后左右会成天跟踪着一帮东厂的密探。我故意行踪不定毫无规律地出现在紫禁城各处，让密探看不出任何目的。然后我就在一个西府海棠盛开的夜晚再次来到乾清宫，那是我半个月后重回乾清宫，我想趁着朱春山熟睡再一次接近他，以我对他的熟悉程度以期发现更多的蛛丝马迹，来进一步确证他是真还是假。我没有走乾清宫正门，我太熟悉乾清宫各处偏殿，我清楚地知道除了正门之外它起码还有一道后门和四道侧门。我就是绕过一片先皇亲手栽种的西府海棠进入一道汉白玉侧门，然后进入一处偏殿。这里放置的都是朱春山不常用的杂物，我有钥匙可以自由出入。西府海棠开得实在诱人，我站在花树下的阴影里平静一下忐忑的心情，这时候就看到令人震惊的一幕：几个男人影子一样悄无声息地走出乾清宫，停留在宫外镏金铜亭阴影下。借着廊檐下灯笼的微光我认出其中的李连城与朱春山，另外几个与朱春山年纪相仿的少年则完全陌生，他们完全没有想到就在离他们不远的西府海棠花丛中，有一双眼睛正在吃惊地偷窥他们。朱春山的言谈举止完全不是宫中我亲手喂大的那个小皇上，他甩胳膊扭屁股恨不能马上就要上蹿下跳一展拳脚的样子，和另外几个少年拍肩打掌亲热得不得了。李连城四下里张望了一番，对那几个少年说："好，你们开始吧。"少年人一听马上光了膀子往手心里吐了口唾沫，其中一个瘦高个说："我先来。"他嗖嗖嗖蹿上了乾清宫后面的一排蟠龙柱，再往上想攀上二楼的暖阁却无法做到，只见他双腿夹紧蟠龙柱挣扎了一番却支持不住最后滑掉到地上。另一个比他强了一点，他身手敏捷地沿蟠龙柱蹿上了二楼的重檐庑殿顶。檐角上层是单翘双昂七踩斗拱，下层为单翘单昂五踩斗拱，饰有金龙和玺彩画，圆形攒尖式的上层檐上是古雅的宝顶，翻上去就是乾清宫的南庑房，也就是朱春山读书的南书房。可是他却无论如何也无法接近南书房的三交六菱花隔扇门窗，脚一蹬一大片琉璃瓦稀里哗啦掉下来。我在一旁看得心惊肉跳，他们几个应该也吓得屁滚尿流闪身到廊柱后面，见没有动静就再次悄悄出现。这时候小皇上朱春山说："都是笨蛋，看朕的，你们就是一群饭桶，朕的那才叫本事。"朱春山脱掉身上的明黄色湘绣九龙八答晕春锦长宫衣，握紧拳头在赤裸的胸脯上擂了几下，眨眼之间沿蟠龙柱腾空而起并展示拿手绝活：手握琉璃瓦檐角镏金脊兽，双手交换沿一垄一垄瓦檐往前平移一直移到二楼暖阁左侧的南书房，然后一个后空翻身轻如燕翻上琉璃瓦，如同腾云驾雾般消失在乾清宫暖阁上。我在暗处看得目瞪口呆，这哪里是我所熟悉的亲手带大的小皇上朱春山啊？他分明就是一个飞檐走壁的侠客！我的眼睛一动不动地盯着二楼暖阁，我知道暖阁上有九个房间，除了南书房占用一间外其余八间全被耿谦和布置成了皇上寝堂，每间寝堂都摆上龙床——这是娘娘出的主意，怕有刺客暗杀皇上，她故意布下众多房间让皇上每晚更换,只有我和耿谦和、李连城知道当天晚上皇上睡哪个房间哪张龙床。我正觉匪夷所思,只见从暖阁三交六菱花隔扇门窗窗口,一件又一件皇上用品被丢下来:乌纱帽、玉箱杖、五明扇、衮龙服、重台履。最后飞身而下的朱春山手里提着一件大东西,他稳稳地落在镏金铜亭下我才看到是那只描金黄花梨官皮箱,那里面装的全是皇上童年的爱物,是我替他收藏的,当然我也经常替他擦拭。朱春山微微喘着气,那几个少年上前与朱春山搂抱着:"大哥厉害,还是大哥厉害。"朱春山说:"从今以后你们每晚都要入宫,不能让大哥我夏练三伏冬练三九练成的手艺荒废了,指不定哪天兄弟们还能靠这门盗窃手艺吃饭。"李连城上前打哈哈:"好了好了好了,大家过足了瘾了吧?回去歇着去吧。"

这桩诡异之事困惑了我很久,事实上后来我刻意偷窥再度发现过两三次,一直到后来这桩瞒天过海事件被揭露我才明白李连城的良苦用心。当时我百思不得其解,绞尽脑汁也想不出这到底是怎么回事。那天晚上我一直到戌时仍在想着这件事,突然范稳婆拿着一条冻疮紫捻金银丝线滑丝攒花披风进来让我试穿,说钱如意要出嫁到顺天府,她要送给钱如意作贺礼,因为嫌披风上的两根丝带不美,让我陪她到尚衣监去重做。我说:"钱如意不是和韦德贤成亲了吗?"她说:"最终被钱大妈妈打滚耍赖搅黄了,现在钱如意嫁的是马易初之兄、中书省员外郎马念斋,听说官虽不很大却是个肥差。唉,命好的人总归是命好,我要送她一件礼。尚衣监的那些做缝纫的太监和老婆子一个个都是狗眼看人低,我拿着衣裳去请他们返工他们一个个爱理不理。酸枣现在在尚衣监,她看见我也像没看见似的。当然,她没舌头一肚子话也讲不出,我想借戴圣夫人的面子镇一镇他们。"这点举手之劳我当然愿意帮她,反正尚衣监离奶子府又不远。我们在翠柳、碧桃、如花、秀琴等一众奶妈女仆眼光中离开,一出奶子府范稳婆马上板起了脸说:"跟我走,带你去见一个人,绝不能让任何人知道,说找裁缝是骗她们这些奶妈的。"我愣在原地不打算跟她走,她似乎知道我的心事,停住脚步定定地看着我,然后一字一顿地说:"不是别人,是你娘。"冥冥中我知道今生今世我一定会见到我疯子娘,但是哪年哪月能见到她我也不知道。现在我娘毫无征兆地突然出现,我的心里说不出什么滋味。后来我们上了东安门外一辆早就等候的马车,一路狂奔在鸡叫头遍之前来到了清风寺,在一间昏暗的点着佛灯的僧房里我见到了她。完全出乎我的意料,我娘头发梳得一丝不乱,面带安静的微笑,那白白净净的脸也让我依稀看到当年让皇上夜夜专宠的丽贵妃模样,一身菖蒲青四喜如意云纹锦缎绸布衣裳勾勒出她细细的腰身,脚上是一双镶黑边绣满白菊花的木底蓝缎子鞋。我从来不知道在我记忆里赤脚打掌在山野里披头散发乱跑乱叫的疯子娘竟然如此高贵而文静。我张大了嘴巴看着她,她有点不好意思地低头看了看:"范稳婆非逼我穿,我哪里能穿得出去?不过也无所谓,多少年的岁月像水一样流去,像烟一样消散,哪里还有人认出我这个疯老婆子是当年紫禁城皇上最宠爱的妃子?"这时候外面突然狂风大作,格子窗扇被狂风吹得啪啪直响,僧房内灯盏也被吹灭,暴风骤雨在屋顶瓦片上如同千军万马过阵,一道闪电划过天空紧接着一声霹雳,闪电照亮了幽暗的僧房,把我娘、范稳婆和我照得像鬼一样。娘松开了我的手,她压抑着哭号只是低低地在抽泣:"对不起闺女,娘对不起你,娘不该把你再送回宫中让你吃够了苦头,这苦头哪一天哪一日才是个头啊?"范稳婆这时接话说:"这个主是我做的,是我强做了你的主要尽花招让你入宫,你娘其实患得患失犹豫不决,这从她对你入宫的态度上可以看得出来。我的态度始终是坚决的:因为先皇生前留下遗言,钦定皇位由你的皇兄周达继承。这大明皇朝是你家的,你颜如月不是奶子府的奶妈、夫人,你是宫中老皇上的女儿,你本应该是紫禁城最得宠的皇姑!"

　　我娘冗长而悲伤的回忆在暴雨初歇的夜晚伴着窗外滴答的雨水开始了,其实她的身世我断断续续也知道一些,她的回忆正好连起这些散乱的片断,将它们连接成她清晰完整的一生:刘氏本名翰氏女,家在遥远的九边重镇之一辽东镇。英宗五年,宫中为少年天子朱孝进选妃,貌美如花的翰氏女与妩媚动人的言木香一同入选宫中为妃。言木香的父亲言起台为九边重镇蓟州千户所千户,官职虽不大却在与大金国一次交战中冲锋陷阵立下汗马功劳,被皇上亲手提拔为统兵都司指挥使。作为地方长官的千金她完全看不上平民之家出身的翰氏女,甚至觉得翰氏女远不及她聪慧与美丽,皇上宠爱她应该是理所当然的事,就如同其父宠爱她一样。她入宫不久便生下龙子朱由明和朱容纳,但是后来皇上渐渐冷落了她,她大半年时光没有得到皇上一次临幸,作为皇后的她实在下不了台。随着时间的推移皇上朱孝进离她越来越远,到此时她才发现翰氏女不知使出什么花招竟然在正月十五元宵花灯会上被微服私访的朱孝进一眼相中,最终被临幸。皇上从此夜夜临幸,雨露独占的翰氏女终于诞下龙子朱成赤,由六宫中最低等的常在一跃而上成为皇贵妃,赐名为丽贵妃。而她却年复一年幽居深宫,这让一向要强的言木香生不如死。随着又一年太液池畔芙蓉花的绽放丽贵妃双喜临门,宫中传出风声,皇上要立朱成赤为储君,将来继承皇位,而丽贵妃也再度怀孕。妒火中烧的言木香再也无法忍受,丽贵妃就迎来了她生命中最悲惨的一天。

　　那天是大雪初晴的日子,阳光普照,紫禁城上的天空一片瓦蓝。虽然宫殿琉璃瓦上仍然积着厚厚的白雪，但是紫禁城深宫高墙内处处避风，而且有的是朝阳的地方。丽贵妃坐在东六宫承乾宫外廊檐下晒太阳，一直晒到太阳快要从顺贞门那里沉下去的时候，才到坤宁宫去赴言木香言皇后的邀约，商量即将到来的皇上万寿节庆典。当时她住在承乾宫，奇怪的是那日承乾宫极少有人走动，宫女们不知道去哪里了。只有两个宫女在远远的廊檐下听差，却仿佛约好了似的一律对她冷淡。眼看着约定的时间快要到了，她心里有点焦虑，有孕在身的她又不时地呕吐，都快将一旁的痰盂吐满了，她强撑着站起来叫了一声："来人哪。"一位小宫女才老大不情愿地走过来，陪她一路来到了皇后的坤宁宫。这一路走得她有点艰难，一肚子怒火正想发作，小宫女却将她安顿到桌案前坐下一眨眼就不见了。她以为小宫女叫皇后去了，便静静地坐着等待了一会儿，发现宫中空无一人。她坐了一炷香的工夫还是不见人影，感到非常奇怪，正手足无措间突然听到隔壁传来阴森恐怖的哭号，声音一声比一声激烈，像夜猫子在号叫。她吓得汗毛根根直竖，起身就沿着一条外走廊匆匆离开，在屏风处迎面遇上了气喘吁吁赶来的言皇后和她身边十几位宫女。言皇后淡淡地说："丽贵妃，你怎么不打声招呼就走了呢？你慌手慌脚地慌什么呀？刚刚皇上有点事。"丽贵妃一时说不出话，众人此时都听到了那恐怖的哭号，几个小宫女跑进去一看，突然大哭起来："皇后娘娘，皇后娘娘，不得了啦，不得了啦，皇子被人害了，皇子被人害了。"

皇子朱容纳早已咽气，他脖子上一道紫黑色的青瘀证明他是被人活活掐死的。丽贵妃吓得浑身像筛糠似的颤抖，而皇后脸上却不见一滴眼泪。她干号了几声，然后死死攥紧了丽贵妃的手："丽贵妃，怪不得你刚才慌手慌脚要跑了，幸亏被我发现。丽贵妃，你心肠好歹毒啊！你再嫉妒我也不能对皇子下毒手啊！你的心比蛇蝎还狠毒。"丽贵妃当即瘫倒在地："冤枉，冤枉啊！我都不知道这是怎么回事，我都没进房间，就在这里坐了坐。我怎么敢掐死皇子？我连一只鸡都不敢杀……"皇后眼睛瞪得像铜铃："你还敢抵赖？我哪点冤枉你了？刚才就你一个人在场，不是你掐死皇子难道是我吗？所有在场的宫女都可以做证，就是你这个歹毒的恶妇掐死了皇子朱容纳，你还会对我的另一个皇子朱由明下毒手，你的目的就是想让你的儿子朱成赤继位。来人哪，将她拖到皇上那里去。"几位太监应声而上，拖起早已昏死的丽贵妃来到了乾清宫。

面对言皇后呼天抢地的哭号，老皇上朱孝进也几乎气昏过去，看着朱容纳紧闭的双眼他痛哭失声老泪纵横，最终下令将丽贵妃赐死。我娘斡氏女丽贵妃被打得半死，最后在午夜时分被丢进了贵妃井。老皇上朱孝进不忍心对丽贵妃之子朱成赤下毒手,那毕竟也是他的龙子。他悲伤过度沉沉睡去,言皇后却睡不着,留着朱成赤终归是个祸害,她当天晚上再派敬事房宫心志对朱成赤下手时却发现他早已不翼而飞,宫中谣传是丽贵妃临死不放心带走了儿子。朱孝进一夜之间失去了两位龙子大病了一场,他一怒之下杀死了十二位宫女和十二位太监泄愤。就在老皇上在宫中滥杀无辜之时,宫心志离奇地救下丽贵妃,然后带着她和皇子趁着月黑风高之夜离开了紫禁城,稳婆范桂枝也一路跟随。宫心志多年来一直暗恋丽贵妃,他作为假太监在宫中许多人都知道,甚至连皇上都听说过。但是每年敬事房例行的男根检查他都能安全过关,宫中传言他常年喝一种神奇的缩阳水,可以让男根缩进身体里肉眼完全看不见。而一旦停止饮用缩阳水,九九八十一天之后男根便如同雨后春笋一样拱出来。当年丽贵妃在皇上面前承接雨露之恩时,也和日日与她亲密接触的宫心志如胶似漆。宫心志面白如纸一表人才,深得宫女贵妃们喜欢。他似乎也是风流多情来者不拒,与后宫许多宫女妃子眉来眼去情意绵绵。当然,他最爱的就是我娘丽贵妃,早就知道言皇后的阴谋诡计,他巧妙安排救下丽贵妃,然后利用敬事房扫地太监处理垃圾粪便的马车将丽贵妃与朱成赤放在粪车中和他一起逃出深宫。他后来留下朱成赤独自抚育,安排丽贵妃装疯,远嫁给宛平县神乳山下的靠山庄贫苦山民颜老六,生下的女儿就是我颜如月。颜老六无钱婚娶,能有一个老婆为其生女也算是福分。但是他的福分不高,在我周岁那年他意外得急病离世,留下我们孤儿寡母相依为命。而我的哥哥被改名为周达,长大成人后被宫心志送往军营,一路升任千户之后,已经成为云游僧布袋和尚的宫心志才将家族的前世今生告诉了他。周达闻听之后在布袋和尚面前长跪不起,发毒誓一定要重返宫中,夺回本来属于我们家的大明王朝。

第五十三章 一触即发

　　言木香如何成为皇后娘娘的经历我了解得确实不多,通往皇后和太后的路途漫长坎坷。朱孝进后来是否还记得当年那个宠妃斡氏女丽贵妃我一无所知,他应该不会忘掉他那个还不会走路的皇子朱成赤,应该还隐隐约约记得正在腹中的公主颜如月。但是所有这一切肯定就如同什么也没有发生过一样,人们知道的历史就是言木香生下的朱由明理所当然地在老皇上驾崩之后成为新皇上,从前的皇后言木香成为老太后,宫里的人口口声声只唤她太后,后来进宫的人也不知道她的本名叫言木香。朱由明后来照例在全国选妃,无数漂亮动人的宫女又如同当年老皇上朱孝进选妃一样被选进宫中,王来喜等一批选中的妃子也如同当年言木香、斡氏女一样入选宫中。宫中的天子换了一朝又一朝,天子身边的妃子当然也换了一茬又一茬,但是宫中的争斗永远一模一样,就如同言木香与嫔妃的争斗和王来喜与嫔妃的争斗一模一样,只是她的命运比太后当年还要悲惨一点,言木香怎么说还是顺顺利利产下龙太子做了皇后。而她勾结了背妃太监韦忠贤一次一次将她背上皇上龙床,她顺着皇上的腿一次一次钻进皇上的被窝承接皇恩雨露,却始终没有怀上龙种。她绝望得几乎窒息之际,韦忠贤为她想出了一个绝妙的主意。

　　多年以后在紫禁城经过一轮又一轮玉碎宫倾之后我才得到确切的消息,像当初帮助了言木香将我娘丽贵妃杀人灭口一样,这一次钱大妈妈与韦忠贤再次在宫中杀人灭口,这是由宫中残酷无比的生存法则决定的:你只能同流合污才可以赢家通吃,而如果你独善其身洁身自好,那么等待你的将会是处处孤立无援最终被淘汰出局。每一个人在宫中都如同站在绝壁千仞的悬崖之上,你必须死死攀住悬挂的藤蔓或紧紧攥住石缝中的树根才不至于摔得粉身碎骨。在宫中的生存法则就是一定要跟对一个大权在握的人,比如太后、娘娘这种级别的。

再不济也要攀上钱大妈妈、韦忠贤这样级别的人,你才可能有发达的那一天,有出头的那一日。钱大妈妈和韦忠贤攀上的就是王来喜,他们深知只有将她送上皇后的宝座,他们作为稳婆和小太监才可能有出头之日,他们不想做一辈子稳婆和太监,到头来就是拿几个赏银在风烛残年之际回到老家,然后孤独死去,他们的手段只能是助纣为虐。宫中的世界是一个人吃人的世界,宫外的世界当然也是如此,但是因为高额的回报让宫中的自相残杀更加凶残。王来喜一直无法怀上皇子让钱大妈妈和韦忠贤急得跳脚,而作为低等妃子的田小娥意外怀孕让韦忠贤喜出望外,他们将小娥封锁在冷宫秘不示人,然后在王来喜肚腹上塞进一只布娃娃,就高调在皇上面前宣布王来喜怀上了龙种。皇上十分开心,马上下圣旨将王来喜封为慧妃,并且由嫔越过妃子与贵人两个级别,直接提升为皇贵妃,只等着龙种出世之后将她升任皇后。王贵妃当然也知恩图报,马上在皇上面前进言将钱大妈妈提升为奶子府的大总管,太监韦忠贤也升为敬事房大总管。王贵妃的肚子一天天变大完全是伪造而成,为了保胎韦忠贤不再安排皇上宠幸王贵妃,对外放话说让慧妃好好保胎养胎。田小娥在冷宫中终于等到了十月怀胎一朝分娩那一刻,王贵妃当然也终于等到了十月怀胎一朝分娩那一刻。虽然皇上、太后等宫中要人守在乾清宫大殿等候皇子出生的消息,但是他们对深宫内屏风后面的安排一无所知。当田小娥将朱春山生下来时,范稳婆做了接生婆。刚刚将带着血水的脐带剪断,韦忠贤马上抢了过去用锦缎包裹放在箱匣中人不知鬼不晓地飞奔到慧妃产床前,伪造成皇子是慧妃所生的假象,当然一直塞在慧妃腹中伪装怀孕的那只布娃娃也同时拿掉。钱大妈妈抱着裹在襁褓中的婴孩看了一眼,然后就出了屏风,喜气洋洋地交到皇上朱由明手上。朱由明接过来看了又看,说:"好,太好了,将来就由他来继承皇位。"朱春山就在这一刻被宣布为皇位继承人,慧妃王来喜在这一刻喜出望外。尽管钱大妈妈和韦忠贤做得天衣无缝,或者他们自认为做得天衣无缝,风声还是走漏出去。这样的事在人多嘴杂的宫中不可能瞒得住,也是他们胆子太大了,他们认定自己有娘娘撑腰在宫中可以一手遮天,太监奶妈即便知道一鳞半爪谁又敢走漏半点风声?但是事情最终还是传到老太后的耳朵里,太后对田小娥离奇失踪感到疑窦丛生,对慧妃生下龙子朱春山也备感蹊跷。她没有办法得到证据,表面上对慧妃疼爱有加,背地里却在利用锦衣卫进行暗中调查。但是李敬堂却迟迟没有准确消息,李敬堂对太后的无限忠诚和太后对李敬堂的高度信任并没有帮上太后多大忙,所有关于皇上和太子的线索都云山雾罩,事情就一直拖延下来,就成了我后来入宫时见到的格局:钱大妈妈和九千岁韦忠贤分别统管了奶子府和敬事房，一手遮天不可一世。钱大妈妈的出行堪比皇后，而韦忠贤更成为一人之下万人之上的九千岁，他甚至破天荒地搬入宫中钦安殿与已成为娘娘的王来喜比邻而居。如果你不从承天门而改从顺贞门入宫的话，那么进入紫禁城的第一道大殿钦安殿就是韦忠贤的宫殿。他一手打造的宦官集团垄断了宫中权力，封疆大吏们想入宫晋见皇上，只有搞定了韦忠贤才可以。有时候韦忠贤甚至不把皇后娘娘和娘娘的兄弟王不欢放在眼里，在内心他也不把太后言木香和王爷言如鼎放在眼里。太后和王爷当然也都看在眼里，他们之所以一直没有对韦忠贤采取实质性的行动，也表明他们内心是虚的，他们不敢轻举妄动，因为他们都有把柄攥在人家手里。从实质上说，太后和皇后是一模一样的心狠手辣的女人，都是依靠令人发指的残忍在宫中上位，更多的时候她们全都是睁一只眼闭一只眼，毕竟自己年老色衰，能保守尊贵之位然后安度余生，这才是最好的结局。但是人生总会出现意外，意外就是一个意外事件打破一切平衡。那年紫禁城出现的意外就是皇上朱由明离奇地在太液池琼华岛古木参天的山道上攀登时，一不小心跌了一跤。这样的意外并不算什么，那条弯弯的山道上布满了树根与竹根，很容易绊住脚摔倒。朱由明手掌也被竹根戳破了，太监随手帮他捡了根树枝当手杖，没想到他握住那根树枝马上便两眼发黑口吐白沫倒在地上，跟随在身边的贴身侍卫赵明德与韦德贤甚至来不及背他下山皇上就已经驾崩。后来宫中发现那只当手杖的树枝竟然是箭毒木，见血封喉。宫中大臣们都听到过如此剧毒的树木，但是这种罕见的乔木都是生长在南方炎热的海岛上，紫禁城什么时候出现过这样见血封喉的毒木？各种谣言在此时甚嚣尘上，皇上离奇驾崩太后的反应却是风平浪静，当然她也可能哭得死去活来，但是宫中却没有人看到这一幕。她后来就在宫中深居简出，把她这个儿子彻底遗忘了。现在我作为过来人才明白她当时的处境，因为她曾经犯下的罪孽钱大妈妈和韦忠贤都看在眼里记在心上，她怕被翻老账一直不敢轻举妄动。娘娘从前一直活在她的淫威之下，最后能出面与她对着干，就是因为娘娘知道高高在上的老太后不过就是与自己一模一样的心地歹毒的女人，其实根本不用再怕她，甚至可以与她对着干。其实就是娘娘与小太监联手暗中设计害死了皇上朱由明，她太急于让皇太子朱春山继位了，她太急于要做母后了，她迫不及待地设计除掉了朱由明。皇上死于计谋太后言木香心里很清楚，但是她已经无力去查。宫中的黑暗实在太多，她自己也罪恶累累。查清了又怎么样，查不清又怎么样？只要保住朱春山皇上之位，只要保住自己的老太后之位，只要维持我大明王朝表面上的太平盛世就万事大吉。在宫中争斗了一辈子的她和兄长言如鼎到老想开了，她最后的死应该是郁郁而终。但是她的罪孽没有暴露,她最后也算得到了圆满,她的死亡让娘娘大大地松了一口气。

我娘冗长而杂沓的回忆像堆放在浣衣局的脏衣服一样灰暗而零乱,她的叙述不知道年代久远还是她记忆减退最后变得含混不清语焉不详。后半部分其实是由范稳婆完成的,这个苍老的女人在宫中毫不起眼,看上去一无所知的她竟然对宫中事无巨细全都了如指掌,原来她日日眯缝起来的似乎是瞌睡的眼睛其实是一双锐利无比的鹰眼。后来的事实表明我到目前为止依然没有完全了解她,也根本没有看清她,她在暗中的布局远远超过我的想象并且到目前为止仍然没有停止,她一直在瞒天过海地布局,只是谁也没有想到她所设下的局是那样的诡计多端不可思议。事实上那天范稳婆的叙述没有最后结束也没有全部说出,因为到了高潮处我们三个女人完全忘乎所以,更不知自己置身何处。这个时候清风寺唯一保存完整的僧房已经被韦德贤包围,他们早就伏在瓦檐上将所有的对话全听得清清楚楚。在我们的谈话进入尾声时,韦德贤认为到了收网的时刻了,他们身轻如燕地从僧房并不高的瓦檐上跳下来,将开门欲出的我们三个女人擒拿。我们三个女人当然不是东厂兵卒的对手,我娘本能地想再度装疯,但是韦德贤怎么可能相信这样的把戏?他阴阳怪气地笑了一下:"丽贵妃,老皇上已经不在了,你还玩这一套给谁看啊?我真是佩服你命大福大造化大,竟然到今天还活着,而且就活在我们东厂眼皮子底下,我不得不佩服你的能耐。"

韦德贤当场将我们隔离并逐一审问,主要是追问我娘宫心志的去向,我娘一口咬定他不是被你砍头了吗?韦德贤被问得哑口无言,他只好岔开话题派小德子到宫中报信。小德子刚刚离开他开始有点忐忑不安,他稍稍等待了片刻,等来的却是李连城的锦衣卫兵卒,两帮人马在清风寺发生火并。东厂的行动无法逃得过锦衣卫的密探,重返锦衣卫的李连城根本不管那么多,而且他手里拿的是皇上调兵遣将的虎符,这让韦德贤十分沮丧,他不肯轻易将我们交到李连城手中,他的意思是一起到宫中再说。李连城当然知道他的意思,只要一入宫见到韦忠贤他就不怕李连城。两帮人马僵持不下,这也是东厂和锦衣卫经常针锋相对的局面。两帮人马刚刚出了清风寺踏上那条通往顺天府的山间土路,不知打哪里射来一支箭射中了韦德贤,驮着韦德贤的马受惊,疯了似的一路狂奔,消失在黑暗之中。

我在恐惧与战栗中步步惊心、度日如年的时候,张三姐东山再起迎来了她梦想中如鱼得水的大好时光。虽然朱春山仍然在乾清宫,但是宫中上下都认为他是假冒的,一种诡异的气氛在宫中弥漫,都知道假皇上的诡计肯定要捅破,但是不知这个日子在哪一天。许多人见风使舵开始转过身来接近朱春龙和张三姐,朱春龙的继位好像指日可待。而已经怀上朱春龙龙种的张三姐变得目中无人地嚣张起来,她有意无意地出现在奶子府。奶子府的奶妈们在背后对她指指点点,说她千真万确怀上了朱春龙的龙种,并且认定她成天要碧桃帮她到御膳房讨酸梅子吃,她一定怀的是男孩,酸儿辣女是民间的看法,她将来成为皇后却是板上钉钉的事实。银铃也认定她隆起的肚子是向左边歪着的,而银铃生下儿子之前肚子也是向左边歪着。另一群奶妈和女仆像如花和秀琴则打死也不相信她怀孕,持这种观念的还有如妃,双目失明的如妃特地询问过朱春龙,甚至为张三姐怀孕的事还大吵了一场,据说他们母子争吵的时候张三姐在隔壁笑得弯下了腰。只有她知道朱春龙对她的身体那种发自肺腑的迷恋,还有那种只要一沾上她的身体就完全失控的疯狂。当然她有她的魅力与手段,那种成熟女人秘不示人的手段与伎俩足可以让朱春龙这样的青春少年在她怀中神魂颠倒如痴如醉。她毫不畏惧宫中的流言蜚语,她认定那是出于奶妈与宫女的嫉妒。这样的飞短流长在太医翁万春受如妃之命偷偷替张三姐检查确认她怀孕之后就烟消云散,张三姐的嚣张与跋扈也同时史无前例地达到巅峰:每日都有十个宫女专供她使唤,就如同当年我在宫中得宠一样。每日早上一起床宫女们就帮她浓妆艳抹,然后各式宫中精美早点一一送达,她与朱春龙共进早餐。太阳升起来的时候,她和朱春龙一同出行去太液池畔游玩,也会坐着八抬大轿出宫。我有天碰到她,她和朱春龙想必刚刚从琼华岛上的庆宵楼和见香亭回来,两个人坐着两乘八抬大轿,随行护卫人员多达上百人。我让到路边看着眼前黑压压的一队人马,张三姐掀起轿帘看到我,那得意的一瞥让我一生不忘。多年以后在她惨死在刀剑之下时也在刀光剑影中向酸枣投来一瞥,这一瞥与那一瞥都是无意中的一瞥,透示的人生境遇却是那么惊心动魄,就如同那次在清风寺我意外得知我娘斡氏女竟然是我的干爹李敬堂的堂姐一样。

第五十四章 亡命之徒

　　这时候赵明德的密信再次由特使传来：限令宫中半个月内释放如妃与朱春龙出宫，他也会履约释放王不欢，双方在顺天府郊外潭柘寺进行人质交换，然后他与皇上坐下来议和。这封密信让娘娘坐立不安，韦忠贤马上封锁消息，但是这样的消息哪里能封锁得住？文武百官在早朝上上奏一致要求派出特使与赵明德议和。当时我在清风寺，对宫中发生的事情一无所知。现在我在桃花坡上回忆起来，就是李连城神奇现身清风寺的那一瞬间让我看到了希望，李连城总是给我带来希望，当他骑着那匹枣红色的骏马出现在我眼前时，我几乎失声尖叫起来。这时候中箭的韦德贤早已被受惊的马驮着落荒而逃，这神秘的一箭让东厂的人马知道来者不善，韦德贤的脱逃让他们人心涣散最终一哄而散。看到清风寺破烂不堪的轮廓出现在幽暗的夜空下，我开始相信我所经历的一切全都是宿命。清风寺是我生命中一个重要的节点，我每一次人生逆转好像都与它紧密相连，这一次当然也不例外。我娘面对李连城的讯问只是一个劲地哆嗦，她苍老的眼光始终停留在李连城铁青色的脸上。李连城以为我娘哆嗦是因为怕冷，他一直在室内踱步，然后停在我娘面前说：“婶娘有点冷吧？”他脱下身上那件芷草青革带双绶撒花烟罗青锦衣披到我娘身上，我娘一刹那莫名其妙泪水滚滚而下，她抱住李连城毫无来由地痛哭失声。李连城不知所措把目光投向我，意思是让我劝慰一下，我娘这时候又开始疯话连篇，抱住李连城再度失声痛哭，并且将鼻涕眼泪糊了李连城一身。我此时只有一个念头：回到宫中，我一定要和朱春山在一起。但是范稳婆抵死不从，一定要留下来陪我娘斡氏女也就是当年的丽贵妃。李连城左右为难，我站出来说：“李大人，你也别在此纠结，皇上的真真假假就够你受的，你何必在此为我纠结？我娘的事就交给我吧。”这时候外面传来一阵杂沓的马蹄声，我上前吹熄灯盏屏息谛听寺庙外的动静。只听见山风一阵一阵吹过庙檐上锈蚀的风铃发出暗哑的响声。突然有人破门而入,李连城提刀上前抵挡,两把刀在黑暗中互相砍杀迸发出点点火花。只听见李敬堂的声音:"别打了,连城!"刀剑击打的声音戛然而止,刹那间寺庙里像空无一人,所有的人都屏息静听。李敬堂突然说:"你马上回宫照顾好皇上,别再出事。把斡氏女交给我,她是我的堂姐,也是你的姑姑。"

我能想象李敬堂短短的一句话在李连城内心引发的震荡,那一定如同晴天霹雳。李敬堂之所以脱口而出一定经过深思熟虑,反正当时也没有外人,唯一的外人是龟缩在佛龛后面的范稳婆。后来我才知道,李敬堂事先就知道范稳婆也在场,而他这一句话就是说给范稳婆听的。李连城快马加鞭赶回宫中,我们在马易初护卫下在鸡叫二遍时也回到了奶子府,仿佛宫中无人知道清风寺发生的这一幕。韦德贤身中利箭马也受了惊,驮着他眨眼之间逃到了荒郊野外。那是一支毒箭,箭头上染有鸩毒,他一时三刻就昏死在马背上,然后就什么也不知道,马驮着他在燕山山脉初夏南风四起的夜晚一路奔向宫中。这是一匹训练有素、征战沙场的骏马,它似乎知道官道上有巨大的危险,它驮着瘫软在马背上的韦德贤一路小跑着沿采药人和狩猎者踏出来的小道迂回着奔向顺天府。它的蹄子是细碎的平稳的,尽量保持身体的平衡不将韦德贤颠下背来。正值初夏时节,漫山遍野的草木一片葱茏,它就在葱茏草木中穿行。黎明时分在一个山谷口与一个一身露水赶路的女人迎面相逢。马就站在山谷中扬起前蹄迟疑了好半天,最后它才轻轻放下蹄子不再奔跑。它打了个响鼻,它透过黎明时淡青色的天光认出了面前这个女人,就是奶子府曾经不可一世的奶妈杨白桃。杨白桃也一眼就认出这匹枣红色的马,她当时日日进出千岁宫,甚至黑娃骑着它带她一同逛过太液池的内校场,那是宫中著名的皇家练兵场,如果韦德贤不打招呼,任何人不得以任何理由出入内校场。马看到了杨白桃仿佛见到了亲人似的兴奋地打了一个又一个响鼻,将屁股掉转过来。杨白桃看到马背上趴伏着中箭的韦德贤,大吃一惊。

马背生挥刀自宫进入敬事房让杨白桃万念俱灰,当天晚上清风寺发生的一切她完全不知,她就在山坡上溪流畔采来解毒的半枝莲和狮头草清洗韦德贤的伤口,然后用马驮着他在荒山野岭盘桓了许多时日,最后来到清风寺。清风寺现在少有僧人,她在僧房里安顿好韦德贤,她这时候没有别的想法,只是想着救活韦德贤,因为他分明还有一口气,她不能眼睁睁地看着他死去。这时候宫中完全忘却了失踪的韦德贤,在朱春山一再承诺下,赵明德带领十万红巾军出现在顺天府外的潭柘寺,李连城亲自赶到潭柘寺与赵明德会谈。赵明德挑衅似的看了李连城一眼,然后就在他对面定定地坐下。李连城会意一笑:"赵大人过得不错啊!这些年原来赵大人一直养尊处优啊!"赵明德抬起手往下压了压:"坐下坐下,李大人,潭柘寺是佛门福地,我们不能也不会在此刀兵相见,这是我选择在潭柘寺晋见皇上的目的。要皇上出宫来潭柘寺与臣相见,臣怎么可能无礼到如此地步?你知道为什么吗?"他的一双眼睛忽然抬起来直勾勾地盯着李连城,没等李连城回答他脸色陡变:"就是臣知道,皇上不能来,皇上不可能来,此皇上非彼皇上,皇上是假的!"李连城勃然大怒,一拍桌案:"你放屁!"赵明德会意一笑,抬手往下压一压:"别动气嘛,李大人,其实你我可以联手合作。我可以明确告诉你,十万大军就在顺天府郊外集结,你父子潜伏宫中多年,其实你们做的局宫里宫外都在传,你不可能长久。与我赵明德合作远比和娘娘合作更有胜算,而我与你合作也远比与娘娘合作要好。王不欢在我手里,娘娘就是个空架子,但是在外界看来她就落了个名正言顺。其实,名正言顺的只有一个,就是我皇姐之子朱春龙,其他的全是假的,包括你李连城也是名不正言不顺……"李连城听到这里突然爆发出控制不住的大笑,他的仰天长笑根本不是伪装出来的,而是自然而然的,他最后收住了笑容:"赵大人,这回你可说错了。告诉你,我李连城才是名正言顺。你现在看不到以后会看到的,我李连城才是正统!"李连城说完起身就走,赵明德叫住了他:"我希望你再想想。"李连城说:"再想想的是你,你如果真的知道一切就应该明白我所说的非假。你也应该知道,我李连城绝非杀人不眨眼的刽子手,如妃和朱春龙最后在宫中受到保护和款待就是明证。当然,他们会在宫中一直受到款待,我并非为了在赵大人面前邀功请赏,只是我守着做人的底线!"

李连城的一番话打动了赵明德,赵明德沉思了一会儿,说:"好吧,我感谢李大人照顾了我皇姐和春龙,但是我希望李大人识相一点。我拥兵十万,我的忍耐是有限的,我在潭柘寺再驻守三日,你不安排我晋见皇上,我会长驱直入直捣紫禁城——李大人也知道,我不想那样做,那样做就不好看了。但是你别骗我——是我的东西,我一定要拿到。告诉你,我一定要在潭柘寺静候朱春山,希望你们拿出诚意,让我见一见皇上,我会告诉你们那个皇上是真还是假。"

就在李连城去潭柘寺那天宫中闹得沸反盈天,先是韦德贤在清风寺被杀的消息在宫中传得尽人皆知。令人惊心的是,韦忠贤非但没有悲伤反而哈哈大笑,认为韦德贤死得好,令人摸不着头脑。诡异的是娘娘此时出宫到背山庄去偷偷见过一次钱大妈妈,据说她抱着钱大妈妈失声痛哭。那一天钱大妈妈正在萝卜地里拔萝卜,她任娘娘伏在她的肩膀上哭了个够。娘娘那天布衣素服只带了一个宫女和一个太监,穿着普通的大襟衫,外人也看不出她们的宫中背景。娘娘对钱大妈妈说:"大妈妈我真是佩服你,你的眼睛真是毒辣啊,你就知道宫里要出大事,放弃一切回乡种地。"钱大妈妈说:"其实我不必种地,但是我就是贱命,闲在家里心里发慌。我好歹也在宫里待了一辈子,怎么说呢,说了娘娘你也不要不高兴,这世上从来就没有一个干净的人,人人屁股后面都有屎挂着。宫里出事才正常,不出事就不正常,哪朝哪代都是这样子。隔些年就要血雨腥风一次,隔些年又要玉碎宫倾一回,这是人间劫数,我看得多了也看开了。我就知道宫里早晚要出事,我这把老骨头受不了,我惹不起总躲得起吧?我就躲回到老家了。如意年轻,她躲了几日觉得没意思,又嫁到顺天府了,而且一嫁再嫁。娘娘要是有这个心也躲起来吧,宫里最坏的恶果还没出来,等到出来就来不及了。"娘娘擦净了眼泪不说话,钱大妈妈拔了个萝卜,用弯刀削了皮拿着萝卜缨子直接递到娘娘手里:"娘娘你尝尝,比梨子还甜哪。"娘娘拿着萝卜看看天,说:"我现在躲起来?实在不甘心哪。再说,我现在也来不及了,我躲到铁柜里他们也能找到我吧?我手上血债太多了。"

娘娘这次是来找钱大妈妈封口的,因为那次帮她抢走田小娥之子的人正是钱大妈妈与韦忠贤。钱大妈妈当然一口答应了娘娘,娘娘回到顺天府后多日独守乾清宫闭门不出,后来李连城告诉我娘娘一门心思与皇上亲密接触,认定他千真万确就是朱春山。娘娘此时的表现不过就是假戏真唱,经过几天的反省她认定识时务者为俊杰。其实她心里最明白,朱春山从小到大根本就不是她的儿子,她比谁都清楚。她一口咬定朱春山就是真的——只要朱春山是真的,皇上就是真的,皇上是真的,她这个太后就是真的,谁敢动她一根汗毛?至于这个朱春山到底是真还是假倒并不重要了,真的又怎样假的又怎样?只要宫里认定是真的那就是真的。她这样做既保了李连城更保了自己的地位。可是宫中要出事谁也挡不住,先是韦忠贤发现他放在钦安殿的两样宝物不见了,一件是王羲之的《兰亭集序》,是封疆大吏于文第送他的,知道他酷爱王羲之的书法,便经过多年搜罗得到这件举世闻名的宝物呈送于他,另一件是张择端的《清明上河图》。两样宝物同时失窃他不太相信,以为是小太监跟他玩恶作剧,过几天他们会自动送上门来,但是一连过了几天无声无息。这时候娘娘的一件玉雕也不见了,那件玉雕是一整块翡翠精雕细刻而成,韦忠贤这才意识到他的宝物真的是被人偷窃了。这时候宫中接二连三出现宝物失窃:玉器之宝青玉云龙纹炉、珐琅之宝掐丝珐琅缠枝莲纹象耳炉、织绣之宝缂丝《梅鹊图》轴、漆器之宝雕漆云纹盘全都离奇被窃。最离奇的是放在乾清宫后院角上的一颗翡翠白菜是朱春山童年时的爱物,那是一件与白菜一模一样的翡翠白菜,最绝妙的是这块翡翠竟然夹杂有一块黑中泛红的杂色,正好用来雕琢成一只贪吃白菜心的七星瓢虫。这只瓢虫雕得活灵活现,似乎你吹上一口气它就会弹跳而飞。这些宝物的失窃让宫中议论纷纷,而李连城多次与朱春山联手在宫中演练神偷绝技正好被我和好几位太监奶妈无意中看到。皇上是神偷大盗的传说一直传到娘娘和言如鼎耳朵里,宫中宝物失窃以及遍地大盗让太监们大惊失色——多年以后李连城才告诉我,皇上朱春山确实是超级大盗,而且他在顺天府盗帮里还是帮主,他们过的其实是一种讲究哥们义气的集体生活:每天有人外出踩点有人负责望风有人负责偷窃有人专门接应,一旦得手马上撤离,所有盗来的物品一律交给帮主朱春山,由他统一安排。谁也不知道他们这些神偷大盗竟然被李连城引入宫中,宫中谣言四起的时候,李连城发现他去潭柘寺这几天,这帮家伙竟然完全不守规矩,在宫中随意活动、大肆偷盗。李连城回到宫中听到风言风语一怒之下就将他们一起关押在乾清宫后殿,对外宣称驱逐了他们。太监春明意外发现他们一伙人藏在偏殿里赌博,更可笑的是朱春山也置身其中赌得忘乎所以不亦乐乎。围绕着皇上的真假宫中又争执不下,娘娘坚持认定朱春山真实无疑,言如鼎则根本不相信。娘娘与言如鼎一向也是面和心不和,太后过世后言如鼎对宫里的事也不大过问,但是真假皇上一事实在过于重大,他和韦忠贤一起出现在乾清宫偏殿里,耿谦和把我也叫了过去。我进入偏殿时他们已经在那里商谈了很久,每个人的脸上都笼罩着一层阴晦的乌云。娘娘的眼睛在众人脸上扫了一圈又一圈,然后停留在李连城脸上:"这件事情其实没有必要纠结,皇上就是我生的,没有人比我更了解他,皇上怎么可能是假的?这完全是有人无中生有造谣,他们的目的就是想推翻先皇留下的遗训,好让她自己的儿子夺权做皇上。我在这里想告诉她,这是白日做梦。王爷不要上了恶人当,娘娘我更不可能上了她的当。"娘娘的一番话说完扫了众人一眼,众人面面相觑。言如鼎看也不看娘娘却将鹰一样的目光落在我脸上:"颜夫人对皇上更清楚一些,毕竟皇上是吃着颜夫人的奶水长大的,我问颜夫人,皇上身上有没有明显的特征或胎记?"我点点头:"有啊有啊,有的,屁股上有块胎记的,这里,就在这里。"我比画着自己的不雅部位,这时候我看到娘娘向我投来凶恶的目光。言如鼎突然一拍桌子:"好,我们马上围住朱春山,逼他脱下裤子。"

第五十五章　诡计多端

　　我尾随着一帮人进入乾清宫时心花怒放,我发现所有的人脸上都掠过掩饰不住的笑意,每个人都无法想象为了验证皇上的真假竟然要当众扒下皇上的裤子!读遍宫中典籍翻找民间野史,哪朝哪代发生过如此离奇诡异的事情?我无法设想将皇上按倒在龙椅上众人七手八脚扯下他的龙袍然后让皇上把屁股翘起来,那是多么令人忍俊不禁的一幕,想一想就忍不住要大笑起来,宫中万分紧迫危急的大事一瞬间就化为一出恶作剧。我脑子里乱成一锅粥,那个从前一刻也离不开我的皇上,现在在我看来是如此遥远而陌生。一行人进入宫中一起来到了龙椅前,朱春山正在埋头认真地看题本,他见到我们以奇怪的目光看着他不明白是怎么回事。不知道哪位太监报告了李连城,李连城眨眼之间就从乾清宫外的奉先殿赶了过来,而这时候韦忠贤早已将王爷的意思告诉了朱春山。这是我又一次近距离地看朱春山,他与我眼里的朱春山完全一模一样,我在心里直打鼓:一定是谣传肯定是谣传必然是谣传,哪有两个人长得一模一样?他们其实并非两个人,他们就是一个人。朱春山马上明白了韦忠贤的意思,从龙椅上跳了起来:"下去,统统给朕滚下去。开玩笑,朕是什么人?是天子是皇上是至高无上的圣上,你们以下犯上,就不怕朕下诏处死你们?"他因为极度愤怒面孔有点扭曲,而且还脸红脖子粗,红红的脖子上暴起一根根扭曲的青筋如同蚯蚓,而且他一下子就跳到龙椅上,仿佛随时随地要扑过来与我们扭打。众人都有过一刹那的呆愣,大家似乎都心照不宣:这样的姿态完全不是皇上的样子。而我一刹那间也明白,朱春山由我从小一手带大,他怎么可能这样?即便在气急败坏的时候他也不会如此失态,我又认定他百分之百是假冒无疑。这时候李敬堂始终一言不发,朱春山一怒之下要下诏,结果被李连城阻止。我真的佩服李连城在如此紧要关头竟然满面春风,他的微笑带有无与伦比的亲和力,也让众人放松下来："王爷也许为国事焦虑过度,怎么能采用如此下作手法来对付一国之君?皇上的事怎能如此儿戏?但是宫里的流言我都听在耳中,大臣的焦虑我也看在眼里。我会给大臣们一个交代,请给我一点时间,让我来做出安排。"李连城的话没有人会相信,而且时间上也不允许。言如鼎只想趁热打铁当场就解决,与韦忠贤一番密商决定在耿谦和为皇上沐浴时一查究竟。几个人围住了我和耿谦和一番追查,我和耿谦和都记得那个蚕豆大的黑色胎记就在皇上私密处,胎记漆黑如墨,我记得上面的一撮毛发特别浓密。他小时候一向由我侍候洗沐,他身上的每一寸皮肤我都抚摸过,当然都了如指掌。我的记忆也得到了耿谦和和宋玉的确认,因为长大后皇上一直由他们二位侍浴。

韦忠贤的安排可谓费尽心思,同时他也安排言如鼎、李敬堂等老臣在后殿静候,到时也好让他们出面一证真伪。但是李连城早就对韦忠贤的阴谋诡计洞若观火,他一次又一次阻止了太监们给朱春山安排的沐浴,韦忠贤把耿谦和叫到敬事房骂得狗血喷头。耿谦和从来都是帮皇上沐浴的太监,皇上从来不会到他们太监洗澡的混堂司去洗浴,都是在乾清宫寝殿由耿谦和一手安排,然后他和春明帮皇上洗浴,皇上也从来没有拒绝过。现在皇上明确无误地拒绝他侍浴,让他难以理解,从前一天一浴的皇上难道从此之后就不沐浴了吗?让耿谦和吃惊的是,实际上皇上仍然天天沐浴,只是改由李连城负责。他把情况报告给言如鼎,言如鼎这才发现不知不觉中李连城已经变身为皇上的贴身侍卫,他就如同一堵铜墙铁壁守在皇上面前,任何人也别想接近皇上。李连城有点显老了,或者说他成熟了,成熟的男人总是略带一点沧桑感,他就这么坐在钦安殿里与韦忠贤面面相觑。韦忠贤其实一直是他最看不惯的人,但是现在他不得不依赖他,因为他需要利用他手下的那些与皇上日日相处的太监。韦忠贤虚与委蛇地应付了李连城,当天晚上就晋见娘娘和言如鼎,面对宫中混乱无序的局面他对言如鼎说:"现在只能从李连城那里打开缺口——"言如鼎说:"赵明德蠢蠢欲动,他还守候在潭柘寺,他明摆着就是将宫中一军。"耿谦和就站在一旁,耿谦和说:"奴才倒是有个办法,只是不知当讲不当讲。"言如鼎上下打量了耿谦和一眼:"你是几朝的老公公,有什么当讲不当讲的?"

耿谦和所策划的就是一个骗局,将酷爱打猎的皇上在打完猎之后骗到附近的小汤山洗浴,在侍浴时查个明明白白。小汤山温泉浴场在宫中非常有名,耿谦和几次陪小皇上去过,一道巨型石壁下有一个蓄水池,温泉水从石缝中潺潺流下流入蓄水池,温泉水滑热气袅袅,仿佛可以闻到丝丝缕缕的香气。这香气来自石缝中生长的香草,因为温暖湿润,那些香草长年疯长,香气扑鼻。后来宫中的传说是耿谦和没有费多大事就说服了李连城与朱春山,甚至李连城并没有跟随朱春山来到小汤山。朱春山是坐在香草茂盛的石壁下洗温泉浴的,光洗澡用的布巾就准备了三十多条,每条布巾都绣有黄丝线金龙。春明和宋玉领着两个太监给朱春山沐浴,都是日日给皇上沐浴的太监,手法纯熟有序,先反复擦胸、背、腋、臂,使毛孔张开,每一处都不放过,包括后脖颈与腚股沟直到皇上的私处。洗到这里他们将皇上交给耿谦和,耿谦和跪在水池畔给皇上清洗阴部,氤氲的热气像雾一样在温泉池上荡漾,他无法看到皇上的大腿根部,便刻意伸出手去抚摸,皇上忽然龙颜大怒:"你怎么老是想碰朕这东西?朕这东西除了皇后和妃子任何人不能碰。"耿谦和笑着说:"公公也不能碰吗?"朱春山摇摇头:"不能。"

据说耿谦和准备强行动手时被皇上狠狠踹了一脚,骂得他狗血喷头还扬言要他的命。最绝的是朱春山突然从温泉中光溜溜地冒出将私处对准耿谦和:"你们公公没有的东西,你们看啊,你好好地看啊,看看朕的家伙有多大,大明王朝就找不到比朕的家伙还要大的宝贝。"耿谦和脸色一片苍白,他在慌乱中看清了皇上的私处根本没有那个黑色胎记,他呆愣在水池中。朱春山丢下在潭柘寺等候晋见他的赵明德立马回宫,没想到却在山道口与赵明德的人马狭路相逢。当时朱春山正怒火中烧,一路上盘算着回宫后如何惩罚耿谦和。宫中那匹拉九龙沉香辇的老马也似乎跟他作对,突然就受惊了,慌不择路地一路狂奔将皇上乘坐的辇车带翻,皇上滚跌到路边草地上。那时候已值秋天,路边的茅草抽出长长的白色的穗子,皇上连滚带爬跌得鼻青脸肿,手也让茅草叶的锯齿拉出一道道伤口。后面跟着的几个太监呼啦啦冲上来,口里呼着"皇上皇上",然后大家七手八脚将朱春山扶起,让他坐在路边草地上。耿谦和吓得不知所措,脸上汗水淋漓:"皇上,皇上——奴才罪该万死。"朱春山一时没有回过神来,却看到一支马队嘚嘚嘚地冲过来,马蹄在山道上踏出一片烟尘。为首的那个白袜黑履的男人英气逼人,生姜黄云凤四色织花锦公服在秋风中轻轻舞动下摆。他跳下马来,微笑着一步一步踱到朱春山面前:"皇上怎会如此狼狈?耿公公,你告诉我这皇上到底是真的还是假的,我好跪拜呀。"耿谦和脸上红一阵白一阵,而赵明德却嚣张地抬起头来:"耿公公,这个皇上明显就是个假的,假皇上我不看了。王首辅就在潭柘寺,请娘娘派人来接。帮我带话给娘娘,照顾好我皇姐和春龙,我择日将会返宫。我希望到时娘娘开门迎接,否则的话我将杀他个血流成河!"赵明德说完看也不看朱春山掉转马头匆匆离去。

多年以后我才知道,赵明德与红巾军盘踞多年,随着流民的加入势力越来越强大,所到之处所向披靡,根本不将娘娘和朱春山放在眼里,韦忠贤暗中早就与他勾结,并将朱春山为假冒之事也密告与他。韦德贤被暗杀让韦忠贤心怀仇恨,表面上无所谓其实只是他的一种自我保护,他一直没有放弃对韦德贤的寻找,当然更不会放弃对宫中最高皇权的追逐。随着朱春山被假冒娘娘与王不欢危在旦夕,垮台已成为必然,现在如果确证朱春山为假扳倒他们,那么李敬堂、李连城的势力也会随之烟消云散。尽管朱春山是田小娥诞下的龙子,但是他如果为假的话也帮不上李连城什么忙。而赵明德因为手中拥有周迎祥的红巾军,将会成为左右宫中的强大势力。更重要的是他们手中有一张名正言顺的王牌:朱春龙。朱春龙成为名正言顺的皇上将让赵明德成为权倾天下的男人,韦忠贤必须及早筹谋背靠大树抱住大腿才有可能保全自己老命以图东山再起。而赵明德也需要他的帮助,狼狈为奸对韦忠贤和赵明德都有利,所以他们迅速在暗中达成紧密合作,这就是赵明德的充足底气与嚣张的由来。当然韦忠贤不会事无巨细全告诉赵明德,赵明德对他也是如此,他们都留有一手。身处宫中的如妃当然也没有闲着,她一直与韦忠贤暗中联系。韦忠贤即便在成为娘娘心腹的那些年,也没有放弃与如妃的暗中来往,因为他深知宫中翻云覆雨的游戏规则,他不知道哪一天皇后娘娘被人掀下宝座,所以多为自己留条退路,就像他同时也与大金国互通款曲一样。在确认朱春山为假冒之后,他认定娘娘和李连城大势已去,这样一来如妃的东山再起就理所当然。

从小汤山回来后朱春山就公开在乾清宫走来走去,有时候到太液池五龙亭去钓鱼,有时候和李连城一起下棋,他做木工的爱好又重新拾起,在乾清宫后殿做木工。但是据耿谦和暗中观察,他的手艺完全不如从前。宋玉甚至认为他完全不会木工,连起码的推刨都不会,应该是李连城提醒他从前的皇上喜欢做木工,他临时装模作样学了一下。当他在宫中出现的时候,奶子府的奶妈稳婆们仍然很兴奋。碧桃说:"看看看,大家快看看,皇上来啦。"秀琴、翠柳、如花、银铃还有范稳婆、马稳婆、金稳婆倾巢出动围观皇上。碧桃说:"哎呀,你看他走路的样子,不是皇上是谁呀?皇上就是这样走路呀!"碧桃说着就模仿起来。银铃说:"皇上从前不是这样子,你这样弯腰驼背的,皇上又不是七老八十!这个我看根本不是,根本不是。范稳婆,你说是不是?"范稳婆黑着脸马上走开:"你们别问我,我不知道。"宋稳婆细细看着摇摇头:"不是,不是,皇上根本不是这个样子。我侍候过皇上的,我知道。"秀琴说:"是的是的,如花,你说呢?"如花狠狠瞪了她一眼:"不多嘴你会死吗?看我回去不扯烂你的嘴。"众人一起将目光扭向如花,只有翠柳不屑一顾地走开。翠柳在奶子府几进几出,但是她的性格一点没改。其实这时候宫中已经公开怀疑朱春山是假冒的,虽然言如鼎在宫中公开声明朱春山是皇上真实无疑,但是如妃根本不信,追问春明和宋玉两位太监,他们支支吾吾更让如妃不依不饶。在那段混乱的时光里盲眼的如妃和妹妹如梦令在顺天府各宫殿司局频繁出入,并与李连城唇枪舌剑。有一次她们堵住朱春山,朱春山仓促应战接二连三露出破绽,如妃更认定他是假冒无疑,希望老臣们立朱春龙为皇上。娘娘坚持认定是真的,下令为皇上选秀,希望造成既成事实。钱大妈妈也做证,此皇上是她亲手接生真实无疑,双方在宫中你来我往大战了数个回合。宫里人也都替如妃担心,她一个宫中老弃妃而且连眼睛都瞎了,娘娘或李连城要谋杀她易如反掌。而她还嚣张地在紫禁城四处奔走,并且在九月初九的宫中早朝上将娘娘与皇上逼上死角。有关皇上真假到这里出现了数个版本,但是作为亲历人我所目睹的一切当然毋庸置疑。那天娘娘早早就来到宫中,一如既往地目中无人。文武百官对这个早朝充满不安与惶恐,人人目光诡异又忍不住窃窃私语。但是朱春山却按着宫中规矩驾轻就熟地主持着早朝,没有一丝一毫紧张或慌乱,让大家匪夷所思又不得不承认他天生就是一个皇上。娘娘在早朝快结束时声音颤抖地控诉宫中近期出现的有关皇上真假的流言蜚语,她的意思非常明确:给下面窃窃私语的文武百官一个下马威,再妄议朝廷娘娘将要大开杀戒。就在她喋喋不休没完没了地呵斥时,盲眼的如妃披头散发出现在早朝门外,手里提着个孔雀蓝锦袋。太监要拖她离开她大喊大叫撒泼耍赖:"假的假的,把假皇上拉下来,把假皇上拉下来,皇位命中注定就是我儿朱春龙的。"娘娘气急败坏:"把这个瞎子女人拖下去。"如妃突然跳起来喊道:"呸,你没有资格。"她说着变戏法似的从锦袋里掏出一个黄绸缎做的布娃娃,随便一扔就准确地扔到皇上面前的九龙御案上,她这才开口说:"皇上朱春山并非你的儿子,你是假装怀孕骗过先皇又抢了田小娥的儿子才做了娘娘,这就是你用来伪装怀孕的布娃娃。"

第五十六章　岌岌可危

　　娘娘在众目睽睽之下面对确凿无疑的证据愣怔了片刻，但是娘娘毕竟是娘娘，经历了年复一年纷纭复杂的宫中恶斗后经验丰富老到，她拿起扔在九龙御案上的布娃娃，冷冷一笑："嘀嘀，准备得倒是很充分的呀！可惜谁信呢？随便做个布娃娃就说是田小娥生下的孩子被我抢了，我王来喜即便是娘娘就有那么大的本事，光天化日之下就能在宫中堂而皇之抢来别人的孩子演一出狸猫换太子？你造的这个谣有脑子的人会信吗？宫中这么多年流传的谣言就是你造的吧？我从来不回应，因为清者自清。我告诉你，我诞下朱春山就在这座乾清宫，满朝的文武百官当初就在屏风外守候。王爷难道忘记了吗？李大人难道忘记了吗？还有韦公公、钱大妈妈、范稳婆、宋稳婆、金稳婆，他们都忘记了吗？"韦忠贤与范稳婆、宋稳婆当场被马易初带了进来，纷纷跪在娘娘面前。娘娘怒喝道："你们说呀！说呀！当着满朝文武百官的面说呀！有人无中生有造谣中伤，往娘娘身上泼脏水，说皇上是假的，你们像酸枣一样是哑巴吗？"范稳婆跪在那里面无人色，朝堂里鸦雀无声，韦忠贤幽深而苍老的眼睛四下窥视了一圈，然后突然狂扇自己耳光："奴才该死奴才该死，奴才早该出面公开一切，但是奴才知道早朝议论国事奴才不敢妄言。"如妃一听马上大叫："你们几个狗男女向来狼狈为奸，我如妃现在是瞎子，从前可不是瞎子，当我没有看见？告诉你们，除非你们把我给杀了，否则有你们好果子吃。杀了我如妃，你们死期也不远了。"如妃走到九龙御案前伸手要拿布娃娃，从屏风后面踱出的李连城一把拦住她："你们的戏都唱够了吗？唱完了吗？皇上就是皇上，皇上还需要确认吗？你们如此大闹早朝是对皇上的大不敬，皇上自有皇上的决断。"如妃突然扑上来抢过布娃娃慌不择路地逃开，没有人知道她作为一个瞎子是如何绕开宫中那些雕梁画栋的立柱、门廊、扶栏，准确无误地离开。大厅里一阵骚动不安，而皇上朱春山不知什么时候早已不见了踪影。

　　退朝后的朱春山不理朝政也不肯见任何人，包括娘娘。娘娘想见朱春山一面简直比登天还难，甚至连乾清宫也不让娘娘进，都说是朱春山吩咐过不许娘娘再踏进乾清宫一步。但是我却是例外，朱春山仍然像从前一样称我为奶娘，在他的吩咐下马易初特地到靠山庄接来银环。银环入宫那天我陪同她进了乾清宫，我们娘俩一路从奶子府出来，翠柳、如花、秀琴、碧桃、银铃等奶妈、女仆就站在开满桂花的宫墙旁一路相送。银环一身秧青色月牙凤尾布罗裙，那是从我箱匣中挑出的最适合的一件，我自己是一袭葱叶绿金丝白纹昙花雨丝锦裙。我们母女俩走在通往玄武门的宫道上，我能感受到女人们眼中的醋意。我不再是刚入宫时那样低眉垂眼、逆来顺受的模样，我将脸仰起来甚至有点得意地面向那些眼神复杂的宫中女人，我知道更多毒辣的眼光就在宫中各个角落朝我们喷射出嫉妒之火。我记忆犹新的是那天宫中桂花全开了，好像约好了似的一夜之间齐齐绽放，那种香气浓得仿佛可以用舌头来品尝。桂花的香气带着祥瑞之兆在宫中悠悠弥漫，初秋的风轻轻拂过，桂花就如同细雨一样缤纷落下。那天朱春山请银环到太液池畔的紫光阁赏桂花，后来我才知道这是李连城精心策划的，他正是利用了过去小皇上痴恋银环这一细节，安排了长大的皇上朱春山与长大了的银环青梅竹马相亲相爱的一幕来欺骗紫禁城，以此来冲淡如妃对皇上真假的追问。但是多年以后李连城告诉我，那天小皇上犯了犟脾气，死活不肯配合李连城到太液池边来演戏，他这段时间在宫中演戏饱受质疑也实在让他受够了气，他任凭李连城左哄右劝就是不肯出面吵着闹着要回到他的盗帮去，将银环和几个宫女晾在太液池畔。那时节正是金风送爽的大好时光，从紫光阁到万寿宫，如此阔大的一片地方种的全是桂花，开成了一片花海。银环站在桂花林里徘徊了许久，迟迟不见朱春山露面。银环一个人站在桂花树下，桂花像雨一样飘洒而下，落了她一头一身。她想起去年这个时候，她和朱春山也在这片桂花林中赏桂，他们手牵着手在桂花树下钻来钻去。朱春山后来就站在一株桂花树下，折了一枝金桂插在她的发间，然后牵着她的手来到太液池畔临水而立。朱春山说："你看看，你看看你有多美。"朱春山回过头来痴痴地看着她，她一时面红耳赤，用双手捂住了脸："不许看，不许看。"朱春山上前掰开她的手偷窥，她惊叫起来："不要看，不要看。"朱春山说："好，那我不看你，我才不稀罕看你。"朱春山低下头看着静静的太液池，池水如镜倒映着亭亭玉立的银环。银环半天不见一丝动静，从手指缝中偷偷窥探了一下，发现朱春山在偷窥池水中倒映的她，她马上吵闹起来，声音里带着女孩子本能的撒娇："不许看不许看就是不许看。"

朱春山根本不听,她火了,拾了几只掉在地上的金橘子丢进水中,扑通扑通几声响过,一圈圈扩散的涟漪将水中的银环揉碎了,只剩水面漂浮的那些芬芳的桂花。

银环站在桂花林子里痴痴地想着去年桂花盛开的情形,天色渐渐暗淡下来,她准备离开时,春明、宋玉陪着朱春山姗姗来迟。那时候天已经完全黑了,肯定是李连城逼着朱春山过来的,他显得有点不高兴,隔着好几棵桂花树站在那里,宫女小声地对银环说:"皇上来了。"皇上在夜色中一言不发,银环没话找话说:"这天都黑了,桂花也看不见了,我们还是回吧。"朱春山看也没有看她一眼:"是啊,还是到宫里去吧。"银环说:"我有点凉,我要回去添衣服,改天再去宫中拜见皇上。"朱春山站在夜色中,过了一会儿才说:"也好,反正都在宫中,抬头不见低头见。"银环向皇上略略施了礼,然后转身走开。

银环回来对我说,她估计朱春山都没有看清她的脸,银环的一番话更加深了我对皇上的怀疑。那时候宫中正被如妃出示的布娃娃闹翻了天,后来的事实证明,如妃出示的布娃娃真实无疑,是范稳婆处心积虑偷偷收藏秘密送给如妃的,她就是要通过如妃的行动将紫禁城搞得一团糟,她当然有她的目的,只是在宫中到目前为止还没有任何人知道,包括韦忠贤,也包括娘娘。娘娘那些天一直想见朱春山,但是朱春山就是不肯见她。娘娘自从那次早朝后就没有再见过皇上,我可以想到她的慌乱与紧张。宫中各方势力蠢蠢欲动,一触即发,她的身份饱受质疑地位岌岌可危。但是她坚持一条:只要认定皇上是真的,皇上朱春山是她的亲生儿子,任何势力都扳不倒她,她也不怕。她深知假作真时真亦假,所以她一口咬定皇上真实无疑,所以她的母后地位到今天无人能撼。可是自从如妃大闹早朝之后,朱春山彻底拒绝见她,而李连城对她的追问也含糊其词,她知道变数随时随地可能发生,内心如同民谚所说的十五只吊桶打水七上八下。忐忑不安中她满脸堆笑主动来奶子府看望我,她的脸上挂着笑容,那惨淡的笑容在她脸上只一闪而过。她含混而轻微地唤了我一声:"颜夫人。"她双手握住我的手,忽然止不住地颤抖起来,她似乎也站立不稳,眼看着就要瘫倒下去。我赶忙上前一把扶住她:"娘娘,娘娘!"这时候我看到她仰起的脸像黄表纸一样,嘴唇一个劲地哆嗦,深陷的眼窝里突然浊泪纵横流了一脸。我大声叫着:"娘娘,娘娘,你怎么啦?"

娘娘哭得泣不成声,哭声中我明白她的失败已成定局。她的哭声压抑了许久才爆发出来,她仿佛被悲伤击垮。我发现她的悲伤中更多的是面对死亡的恐惧,她是被宫斗失败者的下场吓坏了,这样的失败者她在宫中见过一批又一批,失败者的悲惨结局她肯定记忆犹新。她恳求我安排她与皇上相见,但是现在皇上完全被李连城控制,宫中的皇家生活完全呈现一种非常状态。第二天我把结果告诉娘娘时她反而不哭了,她脸色一片铁青,看也不看我,嘴里念念叨叨不知道在说些什么。后来她亲自去找了李连城,她仿佛受到了如妃的启发,在李连城那里一哭二闹三上吊,最终也没有任何结果。娘娘从此之后就成天纠缠在奶子府,开始几天奶子府的奶妈还小心侍候她,不时上前端茶送点心。时间一长众人也开始生厌,看见她仿佛没有看见,她的母后身份其实已经丧失殆尽。我也无可奈何,奶子府就进入了多事之秋,银铃将所有的俸银取出来给邹老五造房子,碧桃将这件事无意中说给我听时我大吃一惊,追问银铃竟然惹得她一肚子怒火,她转告了邹老五,邹老五送菜进宫时特地在韦忠贤面前告了我一状。碧桃的呕吐引起了我的怀疑,她不会和小明子怀上私生子吧?我追根刨底引起碧桃孩子气地大哭,说她不在宫中做了。马易初与翠柳的暗中交往引起奶妈们好奇,马易初疯了似的要以万贯家产来迎娶翠柳,翠柳却死活不同意,她一直痴痴等待在边疆征战的都镇抚冯授同,但是半年了冯授同没有任何消息,所有的人都说冯授同早就阵亡,但是她死活不相信,一定要等着冯授同归来,据说她每天临睡前必定要拿出冯授同送她的佛珠怔怔地看着。还有如花与秀琴姐妹俩,她们成双成对出现在宫中时总要引起男人们包括太监们的惊叹,因为这对姊妹花实在太漂亮了。宫中从来就不缺少漂亮的女人,东西两宫中的嫔妃哪一个不是貌美如花?但是说句实在话,像如花和秀琴这样楚楚动人如同并蒂莲的美女从来就没有,她们似乎无师自通地懂得如何不动声色地俘获男人们的心。她们总是穿同一款衣裳,五彩绢锦苏绣百蝶钿花衫或白玉兰白落梅白纱裳姊妹双襟千锦服。奶子府任何一个女子如果这样打扮肯定要饱受指责和白眼,但是秀琴与如花这对姐妹例外,她们打扮得貌美如花从奶子府姗姗而来,那是奶子府也是紫禁城最动人的风景。我看到了总会会心一笑,心里会这样想:奶子府怎么会有这样一对尤物。当然最让我不省心的是酸枣,她后来就默默无闻地在尚衣监做针线活。尚衣监在北中门那里,与紫禁城隔着一座万寿山,那里离外宫墙北安门不远,宫里的人一般很少从北安门出宫,尚衣监一年到头安安静静的,一大帮太监、宫女在那里给宫中赶制各色袍服靴袜,酸枣就是其中之一。她坐在一帮女人中我竟然完全认不出来,她成为哑巴后一下子就老了,老得像范稳婆。她的脸上隐藏着一股戾气,据说她精心用碎布缝制了一个小布人,而且还是个女人,而且还是个痛得龇牙咧嘴的女人。她也真有这样的本事,据说那个小布人一看就是张三姐,也有人说像如妃,她每日都要在布人身上扎上一针,然后恶毒地在心里咒骂一句："去死吧。"随着桂花的凋零秋风一日紧似一日,大金展开新一轮与我朝的战争,后来听说努尔哈赤的宫中恶斗也是异常残酷激烈,不比我朝紫禁城好多少。内斗远没有结束而备受掣肘的努尔哈赤在犹豫再三之后却出人意料地发动了一场战争。后来这场战争被证明是李敬堂背地里与大金达成的完美合作,主要目的就是转移宫中真假皇上引发的执政困境,说白了就是给皇上朱春山也是给李连城、李敬堂自己松绑解困。边关战事一向是宫中头等大事,国家已处于十万火急之中,宫中内斗的事再你死我活也是小事,各方势力暂且放下一切联合对抗入侵之敌这是大家共同的想法。李连城与周达联手率兵布阵打败了大金,同样事后证明这一场轻而易举就赢得全胜的战争也是演了一场戏。在班师回朝进入顺天府那一天,我和皇上朱春山及大臣们前往崇文门迎接凯旋的大军,我没有想到那天范稳婆也领着我娘过来,她的意思是让我娘见一见她的儿子也就是我的兄长周达。范稳婆在人山人海中紧紧拉着我娘的手,这一幕被站在宫车上的我一眼发现。其实我娘那次见到了坐在高头大马上的李连城时她几乎失声惊叫起来,她后来告诉我,她一眼看到李连城就一下子透不过气来。

周达婉拒入宫让范稳婆大失所望,她坐在奶子府一言不发,而我娘则坐在一旁若有所思。这两个年老的女人一个脑子里装着周达一个脑子里装着李连城,两个老女人疯疯癫癫一夜无眠,最后范稳婆强行要带我娘去看周达,据说周达就暂时驻守在潭柘寺休整,静候皇上的圣旨。边关此时大不必担心,因为刚刚大败金军,他们暂时还没有力量组织反扑。范稳婆得知之后鼓动我娘去潭柘寺,她甚至没有费多大的周折就从韦忠贤那里得到了可以出宫出城的令牌。她甚至比我娘还要焦急,也要我去见一见兄长周达。我拒绝了范稳婆,她当着我的面一再说到我兄长周达时,我只是拉长了脸眺望窗外,仿佛她在说一个外人。我怕我娘在顺天府耽搁太久会夜长梦多,催促她随同范稳婆到潭柘寺去见周达。后来我娘告诉我,范稳婆安排周达和我娘见面时兴奋无比,她一反常态坐在周达近旁,她那双苍老的永远微眯的小眼睛放射出灿烂的光芒。我娘只是略略坐了一会儿,就欠身对周达客客气气地叫了一声:"周总兵。"然后起身离去。周达自始至终也没有叫一声娘,母子俩的冷冷淡淡根本不像是别后经年的会面,我娘只是为了应附范稳婆才跟随她过来见周总兵。后来在范稳婆一再安排下,我娘才愿意坐下来和周总兵吃饭。范稳婆一定要安排周达入宫与我相见,我娘对他的冷漠让范稳婆无法接受。我在奶子府接到信息后准备去潭柘寺与周总兵见一面,我乔装打扮准备出行,李连城却走进来一张脸黑漆如铁。他这时候在表面上并不和我亲热,但是我们心里始终是相通的。当时我和耿谦和在照顾皇上从龙床上起来早朝,外面的天空其实还是一片暗蓝。御膳房那里等待宰杀的鸡不知道死期来临仍然发出高一声低一声的啼鸣,我发现紫禁城里这一帮宫妃宫娥也如同这些关在笼子里的鸡一样,不知道死期将至仍然在寻欢作乐。我抱着朱春山换下的龙袍放在乾清宫廊檐下准备让宫女拿到浣衣局清洗,每一日宫中的日子都是这样重复又重复。我收拾停当准备出宫,李连城却在此时走进来。天冷下来了,他说话时嘴里飘出一丝雾气:"你要去潭柘寺吗?"我心头一惊,他怎么会知道我要去潭柘寺见周总兵? 我没有回答他,但是那天我最终没有去见周总兵。我过乾清宫高高的门槛时扭伤了脚,脚踝肿得老高,我再也无法行走,碧桃将我搀扶着回到奶子府。其实我这是故意扭伤了脚,我就是不想去见周总兵。为什么不愿去见一见我失散多年的兄长? 我在这里不想细说,后面会详细提到。

第五十七章　谈虎色变

　　紫禁城和顺天府这时候好像被一场天翻地覆的台风包围了,但是台风眼往往却是平静的。朱春龙也从不过问宫里事,他只是隐隐听说皇上朱春山是假的,他作为四皇子要继位做皇上。他有时候想起来很激动,觉得做了皇上那可是了不起的一件事,可以和很多宫女睡觉,这是让他很快乐的一件事。他从太监宋玉和春明那里拿来了许多春宫画,日日夜夜都在想着女人的身体。张三姐阻止他外出偷吃,张三姐成熟女人风韵性感的身体让他沉迷其中欲罢不能。但是张三姐自怀孕之后就中止了和朱春龙的性事,她怕有个三长两短造成腹中胎儿无法挽回的遗憾,那才是得不偿失的事。朱春龙这时像只正在发情的小公狗,心里头总有一团火在烧,烧得他坐立不安的时候他就会让春明帮他找秀琴。除了张三姐他对秀琴的身体也非常渴望,在他眼里秀琴与张三姐是两个完全不同的女人。他喜欢看秀琴脸上浮起的惊慌失措的表情,还有她因为紧张而绷得紧紧的身体和死死闭着的眼睛,她的身上经年累月散发出一种桂花或兰花幽幽的似有若无的芬芳。张三姐当然不是这样,张三姐的身体松软而饱满,她的身体也非常白皙,是那种暄软的肥白。她是温暖的暄软的女人,阔大的嘴唇和下垂的乳房,伏在她身上像骑在一头母牛身上,她也会像母牛一样颠动,这时候朱春龙总会快活得要飞起来。他越想飞张三姐便颠动得越发厉害,最后朱春龙总会在一声惊叫声中瘫软下来。

　　张三姐对朱春龙的控制就是通过对床事的控制,在这方面她有一套强有力的手段,她把朱春龙控制得服服帖帖,她想等她生完孩子之后再独享朱春龙,最终帮助他成为皇上再控制他一辈子,然后她自己成为娘娘或太后那样的万众瞩目的尊贵女人。为了实现这一目标,朱春龙就成为她手中唯一的武器。她能在四面楚歌中陪伴年幼的朱春龙度过那么漫长而黑暗的日子,就是这唯一的信念支撑着她。她在绝望中无数次产生这样的念头：放弃朱春龙只顾自己逃命。她思前想后还是决定打消这个念头继续陪伴朱春龙，她认定人的一生有时候就是一场赌博，只要和朱春龙在一起她就有翻盘的那一天。如果真有那一天的话，那她就是人生大赢家。离开朱春龙当然可以，只是她再没有机会翻盘，她的后半生完全可以想象出来：不过就是带着几个俸银回到靠山庄，在银子被亲友们以各种方式搜刮一空之后，独身一人在四面透风的破房子里孤独离世。她当然不能接受这样的命运安排，她手中唯一的王牌就是朱春龙，朱春龙是她绝处逢生的唯一希望，她不可能放弃，不可能让别的女人来分享，她要独占朱春龙，击退所有觊觎这块龙肉的女人，这是她在奶子府的全部意义。她经常会在和朱春龙告别之后夜半更深突然过来查房，终于再度发现了秀琴与朱春龙私通，就在五龙亭边上的嘉乐殿，那时候朱春龙随着境遇的逐渐好转已经入住到五龙亭嘉乐殿。那天晚上是春明值夜，春明守着一盏昏暗的宫灯在打瞌睡。离开嘉乐殿不久的张三姐半夜三更突然杀了个回马枪来到嘉乐殿，脚步声惊醒了春明，春明马上拦住她："四皇子已经上床休息，他叮嘱过闲人免进，三姐夜半三更就不必打扰了。"其实张三姐早就通过耳目得知嘉乐殿里发生的一切，她推开春明直接冲进去，转过一丛芭蕉就看见秀琴只着一件蛛丝蝉翼烟笼雾纱凤仙百水裙，那百水裙是蛛丝织成的，薄如蝉翼，可以一览无余地看到上身那条石榴红兜肚，又是一条石榴多籽图案的红兜肚。秀琴就赤裸着下身穿着这件红兜肚坐在朱春龙大腿上亲嘴，看不到秀琴的正面，只听见她的娇喘声和呻吟声。张三姐心头一团无名的妒火在熊熊燃烧，但是她没有在冲动之下蓦然跑进去败了朱春龙之兴。她退了几步在照壁下一只紫红的雕花椅子上坐下来，就守在秀琴出来必须经过的地方。她的身旁有一对铜镀金垂恩香筒，里面正在袅袅地燃着香。在她的对面是座紫檀边漆心染牙竹林飞鸟五屏风，屏风前同样是紫檀的雕花宝座一尊，宝座后面两边是一对固定的紫檀木座孔雀翎宫扇，两旁紫檀香几上有掐丝珐琅仙鹤蜡台一对，上挂绣球式宫灯。春明看到她久不出来就蹑手蹑脚进来张望了一下，在照壁前碰到她，就去前廊吩咐小宫女给张三姐送上一盏热茶。张三姐看也不看一眼，她就这样一言不发地坐到宫里华灯初上的时候，终于等到秀琴衣着整齐款款而出时，张三姐凶悍的目光像刀子一样戳在她的脸上。秀琴还在愣神的时候张三姐就眼快手快动了手，一把薅住她的发髻，左一掌右一掌掴秀琴："贱蹄子，老娘说过的话当耳旁风啊？贱蹄子，只要老娘不在就像个偷腥的猫过来勾引四皇子，老娘今儿非打死你这贱蹄子不可。"她三下两下扯烂了秀琴那身薄如蝉翼的衣裳，拿起早就准备好的银针朝秀琴的腰部猛刺下去。秀琴一声惨叫瘫软下去，刚刚朱春龙留在她身体里的那些龙液就从她下身流出来。宫女们知道是张三姐在痛殴秀琴，大家都知道张三姐既毒辣又残忍，一个个做了缩头乌龟不肯露面。

张三姐这一招让后宫宫女很快传了出去，宫女们后来谈起张三姐就谈虎色变。这时候朱春龙被女人撩拨得坐立不安，一到夜晚就如同发情的公狗一样在嘉乐殿来回走动。张三姐每晚亲自守在嘉乐殿，不允许任何女人进入。但是她百密一疏，最终还是被秀琴的姐姐如花女扮男装混了进去再度拿下了朱春龙。那时候朱春龙即将成为皇位继承人的消息甚嚣尘上，宫中所有的女人做梦都想怀上朱春龙的孩子。秀琴几次都没有怀上，还被张三姐打得鼻青脸肿。如花不知怎么灵光一闪就想出了女扮男装这种绝妙的点子，如花一连几次从张三姐眼皮子底下进入了朱春龙的嘉乐殿张三姐完全一无所知，张三姐从朱春龙性事减退这一点上又发现了蛛丝马迹，她判断朱春龙就在她眼皮底下有了新欢。男人们对床笫之欢总是贪得无厌，更何况像朱春龙这样刚刚得了男女之趣的青春少年，张三姐夜半三更的突然袭击有了重大发现：朱春龙寝殿里分明有床笫之乐的淫荡之声，而外间就散乱地扔着锦衣卫的飞鱼服，那种纺绢团花五彩锦的布料在宫灯昏暗光线下闪着幽光，上面还压着一顶黑色的脑包帽。张三姐吩咐一同进来的女仆将杜仲党参团鱼汤放到桌案上，让女仆退下，她就安静地守在一旁。这款汤是她亲手在奶子府小灶上慢火煨制的，杜仲、党参分别是蜀地和东北的贡品，而宫中所称的团鱼就是南方进贡的老鳖，她守在炉前慢火煨制几个时辰而成。瓦罐一向保温，而瓦罐外特地套了锦套，锦套外又加了一层稻草扑子，可以保证瓦罐内汤汁五个时辰不会冷却。她在里间一阵阵淫荡的呢喃声中心静如水地守候了两个时辰，才看到赤身裸体的朱春龙和穿着红兜肚的如花从里面出来，两个人仍然浓情蜜意地缠绕在一起。如花发现了坐在一旁的张三姐暗自吃惊，张三姐却淡淡地站起来："四皇子，晚上用功会伤了身体，四皇子的身体可不属于四皇子，属于我大明王朝。这是杜仲党参团鱼汤，请四皇子务必喝下，也不枉我三姐一片心意。"张三姐说完缓缓离去，离开时手情不自禁地在微微隆起的肚腹上抚摸了一下，这一切当然全被朱春龙看在眼里，如花默默地穿上飞鱼服戴上脑包帽，她就是冒充锦衣卫兵卒混进了嘉乐殿。

如花刚刚从五龙亭嘉乐殿走出没多远，在太液池畔的羊房夹道那里被一团黑影提住，几个朱春龙吩咐的护卫想与黑影搏斗，黑影却在黑暗中开口说话："你们快走，没你们的事，她女扮男装冒充锦衣卫这是多大的罪？杀她一百回也不为过。"说这话的是张三姐的哥哥张二愣。张三姐她知道宫中女人为了争风吃醋什么下作的手段都用得出来,在怀孕以后她请来了哥哥保护自己。她的头号敌人就是奶子府蠢蠢欲动的如花、秀琴姐妹,她布置给张二愣的第一个任务就是糟蹋如花,并且让朱春龙亲眼看见。

后来那一幕就成为宫里人谈虎色变的一幕:张二愣就在离朱春龙居住的嘉乐殿不远的羊房夹道旁草地上糟蹋了如花,他将如花像剥粽子那样剥了个精光,并且一次一次踩蹰她。他并不捂紧如花的嘴,他故意让如花一声声惨叫传出去,附近承华殿、玉熙宫、清馥殿的宫女都听到了如花的惨叫。她们循着声音找到了羊房夹道,却见如花赤身裸体被绑在一棵生满了蛀虫的柳树上,洋辣子爬满了她的周身。

如花掀起的轩然大波很快平息,因为宫中这时候又一件大事引发万众瞩目,娘娘要给朱春山选妃子。在选妃这一招上娘娘与李连城一拍即合,只有让皇上真正成为一个毋庸置疑的皇上,娘娘才能在世人眼里成为一个毋庸置疑的母后,李连城对皇上的保护才会名正言顺。给皇上选妃就是要造成一个铁的事实:皇上朱春山就是大明皇上,皇上的地位无人能撼。娘娘就是通过选妃入宫的,她对宫中选妃的一套规矩了如指掌,派出大量相工到全国各地征选十三至十八岁的秀女五万人。对于专为皇上选妃的相工来说,这实在是一件耗时耗力耗神的事情。对于地方官吏来说,为皇上推选秀女和完成官家赋税一样是天经地义的职责。相工专门负责初选,以目测高矮胖瘦淘汰一批。次日将初选的秀女交给敬事房,敬事房内监仔细检测初选秀女的耳目口鼻发肤,又淘汰一批。第三日再由相工与内监联合听其声、嗅其味,再以尺丈量其手足膝腰的比例,再淘汰一批。余下入选者仅千人,引入宫中由奶子府的老稳婆探其乳、嗅其腋、抚其阴,最后经皇上测试入选者仅百人,每人在手腕上涂抹守宫砂。

我在这里不得不提到这种神秘的守宫砂,它是宫中专门为皇上测试处女的宫廷秘方,以朱砂与壁虎烘焙而成。宫中委托清馥殿那边的牲口房专门为宫中饲养了大量壁虎。饲养的壁虎比野生的壁虎要肥硕得多,宫中太监没事时就打苍蝇、捉虫子喂壁虎。在苍蝇和虫子里掺入一些朱砂,一只壁虎吃完七斤朱砂后就会变成一只红彤彤的血壁虎。将壁虎捣烂成红汁水以炭火慢焙焙得半干后,即是宫中所说的守宫砂,点在女孩子手腕处,如果她是处女,红点点将不会褪色,一直到她某天与男人上床之后才会慢慢褪去。如果她并非处女,则红点点马上褪去,手腕上守宫砂不褪色是一个妃子一生的荣耀。但是越来越多的妃子用颜料造假,宫中渐渐很少使用。银环从小与朱春山青梅竹马两小无猜长大,朱春山也多次公开表示要娶马银环为皇后,并送她一对鸽血红宝石手镯。

娘娘也曾当我面亲自表明将来皇上要立银环为皇后，我知道娘娘就是以此来拉拢我，让我不要在她四面楚歌的时候再在她背后插刀。但是说归说，这次全国范围的选妃银环要不要参加呢？如果银环不参加，那她如何能名正言顺成为贵妃？她连贵妃都不是又怎么能成为皇后？我几次在娘娘面前暗示娘娘都装作没听到，或者她听到了以她现在的惊慌和焦虑还来不及安排银环。范稳婆看出了我的心思，她把情况告诉了韦忠贤，韦忠贤说："皇上的儿戏之言岂能当真？皇后人人想做，阿猫阿狗能做皇后娘娘吗？可笑！"韦忠贤的话传到银环耳朵里，银环气得大哭，褪下鸽血红玉镯要砸了。我慌忙帮她重新戴上，左哄右哄好歹才哄住了她，她却不肯在宫中待下去，吵死吵活要回到靠山庄去。我看到这皇上连真假都搞不清，还是不要蹚这股浑水才好，就依了她。

我们娘俩包括李连城完全低估了对手范稳婆与韦忠贤，或者说我们太轻视了对手的奸诈，有关选妃的安排实际全是精心设置的圈套，连娘娘也上了范稳婆和韦忠贤一个当。就在宫中皇妃大选的前一天，言如鼎召集锦衣卫和东厂秘密集会，这次集会出人意料地在最偏僻的崇智殿举行，并且从头天下午一直谈到第二天中午，所有集会的人都哈欠连天。言如鼎实在过意不去，让众人在崇智殿略略休息一下，午饭后接着举行。这一次所谓的秘密集会其实就是韦忠贤在言如鼎面前出的馊主意，目的就是要引开李连城让朱春山处于孤立无援状态。前一天李连城一离开乾清宫，蒙在鼓里的娘娘就在韦忠贤授意下突然宣布明天就在宫中举行皇妃大选，在靠山庄的银环也被突然接回宫中，但是并不让她与我见面，而是欺骗她说作为皇上钦点的皇妃她要直接参加最后一轮选拔。银环感到不对劲，急得汗出如浆，提出想见一见李连城或者我都遭到拒绝。她没有办法，只是祈祷上天保佑她一切顺利。让她稍稍心安的是那对鸽血红玉镯戴在她的手腕上，那是朱春山亲手戴在她手腕上的，他应该不会忘记。

选妃那天早上紫禁城上空霞光万道，碧蓝的天空一尘不染。红日升上天空金光闪耀，把紫禁城照得金碧辉煌。这真是一个喜气洋洋的好日子，一大早篦头房的梳头宫女就开始替银环梳妆打扮，银环亭亭玉立的身材配着一袭长裙看上去飘飘如仙，青色的裙摆上点绣着朵朵水仙，胸前是宽片淡黄色锦缎裹胸。银环头上的堕马髻繁复而典雅，缀着点点流苏，她柳眉微微上挑，唇角一抹笑靥妩媚动人。最动人之处是喇叭袖，恰到好处地露出半截玉腕，让鸽血红宝石手镯惹人眼目——那是朱春山送的定情物。

后来的事实表明朱春山完全不记得那对鸽血红玉镯，银环随着一百位全国各地海选出来的秀女进入了她熟悉的乾清宫时，她的心也跳得越来越厉害，最后轮到她站在朱春山面前时她几乎喘不过气来。太监耿谦和拉长了声音报着她的芳名："顺天府宛平县神乳山靠山庄马后生之女马银环。"朱春山仿佛没有听到一样神情淡漠地扫了她一眼。银环急了,特地晃了晃胳膊亮出手腕上那对醒目的鸽血红玉镯,在心里喊叫着:我是银环啊,皇上,你不认识我了吗? 你不认识我,这对你送我的鸽血红镯子总认得吧? 奶哥,奶哥啊! 她就差喊出口来了,朱春山却仍然面无表情,挥挥手让她下去。耿谦和又报出了下一位:"下一位,徽州府旌德县令宣武艺之女宣秀英。"银环往台下走时双腿无力最终跌倒在台阶上,磕得头破血流。

第五十八章 兵荒马乱

马银环在选妃中落选引发宫中一片哗然,在紫禁城里人看来,银环无论从哪方面来说成为皇妃是板上钉钉的,可是她最后竟然在皇上面前马失前蹄,这实在令人费解又难以接受。宫中一向人多嘴杂,世上没有不透风的墙,左一道右一道宫墙道道都是那么厚那么高,但是好像挡不住什么,宫里的事眨眼之间就传得尽人皆知。马银环从乾清宫大选现场出来不久,风言风语就传得有鼻子有眼,有宫女说马银环把手上玉镯晃得叮当响,朱春山非但不认识反而狠狠瞪了她一眼,十分厌恶地挥挥手让她赶快下去。有奶妈说马银环万念俱灰,突然扑通一声跪在皇上面前号啕痛哭,而皇上则断喝一声:"将她拖下去。"银环确实哭得伤心欲绝抬不起头来,但是她是依偎在我的怀中哭号,她哭得面孔扭曲眼泪鼻涕一大把。她难过的并非没有选上皇妃,她只是不明白朱春山为何心硬如石,连他亲手送她的鸽血红玉镯也不认了。她从来也没有听说过朱春山真与假的消息,她想也没有想过大活人还能假冒。而我一时也没有办法和她说清这背后的隐秘,我只是紧紧拥抱着她,轻轻拍着她的肩膀。在这一刻我几乎可以断定:朱春山千真万确就是假冒的,他根本就不认识马银环,而银环直接参加最后一轮大选,必定是人为设置的一个圈套。

马银环落选皇妃之后宫中上下已经达成共识:朱春山千真万确就是假冒的。多年之后我追问过李连城,既然你成心立起一个假皇上朱春山,又知道朱春山一向痴恋马银环,为什么不点拨他一下,让他在选秀中钦定手戴鸽血红玉镯的马银环为皇妃呢? 这样不是太平无事吗? 李连城说当时宫内外的形势已经到了剑拔弩张、一触即发的关头,其实他早就在暗中与大金国结成联盟,他的主意就是让矛盾激化让各种势力以为遇上千载难逢的大好机会纷纷出兵,他好将他们一网打尽。当时朱春山完全不听从他的指挥,而且自作主张我行我素甚至不时要挟他,扬言要甩手不干了,这让他气得半死又无计可施,他觉得朱春山迟早要出事而且会连累到他,他正在布置他的另一套计划。但是再怎么说他也不希望假冒皇上之事暴露出来,他没有想到银环会直接参加最后的大选,而且韦忠贤会找借口将他支开,然后突然袭击第二天就选妃,这是他的一个重大失误,也是对手过于狡猾。我记得就在选妃结束的那天晚上,一切都已经发生,一切都无法更改。我在哄睡了马银环之后来到乾清宫遍地落叶的偏殿门口堵住了李连城,远远的地方有太监一扫帚一扫帚扫着落叶。我就站在李连城面前,他的面孔像刀削一样布满岁月沧桑,让我心痛又无奈。我对他说:"发生了的事已经无法更改,你告诉我,真假皇上到底是怎么回事?你骗得了别人骗不了我,皇上千真万确是假的,你跟我说实话我或许可以帮到你。"他的嘴唇翕动了几下最终什么也没有说,我急了:"宫中都像捅翻了的马蜂窝了,你为什么连我也要隐瞒?"李连城说:"不该你知道的就不要知道,你知道了也没有用。"他转身就要走,我一怒之下揪住他的衣裳:"告诉我,真正的皇上朱春山到底在哪里?"李连城握紧我揪住他衣服的手:"好,我带你去揭开老底,但是你要稍稍等待两天,就两天。你要知道,我们的一举一动全逃不脱韦忠贤的盯梢——不过也没关系,这一切全是我有意安排,我就是要让他看见。"

这时候正值秋天,一阵又一阵秋风从紫禁城上空呼啸而过,无数乌云一样的大雁鸣叫着随着秋风往南方飞去。南飞的大雁昼夜不停有时候像乌云似的遮蔽了天上的明月,我的心在秋风中一阵阵揪紧。我真是过怕了宫中这种提心吊胆的日子,我甚至庆幸银环没有被选为皇妃,就做一个平民百姓相夫教子男耕女织其实比宫中的锦衣玉食不知道好多少。可是我这样想宫里的男人女人却不会这样想,他们早就嗅出来某种不祥的气味。我在前面说过,紫禁城其实就如同一只巨大的马蜂巢,它其实也就是一个庞大的蚂蚁穴。马蜂巢也好蚂蚁穴也罢,马蜂和蚂蚁从来是围绕着蜂王和蚁后在转悠,一旦马蜂或蚂蚁发现蜂王或蚁后不再是王,它绝对不会再围绕着它,它会迅速离开它转身投向新主的怀抱。他们只服从强者只屈从王者,强者就是王者,王者就是强者,两者其实是一回事。他们知道自己弱小得就是一只马蜂或一只蚂蚁,只有依附在王者脚下强者脚下才可以苟延残喘地活下去。当那些太监和奶妈、嫔妃与宫女发现朱春山并非真正的皇上而朱春龙将十拿九稳成为新皇上时,离奇的一幕出现了,所有的人迅速倒向张三姐,不管是像碧桃这样与我亲近的杂役还是像翠柳这样远离我的女仆,统统只有一个统一的姿态:献媚张三姐。张三姐很享受这一切,她仿佛早就知道有一天会得到这一回报。她不时地出现在奶子府,天冷的时候就穿樱花紫妆缎狐肷千层褶子狐皮大氅,天热一点就穿一身流光溢彩的盘金彩缎散花如意裙。我与她照面只是淡淡地点点头,一转身才知道原来后天是张三姐的生日,奶子府的奶妈们纷纷到嘉乐殿给张三姐送礼,银铃、翠柳、春明、宋玉、钱如意、马稳婆、宋稳婆、金稳婆无一例外。当然还有秀琴,秀琴送了双份,其中一份是卧床不起的姐姐如花的。当然还有酸枣,酸枣也送了一份手绣的大宫花。这些奶妈、太监、宫女、稳婆全都瞒着我一人,我是从碧桃那里发现的。碧桃在宫中灵星门蚕池花了三两银子购买了五丈柞蚕丝锦,那是蚕池自己养蚕纺织的上好丝锦。她掖在怀中鬼鬼祟祟出门时被我发现了,她就是一个孩子,一旦撒谎便满脸通红。我主动给她台阶下:"偷偷摸摸的干啥?不就是给张三姐送生日贺礼嘛!"她的脸一下子红到耳根上:"夫人姐姐也别见怪,我其实不想送。可是,连银铃都送了,我不送不行……"我知道她不会撒谎,就又追了一句:"怎么不送就不行?"碧桃结结巴巴地说:"她们都说她怀了朱春龙的孩子,她们都说朱春龙,朱春龙——"她小心谨慎地扫了我一眼,不敢往下说。我追问她:"她们都说朱春龙什么?"她说:"她们都说朱春龙要做皇上了,张三姐马上就是皇后,过几年就是母后,再过几年就是皇太后,比唐朝那个武媚娘还要厉害,我们奴才如果不送礼巴结她,不但没有饭吃,连命也保不住。"碧桃说着低下了头,显得不好意思。我对她说:"好,我知道了,你快去送礼吧。"碧桃的脸上一阵红一阵白,我对她说:"不要紧的,我不会计较,你快去吧。"碧桃在原地站了半天,她最后仿佛想通了似的抬起头和我相视一笑:"我还是不要去巴结她,这件柞蚕丝锦,我留着做件衣裳穿。"我狠狠瞪了她一眼:"去,去呀,怎么不去?不去今后就没有饭吃呀!我也要去呢,我们一道去,要不以后她得势也会给我小鞋子穿。"我从桌案上拿起两只玉镯对她说:"我也要去送礼,我们一道去。"她咯咯咯地笑弯了腰。

其实是李敬堂李大人吩咐我去的,李大人有李大人的考量,他希望我去给张三姐送礼,迷惑紫禁城里的人,同时他还责令李连城叮嘱皇上朱春山,封张三姐为奉圣夫人,朱春山当然照做。紫禁城的人一头雾水,张三姐更加飞扬跋扈。我吃惊的是如妃竟然在张三姐怀孕的这段时间里从来不曾和她发生纠纷,多次让宫里小灶给她煲乌鸡蛤蚧汤和铁棍山药白凤汤,然后她亲自送来给张三姐保胎安胎,这与如妃从前的个性大相径庭。也许她现在只是一门心思让朱春龙做皇上,其他的事都不重要。我甚至听说她暗地里已经在悄悄替朱春龙赶制龙袍,我将这件事告诉了李敬堂,李敬堂并不惊讶。相反,他胸有成竹地说:"我都知道,紫禁城一点点风吹草动我都知道,更何况她请人赶制龙袍,收拾她的时候还没到。"后来就发生了那个老瞎子大闹大明门的事，是从前那个替张三姐算过命的老瞎子，他算准了朱春龙会坐龙廷，还送给了张三姐一些散碎银子。如今眼看着朱春龙真的要做皇上，他在民间也听到风声，赶到宫中来找张三姐邀功请赏，他甚至认为朱春龙能当上皇上是因为他算命算得好算得准。看守大明门的卫兵不让他进，他大吵大闹。事情终于传到了奶子府，张三姐喜出望外，送给了他大量金银珠宝，并计划在朱春龙登基那一天也请老瞎子进宫。

娘娘的忍耐在这时候达到顶点，她这段时间并没有坐以待毙。她暗中绕过李敬堂、李连城与言如鼎合作，一方面派出密探与赵明德联系，以保护如妃、朱春龙到今天为由请求与赵明德议和并交换人质，她马上释放如妃与朱春龙，赵明德同时释放王不欢。为了让赵明德确信，她可以首先释放朱春龙。她想到朱春龙时才发现她其实已经很长时间没有看到过朱春龙了，甚至也没有看到过张三姐。那段时间她浑身上下都不舒服，翁太医把脉后发现她已经染上了严重的水肿病，并且出现了轻微的血尿。翁太医特地为她配制了一款十水散，这是宫中治水肿病的良药。水肿病在民间称为腰子病，为了根治娘娘的腰子病翁太医特地派人采购茯苓和丹砂。但是娘娘不敢服用，怕有人投毒，她这时候已经草木皆兵。韦忠贤了解她的心事，对她说："十水散中有一味药叫朱砂，宫中翁太医从来只用秦岭丹江口出的丹砂。凡砂都有毒的，丹砂含毒不高，却有安神镇惊、清心解毒之功效，是中医治疗水肿病的偏方。而如果被人偷偷换作湖南辰水的辰砂，就会很危险，因为辰砂含毒量要远比丹砂高得多，服药人就会慢性中毒而死，而且是在不知不觉中死去，还以为死于水肿病。"韦忠贤一番话吓得娘娘面无人色，她当然分不清丹砂和辰砂，她只是不敢服药，她的病越来越厉害，标志之一就是血尿越来越红，最后红得像苋菜汤。娘娘把这件事告诉了韦忠贤，韦忠贤表面上装作十分吃惊，其实从内心里笑出来。在这个兵荒马乱、玉碎宫倾的危急时刻他其实巴不得娘娘早死。他儿子韦德贤生死不明，他虽然号称九千岁但是手无兵权无法自立门户，投靠新主是他目前唯一的选择。其实对于在宫中谋饭吃的太监大总管来说，他的退路会早早安排好多条，大金是其一，赵明德也是其一。而种种迹象表明亦友亦敌的大金和李敬堂再次结盟，大金对他选择放弃。娘娘垮台只是时间问题，赵明德就成为他唯一的新主。但是赵明德对他不完全信任，对娘娘下毒就是他在如妃那里的郑重承诺。本来赵明德让他当着宫中文武百官的面承认亲手帮助娘娘造了假，但是韦忠贤认为为时过早，娘娘也会认定他在栽赃。他必须首先把娘娘解决了，他认定她的失败无法避免，他要让她神不知鬼不觉地死去。韦忠贤其实早就偷偷在翁万春给娘娘煎好的药里下了毒,他就是将丹砂换成了辰砂。但是娘娘死活不肯服药,他只好亲自端着药罐好说歹说劝慰娘娘:"娘娘,不管怎么说您总得把病治好把身体养好,身体才是本钱。娘娘,您就是不为您自己,为了我朝天下黎民苍生,也得把药喝下去啊!"他将茶色的药汁滗到一只青花瓷碗里,然后将药碗捧到娘娘面前。娘娘不肯接碗,只是将眼睛落在韦忠贤脸上,欲言又止。韦忠贤说:"娘娘,您就喝了吧。"他知道辰砂不会马上毒死人,它会让人缓缓中毒,最终导致食道出血、胃部腐烂。随着出血量的增多神经开始出现异常,最终出现幻觉直至意识完全丧失,到了那个时候他完全可以将罪责转嫁到翁万春头上。娘娘接过药碗看了又看,最终她还是将碗放到桌案上,坚决不喝。

就在娘娘的水肿病渐渐加重的时候,张三姐突然流产了。后来的事实证明如妃在张三姐的安胎汤、滋补汤里都滴进了马钱子和牵牛子草汁。马钱子和牵牛子作为草本植物都可能导致孕妇滑胎,而张三姐隔三岔五喝如妃的安胎汤和滋补汤,滑胎就不可避免。那天晚上张三姐在六位宫女侍候下用艾叶水沐浴。滚烫的艾叶水带着一股浓重的草药味,她在站桶内浸泡得浑身汗出如浆。宫女将她搀扶着出了沐浴的站桶时,其中一位宫女忽然惊叫起来:"你看。"她低头一看,白皙的大腿上淌下一线血迹,血迹弯弯曲曲像一条蠕动的蚯蚓,她正不知所措间更多的血水从大腿根部不断流下来,其间夹杂着血块。这时候她的腹胀如鼓,一阵绞痛袭来,她情不自禁地蹲下身来,一块不大不小的血块从大腿间滑出来,仿佛一只血老鼠掉落到青砖地上,她一下子明白发生了什么,浑身上下大汗淋漓。她被宫女扶到床上刚刚躺下,如妃就得到消息赶了过来,假模假样地说:"三姐,怎么这么不小心?喝了我那么多安胎汤也不顶用啊?"张三姐心里明镜似的,抬起一张苍白失血的脸对如妃说:"我现在才明白,你怎么会待我这么好。你送来的哪是什么安胎汤啊,分明是滑胎汤——如妃娘娘,你害了我我不会生气,我不生气。好了,现在你我恩怨一笔勾销,我们打了个平手,现在我不欠你什么了。我年轻,四皇子也年轻,他像个贪吃不够的孩子,他离不开我,我张三姐马上就会怀孕的。如妃,你就等着抱皇孙吧。这下你就是送来龙骨汤、凤肉汤,我也不会再喝一口了。"

这时候外面突然传来一阵杂沓而零乱的脚步声,伴随着呐喊声一直传到顺贞门那里。那天晚上韦忠贤就在钦安殿,他出去看了一会儿,才得知顺天府不知道从哪里突然冒出来一百多位黑衣人,据说所有的黑衣人一言不发,他们首领提出来的要求就是请皇上朱春山到玄武门城楼上看他们一眼。有杂役当场认出这群示威静坐的黑衣人全都是顺天府的盗贼,他们以示威方式来向宫中的皇上要饭吃,因为宫中传说假冒朱春山的那个人正是来自顺天府的盗帮帮主。东厂故意挑起事端派人打入盗帮暗杀了两个小头目引发盗帮公愤,大家来到紫禁城寻求皇上保护。虽然后来东厂赔偿了盗帮大笔银两并厚葬了两个小头目将事态平息下去,但是这从另一个侧面证明了朱春山确实来自盗帮。宫中大臣摇头叹息,只说宫中越来越荒唐,更多的大臣联合言如鼎上奏要求重启滴血认亲。面对言如鼎的步步紧逼李连城焦头烂额无法自圆其说,就在这危急关头,赵明德的红巾军一夜之间攻破层层防守包围了顺天府。

第五十九章　荒唐透顶

　　其实这支包围顺天府的军队不是赵明德的红巾军,而是李敬堂暗中布防的天雄军伪装而成,李敬堂的用意非常明显,转移紫禁城注意力为李连城解困。这对父子虽然表面看起来很难和睦相处,但是父子间血浓于水,李敬堂其实无时无刻不在关注李连城和朱春山。当然可以这样说,李敬堂所有的目的就是为了李连城这个儿子,甚至在暗中将京军都督府的大权交给了李连城。顺天府被层层包围李连城却按兵不动,这又是受到了李敬堂的点拨。但是红巾军的包围让幕后势力信以为真,言如鼎、如妃和韦忠贤虽然一向各怀鬼胎,可在这一刻他们走到一起,要给朱春山滴血认亲。他们这一派是突然在早朝后发难的,这令娘娘、李敬堂和李连城措手不及。这时候朱春山正准备退朝,言如鼎在宫中一向一言九鼎,他在众目睽睽之下拦住了朱春山:"皇上,莫怪老臣无视纲常,实则老臣的做法正是维持宫中纲常。"言如鼎跪下呈上题本被李连城接过,却是一份上书皇上滴血认亲的题本。娘娘当场怒不可遏:"不是已经做过滴血认亲了吗?一再重复做有意思吗?"言如鼎说:"上一次与这一次目的完全不同,而且上次被如妃闹得不了了之。"娘娘说:"宫中正值多事之秋,不见王爷为皇上分忧解难,却在背后添乱添堵,莫非王爷老糊涂了。"娘娘夺过题本引发了宫中一阵喧哗,言如鼎怒目圆睁:"娘娘,先贤说得好,名不正则言不顺,只有名正才言顺。现在无论宫中或民间关于皇上真假议论颇多,老臣认为此乃好事一桩,假的真不了真的假不了,就用古人滴血认亲测试一番以正视听,于国于己都是好事一桩。今日当着满朝文武百官的面滴血认亲,正好可以让真相大白天下——来人哪!"显然言如鼎早有准备,他一声招呼静候在殿外的朱春旺、朱春空、朱春龙、朱春阳等四位皇子在韦忠贤引领下缓步进入乾清宫,娘娘与李连城惊呆了,看来这一关无论如何无法蒙混过去。

　　滴血认亲在后宫流传已久,先前在宫中就举办过一次,虽然被如妃大闹了一场最终不了了之,却在我心中留下极其深刻的印象。在这之前怎么滴血如何认亲我完全不知道,好像也没人知道,一个摘柿子、掰玉米的牧羊女知道滴血认亲有何用? 它之所以成为百姓乐此不疲的传说是因为它往往只出现在争权夺位的深宫,深宫奇事给它抹上了一层神秘色彩。这一次采用的仍然是滴血认亲的方法之一:合血法。李连城久不露面,多年以后他告诉我其实他早已被东厂的人马控制。娘娘毕竟是女流之辈,她的反应是口吐白沫地发飙:"你们要夺权就明着来,也别找这些真的假的借口。皇上怎么会有假? 全是你们这帮欺世盗名的狗杂种胡编乱造,欺娘娘孤家寡人,墙倒众人推。就是你们幕后联手将首辅害了,然后找借口在皇上头上动刀。告诉你们这帮恶人,要想人不知除非己莫为,做啥事都行千万别干在青史上千古留骂名的事,那会连累你上至先人下至子孙的祖宗八代。"娘娘唾沫横飞的一番诉说把在场的人听得目瞪口呆,言如鼎忙站出来:"娘娘,话不能这么说,既然你认定皇上真实无疑,又有什么可怕的?"娘娘疯了似的跳起来:"他是当今皇上,怎么能受得了如此奇耻大辱?"言如鼎不容分说:"那恕老臣直言:这也轮不到你来说话。来人哪,扎指头放血。"一位只露出两只眼睛的蒙面太监拿着银针出现在几位皇子面前,将银针一一扎进几位皇子的指肚,然后挤出红宝石似的血珠。娘娘目睹此情此景突然一声惨叫,她想冲上来拦阻,刚迈出第一步就突然支持不住,身子歪斜眼看着就要瘫倒。就在这时候偏殿里浓烟滚滚,钟鼓司的钟当当当当地紧敲起来。浓烟很快变成烈火在偏殿里蔓延开来,烈焰伴随着噼里啪啦的爆炸声冲天而起。众人以为红巾军打进宫里来了,顷刻间一片混乱,大臣太监仓皇逃窜,王爷言如鼎在拥挤的人群中跌倒在地,一连串的人在他身边跌得人仰马翻,宫女奶妈们哭爹叫娘慌不择路自顾逃命。

　　这场大火其实是我放的,是李敬堂黑着一张恐怖的脸浑身颤抖地命令我这么做,他的眼睛瞪得像宫殿飞檐翘角上的铜铃几乎要掉落下来。只有我熟悉乾清宫二楼内部结构,我知道一排灯笼如何点燃高挂,有时候太监们偷懒都是我在夜幕降临时分一一用火石点燃灯笼。现在回忆起来我仍然心惊胆战,那一刻我怎么会有如此大的胆量? 人被逼到绝境就不会感到害怕,当时确实也没有工夫去起闲杂念头:一定要帮助李敬堂、李连城,他们的命运就是我的命运,我和他们是捆绑在一起的! 我划着火石去点燃那只灯笼里的蜡烛时没有一丝一毫的慌乱,我只是停顿了一下,想象着乾清宫浓烟四起火光冲天的那一刻。红灯笼霎时变成一团火迅速烧着了深宫里层层叠叠的帐幔,那些丝绸锦缎遇到明火立即燃烧,宫中顷刻之间成为火海。看到浓烟四起火光冲天我心尖刺痛了一下,慌不择路沿着陡峭的楼梯暗道连滚带爬地逃离,然后出现在阒寂无人的偏殿外。宫中大乱那一刻我也从偏殿里冲出来装模作样地大喊:"救火啊,快救火啊!救火啊,快救火啊!"随着宫中水龙局赶到起火现场,滴血认亲的图谋自然当场失败。伴随着噼里啪啦的爆炸声,一股浓烟直冲而入,文武百官争先恐后地逃命。言如鼎声嘶力竭高喊:"别跑别跑,保护好皇上。"太监们一拥而上,和小德子率领的东厂人马将朱春山团团围护冲出了乾清宫。这时候才发现是乾清宫偏殿发生火情,水龙局的兵丁黑压压一片狂奔而来。宫中到处放置着装满了水的太平大缸,平时没有什么用处,冬天还会套上棉套防止结冰,这些太平大缸里的水就是为宫中救火用的,几十个也许上百个身着玄色衣裳的救火兵丁人手一把唧筒——就是铜制的水枪,将它立放在太平大缸里提上套筒,水便吸入其腔中,再压下套筒,水即从枪口处喷射而出。上百个救火兵丁上百把唧筒同时喷射出一条条水柱一起射向燃烧的火龙,一阵手忙脚乱的嘈杂之后,倒也压住了火势。紧接着又一批几十把上百把唧筒喷射水柱,火势渐渐弱下去,最后只剩下烟雾与水汽,还有遍地的水流在乾清宫院子里漫溢。

宫中混乱的一幕渐渐平息之后,如妃不依不饶一定要封存国玺,等测试皇上真假之后才可以取出,李连城以皇上受到惊吓发病为由拒绝,决定择日再行滴血认亲。如妃前脚刚走娘娘后脚就至,李连城对朱春山严防死守,我借口去看如花有意避开。如花被张二愣糟蹋后在奶子府不吃不喝躺了三四天,后来张三姐暗中通过敬事房的太监认定身体脏了的女人留在宫中会带来晦气,敬事房决定将她拖上马车拉到宫外野地里扔掉。运草料的马车上尽是马屎草屑,秀琴哭着拿了一床破草席子跑上去垫在马车上好让姐姐舒坦一点,后来是我帮她求了太监耿谦和。耿谦和一向是个好心的太监,避人耳目将如花偷偷拉到奶子房那边。我去看如花时她已经气息奄奄嘴唇皴裂得像晒干的豆荚,虬结的头发如一头乱草。秀琴一边给她梳发一边流泪,最后梳不下去抱着姐姐号啕痛哭。如花只是闭着双眼,其实她心里明镜似的,泪水就从她眼缝中流出来,那张脸像枯枝败叶一样焦黄,看上去令人揪心。

多年以后我回忆这桩往事心尖仍然痛得滴出血来,我把如花想象成我自己,如果有一天这种惨无人道的悲剧发生在我身上,那我怎么办?我肯定只有死路一条——其实宫中女子无论贵为皇后或贱为女仆,似乎都难有圆满的好下场,银铃也算一个。那一阵子银铃经常和邹老五一同去邹各庄,我知道银铃在奶子府也不会有出息,对她一直睁一只眼闭一只眼,有时候甚至替她打马虎眼,我希望她和老实忠厚的邹老五能有个好结果。银铃将在宫中多少年积攒下来的或偷偷夹带出来的一丁点银子和珠宝全拿出来给邹老五造房子。银铃每次都在御膳房门外等待送菜的邹老五,她会动手帮助邹老五上上下下搬菜,嘴里也不会闲着:"老五啊,房子造得怎么样了?"她装作不经意的样子问,其实在心里她最在意。邹老五说:"就要好了,就要好了,造好了我就会接你过去。"可是邹老五的瓦房子比紫禁城宫殿还要难造,从秋到冬从冬又到春始终没有造起来。过年的时候银铃就不和邹老五打招呼,在御膳房拿了几样宫中糕点一个人悄悄来到了顺天府外的邹各庄,她看到的那一幕让她几乎疯掉:邹老五的房子早就造好了,那是邹各庄最漂亮的房子,也是邹各庄这一带最漂亮的房子。她在村民指点下有点忐忑不安地走进邹老五家小院,发现邹老五正坐在桌前喝得满脸红光,一个女人围着漂亮的蓝花小围裙又端上一碗猪肉炖白菜,她看到了银铃,银铃当然也看到了她。那女人看着银铃好生奇怪,转身问邹老五:"娃儿他爸,这女人是谁啊?"银铃不待邹老五回答突然就瘫倒在地,口里喷出一口血来。

　　银铃后来被邹老五放在白菜堆上用车拉着送回宫中,邹老五把她交给了我。邹老五还算是有点良心,他嗫嚅着对我说:"我对不起银铃,其实我一直有老婆有孩子,我老婆孩子一直在娘家,我也就没有告诉银铃。我知道银铃的钱是血汗钱,就当我借了银铃的钱盖房子吧,我会还她,也会付她利息。"我狠狠痛斥邹老五:"银铃待你是一片真心真意,你这一刀伤透了她的心。"邹老五低下了头:"我就当银铃是我妹子吧。"

　　邹老五的话我似信非信,那时候我心乱如麻,朱春山破天荒地与娘娘母子情深亲密无间,他特地吩咐御膳房做了娘娘最爱吃的合欢汤和如意糕,春明帮他提了一同去坤宁宫看望娘娘。娘娘躺在病榻上,天气好的时候她才会在宫女搀扶下下地走一走,她一眼看到朱春山有点喜出望外。春明送上朱春山带来的合欢汤和如意糕,朱春山缓缓在娘娘身旁坐下:"娘。"娘娘拉起他的手:"皇儿,皇儿——"朱春山似乎有点不好意思:"娘,今朝宫中无事,皇儿特地过来看看您。"被冷落许久的娘娘几乎要落下泪来:"皇儿,有事您吩咐一下,娘去宫里看你呀!"朱春山说:"皇儿来看望娘是应该的。娘,身体好些了吧?"娘娘点点头,两人坐在虎皮大褥上促膝交谈,这难得一见的亲密让跟随在身边的太监们都感到匪夷所思。其实朱春山不但对娘娘,对宫中所有的人都态度大变,包括银环。他甚至到靠山庄密会银环,将她再度引入宫中。他对银环说之所以在选妃时不与她相认是因为他不会接受先皇的规制,他最后一个妃子也没有选中。后来李连城告诉我,这其实全是他给朱春山采取的补救措施,李连城不知道任何补救在宫中都是徒劳的,言如鼎与韦忠贤根本不信,他们想重启滴血认亲遭到娘娘呵斥,认定几次滴血认亲失败就是天意,天意不可违抗。言如鼎与韦忠贤最后商议,让银环利用皇上对她的依恋出面勾引皇上上床,验证大腿根部那个蚕豆大小的胎记。

第六十章　老奸巨猾

　　马银环死活不肯接受这个让她认为是奇耻大辱的任务,言如鼎急得如同热锅上的蚂蚁。我知道能出这种馊主意的只能是韦忠贤,韦忠贤急于查证皇上的真假好作进一步行动,这一点他与言如鼎高度一致。在他看来马银环与朱春山厮混在一起早就做成了男女在一起肯定要做的事。事实上我追问过银环,银环如实告诉我这个皇上别说她上床,连她的手都没有碰过,他们两人就是两小无猜青梅竹马的好伙伴,他们会在宫中并肩漫步,谈诗赋词。在她的记忆里朱春山看她的眼神从来都是柔情蜜意,他们之间也从来不曾有过那种肮脏下作的念头,哪怕只是一闪而过的念头。我吞吞吐吐说出让她在床上验证朱春山那个黑色胎记,她脸上一阵红一阵白,死活不肯同意。我只有好言相劝:"银环,你也不是小孩子了,为娘求你也是实在没有办法。这是宫里出的主意,如果你不做他们就会说为娘是幕后指挥者,是做贼心虚。撇开他们不说,为娘也好生奇怪,这朱春山似真似假亦真亦假把宫中搅得一团乱麻,那他到底是真是假? 其实说心里话,李连城我不相信,李敬堂我也不相信。你是我女儿,为娘只相信你——你就帮娘一次,就算娘求你一次,你看可好?"

　　我好话说尽软硬兼施终于让银环动了恻隐之心,但是她仍然没有明确答应我。这样又过了好几天,她仿佛最终下定了决心准备到乾清宫去,那是朱春山派春明来请她一同吃涮羊肉。从她那突然成熟的眼神里我知道她在经过内心挣扎之后已经做出了决定。那天我亲手帮她穿衣打扮,我替她穿衣时几个箧头房的小宫女用胭脂香粉替她化妆,还梳了一个彩云追月髻。我们自始至终没有说一句话,但是站在她身旁我能感受到母女间的心心相印。看着她坐着宫中来接她的马车缓缓离去,我的心就慢慢提到嗓子眼上。我太了解我女儿,知道她的生性和为人。半天时间我一直忐忑不安,她回来的时候一眼看到我就泪流满面,她对我说:"娘,我没有办法,我开不了口。"她说唯一的一次机会就是朱春山在午后苍白的阳光下看书,当然,午后那暖暖的阳光照到椅榻上来,没有一丝风,晒着那样的太阳很快就让人昏昏欲睡。朱春山放下手中的书卷歪在椅榻上:"我好困,我想睡一觉。"他也不看银环就侧躺着。银环也放下了手中的图画:"我也是困得眼睛睁不开了。"朱春山拍拍身边椅榻说:"奶妹,你过来,你就睡在我身旁,我们一起睡。"银环一时高兴得心花怒放,她以为这是老天赐予的最好的机会。她紧紧依偎在朱春山身旁,揽住他宽大健壮的腰身,她心里无比踏实,当然也无比满足,当然她没有一点睡意。朱春山说:"我们都不要动,我们就在太阳底下好好地睡上一觉,最好做个好梦。"朱春山闭上眼睛,他英俊的面庞带着阳光一样温暖的笑容,沉沉睡去。银环的手就搭在他的腰间,他穿着一身明黄色荷叶领大襟右衽有衬摆的宫袍,装饰有八团龙补、云肩通袖膝襕精美手绣,腰部有同为明黄色的飘逸腰带松松扎系。银环纤纤玉手就一直轻抚着腰带,她听到他轻轻的鼾声,就轻轻地抽动那条腰带。她的手在不停地颤抖,手心也沁出一片汗水,心脏如同一只青蛙噗噗地跳动着仿佛要从她喉咙里蹦出来。她缩回了手转过身去,否则的话她将会窒息而死,因为她紧张到完全没有办法呼吸。宫中十分安静,连一个宫女和太监也不见,大概他们知道她和朱春山在一起不便打扰吧?太阳照在他们身上,皇上仍然安静地在睡觉,远远的杆子房那里传来猫头鹰高一声低一声的啼鸣,那声音听起来甚至有点温暖与安详。当她屏息再一次将手伸向那条腰带时,朱春山突然按住她的纤纤玉手,狡猾地斜视了银环一眼:"干啥?想吃朕的豆腐?"银环的脸一下子红到了耳根:"你的豆腐有啥好吃的?我看到一只大虱子爬到你肚子上去了——"朱春山突然推开她的手冷冷地说:"你可真会编故事。"朱春山迅速翻身坐起来,一声断喝:"人呢?人呢?"

马银环没有完成我布置的任务,她在朱春山面前受辱后把一肚子气撒在我身上,回到奶子府号啕大哭,她还像个小女孩似的不停地用手拍打我,我也把她当成了孩子,牵起她的手说:"他是皇上怎么啦?皇上也是吃我奶水长大的,他敢欺负你我也饶不了他。走,我们找他算账去。"银环死活不肯跟我去,哭声却渐渐停下来。我在天黑时分来到乾清宫时,娘娘、韦忠贤与朱春山正在围炉吃火锅,那时候从头顶上一阵一阵刮过去的秋风早就变成了呼啸而过的北风,宫中太液池边的树叶红红黄黄,在风中发出呜呜呜的声响,天空一片晦暗,看来是要下雪了。我隔着宫中三交六椀菱花窗看到乾清宫灯火通明,桌案上摆放着一只庞大的火锅,那是皇上的专用火锅。打开那只葵花盘一样的大盖子,你会发现大锅其实分为六只小锅,组合成一朵大葵花。桌案上摆满了朱春山爱吃的菜肴,每次都是我亲手和御膳房一同准备,只是这一次怎么让娘娘抢了先?我看到温暖的灯光下蒸腾的热气中娘娘笑容可掬,不时将菜肴放到朱春山的食碟,她的水肿病仿佛在一夜之间好了。我心里有点不是滋味,不知道是进去还是退出,我想了一会儿决定还是不请自来。我不怕娘娘,我倒想看看我突然现身时她的反应。这时候一只手突然搭在我肩上,我回头就看到耿谦和,耿谦和用力扳过我的肩膀:"请夫人原谅我的放肆,夫人千万不要进去。请夫人马上离开乾清宫,李敬堂大人有请。"

耿谦和将我从偏门带出乾清宫,我在门外看到站在青灰色薄暮中的马易初,马易初领着我出宫很快来到李府。我发现让朱春山与娘娘、韦忠贤吃火锅原来是李连城的刻意安排。那时候韦德贤被杨白桃深藏在清风寺闭门不出,实际上他在背后查明了朱春山的底细,他派了小德子打入顺天府盗帮,查明假朱春山的真实身份是顺天府的盗帮帮主,他从小就在顺天府以乞讨为业,最后入了盗帮成为老大。他从哪里来的没人知道,他家里都有哪些人更无人知道,他好像凭空出现在顺天府,就是凭着不怕死的劲头成为盗帮老大。有一天他离奇失踪,后来就在紫禁城邀请大家入宫,众盗贼才发现原来老大早已做了皇上。谁也不知道小德子是耿谦和的同族人,而耿谦和一直是李敬堂的人,耿谦和几年不曾说服小德子,小德子是那种有奶便是娘的奴才,一直到近期紫禁城宫斗进入白热化阶段他才决定听从耿谦和的劝说为将来留条后路。他反馈的所有信息均被李敬堂掌握,李敬堂也一一告诉了我。他在室内踱着方步,然后对我苦笑了一下:"看来我们不得不动手了,清风寺的韦德贤早就和赵明德在暗中联系,他们尽管分歧巨大,但是宫中形势倒逼着他们抱团取暖。属于娘娘的时间已经不多,身边几个老臣都是见风使舵的人,娘娘毕竟是一介女流根本无法镇得住他们,树倒猢狲散是必然的。"李敬堂突然对我说,"你的底细随着范稳婆与韦忠贤的合作肯定已经全被韦忠贤所掌握,韦忠贤下一步最想争取的就是你……"李敬堂说,"一定要答应韦忠贤,必要的时候甚至主动接近他,提供真真假假的情报,让他云里雾里真假不分。"

李敬堂的预测果然非常准确,韦忠贤在第三天就找到了我。他本人并没有出面,他安排了马背生。是马背生将韦德贤在清风寺被杨白桃救活一事告诉了我,其实韦忠贤早就知道韦德贤活着,他甚至趁月黑风高去看望过韦德贤,他对杨白桃当然也充满感激。只是现在他认为时候到了,应该让李连城、李敬堂他们知道韦德贤还活着,他装作无意中交谈泄露的样子让马背生知道。表面上看他安排马背生在他面前是为了得到我这边的消息,其实像他这样老奸巨猾的人又怎么可能相信马背生?不过就是利用一下马背生,故意让他传递一些适得其反的信息。只是这一点早被范稳婆掌握,范稳婆后来就在我回乾清宫的路上拦住了我。那天艳阳高照万里无云,东华门旁的护城河边,枯黄的草地上一朵朵明黄色的蒲公英像天上的星星,让人想起来春天其实已经姗姗而来。范稳婆阴沉着脸说:"不管宫中发生什么事,你一定要沉着冷静,不要被表象冲昏了头脑。"她一再重复的话语令我厌烦,她看出了我的情绪马上转换了话题:"你放心,你娘我安排得很好,她的话你一定要听,你要想见你娘我随时可以安排——不过,为了安全着想,你尽量少见她为好。"我说:"我只要求她远离顺天府,远离清风寺。世上没有不透风的墙,在顺天府周边东躲西藏迟早要被发现。你安排我再一次见到她,我要跟她好好说一说。"范稳婆马上阻拦:"没有必要,绝对没有必要,你放心好了,我把她照顾得很好很好,她在一个非常安全的地方。"其实她所说的一切全是藏头露尾,李连城一直密切关注我娘的动向,当他告诉我我娘再度出现在清风寺时,我开始吃惊。李连城对我说:"我觉得你一定要去一次清风寺,而且一定要让范稳婆知道。"我把这件事马上告诉了范稳婆,范稳婆沉吟了半晌,然后说:"好,你去也好,你不但可以见到你娘,还可以劝杨白桃还俗。"

那次清风寺之行让我感到意外,杨白桃已经公开和韦德贤生活在一起,但是谁也没有发现韦德贤,谁也不知道她将韦德贤藏在哪里。面对我她不肯开口,只是默默地在清风寺后面僧人耕种的菜园子里扎篱笆。那些菜园就在山坡上,不时有一些野兽出没,她一心一意扎着篱笆,偶尔会眺望一眼远的近的群山,好像眼前就没有我这个人。后来也许看我说得口干舌燥,就坐在草坡上随手拔下一只萝卜,用弯刀削掉皮递到我面前:"你嘴巴说干了吧?"我接过来咬了一口,真的很甜,和我们靠山庄的萝卜一样好吃。杨白桃和我站在萝卜地边上,我们就如同当年在靠山庄一样,我们还是当年无话不谈的好闺蜜,白天一同上山打柴或下地拔萝卜,晚上促膝坐在炕头上唧唧咕咕说个没完没了。可是,现在的颜如月和杨白桃还是过去靠山庄那个颜如月和杨白桃吗?我们虽然坐在一起,两个人之间却如同隔着一条深深的河沟。我看着头发枯干的杨白桃,觉得她是那么陌生,她看我应该也是这样。我将萝卜吃完,不好直接问她韦德贤的去向,但是我真的替她担忧,我觉得十个百个千个杨白桃也玩不过韦忠贤。我拉起杨白桃的手:"不要住在清风寺了,好吗?要不你就回到靠山庄去,我不久的将来也要出宫回到靠山庄。"杨白桃狠狠瞪了我一眼:"你舍得回靠山庄吗?"我随手又拔出一只萝卜,从她手里夺过弯刀几下削去皮就大口大口吃起来:"我怎么不舍得回靠山庄? 告诉你,我最想去的地方就是靠山庄。你忘了,我们当年也是这样一同坐在田埂上,现在想想我们那时候多么快活呀!"她仍然黑着脸:"你回得去吗? 你都要当皇姑了,整个皇宫全是你们家的,你到宫中做卧底就是要夺回你们家的大明天下,你到现在还跟我说这样的话?"杨白桃起身就走,我上前拦住她:"白桃,你为什么要和韦德贤在一起? 你别受人挑唆,我颜如月还是从前那个颜如月。"杨白桃不理睬我,奋力向斜坡上的清风寺走去。坡地上全是芒草,抽出了白茫茫的花穗在风中起伏。这时候在清风寺围墙外的乌柏树下出现了一个衣裳破破烂烂的老叫花子,他直愣愣地望着我,我突然认出了他,他应该就是被砍掉脑袋的布袋和尚,他那模样完全就是一个叫花子的模样。他就站在乌柏树下,乌柏树落光了叶子,那一簇簇的乌柏籽比盛开的白花还要好看些。

第六十一章　迷雾重重

　　那是一个北风呼啸的深夜,我孤身一人坐在清风寺偌大的院子里,心境也如同头顶上一阵紧似一阵的北风一样悲怆又苍凉。我娘、范稳婆和布袋和尚正在倒塌的偏殿里嘀嘀咕咕继而爆发出激烈争吵。布袋和尚激愤地冲出来被我娘死死拉住,我站起身来并不劝阻。在惨淡的月光下他们几个老人像剪纸一样不真实,又像孤魂野鬼一样神秘而虚幻。是的,他们每一个人身上都笼罩着一团迷雾。布袋和尚说:"范桂枝,你跟我说真话,我的儿子到底是活着还是死了?"他压抑着声音,如同大病初愈的人发出的喃喃自语。范稳婆只是低头揪扯着身上那件月光灰乳云纱对襟镶蓝边衣裳低头不语,她将一件黑宽边的外套搭在膝盖上,似乎有点怕冷。布袋和尚又追问了一句:"范桂枝,你到底把我儿子藏哪去了? 我儿子——"布袋和尚喉咙里发出一声绝望的悲鸣,在深夜的清风寺听起来让我汗毛根根倒竖。范稳婆说:"死了,死了,我对你说过一万遍了。"

　　从他们对话中我得到了一条线索:原来布袋和尚与范桂枝范稳婆曾有一个儿子,这个秘密即便是奶子府也没人知道。我遥想了一下,当年范稳婆初入奶子府时,据说也是做杂役的,而且也如同秀琴或如花一样貌美如花。而布袋和尚当年叫宫心志,也是个和春明或宋玉一样清秀聪慧的少年太监。清秀的小太监和漂亮的小女仆在深宫大院如何眉目传情然后暗结珠胎我虚构了一下大致细节。侧耳细听,外面北风呼啸,我在北风之中听得一头雾水。青灰色的黎明来临之后,范稳婆带着布袋和尚来到当年她掩埋儿子的墓地,一个长满了荒草的小小坟包,不注意看甚至看不出它是一个坟包,从坟头到周遭的坡地、山冈,到处长满了芒草,吐着一穗穗灰白的花絮在风中起伏。我们离开清风寺不久,布袋和尚杀了个回马枪,挖开了这个坟包。小小的坟包挖起来并不难,午后的清风寺空无一人,布袋和尚很快就挖开了布满草根的黄土,一股新鲜黄土的味道在空中弥漫。北风仍然在头顶上呼啸而过,太阳始终不冷不热地照着苍茫大地和芸芸众生。布袋和尚感到了几分劳累,将袈裟脱下来搭在一棵小树上,然后坐下来休息片刻。他抬头与太阳对视了一下继续开挖,结果他发现一个麻布包。麻布早已腐烂成碎片,他跪下来用手扒着土,小心地将麻布包碎片捧出来,里面有一团完整的骨头,他认出是一只死猫的骨头,他将骨头扒开,发现猫皮上连着猫毛。他大吃一惊,他没有想到多年前与他爱得死去活来的漂亮女仆范桂枝竟然欺骗了他。他隐隐感到这么多年不是他布袋和尚在布局,他所经历的一切全都是范桂枝精心设下的一个局。这个瘦小而枯干的老女人竟然将他玩弄于股掌之间,而他现在完全不知道她这么多年到底策划布置了多少迷局。他的儿子现在到底在哪里?那个曾经夜夜与他温存的女人范桂枝到底是怎么样的一个人?是真心爱他还是早就设下圈套就等着他上钩?他感到宫中女人妩媚动人的容颜后面,个个都是那么面目狰狞恐怖。布袋和尚抬起头看到李连城与朱六指守在芒草起伏的坡地上看着他。李连城的头发被风吹乱了,他几步走到布袋和尚面前,嘲讽地说:“宫大人,您的亲生子变成了一只花狸猫您都不知道?一个混迹紫禁城大半辈子的敬事房大总管竟然让一个老稳婆给耍了?”布袋和尚知道来者不善,只是怔怔地坐着不动。李连城说:“想知道您儿子是死是活吗?”布袋和尚瞄了李连城一眼仍然沉默不语,李连城站起来说:“坐好,不要动,我一会儿就告诉您。”李连城和朱六指在离布袋和尚一步之遥的坡地上说话,在渐渐暗淡下来的黄昏,布袋和尚就一直坐在那里。他起身将那件袈裟再次穿上,然后就一动不动地坐着。也就是半袋烟的工夫,而且就在眼皮底下,李连城和朱六指说完话叫布袋和尚,他仍然坐着不动。朱六指上前推了他一下,那件被竹竿撑在那里的袈裟就瘫软下来,布袋和尚已经不见。他坐的地方就是一条坡坎,他是借着宽大袈裟的掩护神不知鬼不觉滑下坡坎顺着芒草爬出李连城的视线然后消失得无影无踪。李连城没想到一个老和尚竟然玩了他一把,布袋和尚的驾轻就熟让他联想到那次在清风寺,布袋和尚也是如此在众人眼皮底下金蝉脱壳的,只是他早有准备,利用了一个不知打哪里弄来的死囚玩了一把无头案骗过了他们。

李连城垂头丧气地回到宫中,那时候朱春山与银环再次在宫中相亲相爱如鱼得水,朱春山对银环的爱情假得让人无法相信,我知道是李连城的有意安排,但是银环却信誓旦旦地对我说:“皇上对我赌咒发誓保证会立我为皇后,皇上对我是真心实意的,他亲口对我说他离不开我。”我对她说:“你听听,你听听,这哪里像皇上说的话?”银环说:“就是他说的呀!”银环跟我说话时正由四位宫女帮着梳妆打扮，这一天她穿的是湘妃色粉霞锦绶飞花滴翠藕丝团锦琢花裙，她高挑的身材将这件工艺复杂考究的盛装完美无缺地呈现出来，她完全不再是我那个天生丽质又不谙世事的女儿，她就是才入宫的步步莲花、风情万种又深得皇上宠幸的妃子。她不会想那么多那么深那么远，她只是沉浸在皇上的宠幸之中，将我所有的话都当成耳旁风。而且她现在认定朱春山就是皇上，她已经多次在龙床上得到过他的宠幸，与朱春山之间事无巨细她全部告诉我，包括我最想知道那块神秘的黑色胎记。她亲眼看见并记下了胎记的位置与大小，与我印象中完全吻合。后来的事实证明，朱春山这块蚕豆大小的胎记是李连城帮他用黑漆伪造的，故意让银环看到，通过她的嘴再传出去。这一切银环当然被蒙在鼓里，她当时淡淡地对我说："没有理由怀疑皇上的真假，他就是皇上，这没有什么好说的。"银环梳妆打扮好，外面皇上派来的宫车来了。我看着渐行渐远的宫车心情异常复杂，一方面我希望她能成为皇上的宠妃，成为皇后，夺回属于我们家族的大明王朝。一方面我对紫禁城无休无止、暗无天日的宫斗深感绝望，不希望她成为娘娘或如妃那样的女人，在我看来她们最终都没有好下场。可她只是个单纯无知的小姑娘，她不知道皇宫的黑暗和世道的凶险，她只是被想象中瑰丽的无与伦比的爱情所吸引，像飞蛾扑火一样要扑进那团光明与温暖中，每一个小女孩都是这样，更何况还有皇后那个宝座吸引着她。但是那天银环如约来到宫中并没有见到皇上，李连城当时就在乾清宫偏殿里，他半夜子时分明到皇上龙床旁查看过，朱春山睡得踏实而安稳，并不见任何异常。而且在乾清宫大门前的廊檐下，耿谦和几十年如一日准时坐更，除了他们几个太监和李连城，没有外人进出乾清宫，皇上也没有出来。本来有时候娘娘也会进来看看皇上，但是这半个月娘娘水肿病复发，一直没有来，皇上去了哪里他们一无所知。李连城快速在乾清宫查看了一遍，然后一言不发地回到太监们坐更守夜的廊檐下。耿谦和早吓得面无人色，李连城并没有兴师动众地问罪，他甚至不想将此事张扬出来。他将耿谦和带到乾清宫正殿，耿谦和几乎透不过气来："李大人，奴才一夜眼都没眨一下，除了钟鼓司的钟鼓声，奴才连针掉地的声音都没有听到。"李连城冷冷地说："耿公公，你别过于自责，这事不怪你。要怪就怪我，我可是睡在乾清宫里面，我比你的责任大。我只是想请你帮我看看，乾清宫所有的花窗门扇是不是有异样。毕竟，你大半辈子就守在乾清宫，对乾清宫比敬事房还要熟悉。"耿谦和楼上楼下查看了一番，他也没有细看只是沿走廊随意扫了一眼，然后径直走到一处花窗前："窗户是关上了，没有动。但是这个风葫芦挪动了，这个风葫芦是我放在花窗正中间，有时候北风大，会把花窗吹开。针尖大的眼笆斗大的风，我怕北风灌进来让皇上受了风寒，就把这个风葫芦线吊在花窗旁，这样风再大也吹不开花窗。"李连城拿起风葫芦看了看："风葫芦？"耿谦和说："对，我们老家叫空竹，是陶木匠帮皇上做的，皇上少年时一度喜欢抖风葫芦，李大人忘了吗？"李连城一言不发地离开乾清宫，耿谦和跟在后面说："天亮了就要早朝，怎么办？"李连城抬头看了看紫禁城上方漆黑如墨的天空，长长叹了口气，然后双目炯炯地盯着耿谦和："耿公公，这么点小事难道就把你难倒了？"耿谦和心往下一沉，情不自禁地脱口而出："李大人，恕奴才多嘴，这塌了天的大事怎么是小事？小人不明白。"李连城说："公公在宫中大半辈子，难道就没有遇上皇上不上早朝吗？唐诗中不是还有'春宵苦短日高起，从此君王不早朝'吗？"耿谦和马上说："有是有，比如说皇上多临幸了宠妃一次。或者，皇上身体有恙——"李连城狠狠瞪了他一眼："这不就成了吗？"耿谦和说："只是皇上到底哪儿去了呢？他又没长翅膀。"

　　李连城率领锦衣卫在顺天府全城搜查的时候，东厂已经缉捕了朱春山，是在盗帮拿下的朱春山。朱春山被打得浑身是血，牙齿也掉落了两颗，躺在地上爬都爬不起来。这桩匪夷所思的事后来我才从李敬堂嘴里知道了来龙去脉：朱春山现身盗帮同时被打得浑身是血其实全是韦忠贤一手安排，包括那些飞檐走壁的盗帮通过花窗骗出了朱春山也是韦忠贤收买盗帮的结果。韦忠贤暗中交代盗帮团伙不要将朱春山打残打死。而朱春山之所以出现在盗帮是因为他本来就是顺天府盗帮头目，盗帮借口内讧让他摆平，他在半夜三更神不知鬼不觉地逃出乾清宫，对盗帮高手来说这根本不算什么，在他十几年的江湖老盗生涯里，每晚都要像壁虎一样飞檐走壁去偷盗，这是他的职业。他只是反身关上窗子没办法再复原风葫芦，恰恰就是这一点被耿谦和看出破绽。但是李连城还是迟了一步，他赶到盗帮时韦忠贤已经先于他动了手，他明摆着就要用这件事来告诉李连城：朱春山根本就不是什么大明王朝的皇上，他就是顺天府的盗帮帮主，别以为我们不知道。现在他就在我手里，你看着办吧。李连城对外封锁消息，韦忠贤也对外封锁消息，两个老奸巨猾的男人心照不宣地保持着沉默，使紫禁城呈现出暴雨来临前的平静。娘娘因病行动困难，而如妃则拒绝任何人进入钟粹宫，包括奶子府的奶妈们。其他皇子龙女也惶惶不可终日，不再按惯例进食人乳。奶子府的奶妈们人人乳房饱胀，非常难受。宋稳婆过来查看，然后让碧桃捧着一碗猪肝芹菜汤，嘴里嘟嘟囔囔地说："又不是没生过孩子，都是左一胎右一胎生下娃娃的大妈妈，一入宫就比皇妃皇后娇贵吗？一人喝一碗猪肝芹菜汤，连喝两碗，再饱的奶水也都回掉了。"

奶妈们在奶子府闹得沸反盈天的时候,一直深居简出的韦忠贤却出人意料地来到了李府,他看到李连城的第一眼嘴里就蹦出三个字:"拿酒来。"那是一次酣畅淋漓的豪饮,李连城怎么也没有想到韦忠贤原来是如此善饮的一个人,他的海量简直让李连城吃惊。他一杯接一杯如同喝水一样将酒往自己喉咙里灌,然后两个男人心照不宣地达成默契,因为李连城手中有韦忠贤的把柄:韦德贤还活着。韦忠贤手里也有李连城的把柄:朱春山是大盗! 各怀鬼胎的结果是两个老谋深算的男人维持表面和平,而就在此时,杆子房那边传来猫头鹰不祥的啼鸣……

第六十二章　命悬一线

　　娘娘的水肿病日益加重最终腹胀如鼓、尿滴如漏，整个人已经奄奄一息——因为她怕人投毒不喝药只喝汤，但是御膳房的汤里也有毒这让娘娘始料不及，而发现这一惊人秘密的就是御膳房的酸枣。

　　我们已经把酸枣忘了，成了哑巴的酸枣先在浣衣局做过洗衣妇，又到尚衣监做针线活，最后又来到御膳房择菜洗菜。她从来不说一句话，当然她也不能说出一句完整的话。我记得我当时以奶子府大总管的身份给了她一点俸银将她打发回老家，那笔俸银在宫中不算什么，但是我以乡下人的眼光来看那是一笔还算丰厚的银子，她回到老家省吃俭用足可安度晚年。我是看她可怜，又被如妃割去了舌头，连话都不能说，就多给了她一点俸银。但是银子放在她面前她只是冷冷地扫了一眼，仿佛早就准备好了似的在我面前重重地跪下去。我赶忙扶她起来："酸枣啊酸枣，你我都是奶子府的奶妈，你何必要这样做？你快起来快起来。"她死活不肯起来，只是将额头一直叩到地上去，并且发出沉闷的声音。我知道她有满腹酸楚，就对她说："酸枣，你起来吧，你起来，你这样做我心里很难过。我知道你心里苦嘴上又说不出，酸枣啊，我知道你的苦。"我指着自己的心窝，眼睛直直地盯着酸枣。酸枣明白了我的意思，果断推开我的手，也推开了那银子，摆摆手，用短短的舌头吐出短促的公鸭嗓子般的声音。她一边比画着，又趴在地上给我磕头，额头砸在青砖地上一直砸出血来。我知道她铁了心要留下来，可是我帮她找遍了紫禁城没有一个地方愿意接纳她，只好让她先去了浣衣局，最后又去尚衣监给裁缝打下手。但是她心心念念要去御膳房择菜洗菜杀鸡剖鱼，最终我还是成全了她。按宫里的规矩只要留在宫中那笔打发你回老家的俸银就没有了，她放弃了那笔银子选择又脏又累的活计，我一直到多年以后才突然顿悟，原来我们谁也没有酸枣有心机，也完全想不到她原来是如此毒辣,当然我们也完全没有想到她的仇恨像海一样深。我记得当时还特地规劝过酸枣:"御膳房的活儿又脏又累,起早摸晚的你吃得消吗?在尚衣监不是挺好的吗?"她坚决地摇了摇头,她的头摇得像拨浪鼓,我也不好再说什么。她就像一只苍老的猫一样活在宫中,我偶尔到御膳房来看皇上的菜肴,总会到后厨房来看她一下。她从来不曾和颜悦色地看我一下,顶多就是眼睛上翻瞅我一眼,然后就在那里有条不紊地杀鸡。她面前的竹罩里罩着几百只鸡,后面的案板上光鸡堆积如山,她手快眼快刀快,逮住鸡捏住鸡脖子并择去脖子上的一撮毛,手起刀落一股殷红的血喷涌而出。然后她将鸡丢在木桶中的滚水里,随手又从竹罩中逮起另一只鸡。据说她几年不曾开口说过一句话,但是那天晚上她在我面前断断续续地叙述加上手忙脚乱的比画终于让我明白,娘娘其实是被人暗中下毒,她所饮用的茯苓汤里面投入了腰子病最忌食的东西:花椒。

不知道酸枣费了多少心机才掌握这一惊天秘密,我将此事悄悄禀告李连城,李连城派人在御膳房卧底才发现,原来药房熬药与御膳房煲汤全在同一个地方,在娘娘茯苓汤里投下花椒的御膳房杂役就是酸枣所指的凤仙,而指使凤仙的正是张三姐,而张三姐背后真正的大佬就是九千岁韦忠贤。

其实张三姐自从成功收服朱春龙之后,渐渐不把如妃放在眼里。如妃是个盲人,在她眼里盲人就是个废人。她计划在将来朱春龙做了皇上之后将如妃神不知鬼不觉地处理掉,她认为处理一个盲眼女人就好像杀一只鸡那么简单。怀孕之后她更加有恃无恐,她甚至不再避人耳目,当然她也不会避如妃耳目。如妃不知道是考虑到自己是盲人还是现在不是与张三姐起内讧的时候,她对张三姐的一切视而不见,当然她也确实视而不见,她只是一味讨好张三姐,不时派下人给她煲汤送汤。一直到最后的关头我们才知道如妃原来是个有主见的毒辣女人,她就是要打蛇打七寸,张三姐远远不是她的对手,她不过是让张三姐在临死前放纵地表演一下,让她看得更透彻一些。她成功地让张三姐滑了胎,但是张三姐很快又怀上朱春龙的孩子。如妃仍然不动声色,连韦忠贤假意与张三姐重归于好也是如妃与韦忠贤协商的结果,甚至包括将凤仙安排进入御膳房。当然如妃也是从不激怒儿子朱春龙的角度考虑。朱春龙依恋张三姐到了匪夷所思的地步,据说他们几乎日日夜夜缠绵在一起。少年朱春龙怎么会狂恋张三姐到如此地步实在令人难以置信,宫中对此也是议论纷纷。范稳婆说张三姐的奶子确实神奇,越是上了年纪越发丰盈,而且她的奶子至今仍然光洁饱满,奶水甜丝丝的有一种奇异的香气。据说至今朱春龙仍然喜欢躺在张三姐怀中一边吮吸她的乳房一边与她缠绵交合,激情难耐时他会嗷嗷叫着紧紧咬住张三姐的乳头不放。

　　张三姐在生日宴的前两天来到奶子府广发请帖,我不得不佩服她的强悍和霸道。她穿着一身枣子红百鸟朝凤绣花织锦丝绵袍,宫中对服装有严格规定,张三姐现在的身份不过就是奶妈,她怎么敢将只有皇后才可以穿着的凤凰穿在身上,而且还面不改色心不跳地在宫中到处招摇?她夸张地迈着小碎步在六位宫女的簇拥下出现在乾清宫。她看也不看我一眼,然后就对身旁的宫女们指指点点:"我马上要入主乾清宫,这里是我的梳妆间,我就在这里梳妆打扮,我就是要破一破宫中千年古例。"她继续在宫女的陪伴下往深宫里走,小德子从偏殿里闪身而出阻止了张三姐,小德子仍然把她当成奶子府的奶妈:"张三姐,你身为奶妈怎么可以随意进出乾清宫?"可能就是"奶妈"一词刺痛了张三姐,她微笑着一步一步走上前:"小德子,你连我也不认识了?"小德子说:"我怎么连你也不认识?你不就是奶子府的张三姐吗?是不是你给四皇子喂过几天奶你就不是张三姐了?"此时张三姐正好走近小德子,她抡圆了巴掌左一掌右一掌掴在小德子脸上:"瞎了你的狗眼,你还认得老娘啊?"她再次举起巴掌时被李连城从身后拉住,张三姐张口就往小德子脸上啐了一口。李连城怒不可遏:"张三姐,你也太放肆了。"他狠狠将张三姐搡倒在地上,现场鸦雀无声,众目睽睽之下张三姐愣怔了片刻忽然呼天抢地哭起来:"根本不把人当人哪?"她只号了一句,马上从地上站起来:"你暗杀了皇上弄个强盗来冒名顶替,别以为老娘不知道,紫禁城的人都知道了,顺天府的人都知道了。李连城哪李连城,你就等着五马分尸吧。"

　　张三姐大闹乾清宫那一幕后来成为紫禁城人们长久议论的话题,她就是从那天晚上开始下身流红。朱春龙认定是李连城搡倒张三姐动了她的胎气,他像红了眼的狼一样在宫中乱打乱砸要找李连城拼命。耿谦和带着几个太监拼命阻拦也拦不住,我当下必须出面控制事态,我将一瓶插满孔雀翎的景泰蓝花瓶推倒在地,一声巨响让宫中霎时安静下来。我对朱春龙说:"皇上的位置早晚是你的我们都知道,你未登基就如此大闹紫禁城对你不利。张三姐早晚是皇后她急什么?凡事得慢慢来。"这时候外面两军对阵杀声连天,是锦衣卫被东厂堵在东华门那里。两军对垒的结果是双方坐下来商谈,我被李敬堂派去清风寺说服杨白桃。我晓之以理动之以情根本没有打动杨白桃,出宫时我就知道是这个结局,所以我最后示我的王牌,这张王牌就是马背生。杨白桃哭了,她一眼看到马背生就哭得泪雨滂沱,她伏在马背生怀里哭得伤心欲绝。马背生抚摸着她的头发:"别哭了,别哭了,有我在你就不要怕。"杨白桃慢慢停止了哭泣,她似乎不相信将她抱在怀里的这个男人就是她一直爱得死去活来的男人,她伸出手来抚摸着马背生的下巴："你真的一直就在我身边？"马背生说："真的，我不会再离开你，但是你的身边也不能再有别的男人，你告诉我，韦德贤他现在在哪里？"

杨白桃犹豫了整整一天一夜，最后在夜晚来临的时候给韦德贤送饭，让马背生远远地跟在她的后面来到一处废弃的炭窑。后来李连城就在这处被林木环绕的炭窑擒拿了韦德贤。朱六指进入了炭窑，看到韦德贤说："督主，你怎么就在这里住到今天？九千岁让我们来接你回宫。"韦德贤根本不相信父亲会安排朱六指来接他，但是他知道跑是跑不掉了，他钻出炭窑就看到李连城站在外面等候他。韦忠贤最后只好协商以人换人，用朱春山换回韦德贤。但是李连城和韦忠贤全都是在紫禁城混迹多年的老江湖，在紫禁城波诡云谲、命悬一线的时刻不可能相信任何人，韦忠贤提出由韦德贤做首辅，由他九千岁垂帘听政，让朱春山做傀儡。李连城断然拒绝，并将韦德贤藏在顺天府郊外一处人迹罕至的山洞中，布下重兵防守。韦忠贤也不例外，将朱春山藏身在千岁宫地宫中。小德子说："九千岁，你就不怕他们杀了督主？"韦忠贤一张脸冰冷如铁："不管皇上真假他都在我手里，他们就不怕我杀了皇上？我断定他们必定向我妥协，答应我的全部条件，你等着看吧。宫中没有皇上，他们还能撑几天？"

三天之后谁也没有想到又一个朱春山回宫，文武百官蜂拥而至，大家像看把戏似的看着这个传说中的假皇上。李连城也不回避，将朱春山请出来与众人见面。朱春山临危不乱，唇枪舌剑与文武百官对战，惊人的记忆与超强的才能令人刮目相看，很多人又认定他千真万确就是皇上。最吃惊的就是韦忠贤，他在宫中看完了朱春山之后，回到千岁宫仔细看了看那个被囚禁的朱春山，他知道两个一模一样的朱春山是李连城的鬼花招，但是他不明白李连城用什么办法才弄出这种匪夷所思的鬼花招，现在他能做的就是拭目以待。

在宫中一片混乱中我利用碧桃等女仆收集装满便溺的如意桶时，特地留下了张三姐的如意桶请翁太医检查，翁万春只看便溺就可以准确无误地判断出女主是否怀孕。翁万春前来检查时却在西安门内赃罚库那里被人砍伤一只手，行凶者眨眼之间逃得无影无踪，他昏倒在地自然不可能来奶子府检查张三姐的便溺。李连城去看望了翁万春，回来却闷闷不乐。我问他："翁万春伤得很厉害吗？"若有所思的李连城却突然抬起了头："翁万春伤得好奇怪，是这儿。"他亮出自己的手腕内侧。我说："这儿有什么奇怪的？杀人随便什么地方都可以痛下杀手，他才不管你死活。"李连城说："这胳膊内侧外人怎么砍得到？要砍，也只能是被砍者主动亮出胳膊内侧给他砍，这可能吗？"我说："那你说这刀伤是怎么来的？"李连城一字一顿地说："只能是自残！就是他实在不想给张三姐检查，怕得罪人,只好自残,然后逃避检查。"我一时无话可说,李连城说:"看来,我们低估了对手,他们早就做足了功课。"

那天晚上我在乾清宫中一直待到很晚,我感到像马蜂巢又如同蚂蚁穴的紫禁城彻底乱了套。我认定这个朱春山才是从前那个小皇上朱春山,他主动亮出胎记给我看,我还摸了摸,那是真实无疑的胎记。我一直到黎明时分才将朱春山交给李连城出了乾清宫,范稳婆像鬼一样彻夜守在宫外寸步不离。后来我们从东安门回到奶子房,在花灯东街那里遇到一位浑身臭气熏天的老乞丐。我拦住范稳婆准备绕道而过,谁知老乞丐一跃而起拦住了范稳婆。范稳婆也认出了他是布袋和尚。布袋和尚揪住她的衣领喘着气说:"你把我儿子弄到哪里去了?那墓地埋的只是一只死猫,就是一只猫。"范稳婆突然冷笑起来:"吓死我了,就为了一只死猫闹出这么大的动静。我告诉你,那里面埋的是一只死猫,是假象,是迷惑人的,死猫下面才是我们的儿子。"

第六十三章　杯弓蛇影

　　宫中那段杂乱无章的日子让我心乱如麻,先是翠柳那个相亲相爱的爱人冯授同战死疆场,翠柳痛哭一场后坚持要去遥远的南疆给冯授同上坟。万里迢迢的路途一路上兵匪横行虎狼出没,她只身一人如何走完这漫长的旅程?但是翠柳完全不听我劝,坚持要在下个月远赴南疆,而且很有可能就在冯授同坟前开荒种菜直至咽下最后一口气,后来是银铃偷窃宫中珠宝被我逮个正着,分散了翠柳的注意力,让她暂时推迟自己的行期。

　　这里我又要说到银铃,说到银铃又要从宝物说起。宫中宝物遍地都是,随便不起眼的小玩意到了民间就是价值连城的宝贝。宫里宝物失窃已经有一段时间了,谁也不知道这个家贼是谁,我完全是无意中才发现是银铃。她半夜从乾清宫出来,我让她顺便将我一件丝绵暗纹锦上添花宫服带回奶子府。她有点慌乱地伸手接过,衣袖里却传出隐约的叮当声。我隐隐感到不对劲,快速出手拉开她的衣袖:"什么东西响呀?"我不会想到她两条胳膊上套着十几只金镶九龙戏珠手镯,那是给皇上准备犒赏宫娥和贵妃的珠宝,她就这么偷带出宫。她老早就有小偷小摸的毛病,被我发现她一下子慌了起来。范稳婆就站在一步之遥的地方,她显得很有经验,迅速将她带到偏殿,脱光了她的衣物强迫她蹲下身。在她的屁股下放上一只铜盆,果然从她私处肛门处尿出屙出一堆珠宝,珠宝叮叮当当掉落在铜盆里,引起围观的宫女和太监一阵轰动。范稳婆清洗后给我看了一下,有银镏金累丝嵌珠石指甲套、白玉嵌莲荷纹扁方、金镂空蝠寿扁方、镶珠宝松鼠簪等等。范稳婆说:"她走路的样子就不对,我在宫中几十年,什么样的奇葩没见过?"银铃跪在地上用膝盖跪行到我面前,抱紧我的大腿痛哭流涕。我只要向宫里汇报银铃就是死路一条,但是想到银铃的可怜身世我实在于心不忍。其实她偷盗的珠宝她没有用过,全交给送菜入宫的邹老五带出宫给他老婆。邹老五说他老婆是个财迷,只要给她足够的金银财宝她会主动离开邹老五,把位置让给她。银铃到现在仍然痴心妄想着邹老五一直对她情有独钟,他一定会和她白头偕老。我犹豫了几天最后仍然决定给银铃一个机会,我实在不忍心看到这么一个苦命的傻女人被太监用笞杖活活打死。那几天我在皇上朱春山的授意下决定提拔张三姐为奉贤夫人,张三姐似乎并不领情,她好像也知道这是李连城的缓兵之计,宫里要在奶子府举行一个授封仪式,可是张三姐死活不肯答应。我去请她出面,她黑着脸始终不肯回答。逼急了她就潦草回应一句:"我不配,我哪里配?"她将她对李连城的仇恨表现在脸上,一副老娘报仇十年不晚的样子。我规劝了半天没有任何效果,这时候朱春山却在春明和宋玉陪同下来到了坤宁宫。朱春山一进门就开心地大叫:"四弟,四弟。"朱春龙从后宫出来,两人一见面都愣了一下,然后突然抱在一起。少年人的单纯和手足之情让他们迅速和好如初,两个人如同儿童时代那样打打闹闹,到东六宫旁的空地上放风筝。我和张三姐吃惊不小,我们无意中交换了一下眼色,虽然没有开口说话,但是我们都认定这个朱春山一定是真正的朱春山,这从朱春龙的本能反应上可以看出来。那时候春天快要来了,宫中空地上又一次布满了星星一般繁密的蒲公英,给有时候金碧辉煌有时候阴森恐怖的紫禁城添上奇异又梦幻的一笔。这一次我特地将银环带出来,银环和碧桃就在东六宫外的空地上采蒲公英,她们越采越近最后走到放风筝的朱春山面前。银环站起来,将一大束金黄的蒲公英放在鬓发间环视众人:"好看吗? 你们说好看吗?"这一幕被朱春山看到了,大叫了一声:"奶妹!"然后手一松,风筝的线就脱手而出,风筝越飞越高最后像一只大鸟一样飞到苍灰色的天上。我就是通过这个细节认定这个朱春山一定是真正的皇上,后来我找了个借口支走所有的人,追问他这段时间去了哪里。朱春山犹犹豫豫了很久,然后才向我吐露了他几个月来惊悚离奇的遭遇。

朱春山其实是在上次从靠山庄回宫的路上遭到劫持的,这一切的发生至今他仍然云山雾罩不明就里。他记得自己被紧紧绑住扔在马车里一团麦草上。他就随着麦草一起晃动,在马车上晃晃悠悠却听不到马蹄声响,他判断马车是行驶在乡村土路上,他甚至听到车篷架与路边玉米茎秆交错而过发出的声响。他在昏昏欲睡中不知道过了多久,感觉有三天三夜那么漫长,后来他就听到一声悠长悠长的鸡啼。鸡啼声越来越清晰,最后那声音就在自己的耳畔,他甚至听到了鸡啼时雄鸡拍击翅膀发出的声音,沉重的木门吱吱嘎嘎响起的时候他闻到了百年古宅腐败霉烂的气味。他被人推上了二楼,有蛛网网住他的脸。等有人撤去蒙眼的黑布时,他发现自己置身于一个空无一人的古宅阁楼。楼下大门外有人看守,一日三餐会送上来。没有人告诉他这是哪里,为什么要关押他,也没有任何人来看望过他,看守也从来不回答他任何问题。晨昏颠倒的日子他不知今夕何夕,只能蒙头大睡。这样的日子过了许久许久,李连城出现在那个狭窄的积满灰尘的旧楼梯上时显得有点不真实,暗淡的光线下李连城的面孔一片青灰。朱春山一骨碌从床上爬起来,瞪大眼睛看着李连城竟然说不出完整的话。李连城平静地说:"对不起,让你受苦了,我来接你进宫。"朱春山突然激动起来:"为什么什么也不说就将我关押了这么久? 什么也不告诉我,这是哪里啊? 到底为什么?"李连城依然平静地说:"你是皇上,你长大了,你不再是当年那个不谙世事的三皇子了。我只能告诉你,你当时是被恶人绑架了。现在恶人被我们消灭,我来接你回宫,皇上。"朱春山看着李连城说:"我不相信。"李连城说:"不相信我也没办法,你以后会相信的。现在,我们迎接皇上回宫。"

朱春山对之前紫禁城发生的一切一无所知,当然他就更不知道那个传说中是顺天府盗帮帮主的皇上,他完全不知道在他被秘密关押的这段时间里宫中曾经出现过一个和他一模一样的皇上。但是随着时间的推移面对文武百官投过来的诡异的目光,他一点一滴地发现几个月来宫中发生的种种蹊跷,他的疑问越来越大。那段日子里李连城急于和韦忠贤交涉以韦德贤交换假朱春山,韦忠贤以种种借口拖延,在他没有搞明白到底是不是有两个朱春山之前他不会贸然与李连城交换人质,他十拿九稳地认定李城连不敢下手杀害韦德贤,因为朱春山在他手里,不管他是真是假。有时候看着朱春山六神无主地坐在大殿上我无端感到心酸,他还是那么单纯透明,才刚刚开始人生最美妙的青春年华,他应该无忧无虑享受着万般宠爱和锦衣玉食的荣华富贵,他不应该在如此美好的岁月就卷入黑暗无边的宫斗之中,在未来漫漫无尽的宫中生涯里,他要历经多少世道沧桑又要面对多少凶残暗杀? 我不禁对他产生了深深的怜悯和同情。他虽然贵为一国之君,但是我觉得他还不如乡下一个放牛娃。放牛娃好歹一生无忧无虑,至少他会平平安安,不会有人无缘无故想要暗杀他。作为皇上他从小到大也一直依恋着我,在无人之时他也会向我追问一切,我只字不提,劝他不要想得太多,老天自会安排好一切。他从我这里得不到回答就追问李连城,李连城装作没听到,逼急了就说:"你别管那么多,我自然会替你安排好一切。"李连城说话的时候始终冷若冰霜,李连城的冷是发自内心的冷。但是朱春山不干了,特别是他从春明嘴里得知一个和他长得一模一样的也叫朱春山的少年也曾做过皇上时,他开始变得狂躁不安。他在一天晚膳结束之后和李连城发生了激烈冲突,他脱下龙袍扔在地上:"你不说我明天就不上朝了,我上朝也就是个傀儡,你们从来都把我当成傀儡。"李连城捡起龙袍给他披上:"皇上息怒。"李连城看着朱春山,眼睛里保持着一种警惕和距离。朱春山坐在一角哭泣起来,他的肩膀抽动着,身影看上去非常单薄。我站在远远的朱红色廊柱后面看着他,和他一起伤心。李连城将龙袍重重地压在他身上:"你必须穿上,一定要穿上,把皇上给你做你还不知足。"朱春山突然推开他,李连城被激怒了,扳起他的胳膊强行将龙袍给他穿上。太监们敢怒不敢言,只是远远地站在大殿里看着。我听到朱春山像个孩子一样哭出声来,朝我这边求助似的望了一眼。尽管隔得很远我还是看到他蒙眬的泪眼,就如同是我儿子被人欺负一样,我马上冲过去阻拦李连城:"他是皇上但他还小,你不能强行蛮来,你只是个锦衣卫都指挥使,谁给了你这么大的权力?"我用力拉住李连城的手,李连城差点将我操倒在地。李连城没想到我的力气这样大,他停住了手吃惊地望着我,朱春山趁机离开大殿向乾清宫外跑去。

　　后来李连城被朱六指急急忙忙叫走,朱春山在我怀中哭了许久,我除了一下一下给他擦去鼻涕几乎不能做什么,只好一任他哭泣。等他像个孩子似的哭够了,他平静地对我说:"奶娘,都指挥使欺骗我我不生气,我伤心的是你——奶娘,宫中都出了两个皇上,宫里上上下下都把我当傻子看笑话,奶娘你是很清楚的,却不肯向我透露一点口风。奶娘,你不会也是幕后策划的凶手之一吧?"朱春山嘴里说着眼圈情不自禁又红了,他的话深深刺痛了我。我真不知道如何开口跟他说,我确实也不想让他知道,而且最近乾清宫发生的事我也看得眼花缭乱。我上前狠狠擦去他的眼泪:"皇上,你长大了,你不再是孩子,你是皇上。我相信李大人,他所做的一切都是为了你稳稳当当地坐皇位。让你知道的他肯定会告诉你,不让你知道的你就不要去想。"朱春山不解地质问我:"李连城李大人和我是什么关系?他凭什么控制我的一切?"话涌到嘴边我还是闭上嘴。宫中山头林立纷纭复杂,我也无法在短时间内和他说得清,我唯有寸步不离地守在他身边,在我们都沉沉欲睡时我对他说:"你先睡吧。"他默不作声的态度就意味着他同意了我的话,我向坐更的耿谦和说:"耿公公,侍候皇上入寝。"耿谦和答应着,带着一帮太监齐刷刷地走过来。

　　我悄悄退出皇上的寝殿,在屏风外略略坐了会儿,感到身心俱疲,这时候马背生出现在廊柱旁。我只是远远地看着他,他也只是远远地看了我一眼,然后缓缓离开。他在暗示我跟上来,反正坐更的太监正在侍候皇上入寝,我快走几步来到乾清宫外。已经快要过年了,宫前一片梅花开得像一片香雪海。在一片幽幽梅花香气中马背生知道我跟了上来,他停住了脚步。我上前问他:"杨白桃还好吗?"马背生说:"我答应了她,我要跟她在一起。他要我去清风寺,我正不知道怎么办。"我不知道怎么回答他,他的眼睛在黑暗中死死盯着我:"只要你愿意,我随时随地陪着你,如月——我们马上出宫,马上就走。"他不等我回话就抬起头深深地吸了一口清冷的空气,仿佛只是嗅了嗅花香,然后一字一顿地说:"另一个朱春山现在就在韦忠贤手中,他是顺天府盗帮帮主。紫禁城怎么会有两个一模一样的朱春山?韦忠贤准备明天就带着他入宫揭开这惊天一幕,一场大戏就要登场。而这场大戏的后面,将又是一轮刀光剑影、血流成河。我到乾清宫来就是想告诉你这些,你要做好逃出深宫的准备,我会等着你,我们永远在一起。"

第六十四章　风雨飘摇

　　朱春山言听计从地顺从了李连城,不知道他是出于真心还是假意,他乖巧又听话地守在宫中,看他那懦弱的样子确实不像一朝帝王。李连城与韦忠贤的对峙呈现胶着状态,双方谁也不肯妥协让步。而韦忠贤又从耿谦和那里得知,娘娘暗中与李连城达成妥协,只要保住了娘娘的尊贵地位并迎接王不欢归朝,她尽可以让李连城垂帘听政让朱春山做傀儡皇上。赵明德虽然手中有一张王牌王不欢,但是他怕周达更怕李敬堂。其实他可以在两天之内以急行军的速度包围顺天府,但是他又怕蠢蠢欲动的李敬堂的都督府天雄军给他来一个"螳螂捕蝉,黄雀在后",他必须与举棋不定的周达联手。但是两个久经沙场的男人想联手合作,注定互不相信、暗中算计,最后的结果多半是反目成仇、兵戎相见。在谁也不肯贸然动手的时候,紫禁城出现奇妙的平静,这份平静很快被奶子府的一群奶妈和稳婆打破。奶子府经常一片鸡飞狗跳,奶子府里全都是女人,女人们有一点小事就惊惊乍乍。先是某天午夜酸枣一声惨号把护城河河边直房一带闹得人心惶惶,后来才发现她被人割去了一只耳朵。那只耳朵就握在酸枣手心里,变得黑不溜秋的如同一只黑木耳。酸枣后来在一个雨夹雪的黄昏双手比画着告诉我,那个人下手前咬牙切齿地对她说这是对她的报复。酸枣的脸布满皱纹如同晒干的酸枣,我对她说:"我和你说过宫中不好待呀!我劝过你拿了俸银出宫你偏不听,结果嘴巴不能好好说话,现在耳朵又被人割去一只。再下去,你的眼睛怕也保不住。酸枣,现在后悔还来得及,还有一条命好活——"酸枣闭上眼睛,眼泪直流下来。酸枣双手又比画着告诉我:她的一条命不值钱,死也就死了吧,活着也是死了,她死也要死在宫中。

　　我这边还没有劝好酸枣,翠柳那边又出事了。翠柳要离开奶子府去南疆给她的爱人冯授同守墓,任何人也劝阻不了。翠柳出宫前亲自来向我道别,就在灵星门那边的玉河桥畔。我站在承光殿门前廊柱下目送翠柳离去,奶子府的奶妈和稳婆们几乎倾巢出动来送别翠柳。翠柳一向冷傲如冰,冷到不近人情。谁也没想到她的痴情与忠贞竟然感动了奶子府所有的女人。没有人领头招呼也没有人倡议,众人自动沿护城河畔的官道一路相送。翠柳简简单单梳一只孝头髻,一头乌发间插着一支素钗梳,穿一领珠光白白绢素麻细布衫,绲镶着沙漠黄的边,下穿一条细麻布裙,脚踏一双青布鞋,当然腰间少了一根麻绳。她被黑压压一片送行的人感动了,她脸上那块长年不化的冰终于融化了,她泣不成声地向众人拜了又拜。她细碎的脚步牵动我的心,她这样一个弱女子如何能走完这一路?但是谁的话她也听不进,她执迷不悟地离开了紫禁城,她将生命置之度外,只是一门心思要去南疆。她在顺天府郊外就被红巾军捉了去,后来才知道红巾军已经将顺天府里三层外三层包围得水泄不通,一场恶战到了一触即发的状态,这时候轮到王爷言如鼎出山了。

后来的历史表明是赵明德逼迫言如鼎站出来作出让朱春龙接班的决定,另有一说是赵明德囚禁了言如鼎之后强迫他作出承诺。在言如鼎看来这是一个完美的策略,在皇族血统不清不楚的情况下朱春龙登基保持了皇族的纯正,让我朝各方势力都心悦诚服。赵明德的承诺是交还王不欢,保证娘娘和王不欢的安全,保证在紫禁城不动一刀一剑,当然保证不杀顺天府一卒一民。言如鼎的所作所为将李连城瞒得滴水不漏,他最怕的就是韦忠贤。他在千岁宫拜会了韦忠贤,当然韦忠贤第一件事就是将假朱春山从地宫中请出来与言如鼎见面。假朱春山恨恨地盯着言如鼎一言不发,言如鼎也一言不发,他上上下下打量着假朱春山,然后意味深长地笑了起来。言如鼎准备联手文武百官在早朝上逼迫朱春山下台,他们在密谋时李连城就得到了消息。李敬堂安排马易初和于文第从外围包围赵明德的红巾军。而周达准备南下入宫增援,大金的入侵最终又牵制了他的兵力,让他进退两难。李敬堂突然决定将天雄军节度使、大皇子朱春旺火速召回顺天府,李连城说:"你让朱春旺入宫不是添乱吗?你还嫌宫中不乱?当年娘娘让他赴边就是让他发配充军,不想留他在顺天府觊觎皇权。"李敬堂吞咽着唾沫:"你知道他们在背后就要动手了,皇位切不可落到朱春龙手中,落到他手中就意味着我们失败,宁可落到朱春旺手中。"李连城说:"落到朱春旺手中我们就好过吗?"李敬堂说:"皇位不在我们手中日子肯定没法过,但是相对来说落在朱春旺手中我们的日子会好一些,你知道什么原因吗?"李连城说:"什么原因?就是朱春旺势单力孤。"李敬堂手在桌案上重重一敲:"对,朱春旺现在远远不是我们的对手。但是不管是谁做了皇上,最后都要成为我们的刀下鬼。"李敬堂的眼睛在一片幽暗中闪闪发亮,李连城愣住了:"杀?"李敬堂说:"当然。"他忽然沉默起来,李连城也沉默起来,两个沉默的男人心事重重地对视了一眼。李敬堂抬起头看着李连城从头看到脚,然后拍拍他的肩膀:"坐下来,我有一桩重要的事要告诉你。"李连城说:"我其实早就等待着这一天,你说。"李敬堂说:"你坐下来,这桩事情相当重要,它才是一桩塌了天的大事。"李连城缓缓坐下来,李敬堂说:"是时候了,应该告诉你,我怕马上宫中大乱一切都来不及。"李敬堂说着直视着李连城:"你——其实根本不是我的儿子,你知道吗?你是老皇上朱孝进的儿子,这个皇位,其实是你的。"李连城倒抽了一口气,李敬堂说:"我现在已经没有时间向你详细回忆前世今生的因缘巧合,我只能告诉你,一切全都是命中注定。皇位千万不能失去,必须拼死一搏,失去皇位我们就只有一死,我耗尽一生心血苦心经营的一切将会付诸东流。"

　　紫禁城混乱无序如同沸水浇了蚂蚁穴或火把烧了马蜂巢,朱春山竟然让我偷偷将银环带进宫。他们一见面就互相吐舌头做鬼脸笑得乐不可支,那是青梅竹马的少年天真无邪的笑容。宫内铜火盆中燃着一堆银炭,不见一缕烟丝却让宫中温暖如春。朱春山早脱下龙袍换上洁净的宫锦服,内松外紧十分合身,发丝用无瑕玉冠拢住。银环一袭朱砂红彩霞满天宫女装,但是裙摆下却别出心裁绣着一枝盛开的梅花,一支梅花簪簪在如瀑似泻的三千青丝中,一颦一笑另有别样动人的风韵。朱春山放下手中的书卷站起来:"奶妹现在楚楚动人,真是女大十八变,怎么看怎么好,让奶哥心动不已。"银环嘟着嘴假装恼了:"皇上哎,你金口玉言,可不能成天说些混账话戏弄奴家。要是让哪位碎嘴婆子听见了传出去,你让奴家怎么活呀?"朱春山听出银环的话是在损他,上前就要捏她的嘴,银环转身想逃却不料朱春山早已从背后抱紧了她。他将下巴搭在银环肩胛上,轻轻在她耳畔说:"奶妹真好,奶妹真好。"银环恼怒地瞪了他一眼:"又说混账话了。"这句话似乎激发了朱春山满怀深情,他的温暖的嘴唇在她因为炉火温暖而变得桃红色的腮边寻觅着。银环有意打断他:"你看,梅花。"银环手往前一指,在虚掩的窗扇外,几枝殷红如血的梅花伸进室内。朱春山将目光从窗前梅花上收回来,落到银环衣裙上的梅花上。他上前折下一枝梅花小心翼翼地插在她的梅花簪上,然后双手捧起银环的脸,两人四目深情凝视。就在朱春山的唇快要贴上的一刹那,银环轻轻别过脑袋,然后迅速抽身逃离。看着银环掩嘴窃笑着离去,朱春山恼了,追上来捉住她的手,将银环压在身下,两人脸贴着脸四目对望,朱春山如愿以偿吻到了银环,长长的吻甜蜜如饴。银环也情不自禁圈起朱春山的脖颈吻了很久很久,然后他们同时睁开眼睛。银环说:"皇上,你要答应我一件事。"朱春山说:"你说,我一定会答应你。"银环说:"你对天赌咒发誓要爱我一辈子。"朱春山说:"好,你听着,我对天发誓,我不管做皇上还是做木匠,我都会一辈子死心塌地爱着马银环。如果我食言,玉皇大帝雷公雷母就拿天雷来劈我。"他说话的声音很大很响,他是呐喊着叫出来的。银环吓坏了,赶紧捂住朱春山的嘴,过了很久她才慢慢松开手:"都说你是假皇上,你是假的还是真的?"朱春山说:"我要是假皇上你就不会爱上我了吗?"银环点点头:"爱——我是爱你这个人,我才不管你是真皇上还是假皇上。"朱春山说:"那我要是有一天被赶出紫禁城,逃到深山里去做木匠,你会嫁给一个山里的小木匠吗?"银环点点头:"愿意。"朱春山说:"为什么你愿意嫁给一个木匠?你说说看。"银环说:"我也并非金枝玉叶,我不过就是靠山庄一个牧羊姑娘。你不嫌弃我一个牧羊姑娘,你一直心心念念地爱着我,你对我那么痴情,我有什么理由拒绝你?其实说句老实话,我真心希望你做一个山里的木匠师傅,木匠师傅配牧羊姑娘,那才是——"朱春山接口道:"绝配。"两人异口同声说出这个词,又忍不住爆笑起来。银环说:"对,青蛙配蛤蟆,烂砖配碎瓦,谁也不会嫌弃谁。"

对我来说这是非同寻常的一天,就在马银环与朱春山在宫中山盟海誓之时,翠柳在顺天府郊外被赵明德的红巾军捉了去。等到翠柳被人发现时她已经现身慈宁宫,也就是冷宫,她取代的是如梦令,而如梦令则离奇逃出冷宫。兵荒马乱的年代发生一些匪夷所思的事也很正常,冷宫中的弃妃所剩无几,虽然明令禁止她们外出,但是在非常时刻总会有人想出非常的办法,只要你有足够的银子就可以收买从宫女到太监的一应下人,出宫的事就有人帮你搞定,包括守门的锦衣卫。如梦令就是这样直接被人带出宫,她其实早在多年前就是赵明德的人,她是被如妃派出去给赵明德传递情报的。只是苦了翠柳,她被替代为如梦令将永远生活在冷宫中。她无声流泪三天三夜后开始绝食,还是宋玉偶然到慈宁宫送蜡烛时发现这个如梦令原来是翠柳,当时翠柳死活不肯开口,她在冷宫一心赴死。我得到消息后马上过来看她,让随同过来的碧桃从乾清宫取来一罐百合五仁汤送来,几个人齐心协力撬开了翠柳的嘴将汤灌了下去,结果仍然被翠柳吐了出来,吐了我和玉妃一头一脸。我安排碧桃彻夜守在翠柳身边,但是碧桃没心没肺半夜三更睡得比死猪还沉,结果翠柳就一个人赤着脚摸到贵妃井跳了下去。

翠柳被打捞出井时身体已经开始僵硬,整个奶子府的奶妈们都赶了过去,那时候锦衣卫刚刚将钱大妈妈请进奶子府。重回奶子府的钱大妈妈不知道出于什么用意,穿着一身她当年初入奶子府做奶妈时穿的天水碧色镶紫边的襟衫,她的表情显得镇定自若,她跟所有的奶妈和稳婆打招呼。范稳婆、金稳婆、宋稳婆一同过来看望她。范稳婆说:"你瘦了大妈妈,你瘦了,你养尊处优地过日子,怎么就瘦了呢?瘦了一圈。"钱如意说:"我姑姑是咸吃萝卜淡操心,人虽然闲着,却比过去在宫里还要忙。"钱大妈妈说:"千金难买老来瘦,不是你从前最爱说的话吗,范稳婆?"我陪着钱大妈妈在奶子府各处转了一圈,钱大妈妈说:"哎呀,颜夫人可比我钱大妈妈能干,奶子府让你打理得井井有条。"我叹了口气对她说:"现在宫中哪还能和过去相比?我也无法和大妈妈相比。钱大妈妈,你选择出宫告老还乡,可真是聪明之举。"钱大妈妈似笑非笑地说:"我这脑子就是榆木疙瘩,哪里是聪明之举?老了,做不动了,在宫里碍着人家眼睛,不如自己知趣一点,落叶归根不过就是一句托词。"

我们在奶子府中间的青砖道上缓缓而行,李连城在朱六指等一行随从陪伴下匆匆赶来。钱大妈妈笑容可掬地迎上去:"老妪老眼昏花,现在也不知李大人高居何位?"李连城淡然一笑:"哦,就是个皇上的贴身侍卫。"钱大妈妈说:"娘娘的生日在坤宁宫举行吧?李大人,我要先去坤宁宫拜一拜娘娘。"李连城看了看我,冷漠地笑了笑:"钱大妈妈,暂缓去拜见娘娘,将你请入宫中是要你出面做证。"钱大妈妈狐疑地问:"做什么证?"李连城见钱大妈妈满脸不悦,脸色陡然大变:"反正颜夫人和钱如意都不是外人,我也不妨直说,当年娘娘假怀孕这件事在宫中传了多少年,是你和韦忠贤暗中联手,抢了田小娥之子也就是我李连城之子伪装成娘娘生下的儿子,不但骗过了先皇,还骗过了我大明王朝所有的人。大妈妈,这么说没冤枉您吧?"钱大妈妈脸色骤然一片惨白:"李大人,我到宫中是来庆贺娘娘的寿辰,不是来听你扯这些狗屎连稻草的事,我要去见娘娘。"李连城说:"钱大妈妈,你在宫中这么多年,娘娘哪天生日你不知道吗?娘娘根本不过生日,我派人请你入宫就是为了让你出面做证。你现在不说没关系,我会安排时间让你当众讲个明明白白——"他说着对部下一努嘴,悄悄地说:"先拿下再说,暂时押在奶子府。"朱六指带着几个锦衣卫兵卒没费事就拿下钱大妈妈和钱如意,李连城离开时意味深长地看了我一眼。

第六十五章　危如累卵

　　自从那日李敬堂告诉李连城自己并非他的生身父亲之后,李连城一有机会就追问李敬堂,李敬堂被逼不过,压低了声音说:"快回乾清宫,我只要你完成一个任务,就是保护朱春山。我问你,朱春山是不是你的儿子?"李连城说:"绝对是,是小娥亲口对我讲的。"李敬堂说:"那就万无一失,你别管宫中有多少阴谋城外有多少布局,我统统都给你安排妥帖,这就是我忍辱负重死保大都督之位的全部目的。现在我只要你和颜如月一起守护朱春山,守护朱春山就是守住我们李家江山,最后的关头意味着生死存亡,不能有一丝一毫的马虎。"李连城不依不饶地拦住李敬堂:"那我一定要问个水落石出,我对外一直就是你的儿子,我怎么就成了先皇的儿子?你一定要告诉我,我要你用铁的事实告诉我,我的身世到底是怎么回事?你为什么一直骗我到今天?"李敬堂说:"好,这事也无法再隐瞒你,但是我空口无凭说什么你也不会相信,只会加深你的怀疑,公开这件事需要几个当事人来配合。"李连城说:"谁?"李敬堂说:"布袋和尚和范稳婆,你先回乾清宫,我这里通过颜如月来安排范稳婆,我再通知布袋和尚和刘氏,也就是当年的丽贵妃。然后我们一起到清风寺后面的白狼坡重新开挖那个坟,那就是当年埋葬你的坟墓。你马上回到乾清宫,马上回去,紫禁城最后的决战就要到了,这个大明王朝是我们的,天子之位一定要紧紧攥在我们手中。我在宫中处心积虑、精心布局,就是为了这个目标。"

　　李连城不动声色地来到乾清宫,从他脸色上完全看不出内心的狂涛巨澜。朱春山这段时间已经停止了与翁万言在文华殿的学习,他早就嗅到了宫中气氛诡异,也不再与我亲热,每日早早入眠,顶多让春明和宋玉陪着到附近的奉先殿走一走,然后马上回宫睡觉。李连城靠在朱红色廊柱下一言不发,我坐在宫灯下看着他,打不定主意要不要上前和他说话。天已经开始转暖,风向也开始转变,从顺贞门那边吹来的风带着一丝暖意,我知道这就是南风。李连城大步走过来在我面前坐下："皇上在做什么？"我告诉他："皇上睡了。"他略略有点不耐烦："怎么这么早就睡了？"他抬头看了看我，眼睛慢慢凝聚一丝丝的温柔："如月，如果不久的将来玉碎宫倾、王朝易主，我战死在沙场，每到清明时节，你会为我上坟吗？"他经常在我面前胡言乱语，听起来像是不过大脑的话，但是我知道这是他深思熟虑才说出口的话，也是他编出来的话，目的是为了引起我的同情。我不想配合他的情绪，手一挥大咧咧地说："废话一箩筐，我大明王朝铜墙铁壁又不是纸糊草扎，怎么可能玉碎宫倾、王朝易主？"我从宫灯式字纸篓里捡出一张废纸，突然出手在李连城嘴上狠狠一擦："你这张臭嘴一张开就是大粪味，早该用草纸擦一擦。"李连城眼疾手快捉住我的手，将我死死拥在他的怀中："如月，如果我战死沙场，年年清明你一定要为我焚纸烧钱。"我在他怀中拼命挣扎："我不听你这混账话，你放开我。"他将我箍得更紧了，我拼命挣脱他的怀抱："放开我好不好？李大人你别闹了，我可是你晚娘——"李连城说："别逗了，当我不知道，你和我爹只是假夫妻——"他也没有想到脱口而出说出这样的话，他愣在那里等待我的反应。我不给他应对时间："即便是假夫妻也不关你的事，你也没有机会。我实话告诉你，你只能永远做我的哥哥，就是亲哥哥那样的哥哥，你明白吗？"李连城贴近了我："那我再告诉你，我要是不经意间做了皇上，你愿意放弃皇后身份？"我当机立断回答他："你想哪儿去了，哥，你当了皇上还是我的哥啊，那我就是皇妹。"我突然停住话头，假装很生气："嘿，说这些有啥用？我有那个命吗？你有那个命吗？"李连城突然改变话题："只要你听从我的安排，你就是将来的娘娘，你信不信？"

　　李连城交给我的任务就是将范稳婆请到清风寺，那其实是一次有预谋的安排。我告诉范稳婆我娘和布袋和尚在清风寺等她，但是我们并没有进入清风寺，而是直接去了后山。范稳婆似有所察觉，停住了脚步对我说："为什么不进清风寺。"这个时候已经由不得她做主，我说："我娘和布袋和尚就在前面，快到了。"她并不显得慌乱，撩了一下枯涩而凌乱的头发："不过就是不相信我而已，孩子已经夭亡了这么多年，这样折腾还有什么意思？不过就是让我们这些活着的大人更悲伤一些。"她抛开我坦然向那处小小的坟墓走去。这时候早春的阳光普照山地，青青的草芽正从枯黄的土地中冒出来。她一步一滑地出现在山坡上，李连城和朱六指从栗树后面站出来，那个墓葬已经挖得很深如同一口深井。李连城平静地说："范稳婆，你告诉我，你和宫心志的孩子到底去了哪里？你说埋在猫尸下面，人家掘地三尺我们掘地一丈，鬼影子也没有看见。"范稳婆脸上仍然像死人一般毫无血色："不会吧，不会吧？"朱六指将铁锹扔过来："要不你来挖挖？"李连城一步一步踱到范稳婆面前："范稳婆，你也别跟我们演戏了，其实你的儿子根本就没死，他还活着。我们其实已经知道他是谁了，现在只要你亲口说，他现在在哪里？"范稳婆脸色突然变得乌紫，她瘫倒在墓地前一把鼻涕一把眼泪地哭起来，哭得像唱山歌一样："我的儿啊我的儿哎，你死了这么多年在地下还不得安生哪。什么人心比豺狼虎豹还狠呀，竟然左一次右一回挖你的坟啊，我的儿啊我的儿哟。"

范稳婆痛哭失声让李连城一筹莫展，其实李连城的束手无策完全是伪装出来的，不仅是装给范稳婆看，也是装给韦忠贤看。那几天东厂不知道从哪里得到消息，周达与赵明德已经达成密切合作，决定瓜分大明王朝。东厂向锦衣卫透露这个信息用意很明显，韦忠贤就是要和李连城联手，双方互相交出韦德贤与假朱春山。李连城只派出朱六指联络，拒绝与韦忠贤见面。李敬堂也寸步不离守在乾清宫，李连城汗流浃背走进来重复了朱六指传回来的消息。李敬堂看也不看他，只盯着廊檐下晃动的宫灯："韦忠贤的消息。"李连城马上面露不屑："东厂的消息就是韦忠贤的消息。"李敬堂说："已经得大金的佐证，周达正在暗中排兵布阵，有与赵明德形成合围之势，最最可疑的就是此次排兵布阵没有宫中指令。"李连城说："赵明德势力再大也不用怕，红巾军就是一帮乌合之众，别看他动静很大其实就是一群草包，不堪一击。"李敬堂斩钉截铁地说："就怕夜长梦多，通过皇上下令，将二皇子朱春空与周达对调。"李连城摇头拒绝："不可以，就算论资排辈，也该轮到大皇子朱春旺，二皇子其实就是个书呆子。你这样做不是人为制造纠纷？这个时候我们内部应该以和为贵。"李敬堂说："我看不到这一点在紫禁城就白混了一辈子。召朱春旺入宫，给他造成错觉，因为让朱春旺继位的声音近日也甚嚣尘上，让他忐忑又期待。将他按住不动，我们就会少一个强劲对手，就会争取到更多的主动权。在当前生死攸关之际，牵一发而动全身，这一点相当重要。"李连城说："那接下来如何处置？"李敬堂以手做刀劈在桌案上："一旦尘埃落定我们掌握了主动权，不留一个活口，量小非君子，无毒不丈夫！"

千古难遇的奇事就出在这当口，皇上的玉玺离奇失踪，尽管这段时间我与李连城彻夜在乾清宫守着，玉玺还是被盗，李连城分析各个环节想不出在哪里出现纰漏。就在这天晚上一只漆黑麻乌的乌龟缓缓爬进了乾清宫。它径直爬到了李连城脚下，昂起头看了看他。李连城大吃一惊，白龟与赤龟都死了，这只从未现身的黑龟从何而来？他在黑龟嘴里找到了蜜蜡纸，上面让他单枪匹马到兔儿山密会。李连城知道那里是紫禁城中最高的地方，怪石飞泉鸟语花香。站在兔儿山上眺望太液池和紫禁城，才可以体会到一览众山小的意境。那里虽然是俯瞰宫中最佳的地点,可惜地处宫中最偏僻的西南角,隔着太液池,而且还隔着蛇蝎出没的前朝万寿宫遗址,所以宫里人没事很少去兔儿山。李连城决定赴会,他脱下了那身锦衣卫的飞鱼服,换上了沙漠黄双襟立领窄袖宫服,特地带上了那只黑龟。但是他还没有到兔儿山就在万寿宫那里遇到了范稳婆,范稳婆手里提着一只藤条编的篮子,里面装着一些刚刚剜下的蒲公英,这也是奶子府给奶妈们退火用的一味药,这样做当然是遮人眼目。范稳婆经过他身边时悄声说:"兔儿山上已经处处布下暗哨,你带着乌龟过来干什么?快快去太液池放生吧。"

李连城转身来到了太液池畔,他将那只黑龟从怀中掏出来有点犹豫,范稳婆站在他身后说:"这是我的乌龟,没有用处了,你放生了吧。"李连城还在迟疑中,范稳婆上前拿起乌龟缓缓走到水边,将黑龟放入水中。黑龟愣了一会儿,动作极快地舞动爪子回头眺望了范稳婆与李连城一眼,然后一个猛子扎进水里,吐了一连串水泡消失在水草中。范稳婆站在水边愣愣地说:"放生了,没什么用了。白龟死了,赤龟也死了,留着黑龟也没有用。"李连城说:"原来你是黑龟?"范稳婆摇头说:"我不是,但是我知道你们一直用乌龟传递情报,我就偷偷藏起黑龟为我所用,却没有派上什么用场。"李连城说:"约我过来就是为了说这些?范稳婆,我知道你心里隐藏着太多东西,没到时候我也撬不开你的嘴,你才是紫禁城最大的潜伏者。"范稳婆果断地说:"错,你这样看我就大错特错。我跟你说过,我早知道你我会有这么一天,你要问什么就问吧,该来的一定会来。你们也不必怨我范桂枝这个人有多毒,不管你们相信不相信我都要说,这是命,这就是命中注定。"李连城嘴角露出一缕意味深长的微笑:"好,我就知道范稳婆是爽快人,其实不用开口我相信范稳婆也知道我想问什么。"我就在这时候从太液池畔的树林中出现了,这是李连城的安排。范稳婆背对着我没有看到,她冷冷地扫了李连城一眼:"其实当务之急并非娘娘、皇上的前世今生,我叫你过来是要告诉你,宫中玉玺在九千岁手中——而盗玉玺之人是皇上身边的太监春明,他其实早就被韦忠贤所收买,九千岁用他取代了昔日的安小平。"李连城依旧不紧不慢地会意一笑:"这个我已经掌握,这不是宫中的当务之急。当务之急是宫中四面楚歌危如累卵,范稳婆啊,如此紧要关头何去何从您应该很清楚。"范稳婆迟疑了一下:"嗯,这个我很清楚,我也是亲眼看见——"李连城马上接过话头:"亲眼看见春明盗取玉玺?范稳婆,据我们掌握的情况,春明是受了韦忠贤的指派,但是盗玉玺却是在你的安排之下。"范稳婆正欲开口李连城马上封堵她的嘴:"你是不是又要说我与田小娥有染?告诉你,田小娥是我的情人,朱春山就是我的儿子,宫里人差不多全知道了——可是,这难道是我李连城安排的吗?这不正是你和钱大妈妈、韦忠贤帮助娘娘抢来的吗?范稳婆,别以为你最聪明,别人都是吃素的,我毫不客气地跟你说,你潜伏在宫中几十年,你的目的我们很清楚,你当下要做的就是老老实实交代……"

范稳婆陷入了沉默,她明显低估了李连城对宫中信息的掌握。李连城对我暗示了一下,我缓缓走近范稳婆,她瘦小单薄的身影在早春的寒风中瑟瑟发抖,我在离她不远的地方停住了脚步。她敏锐的听觉捕捉到我的脚步声,这应该是多年宫中眼观六路、耳听八方的经验带给她的。她说:"李大人说我潜伏在宫中几十年,你们李家父子难道不也是这样吗?其实我并不是资格最老的,我所知的李敬堂,潜伏的资格应该比我更老。"她缓缓转身看着我:"颜夫人,你难道不也是潜伏吗?我苦心经营将你安排入宫,让你潜伏下来,但是你没有服从我的指令却听从了另一个潜伏者的安排,我对你在宫中的一言一行其实清清楚楚。你和李敬堂名义上成亲,你是他的妾,但是你们只是掩人耳目的假夫妻,你们根本没有夫妻生活。因为你给小皇上断奶后这些年,月例一直都是正常的。"我点点头:"是的,范稳婆,我知道你知道一切。我也从来不曾在你面前隐瞒,我知道你应该能理解、会理解。这宫中明枪暗箭、你死我活从来不断,凭我一个弱女子能在这宫中活命吗?我凭什么没有成为翠柳或酸枣?凭什么?所以,我寻找靠山也是正常的,你在宫中这些年,你的靠山还少吗?"范稳婆说:"但是你别忘了我安排你入宫的目的,别忘了你娘至今还在装疯,更别忘了你入宫的使命,这金碧辉煌的紫禁城是谁家的?颜夫人,我可是全心全意在为你家忙活。"我无动于衷冷冷地说:"范稳婆,事到如今我们都没必要蒙骗,我们需要打开天窗说亮话,敞开心扉说真话,你不讲真话我们没法谈。你好好想想,想透了想通了我们再谈。"范稳婆答应了我的请求,后来在李连城面前,她的回忆混乱而芜杂,但是通过她的回忆,还是将我们带回到多年前那个凤仙花如锦似霞的春天。

那是紫禁城春天一个平常的黄昏,殷红如血的残阳就挂在层层叠叠金碧辉煌的宫殿之上,那雄伟壮丽的景象只有天堂的琼楼玉宇可以相比,人们不会想到这庄严宏大的场景背后,黑暗正在一寸一寸地侵吞。那个时候娘娘假怀孕已经快十个月了,临产的日期钱大妈妈确定为四月初八,因为田小娥确定是四月初八临产。一切都在韦忠贤与钱大妈妈精心策划中,田小娥这个可怜的女人生下儿子后马上被抢走,谎称是娘娘诞下的。一个女人目睹了宫中这恐怖的一幕,这个女人就是稳婆范桂枝。这一幕发生之后,两个母亲却有了霄壤之别,一个成为流浪女田小娥,一个成为不可一世的皇后娘娘王来喜。

第六十六章　真假难分

　　钱大妈妈被李连城软禁在奶子府，我安排碧桃照顾钱大妈妈饮食起居，暗地里其实就是派碧桃盯紧钱大妈妈和钱如意，看看是不是有人暗中接触她们。钱大妈妈仍然保持着当年大总管的派头，然后很不客气地对我说："为什么不让我进宫看看？"我笑着对她说："奶子府不是在宫里吗？我们就是在宫里呀？"钱大妈妈不屑地说："我说的宫中是指乾清宫、坤宁宫、建极殿、中极殿那里，当然也包括东宫西宫。"我推托说："李大人会有安排，大妈妈不要急，难得来宫中一次，你得多住些日子。"钱大妈妈冷冷地笑了一下："颜夫人，我好歹也在宫中混了一辈子，虚情假意的话也别讲了。但是我要告诉李连城，他现在怎么对待我，不久的将来就会有人怎样对待他。他李大人从小在宫里长大，应该知道人与人之间有时候就是一报还一报。他即便不为我这老骨头着想，也得给自己留条后路。"钱如意接过话头狠狠地说："请转告李大人放了我们，否则的话惹火了中书省员外郎马念斋，有你们的好果子吃。"钱大妈妈听了突然大怒："我让你别进宫别进宫你偏不听，你这小蹄子处处跟我作对！既然回家了，再回顺天府有什么好？怕是将来把命丢掉，不如跟我回去。"钱如意气鼓鼓地站起来，我怕她们越吵越凶，马上岔开她的话题："钱大妈妈也别多想，如意也别惹大妈妈生气。宫里乱呀，其实李大人也是出于一片好心怕你们万一有个闪失。你们是自由的，我知道你们住得心烦，我带你们看看奶子府，最近新进了许多奶妈。"

　　钱大妈妈不置可否，钱如意也是一百个不情愿，我领着她们在奶子府内部转了一圈。银铃、碧桃、秀琴和马稳婆、宋稳婆、范稳婆、金稳婆都过来和钱大妈妈、钱如意打招呼，更多新入选的奶妈停住手中活计朝钱大妈妈张望。钱大妈妈似乎看什么都不开心，只是冷冷地扫了一眼。我领着她掀开帘子走进内室，对她说："正好今天有一批奶妈要开乳，还请钱大妈妈指导一下。"入选的奶妈已在内室里站好,内室四角置有银炭炉,里面温暖如春,奶妈们脱下外衣一个个露出光洁如玉的乳房等待着钱大妈妈又一轮挑选。钱大妈妈拿起烘热过的碧玉奶嘴从长长的一排体态丰盈的奶妈面前走过,眼睛落在一对对下垂又微翘的奶子上,仿佛又回到了她昔日奶子府大总管的位置上。她着一身苔藓青貂鼠脑袋面子大毛黑灰鼠里子古烟纹碧霞罗衣,下摆微微露出一截散花如意云烟裙。入选的奶妈虽然进入宫中,但是等待她们的照例是一道近乎苛刻的筛选:催奶。催奶用的还是奶子府的老方法,服用白水猪蹄汤和无盐鲫鱼汤。每位奶妈每餐必食两大碗,不放盐不搁醋的白水炖猪蹄和无盐鲫鱼汤汤色乳白腥气扑鼻,我当年刚入奶子府时如此,钱大妈妈当年入选奶子府时也是如此。在家过惯了苦日子的奶妈们头一餐都可以吃下去,第二餐闭上眼、憋口气勉强也可以吃完,一连数日后再面对难以下咽的催奶汤,奶妈们捧上汤碗就开始呕吐,每到饭点奶子府一片呕吐之声。想起以后在奶子府日日如此,奶妈们绝望得眼前一片漆黑。我看着面前一个个乳房饱满的奶妈就想到我自己,我站在她们面前说:"这一关总是要过的,每一个奶妈进入奶子府都得要过这一关,我是这样,钱大妈妈也是这样,你们也是这样。你们很幸运能见到已经告老归乡的奶子府大总管钱大妈妈并接受她的指点,这是你们的造化,请大家穿好衣服再去催奶。"

奶妈们无声地穿上衣裳,一个接一个坐到桌案前。要说钱大妈妈当之无愧是个心狠手辣的强悍女人,她手持一双以细银链连在一起的银筷子,那是宫中银作局精心打造的银筷子,也是她从前用过的银筷子,她像头母老虎似的围着奶子府长长的桌案不停地绕圈子。四张长长的桌案上围着六十位新入选的奶妈,人人手捧一瓷碗白水炖猪蹄或无盐鲫鱼汤,稀里呼噜稀里哗啦像猪吃食似的吃得一片山响。奶子府里全是一片猪吃食的声音,奶妈们人人汗出如浆。碧桃等一帮女仆杂役将一桶又一桶腥气扑鼻的食物抬来,全都是热气腾腾的猪蹄与鲫鱼,这是民间也是宫中最好的发奶物。钱如意的目光在席间逡巡,发现有奶妈吃完她迅速补上一勺。而一旦有偷奸耍滑或稍稍慢了半拍,钱大妈妈马上黑下脸用银筷子狠狠敲在奶妈额头上,破口大骂:"贱蹄子,别不知足,猪蹄鲫鱼都吃不下,想吃龙肉吗? 想吃龙肉上天去!"被敲打脑门的奶妈既羞又痛,实在忍不住就伏在桌案上哇的一声吐出来,刚刚吃下去还没来得及消化的猪蹄与鲫鱼肉和着胃液喷涌而出。

这一幕幕场景我实在太过熟悉,因为我不知经历了多少次。就在这时候门外一阵骚动,我听到钱如意大喊大叫的声音,碧桃惊慌失措地叫我出去。我看到钱如意扯着春明的衣服左一掌右一掌掌掌都响亮地打在他的脸上,春明被她打得步步后退根本不敢还手,钱如意还是不依不饶穷追猛击。奶子府的奶妈蜂拥而出,钱大妈妈只是隔着奶子府门外的台阶远远地注视着钱如意追打春明。我赶紧上前去制止钱如意,钱如意满面通红:"偷偷跟踪我,把我当贼一样防着,谁是你的主子? 你给我说谁是你的主子? 李连城吗? 还是韦忠贤? 你胆子太大了。我出宫才几天,就不拿我当人啊?"我无法阻止钱如意,看样子她连我也要打。钱大妈妈看架势不对上来拉着钱如意:"你打小公公是打错了——"钱如意说:"怪不得人常说人走茶凉。我人还在宫中,我嫁的还是中书省员外郎,这茶就凉了。"钱大妈妈说:"这又说错了,这哪里是人走茶凉? 你我现在想走走得脱吗? 请我们入宫就是要请我们入瓮,然后瓮中捉鳖……"

我当然知道钱大妈妈冷言冷语是另有所指,我只能装作没有听见她的话——当然也是宫中奇异的景象转移了大家的视线,杆子房那里突然冒出来无数的猫头鹰,猫头鹰像乌云一样从杆子房上空飞起,久久盘旋在紫禁城上空,高一声低一声的哀鸣令人毛骨悚然。奶子府所有的女人都起了一身鸡皮疙瘩,她们抬起头目光追逐着那群紫禁城中的神鸟。谁也不会想到,群鹰惊飞的那个初春的下午就是紫禁城最混乱的一个下午。那个下午正值立春,那年冬天特别暖和,每日都是艳阳高照。为了显示紫禁城一派祥和的良辰美景,本来就是稳婆和太监操持的咬春节就被李连城插手。李连城准备把咬春节弄得声势浩大一些,特意在灵星门的紫光阁那里搭了一个彩门。宫里本来就有普天同庆戏班,是宫女和太监排练了戏文逢年过节用来凑热闹的,这天也准备热热闹闹地唱上一出。最后皇上也出现了,与皇上同时出现的就是那群诡异的猫头鹰。

多年以后我和朱春山争议过当天在场的人到底是谁第一个发现另一个朱春山,最后经过仔细的回忆与佐证大家一致认定是碧桃。碧桃当天趁着宫中人多热闹和小明子约好偷偷幽会,小明子这一次要带她到宫外去,他们转过紫光阁雕梁画栋的楼廊,然后就一路出了东华门,一眼就看到东厂的兵卒簇拥着一个浑身肮脏、破衣烂衫的乞丐出现在门外。那乞丐头发肮脏凌乱地纠结在一起,上面全是草屑。脸上也是青一块紫一块,浑身上下散发出难闻的臭气。脚是光着的,脚后跟上布满皴裂,结满了血痂。东厂的小德子护着他直接进了宫,一个晴天霹雳在宫中炸开来:另一位朱春山回来了,他才是真正的皇上,他是沦落为乞丐一路乞讨着回到宫中的。

我亲眼看见两个朱春山在紫光阁相见的那一幕,那时候咬春节刚刚进入高潮,紫光阁戏台上鼓乐喧天、人欢马叫,东厂的小德子护着另一个朱春山来到戏台下。李连城突然看到这一幕马上起身想把坐在身旁的朱春山带离现场,却被小德子阻止。小德子将刚刚带回来的乞丐朱春山推到他面前："李大人你别走，你好好看看，这个乞丐说他才是皇上朱春山。"两个朱春山在戏台下四目相对，一个是乞丐一个是皇上但是两个人分明长得一模一样。台下台上一阵窃窃私语之后突然间鸦雀无声，几百双眼睛齐刷刷投向两个完全一模一样的皇上。乞丐突然出手死死掐住皇上朱春山的脖子："你这个骗子、骗子，我才是皇上，我才是皇上。"皇上仿佛醒悟过来，笨手笨脚地与乞丐对掐："你才是骗子，你是骗子，大骗子。"乞丐身手明显比皇上矫健多了，他即将将皇上压在身下时李连城却愤怒地推开他："住手！"但是乞丐一眼发现了我："奶娘，奶娘，是我啊，我是朱春山，我是皇上。"他突然紧紧抱着我失声痛哭："奶娘，奶娘，我是朱春山，我是皇上，你连我都不认识吗？我不是乞丐，我是被人陷害的，我是皇上，你连皇上都认不出了吗？"皇上这时候也上前拉紧我的胳膊："奶娘，我日日和你在一起，我才是皇上。奶娘，我从小和奶妹在一起玩，我才是朱春山啊。他分明就是个乞丐，是个骗子。"乞丐立马大怒，在皇上脸上啐了一口："呸，你才是骗子，你是假冒的皇上，你是骗子。"皇上手指着乞丐："来人哪，给朕将这个乞丐拉出去斩了。来人哪，来人哪！"两个朱春山说着又揪打到一起。银环这时候不知被谁推过来，她吓得连连往后退缩。但是人越围越多实在无法退出去，皇上发现了银环扑上来一把抱住她："奶妹，奶妹，我是春山，我是奶哥。我们说好了我要选你当妃子，奶妹，你怎么连奶哥也不认识了？"此时的我也开始糊涂了，两个一模一样的皇上，到底孰真孰假我也确实分不清，我头昏脑涨，而李连城被小德子一帮东厂兵卒围拥着无法脱身。那个混乱的春天的午后最后当然也无法在混乱中收场，只是混乱的场面从紫光阁转移到乾清宫，而且逐步升级。

紫禁城罕见的一幕成为后世民间津津乐道的传奇故事到处流传经久不衰。韦忠贤与如妃就不用说了，张三姐也大喜过望。在那个春风扑面的黄昏她主动过来看望如妃，她把如妃精心策划让她滑胎一事完全忘了。或者说她没忘，但是她并不放在心上。她就有这样的本事，为了扫平通往皇后道路上的障碍她对发生的一切从不计较。她在明媚的春光中首先来到奶子府，这春天就是春天的样子，立春其实也不过几天，阳光就和冬天的淡泊完全不同，明灿灿的阳光如同新鲜蜜糖一样透明又澄澈。宫中各个角落蒲公英开得如同繁星，看上去就像张三姐此时此刻的心情。八个宫女陪同张三姐走进奶子府，迎面就碰上一身桑子红实地刺绣缀金单朝服的我，我不依不饶用毒辣的目光与她对峙，我们四目相对各不相让。这时候一阵微风吹过，无数杨花像雪花一样纷纷扬扬而下。张三姐扭过脸去，狠狠瞪了身边宫女一眼："茶茶茶，跟你说了我早上溜鸡丝、溜海参、酥火烧食多了,我要的碧螺银针莲心茶呢?"两位宫女捧着食盒跟在身后,一位宫女说:"怕茶凉了喝了不好,拿去热了随喝随上。"另一位宫女捧着骨瓷茶盏一路小跑着过来:"来了来了。"她气喘吁吁地赶到张三姐面前往地上一跪献上茶,张三姐呷了一口,突然吐出来:"烫烫烫,你想烫死我啊?你受什么人指使?你安的是什么心?"没等宫女回答她扬手就将滚烫的热茶泼在宫女脸上,宫女一声惨叫倒地不起。张三姐看也不看她一眼就出了奶子府,然后在宫女陪同下直接去了坤宁宫。她和朱春龙一同出现在坤宁宫,宫女们早就向如妃通报过朱春龙来看望她,如妃也知道张三姐一同随行。张三姐一眼见到如妃马上就忘掉刚刚在奶子府发生的不快,因为如妃坐在灿烂的春光中明显精心打扮了自己,一身云水金龙凤凰花彩锦女裳看上去雍容华贵,过去那个霸气十足的如妃好像又活过来了。就算是过去她也不会这么穿的,重要的是她知道朱春龙和张三姐会来,她的这身盛装暗含的意思是她接受了张三姐,她的态度也让张三姐十分欣慰。在与朱春龙交谈之后,如妃吩咐身边宫女:"好了吗?快给我们上一盅来。"她抬起脸来说:"我知道你们来,特地吩咐宫厨煲了鹿肉厚朴蜂蜜汤。"不一会儿,宫女就托着厚朴蜂蜜汤进来,如妃说:"来来来,厚朴蜂蜜汤,滋补安胎的好汤。过去宫中乱局迭出各怀鬼胎,我怕你怀上龙胎会招来杀身之祸。现在不怕了,时辰到了,你就安心养好龙胎,我们春龙也等着上位。"张三姐会意一笑:"我知道,我知道娘娘时时刻刻都在为我着想,臣妾心里真是感激不尽。"她说着舀了一勺送进嘴里,如同琼浆玉液的厚朴蜂蜜汤缓缓滑进她的喉咙,她说:"真好喝,太好喝了,谢谢如妃娘娘。"

第六十七章　局中设局

　　随着宫中形势对如妃越来越有利,如妃与张三姐的关系也变得空前友好,至少表面上是这样。整个紫禁城内斗随着另一个皇上的归来达到剑拔弩张的程度,两个皇上的出现让宫斗抵达一个突变的临界点,战争一触即发。言如鼎此时再度成为平衡各方的中心人物,面对宫中大厦将倾他其实已经满怀绝望,在很长时间对宫里事不管不问。但是两个皇上的出现还是让他暴跳如雷,前朝后代闻所未闻的荒唐之事竟然堂而皇之再一次发生在他眼皮子底下,让他无法忍耐。他知道自己已经年近九旬来日无多,他唯一的一个念想是自己能够善始善终,像他的妹妹老太后那样隆重地以国葬方式结束自己荣耀而尊贵的一生。他是在宫中早朝之时出现在乾清宫的,那一段时间宫中的早朝一直不太正常,虽然每日如期举行,但是文武百官们三心二意,更多的称病不出。而这一天的早朝文武百官却黑压压站满了乾清宫前的广场,众人怀着同样的心思:看看两个皇上如何上早朝。

　　与其说假朱春山是以一个乞丐身份一路乞讨回到紫禁城,不如说是韦忠贤的东厂人马暗中保护着将乞丐装扮的朱春山送回紫禁城,他们的目的就是想让李连城出丑无法收拾局面,让两个皇上搞乱紫禁城,让李连城在紫禁城失去最起码的诚信,然后自动垮台。娘娘基本上已垮台,李连城这个最大的对手一旦倒台,那么我大明王朝就理所当然地归于朱春龙。虽然有大哥朱春旺、二哥朱春空以及五弟朱春阳,但谁是赵明德的对手? 这是不言自明的事情。韦忠贤放出乞丐朱春山就是给李连城致命一击,当然也是给朱春龙坐上皇上宝座扫平最后一道障碍。他已经和如妃达成紧密合作,朱春龙顺利上位之后韦德贤做首辅,所以他才会在最恰当的时候抛出乞丐朱春山这个撒手锏,然后逼言如鼎出山主持公道,他盘算了很久才突然出手,打出假朱春山这张王牌。

那天紫禁城的混乱你可以想象,文武百官都笃定无法解决的难题最后在言如鼎那里迎刃而解,我不得不佩服姜还是老的辣。言如鼎其实早就做足了功课,在真假皇上之争达到高潮时分他出现了。其实说心里话他的出现众人也是视而不见,几乎没人对他多瞅几眼,甚至连宫中起码的对待王爷的礼仪也没有。言如鼎似乎早有心理准备,他非常平静地说:"你们能不能安静一下?"他的声调很低,很快淹没在周遭一片吵吵嚷嚷的喧嚣声中。言如鼎突然不顾一切冲进人群,声嘶力竭地一声大叫:"你们能不能安静一下?"现场所有的人一下子目瞪口呆,言如鼎一手牵着一个朱春山往乾清宫正殿上走,往左边的皇上看一下,抬一下左手对皇上说:"别怕皇上,你是真皇上有啥好怕的? 我大明王朝你就是独一无二的圣上,谁敢不服从你?"然后他又往右手乞丐看一下,抬一下右手对右边的乞丐说:"别怕皇上,你说你是真的皇上那就是真的皇上,真的皇上有啥好怕的? 我大明王朝你就是圣上,谁敢不听从你?"文武百官跟在言如鼎后面黑压压地来到了乾清宫正殿,将偌大的正殿站了个满满当当,人人都好奇言如鼎能有什么办法解开这道无法破解的难题。李连城冲上来想接走皇上朱春山被言如鼎喝退:"你站远点好不好?"他又朝大殿呵斥一声:"你们能不能安静一下? 紫禁城不是放羊的草滩!"大殿立马安静下来,言如鼎左右来回反复打量两位皇上,然后缓缓坐下来将两位朱春山拢到左右腿前,脸上布满了老年人才有的慈祥。他和颜悦色地对左边的皇上说:"皇上,我现在只能叫你三皇子。三皇子,你告诉我你是皇上朱春山吗?"皇上说:"王爷,我千真万确就是皇上朱春山啊,我是皇上。"他又和颜悦色对右边的乞丐说:"你告诉我你是皇上朱春山吗?"右边的乞丐说:"王爷,我千真万确就是皇上朱春山啊。"言如鼎左右看了看说:"我相信你们都是皇上都是朱春山,我绝对相信你们。"言如鼎突然回头说:"传马银环上殿。"这一幕其实正是言如鼎与韦忠贤精心策划的,马银环如期出现在乾清宫大殿内。她对乾清宫相当熟悉,她穿一身桃红色撒花霓裳,这一身衣裳特别惹人眼目。言如鼎微笑着对右边的乞丐朱春山说:"你先说,她叫什么名字?"乞丐说:"我的奶妹银环——"他调皮地向马银环眨一眨眼睛:"奶妹,叫一声奶哥?"马银环站在众目睽睽之下神态自若完全没有乡下女孩在宫中应有的慌张。言如鼎轻轻拉起她那两只喇叭形的衣袖,露出两只晶光闪耀的鸽血红玉镯对皇上会意一笑:"知道这是什么玉镯吗?"乞丐抢上前来握住银环的手:"好漂亮的玉镯,我知道它叫鸽血红玉镯,鸽血红宝石是天下最罕见的玉石,这是天下最好的玉镯,所以我送给了我的奶妹。"言如鼎意味深长地一笑,似乎在启发他:"你送给银环的? 我不相信,你是在哪里送给银环的?"乞丐说:"朕当然是在宫中啦,是不是啊,奶妹?不相信你问我奶妹,我当着满朝文武大臣的面送给我奶妹。"言如鼎会意地一笑,将马银环送到皇上面前:"你这个皇上应该知道。"皇上说:"我怎么不知道?这对鸽血红宝石玉镯是暹罗国进贡我朝的贡品,我亲手替我奶妹银环挑选,亲手戴在她手腕上,宫里没有人知道,当时就我们两个在场。"皇上的口供与银环的回忆完全吻合,很显然,乞丐是别人教他的,其实他是想当然地杜撰了给银环戴玉镯的细节,而皇上的回忆则与银环的描述完全一致,事情到了这一步谁真谁假就变得昭然若揭。言如鼎不过就是利用了马银环的鸽血红玉镯不费吹灰之力就测试出两个皇上孰真孰假。在场所有的文武百官就是见证者,他们亲眼得见皇位上的那位皇上朱春山千真万确就是真正的皇上,而那位后来回来的乞丐分明就是冒名顶替的。他在事先应该经过精心训练,因为他对那对鸽血红玉镯也知道得一清二楚。但是在赠送玉镯的地点上出现了明显偏差让他始料不及,幕后策划者应该也没有想到会有人如此追问。现在补救已经来不及,因为所有的人都知道他真实身份就是顺天府一个盗帮帮主。但是他并不慌张,也不打算离开,竟然还意味深长地笑了一下。看到东厂小德子拿着木枷过来要枷住乞丐,言如鼎抬手制止了他,然后平静地对乞丐说:"不需要我多说什么,你应该心里清楚你其实并非皇上,你是冒名顶替而来。何况你冒充的是当今天子,那更是罪上加罪。我知道这一切并非你个人的策划,谅你也没有这个胆子。你不过就是一枚棋子而已,被幕后策划者当枪使,请你当着满朝文武百官的面告诉我,你的幕后指使者是谁?"乞丐抬起头来平静看着黑压压一片鸦雀无声的大臣,平静地说:"我没有冒名顶替,我就是皇上!我千真万确就是皇上!"

面对言如鼎和众多老臣轮番盘问,乞丐就是一言不发。他在人群中搜索着李连城,他不知道李连城已经被东厂人马重重包围无法脱身。他暗暗发誓不见到李连城绝不开口,他知道因为一切都在迷雾之中,他们不可能马上将他处死。但是他的一番虚张声势的言辞没有任何人相信,言如鼎用苍老而暗哑的声音果断地说:"带走!"小德子领着十几个东厂兵卒一拥而上,零乱杂沓的人影使乾清宫一片混乱。到这时李连城才被东厂人马带出来,他并没有据理力争,他就如同傻瓜一样唯唯诺诺地一任韦德贤手下的小德子带走了两位朱春山。我追上前要跟着朱春山被小德子强行阻拦,我一怒之下与他撕扯起来。我当然不是他的对手,虽然他表面上退让着,却在暗中用力一下掰折了我的手指,让我疼痛难忍。李连城走过来扶起我:"颜夫人你也别着急,你着急也没有用,假的真不了真的假不了。"一刹那我真的想冲着他那张脸抽一耳光,可最终我还是收起了手。当天晚上回到李府,我怒气冲冲地说:"你算什么都指挥使？你就是个窝囊废,我从来不曾见过宫里的男人像你这么窝囊。"李连城用愧疚的表情给我赔不是:"对不起,实在对不起,你肯定高看了我李连城,我本来就是个窝囊废。"一直到东窗事发之后我才突然明白,原来这一切全在他的布局之中。当天晚上韦忠贤怕出意外,将两个朱春山保护在东厂,两人各住一间小房每人有八名厂丁监视,并且四壁无窗,这样的房舍就算你长着鸟雀那样的翅膀也无法飞走。在言如鼎一再叮嘱下,韦忠贤半夜三更还在春明和宋玉陪同下来到东厂巡视了两遍。就在如此万无一失的情况下,乞丐朱春山竟然莫名其妙地死了。

　　那天是一个大晴天,东方的天空出现一片橘红色的云霞,由浅到深在天边均匀铺排,勾勒出紫禁城宫殿群层层叠叠庄严的轮廓。一群群猫头鹰从杆子房那里群飞而起,它们仿佛也被这难得一见的肃穆场景震慑,连飞行的速度也变得缓慢起来。受到它们的感染,西安门鸽子房那边的鸽子也扑棱棱地飞起来,和杆子房的猫头鹰一起在金碧辉煌的紫禁城上空翱翔。就在这个祥和的早晨,宫中文武百官云集在东厂大门外广场上,他们将在这里跪拜新皇上,同时见证假皇上画皮被戳穿,据说还要拖去内校场剥皮示众。

　　言如鼎如期而至,李连城也早早赶来。韦忠贤和敬事房的太监黑压压来了一大片,他们填满了东厂外的台阶。言如鼎在卫兵簇拥下来到广场时,韦忠贤与文武百官早在此静候多时。王爷从辇车上缓缓而下,韦忠贤上前跪拜:"禀告王爷,万事俱备,只待王爷一声令下主持公道。"言如鼎满意地点点头:"好,有人想破坏真假皇上之辨,绝不能让他的阴谋得逞。这个公道我来主持,好,开始——"两扇沉重的包着铜钉的木门哗啷啷打开,一个朱春山从左侧门内走出来,而另一侧门内却闪出小德子焦急的青灰色的脸,原来,乞丐朱春山离奇死了。

　　关于乞丐朱春山的死后来成为宫中一个悬案长期悬而未决,首先是这个房间连个窗户也没有,连只苍蝇也飞不进去就别说人了,这个朱春山是如何被人杀死？言如鼎将苍老又浑浊的眼光盯在韦忠贤脸上,韦忠贤也实在无奈,因为他不放心任何人,而锁住沉重木门的那把黄金万两如意锁是他特地派春明从千岁宫中取来的纯金大锁,钥匙就在他的口袋中。这把外人不可能打开的金锁保证了这道门不可能被除他之外的任何人打开,到底是什么人入室杀害了乞丐朱春山？

　　现在还剩下另一个朱春山,虽然宫中一致认定他就是假的,但是现在谁又能公开说他就是假的？我在给他剪指甲时发现他手指上纹路与李连城一模一样,与我一模一样。我认定他们就是父子,但是与我是什么关系?我追问李连城,李连城拒不回答。我纠缠李连城让他恼羞成怒,他一连几日对我不理不睬。在几次晋见皇上朱春山被拒的情况下,他公开惊天秘密:另一个朱春山其实是被小德子所杀!言如鼎马上亲审小德子,小德子不得不招供他是受如妃指使,他使用了东厂的独门绝技:揭瓦入室。他趁月黑风高揭开房顶上的明瓦,进入密封的房间杀死了乞丐朱春山。

第六十八章　贼喊捉贼

那么李连城又是怎么发现小德子揭瓦入室的独门绝技？李连城的话让所有在场的人目瞪口呆：李连城其实早就预料到东厂人马会贼喊捉贼，他午夜时分悄悄在东厂大门外刷了一层蜜糖。正是春天百草萌发的时候，无数蚂蚁被蜜糖的甜香吸引纷纷拱出蚁穴爬满蜜糖涂抹的区域，蜜糖与蚂蚁被悄悄出门的小德子踩在脚底又一路带到关押两个朱春山的东厂，现在的铁证就是小德子鞋底上仍然粘有蜜糖和蚂蚁。众目睽睽之下小德子亮出的皂靴底边沿果然粘有蜜糖和蚂蚁，蚂蚁并不多可能是小德子在行走时踏掉了不少，但是蚂蚁已经爬满了小德子全身。他似乎瘙痒难耐，两只手不停地在东厂统一的褐色衣裳内掏摸，包括脑袋上那顶小圆帽。唯有他戴一顶小圆帽，与东厂其他兵卒不同。因为他是东厂督主，其他东厂从掌班到番役包括档头一律戴尖帽穿白皮靴。铁证如山让小德子无法抵赖，韦忠贤站在一旁脸色青黄，他干咳了一声，似乎想阻止言如鼎盘问下去。但是他迎面遇到的却是李敬堂与李连城喷火的目光，他站起来的一刹那就想好了应对方案：如果如妃供出他和儿子韦德贤，理由很简单，东厂就是负责皇上安危，潜伏跟踪化名串通是他们的职责，与小德子撇清关系是他现在最大的念头。其实让小德子杀人是如妃与韦忠贤共同下达的命令，事先韦忠贤就和小德子设计好另一套方案：如果东窗事发小德子身份暴露被宫中缉捕追杀，这样的结果最后还是要由东厂来处置，韦忠贤以丢卒保车的方式公开小德子杀人事实，然后交由东厂处决。他最后就在处决时做手脚弄个死囚犯张冠李戴放他出逃让他活命，最终小德子会更名改姓再入军营东山再起，凭九千岁来玩这一套易如反掌。这个计划只是无可奈何之举，一般情况下绝不可能实施。所以小德子在一番吞吞吐吐之后在众目睽睽之下突然下跪："奴才罪该万死，奴才罪该万死，实不该为了一己贪欲狗胆包天犯下弑君大罪，奴才该死，罪该万死!"言如鼎皱起长长的寿星眉:"你当着满朝文武百官的面说说,你是受谁指使?"小德子抬起眼睛扫视一番,然后将目光落到如妃身上:"就是她,是如妃娘娘!"众人如火如炬的目光一刹那间投向如妃,如妃大怒:"胡说!大胆的贼人,你这是无中生有的捏造和诬陷!"小德子跪在地上磕头如捣蒜:"奴才所说的全是板上钉钉的事实,全都有证人现场做证,请大人明察秋毫。奴才如果有一句说谎,大人对奴才再千刀万剐不迟。"韦忠贤说:"当场在堂的有几人?"小德子说:"只有如妃娘娘和赵明德两人,赵大人如何现身我不清楚,刀还是赵大人给的,刀子实在锋利我用手试刀刃时伤了手指,结果如妃娘娘在一旁看了心疼,掏出她的丝帕替我包扎。"小德子亮出手指上的伤痕和那条水红锦缎狐肷褙子边手帕,同样是红色的手帕因为染上了红血迹变得有点浅淡。言如鼎接过手帕:"如妃,你还有什么话要说?"如妃突然站起来浑身筛糠似的颤抖不止:"赤裸裸的造谣陷害你们难道看不出来吗?我就是个盲人,我进进出出都靠人搀扶,我又如何能看得见他指上刀伤?"小德子又补了一句:"大人明察,她才撒谎,她其实并非盲人,她一直在伪装眼盲欺骗宫中,她的一双眼睛其实火眼金睛明察秋毫。"言如鼎一步一步逼近如妃:"如妃,是这样吗?"如妃紧紧闭上眼睛,两行浊泪从眼窝中流出。众人皆屏息盯着她,她只是默默地流泪并不开口说话。言如鼎突然开口说:"如妃,你别装了,我们早就知道你是假装盲人,你和赵明德做下的缺德事我们都很清楚。现在朱春龙将被废黜流放外地,希望你最后再看你儿子一眼。"长久的沉默之后如妃仍然不愿睁开眼睛,言如鼎说:"那好,带朱春龙。"一阵骚动之后传来一声惨叫:"皇娘啊皇娘!"

其实作为皇子的朱春龙不会轻易被废黜流放,这一声惨叫也不是朱春龙发出的,如妃却控制不住突然睁开了眼睛,她的眼睛闪闪发亮寻找着朱春龙,全场顿时一片哗然,原来如妃确实一直在伪装眼盲。李连城冲过来往如妃腿窝狠狠踹了一脚,如妃往前一跪跪倒在地,一下磕破了额头,顿时血流如注,她声泪俱下:"不错,我是塞了银子给小德子,命令他去杀朱春山,也是韦公公同时下令,韦公公也是知道的。"和如妃一起导演的一出好戏正按照他们设定的剧本精彩上演,韦忠贤感到非常兴奋,他缓缓上前走到跪着的如妃面前,在她的侧面重重跪下:"小德子说得没错,是我和如妃娘娘下达的命令。但是乞丐朱春山是假皇上有目共睹,我和如妃娘娘是在为民除害,这有什么错?更何况请小德子说一句真话,他在下刀前朱春山其实早已死去。说是小德子杀死了朱春山,但是你们发现了没有,朱春山身上没有任何刀伤,你们的眼睛难道全瞎了吗?"如妃突然双目圆睁声嘶力竭:"你们却如此下作联合起来栽赃陷害我一个贵妃和一个公公，你们还要不要脸？"李敬堂突然出击："大胆如妃，你大胆密谋杀害皇上已是罪大恶极，却恶人先告状反咬一口说栽赃陷害你。"如妃一副视死如归的模样："罪大恶极？嗬，我如妃罪大恶极，好像你李敬堂李大人就是天大的好人似的。告诉你，紫禁城王爷、皇后、娘娘没有一个好人，全都罪大恶极！你，你，你——"她疯了一样手指着在场所有的人，"你们全都是罪大恶极，每一个人拖出去斩了不会有冤枉的，如果我说错了的话，你们把我也拉出去斩了。当然，我不会比你们中的哪一个更好，但绝不会比你们中的哪一个更坏。小德子，你很好，你说的全是真话，但是请你摸着自己的良心替我和公公再说一句公道话，朱春山在你下刀之前是不是已经死了？是不是？是不是？是不是啊？"小德子突然变得唯唯诺诺："我，我，我有一句就说一句，如妃娘娘说的全是真话，在我下刀之前我发现朱春山早就断了气。我只是动手摸了摸，他的身体冰凉冰凉的，你说他已经死了，我还要杀他干吗？所以说，我是有过杀人念头，想杀朱春山，但是他真不是我杀的。"如妃说："好，你总算说了句真话。就说我如妃罪大恶极，但是皇上朱春山毕竟不是我杀的。我有罪，我也不是好东西，但是我想杀的是冒名顶替的假皇上，我在为民除害，为国除奸，我和韦公公何错之有？再说了我有什么办法？那么多人要杀我，谋害我，我不装瞎作哑，难道要让我等死吗？我是恶人，但是也是被逼的，我想在宫中做好人，我能做得了吗？你李大人没有资格说我，我们是一路货色，你儿子李连城与皇上妃子私通生下朱春山，难道不是罪大恶极？娘娘王来喜为了做皇后抢来田小娥之子朱春山当成自己的儿子，难道不是罪大恶极？还有你言如鼎，别看你德高望重一言九鼎装得人模狗样，你和你妹妹言木香狠心掐死她的儿子朱容纳栽赃陷害丽贵妃，唆使皇上下令将丽贵妃丢进贵妃井，立自己的儿子朱由明为太子——你们更是罪大恶极、罄竹难书！"这时候乾清宫外传来山呼海啸般的喊杀声，那其实是言如鼎派日夜兼程赶来的第一总兵周达和大皇子朱春旺联手在背后突然偷袭层层包围了顺天府的红巾军。既不通知李敬堂也不征用他的天雄军反而远调周达回到顺天府，这种反常的做法就是明显不信任李敬堂，李敬堂乐得在一旁坐山观虎斗，这一回合他在宫斗中处于劣势并且形势不妙，他的天雄军绝不会出手。但是他渐渐看不下去，周达与朱春旺仓促应战被赵明德指挥的红巾军打得措手不及、节节败退。李敬堂坐不住了，他就在这时候留了一手，在顺天府留了一支天雄军强弩营，这一点宫中没有任何人知道。现在作为精锐之师的强弩营在李敬堂亲自指挥下果断出手从正面痛击红巾军，打得红巾军丢盔弃甲，结果李敬堂收到赵明德特使送来的议和尺素，地点竟然由李敬堂决定，这让李敬堂十分意外。此时此刻李敬堂有他的盘算:消灭一个对手虽然只是暂时的权衡之计,但是少一个敌人总比多一个敌人好,敌人总是在各个击破中一个一个被消灭,最终胜出者就是最强大的人。后来的事实证明李敬堂的反攻就是顺天府一战开始:假朱春山其实正是他和李连城合谋毒杀,具体操作方法是缓缓移开屋顶上方唯一一块透明琉璃瓦,用麦草管子将南方取来的箭毒木汁吹出,滴落到朱春山因睡眠而微启的口中,导致其神不知鬼不觉离奇死去。

李敬堂将议和地点确定在顺天府郊外的潭柘寺,赵明德没有二话从容现身。当他从容不迫地在潭柘寺山门外现身时所有在场的人都目瞪口呆,包括王爷言如鼎。赵明德仍旧一身官服器宇轩昂,一袭宽大飘逸的落日红猩猩毡斗篷下,是一身宝蓝色紧身束腰捻金银丝线滑丝锦服,与头上戴着的枯叶黄笠盔遥相呼应的是脚上那双掐金挖云红香狼皮尖头齐膝朝靴,衬得他威风凛凛、英气勃发。他微笑着对大都督李敬堂说:"末将参见李大都督。"李敬堂也还之以礼:"免礼平身。"赵明德坦然地立起身:"我知道李大都督最关心的是首辅王不欢,你好好看看,我把王首辅照顾得有多好,细皮嫩肉、齿白唇红,简直是可以和万里红登台配戏的小生。"他轻轻朝身后一招手,一百位手举刀剑的红巾军兵士个个膀大腰圆,团团围护着一辆缓缓行驶的车辇,坐在车辇上的王不欢出现在众人面前。他面色白净,宽袍大袖飘飘如仙,比过去在宫中白净了一些,好像还胖了一些,可以想见他被赵明德囚禁的这几年是受到了礼遇。赵明德的手再度一挥,车辇载着王不欢仍旧在一百位红巾军兵士护卫下缓缓退下。李敬堂不想蓦然发令双方对战,赵明德女人似的嫣然一笑,似乎谅他不敢的意思,然后稳稳地坐下来:"李大都督,宫中最近发生的事,李大人难道没看出蹊跷? 就算朱春山被如妃所杀,这真假两个朱春山到底是怎么回事? 九千岁,你的所作所为我很清楚,我相信宫里的人比我更清楚。我现在只要你一句话:朱春山是你抢来的田小娥之子,是不是?"赵明德突然声嘶力竭一声呐喊。韦忠贤比他要冷静理智得多,他一听此话就明白这是赵明德要撕破脸的前兆,这一点他在心里早有准备,从他的脸上丝毫看不出他内心的波澜,他不动声色地说:"赵大人,我能理解你的处境,你就是要在临死前拖个垫背的。但你也不能疯狗乱咬人是不是? 你们姐弟俩咬了多少人? 我告诉你,你咬得越多你就死得越惨。不是说墙倒众人推,是你作恶太多,人人盼你死以求天下太平,这样一来你能活得成吗? 你是叛军,你一直被围追堵截,我怎么可能和你联手? 打开天窗说亮话,我确实是跟红巾军私底下有过来往,这是我东厂的职责,也是我为皇家应尽的职责——我很清楚我的一切全是皇家给的,离开皇家我韦公公将一无所有,屁也不是,我怎么可能上你的当?"赵明德说:"好,你光明磊落你肝脑涂地,但是你怎么就成为大金国的间谍呢? 所有我大明王朝的绝密情报、驻兵地图全由你提供给大金国的间谍万里红,这个总赖不掉吧?"

万里红的出现是李敬堂的撒手锏,也是他筹谋已久的第二步棋,在扳倒赵明德的同时他的另一个目标就是打垮韦忠贤。万里红的出现其实是言如鼎与李敬堂精心设计的,从内心来说他就是要利用这场所谓的议和来活捉赵明德、打垮韦忠贤。他精心制订了赵明德拒绝和参会两种方案,他本来以为赵明德会选择拒绝,但是赵明德出人意料地选择了会面,他当即喜出望外,那一刻他认定赵明德聪明一世糊涂一时,败局早就板上钉钉,议和的程序都在按着他的计划走,万里红还是以戏子的身份出现,她娉娉婷婷且行且止地进入帐篷引发轩然大波,原来万里红一直就藏身在顺天府,她在哪里除了我和李敬堂外没有任何人知道。她上次身份公开被东厂拘押之后的第三天,韦忠贤想投毒杀害万里红,可是一直在诏狱关押的万里红却离奇失踪,韦忠贤遍寻不着就留下一块心病。他没有想到万里红其实是被李敬堂买通狱卒重新接回李府隐藏至今,她的现身让韦忠贤一愣,万里红说:"九千岁,我们又见面了。"韦忠贤哈哈大笑:"你不是如妃宠爱的戏子万里红吗? 你这么一个风情万种会唱能演的戏子,我们什么时候有过交集?"万里红说:"你忘了,你所有的任务全是我指派,我一直是你的上线。我提示你一下,与你一直联系的是羊肉贩子杨十斤,是不是?"韦忠贤一下子变得吞吞吐吐起来,万里红不依不饶:"你其实对我了如指掌,你也向娘娘和王爷禀告过,我这里就再重复一次。就如同你所说的:我一面是杨十斤一面是万里红,我是个阴阳人。"她的话音刚落,马易初领着几个着飞鱼服的锦衣卫兵士一拥而上将万里红按倒在地,当场撕裂了她的上衣。众人一阵乱摸之后吓得一哄而散,因为分明在她裆间摸到了男人才有的东西,他们逃到远远的地方像怪物似的盯着万里红。万里红脸上现出了古怪的表情,然后缓缓地脱下那条水红撒花绿绫弹墨夹裤:"其实你们不必强来,我脱下给你们看,让你们看个明明白白。"她脱得只剩下那条玄色裹衣时停住了,眼睛直视着韦忠贤:"韦公公,你我联络的证据都在,需要我拿出来吗?"韦忠贤突然狂喊:"你血口喷人,你像狗一样张口胡乱咬人,只是在场的将相谁会相信你的胡言乱语?"他边说边缓缓走近万里红,一直走到万里红面前,微微一笑,苍黄的脸上牵出几缕难看的皱纹,谁也没有想到他突然转身拔出刀向万里红后背猛刺下去,万里红一声惨叫倒地,韦忠贤一脚踏住她来了个乱刀猛刺,李连城想出手阻拦已来不及,只得腾空而起一个白鹤亮翅双腿飞踢过去,踢飞了韦忠贤举起的刀。他稳稳地钉桩似的落在韦忠贤面前："韦公公何必杀人灭口？大金间谍自有宫中处置！"

李连城一声令下，锦衣卫兵卒一拥而上要擒拿韦忠贤。东厂人马早就虎视眈眈，密探发出信号之后东厂人马一拥而入，两股武装当即发生火并。李敬堂知道红巾军大批人马就在帐篷之后，他带着十来位天雄军士上来准备擒拿赵明德。赵明德在几位红巾军兵士护卫下整齐后退到帐篷一角，在帐篷外静候的上百位红巾军变戏法似的解开束腰的缎带，脱下外衣露出一袭宽大飘逸的落日红猩猩毡斗篷，斗篷内是一身宝蓝色紧身束腰捻金银丝线滑丝锦服，与头上戴着的枯叶黄笠盔遥相呼应的是脚上那双掐金挖云红香狼皮尖头齐膝朝靴，个个都显得威风凛凛、英气勃发，人人都像赵明德，上百个赵明德让人眼花缭乱——原来这是赵明德早就设好的计谋。就在李敬堂一愣神的当口，一百位赵明德已经翻身上马，只给李敬堂留下遮天蔽日的滚滚黄尘。

李敬堂完全没有料到赵明德会有这一手，精心布局全被打乱，他瘫坐在帐篷内暗暗佩服赵明德的老谋深算。他反思自己关键时刻的一系列行动，抛出万里红这个撒手锏是正确选择，是为了整垮如妃和韦忠贤。这个时候选择与言如鼎站在一起无疑是最正确的选择，言如鼎要保护自己就一定要保护娘娘和朱春山的正统，而保护了朱春山作为皇上的正统就是保护了李家血统的正统。李敬堂和李连城的目的在这里是相同的相通的，只有保证朱春山不变，其他人事再大的巨变也不可怕，甚至包括李敬堂和李连城死去都不可怕。他在宫中风雨飘摇的时刻仍然不想搞乱紫禁城，他牢记这一点：大厦将倾将别人砸死的同时也会砸死自己。他需要时间，需要在他已经准备好了的时候再出手置敌人于死地。虽然让赵明德暂时逃脱，但是他立马着手在潭柘寺周边布下口袋阵，他不相信赵明德能逃出他的围追堵截。他布置完毕后安排李连城护送王爷言如鼎回到宫中。文武百官正在乾清宫焦急地静候潭柘寺的消息，看到李连城与言如鼎进入，殿内一阵骚动。言如鼎正待开口，范稳婆瘦小干瘪的身影出现在乾清宫，她在众人目光下来到言如鼎面前重重跪下。言如鼎大吃一惊："范稳婆，你，你来这里干啥？"范稳婆喃喃地说："我冒死向王爷举报，皇上朱春山其实是被李连城所杀。"

第六十九章　谜中有谜

　　东厂就在混堂司与明器厂之间,那里离御膳房也只有咫尺之遥。从东厂出来沿护城河往东华门方向走,便是锦衣卫所在地。真假两位皇上被禁闭在东厂重重保护之下,范稳婆凭她在奶子府服务多年的经验就知道那夜将是一个不眠之夜,心怀鬼胎的人肯定要各展绝技。这个从外表看上去干瘪的老太婆小心谨慎、低眉顺眼,其实这只是她多年来留给宫中的外在印象,或者说是她刻意要打造的形象。在内里,她是一个心机幽深、洞若观火的老女人。她就如同一只壁虎或一只蝙蝠,虽然日日夜夜隐身在宫中阴暗的角落,但是她的触角发达又灵敏,紫禁城任何一处的风吹草动、任何一人的来龙去脉没有她不清楚的。而且因为人生经历复杂而丰富,并且一直小心翼翼行走在刀锋与火山之间,她的判断常常十拿九稳。当这个不眠之夜随着沉香屑的幽香降临到死气沉沉如古墓的紫禁城时,范稳婆如同壁虎紧贴在东厂后面护城河畔的竹丛之间,在她的身边还有一个疯女人如花。如花一直疯疯癫癫地出现在紫禁城外城,也就是东安门与东华门之间的广阔地带,包括太液池畔。但是紫禁城核心也就是东宫西宫和皇上所在地从午门到玄武门或者是西华门到东华门,这一片区域她当然无法进入,但是能自由出入太液池或万岁山兔儿山,这已经是了不得的事。为什么看守城门的卫兵会睁一只眼闭一只眼让疯姑娘如花自由出入? 这当然同样也逃不过范稳婆的法眼,她认定卫兵们放进疯姑娘如花就是晚上想睡她——毕竟如花出事前可是奶子府里出了名的美人,当然也是宫中出了名的美人。过去这些守门的卫兵都见识过如花的美貌,都觉得她是水中月、镜中花,摘不到也捞不着。现在如花疯了,在夜晚像个鬼影子似的在宫中各个角落里出没游荡,这些兵卒借着夜幕的掩护用一块宫中糕点或胭脂就可以让如花解开腰带脱下破裙子,一个又一个兵卒排着队静候在树林外,如花不知道被多少个兵卒糟蹋过。

这一点范稳婆当然了解得清清楚楚,当她决定实施这个计划时她带上了如花。那时候如花一直在太液池一带游荡,秀琴有时会将如花接到奶子府沐浴更衣,我从来不会干涉她照顾如花。相反,我尽量给她提供方便。但是更多的时候如花就如同孤魂野鬼般在宫中护城河和太液池畔游荡。锦衣卫看不下去,将她带到顺天府郊外丢掉,但是隔不了多长时间她就会再一次悄无声息地出现在紫禁城外,而心有灵犀的卫兵在发现她再一次神秘出现后就会会意一笑,然后再一次悄悄放她入宫。

范稳婆利用了如花,在夜半三更之时带着她潜伏在护城河畔松树林中。高墙内就是东厂,而外人要进入重兵把守的东厂唯一的办法就是上房揭瓦。而如果上房揭瓦的话,那块漏下天光的透明琉璃瓦无疑就是最佳选择,琉璃瓦的瓦垄正好就对着那几棵枝繁叶茂的老松树。后来一个蒙面人果然通过松树一跃而上徒手攀上了东厂房顶,他像猫一样在瓦檐上行走悄无声息,看得范稳婆目瞪口呆。好像只是吃一只烧饼的工夫他就悄无声息地从瓦檐上跳下来,范稳婆果断出手突然在如花大腿上猛掐一下。如花一声惨叫,她的叫声刚刚发出范稳婆仿佛事先早有准备似的,闪电般出手捂住了她的嘴。一连串的声响当然没有逃过李连城的耳朵,他飞身做了个防护动作,眼光像箭镞一般穿透夜幕射过来。范稳婆突然起身站起来,她的火眼金睛早就通过几个习惯动作判断出此人就是她再熟悉不过的李连城。她突然跪地磕头如捣蒜:"李大人饶命,李大人饶命。"李连城也认出是范稳婆,沉默了半天一言不发。跪在地上的范稳婆在黑暗中抬头与李连城四目相对,沉沉的夜幕掩盖了双方隐秘的心事。范稳婆突然声音颤抖地说:"李大人,让您巡视受惊了。我是受秀琴委托来帮她寻找姐姐如花,如花疯了,一直在护城河一带神出鬼没,我守了半夜才算抓到了如花……"李连城什么也不说,只等着范稳婆把剩余的话说完,但是范稳婆就是不肯往下说,她藏头露尾意味深长把下半截话留给李连城去猜,然后攥紧了如花的手离去,离开前还不忘狠狠啐了如花一口唾沫:"贱蹄子,你可害惨我了。"

李连城虽然在锦衣卫都指挥使任上任职多年,但是玩心机与谋略他不一定是范稳婆的对手。他心里七上八下想了想却也想不出所以然来,他不能接受范稳婆此时此刻在此出现,他知道她出现的背后另有深意,这个苍老的女人在他眼里从来都不是个简单的角色。甚至在某个恍惚时候他感到他可能会最终栽在她的手里,又觉得这是不可能的。但是在他精心策划的这一幕结束时刻竟然与范稳婆狭路相逢,他认定这绝不是什么好兆头,更不可能是个意外。他脑子里像一盆糨糊又像一团乱麻,而在一盆糨糊或一团乱麻中范稳婆的脑袋总会像只蟾蜍一样冒出来,两只苍老的鼓突的大眼睛死死盯着他。他晚上回到乾清宫久久不语,那时候朱春山已经听从我的叮嘱除了我之外不见任何人,包括李连城。事实上我知道朱春山仍然在私下里与李连城频繁往来,我只好睁一只眼闭一只眼假装看不见。李连城表面上事无巨细都不会对我隐瞒,但是他也是有选择地对我透露。那天晚上下半夜他平静地出现在乾清宫,他的出现我并不意外,他裹挟着一身夜晚的寒气坐在我面前:"你知道我刚才遇见了谁?"我毫无来由地知道是谁了:"范稳婆。"李连城露出惊讶的表情,我知道他是故意露给我看的:"你神了如月,你和她是一伙的吗?"我狠狠瞪了李连城一眼:"你才跟她一伙的呢,你以为我不知道,这个节骨眼上也只有她、只有你在宫中神出鬼没。"李连城露出心事重重的表情:"如月,周总兵围攻红巾军后迟迟没按圣旨撤退,我就知道麻烦来了。"他停顿了片刻然后说,"如果有一天我死于乱刀之下,你会不会给我戴孝上坟呢?"他又跟我玩这一套,我狠狠瞪了他一眼:"你死你的,跟我无关。"我说完就出了宫门在宫中溜了一圈,最后在皇上恭桶旁找到擦屁股的黄表纸,出其不意地在他嘴上抹了一下:"屁股嘴,臭嘴当屁眼。"他一把捉住我的手:"如月,回答哥哥。"他在暗中用力把我疼得龇牙咧嘴,我只好向他求饶:"放开我,放开我。"他继续恳求:"如月,回答我。"我用力挣脱他强有力的双手:"你别胡来,你给我记好,我是你继母。"

李连城的担忧在他见到第一总兵周达那一刻达到极点,周达自上次回到顺天府之后一直不曾离开,大军压阵在这样的敏感时期让李敬堂父子心里发虚。周达的借口是休整,但是李敬堂却从他一反往常的拖拉作风中看到别样的玄机,让李连城安排手下给驻军送去了一百坛宫中自酿的鹤年堂酒。那是宫中自酿的名酒,用桂花金橘茵陈玫瑰酿制,色泽瑰丽口味浓醇,在塞外不可能喝得到如此美酒。周达收到后让送酒的使者给李连城捎回一封信:

如此美酒,却少友朋。君请不来,何以解忧?

周达希望李连城去驻地陪他痛饮一次,李连城就在那个篝火熊熊、美酒飘香的大将帐篷外,在酒过三巡微醺之时意外与范稳婆相遇。李连城知道这是范稳婆的精心设计,甚至是她和周达的联手设计,否则的话一个奶子府的老稳婆怎么可能进入远在顺天府郊外并且重兵把守的第一总兵帐篷?李连城是个城府极深的人,从不喜形于色是他的职业习惯,从他的表情上你永远看不出喜怒哀乐。但是这一次他失态了,当他看到一身云锦暗花宫装的稳婆范桂枝独坐在将军坐榻一侧时,他倒抽了一口凉气。凉气是从牙缝中进入他的口腔,发出细微的咝咝声。范稳婆坦然地说:"李大人,我们又见面了,请坐。"她做了个邀请的动作,然后淡定地看着他。李连城上上下下打量着范稳婆,故作惊喜地说:"范稳婆,你是在不断给我制造惊喜呀。没想到真没想到,范稳婆实在出乎我的意料。"范稳婆说:"不是制造惊喜,是在制造惊慌吧?"然后她朝帐内努努嘴,"我也是来执行特别任务,我马上撤,你当心。"

李连城早就察觉到他和范稳婆接二连三狭路相逢其实是她的预谋,但是每次她都会点到为止,然后抽身离开。上一次夜半更深在东厂外的护城河边是这样,这一次在顺天府郊外的大将帐篷也是如此。范稳婆能进入大将帐篷,就是要告诉他她的背景幽深莫测。这让李连城心里像装着块石头,但是我并不替他着急,因为自有李敬堂在背后替他掌控一切。

李连城与周达一场豪饮之后才回到紫禁城,据密探得到的消息,周达虽然开始拔营,但走走停停、停停走走,最后绕了一个大圈子再度回到了原驻地。李敬堂、李连城还在暗中观察,潭柘寺对阵双方又处于一触即发状态。李连城喘息未定,范稳婆却给了他致命一击:当着满朝文武百官的面公开李连城杀人的惊天隐秘。

看着李连城被东厂人马押走审问,我不能理解范稳婆此举目的所在,一直到很多天过去之后我才明白范稳婆的苦心,她是在为她儿子进入紫禁城扫除最大的障碍。这天晚上注定是紫禁城风声鹤唳的一晚,后来夜半三更张三姐也将奶子府搅得天翻地覆。这一段时间最为焦急的就是张三姐,她像热锅上的蚂蚁一样不顾体面到奶子府打听。这时候她的身子似乎有点虚弱,她的身边只有一名宫女陪同。她走几步便要停下来捂着腹部,我听说她莫名其妙地来红了,谁也不知道是什么原因。那天她来到奶子府刚刚坐下就发出一声惊呼,所有的奶妈都发现她的脸色在一刹那间变成姜黄色,她一动不动地坐着,眼中盈盈涌出泪滴。后来她在女仆侍候下离开时奶妈们就发现方凳上留下一块荸荠色的血块,碧桃将那只方凳搬来给我看,我知道张三姐大事不妙,她又一次流产了。这一次与如妃无关,但是这次流产与上次流产有关,因为她好像有了习惯性流产。这时候我看到杨白桃一身枯叶色尼姑袍款款走进了奶子府,她重回宫中已经有些时日,一直待在敬事房。我急忙上前笑脸相迎:"白桃,这是什么风把你给吹来了?"杨白桃淡淡地朝我点点头:"春天了,风向转了。"

杨白桃是来看望钱大妈妈的,但是她并没有见着钱大妈妈。她后来在碧桃带领下到她当年住过的厢房张望了一眼,然后在奶妈和稳婆护送下回到了敬事房。我郁郁寡欢地来到乾清宫，碧桃给我送来檀木香，却悄声告诉我："杨白桃托我传话，韦忠贤与周达联手正计划在后天晚上围攻紫禁城。"我的第一反应是不相信，即便让杨白桃知道也应该是虚晃一枪让她传个假消息。我说："杨白桃让你传话是什么意思？"碧桃说："其实她是代马背生传话，她没有机会跟你当面谈。她到奶子府是寻找与你单独相处的机会，但是她身后有东厂的尾巴，她只好让我传话，她让你出逃，马上出逃，紫禁城最后的决战时刻到了。"

我将真假难辨的消息反馈给李敬堂，李敬堂依然不动声色："韦忠贤早就策反了大皇子朱春旺，顺天府我估计要被他们封锁。"我心急如焚："你怎么办？还有李连城——"李敬堂说："这个你别管，我说过，我们父子死了无所谓，只要朱春山毫发无损就万事大吉。今晚利用皇上春祭的机会你带朱春山一同出紫禁城，无论在什么时候，你的使命就是保护朱春山。"我说："确定好了就在今晚？"李敬堂说："时不我待，我会安排人护送你们出城，一切礼仪按春祭的礼俗备办，王爷已通知了司礼监，这一点韦忠贤也不知道，因为一切都是宫中惯例。"

我从宫中出来的时候，冷宫外贵妃井那边又发生了一桩奇事：银铃晚上从宫中回奶子府，意外在贵妃井井台上发现了三只乌龟，就是在宫中离奇失踪或死亡的黑白赤三只乌龟。更奇怪的是三只龟背上都刻着字，连起来就是"范桂枝"三个字，这种不祥之兆很快传遍了紫禁城，当然也传到范稳婆耳朵里。范稳婆找谁打听谁都不愿意讲，我就不避她，把事情的来龙去脉一一告诉了她。其实我不过是传达李敬堂的旨意，范稳婆脸色一片苍白，然后一阵剧烈咳嗽之后突然吐出一口血来。闻着浓烈的血腥味我忐忑不安，上前扶住了她："你没事吧？"范稳婆撩起衣襟从容不迫地擦去嘴角的血迹："我没事，这是老毛病了，吐血对我来说是家常便饭。我这一生做下的全是吐血之事，眼下在宫中遇到的不过又是一桩罢了。"我听出她话里似有所指，就愣愣地看着她。她快速地在我手背上敲了一下："你过来。"她将我带到奶子府后堂的沐浴房，左右探头看了一下，然后轻轻掩上门缓缓落座。她的眼睛始终没有离开过我的脸，她让我站在她身旁，捉住了我的手："你心里很清楚，我吃尽千辛万苦安排你进入宫中潜伏，与你接头的那个人不是外人，其实就是我。接头暗语我不用再念了，宫中已经尽人皆知，念了也是白念。你是皇姑，周达是你的亲哥哥，他才是这个大明王朝的皇上。他与我约好即将围城入宫夺回自家的江山，你的任务就是务必在三天之内毒杀朱春山。我知道李敬堂安排你带着朱春山出逃，你就带他出逃，因为这正是下手的好机会。李连城必死无疑，李敬堂当然也跑不了。颜如月，最后的决战到了，你就等着看你兄长周达做皇上吧。毒药我已经给你准备好了，就是李连城毒杀假朱春山的毒药:箭毒木汁。"她将一只装满毒药的拇指粗细的鸟状陶瓷瓶塞到我手心,同时还有一封尺素:"这是你的兄长周达捎给你的。"

第七十章　幕后黑手

　　那是一张折叠的大内印金花瓷青观音纸,端正行书大气洒脱。我展开来想细细研读,范稳婆阻止了我:"我从前藏头露尾和你零星说过,我想你肯定一头雾水、似信非信。那么,我现在就将国仇家恨一一道来。"

　　范稳婆的叙述舒缓有致详略得当而且一点也不拖沓,她的冗长回忆像一幅彩色长轴在我眼前缓缓打开,我最先看到金碧辉煌的紫禁城和那个众生仰望的老皇上朱孝进。他选妃的那日正是宫中繁花似锦的春天,那时的紫禁城和现在的紫禁城一样,宫娥宫妃们最喜欢在后宫遍植凤仙花,五彩缤纷的凤仙花又被宫妃们称为指甲花,因为它那从春开到秋的花瓣是可以用来染指甲的。就在一个凤仙花盛开的春天,貌美如花的民女斡氏女被选入宫中,她入宫后很长时间里就是一个普普通通的常在,皇上从来不曾临幸过她。也不怪皇上,宫中的妃子成百上千,皇上何曾还记得选妃时选中过一位常在啊?终于在那个正月十五的灯会上,斡氏女与微服私访的皇上朱孝进偶然相逢,朱孝进被斡氏女的美貌所陶醉,当晚就临幸了她,后来皇上就离不了她,她成为宫中备受宠爱的丽贵妃。她当时就住在东六宫的景仁宫,那是朱孝进早朝后流连忘返之地。她生下朱成赤之后,皇上马上立嘱将来由朱成赤继承皇位,这让宫中嫔妃们恨得咬牙切齿。集三千宠爱于一身的丽贵妃偏偏又怀上龙胎,嫔妃们气疯了,最仇恨她的无疑就是皇后言木香,针对丽贵妃的一系列暗害在后宫成功布局,丽贵妃被丢进贵妃井,那深井中发出的绝望哀号深深刺痛了在不远处角落里偷窥窃听的敬事房大总管宫心志。这个暗恋丽贵妃多年的有情人最终离奇救出了丽贵妃和她的儿子,掩护她逃出严防死守的紫禁城。

　　那是一个深秋之夜,一阵又一阵从北方大漠上吹来的秋风从紫禁城上空呼啸而过,像挥舞在厉鬼手中的大扫帚一样从顺天府上空从紫禁城上空横扫而过,无数凋零的落叶在宫中满地翻飞。范稳婆和怀着龙胎的丽贵妃还有朱成赤一起躲藏在装粪的木粪车中逃出了紫禁城。他们逃到郊外一个叫拐枣的地方时,那个拉粪车的粪霸头子才让他们从粪车中爬出来。朱成赤却已经没有了呼吸,宫心志将朱成赤抱到一个麦草垛旁,这处避风的地方卧着七八只老黄牛,宫心志将朱成赤放到老黄牛温暖的肚子上,老黄牛似有所知一动不动。丽贵妃伏在黄牛身上号啕痛哭,宫心志一言不发嘴对嘴给朱成赤做人工呼吸,吸出了一口口屎尿之后,朱成赤突然爆发出一声啼哭,那一声响亮的啼哭让丽贵妃停止了哭泣。

接下来的故事在范稳婆嘴里就变成了跌宕起伏的人生传奇,宫心志请求范桂枝重回宫中以防被人发现,遭到了范桂枝的果断拒绝,她的借口是好人做到底送他们一行前往清风寺躲藏。宫心志觉得没有必要,再度劝她重返宫中,待局势平静下来后再寻找机会取得联系。范稳婆将他引到草垛后面,突然解开腰间的彩锦绑带,一把抓住宫心志的手按在她隆起的肚子上:"我还回得去吗?我回去就只有一死。我有了,是你的。"范稳婆在呼啸的秋风中突然泪落如雨,多情的男人宫心志将手放在她抽搐的肩膀上一句话也说不出来。时间已不容许过多犹豫,他们一行匆匆摸黑在崎岖的山道上疾行,回望顺天府,只见紫禁城方向火光冲天。呼啸的北风一路吹送着他们,让他们加快步伐在天亮之前赶到了清风寺。宫心志并不急着进寺,他多了个心眼,假装化缘的和尚在清风寺四周的围墙上观察了一番,结果果然发现清风寺有追兵埋伏。慌乱中他带着丽贵妃和范稳婆在后山山梁上一路飞奔,丽贵妃一脚踩空滚落下深深的山涧,衣裳将她挂在半空,她在漆黑的崖畔上呼叫。宫心志将朱成赤交给范桂枝,自己攀下山崖救人。追兵打着火把呐喊着追过来,范桂枝抱着朱成赤一路狂奔。追兵发现了宫心志与丽贵妃在崖畔上挣扎,就停在山崖上大呼小叫准备活捉他俩。这给范桂枝争取了脱逃时间,她抱着朱成赤逃过几道山梁才摆脱了追兵。宫心志与丽贵妃没有被捉,而是挣扎着从崖畔的野藤上摔落到谷底,受了点轻伤。逃出谷底后宫心志为了丽贵妃的安全,将她改名为刘氏下嫁给靠山庄的光棍颜老六,生下的姑娘就是我颜如月。而为了躲避追捕,丽贵妃佯装发疯,利用疯癫躲过一场又一场劫难,她的情况颜老六是清楚的,这个善良的男人后来因病亡故。

宫心志与范桂枝的再度重逢是在两年之后的顺天府,这时候范桂枝托钱大妈妈安排重回紫禁城做了稳婆。她悄悄告诉宫心志,他们的孩子出生三个月后夭亡,她在无奈之下将朱成赤送给一户人家领养。她想重回奶子府,按宫中规矩肯定不行,但是钱大妈妈念及旧情最终还是接纳了她。宫心志后来成为布袋和尚出家为僧,他找到朱成赤将他抚养成人。最后在某个阒寂无人的深夜向他公开身世并改名为周达,一路相送到边关参军,多年以后他成为第一总兵才与母亲丽贵妃相见,这是最令范稳婆高兴的事。当年她是丽贵妃身旁最贴心的女仆,再度入宫后她进入了奶子府,她对丽贵妃的深情延续到周达和我身上。在这个北风一阵又一阵呼啸而过的夜晚,她将心扉全部向我敞开:"其实以你的聪明你应该清楚你能一路入宫成为奶子府独一无二的戴圣夫人,全是我在背后做了手脚,包括我当年留给银环的那几罐羊奶,里面其实全掺了乌香,喝了上瘾,而且令人胃口大开食欲大振,整个人一下就变得白白净净。后来你入宫我专门为你暗中调配食谱,里面都或多或少投放了乌香。你应该明白,凭你的奶水怎么可能比酸枣的还好,比张三姐的还好!全是乌香的作用,小皇上离不开你的奶水其实是吃乌香吃上了瘾。是我在丽贵妃面前苦求苦劝她才答应放你进宫,然后编出什么梅花乳骗过他们。与你在宫中接头的那个人其实是我,李连城也好大德子也罢,他们全是盗得接头暗语后对你进行试探,结果大德子还被对手谋杀。和你公开这些我没有别的意思,就是当年我在宫中虽然只是一介女仆,但是我得到丽贵妃的悉心照顾。她虽然贵为娘娘,我虽然贱如丫环,但是丽贵妃从来不拿我当外人看,她待我真心实意如同姐妹,我和丽贵妃其实就是姐妹。做人不能忘本,我一定要帮助贵妃娘娘再次入宫成为皇太后,我一定要帮助她的儿子周达成为当今皇上,也要让你颜如月成为宫中最尊贵的皇姑。这片金碧辉煌的紫禁城本来就是你们家的,这泱泱大明王朝本来就是你们家的,我一定要还给你们家。"范稳婆最后让我打开那张大内印金花瓷青观音纸,兄长周达的字体出现在我蒙眬的泪光中:

吾妹如月:

    见字如面。

    人世飘蓬战乱流离,血肉之亲今始得纸上重逢,泣血饮泪尚不是抱头痛哭之时。家恨暂埋心底,国仇不能不报。吾妹,属于我们家的大明王朝被人掠走一去经年,我们一定要发誓夺回。我要成为当今至高无上的皇上,吾妹也要成为吾国最尊贵娇宠的皇姑,让我们的娘回归紫禁城成为皇太后,此乃我此生最大心愿。吾妹,皇上朱春山现在就在你面前你手上,你杀他易如反掌。为了我们的家业请你马上杀掉仇人之子朱春山,然后你与范稳婆一同逃出深宫。为兄早就密谋多年,万事皆备,只待吾妹擒贼先擒王,杀了皇上朱春山,然后为兄趁宫中混乱率军入宫。万事俱备只欠东风,只待吾妹先下手为强！

皇兄朱成赤

我将周达的信拿在手中看了又看，然后心情沉郁地抬起头来。范稳婆从我的表情中看出犹豫和怀疑，开口说："如月，我知道你不相信我，那么我安排你们兄妹相见。说起来也是令人悲伤，你们兄妹作为太子、公主，比贫苦人家的孩子还要悲惨。"她轻轻摇头，"你不相信我没有关系，但是我为你们家着急，我更为我亲如姐妹的丽妃伤心。她这一生遭受了多少磨难与委屈，她一直到现在还以疯婆子的身份示人，此仇不报我范稳婆誓不为人。"范稳婆咬牙切齿地说着，流下两行浊泪，突然压低了声音说："我来安排你们兄妹见一面。"她不等我回答就转身离去。

第二天晚上北风仍然没有停止，听着耳畔呼啸而过的北风，恍惚间好像又回到了雪花纷飞的冬季。我们就在顺天府一家老字号六必居酱园碰头，周达化装成从奉天来六必居酱园采购的客商。他确实也是一副客商打扮：头上戴着缨子帽儿，身穿象牙玉色红青靸和三色缎子拼接的白绫袄子，外罩海龙皮薄罗长袍，清水布袜儿外是一双细麻布结底的鹰膀鞋。看到长身玉立、目明如星的周达就站在离我一步之遥的地方，我心里五味杂陈。我不知道这是谁出的馊主意让他假扮一位酱菜商人，他浑身上下的英武之气应该更适合出现在武馆或镖局之类的地方。我在浓郁的酱香味中朝他走去，我们身后是一个空旷的院落，除了四周一些落光了叶子的槐树之外就是一眼看不到头的大酱缸，每一只大酱缸上都扣着一只竹斗笠。周达抿着嘴注视我很久，我从怀中掏出那条石榴多籽红兜肚，他也从袖笼中掏出那条游龙飞天的绿兜肚，一红一绿两条兜肚被他紧攥在手心里。我唤了他一声："哥。"眼泪扑簌簌落下来，顺着脸颊流到嘴里。周达轻轻拭去我脸颊上的泪水："妹妹，别难过。我心头有千言万语，但是现在不是我们倾诉的时候——为兄只想对妹妹说一句话：你杀朱春山易如反掌，你动手杀掉他。我和朱春旺动手攻城，我们同时动手，我早已安排好事成后再杀朱春旺，到那时，紫禁城就是我们的了。而我们吃尽苦头的疯子娘也可以成为皇太后，回到紫禁城尽享荣华富贵。"他的一番话让我陷入深思，最后我郑重地点点头："等我消息。"

我们没有马上分开，站在酱菜缸前又互相望了一眼，范稳婆准时出现在不远处的老槐树下。范稳婆焦黄的脸干缩得像核桃，露出一丝若有若无的苦笑，然后手指朝我们这边指点着,疾步如风地走过来:"你们相见这一幕我梦见了千百回,真好,真好,我都替你们高兴,我也替丽贵妃高兴。她一生一世吃过的苦受过的罪像海一样大像海一样深,但是她总算快要熬出头了。如果说我活得还有一点意思的话,就是帮着丽贵妃做成了这么一桩好事。"她说着泪水从眼角流出来,濡湿了脸上那一道道深深的皱纹。

从六必居酱园出来时天色已晚,我和范稳婆各提着两只竹编的六角花眼小竹篮,每只篮子里装了两罐酸黄瓜。范稳婆走出了酱园并不急着离开,她煞有介事地打开罐子盖用手捻出一条酸黄瓜丢进嘴里,然后将眉毛一皱:"好酸好酸,酸倒大牙,这个娘娘肯定最爱吃,她就是喜欢酸酸的咸货,你尝尝。"她又捻起一根丢进我嘴里,我真的佩服她临危不乱的本事,大敌当前、黑云压城,而且我们所负的担子重若千斤,她却完全像个没事人一样一路将我送到乾清宫外。此时已是掌灯时分,要在往常,宫中正是饭局正开之时。而眼下的乾清宫却门前冷落,风吹着屋顶上的铜兽发出叮叮当当的声音,八角宫灯在廊檐下摇晃,显得有点昏暗。我站在灯笼下,范稳婆说:"我今晚就在奶子府,随时随地等候你,你最好在下半夜太监送夜宵时动手。我告诉你,就趁着太监送夜宵时下手,而且一定要将耿谦和支开。这个人半生都在宫中,老奸巨猾。"范稳婆说着慢慢后退,隐身在黑暗中。我在宫门前站立了许久,才鼓足勇气入宫,一刹那间我感到如同春风扑面,室内燃着融融炭火,炭炉旁银环端端正正地坐着,花裙下露出一双红菱鞋。她微微仰起一张脸任皇上朱春山给她描眉,朱春山一件远山青缂丝挑绣灰鼠披风,露出碧桃红缎花锦夹衣。他一只手老练地背在身后,另一只手拈着一支眉笔在银环眉上细细描绘。银环似乎有点不耐烦,嘴里嘟哝着:"好了没有?好了没有?还没好呀?真是急死人了。你的手怎么这么慢呀?你是不是老人家呀?你说是不是呀?"银环握起小小的粉拳轻轻地敲打着朱春山的腰眼。朱春山有点想笑,用手护住自己的腰眼:"别动,别动好不好!"朱春山腾出一只手来将银环歪起的脑袋扳正了些:"听话啊奶妹,奶哥马上就描好了,别动。你一动我把眉毛描到鼻子上,将你描成丑八怪我可不负责呀!"他描好了眉毛,后退几步认真端详了一番,再补上几笔:"嗯,我的奶妹是天下第一漂亮的大美人。"他放下眉笔,出其不意在银环脸上亲了一口。银环跳了起来,追打朱春山:"皇上坏,坏皇上,打死坏皇上。"两个人一前一后追逐着嬉闹着,突然就停了下来,他们同时看到了我。银环笑着叫了一声:"娘。"朱春山也跟着唤了一声:"奶娘。"他们同时跳上来依偎在我怀中,如同我的一儿一女。他们确实也就是我的一双儿女,都是我一口一口奶水将他们喂养大。我一手一个揽住了他们,抚摸着他们温暖的脸蛋,心里滚过一阵又一阵母爱的涟漪:我爱他们都来不及,怎么可能对我一手带大的朱春山下手投毒?但是,不毒死朱春山,我的兄长周达又怎么可能做皇上?这个大明王朝、这片泱泱国土本来就是我家的呀。我的脑子有一阵恍惚,情不自禁在嘴里念叨。朱春山和银环都奇怪地看着我,银环摇晃着我的身子:"娘,你怎么啦?是不是有点发困?"我支吾着:"是的,是的,有点发困。"

就在这时候,耿谦和和春明给皇上朱春山送来了夜宵,皇上这个晚上的夜宵是鸭肉馅百褶包子、鸡肉馅烫面饺子,还有一罐燕窝粥,所有的食物都放在一个大蒸笼里保温。耿谦和放下大蒸笼,我对他说:"天不早了,耿公公歇着去吧。"耿谦和谢过之后和春明退了出去。我打开大蒸笼看着热气腾腾的夜宵,将手伸进怀中,那里就是范稳婆交给我的毒药,我只要在每样食物里滴入一滴毒汁就可以置皇上于死地,而且还可以嫁祸于耿谦和。我的手握紧了装毒药的瓷瓶,手心开始冒汗……

第七十一章　鹿死谁手

　　耿谦和送来的夜宵最后朱春山也没有吃，我让春明拿走供敬事房的太监热一热当早餐吃。一天的时光漫长难挨，我度日如年如坐针毡，从早到晚都在忐忑不安中度过，我无法对亲手带大的朱春山下手。范稳婆在天黑时分派碧桃叫出了我，我们就在偏殿门外的松林里见了面。那里空无一人，几只从杆子房飞过来的猫头鹰无声地飞过去。范稳婆声音像猫头鹰一样沙哑："你怎么还不动手？我不明白，如此易如反掌的事你还磨磨蹭蹭犹犹豫豫干什么？你不希望你们家夺回皇位？你不希望你皇兄周达登皇位做天子？你也不希望你自己做皇姑？"她平时苍老昏花的老眼此时炯炯放光，我低下头吞吞吐吐地说："我，我实在下不了手。你知道，是我把他从死神手里夺回来，是我用自己的奶水把他养大。他对我也亲，叫我奶娘。我们之间和天下任何一对母子没有什么不同，你也知道，他就对我亲。现在，你要我亲手下毒毒死他，你让一个母亲亲手毒死自己的儿子，我怎么下得了手？范稳婆。"说到这里我一下子失去控制痛哭失声。范稳婆左右看了看，宫前殿后空无一人，只有几个太监提着宫灯从远远的地方经过，转过宫墙角就不见了。范稳婆说："我理解你的心情，我也做过母亲，我理解母亲的心情。但是他毕竟不是你的亲生儿子，而且他是你们家夺取皇位的最大障碍，这个利害关系你怎么就不明白？说句不好听的话，他对你再亲你在他眼里也不过就是一个老妈子，一个下贱的老妈子。而你本来就是一个公主，你兄长本来应该是皇上，这金碧辉煌的紫禁城本来就是你们家的，还有这一片皇天后土天朝上国全是你们家的，这个账你怎么不会算？你怎么就如此糊涂？你愿意自己一生一世就做一个老妈子？你娘到现在还要装成一个疯子，而她本来应该是锦衣玉食的太后，你懂不懂？"范稳婆狠狠在地上跺了跺脚，"早膳、午膳、晚膳、夜宵，你要下手都可以，举手之劳，你还犹豫什么？我是老稳婆，我不能直接面见皇上,所以我才将你带进奶子府,让你成为他离不开的奶娘,就为了到时候方便动手。如果我能直接接近皇上,我早动手了。我问你,昨晚耿公公没送来夜宵?"我迟疑着说:"送了。"范稳婆说:"那你还不动手? 如月,再不动手就来不及了,真的来不及了。"我以长时间的沉默来对抗她,她气得掉头想走,转过身又回到我面前:"颜如月,你今晚一定得投,你不能让你皇兄前功尽弃,他眼巴巴地盼着你及早动手,人不心狠手辣绝对做不成大事,心一狠眼一闭——"她做了个投毒的动作,然后接着说,"就成了,就这么简单。"她愣愣地看着我,我最终下定了决心对范稳婆说:"你放心,我就在这两天下手,你告诉我皇兄,让他等着我的好消息。"范稳婆苍老松弛的眼睛泛出一道光芒,一刹那间的光芒让我看到她心底埋藏多年的激情与渴望,那激情与渴望平常就如同煤块一样漆黑而冰冷,一旦投入炉膛里它就熊熊燃烧起来。她激动地说:"好,太好了,我等着你的好消息。"

范稳婆与我道了别刚刚从松林中走出去,就从松树枝上跳下一个人来,是李连城。被东厂关押的李连城出现在这里我大为震惊,李连城拍拍手对我说:"戏演得不错。"我狠狠地瞪了他一眼,我在乾清宫处心积虑、步步留心,没想到总是上他的圈套。我不想与他多说话,却见七八个彪形大汉从坤宁宫那边包抄过来,进退两难之际李连城一把抱紧了我,我想挣脱却已来不及,他死死抱紧了我将我按在松树上,然后像狗一样伸出舌头在我脸上舔来舔去。那一队人马就围拢过来,小德子就站在一步之遥的地方。李连城装作紧紧压在我身上一动不动,然后冷冷地命令小德子:"滚远点。"小德子一步一步逼过来,脸上带着奸笑:"李大人真有本事,居然从诏狱里逃到此地偷人,让我也过把瘾吧?"李连城低低地命令道:"滚远点,否则大爷就要动手了。"小德子提高了嗓门:"哟嗬,偷人的比捉奸的还狠,你胡作非为杀了皇上又敢在宫中公开淫乱,佛头着粪你找死啊?"小德子扑上来要擒拿李连城,李连城一个扫堂腿却被小德子轻松跳过。李连城趁着这个空当从绑腿上拔出短刀转身冲着小德子刺去,小德子脑袋一偏让过去,却趁机一刀向我插来。李连城飞起一脚将刀踢到半空然后迅速背靠着我将我完全遮挡住,一直到现在他都在护着我,不肯让东厂人马看到我庐山真面目,他这是要保护我的颜面。因为如果让小德子他们知道这个女人是我颜如月,那我在宫中将受到重罚,被太监用笞杖打死。李连城以一当十与他们轮番对打,瞅准机会连续几个扫堂腿将小德子几位小弟打倒在地并且连续插刀插死两个。就在此时,韦忠贤匆匆赶来。

韦忠贤被小太监叫过来看到这一幕,他远远地就开了口:"住手,都给我住手!"李连城与小德子同时住手,韦忠贤劈头盖脸扇了小德子几个大耳光:"瞎了你的狗眼,李大人你也不认识了吗?狗眼让杆子房的猫头鹰啄了吗?"小德子捂着自己的腮帮子嘀咕着:"他,他不是杀害皇上的罪犯吗?"韦忠贤抬手又打了他几耳光:"还不服气啊?不服气打死你。告诉你,那是别人的诬告,就如同别人诬告我九千岁一样。"韦忠贤抬腿就踢在小德子膝盖上,小德子跪下来求饶:"千岁爷,饶了奴才这一回吧,奴才有眼无珠,冒犯了李大人。"韦忠贤骂骂咧咧地不肯罢休,最后跨过脚下的尸首扬长而去。

李连城获得自由让我匪夷所思,后来李敬堂向我公开这背后的秘密,这全是他背后运作的结果。他如何和言如鼎达成幕后交易我并不清楚,我只知道李连城可以在夜间出来活动。言如鼎并不相信李敬堂的承诺,他没有想到就在李连城与我幽会的当天晚上,韦忠贤来拜见他。韦忠贤的老谋深算到此时已达登峰造极的程度,他清楚地知道言如鼎在老底彻底暴露之后会除掉当年的当事人,但是身居高位并无实权的王爷真正要除掉韦忠贤与钱大妈妈,非得借助他人之手,韦忠贤主动上门让言如鼎看到一线希望。后来我得知,其实韦忠贤已经知道李连城和我在一起,而且他也知道李连城是借口淫乱羞于见人不让东厂人马一睹我的真实面目。韦忠贤对宫中男女偷情淫乱没有丝毫兴趣,他根据范稳婆的亲眼所见和东厂提供的线索经过抽丝剥茧的分析得出结论:是李连城毒杀了另一个朱春山。他安排小德子以诬告罪将钱大妈妈与范稳婆押在北花房进一步审讯,那是一间摆满了过冬花草的房间,花架上全是枯萎的花木,房间里弥漫着一种草木和泥土浑浊的气息。东厂看押的兵卒看到韦忠贤缓缓踱进来,一个个就悄无声息地退出去。韦忠贤用手拨弄了一下那些奄奄一息的花草,说:"大妈妈,你不能走。"钱大妈妈说:"让我这把老骨头陪你送葬是不是?"韦忠贤漆黑如墨的脸庞上露出一丝怪异的笑容:"瞧你说的,我有那么恶毒吗?你我对食几十年,别人不知道范稳婆还不清楚?一日夫妻百日恩哪。"钱大妈妈冷冷地一笑:"那你九千岁就高抬贵手放我一条生路。"韦忠贤果断地说:"不能走,你和范稳婆现在就是一根藤蔓上的苦瓜,一荣俱荣一损俱损。"钱大妈妈说:"你说我们有什么罪?我只字没提,范稳婆说的千真万确全是真的。"韦忠贤说:"你们当然无罪,但是为了我,你得委屈一下承认有罪,反正不会杀了你。我只要你留在宫中,要你看着我九千岁如何变成万岁爷。我成了万岁爷可不能没有皇后,你就是我的皇后,钱夫人!"钱大妈妈不管不顾往外冲,小德子领着一帮人就站在花房外面对她一脸的凶神恶煞。韦忠贤笑眯眯地走上来:"钱大妈妈,何必自讨没趣?"钱大妈妈愤恨地说:"你临死还拖个垫背的。"此话一出韦忠贤勃然大怒："别给脸不要脸，你这个烂女人是不是疯了？"他突然走到门前唾沫飞溅："我可以让你享尽荣华富贵，也可以让你死无葬身之地。别以为你当年帮我抢了田小娥的儿子让娘娘做了皇后就了不起。告诉你，娘娘现在朝不保夕死到临头，你所有的功劳翻过来就是死罪！"韦忠贤转身离去，几个兵卒砰地带上门，落下沉重的一把大铜锁。

谁也不知道韦忠贤真正的想法，谁也不知道韦忠贤和言如鼎、钱大妈妈所说的话哪一个是真哪一个为假，是范稳婆最后的妥协才帮了她自己和钱大妈妈。朱春山就是被李连城用箭毒木汁毒杀而死，因为朱春山尸体的葡萄紫正是中箭毒木汁毒的症状之一。后来韦忠贤的情绪得到缓和，他对范稳婆说："所以说你和钱大妈妈更不能离开宫中，你们当众承认诬告不要紧，我九千岁绝对会保住你们的身家性命，将来我做了皇上，你范稳婆和钱大妈妈就是大功臣。"范稳婆果断地点点头，那一刻只要活命让她做什么都可以。在宫中谋生的人就是这样没有底线，跟谁合作都可以，没有是非之分也没有对错之别，一切就是为了把自己做强做大。

这时候奶子府已成了一盘散沙，碧桃甚至与小明子彻夜不归。绝望的银铃一想起被邹老五骗得如此惨就哭得撕心裂肺，碧桃也陪着她痛哭一场。她最终准备投贵妃井自尽时被一路跟踪的碧桃发现，碧桃冲过来时她已经跳井了，碧桃狂奔几步猛地踩住她围裙带子死死不松脚，最后伸手揪住她的腰带才将她拖上井口。如花不停地呕吐，秀琴怀疑姐姐怀下恶人的孩子急得直哭。我从碧桃嘴里得到银铃投井的消息后无法分身去看她，碧桃到底还是孩子，宫中即将改朝换代的塌天大事在她眼里不算什么，而银铃跳井才是塌了天的大事。她在我面前哭得泪飞如雨，可是我那个时候正接到周达一封又一封催命符似的尺素让我毒杀朱春山。周达就像疯了一样，我也不知道那尺素都是谁送到宫中来，好像周达在我身边安插了好几个卧底。我听说周达的兵力不断扩充，他怎样如此快地重兵包围了顺天府是一个谜。深居简出的李敬堂出现在紫禁城中与李连城紧急磋商，多年以后我才知道这不过是李敬堂施放的烟幕弹，包括我秘密出城去投奔周达也是计谋之一。我们密谈的结果是我已经完成毒杀朱春山的计划，顺利出逃去投奔周达，顺便带上我们的疯子娘丽贵妃。留在宫中的李连城与李敬堂则负责伪造朱春山遇刺驾崩的假象，勾引周达哗变率兵攻打顺天府。而李敬堂则率领都督府天雄军内外合围让周达和韦忠贤成为瓮中之龟——瓮中之鳖在李敬堂这里被转换成龟，这个计划成功的关键在我身上，而一旦事情败露我则有可能死于周达之手。我为什么要与李敬堂合作打败我的皇兄周达，这在后面我将揭开谜底。

火速准备之后第二天午夜我准备出城去接上我娘一同前往周达军营，那天晚上呼啸的北风慢慢停止了，不知何时开始下起了蒙蒙春雨，春天的脚步就这样姗姗而来。我穿上一件娟绣绉纱金丝银丝飞花裙，那是我在宫中穿过的最夸张的一条花裙子，好像要让紫禁城的人都知道我就是颜夫人一样，我头一次觉得走到哪里都引人注目相当重要。人生不可以太过低调，有时候飞扬跋扈也是一种策略。按我当时视死如归的心情，我是要穿一件孔雀蓝姑苏织锦镶毛斗篷，好像这样才能证明我的决心。但是李连城阻止了我，他上下打量了我一眼，说："这身行头行动不方便，你不如穿得利索些。"碧桃陪我去奶子府取石榴多籽红兜肚时，马背生在半道上截住了我，他开口就直奔主题："听说你要去见周达，千万不能去，这个时候你去见周达等于送死。李连城真是黑心黑肺，他口口声声爱你爱你，关键时刻却要你送死。"我说："是我自己主动要求的，而且可以说万无一失。"他马上打断我的话："我替代你去见周达，完成你的任务，行不行？"我当然不可能接受他的安排，更不想让他个人的狭隘毁了李敬堂精心的安排，而且我有绝对把握保护自己和我娘的安全。我知道短时间内无法说服他，我的态度就是当场翻脸："你别自作多情，告诉你马背生，我已经是有夫之妇，你别自作多情死缠烂打，我和你没有任何关系，我是死是活与你无关。你现在是韦忠贤的人，谁知道你想干什么？"马背生突然抱紧了我，从我怀中抢出送给周达的那封尺素："好，如月，我马上去见周达，我早就做好了准备。我说你已经被囚禁在紫禁城，让他马上攻城来救你。"我完全来不及劝阻，他已消失得无影无踪。后来我得知，他巧妙化装潜伏到周达军营最终被活捉。被活捉正是他的计谋，他出示我的书信当然如愿以偿地见到周达，那封信让周达大吃一惊。

第七十二章　黑云压城

那一天一夜我体会到什么叫度日如年,我与朱春山都不能外出,因为你不知道哪位太监、奶妈是周达的卧底或赵明德的线人。李连城安排在对方的卧底久久没有回应,我急得像热锅上的蚂蚁,但是绝不能在朱春山面前透露哪怕一丝一毫信息。朱春山知道宫中现在是黑云压城城欲摧,但是具体到了什么程度他并不清楚。这时候言如鼎在坤宁宫召集秘密聚会,在娘娘所居住的坤宁宫聚会这本身就不正常,在我记忆里这是第二次。第一次皇上尚小,正逢上老太后重病卧床不起,娘娘去探望之前抱着小皇上朱春山在坤宁宫与言如鼎、王不欢、韦忠贤、李敬堂秘密商谈太后后事。这一次聚会出人意料又选在坤宁宫,李连城感到大有玄机。他在夜半更深时分悄悄来到了李府,对李敬堂说:"爹,此次议事选在坤宁宫背后大有玄机,我甚至觉得此去坤宁宫对我们来说凶多吉少。"李敬堂说:"这个我与你的想法完全相反,朝中之事如一团乱麻,这时候他蓦然动手无异于自寻死路。娘娘有病在身又是女流之辈,而王爷虽然一言九鼎但是手中并无兵权。所以,他们必定不敢动手。就目前来说,谁也不敢轻易动手,一动手就是鱼死网破,鱼死网破对谁都不利。我们不怕,我们准备好了。"李连城皱了皱眉头说:"不怕一万就怕万一。"李敬堂想了想回道:"以我的经验,这一次密会就是再度确定娘娘至高无上的地位,这是言如鼎的无奈之举。不管怎么说,他有把柄在娘娘手中,而无论从哪个角度来说,王爷与娘娘的关系超过和我们的关系,此时我们还要忍一忍,等待周达那边的动静。"

看着李敬堂离去我的心提到了嗓子眼上,就在宫中步步惊心步步惊魂的时刻,我再次接到周达的尺素,他也没有多说什么,就是催我马上下手。他已经囚禁了马背生,认定他就是宫中派来的密探,假冒我颜如月之名前来刺探情报。我知道周达不会轻易相信,也知道在宫中到处都有他的卧底,我的一举一动全在他的监控之下,这让我想起来就十分绝望。我把这封尺素看了又看,准备在薰香炉里烧掉,却被一个人从背后猛然出手夺了去。我像被当头浇了一盆凉水,回头一看竟然是朱春山。朱春山嬉皮笑脸地准备看信:"奶娘,鬼鬼祟祟的,手里拿的是什么呀?我看看。"我一时汗毛倒竖:"给我,给我!"朱春山一如既往地调皮,将尺素藏在身后:"就不给,就不给。"他将信举在空中取笑我,然后转身就跑:"就不给,就不给。"我像一头母兽一样猛扑过去,我的手揪到他的衣袂,那是一件万事如意彩霞满天五彩朝服,一条松松扎系在腰间的七色蝴蝶鸾绦被我扯得刺啦一声在腰部连接处撕出一个大口子,那是丝织锦缎手绣制成的朝服,可以想见我当时的力气有多大。朱春山回过身来一脸诧异地看着我,他完全不明白我为何如此失态。他好像生气了,拿着尺素就快步离开。我发疯似的再度扑上去,那时候我完全疯了,一言不发扯过他拼命抢夺他手中的那封信。我的疯狂样子把他吓坏了,他将信扔在地上,宫中所有的太监包括耿谦和都吃惊地看着我。他们完全不敢上来劝慰,只是在不远的地方看着我。我知道他们不敢靠近,转身快走几步将那封信扔到香炉中烧掉。

那个下午朱春山不理我,我好言相劝他就是不再理睬我,我知道我的一举一动都将传到周达那里。但是要我亲自下毒毒杀朱春山是根本不可能的事,趁着午夜时分回偏殿的机会我抠起穿堂间一块青砖,将那瓶箭毒木汁埋在青砖下,然后再铺上青砖用脚踏平,外人丝毫看不出异样。我前脚刚踏入偏殿,那只装箭毒木汁的小瓶子就出现在窗台上,我清楚地记得那一刻钟鼓司正在鼓敲三更,而我回到卧房大吃一惊,范稳婆已经端端正正坐在床上等我。我慌忙吹熄了灯笼,她的声音就在黑暗中响起:"颜夫人,我是冒死来到乾清宫,我实在没有办法了。"我说:"杀了他也没有用。"范稳婆说:"要你杀你就杀,天就要亮了,你今晨非杀不可。毒杀成功后你我一同离宫,宫中有人来接我们到兵营,丽贵妃就在那里跟我们会合。我知道你将毒药丢了,我这里又给你准备了一瓶。不要怪我范稳婆说狠话,如果你不想动手,这瓶毒药就是给你准备的。你要知道,你娘丽贵妃正在周达手上。"

把我疯子娘送到周达那里不用猜测我也知道是范稳婆的主意,为了说服我娘她特地赶到靠山庄。那段时间布袋和尚一直陪伴在我娘身边,范稳婆害怕布袋和尚阻拦,提前通知他到清风寺约会,她的目的就是要支走宫心志然后将丽贵妃交到周达手中。范稳婆在那个春风沉醉的夜晚对我娘说:"你儿子派我来接你,他特别想见你。"我娘知道现在不是母子相见的时刻,面带难色:"他在前线兵荒马乱的,现在根本不是母子相见的时候。你捎话给我儿子,等他凯旋的时候我们母子再团圆。"随后任凭范稳婆如何劝说她只以沉默相对。我娘后来回忆，其实那晚不是月黑风高之夜，相反，那晚的月亮挂在天上弯弯如眉。她留范稳婆在靠山庄吃饭，那晚上她们吃的是玉米糁子粥，她在锅边烙了几只馍。馍香脆焦黄配着酸菜和玉米糁子粥非常好吃，范稳婆只说了一句话："靠山庄的饭食怎么这么香啊？比宫里的饭菜还香。"范稳婆连喝了两大蓝边花碗粥然后就在炕上睡下，后来的事实证明这天晚上半夜三更的劫持完全是范稳婆和周达卫队联手策划，我娘和范稳婆熟睡之时周达卫队的人马破窗而入将我娘与范稳婆带到了第一总兵周达兵营。在铁马金戈的疆场上打打杀杀的第一总兵竟然跪在我娘面前痛哭失声："娘啊，你我母子再不能分开。娘啊，你答应儿吧！"面对周达的声泪俱下我娘也动了恻隐之心，她的眼泪扑簌簌落下，她伸出苍老的布满皱纹的手迟疑了一下，最后落在周达头上戴着的笠盔上。周达紧紧攥住我娘的手，突然抬起了头："娘，您这一生受过太多的苦，此仇不报，孩儿誓不为人！"

我娘的尺素很快就摆上穿堂的窗台，娘恳求我及早动手。范稳婆此时似乎确认我不会出手，自己开始动手。后来那一场由朱春龙一手导演的紫禁城乱局就成为宫中长久热议的话题，虽然表面上看是朱春龙亲手操办，其实幕后推手是重兵围城的周达。当然，他那时候还是名副其实的第一总兵、兵部右侍郎。但是只有周达知道，宫中之乱的源起正是在宫中从来都不引人注目的范稳婆，而且也只能是范稳婆，她对多年之前那个决定后来紫禁城走向的隐秘事件了如指掌。周达的暗中指使让濒临灭亡的如妃家族捞到了一根救命稻草，朱春龙是四皇子，他出面比如妃出面比赵明德出面更加名正言顺。周达的部下马三万早就潜伏在紫禁城北花房，成为一名花匠，以洋金花和醉仙桃编结成绳点燃后放置在上风口，最终让看守的兵卒昏迷不醒。马三万率兵进入悄悄掳走了钱大妈妈，他们人人一身飞鱼服冒充锦衣卫队员押着范稳婆与钱大妈妈来到乾清宫。

那天丽日高悬春风送暖，南洋各国使节来我大明王朝进贡，同时承接皇上玺书。那天的紫禁城鼓乐喧天、彩锦翻飞，表面上的盛世华丽你根本看不出背后的黑云压城。那天的朱春山一如既往地隆重出场，威风凛凛地接受藩属国使节的顶礼膜拜，马三万的兵卒们拖着钱大妈妈出现了。

发生在乾清宫的这一场混战后来一直令宫中的老太监记忆犹新，李连城并不像一般人想象中那样急得跳脚。在乾清宫一片混乱的时候他反而心平气和地在众目睽睽之下坐下来，饶有兴趣地观看着在朱春旺、朱春龙强迫下钱大妈妈声泪俱下地交代当年抢走田小娥之子的种种细节。那时候藩属国的使节早已在一团混战中一逃而空,钱大妈妈被几个兵丁狠狠摁在地上,她头发散乱牙齿也打落了两颗,整个嘴巴出现一个难看的豁口,口齿不清又有点漏风。在她颠三倒四的叙述中,金碧辉煌的紫禁城黯然失色,像古墓荒冢似的耸立在伸手不见五指的黑暗中,而在廊前殿下出没的太监和奶妈一如古墓间游荡的孤魂野鬼。

那还是先皇朱由明风华正茂、野心勃勃的时代,作为一直在深宫冷藏的嫔妃王来喜,在花谢花飞、月圆月缺中空耗似水年华整日以泪洗面。那时候她正值二八年华,才入宫三年,对深宫秘闻一无所知。无数宫妃宫娥在皇上面前争宠甚至大打出手看得她心惊肉跳,随着年华流逝容颜渐老,一辈子如同一个活死人一样生活在朱门深锁的后宫之中,让紫禁城这座古墓将她的一生活活埋葬,她无论如何也不能接受,千挑万选选入宫中最终的命运结局就是如此,她如何能心甘情愿?她是一个充满心机的女人,在成千上万宫妃宫娥中虽然卑贱如草却是心比天高,她认定自己的命运只是靠自己创造。她隔着层层珠帘窥探深宫,终于将目光落在一个举足轻重的太监身上:韦忠贤。一个柳絮轻舞的春天午后,她一身薄荷绿蝴蝶翩跹藕丝缠绵琵琶衿上裳,一双紫绡翠纹织锦红粉绣花鞋步出深宫,然后她蛾眉轻锁目含轻愁地站在韦忠贤日日午后必经的通道上,那一场邂逅改变了她的一生也改变了九千岁韦忠贤一生。事后回忆起来,他们双方都认定这是一场美丽的邂逅。韦忠贤知道这个宫妃的重重心事,也知道他和她今后的故事还很长,长得就像他和她漫长的一生。他那天情不自禁地在明媚春光中对她做了一个挑逗的动作,弯腰在她的粉色的如同荷花箭的绣花鞋尖上捏了一把。他那时入宫不久,只是一个背妃太监,负责将皇上相中的妃子背上皇上的龙床。虽然只是敬事房一个苦力,但是有多少貌美如花的妃子希望他出现在她们面前啊,因为他的出现就意味着皇上的宠幸。其实也可以这么说,皇后不可一世的人生就是从他宽宽的后背上开始的。他的心里记着那个穿荷花箭一样织锦红粉绣花鞋的妃子,就在那个柳絮轻舞的春天他在她鞋尖上捏了一把之后,她就经常在那个很少有人经过的通道上等他,每一次她都要给他一样珠宝,她的借口是宫里的娘娘送她的,她用不上也没有地方放,不如给他收着,也许有点用处。他知道这个妃子是用这种方法来贿赂他,却不是那么赤裸裸的,让他心安理得地收下,他爱上了这个妃子,不但爱她的美貌,更爱她那颗善解人意的心,他决定帮她。他终于等到了皇上心烦意乱的那个夜晚,面对签筒里一大堆妃子的名牌,皇上看也不看就对他说:"朕今晚心烦意乱,不知道选哪个好。其实吃到嘴里哪个都一样,你就帮朕随便挑一个吧,挑到谁就是谁,丑的俏的哭的笑的朕都无所谓——哎呀,没女人的光棍难过,朕的女人太多了也难过,眼睛都挑花了。"他的心怦怦跳动起来,就将写有王来喜名字的名牌挑出来撂到皇上面前。皇上拿起来看了看:"王来喜?我好像从来没有宠幸过她啊?"韦忠贤说:"是的。"皇上说:"那你说说看,这位妃子到底好在哪里?"韦忠贤说:"皇上,我背上龙床的妃子何止成千上万,我只能跟皇上说,这一个妃子肯定是最让皇上心动的妃子。我说千好万好没有用,皇上临幸过就知道王来喜好在哪里。"朱由明哈哈一笑,然后撂下牌子:"行,朕就听你的。"后来,皇上有时候选了别的妃子,韦忠贤也胆大包天背着王来喜上龙床,反正妃子们都是从皇上脚旁钻进被子,又从脚头退出被窝。皇上都是闭着眼睛临幸,有时候他也搞不清身子底下的妃子是不是他要的那个,女人脱光了衣服就是一个样子。

王来喜后来果然就成了皇上的宠妃,皇上最宠的妃子从前有过好几个,但是轮到了王来喜那几个就黯然失色。谁也不会想到王来喜就是如此没有福分,皇上夜夜宠爱她就是怀不上龙种,这让她急得如热锅上的蚂蚁。这时候急得团团直转的其实是韦忠贤,韦忠贤知道他今后要想在宫中有前途有出息全仰仗于王来喜能否生下龙子继而成为皇后娘娘。可是王来喜所有的办法使尽就是无法怀上龙种,假怀孕是欺骗皇上的唯一办法,田小娥这时候怀孕让他们喜出望外,抢田小娥之子就成为钱大妈妈与韦忠贤替王来喜设计的万全之策。

钱大妈妈絮絮叨叨地口述到这里眼睛朝言如鼎翻了又翻,言如鼎微微笑着往前踱了几步,身上那件长长飘逸的松烟青瓷碎裂冰纹碧霞罗衣鳞光闪闪:"你说得很好,我其实都清楚。但是我告诉你,田小娥早已不在,不管怎么说朱春山是皇子龙种这一点总是无疑,他成为皇上也是天经地义的事。"如妃突然出现了,她黑下了脸:"不对,朱春山并非先皇朱由明之子,他其实是锦衣卫李连城与宫女田小娥私通生下的杂种。"

第七十三章　前世今生

　　多年以后一个清风明月的夜晚,我和李连城在燕山深处的桃花坡相见。那天晚上我们坐在溪边一块大青石上,桃花缤纷落下,前几天下过一场绵绵春雨,溪水潺潺如泣如诉。就在如泣如诉的溪水声中,他回忆起了田小娥告诉他的那些往事:田小娥在血泊中产下儿子,却被韦忠贤亲自带领东厂的几个兵卒抢走,火速交到接应的钱大妈妈手上,当然这一切没有逃过范稳婆偷窥的眼睛。田小娥清晰地看到了韦忠贤那张狭长的青黄色的脸,那张脸有点扭曲,但是就在他与田小娥四目相对的一刹那他微微笑了一下,露出他一嘴灰暗的牙齿。那一刻田小娥刻骨铭心,然后就眼睁睁地看着他们像鬼影子一样一个接一个消失无踪。剩下的两个粗蛮的兵卒按韦忠贤的吩咐将她用宫中装垃圾的马车运到顺天府郊外,准备将她扔到白狼坡上,喂传说中那只神出鬼没的独眼白狼。两个兵卒因为惧怕白狼,草草挖了个坑将田小娥扔进去,再填上浮土。田小娥当时装死,当一锹一锹的浮土压在她身上时她发出最后一声呻吟,她想她今晚必死无疑,后来就失去了意识。

　　也不知过了多长时间,田小娥醒来时天色已明,她躺在一个铺满麦秸草的破破烂烂的土坯房里,一个浑身上下肮脏不堪的乞丐守在她身边,显然是他救了她。这时候田小娥感到肚腹发胀剧痛难忍,她浑身大汗淋漓控制不住想喊叫。后来她才知道这名老乞丐叫花子春,他上前托起像从水里捞出来一样的田小娥。田小娥下身血水涌流,又一个孩子从她双腿之间滑下来,孩子落地却没有一丁点声音。她这时候才发现自己怀的是双胞胎,她以为是个死胎,双手从血污中将其捞起来,发现是个男娃,一双眼睛睁得乌溜溜的却不哭不闹。田小娥认定这是一个神奇的男娃,他似乎知道身边全是坏人,他刚刚来到人世就好像洞悉世道人心,他一声不响地打量着面前这个浸泡在血水中的母亲田小娥和浑身肮脏不堪的花子春。田小娥紧紧抱着他,他与她之间甚至还连接着长长的脐带,花子春也不知所措。田小娥用牙齿将脐带咬断,给这个儿子取了个名字:张九龄。没有什么特别的意思,只是她偶然听老宫女背诵过唐朝张九龄的诗,她非常喜欢,一直不曾忘记。

田小娥带着张九龄生活得胆战心惊,害怕宫里人得知消息再杀回马枪抢走张九龄,也怕身边这个来历不明的老乞丐,她没有等待满月就抱着张九龄开始了逃亡之旅。那天她身体虚弱头昏眼花,挪几步就歇一歇,她感到自己随时就要瘫倒死去。刚刚走到一处荒无人烟的坟地,迎面碰上乞讨回来的花子春。田小娥抱着张九龄不知所措,花子春站在路边说:"你要走我不拦你,和你说实话,那天晚上我露宿野外,看到一辆宫中马车将你载过来,扔进土坑里,我大致猜出了你的身份。又听到你发出一声呻吟,我知道你没有断气,马车刚一离开我就扒开土救出了你。说这些不是要你感恩戴德,只是让你知道我不是个恶人。你要走我不拦你,只是你们孤儿寡母的,外面兵荒马乱,你去哪里能找到活路?更何况昨晚上我发现这娃儿还发着烧。要走,你也得让娃儿退了烧再走。"他说完深深地看了田小娥一眼,孤男寡女也不需要多说什么,只是互相对视了一眼就明白了双方飘零的身世和善良的内心。花子春将手中装了几只冷馍的篮子交给她,接过她手中抱着的张九龄:"娃儿给我吧,我帮你带孩子到附近的庄上找郎中。"花子春抱着张九龄刚刚转身,田小娥就浑身无力瘫倒在地,花子春俯下身来:"你也病了?我们一同去找郎中吧?"田小娥摇了摇头,喃喃地说:"师傅,我不看了。我有种预感,我可能活不了多久,这孩子就托付给师傅吧——他名叫张九龄,来自紫禁城。"花子春说:"其实你不说我也能猜到,你和孩子看上去都不是寻常草民的样子,以我行走江湖的眼光一眼就看出你们非同寻常,那马车也是宫里的马车,我认得。你放心,我没有儿子,我会将张九龄当成我的儿子。"田小娥突然泪流满面:"能问一下师傅尊姓大名,家在何方?小女即便成为孤魂野鬼,也好有个目标看看我的儿子。"花子春说:"我从小也是乞丐养大,无名无姓,江湖名叫花子春,家就在九十里外花子店。你要等着我,我马上就会来接你。苦命的人,你要等我,你一定吃过太多的苦,老天会安排好运等着你。"田小娥泪如雨下:"师傅,您待我恩重如山,请接受小女一拜。"可是现在她已无法一拜,花子春上前扶住她,她从怀中掏出那条从宫里带出来的洗过很多水的红兜肚,上面绣着游龙飞天。

老乞丐花子春的离去让田小娥心如刀绞,听着张九龄尖厉的哭叫她的心碎了一地,她后来昏死过去。等到她醒来时已经坐在大金间谍的马车上,她记得那是个漂亮的男人，后来才知道他是努尔哈赤的弟弟爱新觉罗·子龙，他追问她的儿子去向，她隐瞒了自己生下的是双胞胎，只说被宫里人抢走了。爱新觉罗·子龙帮她治好了病，乔装打扮一路将她带到了大金囚禁，他们的计划是有朝一日入侵大明推翻我朝她会派上用场。她以为自己会死在大金，没想到她在那里竟然等到了李连城，有机会向李连城倾诉心中的全部秘密。

田小娥死后李连城回到了紫禁城，与小皇上朱春山重新聚首他的心情非常复杂。作为小皇上的亲生父亲他对朱春山的爱是不言而喻的，更何况朱春山现在贵为一国之君。但是作为一个男人，并且是在宫中混迹多年的锦衣卫都指挥使，他深知紫禁城的黑暗与凶险，以朱春山这种软弱多情的性格绝对无法坐得稳江山，江山在他的手中也会败掉。几乎就在与朱春山相处的同时，寻找第二个双胞胎儿子张九龄的计划就同时展开，按照田小娥口述的地点他没有费太大的周折就找到了距离顺天府两百里的花子店。他的出现让在庄口山坡上放羊的老汉暗暗吃惊，尽管他一身布衣草民打扮，但是放羊老汉仍然看出了他的不同寻常。他上前恭恭敬敬地向放羊老汉打听："老伯，山坡下就是花子店吗？"放羊老汉开口就问："去花子店找谁？"李连城报出了花子春的名字，放羊老汉摇了摇头："不在了，孤老一个在外乞讨。丐帮和盗帮为争夺地盘打架，被另一个盗帮捅死，死了五六年了。尸首被庄上人拉回来，就埋在那边。"放羊老汉手中的粪铲往东一指，坡地上一座孤零零的矮坟耸立在那里，坟头上野草疯长。李连城心里像装着块石头往下一沉："老伯，他在外面领养了一个孤儿，您知道这事吗？"放羊老汉点点头："听说是捡了一个儿子，但是从来也没有看到他带回来，他除了清明上坟平日也从不回来。客官你是哪里人？为啥要打听这事？"李连城知道自己说漏了嘴，就含混地答了一句："我有个乡党早年认识他，想找到他。"他穿过山坡上的茅草地来到那座荒草萋萋的坟前，它几乎快要被青草覆盖了，坟前也没有石碑。李连城在坟头跪下，重重磕了三个头，然后转身离开了花子店。他第三天晚上才回到了李府，心事重重地坐在漆黑一团的厢房里，门就在这时候被轻轻推开了。那是一个明月高悬的夜晚，从门外泻进了如水的月光，长方形的月光中有一个阴郁而挺拔的身影——父亲李敬堂。李敬堂缓缓踱进来，他的身影将月光挡住，李连城藏在黑暗中一言不发。李敬堂冷冷地说："别漫无目的到处寻找，跟我说一声我来帮你！你什么都不和我说，你根本就不像我的儿子。"李连城像被人砍了一刀，他在宫中的一言一行无论是公开还是隐秘全逃不过父亲李敬堂的火眼金睛。李连城抬起头来故作坦然地看着他，李敬堂说："你还想要你的儿子吗？"李连城嘲讽地说："这要问你——你还想要你的孙子吗？"李敬堂突然爆出一阵大笑："傻小子，我想，我想我孙子，我比你想儿子还要想我的孙子——你知道他在哪里吗？"李连城睁大了眼睛猛地站起来："告诉我，爹，他在哪里？"李敬堂说："远在天边，近在眼前——他就在顺天府，他已经成了盗帮帮主，江湖上名叫花子春，他原来的名字叫张九龄。"

李连城没有想到儿子成了顺天府飞檐走壁的第一大盗，而且还盗用了他的养父丐帮帮主花子春的名字，不知他是如何从丐帮小乞丐化身为盗帮大帮主。李敬堂要弄清楚顺天府每一个人的身份易如反掌，甚至都不需要通过东厂或锦衣卫，他确认花子春是田小娥所生的孪生子中的弟弟张九龄，是依据卧底偷偷趁着花子春也就是张九龄外出之时在他的老巢找到的那块游龙飞天的红兜肚。李连城选在夜半更深之时跟踪他很久，发现张九龄成了来无影去无踪的大盗，他的高超盗技令李连城目瞪口呆。而且他是一个盗亦有道的大盗，专门偷盗富人贵人，并且心狠手辣遇到对手追击他以一当十杀人绝不会心慈手软。李连城并不急于与他相认，而是带着欣赏与赞叹的眼光一路跟踪保护他长达半年之久。他一直在设想着与他父子相认后的种种细节，他不知道如何说服他取信他安排他，担心会引发他的猜疑与嫉妒最后产生不良后果，所以李连城一直犹豫不决。就在这时候，皇上朱春山软弱无能在宫中备受欺负，最后皇位不稳朝不保夕，他感到凭借朱春山这样的个性绝对不可能统治大明王朝，大明王朝在他的手中将来不被外敌吞没也被宫中强手颠覆，大盗张九龄这时候就在他脑子里冒了出来，并且根深蒂固盘踞在他心头再不肯离去，以张九龄替换朱春山的念头在他脑子里冒了出来。客观来说朱春山和张九龄这对孪生兄弟他并不偏爱哪一个，手心手背都是肉，他们都是自己的亲生骨肉，他对他们的血脉深情一样浓烈。如果一定要分个清楚，他对张九龄的负疚感更深重一点，因为他毕竟受过更多的苦难。这么多年，他从乞丐到大盗，在民间是如何熬过来的他完全可以想象，那是非人的折磨，他就是一个从地狱里爬出来的厉鬼，他受过太多的苦难，正是这海一样深的苦难锻造了他的铮铮铁骨。尽管他只是一个强盗，但是他千真万确就是一个强者。而在紫禁城锦衣玉食、丝竹歌赋中长大的朱春山却过于温文尔雅，弱不禁风。他决定将他们进行调换，朱春山去靠山庄看望奶妹银环就成一个千载难逢的大好时机。他将朱春山送到燕山深处一个废弃的老宅院里囚禁，安排张九龄替代朱春山回到宫中成为皇上。他事无巨细对张九龄交代得清清楚楚妥妥帖帖，张九龄虽然成为皇上朱春山，但是他在盗帮飞檐走壁偷盗成性的坏习惯无法改掉，常常在宫中夜深人静之时一展高超盗技小试身手，这件神不知鬼不觉的隐秘之事却被东厂暗中掌握得一清二楚，从神秘的皇上朱春山回到宫中引发的议论判断,韦忠贤认定这个皇上是假冒的。东厂无所不在的线人很快从顺天府盗帮那里弄清楚皇上朱春山就是盗帮帮主花子春,而神奇大盗花子春,实则就是宫女田小娥所生的孪生子之一张九龄。他知道这是李连城做下的手脚,伺机出手缉捕了张九龄看李连城如何应对。李连城无奈,只好将朱春山从燕山深处那个老宅院里接来接替皇位。韦忠贤一直在暗中观察,等待绝妙时机将这张置李连城于死地的绝妙好牌打出手。半个月后他终于等到千载难逢的机会,藩属国来朝,宫中举行万众瞩目的朝拜仪式,他突然将花子春推出来,两个一模一样的皇上在宫中引发轰动。面对李连城根本无法解决的难题,李敬堂的老谋深算在这一刻派上了用场,他只在李连城身边默念了一个字:杀!但是两个都是自己的亲生儿子,他与他们生离死别多年之后又在命运安排下再一次相会于宫中,他爱他的每一个儿子,不管他们是尊为皇上还是贱为大盗,他都一样爱着他们。现在你让他将其中一个亲生子杀死,他无论如何也无法下手。但是不杀一个两个全都活不成,两个都活不成皇位就无法保住,保不住皇位他们这个家族将遭到株连九族的灭顶之灾,这又是他不能接受的。他好像只是经过了一袋烟工夫的思考就做出一个决定:杀死盗帮帮主张九龄,还让原来的皇上朱春山做皇上。因为张九龄虽然也是他的儿子,但是以他的性格早晚会在宫中露馅,杀死他就一了百了。这样一来就死无对证,皇上朱春山仍是皇上,没有人会再起疑心。他虽然确实是懦弱了一点,但是怎么办呢?只好他在身后垂帘听政了。他在如妃动手之前并没有花费太多的周折就在房顶揭瓦滴箭毒木汁,准确杀死了花子春,也就是张九龄。以锦衣卫的高超手段他认定不可能有人发现任何蛛丝马迹,而且他飞檐走壁的绝技也绝不会在张九龄之下。现在回想起来我只能说是天意,老天要灭你你绝对兴不了,老天要兴你你绝对灭不了。他从瓦檐上跳下来的时候,迎面遇上了范稳婆。

　　范稳婆一直到这个时候才突然出手出卖了李连城,她知道第一总兵周达目前还不是李连城、李敬堂的对手,先除掉李连城对周达来说就是扫除了最大的障碍。除掉李连城就是除掉朱春山,除掉朱春山就等于除掉娘娘,此时如妃、赵明德肯定想让朱春龙接替皇位。但是按宫中规矩在没有先皇遗训情况下应该从大到小,那么继位的肯定是大皇子朱春旺。这时候她再突然出手抛出周达其实是朱成赤,是丽贵妃所生的皇子,那么周达成为新皇上就顺理成章、指日可待。但是宫中就在一夜之间风云突变,我得到周达一封插着三根鸡毛的尺素,告诉我娘娘之所以不敢下令杀掉朱春龙是因为王不欢在赵明德手中,也怕赵明德孤注一掷率红巾军杀回宫中。娘娘忐忑不安、似信非信,红巾军到底还是出手了，千军万马如同滚滚潮水淹没了顺天府，并以雷霆万钧之势涌向紫禁城。李敬堂的都督府天雄军早有防备，与红巾军进行殊死搏斗。没想到天雄军左侍郎、大皇子朱春旺与第一总兵周达早就和赵明德暗中密谋，他们临阵倒戈，三面合围打得天雄军丢盔弃甲。再加上见风使舵的韦忠贤见赵明德占了上风，立即在宫中安排小德子率领东厂开始大开杀戒，紫禁城的末日降临了。

第七十四章　玉碎宫倾

　　我看到宫中火光冲天想带上朱春山出逃却发现他已经不知去向,惊慌失措之中发现浑身是伤的李连城冲进来,我告诉他朱春山不见了。我们从西华门冲出去,刚刚到达太液池畔的鹰房司就被滚滚而来的兵丁围住。后来我得知,之所以没有将我们俩马上拉出去斩首是因为赵明德没有找到朱春山。朱春山的失踪让他心里忐忑不安,他不能让朱春山成为将来他统治天下最大的隐患,赶尽杀绝是他目前唯一要做的事情,在没有找到朱春山之前他不可能将我和李连城杀了。那是紫禁城一段非常时期,紫禁城每隔几十年就要遭遇到这样的重新洗牌。作为重要的合作伙伴,朱春旺和赵明德在事成之后的庆功宴上开怀痛饮,而周达却以中箭受伤为由推掉了这场鸿门宴。

　　那一场豪饮后来成为大明王朝尽人皆知的一个故事,被后世许多历史学家写进书中,那场宴会的举办地就是钓鱼台的五龙亭。那时候春天已经姗姗来到北国大地,五龙亭的重瓣桃花在紫禁城非常出名,一片连一片的重瓣桃花像燃烧的篝火一样。赵明德捧着宫中银作局特制的银酒杯到处与他的部下碰杯痛饮,他喝起酒来就如同喝水一样,据说他和朱春旺不知道喝了多少杯。据后来锦衣卫混在其中的朱六指回忆,朱春旺和赵明德都喝多了,朱春旺甚至滑到了桌案底下。跟随赵明德入宫的红巾军从来不曾见识过如此珠光宝气的宫中景象,趁机在宫中争抢起来。赵明德被部下一声声陛下陛下地称呼十分受用,他满面红光在太液池畔走来走去,最后大声放歌起来,他唱的是《大风歌》:大风起兮云飞扬,威加海内兮归故乡,安得猛士兮守四方! 据说他后来与朱春旺像两个少年一样解开战袍比赛似的往太液池里撒尿,甚至比谁尿得高尿得远。尿完了两个人接着再喝,朱春旺推开赵明德倒在五龙亭外草地上:"你喝吧,我不喝了,不喝了。"赵明德坐在他的身边,舌头打卷地说:"酒是英雄的胆,你不喝酒你算什么狗屁英雄？你就是孬种，孬种！拿酒来，拿好酒！"他手朝后脑勺上扬了一扬，果然有部下将酒就放在他手上，他和朱春旺就在草地上重新开怀豪饮。这顿痛快淋漓的豪饮一直喝到太阳落山，最后朱春旺是被宫中几个太监扶着回到五龙亭，而赵明德则四仰八叉躺在太液池畔，嘴里不停地高呼："陛下，陛下。"

朱春旺就在当天晚上暴毙于东宫，是赵明德用鸩鸟羽毛上的毒杀了朱春旺，造成他被烈酒醉死的假象。赵明德闻讯后跑到朱春旺灵堂前痛哭一场，宫中所有的人都认为是他毒杀了朱春旺，但是没有人敢说出来。朱春旺在宫中残杀恶斗中沦为牺牲品，当然，这样的牺牲品每一朝每一代都层出不穷，不值得同情甚至也不值得哀叹。别人用计谋杀他表面上看上去是过于残忍，但是他如果登上皇位，也照样残忍无比去杀害他的对手。没有谁比谁更善良也没有谁比谁更毒辣，他们都是为了走上权力的巅峰成为万众瞩目的那个人，为了成为这样的人任何人都会不惜一切代价，心灵会被无限放大的欲望扭曲，人在长期扭曲挤压中也就变得不像人不是人了。所有人全都成了欲望的动物，成为野兽和魔鬼，无一例外。那天我就在乾清宫亲眼看见赵明德率领宫中兵丁洪水一样漫进了宫中，言如鼎试图阻挡赵明德的兵丁。赵明德一身甲胄显得威风凛凛，他淡淡一笑："王爷，铁证如山，证据确凿，朱春山造假成为皇上，无颜见江东父老，现在已失踪。朱春旺无福消受皇位，乐极生悲一命呜呼。朱春龙继位此乃天意，天意要如此。王爷一向秉公端正，这个时候您要做的就是惩处恶人娘娘，替天行道，扶持朱春龙登基。"言如鼎在太监搬来的官帽椅上稳稳地坐下来："赵将军，你一向在宫中出没，宫中有宫中的规矩容不得半点差池。娘娘的罪孽自有宫中来处置，目前还轮不到你。除了朱春旺还有成天不问世事、只埋头苦读的二皇子朱春空。当今皇上即便是田小娥所生，是不是龙子龙种太监记事本上自有定论，谁是谁非也轮不到你来定论。别的不讲，就是你私通红巾军多年这一条——"赵明德听到此横眉立目："我是如何被娘娘逼出宫，别人不清楚王爷你还不清楚吗？我是被娘娘赶出宫的，我私通红巾军完全是恶人栽赃诬陷。红巾军是周迎祥的红巾军，我的红巾军是我自己的队伍，是投奔我的有勇有谋之士，与他周迎祥八竿子打不着，王爷不能偏听偏信栽赃陷害。请王爷自动让开，否则就别怪我不客气。"

言如鼎始终稳坐如山，赵明德拔出雁翎刀朝天空一挥："杀！"千军万马应和着赵明德的喊杀声如滚滚江水涌进宫中，这股人潮将言如鼎裹挟着推动着，最后消失在杂沓的人海中。乾清宫迅速被赵明德占领，然后他手指前方的坤宁宫，大批兵丁随着他的雁翎刀滚滚涌进了坤宁宫。坤宁宫中一片慌乱，女仆和宫女被满脸淫笑的兵丁们追逐着四处奔逃。我尽管身在宫中,但是一个人的耳闻目睹毕竟有限。后来在燕山深处的桃花坡,从民间传说中甚至从老学究的大明野史中我全景式地俯瞰到玉碎宫倾的这一幕,看到了紫禁城浓烟四起、火光冲天的场景,看无数宫女和宫妃跳楼的跳楼、投井的投井的惨状。那天星光灿烂月白风清,高天上一轮明月照着人间城郭。在坤宁宫前殿进行了一番洗劫之后赵明德才带兵封堵了坤宁宫,手下部将拖着娘娘高高的如意髻将她一路拖到赵明德面前,狠狠扔在金砖地上。娘娘一身穿花镂金卷头如意吉祥八宝纹香水锦缎宫裳已经被撕扯得千疮百孔,布满刺绣与串珠的厚底鞋不知掉落到了哪里,一双粉色的三寸金莲像江南水乡进贡宫中的水红菱。她侧躺在地上一动不动,牙齿磕掉了三颗,嘴唇肿得像胡萝卜。赵明德说:"你们下手重了,我要活的。"手下部将说:"报告大王,她在装死,她还活着。"赵明德上前看了看,只见深红色的血水和着涎液从她嘴巴和鼻腔里缓缓流出来,在鼻孔那里冒出一个又一个大血泡,那是她微弱的呼吸造成的。赵明德脸上的笑意闪了闪:"很好,活着就好,去将如妃娘娘请过来。"他的话音刚落,就看到两个太监一左一右扶着如妃过来。如妃两只眼睛炯炯有神,一路健步如飞来到赵明德面前:"娘娘在哪里?"如妃其实一直是在伪装成瞎子,她来到娘娘面前时娘娘双目紧闭,鼻翼前一起一伏地鼓起两只鸡蛋大的血泡,刹那间如妃脸上现出温柔而甜蜜的表情,她亲切地叫了一声:"娘娘,娘娘哎,你睁开眼睛看看谁来看你啦?娘娘,我的皇后娘娘哎,你就睁开眼睛瞅上奴家一眼吧!"娘娘仍然紧闭双眼一动不动。如妃脸上的微笑刹那间消失得无影无踪,被狠毒和残忍取代。她抬起脚踩在娘娘脸上:"我让你这个臭婊子装病,我让你这个臭婊子装死!"娘娘痛得睁开了双眼,如妃将眼睛瞪得更大:"瞎子来看娘娘了,瞎子是见到仇人眼睛大开。你这个不可一世的臭婊子,原来你也有今天!我要让你一天一天地死,死上一百天一千天一万天,让你生不如死!"

如妃开始紧锣密鼓准备朱春龙登基大典。那是一个春光灿烂的日子,战争的硝烟已经烟消云散,宫中百花盛开,紫禁城重现昔日辉煌,来来往往的人们穿金戴银、插花绣朵,仿佛生活在天堂之中。如妃将玉妃接进宫中,张三姐也不请自来,她在韦忠贤和六位宫女、四个太监陪护下出现在奶子府,这时候张三姐再度怀下朱春龙的孩子,她穿一身石榴红凤凰孔雀云纹珠联璧合彩锦裳,外罩一件潮湿绿芬芳锦缎番丝鹤氅。她出现在奶子府时脸上挂着不可一世的表情,奶妈们看见她就如同雏鸡看见老鹰一样顿时鸦雀无声。我被东厂小德子押到奶子府,我知道他们在没有查明朱春山生死之前绝对不会杀掉我,我坚信这一切全是暂时的如同我坚信李敬堂的智慧与谋略一样。但是我清楚地知道不管我在紫禁城取得多么巨大的成功，我一定要离开这里再不回头。现在他们说什么就是什么，他们让我做什么就做什么，一定要活着逃出深宫，然后与朱春山和银环在一起，永不分离。我这样想着就坦然地走进了奶子府，在门厅内与张三姐眼光一碰，我感到她眼眸深处隐藏的毒辣与蛮横。我其实打心底佩服她，她真能做得出也真是不要脸，她刚刚得势也不过一天不到的时间，朱春龙还没有登基，她就被权力的欲望折磨得像火烧屁股一样坐立不安，恨不得要站在高高的承天门上振臂一呼："我要做皇后娘娘啦！"我强压住心头怒火，缓缓上前蹲下身微微一拜："娘娘吉祥。"其实我这样的尊称完全不合宫中规矩，同时明眼人一听就知道我话中饱含讽刺和挖苦，因为你毕竟还没有成为娘娘——即便你成为娘娘也是名不正言不顺。但是张三姐完全不在意这一切，她把骄横与得意一览无余地表现在脸上。韦忠贤在她面前低眉垂首像个才进宫的背妃太监，在他的身后，两个太监抬着一张葱黄绫虎皮斑纹大坐褥，韦忠贤看到张三姐停住了脚马上瞪了太监春明一眼："快放下让娘娘坐呀？娘娘请。"另一位才入宫的小太监抱着恭桶默立一旁，那是供张三姐随时方便用的。那只铺满香草和檀香灰的恭桶芬芳扑鼻，小太监当成个宝贝抱在怀中，一路跟随着张三姐。张三姐其实并没有使用，她不过是借此在奶子府奶妈面前展示自己的奢侈和威仪。当然，奶子府的奶妈们也给足了她面子，我低眉垂首默立在她面前，我身旁一百多位奶妈黑压压一片全都静默无声。我站在奶妈和稳婆最前沿，迎着张三姐慵懒的目光，其实我在心里蔑视她，我同样也将这份蔑视回应给她。韦忠贤这时候上前一步说："颜夫人，娘娘的龙子马上就要降临，这是我大明王朝如同日出东方的一件盛事，今特为娘娘前来挑选奶妈。"我上前一步微微一拜："禀告娘娘和九千岁，奶妈们我昨日已经准备妥当，请娘娘和九千岁过目挑选。"我回头示意一下，一排排刚入府的奶妈们缓缓褪去了外衣，光洁如玉的乳房如同成熟的甜瓜悬挂在那片玉色胸脯之上，花蕾般的乳头饱满坚挺。她们就如同当初我初入奶子府那样，有些憧憬有些期待当然也有些恐惧和紧张，不知道幸运会不会降临到自己头上。奶妈们露出她们浑圆的乳房依次从张三姐面前走过，张三姐脸上露出微微的笑意，我以为她看中了一个满意的奶妈，其实每一个奶妈都令人满意，因为那是我亲手一个一个从成千上万的候选奶妈中挑选出来的，我相信我的眼光。我向张三姐露出微笑："娘娘看上了哪个？"张三姐正在喝茶，她接过宫女呈上的热茶像一个正宗的皇后那样翘起尖尖的金指甲套，优雅地呷了一口玫瑰参汤茶，然后说："谢谢你，我只看上了你，你的奶水可是我大明朝第一，跟我走吧。

说心里话,是我让他们不要轻易杀掉你,我就是想保护你,要你给我的龙子喂奶。所以说你得感谢你的好奶水,正是你的奶水救了你的命。"

张三姐羞辱了我一顿之后却没有让我随她回坤宁宫,她离开奶子府不久外面传来一阵骚动,原来是韦德贤回来了。我被带到了东厂的水牢,审问我的正是韦德贤。我不知道韦德贤什么时候重新回到宫中,他让我详细回忆一下与朱春山见最后一面的情形,我只是淡淡地说:"你去问耿谦和吧,皇上长大了之后其实已经完全听不进老妈子的话。"韦德贤说:"你不同,你是他比亲娘还亲的奶娘。"我说:"他和耿谦和从早到晚形影不离,耿谦和也同时失踪,这个即便是瞎子也知道是谁将他拐跑了,你们找我是找错了人。"韦德贤一夜之间让奶子府重新恢复正常,并以此来取悦张三姐。但是现在的奶子府还是过去的奶子府吗?碧桃还留在奶子府,沉默寡言像个哑巴。新当选的奶妈仍然和十多年前我初入宫时的奶妈一样,争先恐后讨好巴结张三姐。杨白桃却一反常态不和张三姐来往,甚至不顾韦德贤的劝阻来水牢看望我,这让我非常吃惊。

第七十五章　血雨腥风

　　我永远不能忘记新皇上朱春龙登基那天顺天府上空的丽日蓝天,那时候已是春槐一夜雪如堆的五月。头天晚上下过一场小雨,半夜时分雨停了,空气清新而温润。第二天顺天府街头落满了槐花,从茂密的槐树枝悬挂下一簇簇雪白的槐花,一朵朵槐花如同白色蝴蝶纷纷扬扬从花穗上飞落下来,顺天府紫禁城到处都充满了槐花清甜的芬芳。经过司设监、尚宝司、教坊司、火药局、钟鼓司、社稷坛、太庙和灵台宫中各司局几日连轴转的筹备,登基大典开始了。我看到身着明黄色五彩祥云九龙飞天缂丝衮服的新皇上朱春龙在鼓乐喧天中由张天师引领着在太庙、灵台、社稷坛一一祭拜,然后登上承天门城楼。早就静候在承天门前的文武百官身着朝服缓缓通过金水桥进入紫禁城。鼓乐渐入高潮,朱春龙也从承天门上缓缓而下进入奉天殿落座,文武百官这才鱼贯而入跪倒在地山呼起来:"吾皇万岁,万岁万岁万万岁!"司礼太监宣读诏书后很多文武百官都退出了奉天殿,没事人一样回了家。他们都是在新皇上面前表示效忠后保留官职,在他们眼里皇上是谁不重要,重要的是头顶上的乌纱帽子不能丢,谁是皇上谁是皇后在他们眼里是一样的。那时候我已经被软禁,张三姐挺着大肚子在奶子府坐镇指挥,她以准皇后身份开始管理奶子府。她身着一件琥珀色六镶领袖盘金七彩绣龙窄袖掩衿雁翎霓裳,翻出硕大雪貂招风领,外披一件石榴红猩猩毡与孔雀翎锦缎斗篷,眼神中透出来的光芒咄咄逼人。她当然不屑于做奶子府的大妈妈,但是奶子府作为她入宫的落脚之地也是她的势力范围,她肯定不能放过。她将所有老奶妈和老稳婆召集起来打发回家,每人只发二两银子。张三姐手下报出一个名字:"马稳婆。"马稳婆低眉垂首缓步上前,偷偷瞄了张三姐一眼,立马跪下磕头:"娘娘吉祥。"张三姐用眼梢余光扫了马稳婆一眼:"是马稳婆呀?念你当年在大雪天送我一篓银炭的情分,你留下在奶子府做奶督长,赏你五两金子将老家儿子媳妇接到顺天府先安家,然后回话给我,我在宫中给他们谋个差事。"马稳婆感激涕零,当下磕头如捣蒜。张三姐冷冷一笑:"马稳婆,你不必感谢我,你应该感谢菩萨,是观世音菩萨叫我帮了你的忙。"马稳婆额头磕在地砖上发出浊重的响声,连声说:"娘娘就是大慈大悲的观世音菩萨,娘娘就是我的活菩萨。"马稳婆磕了又磕,然后站起来千恩万谢地退了下去。手下又报出姓名:"钱冯氏。"奶妈们都感到这个名字怪异又刺耳,当白发苍苍的钱大妈妈出现时众人才暗暗地哦了一声,原来在奶子府统治了几十年的钱大妈妈本名叫钱冯氏。她当年的威仪早消逝无踪,头发草草拢成一个松松的髻,而且细瞅一眼才发现她的头发其实并非是白的,而是像芦穗那样的灰色,掺杂了一些黄铜色,像麦草那样枯涩。她只穿了一件青哆罗呢对襟褂子,看上去像乡下穷老婆子。她缓缓来到张三姐面前站定,双手放在腰间略略施礼:"夫人吉祥。"这四个字一出口马稳婆立马脸色陡变,喝道:"放肆,大胆的贱婆子竟敢对娘娘如此无礼,还不快快跪下。"钱大妈妈结结巴巴地还嘴:"我,我,我知道娘娘肯定会做娘娘。但是,但是宫中的规矩,还没有册封——"马稳婆梗起了脖颈:"大胆的奴才,你有什么资格议论娘娘?册封不册封关你屁事?娘娘早就是娘娘——"马稳婆话音刚落,几个太监和稳婆一拥而上强行按住钱大妈妈跪倒在地,还狠狠摁下她的脑袋。张三姐摆摆手示意太监松手,然后缓缓站起来:"钱夫人呀,又是坐着黄金凤辇过来的吧?怎么能让奉贤夫人跪着呀?起来起来——"钱大妈妈信以为真,双手撑住地面准备站起来。张三姐突然翻脸,一声断喝:"钱冯氏!你也有今天哪?想想你当年比皇太后还要威风,你当年在奶子府是如何作恶多端,你都忘了吗?你当年是如何歹毒地迫害我张三姐,你忘了我可没忘,老天也不会忘记。"钱大妈妈长出了一口气,突然抬起头来直视着张三姐,仿佛铁了心似的说:"好,我就叫你一声娘娘。娘娘是供奉在堂的人,娘娘可不能随便乱叫的。娘娘也看到了,这宫中权力更迭如同手掌翻覆一样随意。今日座上宾也许明朝就是阶下囚,做人都要给自己留条后路,希望娘娘好自为之。我早就不算奶子府的人了,我已经告老还乡,我还是回我的老家。"钱大妈妈起身淡定地拍了拍膝盖上的灰尘就要离开。张三姐一声断喝:"慢着——我知道你已经告老还乡,但是你是罪人,你还在牢中,是我让他们将你暂时放出来,告诉你钱冯氏,秋后账还是要算的,你在奶子府统领三四十年,每年进出项是不是干净?屁股擦干净了再走不迟。关着你也太让你享福了,先带上你的侄女钱如意到浣衣局给我浣衣一个月,等我请内务府算清了账再处置你。你作了多少恶,你自己心里最清楚。"

钱大妈妈一听此话眼前一黑，她就这样直条条地倒在地上被春明和宋玉拖了出去，一路拖到了浣衣局，钱如意已经披头散发被拘押在那里等她。统领奶子府这么多年，她不知道自己贪了多少。话说回来，在宫中又有几个屁股后面不挂屎的人？她和钱如意在浣衣局洗了十天衣裳就被查出五万两白银的巨额贪污，被东厂厂督小德子活活打断了左手手腕，押回背山庄老家搜查，同时株连九族。时令早过了谷雨，初夏的艾草早已经在田边地头青绿一片，浓郁的药香沁人心脾，就在日过午后时分，突然天昏地暗飞沙走石，乌云像泼墨似的将天空涂得一片漆黑。在黑得伸手不见五指的时候，鹅毛一样的雪花从半空飘飘洒洒而下，眨眼之间就将紫禁城和顺天府点缀得银装素裹。这罕见的天象让宫中国师翁万言目瞪口呆，赵明德亲自率兵在漫天飞舞的雪花中来到了坤宁宫，就在两个时辰前，他派人将拘押多年的王不欢送到坤宁宫，让他故地重游。赵明德到了坤宁宫才发现坤宁宫早被部下洗劫一空，留下一地狼藉。每一扇宫窗都朝外洞开，狂风夹杂着雪花灌进来，吹动着丝帘在风中发出啪嗒啪嗒的声响。进入坤宁宫深处，赵明德隔着飘动的丝帘一眼就看到端坐在东暖阁的王不欢。赵明德示意手下退下去，他取下绣春刀放在地上，然后一步一步走向王不欢，最后停留在王不欢面前。王不欢一身弹花暗纹翠鸟腹羽八答晕春锦长衣，外套一件宝蓝色束腰古香狐朐褙子大氅，双手松松交握成拳搁置在腹部，双眼微闭，呼吸均匀。赵明德轻轻唤了他一声："王首辅。"王不欢一动不动如同一尊雕塑。赵明德又轻轻唤了他一声："王首辅。"王不欢连眼睛都不睁开："我沐了浴更了衣，穿上祭祀的盛装就等着你来砍头。你看宫里人都被你杀光了，我死了也不会有人给我超度亡魂，就自己给自己先烧了一炷还魂香。"赵明德抬头一看，果然在他身后正中间摆了一个紫红香案，香炉上一大把线香袅袅生烟，香气弥漫。赵明德笑了："王首辅想哪儿去了，我赵明德怎么会动手杀人？你在我手上那么多年要杀不是早就杀了。说句掏心掏肺的话，我供着王爷还来不及呢。"王不欢说："有话就直说吧，别兜来兜去绕圈子。"赵明德说："王首辅，我还要带你和娘娘去见一个人。"王不欢听到这里才睁开眼睛，赵明德说："一个重要的人，见到您就知道了。"

赵明德手下将王不欢扶上马车，一路缓缓驶向东华门附近的弹子房，马蹄敲击在青石板上发出嘚嘚的声音。车在弹子房停了好一会儿，七八个宫女搀扶着娘娘过来。娘娘早已经梳妆打扮过，一件翡翠绿天鹅绒双环八扣四合如意绦与内衬的云雁细锦浣花衣显得非常协调，使她看上去精神了许多。宫女们撩开车帘，她一眼就看到了王不欢，一时喜出望外。但是他们什么话也不说，只是有点志忐地等待着未知的命运。

　　马车一路缓缓地行驶，清脆的马蹄声中马车停在顺天府六必居烤鸭店门外。娘娘喜爱六必居的烤鸭在宫中尽人皆知，从前隔三岔五总会派太监来买烤鸭，宫里的御厨总也做不出六必居那种味道。自从宫中闹出真假皇上之后她就再没有吃过米市口的烤鸭，但是这一顿烤鸭她完全没有胃口。她坐着看王不欢吃得满头大汗，他一人吃掉了整整一只烤鸭，喝掉了两罐秋露白。酒足饭饱之后赵明德才缓缓走进来，看到娘娘面前的筷子动也没动，微笑着说："娘娘，好歹还是吃一点吧！我知道娘娘您就好这一口，今后可吃不到这么好的烤鸭了。我看娘娘就不如王首辅。王首辅是能吃能喝能睡，王首辅是不是啊？我给您准备的酒您满意吧？山东秋露白，我知道您就好这一口。"王不欢一言不发，赵明德说着拿起一块面皮夹上烤鸭肉和葱丝甜面酱，卷了卷就大口大口地吃起来，其他手下早等不及了，一拥而上风卷残云一通狂吃，然后出了顺天府继续上路，一直走到了太阳快要落山，马车终于停在了山路的尽头，娘娘与王不欢被兵卒从车上拉下来的时候直接就瘫倒在地，他们知道那里是宫中残忍的行刑地——白狼坡，一只独眼的白狼王领着一群野狼专门吃宫中送来的死刑犯。看到宫中马车缓缓停下，白狼王就知道宫中给它们送人肉来了，它将嘴朝天发出一声尖厉的嗥叫之后，群狼蜂拥而至，与行刑的人保持着一段不远不近的距离，无数双狼眼放射出精赤的绿光，狭长而阔大的狼嘴时不时张开一下，尖利的狼牙间流出黏稠的涎液。赵明德一言不发，只是微微示意一下，手下就抬着挣扎着的娘娘和王不欢在空中荡了几荡然后一起发力，将他们扔进狼群。狼群却一哄而散，它们把头食的机会让给白狼王。只见皮毛雪白的白狼王不慌不忙地踱过来，它用那只独眼不满地扫了群狼一眼，群狼看到狼王蔑视的目光就后退了几步。白狼王半蹲下前胯，张嘴叼住娘娘的霓裳将她翻了个身，然后它定定地看了看仿佛确认她是娘娘才猛扑上前一口咬住她的喉管咕咕地喝血，喝尽了娘娘的血后它退下去再以此法对付王不欢。围观的群狼这才一哄而上抢食娘娘和王不欢的骨肉，很快就将两人撕扯得四分五裂，肠子拖散开来，像麻绳一样缠绕在附近的灌木上……

　　一夜初降的大雪又在一夜之间融化一空，只在泥地上留下淡淡的水痕。毕竟天气已相当温暖，雪花在大地上停留不住。在这个春雪融化的夜晚，大金出其不意地从严防死守的九边重镇入侵大明王朝，骑兵将边关扯开一个大口子，风卷残云一般直逼顺天府。他们早就得知万里红被杀，他们忍耐了一段时间，先放任赵明德灭掉娘娘与王不欢，然后派间谍暗中征得周达同意，帮周达谋得皇位后割让九边以谢金兵。此时的大金完全抛弃了李敬堂与李连城，他们认定万里红被杀李敬堂脱不了干系，甚至是主谋。与大金相同的是，李敬堂也保存实力主动撤退，先让赵明德灭了娘娘，再让周达灭了赵明德，最终他再出手收拾周达。韦忠贤在他眼里算不得势力，手中无兵的宦官在兵荒马乱年代一般来说只有死路一条。我记得周达的千军万马攻破顺天府的那一幕，他们像沙尘暴一样席卷而来飞沙走石。又一场灾难降临到紫禁城，战马嘶鸣、刀光剑影后面是人头落地、血流成河。奶子府与敬事房的奶妈、太监一哄而散，因为大金骑兵来得过于突然，宫中一片慌乱，被拘押的马背生趁乱出逃。马背生后来在我面前回忆这个宫中大乱的夜晚说，他当时心里只有一个我，如果我不在人世他活着逃出顺天府也没有意思。当他逆滚滚如潮的人流进入顺天府继而来到了紫禁城时，我正在人去楼空的锦衣卫诏狱苦苦挣扎，我不知道小德子是受到谁的指使，在周达的兵攻进顺天府时微笑着出现在诏狱，他和蔼地对我说："颜夫人，宫中越来越不安全，我送你回老家，好不好？"我当然不相信他会如此善良，正在诧异间他摆了一下手，三个兵卒从外面走进来，一起护卫着我出了东厂。我们沿护城河经午门过银作局和御用监，前面就是太液池畔的昭和殿。小德子停下了脚步，说："好，到你老家了。"我还没有回过神来几个兵卒一拥而上将我按在一块长条石板上，石板下已经备好了麻绳，小德子和几个兵卒手忙脚乱地用麻绳将我和石板绑在一起。小德子站起来说："好，你眼一闭就回到老家了。"他拍了拍手几个兵卒就将我和石板一起抬起来扔进了太液池。我耳畔传来砰的一声巨响，我不知道水怎么会发出那样怪异的声音，我来不及想就迅速沉到了水底。

后来想起小德子将我沉湖的那个夜晚，如果紫禁城没有硝烟弥漫和杀声阵阵，那应该是个春风沉醉的美好夜晚。一轮硕大无朋的明月就高悬在我们头顶上，向人间倾泻水银一样的光辉。我没有死，我被马背生所救。马背生在银作局那里遇到了小德子一行押着一个人匆匆而走，他不能确定那个人是我，就一路尾随。一直到他在太液池畔的林中认清了那个人是我时我已被小德子扔进了太液池。他们刚一离开他就跃进湖水中，从腰间拔出刀割断麻绳将我托出水面。我们一口气逃到太液池畔紫光阁外，这时候我的心已经平静下来，马背生躺下来伸出他强壮有力的胳膊给我当枕头，让我在他身边躺下来。我们就依偎在草地上眺望着高天上一轮明月。我情不自禁地将脸贴在他的胸脯上，谛听他强壮有力的心跳。马背生搂紧了我，突然他俯身吻了我，拼命吻着，呼吸渐渐变得急促起来。他停止了吻，开口说："如月，我其实不是太监。"他不等我回答接着说:"我当年挥刀自宫时被小刀刘发现,他很吃惊。我对他说,我一定要入宫做太监,我要和颜如月在一起。小刀刘吃惊于我对你的痴情与决绝,帮了我一把。我自宫时只是男根受了伤,小刀刘以锁阳术帮我缩掉男根,躲过敬事房检查,我其实还是堂堂正正的男儿。"我被他的叙述吓了一大跳,马上推开他。他说:"你不相信我?"他站起来二话不说就解开宽大的腰带脱下了裤子,他站在我面前顶天立地是个大男人,他的男人标志像雨后春笋破土而出。他粗鲁地抓起我的手让我握住,然后他就不是那个一向温情脉脉的他,一刹那间他就变成了一个土匪和强盗,如狼似虎地扑上来恨不能将我吃掉,他的激情与疯狂最终像狂涛巨澜一样将我吞没。

第七十六章　逃出深宫

　　李连城出现在草地上时我和马背生正衣衫不整地相拥而眠。其实和马背生在一起是水到渠成的一件事，也是对他多年来死心塌地痴情于我的最好回报。如果让我来生选择一个相依相伴的男人的话，我毫不犹豫会选择马背生。如果让我前半生自己做主选择一个相亲相爱的男人的话，我也会毫不犹豫选择马背生。道理其实很简单，我不能辜负一个对我一生痴情的男人，只要想起他为我的付出就会泪流满面，所以面对李连城的突然出现我的心情是坦然的。后来李连城告诉我，他其实一直在紫禁城，朱春山也一直隐藏在宫中。最危急时分是耿谦和出手救了朱春山一命，将他打扮成小太监神不知鬼不觉地藏身于敬事房成百上千个太监之中。而耿谦和之所以这么安排也不是无缘无故，他一直就是李敬堂安插在乾清宫的线人，他的唯一目的就是在我颜如月之外对皇上朱春山再多加一层保护，确保皇上万无一失。现在看来老谋深算的李敬堂不出手则已，一出手就十拿九稳。我这层防线最终失效之后，不声不响的耿谦和在关键时刻让皇上逃过一劫，并将这一切密告了朱六指和李连城。我与马背生在太液池畔耳热心跳的一幕被朱六指发现，他立马通知了李连城，他知道我是李连城钟情已久的情人。李连城出现的时候我和马背生正拥抱在一起，我现在已经忘记了和马背生的恩爱细节，只记得他的身体像炉火一样温暖。李连城一步一步走过来突然对马背生大打出手，马背生踉踉跄跄着连连后退不想和他对打，李连城却步步紧逼。我怒火中烧扑上去揪住了李连城："你要干什么？你要打就打我，把我往死里打。告诉你，老娘就是骚货，是老娘勾引了他，是老娘脱了他的裤子，你信不信？"李连城停住了手，气得浑身发抖："好，好，颜如月！好，好，算你狠——"我狠狠瞪了他一眼："我是你什么人？我是你妹。马背生是什么人？他是你妹夫！"李连城气得脸都绿了，掉头就走。我和马背生四目相对，他突然紧紧抱住我,伸出舌头狗一样舔着我的脸。我伸出手轻轻擦拭他脸上的泪水,只有我知道此时此刻他的心有多痛。我紧紧拥抱着他,他哽咽着说:"如月,不管你和谁在一起我都会死心塌地跟着你。"我突然捂紧了他的嘴:"马背生,你别瞎说,我和李敬堂李大人绝不是夫妻。"马背生立马打断我的话:"是夫妻又怎样?"我摇晃着他:"我们不是夫妻,他娶我进门做小只是要保护我,跟我来往方便——真的,以后你会知道这背后的一切。马背生,你要相信我。我告诉你,我和李连城也不是情人,他一直穷打猛追。但是我要跟你讲实话,他是我的哥哥,亲哥哥!"马背生目瞪口呆:"你哥哥?你说李连城是你的亲哥哥?"我使劲地点点头:"是的,没有外人知道,连李连城自己也不知道。"突然一片喊杀声如同山风吹过松林,举着火把的队伍潮水一样从紫光阁那边漫过来,如同一条滚动的火龙。多年以后我才知道这是韦德贤垂死挣扎的最后反扑,他想以皇上朱春山的人头来向周达邀功请赏在新朝中重占一席之地,霸主之梦虽然破灭,但是他想活命,他想东山再起,他甚至认为周达太过年轻不懂朝中之事,新朝比旧朝会给他这种投机取巧之人提供更多的机会。他一直跟踪李连城,终于得到了千载难逢的机会,率领东厂残余人马绝地反击打得李连城措手不及。李连城和韦德贤都杀红了眼,刀光剑影中血肉横飞。李连城带着朱春山且战且退,最后与我和马背生会合。韦德贤的包围圈越缩越小呈扇面形围逼过来,后来更多红巾军人马也加入进来,他们知道我们身后就是太液池即便插翅也难以逃脱。李连城眉头紧锁,突然冲到紫光阁后面,他知道那里有一处皇上跑马射箭之地,他抱出两大捆竹制的箭镞扔进太液池里:"如月,你和朱春山抱着竹箭泅水,一直泅到昭和殿那里。灵台下面有暗渠直通金水河,可以一路泅到东安门,泅不到东安门也可以在承天门金水桥下暂时躲藏一下。"话音未落无数箭镞坠落如雨,一支正射中我的胳臂,顿时血流如注。一群身着铠甲的兵卒冲过来,无数箭镞从我耳畔嗖嗖嗖飞过,李连城挥剑抵挡扑面而来的箭镞,往后一跳跳到我面前。马背生小心拔去箭镞,然后扯下腰带将我胳臂缠住止血。李连城说:"快,马背生,你带着如月和朱春山快逃。"马背生脸色大变:"你带他们走,你是朱春山的亲爹,你不在身边坐镇,让他如何统治我朝?你不能有三长两短,任何人能死你李连城不能死。"无数兵卒冲上来,李连城大喝一声:"废话,快逃!"又一片箭镞密密麻麻飞来,一支正扎进李连城前胸,李连城一声惨叫。我不管不顾扑上前用力拔出箭镞,顿时鲜血喷涌。我扯下衣服撕成布条缠住他的伤口,马背生大喝一声:"快逃!"他朝李连城猛踹一脚,李连城跌进太液池中,我和朱春山也被他推进太液池。我们紧紧抱住扎成捆的竹制箭镞在荷叶下漂浮。马背生从地上捡起一支火把朝灵星门方向狂奔而去,他此举是想引开兵卒。周达的兵卒蜂拥而至,两支队伍合围成滚滚人潮,看到火把移动也掉转方向围拥过来,更多的箭镞飞向那里。我看到那支火把一直移动到玉河桥上,然后愣怔了一下,举火把的人好像中了一箭,摇摇晃晃支撑了一会儿,最终一头栽进太液池中。目睹宫中动乱的还有奶子府的奶妈酸枣,这个可怜的哑巴在宫中乱得像被火点燃了的马蜂窝或开水浇过的蚂蚁穴时,她并不像其他太监和宫女那样只顾四散奔逃以求活命,而是反向而行来到坤宁宫寻找张三姐。她很快就找到了张三姐,这个大腹便便的女人瘫坐在坤宁宫一角,身边空无一人。酸枣像鬼影子似的出现在她身旁,窗外的火光把她的脸照得忽明忽暗,像厉鬼一样阴森恐怖。她上前以短促的音节叫了一声:"娘,娘。"张三姐大吃一惊,看到酸枣脸上诡异的笑容:"酸枣?你,你,你还没跑?"酸枣用手比画着告诉张三姐:我不跑,我来接娘娘出去。张三姐内心充满恐惧:"酸枣,酸枣,还是酸枣最忠心。娘娘以前有点对不起你,娘娘以后会加倍回报你,酸枣,好酸枣。"酸枣上前搀扶起张三姐,她想说什么,却哽噎着说不出话来,她用手势表示:过去的就不要提了,娘娘,我们先出去吧,你在门外等着,我看看前面有没有兵卒,没有我们就一起逃。

酸枣搀扶着张三姐来到坤宁宫外的御道上,那是坤宁宫与东六宫夹出来的一条笔直的御道,也是乾清宫通往玄武门的两条主道之一。此时这条御道上空无一人,空气中弥漫着檀香木焚烧后带有焦煳味的香气,漆黑如墨的烟垢像黑雪一样漫天飞舞。远远的地方传来战马嘶鸣和大殿焚烧的爆裂声以及人被剑刺穿身体后发出的绝望的惨号。杆子房供奉的槐木杆子也被烧塌了,猫头鹰飞得一只不剩。这时候没有一丝风,中极殿和钦安殿上空升起滚滚浓烟,烟柱笔直地上升到一定的高度最终在空中弯成一支拐杖形状。酸枣让惊慌失措的张三姐在此等候她一下,她去找一件衣裳将她打扮成奶妈然后从玄武门混出去。这其实只是她的借口,她像一阵风一样从御道上吹过。她其实是去向周达告密。周达要斩尽杀绝所有可以成为皇上的人,所有可能成为皇上的人将成为他登基后最大的隐患,包括尚未出世的婴儿。酸枣离开时张三姐似有所察,她叫了一声:"酸枣。"酸枣回头时发现张三姐投向她的那一瞥是那么绝望,酸枣果断离开了她。当酸枣引领周达的骑兵在御道尽头出现时,张三姐已经有了某种不祥的预感,她一声惨叫掉头而逃时烈马如疾风一样呼啸而至,十几匹烈马的铁蹄从张三姐身上践踏而过,将她和她腹中的胎儿踩成肉泥。

周达迅速占领了顺天府与紫禁城,速战速决是周达的用兵之策,也是由于大金骑兵的兵临城下让赵明德的帝王之梦速生速灭。这时候布袋和尚和丽贵妃隆重登场,在登场前范稳婆与他们会合。原来布袋和尚也就是宫心志一直就隐藏在周达兵营之中,这也是周达的策略之一,他必须由宫中敬事房前大总管宫心志来证明他的皇家血统,而且他活捉了赵明德作为活口,同时也保护了王爷言如鼎作为宫中的目击证人,最终由范稳婆珍藏的游龙飞天兜肚证明他才是最正宗的皇位继承人。赵明德审时度势之后就在紫禁城中当场表示拥护周达为皇上,周达当场许诺如妃将对他予以重用。然后周达像十天前朱春龙隆重登基一样准备登上皇位,宫中将为朱春龙准备的登基程序再为周达重新准备一遍,同时安排周达现场排练一次,准备择良辰吉日正式登基。赵明德其实根本不相信周达这种揣着仇恨卧薪尝胆多年的武将会放下一切给仇敌一条生路,他不过是采取缓兵之计,伺机东山再起。如妃呆若木鸡,周达只是淡淡地扫了她一眼,两人目光碰在一起谁也不曾开口说话。周达一言不发地走过去,向手下点头示意一下,手下最终将如妃拖起来,一直拖到贵妃井投下去,一路上如妃紧闭双眼像死尸一样。朱春龙则不知所终,周达的手下搜遍了皇宫也没有找到他。

　　我们逃出顺天府时李连城被跟踪的密探拦截,传达的密令是李敬堂安排他马上回宫复命,周达登基并非最后的定局,紫禁城将会再次改朝换代。李连城犹豫之时周达的兵马如狂风席卷而至,我只得带着朱春山仓皇而逃。我们沿着燕山山脉一路向北,半夜三更潜回到靠山庄接到了女儿马银环。我片刻不敢停留带着朱春山和马银环继续向燕山重重叠叠的大山深处进发,昼伏夜出七天七夜之后我们来到一处人迹罕至的山坡,山坡上一丛丛野桃花如火似霞烧红了半边天。我发现桃花深处有一个可能是猎人搭的木屋,我当时不知道这是木匠陶金宝搭建的张三姐和朱春龙住过的木屋。奇诡的命运之手就是如此捉弄人,它将朱春山和朱春龙都安排在这里,又将我们安排在这里。木屋早已弃之不用,木头上长满了木耳。我们实在太累了,就坐在落英缤纷的桃花树下休息。我抬头看了看天空,瓦蓝瓦蓝的天上飘着一朵一朵悠闲的白云,朵朵白云像朵朵白色牡丹花点缀着一望无垠的碧空。桃花林外有一条潺潺流过的溪水,清澈的溪水上漂满了桃花,成了一条美不胜收的花溪,时不时跳起一条条小鱼追逐着桃花流水。我赞叹说:"这里真是世外桃源,我被宫中你争我斗你死我活真是搞怕了,我们就在这里安下家,你们说好不好?"银环抢着说:"好,太好了,我喜欢这里。木屋是现成的,有柴火烧饭,有水喝还有鱼吃,你说这里有多好! 奶哥,你说呢?"朱春山盯着银环看了一会儿,突然就红了脸:"只要和奶娘、奶妹在一起,住在哪里都可以。奶娘在哪里奶妹在哪里,哪里就是好地方。"银环捉住朱春山一条胳臂:"好呀,你说话要算话呀! 这里不是紫禁城,这里是桃花坡。在这里没有人侍候你,你也吃不着山珍海味,当然你也做不成皇上了,你还要干活,你行吗? 你现在后悔还来得及。"朱春山说:"我不后悔,绝不会后悔。"银环半个身子斜依在朱春山身上,拧起他的耳朵:"你不后悔有什么用? 告诉我你拿什么养活你自己? 总不能让我来养活你吧? 总不能让我娘来养活你吧? 皇上?"朱春山一把推开银环站起来:"银环,你也太小看你奶哥了,朕是一个顶天立地的男子汉,怎么可能要你们母女来养活我? 告诉你,朕要挣大钱来养活你们,还有朕未来的儿子。"银环一听笑弯了腰:"我的皇上哎,你告诉奶娘你拿什么来挣钱? 你还以为这里是紫禁城啊? 金库银库里金子银子堆成了山,随你花,怎么花也花不完。这山并非宫中的金山银山,这里只有土山石山。"朱春山说:"但是这里土山石山上长的全是树,是木头,我是木匠,一个木匠守着无穷无尽的树林,怎么可能挣不着银子? 我以木匠为业,伐木做家具为生,我肯定会成为燕山最出名的木匠,当然也是最有钱的木匠。"银环没心没肺地大笑着,在朱春山屁股上狠狠拍了一巴掌:"行,你做木匠师傅我做牧羊姑娘,你看这桃花坡上青草长得多好,我要在这里放一千只羊、一万只羊,我也要做燕山最出名的牧羊姑娘,配得上燕山最出名的木匠师傅。"

我们就在这座废弃的木屋安下了家,沿着溪流往山下走七里,有个集镇叫桃花铺子。我化装成村妇到集市上采购了一点日常用品,包括木匠要用的斧头、刨子、锯子等,当然也带回了三只小羊羔。一缕炊烟从木屋上升起来,我们的日子就在这处人迹罕至、桃花灿烂的山坡上开始了。朱春山没费多大周折就做出结实耐用的箱子、条凳、木桶、板桌等,一月一次拿到桃花铺子去卖。他一身青布裤双排扣布背心短打,露出越来越结实的胳膊,腰间用野藤扎成一圈,上面挂着木匠用的一套家伙,手上的老茧比树皮还厚,看上去完全就是一个地地道道的山里木匠。而银环放牧的羊由三只变成六只,六只变成十二只,最后发展到两百多只,雪白的羊群如云朵在山坡上缓缓移动,看得我很开心,这时候我唯一的期盼就是让木匠后生和牧羊姑娘早日成亲……

第七十七章　世外桃源

　　桃花最终落尽,桃枝上开始长出嫩绿的叶子,青青的毛桃子在桃叶下出现,一个叫李老蔫的老汉出现在木屋门前。我抬头看着胡子拉碴的李老蔫,我们两人都愣住了,我突然明白他应该就是这座木屋的主人,马上笑脸相迎:"良人,实在对不起,民女逃荒无处居住,暂且在此落脚。小儿是木匠,正在准备自己造屋安家落户,等我的屋子造好,就会给良人腾出来,租金到时一并结清。"李老蔫眯缝起眼睛里里外外看了看:"看得出你心灵手巧,这久不住人的木屋让你收拾得清清爽爽,我都不忍心让你搬走。其实说实话,这木屋不是我造的,是一位逃荒到此地的木匠造的。他后来离开此地,把木屋让给了我,我用来看守这片桃园。这样吧,我也不收你的租金,你就一直住下去。只是桃子马上长起来,你帮着看守这片桃园,不要让人偷摘。"我吃了一惊:"你这桃树不是野桃树吗?"李老蔫说:"哪里是野桃树? 我这是燕山罕见的水蜜桃,比蜜还甜,整个燕山就独此一处。听你说话口音并非本地,你逃荒在外也不容易,这是你我的缘分。我告诉你,林子外还有一片向阳的坡地,靠近桃花溪边浇水方便,那块地可是风水宝地,种红薯种六谷,种什么长什么,我也送给你们耕种,我就住在山下。这样我就不用费心了,只是到了摘桃子的时候我上来摘桃子。"我满心欢喜地答应了他,第二天就和银环、朱春山一起赶早到了桃花铺子买了筐子和锄头,顺便买只铁锅和几个粗瓷大碗。桃花铺子是个露水小集市,早晨青草上遍布露水的时候,那条狭窄的石板街上人头攒动,来自四乡八村的农人交易他们的农产品。就在这时候响起一记锣声,两个地保和两个民丁出现了,人群给他们让出一条道。铜锣又咣当敲了一记,地保用沙哑的嗓子吆喝道:"天子周达即将登基,黄袍加身,昭告天下! 天子周达即将登基,黄袍加身,昭告天下! 假皇上朱春山据传逃到燕山,望各位良民处处留心,一旦发现可疑人员立马禀报官府,一经查实必有重奖!"地保来到集市东头的土地庙前停下,两个民丁将皇宫告示贴在土地庙上,众人一拥而上围观告示。朱春山挤到人群里从头到尾将告示看了一遍,然后回来低声对我说:"奶娘,周达取代朱春龙做了皇上。我知道——宫中正在通缉我,奶娘,我们马上上山吧,这里不安全。"朱春山眼睛朝四周扫了扫,旁边一位卖核桃的村姑正在左一眼右一眼睃着朱春山。村姑长得浓眉大眼,一件花布衫紧紧裹着她的身子,眉眼儿像清明时节的柳叶。我发现苗头似乎有点不对,又看到集市上人越来越多怕人多眼杂认出朱春山,忙用锄头挑起筐子拉起朱春山和银环朝集市外面走。经过那位村姑面前时,村姑眉眼里带着笑又睃了朱春山一眼:"哥,吃核桃吗?"朱春山被她亲切的招呼打动,鬼使神差停住脚:"你的核桃怎么卖?"村姑笑得眼睛都看不见:"你买呀?你买我不要钱,我送给你。我家在核桃坡,我们那里漫山遍野全是核桃,你想吃到秋天就去打核桃。"村姑将核桃装进朱春山怀中,装了满满一怀。朱春山愣住了:"这么多啊?也不称一下,多少银子呀?"村姑说:"我说过了不要钱的。哥,你家在哪里呀?"朱春山傻乎乎地说:"我家在桃花坡,我是木匠。"银环在一旁吃醋了,冲过来从朱春山怀中掏出核桃扔在村姑的核桃筐中:"奶哥,你干什么呀?你嘴巴再馋也不能随随便便要人家东西——走。"银环拖着朱春山离开了卖核桃的村姑。我就在一旁看着,那一刻我的心情非常复杂,我担心的并非这个卖核桃的村姑,我是担心朱春山所说的"我知道"。

那天晚上银环睡着了,我在潺潺的溪水声中耿耿难眠,然后起身将朱春山叫到木头房子外面。我追问他:"你说你知道,你知道什么?"朱春山借着林子里漏下的细碎月光看着我,他的眼睛清澈明亮:"奶娘,我说了你别不高兴。"我说:"怎么会呢?只要你跟我说真话。"朱春山说:"我老早就听奶子府一些奶妈传说,周达是你亲哥哥。我一直不能确定也没法核实,一直放在心里。奶娘,如果周达真的是你亲哥哥,你去找他吧,你带着银环一块去,我就留在桃花坡做我的小木匠。"我狠狠瞪了他一眼:"真是看不出你人小鬼大呀!一肚子心事我一点没看出来。怪不得你连老婆都相中了。"朱春山马上制止:"奶娘,这个你瞎说了,人家姑娘不过就是送了点核桃,我也没有要。"我取笑他:"人家姑娘对你可是有情有意,那眼风连我都看出来啦。奶娘告诉你,别听宫里那些碎嘴婆子瞎说,奶娘才从金銮殿里逃出来,绝不会再逃回去。金銮殿不过就是外表金光闪闪,它里面有多少脏东西别人不清楚奶娘还不知道?奶娘一辈子只想跟你和银环在一起,自由自在无忧无虑地过完后半生。"

我用实际行动堵住了朱春山的嘴,他也没有再多说什么,只是每天穿一件青布裤褂,仔细扣好胸口一排布扣子,再穿上我为他用毛竹叶编织的箬叶草鞋,那鞋子非常结实,他就穿着它上山伐木下山赶集。山里的粗茶淡饭让他胃口大开,劳动也让他的身体变得结实了,人高马大的,比从前宫中那个苍白瘦弱的皇上朱春山不知强壮了多少。我盼着他和银环早日花好月圆,他却开始拈花惹草。

那天朱春山去桃花铺子卖完小板凳回来,后面跟着那个卖核桃的村姑。他红着脸对我和银环说:“奶娘,奶妹,你们认识她吧,她叫花满枝,就是在桃花铺子上卖山核桃的。她来请我去他们家做一架风车,还有两只樟木箱子,是花满枝的嫁妆。我算了一下,这些东西做完没有一个月不成,核桃坡离桃花坡很远,要翻五座山头——”花满枝补充说:“路很远,晚上不得回来,要吃住都在俺家。”她显得很兴奋,眼睛挑战似的睃了银环一眼。银环沉下脸来:“路太远了,不去,我们家里的木匠活还做不完呢。”朱春山有点急了:“奶妹,人家上门来请,都认定我手艺好,放着活不去做太傻了吧? 我也想借此机会扬扬名。”花满枝又补了一句:“这大妹子,放着银子不挣银子咬手呀?”银环一下子失态了:“不去不去就是不许去,我说不许去就是不许去。”花满枝吃了一惊,小心地问:“哟,你这大妹子怎么了?”银环抬起流满泪花的脸:“你红口白牙一口一个大妹子,谁是你大妹子? 我是他未婚妻。”花满枝掉头就走,嘴里嘟嘟囔囔:“俺又不是母老虎,怕俺一口吃了你未婚夫不成?”嘴上这样说着,心里却分明爱上这个与别的木匠完全不同的小木匠。朱春山第一次被人叫上门做木工,他当然不想放弃,左哄右哄才哄笑了银环,答应她夜夜回家住宿。

朱春山在花满枝家的木匠活还没有做完,桃花坡的木屋外就出现了地保,就是那两个在桃花铺子张贴告示的地保。地保出现在燕山深处的桃花坡令我忐忑不安,我感到我们的行踪已经被官府发现,必须马上搬离。但是银环正赶着羊群去后山牧羊,而朱春山在花满枝家做工也没有到回家的时候。我立马去后山寻找银环让她去叫回朱春山,我们赶着羊群回到木屋时,却发现一大群兵卒将木屋层层包围。我们扔下羊群慌忙向后山逃,兵卒们一拥而上抓捕了我和银环押回到木屋前。那扇长满木耳的栅栏门从里面打开,一身月白色镶青边大襟衣裳的范稳婆出现在我面前,这身镶着兰草青边的月白色衣裳穿在她身上让她显得非常年轻,她的面孔也显得光洁而滋润,我从来没有发现范稳婆如此年轻,玉碎宫倾之后她活下命来反而越活越年轻让我十分意外。她冲着我会意一笑:“颜夫人,我们又见面了——”我没有回应她的话,她上上下下打量了我一眼:“跟我回宫吧,你的皇兄周达就要登基做皇上了,他现在恢复了原名朱成赤。

他之所以一直没有举行登基大典，就是等着你，等着朱春山。"她沉着冷静地指挥那帮兵卒："你们押着银环在此守候，天黑之后朱春山必定回来，到时一并将他们带进宫中。"兵卒们答应着，几个兵卒上来将我带离了桃花坡。我没有拒绝，我知道拒绝也是徒劳的。我唯一的想法就是马上入宫，我相信李敬堂的耳目马上会将我入宫之事告诉他，李敬堂、李连城一定会有办法，我相信他们早就准备好了，只是一直在静候最佳时机。

多年之后在一本写紫禁城的《明史辑要》上看到对这一段历史的描述，从我的亲身经历来验证，这本书基本是道听途说的演义，但是关于流亡皇上朱春山的记载却全都是有据可查。其实真正的告密者就是在木屋前出现过的那个桃园的主人李老蔫，他其实一眼看出我们的不同寻常，而且从外观气质上看我们也完全不像穷困潦倒的流浪者，李老蔫心里就犯起了嘀咕。虽然他一生居住在深山，但是以他七十多岁老山民的眼光看人还是能看个八九不离十，他认定我们在山外顺天府里犯了事逃进了深山。后来在桃花铺子看到对皇上朱春山的通缉，他一下子想到了桃花坡上奇怪出现的我们，暗地里密告了地保。地保三天前就在桃花铺子集市上尾随我们得到确认，然后通过县衙密报到紫禁城。周达派出范稳婆领着一队人马前来悄悄核实，然后将我带入宫中。为了确保万无一失活捉朱春山，小德子率一百多位东厂兵卒火速赶到包围了整个核桃坡，只等着天色将晚朱春山回归时瓮中捉鳖。但是老谋深算的李敬堂早就料到这一招，他派出李连城舍桃花坡直抵核桃坡，并且故意将东厂的兵卒全部放进核桃坡，如同装进一只麻布口袋。李连城并不着急，他消消停停地在长满核桃树的山坡上闲逛。核桃的叶子才长出来，而核桃树下仍然落有去年的核桃，他弯腰捡起一颗咬开坚硬的外壳就生吃起来。后来在夕阳含山时分就是他带队来到村口把这个口袋阵紧紧扎住。另一拨人马已悄悄封堵了花满枝家所有的进出口，一场厮杀在山村里展开，猝不及防的周达兵卒被早有预谋的锦衣卫打得晕头转向。刀光剑影中朱春山已经被十来个天雄军兵卒团团保护逃出了核桃坡。东厂的兵卒全军覆灭，只剩下小德子被李连城一路追赶来到村外山涧悬崖畔，李连城步步紧逼，最后小德子在绣春刀尖下跳崖自杀。

我进入紫禁城的时候受到隆重的礼遇，见到周达那一刻我的心情非常复杂。周达志得意满、踌躇满志，身着一身湖蓝色日出东海缎绣氅衣，他领着我从建极殿、中极殿、皇极殿一路向午门、承天门走去。后来我们又沿着护城河一路巡视，经过司设监、尚宝司、教坊司、火药局、钟鼓司、社稷坛、灵台，最终抵达太庙。他本来早就准备登基，但是周迎祥的红巾军残部聚集起来在黄河一带作乱,北边和南疆都有流寇起义,剿灭这些武装耗去了他不少精力。好在朱春山已成瓮中之鳖,流寇均得到镇压,我大明王朝海晏河清给他登基创造了绝佳时机,举行登基大典那天是宫中阴阳师张天师选定的良辰吉日。尚衣监从苏州请来的八十位绣娘赶绣的一件明黄色五彩祥云九龙飞天缂丝龙袍被张天师捧在一只描着九条金龙的紫檀木黄金匣中。那一天晴空万里、蓝天如洗、朗朗乾坤阳光普照,紫禁城在我眼里重新展现金碧辉煌、国泰民安的盛世景象。这时候承天门方向传来鼓乐之声,张天师正引领着文武百官从灵台、社稷坛那里缓缓而来,一见到皇上他们马上跪倒在地,齐声高呼:"吾皇万岁,万岁万岁万万岁!"周达安排我和我娘丽贵妃出现在典礼灵台上被我婉言谢绝,迟迟无人与我接头让我内心忐忑不安。后来我才知道,帮助周达攻占紫禁城的兵卒其实有相当一部分正是李敬堂的天雄军冒充,他们就是要借周达之手打败如妃与赵明德,其实都督府天雄军早已经里应外合将顺天府与紫禁城包围得水泄不通,只等着登基这一刻在文武百官见证下发难。这时候我看到了稳婆范桂枝,范稳婆此时又换了一套金嵌银镶孔雀蓝牡丹花纹蜀锦衣,这是范稳婆再一次穿上如此华丽尊贵的霓裳,在一夜之间颠覆了她给人留下的呆滞的老年妇女形象。我看到她的第一眼脑子里就冒出一句俗话:人不可貌相。范稳婆大刺刺地进入了太庙,紧接着出现的是宫心志和我娘斡氏女丽贵妃。后来乾清宫发生的惊天大逆转被后世许多正史野史反复演义,就在张天师在六十位太监护卫和黑压压一片文武百官见证下要给周达黄袍加身时,李连城突然一声断喝:"住手!"在场的文武百官目瞪口呆,周达呆愣间乾清宫外层层护卫的天雄军一拥而入,十位身着铠甲的战将将十把绣春刀指向周达。周达脸色大变,一时不知道说什么好。更多的兵卒此时蜂拥而入,李连城一声断喝:"带范稳婆。"正在兴高采烈观看的范稳婆被三位兵卒反剪胳臂押上来。一人在她腿后狠踩一脚,她双膝一软跪倒在地。李连城突然一声断喝:"稳婆范桂枝,我问你,朱成赤也就是周达,是不是你的儿子?"范稳婆面无人色,结结巴巴地说:"李大人开什么玩笑,皇上是真龙天子,怎么,怎么可能是我这个老稳婆的儿子?他是先皇朱由明与丽贵妃娘娘所生的龙太子。"宫心志与我娘斡氏女被带了进来,我娘突然说:"范稳婆你好歹毒啊,你其实早就残害了我的儿子,拿你自己所生的儿子换了龙太子。"乾清宫一片哗然,李连城这才冲宫心志点点头:"布袋和尚,我还是叫您宫大人吧,宫大人您来说——"宫心志木然地向前走了几步,然后往下一跪:"第一总兵周达其实并非丽贵妃之子朱成赤,经过我漫长的调查核实,当初我让稳婆范桂枝照顾龙太子朱成赤几日,范稳婆用自己所生的儿子宫和贵替换了太子朱成赤。周达其实只是范稳婆与我所生的儿子,本来取名宫和贵,但她为掩人耳目,私下又取名马子玉,龙太子朱成赤被她丢到白狼坡喂了那只独眼白狼王。她想方设法将丽贵妃所生的颜如月接进宫中,利用她来谋害皇上朱春山,让她自己的儿子宫和贵冒充龙太子朱成赤来继承皇位……"

第七十八章　偷天换日

　　范稳婆的反应出乎所有人的意料,她瘫坐在地上面对言如鼎连珠炮似的追问突然口吐白沫昏死过去。太医翁万春认定她是装死建议言如鼎不妨让她睡上半天,就在众人围绕着李连城与周达吵得难解难分之时,范稳婆突然从地上一个鲤鱼打挺跳起来向着宫中柱子一头撞去。虽然头破血流,但是好像撞击力小了点,她并没有一头撞死。范稳婆此时确实是一心赴死,她狡猾得很,因为此时此刻只要她死了就死无对证一了百了。但是她偏偏没有撞死,只是额头上撞出一个大窟窿血流如注。我赶紧抓起一把香灰紧紧捂住那个血窟窿,从此范稳婆就闭口不言,任凭李敬堂或言如鼎如何追问她就是一言不发。她被绑在柱子上,想死也死不了,只好死不开口。不得不佩服李敬堂,他虽然寡言少语深居简出,但是他在任何时候任何危急情形下都会有绝招,他在这时候想出的办法就是滴血认亲。

　　滴血认亲其实是宫中老办法,宫中争权夺利异常激烈,冒充龙子的事件哪朝哪代都会有,所以宫中对滴血认亲并不陌生,我在宫中经历过好几次。要取得周达的配合并不容易,这时候他与李连城都被限制了自由,太医翁万春几次在周达身上取血都被他拳打脚踢无法近身,言如鼎很生气:"你坚信自己是龙子,王爷我也相信你是龙子,滴血认亲对你来说就是最好的证明,也是戳穿宫心志谎言最好的证据,这唯一一个证明自己龙子身份的机会,你为什么不配合?"周达暴跳如雷:"我是太子是皇上不需要任何证明,我继承皇位是天意,你们一帮潜伏在宫中的恶人如此作恶多端,要遭天打雷劈!"十来个锦衣卫兵士一拥而上将周达死死摁住,然后动手在他身上取血。与他相反的是李连城脸上始终挂着温和的笑容,他慢条斯理地脱掉外面那件青织金妆花飞鱼过肩罗,露出里面那件贴心紧身铁锈红乌金云绣衫。他动手解开乌金云绣衫,露出结实精干的胸脯对周达微微一笑:"皇上是你的我不会和你抢,不是你的你百万大军也抢不走,是男人就不要做缩头乌龟,来吧!先从我开刀。"他抽出绑在腿上的尖刀,在场的言如鼎没来得及制止他就将刀朝手掌刺去,刹那间血流如注。翁万春将青花甜白釉高足靶碗快速递上,高足碗中有半碗贵妃井中取出的净水,另一只装满净水的青花甜白釉高足靶碗则平平静静放置在周达脚边。偌大的乾清宫此时寂静无声,只听见李连城的血一滴滴滴进了青花碗中,仿佛大珠小珠落玉盘一样发出清脆悦耳的声音,血滴子滴在净水中宛若红丝绸一样轻轻荡漾开来。我娘刘氏也就是昔日的丽贵妃在春明和宋玉引领下缓缓步出,那一刻我惊呆了,我从上到下细细打量着我娘:她身着一件花开富贵如意纹锦手绣而成的金丝双窠云雁宫装,肩上还披着一块落日红湘绣云纹霞帔,如此雍容华贵的皇妃哪里还是我那个赤脚打掌的疯子娘?她就是在深宫夜夜承恩、日日专宠的贵妃娘娘。她轻蔑地扫了一眼乾清宫黑压压的人群,然后缓缓伸出了手。翁万春捏了捏她的手指,取出银针在她的中指尖上轻轻一扎,快速捏下她那被针扎过的指尖,血滴子便滴进了李连城脚下那只青花碗中,很快与李连城的血滴子融为一体。那些像鸭子一样伸出脖子注视着血水的文武百官发出一片嗡嗡嘤嘤的声音。周达知道了事情的结果,看到翁万春引领着我娘缓缓向他走来,他一脚踢翻了那只摆放在他脚下的青花甜白釉高足靶碗,突然仰天发出一连串的狂笑:"哈哈哈,哈哈哈,太可笑了太可笑了,用这种下三烂的手段来欺骗,就不怕天打雷劈吗?"言如鼎说:"周总兵,用下三烂手段欺骗皇宫和世人的,不是别人,正是你娘范桂枝!你本名叫宫和贵,你是宫心志与范桂枝所生的孩子,不相信的话就配合我们的滴血认亲。说一千道一万没有一点用处,能证明你皇家血统的,只有鲜血!"

　　范桂枝牙关紧闭死不开口,五花大绑的她又求生不得求死不能,她不发一言就是要让发生在紫禁城的这桩隐秘往事死无对证。但是她的耳朵无法自残,她和在场的所有人一起倾听了敬事房太监总管宫心志的回忆。那其实是遥远又遥远的前朝往事,那时候宫心志刚入敬事房不久,还像春明或宋玉一样青春俊美。入宫不久的范桂枝也如同碧桃或秀琴一样妩媚清纯,像一朵带露而开的凤仙花。当然,那个时候初入宫的我娘丽贵妃也像如花或如梦令一样美艳动人。太监宫心志爱上了宫女范桂枝,像小明子爱上碧桃一样,两个人爱得难分难舍又死去活来,他们在宫中成了人人皆知的一对"对食"。一个天空像锦衣那样明媚的宝蓝色的夜晚,范桂枝经过慈宁宫后面一片凤仙花盛开的花丛时,突然听到一阵细微的声响,她好奇地放轻脚步悄悄接近,吃惊地看到一对男女坐在草地上亲密相依。她慢慢靠近那一对缠绵的情侣，只隔着三棵凤仙花她听到了宫心志喘息的声音："丽贵妃，丽贵妃，你是我心里的一块宝啊，你知道吗？第一次背你上皇上的龙床我心如刀绞——在心里，你是我的女人，你一直是我的女人，你是我心头的宝，你是我的心头肉，我一进宫就爱上了你，我暗地里爱你很多年了，你就没有看出来？"丽贵妃捧起宫心志的脸亲吻着："我当然看出来了，我也爱你。可是，我一直以为你们公公只会对食，我也不想一辈子住在冷宫中，连皇上面也见不着一次。也是我的命好，在正月十五元宵灯会上，我见到了皇上——"宫心志说："是的，这是宫中每一位妃子最大的念想，我懂你呀，丽贵妃，就如同我懂得这紫禁城所有的妃子一样。我爱你，我对你的爱就是想方设法把你背上皇上的龙床，让你有朝一日成为皇后娘娘。今天我必须告诉你，我其实不是真正的太监，我有办法年年躲过敬事房检查，我是名副其实的男人，不相信你看……"

范桂枝在凤仙花后面听得心惊胆战，突然，一件茶驼色饰白玉钩黑带的葛布箭衣被脱下来搭在凤仙花棵上，一件件内衣也被搭上。范桂枝认出来了，那是她最熟悉的宫心志的衣裳。她再靠近了一点，一阵细微的声响过后，范桂枝就听到凤仙花急速而猛烈地摇晃起来，花枝乱颤落花满地，一瓣瓣粉色花瓣飘落到宫心志与丽贵妃的身体上。范稳婆急了，突然折断了一根花枝，啪的一声脆响在寂静无声的深夜里听起来让人魂飞魄散。宫心志正疑惑间范桂枝又拿起他的衣裳扔过去，宫心志战战兢兢地起身一看，发现花丛外站着范桂枝。范桂枝一句话不说，用手势逼他马上离开。宫心志一言不发地穿上衣裳与丽贵妃绕过范桂枝离开了凤仙花丛。

第二天晚上范桂枝约宫心志来到了这片凤仙花丛中，范桂枝低声对他说："我是为了你好，你刚入宫不久不知道宫中黑暗，皇上的女人你也敢碰？你不想活啦，找死啊？"宫心志吞咽着唾沫一副傻小子的模样让范桂枝心头涌起了无限爱怜，她突然嫣然一笑："别害怕，只要你对我好我就不会告发你。你真傻，你真是个傻得可爱的傻小子，从你一进宫我就喜欢上了你，你喜欢吃宫里的核桃酥，经常手里拿一块核桃酥在吃。我送了你那么多的核桃酥，都吃到鬼肚子里去了？你就没有看出来我范桂枝心里装着你？"范桂枝眼睛直勾勾地盯着宫心志，她一双眼睛里好像长出了无数小钩子，要将少年宫心志的心钩出来。宫心志呼吸渐渐变得急促，好像透不过气来，白瓷似的脸上滴下串串汗珠。他伸出手来不知道要做什么，最后一把揽住了范桂枝纤细柔软的腰肢，两个人就倒伏在同样柔软的凤仙花下。他们躺在青草地上，他的手伸进范桂枝的怀中，抚摸着她那对水蜜桃一样的乳房,然后压在她身上,甜蜜的亲吻无休无止。一直到半夜时分,露水打湿了盛开的凤仙花,同样打湿了范桂枝的头发,范桂枝整理好零乱的衣衫,亲吻着宫心志,在他耳畔轻轻说:"你要一辈子对我这样好,我要为你生个大胖小子。"

　　凤仙花开了又谢谢了又开,花谢花开、年复一年的宫中岁月宫心志就周旋在丽贵妃与范桂枝之间,从一个刚入宫的背妃太监到成为敬事房一手遮天的大总管。在他掩护丽贵妃出逃的那个月黑风高之夜,早已珠胎暗结的范桂枝也跟随他们一同出逃。当时的情况她不逃出深宫已经不行,因为她的肚子已经快要出怀了,虽然她用宽大的布带紧紧绑住日渐膨胀的肚子,但是肚子越来越大任凭她如何绞尽脑汁也没有办法遮掩下去,她选择了与宫心志、丽贵妃一同出逃,借口是回老家宛平县看望生病的老娘。一身抽丝镶银百雀穿柳云锦衣裹缠着她的腰身,即便是宫心志也没有看出任何破绽。范桂枝后来在追兵追赶中与丽贵妃、宫心志失散,她抱着朱成赤回到宛平县老家,不到一个月就生下了她和宫心志的儿子宫和贵。

　　一直到多年以后宫心志才恍然大悟,他当初在清风寺看到的那支举着火把的队伍,那支在漆黑如墨的夜晚像一条火龙蜿蜒游来的追兵原来是范桂枝花银子雇的乡下恶棍伪装而成。当时宫心志完全不知道,只顾帮着丽贵妃逃命,惊慌失措中又坠下山崖,最终与抱着朱成赤的范桂枝逃散。在某个寒风呼啸的伸手不见五指的黑夜,范桂枝抱着朱成赤来到了白狼坡。她站在松涛怒吼的山冈上面对着远处白狼王发出的一阵阵尖厉的嗥叫没有一丝恐惧,反而有着莫名的兴奋与喜悦。她在星光下最后再看一眼朱成赤,他似乎是睡着了,肉嘟嘟的小眼睛眯成一条缝,整个小嘴努起来好像一朵木耳。她心满意足地笑了,她是奶子府的稳婆,亲手接生过的皇子龙女数都数不过来,她看一眼孕妇的肚子外形基本上能十拿九稳断定腹中的胎儿是男还是女。她从自己腹部扁平左歪的形状判断出胎儿是个男娃,她决定用自己即将出生的男娃取代龙太子朱成赤,反正此事天衣无缝神鬼不知,她为此事已经筹谋了很久,今晚总算得以实现。她内心里有点得意,将头抬起来扫了一眼漆黑如墨的山冈,松林间可以看到荧荧绿光在飘忽游动,她知道那是狼贪婪的眼光,而传说中那只白狼王的雪白身子在黑夜里清晰可见。她一步一步踩过荒草朝山冈上走去,她知道狼不会吃她。狼的嗅觉非常灵敏,它们早就闻出了婴儿肉体的芳香之气,一团团绿光飘忽而来,它们早就按捺不住要分享这顿饕餮大餐。她终于走到了离狼群一步之遥的地方,她闻到了狼身上散发出来的野兽之气,那种混合着血肉、皮毛腥气与粪便臭味的气息扑面而来。看到范桂枝走近，群狼稍稍后退了几步，那只皮毛雪白的狼王踱着步子缓缓步出，群狼都很自觉，主动让白狼王优先享受这难得一见的美味。范桂枝停了停，然后突然出手将襁褓中的朱成赤扔到狼群面前，后退一步顺着茅草滑下山冈。她清晰地听到身后群狼发出的嗥叫，它们一定在争抢撕扯中吃掉了睡梦中的朱成赤，她头也不回地离开了白狼坡。只是她完全没有想到，就在离她一步之遥的地方，站着一个从边关归来的男人，他叫李敬堂。李敬堂是来寻找他的堂姐丽贵妃，他和丽贵妃是堂姐弟这在宫中是个秘密。李敬尧、李敬堂当初入宫时，不愿让宫中知道他们与堂姐丽贵妃的这层关系，于是改斡氏为李姓。李敬堂找到了清风寺一直在暗中观察迟迟没有露面，因为他不能确定范桂枝与宫心志要对姐姐干什么。没想到很多天过去之后的这个夜晚，他在燕山深处跟踪范稳婆绕来绕去绕了很长时间，终于目睹这人间离奇的一幕。这时候他已经猜测到范桂枝要将堂姐生下的龙太子朱成赤喂狼，其实他完全可以在她丢下朱成赤之前抢过朱成赤，凭他年轻的身板对付范桂枝当然不在话下。但是在一念之间一个更加庞大的计划在他心中酝酿，他不想让范桂枝知道朱成赤活着，也不想让任何人知道。当然，他也有绝对的把握保证朱成赤不会被狼吃掉。就在范桂枝丢下了朱成赤转身逃走时，他早就张弓搭箭一箭射中白狼王那只闪着绿光的眼睛。白狼王猝不及防一声惨叫倒地打滚，其他的狼知道不妙吓得一哄而散。他正想补射一箭让白狼王毙命，白狼王知道遇到强人就地一个翻滚，嗥叫着逃遁。李敬堂从容不迫地上前抱起地上的襁褓，朱成赤仍然在甜甜酣睡，对人世间发生的残忍一幕一无所知，他剥掉襁褓将还不会走路的朱成赤放在怀中转身离开白狼坡。后来朱成赤被他以自己在外小妾所生的儿子名义接回府中抚养，这个叫朱成赤的孩子就是后来的宫中锦衣卫都指挥使李连城。而范桂枝以为朱成赤被狼吃掉，将自己和宫心志所生的儿子宫和贵谎称是丽贵妃之子朱成赤交还给宫心志，他就是后来成为第一总兵的边关大将周达。

第七十九章　惊天裂变

　　我兄长李连城成为名正言顺的皇位继承者,他也来不及与我叙同胞兄妹之情就下令对周达展开残忍报复。在锦衣卫兵卒一拥而上用木枷锁住周达脖颈与双手之后,范稳婆突然跪在宫心志面前用额头重重叩击宫中金砖地面,顿时鲜血喷涌,浑浊的老泪和着鲜血从她苍老的面颊上流下:"请宫大人看在我们夫妻一场的分上,救救我儿宫和贵,他好歹也是宫大人的骨肉血脉。大人作为此次皇室易主的有功之臣,向皇上求情赦免我儿死罪,因为他并不知情,也好给大人您在世上唯一的血脉留条后路。所有的罪责全归到贱妇我身上,只要能留我儿一条命,贱妇我这把老骨头要砍要烧任由你们处置。"宫心志突然重重地跪下:"其实,从丽贵妃与周达第一次相见开始,我的直觉告诉我,周达绝对不是朱成赤,周达绝不是她的儿子。也就是说,周达绝不是龙太子,我就怀疑范桂枝偷梁换柱、偷天换日,用自己的儿子宫和贵调包取代了丽贵妃的太子朱成赤。我开挖过她所说的埋葬了我儿子的那个坟墓,结果印证了我的猜测,在里面只发现一堆死猫骨头。后来她又说在猫骨之下就是我儿子的骨骸,但是我再次深挖仍然没有。在我一再追问之下范稳婆才吐露真相:她用宫和贵取代了朱成赤,他将朱成赤扔到了白狼坡喂了那只传说中的白狼王。她哭着对我说,和贵是我的儿子也是你的儿子,是我们共同的儿子,你难道不指望你儿子成为我大明王朝一代君王? 你在幕后帮自己的儿子成为皇上难道不应该? 说实话,得知周达是我的儿子我的心情非常复杂,既兴奋又不安,既希望他成为人中龙凤又不希望他做当今皇上——因为不合皇家规矩也不合天理。作为在宫中侍奉皇上大半辈子的宦官,我的全部心血就是肝脑涂地效忠皇上,我之所以死心塌地照顾丽贵妃和朱成赤,就是因为她是娘娘他是皇子,他们都是皇家正统,效忠皇家是我的天职。可是现在帮到了头才发现是帮了我自家儿子,是为了我自己,我不能接受这样的事实,这样做也有违我做人的良心。我一直犹豫、纠结、彷徨、矛盾——我这样做也对不起始终待我情深意切的丽贵妃,她其实不爱皇上朱孝进,她只是渴望他手中至高无上的权力,她在人世间唯一一个痴爱的男人,就是我宫心志。我不能辜负她对我的一片深情,我最终决定站出来向世人揭穿这个惊天大骗局,同时也希望将功补过,请新皇上大赦天下,放我儿子宫和贵一条生路。毕竟他对自己的离奇身世一无所知,毕竟他是我的亲生儿子。他不能成为权倾天下的一代帝王,我也希望他做一个老老实实、普普通通的良民,请皇上开恩,奴才将感激不尽。"宫心志深深地跪下去,身子伏到地上。丽贵妃也缓缓走上来,随同宫心志一起跪下去:"宫大人的话也代表了为娘想说的话,为娘在此恳请新皇上赦免宫和贵之罪。"一直被押着跪在地上的范稳婆突然冷冷地笑起来,她颤抖的笑声越来越大也越来越响,最后变成仰天狂笑:"既然如此都死吧,都死了吧。告诉你们,我昨晚在御膳房为登基大典准备的十锅蛤蚧红参乳鸽汤、黄芪十全大补汤中投了毒,不出三天,你们统统活不成啦,你们统统将命丧黄泉。这金碧辉煌的紫禁城只剩下我们母子两个,宫和贵不是皇上也是皇上。告诉你们,你们杀了我也没有用。杀了我你们只有死得更快更早,因为只有我才知道这个毒的解药——"李敬堂缓缓走出来:"范稳婆,你高兴得太早了。我现在就可以告诉你,自从颜如月一入宫我就知道你不过就是利用颜如月来毒杀小皇上,事成之后你肯定会对颜如月下毒手,你的所有行为全在我们的监视之中。你在蛤蚧红参乳鸽汤、黄芪十全大补汤中投的毒是金中鬼见愁,金中鬼见愁的解药就是巴根草。实话告诉你,在场所有的人包括颜如月后来全喝了巴根草汤解毒。反倒是你和你的儿子宫和贵喝的解毒药被我派人替换了,你和你儿子宫和贵其实只有两天的生命了,我估计,你现在腹痛已经开始了吧?"范稳婆的脸上像涂了一层黄蜡,豆大的汗珠一颗接一颗滚落下来,仿佛呼应着李敬堂的话,范稳婆腹部开始隐隐作痛。她向儿子宫和贵投去绝望的一瞥,发现周达的额头也沁出一片发亮的汗珠,密集的汗珠最终滚滚而下,并且冒出一丝丝热气,他似乎透不过气来,用手紧紧捂住腹部。范稳婆开始感到腹痛如绞,那种肠断肝裂的疼痛一波一波袭来,她浑身无力地瘫软在地。她痛苦万端地发出一声哀号:"求求你们救救我的儿子。"马稳婆出现在坤宁宫,她手里就端着一瓷碗巴根草汁,她缓缓走向范稳婆,此时的范稳婆已经倒在地上抽搐成一团。李敬堂冷冷地对范稳婆说:"是你自己投毒害死了自己,别人可救不了你。这一碗解药是给你儿子准备的,现在他不能死,我们还需要他的配合。"说完他将脸转向马稳婆示意了一下,几个锦衣卫兵卒冲上前摁住宫和贵撬开他的嘴,马稳婆正准备将解药灌进宫和贵的嘴里，宫心志突然一头撞向马稳婆，马稳婆猝不及防栽倒在地，手中的药碗当啷掉到地上。宫心志喃喃地说："他是我儿子，我想了又想，还是让他早点死吧。他还是死了好，我不希望他生不如死地活着。"宫和贵一阵抽搐，范稳婆也同时一阵抽搐，两人最终慢慢地停下来，不动了。

　　故事到了这里其实已经渐渐进入高潮，你看到这里应该已经看出了这个错综复杂的故事背后的端倪，宫中幕后大佬其实不是范稳婆而是李敬堂，他才是真正的潜伏者，也就是我在小说开头提到的赤龟。他假冒大金间谍赤龟传递情报并最终取而代之，韦忠贤、范稳婆也曾伪造白龟、黑龟传假情报试图扰乱视线浑水摸鱼。我娘所说的接头人其实就是李敬堂，他其实是我娘的堂弟。我娘翰氏女在宫中选秀中被选入宫中，将堂弟李敬尧也带入宫中。翰氏女得宠后李敬尧也随同鸡犬升天，最后成为兵部大司马。这时候另一位堂弟李敬堂成长为翘翘少年，十六岁的李敬堂被堂哥安排到边关任正六品昭信校尉，让他从底层做起积累带兵打仗的经验再步步高升。谁知道李敬堂李校尉在九边重镇之一的蓟州镇驻守不到一年就被大金间谍秘密捕获，他们早就得知他是大司马李敬尧和皇上宠妃丽贵妃的堂弟，逼迫他做大金间谍。在生与死面前李敬堂最终选择了苟且偷生，签字画押并按上血手印，平安回到军营后他谎称在山中巡查时迷路耽搁了三天将这次神秘失踪搪塞过去。几年过去了，秘捕与间谍这件事平安过去再无人提起，渐渐也被他自己忘记，好像从来不曾发生过。但是已经发生的事情怎么可能被人遗忘？在宫中随着堂兄李敬尧和堂姐丽贵妃的起起落落，李敬堂也随之开始了命运的跌宕起伏。在李敬尧被谗言所害最终又得以平反之后，李敬堂最终成为京军都督府大都督。但是他从来没有忘记自己的神圣使命：保住堂姐丽贵妃所生太子李连城之子朱春山成为皇上，他的最终目的就是要保住朱春山皇位，保证自家皇室血统，最终让李连城成为我朝首辅，他自己成为言如鼎那样的王爷，将堂姐丽贵妃迎进宫中，成为垂帘听政的老太后。他半生就为了这一目标暗暗发力，而大金的努尔哈赤也没有忘记他作为间谍的使命，派出了亲弟爱新觉罗·子龙也就是万里红以南戏戏子身份打入紫禁城，用乌龟向他传达努尔哈赤的指令。谁也不知道万里红就是杨十斤，他神不知鬼不觉地潜伏在宫中指挥李敬堂，角逐内斗中李敬堂以保护之名使万里红在公众眼里失踪，然后将其软禁在李府。范稳婆要将我接进紫禁城遭到我娘反对，李敬堂认为让我贴身保护小皇上朱春山，可以减轻他的巨大压力并且让小皇上得到更有效的保护。他说服我的疯子娘使她放心让我进入宫中，并约定了接头暗语。其实在我入宫站稳脚之后不久他就用那句暗语与我接上了头,将家族所有秘密全部公开。其实我早就知道李连城是我的兄长,所以面对他的痴情我始终不为所动,只以兄妹之情相处。我也早知道小皇上朱春山就是我哥李连城之子,更清楚周达本名叫宫和贵,是范稳婆与宫心志孽缘所生。但是这一天大的秘密我不可能公开,更不能告诉李连城,只是与我的堂舅李敬堂共同保守着这个惊天秘密。我的任务就是保护朱春山,保护朱春山成为皇上就是保证我们皇家地位和利益。我早对范稳婆所作所为心知肚明,但是这一切没有到公开地步我不可能和她反目,我就假装温顺与善良和她周旋。在我生命受到严重威胁的时候,我堂舅决定娶我为妾,其实就是为了保护我也好方便我们暗中联络,他还假装好色成瘾骗过宫中文武百官毒辣的眼睛。我兄长李连城浑然不知内情还与父亲吵得不可开交,并以各式各样的手段追求我,让我既好气又好笑。当然,他最后如愿以偿地成为新皇上,黄袍加身那一刻他才知道他的堂舅李敬堂为他这一天付出了多少心血。他在登基前处死了韦忠贤、韦德贤父子。虽然韦忠贤早就趁兵荒马乱潜逃到先皇祖居地皖北凤阳,为皇上祖坟地守墓妄想以此赎罪。李连城还是罗列出韦忠贤十大罪状命锦衣卫前去逮捕,押回顺天府审判。韦忠贤提前得知消息自知难逃一死,行到阜城时便与同伙在阜城南关客氏旅店痛饮一醉后上吊自杀。临死前他不忘处置儿子韦德贤,他知道他死后李连城会追查他的罪责,肯定要株连九族,他希望和儿子一起走。他早就准备好一根麻绳,轻轻套在熟睡的韦德贤脖子上,然后用力一勒。

　　锦衣卫兵卒最终割下韦忠贤的头颅回紫禁城交差,结果那颗头颅悬挂在敬事房,后在战火中不知所终。钱大妈妈在宫中战乱中化装成民间老妪逃回背山庄,被哥哥钱五福接进家门,地保上门告知她被宫中通缉,钱五福怕引火烧身马上将她送到他乡躲藏。钱大妈妈临离开时想带点银子,挖开藏银的地窖才发现,从宫中带回的金银珠宝不知道被谁盗挖一空。她一下子昏倒在地,醒来后发现自己一无所有,从一个家家抢着请她吃饭的奉贤夫人变成一个穷得叮当响的乡下老妪,最后连亲哥哥钱五福也开始嫌弃她。一个风雪弥漫的午后,她挂着一根下端开裂的打狗棍开始了乞讨,谁也不知道她最终的结局,最终的结局只有天知道。她的侄女钱如意死活不肯离开紫禁城,她的丈夫战死之后她也随着宫中逃难的一路奔逃,结果被御厨赵五儿发现,赵五儿认出了她是奶子府钱大妈妈的侄女钱如意,就一路尾随,最终将她带到自己的老家,她成为屠夫之妻。不能不提到如梦令,她后来成了韦忠贤的小妾之一,这是如妃的策略,她希望通过联姻抓住韦忠贤,以助朱春龙登基。但是老奸巨猾的韦忠贤虽然同意了这门婚事,并且也将如梦令迎进千岁宫,但是一有风吹草动他马上让韦德贤重新站队,如梦令与韦忠贤虽然还在一起,却已成为他十个妻妾中的一个,随着韦忠贤的死亡如梦令最终也服毒自杀。酸枣、碧桃与银铃的命最好,酸枣逃出深宫的路上遇到陶金宝,陶金宝得知张三姐惨死在马蹄下,看到不知往哪去的酸枣最后留下了她。与酸枣命运相同的是银铃,邹老五老婆意外得病去世,她正好做了替补,住上了自己挣下的房子,对她来说也是一种安慰。最快乐的就是碧桃,宫中大乱之后小明子就来找她,他们一前一后借口出宫买东西从东华门逃离,一出宫两人就抱在一起哈哈大笑,然后手牵手一路狂奔逃出了顺天府,逃回小明子老家白洋淀。小明子一路上也没有多说话,站在芦花飘飞的白洋淀边,他只是附在碧桃耳畔说了一句:"我一定要还俗,然后娶你做我老婆。"像碧桃和小明子一样美满的还有朱春龙,朱春龙带着秀琴逃出了紫禁城,一直逃到天津卫,坐船漂洋过海去了东瀛。当然还有我从前在靠山庄的好姐妹杨白桃,她一度迷失自己入了韦忠贤的伙,后来良心发现幡然醒悟暗中利用自己的身份帮了我许多忙。后来我原谅了她她却不肯原谅自己,最终还是回到清风寺做尼姑。

　　蒙在鼓里的只有皇上朱春山,他在花满枝家被李连城的锦衣卫解救之后仍然送回了桃花坡,没有人告诉他宫中发生的惊天裂变,他仍然在桃花坡做他的小木匠。只是桃林的主人李老蔫来到了桃花坡,他雇了好几位帮工帮他摘桃子。那时候已是五月的天气,桃花坡上莺飞草长野花遍地,无数粉蝶在花丛中飞来飞去,成熟的桃子红了嘴子挂满了枝丫,看上去令人馋涎欲滴。其实李老蔫请来的那几个帮工正是锦衣卫兵卒,他们是李连城派来保护朱春山的。只是朱春山和银环不知道,花满枝当然也不知道。花满枝甚至来到桃花坡叫朱春山重新回到她家把工做完,因为樟木箱子和梳妆台只做了一半,这样的家具让她怎么当嫁妆!朱春山面红耳赤吞吞吐吐地婉拒了花满枝:"也,也不是我不想做,你难道没有看到吗?世面不太平,等过了这段不太平的日子我会去你家把活做完,请你相信我。"朱春山看着站在花丛中的花满枝热辣辣的眼睛,久久不说话,无数花蝴蝶就在他们之间飞来飞去。花满枝说:"那随你,反正你知道那是我的嫁妆,没有嫁妆就没有人肯娶我,你得对我一辈子负责。"银环看不下去了,从木屋里冲出来冲着花满枝说:"有你这么脸皮厚的姑娘吗?有事没事找借口来勾引有妇之夫,你们山里姑娘都是狐狸精变的吗?"花满枝红了脸:"你别骂人好不好?我们山里有山里的规矩,他朱木匠既然接受了我的信物就要一诺千金信守承诺。"银环说:"你的信物在哪里?你告诉我。"花满枝几乎扑上来,跪在朱春山脚下脱下他那双千层底青布鞋，里面端端正正地垫着一双鞋垫，绣着在荷花荷叶下戏水的五彩鸳鸯图案，花满枝说："我们核桃坡的姑娘都知道朱木匠没有拒绝我的鞋垫，就是说他接受了我的心意。"花满枝站起来垂下头，朱春山脸膛一直红到脖子根："我不是故意伤害你，姑娘，我确实不知道山里规矩。"花满枝突然哭起来，哭得伤心欲绝。朱春山想上前劝她，花满枝扭头离开向山下跑去。朱春山怕出意外也扔下手中的刨子追上去，他追了几步发现花满枝早没影儿了，就从野花丛中抄近路直插过去，无数蝴蝶被他惊飞而起。银环马上也追上去大声叫喊："回来，奶哥，你给我回来。"朱春山不见了身影，只见漫山遍野的野花在她眼前摇晃，她绝望地瘫坐在花丛中开始哭泣，银环其实是欲哭无泪。那一个漫长的下午她就独自一人坐在桃花溪畔发呆，她眺望着燕山山脉尽头那些变幻不定的白云，一个念头就慢慢在她脑子里生成，然后她得意地笑起来，为自己的聪明绝顶暗暗叫好。朱春山很晚才从山中归来，银环正忙着给他做晚饭，看到他进来她会意一笑："回来啦！稍等一会儿，我今天给你做枣泥玉米蒸糕。"屋子里柴火正旺，扑鼻而来的是枣泥甜甜的香气。朱春山坐在灶下帮她添柴火，银环说："送她到了哪里？"朱春山说："到处都在传说当朝皇上流落到了桃花铺子，都知道是我，花满枝也知道了。她对我说：你是皇上，皇上的妃子成千上万，你多要一个妃子算什么事？她死活要嫁给我，她不会放过我。"银环将锅盖往大锅上狠狠一盖："她想得倒挺美，问题是你现在早就不是皇上了，你一个靠手艺吃饭的小木匠今天不做明朝就没有饭吃，真是吃了上顿愁下顿，穷成这样子还念念不忘三宫六院？你这贼胆贼心大得很哪。"朱春山也不知道听进去了没有，盯着灶膛里的柴火恋恋不舍地说："她倒是心不大，就想和你一同伺候我。"银环拉下了脸："别吃着碗里霸着锅里，小木匠能挣多少钱哪？也就只能养一个老婆一窝孩子。"银环说着就在红红灶火下依偎到朱春山怀里："我也不图你什么，要不，今晚咱俩圆房得了，让人家姑娘好歹也死了心，省得那个姑娘总是痴心望月。"朱春山说："好，我随你，你说的啊，别到了上床时你又要赖掉。"

　　就在朱春山和马银环恩爱缠绵的那个夜晚，赵明德联系了红巾军卷土重来杀进了顺天府，紫禁城再一次狼烟四起、血流成河。我和我娘丽贵妃裹在杂沓的人流中往宫外跑，嗖嗖嗖的箭镞从耳畔飞过密集如雨，我娘刚出东安门就被流箭射中，她发出一声惨叫。我发现她脖子上正插着一支箭镞，我用手握住用力拔却拔不出来，我抱着我娘痛哭失声。这时候又是一阵嗖嗖嗖的声音，三支箭镞飞过来，稳稳地插在我娘胸口，我苦命的疯子娘就这样惨死在我怀中。

第八十章　多年以后

　　这一场浴血鏖战历时十天十夜,紫禁城被红巾军的百万大军所围困,坚守了十天十夜后决定弃城。李敬堂与李连城带着十来个兵卒化装成民夫撤离了紫禁城。后来经《明史辑要》一书揭秘,此次红巾军的攻城源自死里逃生的赵明德,他在事先与周迎祥达成协议,愿一心一意助力红巾军推翻李连城的统治,帮助红巾军夺取大明江山。而他自己在目的达到后将心甘情愿成为周迎祥幕僚,帮助红巾军坐稳江山。百万大军的围攻让登基不久的李连城措手不及,逃到燕山之后他没有急于与朱春山相见,而是火速组织兵力准备反扑。这一次他并不着急,深刻反思自己的过失之后在李敬堂筹谋下卧薪尝胆准备重新开始。

　　李连城这边还没有开始反攻,红巾军统治的紫禁城却开始从内部分裂——这也是农民起义军铁定的规律:可以共苦却不能同甘,起兵时可以齐心协力出生入死,一心只想推翻吃人的统治者,让天下黎民百姓可以有田耕、不纳粮。但是一旦得了天下,争权夺利自相残杀就成为常态。当一阵阵秋风随着大雁的影子从高高低低的燕山山脉间掠过的时候,红巾军内部开始决裂,一部分人在赵明德密谋下叛逃,与另一部分人激战在顺天府的长街短巷,紫禁城再一次在血雨腥风中沦陷,而这时候距红巾军进入紫禁城不过才区区一个月。消息传递到李连城耳畔时李连城正在军营中彻夜不眠,帐篷外呼啸而过的秋风吹刮着猎猎帅旗,李连城在帐篷中来回走动,卫兵护卫着李敬堂匆匆进来。李连城说:"又一个千载难逢的时刻到了。"李敬堂说:"万事万物都有时,我们等待的就是这个'时',之所以经历如此磨难,那是老天要锤炼你的筋骨锻打你的意志,它要让你成为铁打铜铸的不败之躯,只有这样顶天立地的人才可以让江山社稷永恒不变。"李连城说:"万事俱备只欠东风,这就叫命中注定。"李连城点点头:"万事俱备,只欠东风。"

李敬堂派人当晚宰杀了二十头黄牛与四十只绵羊,宰杀的牛羊装在战车上在盛装队列前绕行一周。呼啸的北风吹刮得帅旗呼啦啦响,在浓重得让人喘不上气的血腥味中,祭司将紫红浓稠的血水泼洒在兵器和一字排开的二十面硕大无比的战鼓上。几乎就在同一时刻李敬堂将象征着兵权的虎符交到李连城手上。二十位赤膊大汉就在这一刻跳将出来,挥舞着鼓槌砰砰砰擂击着血染的战鼓,二十位吹鼓手上前吹起二十只搁置在木架上的长长的漆黑的野牛角,哞哞哞的号角声中百万大军向着紫禁城方向进发。队伍在行进途中不停地有大金兵卒加入,等到了顺天府外面,一百多万大军兵临城下。此时的紫禁城几乎就是一座空城,红巾军经过三天三夜的厮杀早就两败俱伤、死亡过半,看到李连城与大金的百万大军滚滚而来,一时兵败如山倒。那些土匪出身的兵卒在宫中抢掠了大量珠宝,早就想逃回老家过自己的小日子,不等令下就一哄而散。到最后宫中空空如也,只剩下赵明德和一千多个亲兵。赵明德自己动手黄袍加身,登基的礼仪虽然不免潦草却一样不缺,他甚至从一千多个亲兵中钦点了文武百官,一时紫禁城中群情振奋。他第一道昭告天下的圣旨还没来得及下达,李连城的兵就攻克了城池。据说顺天府破城的那天晚上月朗星稀,得知破城消息后赵明德就从龙床上一跃而起,然后赤裸着身子跑到乾清宫外一边仰天长号一边绕殿疾走,不停地捶胸顿足:"天要灭朕,天要灭朕。"已成为敬事房大总管的春明拿着皇上的亵衣追上去:"皇上,皇上,您是光着屁股的,不行啊,皇上。"赵明德根本听不进去,只管捶胸顿足地哭号:"天要灭朕,天要灭朕。"春明脱下外衣给皇上穿上,将他拉回到乾清宫中安息。但是赵明德哪里能安息得住,他这时候就如同一个疯子,听到宫城外杀声阵阵又从龙床上跳起来往外跑,春明一路狂追终于追上了赵明德。赵明德完全没有了皇上的样子,如同一只丧家犬一样哀求着春明:"让朕去兔儿山上看一看,让朕去兔儿山上看一看。"春明领着他摸黑来到了兔儿山,站在紫禁城最高点他放眼一看,只见顺天府、紫禁城内外火光冲天,喊杀声阵阵传来。赵明德不禁泪如雨下:"天要灭朕,天要灭朕。"他突然就瘫倒在兔儿山上的树丛中,过了许久他愤然站了起来,此时他已是精疲力竭近乎疯狂,大声叫喊要左右把酒送上来。春明派人看守着他,自己下山去弄来了酒,赵明德一口气饮下了半壶,然后泪流满面沉默不语。

赵明德最后停止了哭号,默默瘫坐了许久。传说这时候山道上出现一个披头散发、赤脚打掌的道士,道士像个鬼影子一样出现在赵明德面前,穿着一袭白色道袍在黑夜里看起来像一团雾一样不真实。赵明德吃了一惊:"你是谁?"道士说:"我是空空道人,你上对不起列祖列宗,下对不起黎民百姓,不死不足以谢罪。"赵明德说："请高人给在下指一条生路,在下确实到了走投无路的绝境。"道士指着山道旁的大槐树说："路就在这里,在这棵槐树上上吊,以死谢罪就是你最好的出路,否则的话你将会落得五马分尸的结局。"道士说完就要走,赵明德说："高人你别走啊。"道士说："我走了,你先死,你死后我再来给你超度,送你魂归西天。"道士说完像神秘出现一样神秘消失了,后来宫中传说这个道士就是一直埋头读书的二皇子朱春空,他早在兵荒马乱中看破红尘,修度成了道士,取名为空空道人。赵明德当时并不知道,他对春明说："这空空道人肯定是祖宗派来指点朕的,人活着争来斗去你死我活,都以为赢家通吃独霸天下。其实有何意思?人生长不过百岁,到头来红尘男女谁不是一场空啊?朕醒悟得太晚了,朕活不下去了,朕就在空空道人指定的这棵槐树上吊死算了。等朕死后,你要将朕的脸部遮盖起来,表示无脸面见列祖列宗。"

后来的《明史辑要》表明,赵明德就在这棵歪脖子古槐树上用一匹白绫上吊。当天晚上我的同胞兄长李连城和堂舅李敬堂再度率兵攻占了紫禁城,李连城在春明指点下来到了兔儿山,挥刀割断了那匹被赵明德吊得笔直的白绫。赵明德轰然掉落在地,只见他双眼鼓突如同金鱼眼,嘴巴大张着,舌头伸得很长。李连城站在赵明德僵硬的尸首旁冷汗淋漓,李敬堂缓缓走上来："我希望你好好看看这一幕,你一定不能忘掉这一幕。我告诉你,皇上做得好就是真龙天子,做得不好就是孤魂野鬼。"李连城冷冷地看着站在面前的李敬堂,仿佛要将他这句至理名言印刻到心里去,突然他身体摇晃了一下,然后缓缓倒下去,站在身后的卫兵抢先一步托住他。李敬堂吃了一惊："你怎么了?"卫兵撩起李连城身上的飞鱼服,露出他胸口一处包扎过的伤口："皇上中过毒箭,虽然处理过,当时情况紧急可能毒液没清理干净,发作了。"李敬堂大吃一惊："是吗?快,快去请翁太医。"卫兵看着一片狼藉的紫禁城："现在去哪里找翁太医?也许他早死了。"李敬堂蹲下来托起李连城,连声狂呼："连城,连城!"

李连城没有死,他后来派朱六指来到了燕山深处的桃花坡。那个时候已经进入了深秋,波浪般起伏的燕山山脉一片红红黄黄。朱六指出现在桃花坡的时候,银环正赶着一片白云似的羊群经过山坡,她的步履已经有点蹒跚,就如同吃饱了青草的母羊一样。确实,她已经怀孕了,她跟在羊群后面缓缓走着,手里提着一把羊铲,不时地铲起一块块土准确地扔到不听话的头羊身上。头羊挨了打跳起来走了几步,咩咩叫上几声,然后安静下来听话地领着羊群吃草。她就坐在草地上看着羊群吃草,手情不自禁地在微微隆起的腹部轻轻摩挲,抬头仰望高天上一朵朵棉花一样的白云,眼里流露出母亲的温柔与甜蜜。出工归来的朱春山也出现在那片遍地都是白色芒草花的山坡上，他缓缓坐在银环身边，将她揽在怀中。银环说："你不是出工了吗？怎么又回来了？"朱春山说："我就要做父亲了，你就要做母亲了，我想起来就快活得不行。真的，像做梦一样，你要做母亲了，我要做父亲了，我一定要做天下最好最好的父亲。"银环顺势依偎在朱春山怀里，脸红得像盛开的山桃花："你说给我听听，你怎么个好法？"朱春山回头看了银环一眼，将硕大粗糙的布满老茧的手搁在银环微微隆起的腹部："怎么个好法我现在不知道，反正到娃儿出生以后你看吧，我肯定是天下最好最好的父亲。"银环扯了一下他的耳朵："还是别说过头话，要做好父亲，先和花满枝断了关系。她要是再缠着你，你就不能和她翻脸吗？你为什么和她说话总是那么含情脉脉，让她以为你一直对她有情有意。你对天下所有的女人全都这样，让她们误以为皇上妻妾成群、三宫六院是理所当然的。"朱春山直起身子说："别吃醋了，老婆！你还不知道吧，现在我就是想让花满枝回头她也不会回头了，人家已经嫁了男人，是燕山里我认识的赵木匠。前几天我还在桃花铺子上碰到他们，赵木匠要求和我联手接下宋财主家庄园的木匠活，他说他最看好我的木匠手艺。他还说宋财主家的庄园是整个燕山最漂亮的庄园，宋财主出的价钱也最高。这一单活做完了，我们俩就会在燕山出大名了，我们也会成为宋财主那样的土财主。"银环一下子坐起来："前几天就跟你说了？我不信，那你怎么不告诉我？"朱春山说："明天就要去了，我一直想怎么告诉你你才不会吃醋。我还要告诉你，花满枝和你一样也怀上了孩子。你不相信我们明天一起去，你和花满枝见一面。我想，你们肯定会成为一对好姐妹，就像我和赵木匠肯定会成为好兄弟一样。"

南归的大雁像乌云似的一片连着一片从头顶上掠过的时候，又一年秋天来到了燕山深处。一阵一阵呼啸而过的秋风应该是大雁的翅膀扇起来的吧？一个又一个秋天应该是大雁的翅膀捎带来的吧？一片又一片乌云似的大雁飞过之后，浩浩荡荡的秋风开始穿越燕山深处那高高低低的山梁。在大雁焦虑又恐慌的啼鸣声中，我想起前半生在后宫度过的那些莽莽苍苍的日子，心境也如同头顶上一阵紧似一阵的秋风一样悲怆又苍凉。现在回头来眺望，金碧辉煌的紫禁城其实就如同一个巨大的陪葬坑，无数密密麻麻陪葬的宫娥嫔妃孤魂似的围绕着墓穴在晃动。它其实也如一座庞大的阎王殿，无数灰衣黑衫的太监大臣如同野鬼一样围绕着阎王在转悠。我曾经就是其中的孤魂或者野鬼，在阎王殿度过了步步惊心、步步惊魂的一年又一年。

时隔多年以后,在燕山深处这块名叫桃花坡的山梁上我还是难以置信,我这个看上去柔弱羞怯的小女子,当年是以怎样的胆略和勇气在后宫奶子府度过了口蜜腹剑、你死我活的十载时光?我其实并非花容月貌、步步莲花的妃嫔,我只是奶子府普通的奶妈。虽然我后来从普通的奶妈成为奶子府一手遮天的戴圣夫人,但是多年以后我才发现,在我身后一个个精心设置的骗局、一个个不可告人的秘密是那么阴森恐怖,只要一想起来就浑身瑟瑟发抖。

我再不愿回首宫中往事,再不想沉溺于那十年冗长杂乱的噩梦之中。所以,当已经登基数年的李连城旧毒发作,下圣旨命令朱春山火速入宫继承皇位时,我的心里波澜不惊。朱六指现在成为锦衣卫都指挥使,他在我面前深深地跪下去一拜:"夫人,皇上期待夫人早早带太子入宫,夫人也好早早成为母后垂帘听政。"我笑着对朱六指和一队身着飞鱼服的锦衣卫兵士说:"你们等着,我去叫他——"朱六指带着两个兵士跟上了我,我阻止了他们的行动:"你们一个个刀剑在身,别把小木匠吓坏了吓跑了。我带他回来交给你们就是了,他就是一个小木匠,去紫禁城做皇上高兴还来不及呢,你们就在这里等着。"我其实是骗了他们,我缓缓走过桃花坡,一直到朱六指视线看不见了才一路狂奔。我在桃花坡后山上找到了放羊的银环和她的儿子小叮当,小叮当已经五岁了,成了一个地地道道的放羊娃。我们丢下羊群一路来到桃花铺子,在那里找到了朱春山,我将刚刚发生的事前前后后一说,一家人就沿着桃花溪到燕山更深的山里躲藏。我们知道那里有一个桃花洞,那是桃花溪的源头。现在是秋天,桃花溪已经断流,我们在桃花洞躲藏了十天十夜。

等到我试探着下山察看时,发现桃花坡上插满了猎猎旌旗,皇上李连城坐着九龙沉香辇来到了桃花坡。李连城拖着病体来请求朱春山继位,他的苦肉计仍然被我拒绝。我对他说:"皇上把皇位给谁继承我没有意见,给阿猫阿狗给邹老五颜老六随您的便,但是就是不能传给朱春山。朱春山自始至终都是皇上的儿子,皇上要是真正爱您的儿子,您就让他在深山里做一个普普通通的小木匠吧,平平安安与世无争地活着,是一个人最大的福分。请皇上相信皇妹的话不会有错,皇上要是想让他早点死,那就下圣旨把他押赴紫禁城吧。"李连城抬起皱纹密布的一张老脸,用苍老而喑哑的声音说:"皇妹,让朕亲口问一问朕的儿子好不好?我要听他亲口回答我。"

朱春山被叫了过来,他一身石青色棉布裤褂,脚上是一双草鞋,是燕山木匠最普通的打扮,他站在李连城面前一言不发。李连城说:"皇儿,父皇只问你一句话,你是愿意到紫禁城做皇上还是愿意留在桃花坡做木匠?"朱春山手捏弄着衣角老半天,然后说:"爹,您就让孩儿留在桃花坡做一个木匠吧,宫里我也住过,皇上我也做过,我实在厌倦了。在桃花坡做木匠,和我老婆、儿子在一起,我很快活,也很快乐。"李连城仰面长叹一声:"天意如此,朕能奈何?"他喃喃自语了一阵,最终率兵离开了桃花坡。

目送着李连城的九龙沉香辇缓缓消失在山道尽头,银环突然想起什么,惊叫一声:"呀,我们快去赶羊吧,别让我们的羊跑散了。"朱春山说:"对,我们赶羊去。"小叮当说:"赶羊去,我们赶羊去啰!"朱春山牵起小叮当的手,快步向桃花坡后山赶去,三个人走着走着好像被一阵紧似一阵的秋风吹得跑了起来,最后和漫天飞舞的红红黄黄的落叶以及被秋风吹来的乌云似的大雁一起,消失在高高低低、深深浅浅的燕山深处。

图书在版编目(CIP)数据

后宫·如月传/陶方宣著. —郑州:河南文艺出版
社,2020.5
ISBN 978-7-5559-0794-7

Ⅰ.①后… Ⅱ.①陶… Ⅲ.①长篇小说-中国-当
代 Ⅳ.①I247.5

中国版本图书馆 CIP 数据核字(2019)第 250620 号

出版发行	河南文艺出版社
本社地址	郑州市郑东新区祥盛街 27 号 C 座 5 楼
邮政编码	450018
承印单位	河南瑞之光印刷股份有限公司
经销单位	新华书店
纸张规格	700 毫米×1000 毫米 1/16
印 张	27.25
字 数	468 000
版 次	2020 年 5 月第 1 版
印 次	2020 年 5 月第 1 次印刷
定 价	38.00 元

印厂地址 河南省武陟县产业集聚区东区(詹店镇)泰安路
邮政编码 454950 电话 0391-2527860